Command Authority

最高指令

[美]汤姆·克兰西（Tom Clancy） 马克·格里尼（Mark Greaney）著 连果 译

重庆出版集团 重庆出版社

Command Authority
By Tom Clancy and Mark Greaney
Copyright © 2013 by Rubison, Inc.
Simplified Chinese edition copyright © 2017 by Chongqing Publishing House Co., Ltd.
All rights reserved.
版贸核渝字（2015）第037号

图书在版编目（CIP）数据

最高指令/（美）汤姆·克兰西，（美）马克·格里尼 著；连果译. – 重庆：重庆出版社，2017.12 （2018.12重印）
书名原文：Command Authority
ISBN 978-7-229-12331-4

Ⅰ.①最… Ⅱ.①汤… ②马… ③连… Ⅲ.①长篇小说－美国－现代 Ⅳ.①I712.45

中国版本图书馆CIP数据核字(2017)第135765号

最高指令
Command Authority

［美］汤姆·克兰西（Tom Clancy） 马克·格里尼（Mark Greaney） 著
连果 译

责任编辑：冯建华
责任校对：李春燕
书籍设计：博引传媒

重庆出版集团 出版
重庆出版社

重庆市南岸区南滨路162号1幢 邮政编码：400061 http://www.cqph.com
重庆市国丰印务有限责任公司印制
重庆出版集团图书发行有限公司发行
E-MAIL:fxchu@cqph.com 邮购电话：023-61520646
重庆出版社天猫旗舰店
cqcbs.tmall.com
全国新华书店经销

开本：710mm×1000mm 1/16 印张：28.25 字数：562千
2017年12月第1版 2018年12月第1版第2次印刷
ISBN 978-7-229-12331-4
定价：69.80元

如有印装质量问题，请向本集团图书发行有限公司调换：023-61520678

版权所有 侵权必究

Advance Praise for
Command Authority
《最高指令》一书的发行评语

克兰西对真实世界的情报活动、恐怖主义拥有一种神秘的感知能力，这使他的小说能够与现实完美结合。
——《野兽日报》（*The Daily Beast*）

克兰西创造的情报世界里的人物角色又一次战胜了邪恶势力，让我们再次从高潮迭起的枪战中嗅到了火药刺鼻的气味。
——《华盛顿时报》（*The Washington Times*）

经典的克兰西风格……对于喜欢军事小说的读者来说，这是一部引人入胜的作品。
——《科克斯书评》（*Kirkus Reviews*）

实际上，克兰西几乎创造了一种文学体裁，他在灿若繁星的惊险小说领域拥有至高无上的荣誉。
——《出版者周刊》（*publishers weekly*），星级书评

COMMAND AUTHORITY
Contents
目录

1		主要人物
1		序幕

1	Chapter 1	训练
5	Chapter 2	贝尔瓦战役
11	Chapter 3	基奥瓦勇士
17	Chapter 4	小杰克·瑞安
21	Chapter 5	卡斯托＆博伊尔公司
25	Chapter 6	香草餐厅
31	Chapter 7	白宫午宴
39	Chapter 8	谋杀
42	Chapter 9	中毒
46	Chapter 10	加尔布雷斯案
50	Chapter 11	钋210
56	Chapter 12	凌晨会议
59	Chapter 13	中情局基辅站
63	Chapter 14	小杰克的调查
70	Chapter 15	"伤疤"与"七巨人"
74	Chapter 16	采访
79	Chapter 17	校园情报处
84	Chapter 18	最后一面
88	Chapter 19	目的地安提瓜
95	Chapter 20	初探
98	Chapter 21	地头蛇
104	Chapter 22	潜伏基辅
108	Chapter 23	罗曼·塔拉诺夫

113	Chapter 24	会面
117	Chapter 25	德米特里·纳萨诺夫
123	Chapter 26	乌克兰局势
126	Chapter 27	投毒者
131	Chapter 28	基辅站危机
136	Chapter 29	烂摊子
140	Chapter 30	求助
143	Chapter 31	阻力
148	Chapter 32	"基石"
152	Chapter 33	监视"伤疤"
157	Chapter 34	"灯塔"
163	Chapter 35	父子通话
167	Chapter 36	神秘资金
174	Chapter 37	拜访巴兹尔爵士
181	Chapter 38	彭赖特的建议
186	Chapter 39	被困
192	Chapter 40	救援会议（一）
197	Chapter 41	救援会议（二）
201	Chapter 42	震慑行动
206	Chapter 43	比克斯比阵亡
211	Chapter 44	等待救援
215	Chapter 45	鱼鹰V-22
219	Chapter 46	中情局的调查结果
224	Chapter 47	祖耶夫遇害
228	Chapter 48	"晨星"
232	Chapter 49	切断输气管线
235	Chapter 50	彭赖特死亡之谜
238	Chapter 51	维克托·奥克斯利
241	Chapter 52	背后的阴谋
243	Chapter 53	调查彭赖特之死
248	Chapter 54	焚毯行动
253	Chapter 55	搜查安全屋
258	Chapter 56	特别部署
265	Chapter 57	新线索
268	Chapter 58	入侵克里米亚
272	Chapter 59	小杰克遇袭
277	Chapter 60	投毒案调查进展
281	Chapter 61	再次拜访奥克斯利

286	Chapter 62	....	俄罗斯暴徒
292	Chapter 63	....	赤军团
296	Chapter 64	....	交火
300	Chapter 65	....	陷阱
305	Chapter 66	....	关于"天顶"
310	Chapter 67	....	疑点
315	Chapter 68	....	奥克斯利的回忆
322	Chapter 69	....	完美配合
330	Chapter 70	....	求助老友
335	Chapter 71	....	坚持调查
341	Chapter 72	....	对质
345	Chapter 73	....	指挥作战
348	Chapter 74	....	拜访加尔布雷斯
355	Chapter 75	....	玛塔·施洛宁现身
361	Chapter 76	....	清白
367	Chapter 77	....	获救
374	Chapter 78	....	恩人
377	Chapter 79	....	"基石"被俘
381	Chapter 80	....	真相
392	Chapter 81	....	调查结束
398	Chapter 82	....	杀手
405	Chapter 83	....	帕维尔·莱奇科夫
407	Chapter 84	....	再次合作
412	Chapter 85	....	基奥瓦勇士的特殊任务
416	Chapter 86	....	抓捕纳萨诺夫
420	Chapter 87	....	审讯
423	Chapter 88	....	博弈

429　**后记**

Command Authority
Main character

主要人物

美国政府

美总统：约翰·帕特里克·"杰克"·瑞安（John Patrick "Jack" Ryan）

司法部长：丹·默里（Dan Murray）

总统幕僚长：阿诺德·范·达姆（Arnold Van Damm）

国防部长：罗伯特·伯吉斯（Robert Burgess）

国务卿：斯科特·阿德勒（Scott Adler）

国家情报局局长：玛丽·帕特里夏·福利（Mary Patricia Foley）

中央情报局局长：杰伊·坎菲尔德（Jay Canfield）

中央情报局情报部主任：詹姆斯·格里尔上将（Admiral James Greer）

中央情报局局长：贾奇·亚瑟·穆尔（Judge Arthur Moore）

中央情报局驻乌克兰基辅站站长：基思·比克斯比（Keith Bixby）

美国军方

参谋长联席会议主席：马克·乔根森上将（Admiral Mark Jorgenson）

二级准尉，OH-58基奥瓦勇士直升机驾驶员：埃里克·康威（Eric Conway）

二级准尉，OH-58基奥瓦勇士直升机副驾驶员：安德烈·"德雷"·佩奇（Andre "Dre" Page）

陆军特种作战部队"三角洲"突击队第1分队上校：巴里·"弥达斯"·杰科夫斯基（Barry "Midas" Jackowski）

空军F-16战隼战斗机飞行员、机长：哈里斯·"格鲁吉"·科尔（Harris "Grungy" Cole）

校园情报处
校园情报处负责人：格里·亨德利（Gerry Hendley）
作训部主任：约翰·克拉克（John Clark）
特工：多明戈·"丁"·查韦斯（Domingo "Ding" Chavez）
特工：山姆·德里斯科尔（Sam Driscoll）
特工：多米尼克·"多姆"·卡鲁索（Dominic "Dom" Caruso）
特工/情报分析员：小杰克·瑞安（Jack Ryan Jr.）
信息技术部主任：加文·比瑞（Gavin Biery）
运输部主任：艾黛拉·谢尔曼（Adara Sherman）

英国人
英国军情六处（MI6）局长：巴兹尔·查尔斯顿爵士（Sir Basil Charleston）
国际金融家、前外交部官员：安东尼·霍尔丹（Anthony Haldane）
英国军情五处(MI5)第22特别空勤团军官：维克托·奥克斯利（Victor Oxley）
英国军情六处（MI6）军官：戴维·彭赖特（David Penright）
英国军情六处（MI6）反情报部门军官：尼古拉斯·伊斯汀（Nicholas Easting）
卡斯托＆博伊尔风险分析有限公司总经理：休·卡斯托（Hugh Castor）
卡斯托＆博伊尔风险分析有限公司高级商业分析师：桑迪·拉蒙特（Sandy Lamont）

俄罗斯人/乌克兰人
俄罗斯联邦总统：瓦列里·沃洛金（Valeri Volodin）
俄罗斯联邦安全局（FSB）局长：罗曼·塔拉诺夫（Roman Talanov）
俄罗斯联邦对外情报局（SVR）局长：斯坦尼斯拉夫·比留科夫（Stanislav Biryukov）

主要人物 | Character

乌克兰地区团结党领袖：奥克萨娜·祖耶夫（Oksana Zuev）
俄罗斯新闻电视台主播：塔蒂亚娜·莫汉诺娃（Tatiana Molchanova）
犯罪组织"七巨人"成员：德米特里·纳萨诺夫（Dmitri Nasanov，别名"伤疤"格列布）
犯罪组织"七巨人"成员：帕维尔·莱奇科夫（Pavel Lechkov）

其他人物

美国第一夫人：卡罗琳·"凯茜"·瑞安（Caroline "Cathy" Ryan）
玛丽·帕特·福利的丈夫，美国中央情报局前局长：爱德华·福利（Edward Foley）
克罗地亚杀手：迪诺·卡迪奇（Dino Kadic）
委内瑞拉人，堪萨斯大学学生：费莉西娅·罗德里格斯（Felicia Rodriquez）
赤军团"城市游击队"队员：玛塔·施洛宁（Marta Scheuring）
苏格兰企业家，加尔布雷斯能源控股有限公司所有人：亚瑟·加尔布雷斯（Arthur Galbraith）

Command Authority
Preface

序幕

　　苏维埃社会主义共和国联盟的国旗迎着雨在克里姆林宫上空高高飘扬，这面红底黄星的旗帜在灰色天空中不停飞舞。一位年轻的上尉坐在出租车后座穿过红场，他出神地注视着这一场景。

　　这面象征着世界最大国家权力的镰刀铁锤旗让他感到自豪，尽管莫斯科从来没有给他家的感觉。他是俄国人，但过去几年他一直都在阿富汗打仗，在那里唯一能见到国旗的地方就是队友的制服。

　　他在离广场两个街区的地方下了车，就在古姆百货商场的北边。他确认了一下面前这座褐色办公楼的地址，付了车费，然后走进雨中。

　　这座建筑的大厅又小又简陋，一个孤零零的保安看着他把帽子夹在臂下并走上狭窄的楼梯，走到一楼一个没有标记的门前。

　　上尉站在门前抚平了衣服上的皱褶，并将胸前的奖章整理整齐。

　　而后，他敲响了房门。

　　"进来！"（俄语）

　　年轻的上尉走进一间小小的办公室并关上了门。他拿着帽子走到一张办公桌前，做了个标准的立正。

　　"上尉罗曼·罗曼诺维奇·塔拉诺夫奉命前来报到！"

　　让塔拉诺夫上尉吃惊的是桌子后面的人看起来似乎只有20岁的样子。他来这里面见克格勃[苏联(USSR)国家安全委员会，KGB]的高级官员，所以并没想到对方的年纪居然与自己相近。这个人穿着西装打着领带，因为身材瘦小，所以西装看起来并不是很合身。在这名上尉看来，对面坐着的这个人应该从没在部队服役过。

　　塔拉诺夫并没有流露出任何情绪，其实他心里相当失望。与其他军人一样，对他来说，克格勃的官员分为两大类：穿长筒靴的和穿夹克的（俄语）。眼前的这个年轻人也许在国家安全局里面的地位并不低，但对自己来说，他就是个普通市民。一个穿夹克的普通市民。

这人站起来，绕着桌子走过来并坐在桌子边上。他微微佝偻的身影与面前这名军官笔直的站姿形成了鲜明的对比。

这个克格勃并没有说自己的名字，只是问："你刚从阿富汗回来？"

"是的，同志。"

"我不会问你在那里怎么样，因为我不可能真的对那里感同身受，而这只会惹得你不高兴。"

上尉像石头一样站着。

穿夹克的人说："你隶属于苏联军队总参谋部情报局（GRU）斯皮特纳斯特种部队（Spetznaz）。在阿富汗腹地执行任务，有时甚至会越过巴基斯坦边境。"

这并不是个问题，所以上尉没有回答。

一抹微笑出现在这个坐在桌子上的无精打采的人脸上，他说："即使是在军队情报系统最精锐的特种作战单位中，你仍然属于非常出色的那一类。智商高、应变能力强、做事主动。"他对塔拉诺夫眨了眨眼睛说："而且很忠诚。"

塔拉诺夫蓝色的眼睛此时正紧盯着桌子后面墙壁上的一点，所以并没有看到对方的眨眼。他用有力的声音进行了制式回答："为苏维埃服务。"

穿夹克的人翻了翻白眼，但是塔拉诺夫还是没看见。"放松，上尉。看着我，别盯着墙。我不是你的上级。我希望谈话的对象是一名同志，而不是一个该死的机器人。"

塔拉诺夫并没有放松，不过他的眼睛还是转向了这名克格勃。

"你出生在乌克兰赫尔松，父母是俄罗斯人。"

"是的，同志。"

"我一个人住在圣彼得堡，但是夏天我会去敖德萨跟我祖母一起住，那儿离你家乡不远。"

"是的，同志。"

"夹克"叹了口气，显然是为对方坚持用这种正统的官腔而感到沮丧。他说："你是不是为你胸前的这些奖章感到骄傲？"

塔拉诺夫的脸上第一次出现了表情，他有点迟疑。"我……这些是……我在……"

"你在为苏维埃共和国服务。是的，上尉，毫无疑问。但是如果我要你取掉这些奖章并且永远不能再戴上的话，你会怎么想？"

"我不明白，同志。"

"我们调查过你的履历，尤其是你在敌后工作的情况。同时，也对你的私生活进行了调研，非常细致的调研。经过研究，我们认为你其实对共产党并没有什么兴趣，吸引你的是工作本身。亲爱的上尉，你很想出人头地。但是我们发现你缺乏集体感，而且对计划经济似乎也没什么兴趣。"

塔拉诺夫保持着沉默。这应该是在考验我对党的忠诚度吧？

穿着夹克的人继续说着："契尔年科主席活不了几个月了。也许只剩几个星期。"

塔拉诺夫上尉眨了眨眼睛。这个话题是不是过于疯狂了？如果在阿富汗有人敢在克格勃面前说这些，这人绝对已经见上帝了。

"夹克"还在继续。"这是事实。他们把他从公众面前藏起来是因为他现在必须坐着轮椅，而且大部分的时间都呆在昆采沃的克里姆林诊所里。他的心脏、肺脏和肝脏都老到没法工作了。戈尔巴乔夫会成为下一任总书记，你肯定听说过他就是接班人。现在就算是在阿富汗洞穴里生活的人也应该知道了吧？"

这位年轻的军人仍然无动于衷。

"你在想我为什么知道这些？"

"是的，同志。我确实想知道。"塔拉诺夫缓慢地说。

"因为有某些担心这件事情的人告诉了我。他们对未来有所担心，担心戈尔巴乔夫会把这个联盟带到哪条路上去，担心里根正带着西方国家走什么道路，担心所有的一切会不会在我们手上毁掉。"

房间里出现了几秒钟死一般的沉寂，而后这名克格勃接着说："我知道这看上去不大可能，但是我确定还是有些苗头值得关注一下。"

塔拉诺夫实在忍不住了。他需要知道到底怎么回事。"我今天是被佐洛托夫将军叫来的。他告诉我，我可以参加克格勃的一个特别计划。"

"米沙·佐洛托夫知道为什么派你来这儿。"

"你确实在为克格勃工作吗？"

"确定，并且肯定。不过我更多的工作是为幸存者组织服务，包括克格勃和格勒乌里面的人，这些人知道我们组织的存在对国家和人民的未来确实具有重要的意义。这个国家不由克里姆林宫里面的人掌控，而是由捷尔任斯基广场上一座建筑里面的人掌舵。"

"克格勃大楼？"

"对。而且我一直都在保护着这座大楼，而不是共产党。"

"那么佐洛托夫将军呢？"

"夹克"微笑着说："他当然是成员之一了。就像我说的，有些格勒乌的人也在这条船上。"

这个人又走近了些,凑近塔拉诺夫的耳朵,离他的脸颊只有几英寸的距离。他用接近耳语的声音说:"我要是你的话,我就会对自己说,'这他妈的到底是怎么回事?我本来是被克格勃招募来的,结果却遇见了一个疯子跟我谈论总书记的死亡以及苏联可能解体的事情'。"

塔拉诺夫把脸转向"夹克",并挺了挺胸。他说:"同志,你在这里说的每一句话,都可以构成叛逆罪。"

"没错,但这个房间里没有任何录音设备可以作为你将来控诉我的证据。而且这样做是不明智的,塔拉诺夫上尉,因为我之前提到的那些幸存者都处于领导层的最高层,他们会保护我。而他们会怎么对你呢?想想看吧。"

塔拉诺夫把视线转回到墙壁上。"所以,我是在被劝说下加入克格勃,但并不干克格勃的活儿。相反,我将为那些高层人士工作。"

"完全正确,罗曼·罗曼诺维奇·塔拉诺夫。"

"我是不是要做些特殊的工作?"

"与你一直在喀布尔、白沙瓦、坎大哈和伊斯兰堡做的事情一样。"

"干脏活?"

"是的。你要不惜一切代价保证行动的安全,不管苏维埃政府在未来的几年中会发生什么变化。作为回报,不论国家如何,你的安全也会得到保障。"

"我……我还是不太明白你说的将来的变故是什么?"

"你到底有没有在听我说话?我又怎么会知道?给你举个例子吧,塔拉诺夫。苏联就是一艘大船,你和我是两名乘客。我们现在坐在甲板上,想着一切真美好,但是……"这名克格勃像演戏一样在房间里走来走去。"等等……你猜发生了什么?船上的官员们居然准备弃船!"

他回到塔拉诺夫面前。"我可能并没有看到我们航线上的冰山。但是当我看到这些人开始寻找救生艇的时候,我当然要注意一些事情了。"

"现在……有人也邀请我去救生艇,这些高官们赋予了我很大的责任。""夹克"笑着说:"你愿意帮我看护这艘救生艇吗?"

塔拉诺夫上尉是个直性子。这些比喻让他有点抓狂。"这个救生艇。指的是什么?"

"夹克"耸了耸肩。说:"是钱。就是该死的钱。一系列的黑色基金会在世界各地出现并运行。我要保证这些基金不受苏联内外的任何人威胁，而你要帮助我。我觉得这会是一个简单的任务，也就是几年的时间，但这需要我们全身心投入。"

"夹克"走到一台位于墙边两个书柜之间的小冰箱面前，打开门，拿出一瓶伏特加，又从酒柜上拿下来两个小酒杯，转身回到桌前，给酒杯斟满了酒。

罗曼·塔拉诺夫上尉静静地看着他做完这些。

"让我们干一杯，庆祝一下。"

塔拉诺夫摇摇头。"庆祝？我还没有表态呢，同志。"

"当然，你还没有同意。""夹克"微笑着说道，并把一杯酒推到了这位迷惑的军人面前。"现在还没有而已。但是你很快就会转过弯来的，因为你我是同一类人。"

"同一类？"

"夹克"把酒递给了塔拉诺夫。"是的。就和设计这出戏的那几名高层一样，你和我都是幸存者。"

Chapter 1

训　练

现　在

　　一辆黑色的"野马"车在暴雨中疾驰，经过石子路时溅起了泥水和砾石，雨刮来不及刮去前挡玻璃上的雨幕。

　　这辆车以时速60英里（96公里/时）的速度前行时，两个全副武装的男人一边一个钻出后门，进入雨中。他们站在汽车踏板上，用戴着手套的手扶着门框。为免受溅起的泥水和石粒的干扰，他们都戴了大眼罩。他们身上的诺梅克斯黑西装和挂在脖子上的冲锋枪瞬间就被泥水弄脏了，其他的装备也是一样，如带有集成耳机的头盔、胸前和背部的防弹衣、护膝、护肘以及防水弹药袋。

　　当"野马"靠近雨中草原上那间小屋的时候，所有的东西都被泥巴盖住了。

　　这辆车突然一个急刹，滑行到门前20英尺（6米）处才停下。两名男子从踏板上一跃而下冲向屋子，他们的武器扫描着周围所有的树木，以寻找任何可能的目标。"野马"车司机很快也端起装了消音器的德制黑克勒－科赫（H&K）冲锋枪加入了搜寻的队伍。

　　这三个人在入口处聚集成一个紧密的队形，前面的人上前准备打开门闩。

　　门是锁着的。

　　队伍后面的那个司机一声不吭地走上前去。他把冲锋枪垂在胸前，从背包里拿出一把手枪式握把的猎枪。这里面上膛的是粉碎者子弹，3英寸（7.62厘米）的弹壳里装的是50克塑料包裹的不锈钢颗粒做成的弹头。

　　司机把枪口对准门的上铰链，在离上铰链6英寸（15.24厘米）的位置开了枪。一阵烟雾和火光过后，不锈钢颗粒被打进了木头，铰链应声从门框上脱落。

　　他又对着下铰链开了一枪，接着一脚踹在门上，房门轰然倒向屋内。

　　开枪的人走到一旁，两个拿着冲锋枪的人冲进了黑洞洞的房间，枪上的照明灯刺穿了这片黑暗。开车的人收好猎枪，抓起他的冲锋枪也进入了屋内。

他们每人检查一片区域，快速又高效地完成了搜索。3秒钟后，他们开始向小屋后门的走廊移动。

他们面前有两扇开着的门，分列走廊的两侧，另外在走廊尽头还有一扇关着的门。前两个人分头行事，一个走进了左边的房间，而另一个则进了右边的房间。两个人都很快发现了目标并开了火，安了消音器的枪声在房子密闭的空间里仍然很响亮。

当前面两个人冲进房间里时，后面的那个人仍然站在走廊里用枪瞄着尽头的那扇门，以保证一旦有人从后门冲出来，他能立即干掉对方。

那两个人很快回到了走廊，枪口向前，而另外那个人则调转枪口向后检查后面的情况。一秒钟后，他们走向那扇关着的门。他们再次列出之前的队形，第一个人安静地检查着门闩。

门没锁，于是他停了一下，放低自己的身体重心，他的队友也和他一样，三个人保持着队形进入门内，枪管下的灯光扫射着各自的区域。

他们在这片昏暗区域的中心位置发现了他们的珍贵货物。65岁的约翰·克拉克坐在椅子上，双手放在膝盖上，眯着眼睛看着对面明亮的灯光。从他身体左右两侧几英寸的地方同时亮起的战术灯照亮了两个人影，而第三个人影的面部则在克拉克脑袋后面露出了一部分。

三名闯入者，多明戈·查韦斯、山姆·德里斯科尔和多米尼克·卡鲁索同时开火，他们的枪声充斥在房间里，枪口的火舌以及硝烟的气味掩盖了小木屋里面潮湿的味道。

当子弹击中约翰·克拉克旁边的人形靶时，他一动没动，甚至连眼睛都没有眨一下。

人形靶的前额出现了一个窟窿，但并没倒下去。人形靶是置于木质底座上的，上面画着武装人员的图像。

很快，他们用战术灯各自扫描着房间的其他部分，其中一人发现了第4和第5个目标，在远处一个角落里并排站着。左侧的人形靶画的是一个拿着雷管的暴徒。丁·查韦斯（多明戈·查韦斯的简称）在他额头上给了两枪。

第二个人的战术灯照到角落里一个画着漂亮女人的人形靶上。她的右臂里夹着一个婴儿，而藏在腿后的左手里则拿着一把菜刀。

多姆·卡鲁索（多米尼克·卡鲁索的简称）没有一丝犹豫地一枪打在女性目标的前额上。

几秒钟后，房间的一侧传来德里斯科尔的声音，"安全。"

"安全。"卡鲁索重复道。

"安全。"丁确认。

约翰·克拉克从房间中间的椅子上站起来，揉了揉被3支200流明强度战术灯照过的眼睛。"收好你们的武器。"

每个人关上 MP-5 冲锋枪的安全栓，并把武器挂在胸前。

他们四人一起检查了靶子上的弹孔，随后走出这个房间再检查其他房间的情况。他们走出黑暗的小屋，站在门廊里躲雨。

"有什么想法，丁？"克拉克问道。

查韦斯说："还不错。只是如果我们必须等待破门的人上来，就会耽误一点时间。不过也没办法，要想三个人一起闯进屋子里，就必须等一下司机。"

克拉克表示同意。"没错，还有吗？"

卡鲁索说："当丁和山姆到走廊里的那两间屋子里时，就只剩我自己在走廊里。我只能关注走廊到后门这片我们没确认的区域，此时能多一个人跟我一起就更好了。因为这时从前门进来的敌人可以毫无阻拦地从背后将我爆头。尽管我也在不断地回头，但这和多一把枪支加入战斗不是一回事。"

克拉克点了点头。"我们只是一个小队。"

"没有小杰克我们的队伍就更小了。"多姆·卡鲁索加了一句。

德里斯科尔说："也许我们可以加个新人进来。"

"杰克会回来的。"查韦斯回答。"你也知道，当我们重新开始行动的时候，他就会回来。"

"也许吧。"多姆说。"但是谁又知道要等到什么时候呢？"

克拉克说："耐心点，孩子们。"不过门廊里面的其他人都知道克拉克平静的外表下隐藏的雄心壮志。他是一名战士，几乎参加过近 40 年来美国卷入的所有战争。如今的他虽已退休，但这丝毫没有影响他希望成就一番大事的激情。

暴雨下得更猛烈了，克拉克看着门廊外的"野马"，车门大开。车里的积水已经有 1 英寸（2.54 厘米）深，残破的织物座椅就快被浸湿。"很高兴我让你们开了农用卡车。"

丁说："这车需要做个内饰装修。"

这些人都笑了起来。

"好。回去干活。"克拉克说。"你们回到路的尽头，等 20 分钟后再来试一次。这样我就会有时间安好前门并且调整一下设备。多姆，你在卧室的第二个目标那里可以表现得再好一点。"

"收到。"多姆说。他已经向第二个目标开过三次枪了，而这三次在靶子头部打出的弹孔之间的距离都在 2.5 英寸（6.35 厘米）以内。但他不想跟克拉克争论，尤其是德里斯科尔和查韦斯的成绩都在 2 英寸（5.08 厘米）以下。

克拉克说："山姆，我希望你破门的时候能再蹲低一点。如果你能把头再放低 3 英寸（7.62 厘米），就会发现被爆头和被理发的区别。"

"遵命，C先生。"

多姆带头走出了门廊，他望着外面的天气说："看来，当我们再来一次之前这雨是不会停的。"

丁径直走到泥地里，并站在倾盆大雨里。"我在福特奥德时，有个教官是来自阿拉巴马的乡巴佬，他狠得要命，最喜欢说'没有雨还叫什么训练'。"

克拉克和多姆都笑了起来，就连沉稳的山姆·德里斯科尔也咧嘴笑了。

东 欧

（地图：东欧，标注有爱沙尼亚、贝尔瓦、伏尔加河、拉脱维亚、俄罗斯、莫斯科、波罗的海、立陶宛、明斯克、易北河、波兰、白俄罗斯、罗兹、顿河、德涅斯特河、乌克兰、第聂伯河、顿涅茨克、罗马尼亚、塞瓦斯托波尔、亚得里亚海、多瑙河、保加利亚、黑海）

Chapter 2
贝尔瓦战役

俄罗斯联邦在春天的第一个无月之夜开始了对其邻国的侵犯。黎明时分，他们的坦克沿着高速路以及小路一路向西，仿佛这里是属于他们的地盘一样，仿佛延续了四分之一世纪的结束冷战的愿望就是一场梦。

这本不该发生的。这里是爱沙尼亚，毕竟爱沙尼亚是北约（北大西洋公约组织，NATO）的成员国。塔林的政治家曾对人民许诺，加入这个联盟后俄罗斯将永远不会攻击他们。

但到目前为止，北约方面并未作出任何反应。

俄罗斯的地面进攻由 T-90 主战坦克领衔。这是配有 125 毫米主炮和两挺重机枪的全现代化 50 吨级坦克，还配备了爆炸反应装甲和先进的自动化防御系统，可以自动检测射来的导弹并发射导弹进行空中拦截。T-90 主战坦克后面紧跟着的是 BTR-80 装甲运输车，车里携带着步兵部队，这些步兵在必要时会出来为坦克提供掩护，而当威胁解除后再回到车里。

目前看来，俄罗斯在地面战场占有优势。

但在空中战场就是另外一番景象了。

爱沙尼亚有很好的导弹防御系统，俄罗斯对他们早期预警系统和地对空导弹阵地的进攻收效甚微。许多地对空导弹仍在运行，而且已经击落了十几架俄罗斯飞机，并且还有数十枚地对空导弹正在为保护国家而严阵以待。

俄罗斯在空中战场没有占据优势，但这并不妨碍他们的地面部队向前推进。

战争开始后的四小时内，村庄被夷为平地，城镇变成一片瓦砾，而无数的坦克甚至还没有使用他们的主炮。这是意料之中的溃败，任何稍微有些军事知识的人都能预见得到。因为作为小国的爱沙尼亚将重点放在了外交防御，而不是物理防御上。

埃德加·诺尔瓦克知道发生了战争，倒不是因为他是个军人或者政治家——他是一名教师——但他从电视里知道了这一切。现在,他正躺在血腥、寒冷的沟里,浑身湿透了,并因为恐惧而颤抖着。他的耳朵被远处树林里俄罗斯坦克打来的炮弹削掉了一半,他心想着要是国家领导人没有把时间浪费在在鲁塞尔的外交上,而是花些时间建造该死的城墙,抵抗该死的俄罗斯人入侵这个村子该有多好啊。

早在几周前就有关于俄罗斯人入侵的传闻,然后几天前,一枚炸弹落在俄罗斯边境,18名平民因此丧生。于是,俄罗斯开始在电视等各种媒体上公开指责爱沙尼亚安全措施不到位。他们展示了他们所谓的证据,然后,俄罗斯总统说,他"别无选择,为了保护俄罗斯人民,只能下令进入爱沙尼亚,采取安全行动"。

埃德加·诺尔瓦克住在贝尔瓦,贝尔瓦离边境线只有40公里,在20世纪70—80年代他还年轻的时候,他整天都担心会有坦克出现在树林旁边并轰击他的房子。23年过去了,他的恐惧已经逐日递减。

今天,坦克终于出现了,而且已经杀死了很多同胞乡民,他们也一定会在西行的途中毫不费力地杀了他。

其实埃德加在两个小时以前就接到了一个住在瓦库拉的朋友的电话,瓦库拉就在贝尔瓦东面几英里之外。他的朋友藏在树丛里,语气还算平静,仿佛刚从震惊中缓过来,他告诉埃德加俄罗斯人的坦克只开了几炮就顺利通过了他们的村子,因为瓦库拉除了农舍和加油站以外别无一物。在坦克和武装运输车离开后几分钟,一伙开皮卡的非正规军来了,现在正在城镇里大肆掳掠。

埃德加和其他村民把家人送走后,就勇敢而愚蠢地拿起步枪跳进了壕沟,准备迎击坦克部队后面的非正规军。他们当然无法与坦克抗衡,但是他们也不想让自己的村庄被那些俄罗斯刁民肆意践踏。

但是他们的计划被六辆从主力部队中脱离并在树林边排成一线的坦克破坏了,这些坦克开始用高爆弹轰炸贝尔瓦。

埃德加童年的梦魇成真了。

埃德加和其他的人发誓要战斗到死,但随之而来的坦克证明,这里没有"战斗"。

只有"死亡"。

这名教师立刻就受伤了。当他转移位置的时候,一发炮弹击中了贝尔瓦高中的停车场,埃德加正好在爆炸的杀伤范围之内。旅行车的一块碎片割开了他的大腿,现在他躺在泥地里他的步枪上面,等着一切结束。

埃德加·诺尔瓦克没什么军事知识,但他确信根据他们的移动速度,俄罗斯人能在午后到达他们村庄北面的城市塔尔图。

空气中充满了像撕纸一样的声音,这种声音已经持续了一个小时了。他知道这意味着即将到来的攻击，于是把脸放回冰冷的泥里。

轰！

他身后的高中体育馆被直接命中。铝和煤渣材质的墙被爆炸直接掀翻，篮球场上的木地板碎片如雨点般落在埃德加身旁。

他从沟的边缘向外看了看，坦克就在东边 1 000 米的位置。

"该死的北约到底在干什么？"

1 000 米外，阿尔卡季·拉普朗诺夫站在风暴 1 号坦克打开的舱门里喊道："我们的空中掩护在哪里？"

这只是个反问，他队里的其他 5 辆坦克的指挥官没有答话，而他自己的坦克里面，驾驶员和炮手正安静地等待着他的命令。他们知道如果出现敌人的空中威胁，他们可以呼叫武装直升机来支援，但是目前为止他们并没有发现爱沙尼亚空军的踪迹，俄罗斯的空中预警系统也没在雷达上发现任何飞机。

天空一片清明。

真是个好天气，坦克兵在心里感叹道。

1 000 米以外的体育馆上空扬起的尘烟已经消散，拉普朗诺夫可以看到体育馆后面的景象。他对着话筒说："我想在原来目标的后面再打几发炮弹，用高爆破片炮弹（HE-FRAG）。既然没有空中掩护，那我们在不能看清楚前面十字路口有什么东西以前，不可贸然前进。"

"是，长官！"拉普朗诺夫的炮手从下面回答。

炮手按下一个按键，于是自动装弹系统从弹药库里选择了一枚高爆弹，并由它的机械臂完成装填。炮手通过视频监控设备找到了目标建筑，然后他把自己的额头贴在控制面板的橡胶垫上，用十字线瞄准目标。他按下了控制面板上的发射按钮，随着一阵颤抖，125 毫米滑膛炮向蓝天发射出的一枚炮弹，掠过他们面前的荒地直接命中大楼。

"命中。"炮手说。

他们整个上午都在做着这种事，目前已经途经了 4 个村庄，用 125 毫米炮轰击大型目标并用机枪清理小型目标。

拉普朗诺夫本来以为会有一些像样的抵抗，但现在他不得不承认俄罗斯总统瓦列里·沃洛金是对的。沃洛金对他的国家说北欧是不会为爱沙尼亚出兵的，果不其然。

拉普朗诺夫从头盔的通话器里听到了队里另一辆坦克的信息。

"风暴 4 号呼叫风暴 1 号。"

"4 号请讲。"

"上尉,我已经接近大型目标前的一条沟渠,在1 000米以内。沟渠下面有一些村民。"拉普朗诺夫用双筒望远镜慢慢地扫视着这条壕沟。

在那儿!有人头从泥里冒出,而后又消失了。"我看到他们了,小股武装,不用浪费125毫米炮。走近些我们可以用机枪解决他们。"

"收到。"

另一组齐射的炮弹飞向了路口后面小山上的建筑,拉普朗诺夫从望远镜里观察着。这个城镇一片死寂,根本没什么抵抗。

"继续射击。"他命令道,然后蹲回自己的指挥位置拿出一包香烟和打火机。"把这地方从地图上抹掉。"

几秒钟后,耳机里又传来了信息。"风暴2号呼叫风暴1号。"

"说。"拉普朗诺夫吸着烟说道。

"靠近医院南侧。我……我觉得这里有辆车。"

医院在中学校后面几公里远的一座小山上,拉普朗诺夫把打火机扔回去并从望远镜里察看。寻找目标花了拉普朗诺夫一些时间,他扫视建筑物的南侧并最终在路面的阴影里发现了什么东西在动。

一开始他以为看到的是一辆吉普车,或者一辆SUV。

另一辆T-90报告。"风暴3号呼叫风暴1号,我认为那是一架直升机。"

"不是。"拉普朗诺夫说。他把焦距调得更近些,黑色的物体停在路口,而后横着移向停车场。

"怎么回事?"拉普朗诺夫说。"可能那确实是一架直升机。炮手,你能通过你的凯瑟琳热成像仪确认一下吗?"凯瑟琳长距离热成像瞄准控制系统是每辆坦克的标准配置,它可以让炮手在屏幕上看到远距离的目标。拉普朗诺夫自己有一个凯瑟琳的屏幕,但他得坐回驾驶舱内才能看到,而他更喜欢在上面呆着。

炮手通过1号内部对讲机说:"确认是单旋翼轻型直升机。无法瞄准,它躲在一辆卡车后面的阴影里。见鬼,它飞得好矮。它的起落架一定只有1米高。"

"对方携带武器没?"拉普朗诺夫问道。他在望远镜里眯起眼睛以便看得更清楚些。

"嗯……等等,它有两挺机枪,但没有导弹。"炮手笑了。"这家伙想用他的玩具枪跟我们对抗?"

拉普朗诺夫听到其他坦克里的一名指挥官也在笑。

但是这个上尉没有笑。他深深地吸了一口烟。"把它作为攻击目标。"

"收到。设为攻击目标。"

"目标距离?"

"4 250 米。"

"该死。"他说。

用于攻击坦克以及诸如直升机等低空飞行器的 9M119 炮射导弹系统的有效攻击范围是 4 000 米。这架小直升机刚好躲在射程之外。

"我们的空中支援在哪里?他们应该已经在雷达上看到了这个杂种才对。"

"他们发现不了它的信号,它在楼群中间移动,离地面又近。它一定是从山那边飞过整个小镇以避开雷达的。不管怎样,对方绝对是一名优秀的飞行员。"

"嗯,我不喜欢他。我要他死,叫些支援来,通报他的坐标。"

"是,上尉。"

"所有风暴小组成员,加载高爆破片炮弹并恢复攻击。"

"是!"

几秒钟内,6 辆坦克的 125 毫米主炮发射的炮弹打进了贝尔瓦中心的这座建筑内,仅一轮齐射就造成了 4 人死亡,19 人受伤。

贝尔瓦战役

医院
停车场
停车场
中学校
公路
壕沟
俄罗斯坦克
森林

Chapter 3

基奥瓦勇士

埃德加·诺尔瓦克听到炮弹呼啸着从头上飞过，他回头向后望去，刚好看到敌人击中市政厅和公共汽车站。当烟雾散去后，他注意到一个物体正在山腰的路上移动。一开始他以为那是一辆黑色或者绿色的 SUV，它甚至停在了停车场上。因为它隐藏在医院巨大的阴影中，所以很难看清楚，但是很快埃德加就意识到了那是什么。

那是一架黑色的直升机。它的起落架离地面只有 1—2 米。

躺在埃德加身边的人抓住了埃德加的胳膊，指着那架直升机发疯一样地喊着："他们在我们后面！他们正在从西面攻击我们！"

埃德加盯着这架直升机，并不太确认。终于，他说："不，它不是俄罗斯人的直升机。我想这是架新闻采访用的直升机。"

"他们正在拍摄吗？他们就这么眼睁睁看着我们去死？"

埃德加回头看了看坦克，就在这时另一发炮弹落在距他们的壕沟 60 米远的地方，泥巴淹没了他和其他人。"他们要是不赶紧离开的话就死定了。"

拉普朗诺夫正享受着他的香烟。他刚刚深吸了一口香烟就听到对讲机里的呼叫声。"风暴 4 号呼叫风暴 1 号。"

"风暴 4 号请讲。"

"长官，我又通过凯瑟琳看了看那架直升机……我想我好像看到了一个吊舱一样的东西。"

"一个什么？"

"一个吊舱，长官。"

听到这些后，拉普朗诺夫马上蹲回自己的指挥员位置，并开始观察他自己的凯瑟琳长距离监控系统。他现在看得更清楚了，是的，在主转子轴的顶部确实有个圆形装置。

"这到底是什么鬼东西？"

香烟从他嘴里掉了下去。

哦，见鬼。

拉普朗诺夫研究过北约成员国的每一架飞机。他若有所思地说："这是……这是一架OH-58直升机。"

风暴1号的驾驶员说："不可能，长官。爱沙尼亚根本没有……"

拉普朗诺夫猛地弹了起来，疯狂地抓着舱门的把手，迅速关上炮台舱门，他朝对讲机喊道："这是该死的美国佬！"

美国陆军第101空降师第101航空旅新兵连的二级准尉埃里克·康威低下头从自己面前的可视红外监测器里观察着树林那边的俄罗斯坦克，坦克离自己的距离超过2英里（3 280米）。而后，他又把自己的注意力收回到螺旋桨上。OH-58基奥瓦勇士侦察直升机的两个主旋翼桨叶距离街道两侧建筑的距离近得离谱，可以说十分危险。如果他不能完美地控制机身保持平衡的话，他的直升机桨叶会打中旁边的建筑从而导致坠毁。这样的话，他和他的副驾驶就会在俄罗斯坦克找到机会杀死他们之前自我毁灭。

康威长出了一口气让自己平静下来，他十分满意自己的稳定操作，同时他对着对讲机说："准备好了吗，哥们？"

他的副驾驶，二级准尉安德烈·佩奇冷静地回答："准备就绪。"

康威点了点头说："镭射瞄准目标。"

"收到，正在瞄准。"

康威迅速地把麦克转换到通讯频道。"长弓66，这里是黑狼26。目标已被瞄准。"

距离OH-58基奥瓦勇士两个多英里（3 280米）以外，在一片森林覆盖的丘陵背后的相对安全区域，两架巨大的长弓阿帕奇攻击直升机盘旋在阿纳村以北的一个小牧场上。长弓66的飞行队长与坐在他前下方的副驾驶/炮手同时接收到了侦察直升机发来的报告，并调整了几英里以外的第一个目标的激光瞄准坐标。

"收到，黑狼26。激光瞄准良好。准备完毕。"

在贝尔瓦镇盘旋的基奥瓦勇士侦察直升机并没有重型武器。但基奥瓦勇士侦察直升机的优势并不在武器上，最重要的是它可以为藏在后面的满载武器的阿帕奇直升机找到攻击目标的坐标并瞄准。这就是所谓的近距空中支援（Very Close Air Support，VCAS）。二级准尉康威和他的副驾驶佩奇竭尽全力驾驶直升机，在小心翼翼地避开对方雷达的同时穿过这个村庄来到能为阿帕奇进行侦察的位置。

"收到，长弓66。咱们得快点。我们的位置已经暴露。"

树林那边，拉普朗诺夫中队北侧的坦克指挥官正对着麦克风吼道："风暴1号，我是风暴6号。激光瞄准警报！"

"该死！"拉普朗诺夫对着耳机低声说道。这架小直升机自己可能没装备导弹一类的武器，但是它显然是在给后面那些看不到的重火力进行瞄准。

"启动竞技场系统！"他命令道。

T-90系列主战坦克的竞技场自动防御系统使用多普勒雷达来检测威胁坦克的导弹。一旦威胁导弹进入防御范围内，坦克就会发射防御导弹，摧毁入侵的攻击导弹。

拉普朗诺夫接着说，"这架直升机是来为阿帕奇或喷气机侦察的。我的空中支援在哪里？"

风暴5号的指挥官回答道："10分钟之内到。"

拉普朗诺夫用拳头狠狠地砸了一下指挥室的墙壁。"所有坦克，'反射'准备。"

M119M反射式制导导弹从主炮进行发射，发射后"长出"鳍并飞向目标。现在拉普朗诺夫的中队需要花30秒的时间把之前已经上膛的高爆弹退出，并让自动装填系统准备好"反射"制导导弹。

风暴2号说："目标超出有效攻击范围，长官。"

拉普朗诺夫吼道："该死的，照做！"他希望拼了老命发射出去的6枚导弹可以干扰基奥瓦勇士的正常激光瞄准程序，从而为坦克撤回树林寻求掩护争取到足够的时间。

西侧3英里（4 828米）以外的地方，正在阿纳村北侧盘旋的两架长弓阿帕奇直升机上分别挂载了8枚地狱火导弹。按照指挥官的命令，两个炮手都做好了发射准备。当地狱火导弹划过蓝天飞向东边那看不见的目标时，阿帕奇的指挥官给贝尔瓦的侦察直升机发去了信息。

"黑狼26，根据你们的情报，多枚地狱火导弹已经向第一目标发射。"

风暴1号指挥官阿尔卡季·拉普朗诺夫在他的凯瑟琳上看到一些波纹状的光点。坦克的激光显示器响起了警报，他知道地狱火导弹正在朝着风暴6号飞去。

第一枚地狱火导弹像震颤着的微型火花，闪耀在山丘之上。导弹在蔚蓝的天空中出现了几秒钟便以一定角度飞向了树林。

风暴6号的竞技场自动防御系统识别出正在飞来的地狱火导弹后发射出防御火箭。地狱火导弹在距坦克50米处爆炸了，金属弹片穿透了周围的树木。

第二枚地狱火导弹紧随其后，竞技场自动防御系统甚至来不及重置和识别新的目标。在风暴6号发射第二枚防御火箭之前，导弹猛烈地击中风暴6号坦克的炮塔。

拉普朗诺夫钻进了风暴1号的指挥舱并关闭了舱门,尽管风暴6号在他北面120米开外,但爆炸产生的金属碎片仍然剧烈地轰击着风暴1号的车体。

第二辆坦克——风暴2号运行了两个竞技场自动防御系统,这使它在两枚地狱火导弹的袭击中幸存了下来。在风暴2号摧毁第二枚导弹的同时,风暴5号正被激光束瞄准。

片刻之后,风暴5号便解体了。

拉普朗诺夫对反射导弹的防御感到绝望,此时剩下的四辆坦克的自动装弹机仍然在从弹药库里选择着合适的弹药进行装填。

"烟雾掩护撤离,"拉普朗诺夫用对讲机向所有的风暴系列坦克喊着,"离开这里。撤退!撤退!撤退!"

"是,上尉!"

基奥瓦勇士在距地面4英尺(1.22米)的空中盘旋,埃里克·康威和安德烈·佩奇在里面注视着余下的四辆坦克。这四辆坦克开始从城镇撤退,试图退入到树林的掩护中。十几个烟幕弹剧烈爆炸产生的白烟笼罩着它们,形成一团蓬松的云。

"他们正在利用烟雾弹掩护撤离战区。"佩奇说。

"转变极性。"康威在他的扩音器里平静地说道。

"收到。"佩奇回答,并将前视红外雷达从白景转换到了黑景。

随着前视红外雷达由白景转换到了黑景,他们面前的屏幕上,隐藏在广阔白烟中的四辆坦克突然又出现了。

康威在他的耳机里听到:"黑狼26,建议再发射两枚导弹。"

"继续发射。"康威说。

此时佩奇将激光束瞄准了他左边的第四辆坦克。康威也将注意力转回了桨叶旋翼上,他向左调整了一点,还差6英尺(1.82米)就会撞上医院的二楼了。他迅速查看了右边,发现右边的间隙稍宽一些,便平稳地将总距操纵杆向右调整,把直升机重新定位在了中心位置。

树林中,T-90坦克防御系统的爆炸,在基奥瓦勇士的前视红外雷达上闪出微型的爆炸光点。然而这和一秒钟之后追踪导弹地狱火从上空猛烈地撞入炮塔引起的五十吨级坦克的剧烈爆炸比起来根本不算什么。

"打得好,长弓。目标已摧毁。瞄准新目标。"

"收到,黑狼26,开火……发射导弹。"

风暴1号刚退回到树林25米处,坦克的激光警示器便响起了警报。拉普朗诺夫命令驾驶员赶紧退回树林深处，T-90坦克在松林中碾出了一条路试图撤退。

片刻后风暴1号的自动防御系统便着火了，上尉抓住操纵杆，闭上了眼睛。

今天早上，阿尔卡季·拉普朗诺夫也曾轰炸过无数躲在家里的平民百姓，此刻他终于体会到了那些男女老少所经历的慌乱与巨大的恐惧。他蜷缩在指挥舱里，寄希望于竞技场自动防御系统最终能够挽救大家。

他的战略两次挽救了他，但紧接着第三枚地狱火导弹呼啸而来，猛烈的撞击触发了"接触"-5爆炸式反应装甲，反应装甲的爆炸可以对导弹形成反作用力以降低其攻击力，但是地狱火导弹还是像子弹穿透肉体一样轻松击穿了这辆五十吨级坦克的钢壳。地狱火弹头爆炸的瞬间杀死了坦克里的三名士兵，T-90坦克的炮塔被轰击到150英尺（45.72米）外的高空，而车体则像塑料玩具撞在混凝土车道上一样被向后反推而去。装甲的碎片在爆炸中横扫整个森林，二次爆炸产生的火焰和滚滚黑烟如巨浪般汹涌着翻腾着奔向寒冷的天空。

一分钟后二级准尉埃里克·康威对着麦克风说："长弓66，这里是黑狼26，打得好，没有发现其他目标。"

在他后面的长弓阿帕奇指挥官回答道："收到，返回基地（RTB）。"

康威高举起他戴着手套的拳头，佩奇默契地与他碰了碰拳。黑狼26盘旋着向北方爬升，爬升到医院的四层以上后径直返回基地。

在壕沟以东1英里（1.6公里）处，埃德加·诺尔瓦克坐了起来，以便能更好地看到树林里正在燃烧的六辆坦克。

泥地里并没有欢呼与庆祝，只有一半的人反应过来刚刚发生了什么，他们并不知道还有没有正在穿越树林的下一波俄罗斯战争武器。尽管如此，他们还是利用此次胜利反击的间隙，有的人跑到自己的汽车里躲避起来，有的则将伤员拖出壕沟转移至停车场，以便他们能利用民用车辆将伤员送往医院。

一双不明身份的粗糙的手抓着埃德加·诺尔瓦克，顺着泥浆一路将他拉了出来，腿部抽搐的疼痛此时才变得明显起来。埃德加·诺尔瓦克冥冥中感觉到今天他目睹的这一切正是一个极端恶劣事件的开始，因此他默默地为他的村庄祈祷，为他的国家祈祷，为世界祈祷。

贝尔瓦战役是俄罗斯与北大西洋公约组织记录在案的第一场交战，然而下午晚些时候，整个爱沙尼亚东部地区共发生了十几起这样的战斗。

俄罗斯的战争策略取决于北大西洋公约组织是否会继续对其成员国袖手旁观。然而俄罗斯的计划失败了，次日他们便从爱沙尼亚撤兵，并对外宣称整个演习取得了成功，他们的唯一目的是根除边境上一些村庄的恐怖分子，他们的预期目标达到了。

然而每个西方人都知道，俄罗斯的真正目的是直攻塔林，此行的失败无异于宣布瓦列里·沃洛金的总体策略的失败。很明显，可能连沃洛金自己都没有想到，他低估了北大西洋公约组织的决心，尤其是美国。

当西方在庆祝俄罗斯撤兵时，克里姆林宫已经放下了过去的失败，正在制订向西方拓展其势力的新一阶段的计划。

并且这个计划肯定会将美国带来的威胁考虑在内。

Chapter 4

小杰克·瑞安

两个迷人的 20 多岁的姑娘坐在酒吧中心的吧台上，红头发的埃米莉和黑色头发的耶尔达。今晚像许多个星期三的夜晚一样，她们喝着爱丽斯啤酒，抱怨着自己在伦敦银行的工作。接近十一点时，大多数下班的人早已离去，但是这两位女士总是在星期三的晚上工作到很晚，把冗长而乏味的报告放到一起。在搭乘地铁回到她们位于东区的公寓之前，为了奖励自己的努力，她们养成了到账房酒吧用晚餐、喝酒闲聊的习惯。

这个惯例保持了近一年了，现在她们已经能对账房酒吧的常客了如指掌，就算不知道名字，也至少眼熟。

这里是伦敦金融城，伦敦的金融中心。事实上，所有频繁出入的男女都是这里的常客，他们大都来自本地区的贸易商行、银行、投资公司和证券交易所。当然在每个星期三也有许多陌生面孔出入，但是很少有谁会引起太多注意。

今晚，人群中有一个新面孔，他刚穿过酒吧的大门，埃米莉和耶尔达便注意到了，她们迅速结束了关于工作的话题。

他是一个高个子男人，20—30 岁出头的年纪，身上时髦的灰色西服彰显着他的地位与财富，即使是保守的剪裁也不能隐藏他完美的身材。

他独自一人来到酒吧角落的一张小桌子旁，拧开了桌上的小灯泡，坐在昏暗的灯光下。他向女服务员点了单，不一会儿，啤酒便送到了他面前。他注视着自己的啤酒，时而喝，时而查看手机，剩余的时间则陷入深深的沉思当中。

他沉思着，对外界漠不关心，这无疑增加了正透过房间观察他的埃米莉和耶尔达与他之间的距离感。

等到这个男人开始喝第二品脱啤酒时，伦敦银行的这两个女人的第三品脱啤酒已经喝了过半了。她们都不是扭捏害羞的女孩，通常当她们注意到酒吧里来了一个外表英俊且还单身的男士时，她们都会立刻离开自己的座位，主动出击。但是今晚，无论是来自富勒姆区的红发埃米莉还是在依普斯威奇出生的有着巴基斯坦血统的黑发耶尔达，都没有向角落里的高个子男人出击。尽管他看上去并不高傲或者冷酷，但他的肢体语言却暗示着他的不可接近。

这个夜晚变成了她们两个之间的挑战，她们咯咯地傻笑着，试图哄骗对方先采取行动。最终，埃米莉点了一杯酒，将其一饮而尽。酒刚喝下去没几秒钟，她便站了起来，朝着房间的对面走去。

小杰克·瑞安看到一个红头发的女郎向自己走来，就在20步外，"该死，"他咕哝着，"我没有心情。"

他注视着面前金色的淡啤酒，希望那个女人在没有走到自己桌前时便失去了继续的勇气。

"你好。"

杰克对自己心理暗示的能力感到非常失望。

她说："我看到你一个人在这儿，你喜欢新鲜饮料吗？或者新鲜的人？"

杰克看着她，但尽量避免和她有太多的目光接触。他尽可能地保持礼貌的微笑但又不表现得太过友好。"晚上好呀？"

埃米莉瞪大了眼睛。"你是美国人？我知道我之前并没有见过你。我和我的朋友对你的故事很好奇。"

杰克回头看了看他的啤酒。他知道他应该感到荣幸，但他没有。"我没有什么故事，真的。我到这个城市刚工作了几个月。"

她伸出一只手说："我是埃米莉，很高兴认识你。"

杰克快速瞥了一眼她的眼睛，确定她并没有喝醉，不过也离醉不远了。

他和她握了一下手："我叫约翰。"

埃米莉坐了下来，杰克压制住了心中的厌恶。"我爱美国。去年和前任一起去过。当然并不是前夫，只是一个约会过一段时间的家伙。他是个自恋的家伙，一个混蛋。总而言之，离开他总是好的。"

"那很好啊。"

"你家住在哪个州。"

"马里兰州。"他说。

她说话时总是深深地注视着他的眼睛。杰克马上意识到她可能对自己有模糊的似曾相识的感觉，这种感觉让她感到些许困惑。她回过神来说："挨着东海岸，对吗？在华盛顿特区附近，并没有到东海岸。我和我的前男友去过西海岸，我特别喜欢旧金山，但是从那里去洛杉矶的交通实在太可怕了。我完全不习惯右边驾驶……"

埃米莉突然瞪大了她的眼睛，停止了交谈。

该死，杰克心想。又来了。

"哦……天哪。"

"拜托！"杰克轻声说。

"你是小杰克·瑞安。"

在这之前他从没被任何人这样叫过。他心想这个姑娘可能惊讶得有点结巴了。他回答道："是的，我就是杰克·瑞安。"

"真不敢相信！"这次埃米莉说得更大声了，几乎就是喊了出来。她正准备回头找房间对面的同伴，就被杰克阻止了，他伸出手轻轻地握住了她的前臂。

"拜托，埃米莉。如果你不小题大做的话，我将十分感谢你。"

埃米莉迅速地环顾四周，然后看了看正在望着他们的耶尔达。转身对杰克狡黠地点了点头说："是的，我明白，没问题，我会替你保密的。"

"谢谢。"我没有什么心情，杰克在心里嘀咕着，不过他脸上还是保持着微笑。

埃米莉趁机在他对面的位置上坐了下来。

该死。

在他们交谈的几分钟里，她一直在快速地向他提问。他的生活是怎样的？他在这里做什么？为什么他一个人在外面没有任何保护措施？杰克简短但并不粗鲁地进行回答，试图礼貌地表达自己对这次谈话毫无兴趣。

很明显，埃米莉并不打算邀请她的同伴加入他们，杰克看见一对男女从那个橄榄色皮肤的美人身边走过，她正独坐着自言自语。

当他的注意力重新回到埃米莉身上时，正好她说："杰克……你想不想去别的地方我们再聊聊？"

杰克压抑着心里的另一个叹息说道："你想要一个诚实的答案吗？"

"嗯……当然。"

"那么……是的，我相当期待。"

这个年轻的女人十分吃惊，不确定该怎么用美国人的方式给予答复。在她开口之前，杰克说："但是十分抱歉，我明天还要早起。"

埃米莉表示她明白并嘱咐杰克待在这里不要动。她冲回自己的桌前，抓起她的手包，然后又回到杰克身边。她从手包里掏出一张商务名片和一支笔，并在名片上写下了一串数字。

瑞安喝了一小口啤酒，注视着她。

"当你不忙的时候，希望你能给我打电话。我很乐意带你四处走走。我在这里出生在这里长大，比导游好多了。"

"那是当然。"

她以一种很明显的方式将自己的名片递给杰克，然而杰克知道她这样做是为了向正独自坐在角落里的朋友炫耀一番。他接过名片，努力地挤出一丝微笑，焦虑地期盼着她的心满意足。毕竟她一直很配合，没有向房间里的所有人宣布他就是美国总统的儿子。

"很高兴遇到你，杰克。"

"我也一样。"

埃米莉很不情愿地回到自己的桌前，杰克继续喝完他的啤酒。他把她的名片放进了外套里，回家后他会把它扔在书架上，那里有一堆卡片、纸巾和撕裂的信封，每一个上面都是一些女性的电话号码，他在英国短短两周，但已经多次遇见类似的情况。

杰克喝着自己的啤酒，他不敢看向埃米莉的桌子，但是仅仅几秒钟后，埃米莉的朋友用几乎所有人都听得到的声音喊道："老天啊！"

杰克无奈地从外套里掏出了钱包。

Chapter 5

卡斯托 & 博伊尔公司

两分钟后，杰克走在人行道（sidewalk）上——他们称之为"铺装道（pavement）"，这是杰克发现的英式英语和美式英语之间最合乎逻辑的差异之一。

黑夜里，他独自走向银行的地下停车场，一种无形的压迫感使他觉得自己正在被监视。他没有理由怀疑他真的被跟踪了，其实这仅仅是因为他神经太紧张，他不知道每次自己被人认出来都会助长他的这种紧张情绪。尽管他已做了最好的防范措施，但还是一直处在提心吊胆之中。

来到英国后，他以为自己会被淹没在城市的高楼大厦，隐藏于人群中，但过去的两周却频频被人认出来。无论是在酒吧、地铁站，还是排队买炸鱼和薯条时，大家都清楚地知道他是谁。

小杰克·瑞安和他那闻名于世的父亲一样高，拥有和父亲一样的坚硬下颌与锐利的蓝眼睛。他在儿时上过电视，尽管过去几年中他已尽量避免出现在公众的视线里，但他依旧和儿时的自己没有多大变化，所以他到哪儿都会引起人们的关注。

杰克知道，与交往了一年的女友梅拉妮·克拉夫特分手也是导致他感到心神不宁和缺乏信任感的原因之一。他在英国遇到过几个女人，这些单身女性似乎都缺少害羞的基因，在美国更是如此，他和她们约会过几次，但他仍然不能和梅拉妮保持足够的距离，以便他能思考一些更严肃的问题。

偶尔他也想知道，一些没有任何附加条件的一夜情是否可能治愈他现在的萎靡不振，但当真正面对时，他才发现他真的不是那种类型的男人。他猜想一定是父母把他培养得太优秀了，而且一想到那些混蛋也可能像对待可消费的下架产品一样对待他的姐姐，就让他愤怒得捏紧了拳头。

他必须面对一个事实，虽然自己从不缺乏吸引异性的能力，但他真的不是卡萨诺瓦（意大利风流浪子）式的人物。

杰克来到英国首先是为了在暴露了身份以后让自己暂时和校园情报处保持一定距离。他向校园情报处的负责人格里·亨德利表达了自己的想法，他想用几个月的时间来磨炼自己工作中的分析能力。没有完全的官方许可他不可能进入中央情报局（Central Intelligence Agency，CIA）或者美国国家安全局（National Security Agency，NSA），这样，杰克·瑞安过去几年在校园情报处的秘密工作将永远无法获得认可。格里知道如何摆脱这些条条框框的束缚，即刻建议杰克钻研国际商业分析，并许诺，如果他加入恰当的公司，将能深入接触到世界性的政府腐败、集团犯罪、贩毒团伙与国际恐怖主义。

对杰克来说，这听上去还好。

几个月前，杰克在校园情报处工作时学到了一些中国式的智慧，让他懂得了他是谁，他为什么而生。这种智慧不仅让他受到感染，连他的朋友和同事，甚至他父亲的政府，都受到了影响。

格里给杰克做了一些安排，但杰克想以自己的方法来处理这些事情。他对涉及商业分析的公司做了一些调查，发现了其中一家最大也最好的公司——英国卡斯托＆博伊尔风险分析有限公司。杰克读过的所有资料都显示卡斯托＆博伊尔公司几乎染指国际金融的每个角落与缝隙。

一周内，瑞安便与卡斯托＆博伊尔取得了联系，他面试了商业分析专员的职位，签署了一份为期六个月的合同。

杰克和公司的两位合伙人——卡斯托与博伊尔第一次会面时便表明他不希望他的家族插手此事，如果他被聘用了，他将尽全力掩饰自己的身份，同时也希望公司能尊重他的隐私。

在这个注重关系的伦敦金融区，博伊尔既震惊又饶有兴趣地发现美国总统的儿子和在小隔间计算机前努力工作的其他年轻分析员并没有什么差别。

博伊尔本想当场聘用这个品质优秀的青年，但他还是尊重了杰克的意愿，让他参加了一整天的测试：会计、研究方法、人格问卷和全面的政治、时势和地理知识的深入测试。杰克通过了所有的测试，他签署了合同后便返回巴尔的摩，收拾行李并退掉自己的公寓。

十天后，杰克到卡斯托＆博伊尔公司报到。

现在他已经在这里工作两周了，他不得不承认在这里工作十分有趣。虽然他只是一名财务分析师，而不是情报分析员，但他把这看作硬币的正反两面，而不是两种毫无联系的工作。

卡斯托和博伊尔从事的行业惊人的残酷并且节奏很快。科林·博伊尔的脸孔更为人们所熟悉，因为他常常作为卡斯托＆博伊尔公司的发言人出现在媒体面前，而卡斯托＆博伊尔公司真正的掌权人却是休·卡斯托。卡斯托曾任职于英国国家情报机构军情五处（MI5），他是这个间谍组织的首脑，冷战时期离开了政府，成功转型到研究公司的安全和商务情报领域。

公司的其他人专门从事法务会计学和商业账目的审计，这些都是杰克在卡斯托＆博伊尔公司的早期任务，现在他已是个多面手。

这和他之前在校园情报处里所做的分析工作不完全一样。他并不通过分析绝密的敏感情报档案来挖掘辨别恐怖分子的行动，而是通过幌子公司背后错综复杂的商业关系来试图掌握国际商业骗局，以便卡斯托＆博伊尔公司的顾客可以在市场上做出精明的决策。

他的对手并不是伊斯坦布尔的刺客或者那些针对美国的巴基斯坦人，他的工作仅触及到公司客户的底线就可以了。

杰克的短期计划是在伦敦努力工作，学习金融犯罪和法律商业分析，与校园情报处的团队保持距离，以免像之前一样泄露自己的身份。

但这也是短期的。长远来看呢？从长远来看，杰克并不真正地确定他在做什么，他将何去何从。他想等自己重新振作后重返校园情报处，不过他并不知道那将是什么时候的事了。

杰克的父亲在他这个年纪时，已经在海军陆战队为国家效力了，并且已结婚生子，取得博士学位，在市场上赚了大量的钱，出版了书籍。

杰克对自己在校园情报处所做的事情感到自豪，但作为杰克·瑞安总统的儿子，他的任务还十分艰巨。

晚上十一点五十分，杰克出了男爵阁地铁站，和三三两两的其他行人一起走在夜晚的大街上。天空开始下起连绵的细雨，像往常一样，杰克又把他的伞忘在了办公室。他在地铁站出口随手抓起一份免费报纸，顶在头上，穿过大街向住宅区走去。

杰克独自漫步在雨中的街道上。到了贺加斯路时，他回头看了看，这是他在校园情报处时养成的习惯。他不会采用监视侦察程序（改变路线，使用各种交通工具，至少用一个多小时的时间来监视周围环境）的方式来反跟踪，但至少他会对跟踪者保持警惕。

杰克每天都会尽可能地改变自己的日常生活。他在下班后的每个晚上都刻意去不同的酒吧，他工作的地方和他住的肯辛顿都可以为他提供很多选择，他知道在自己再也找不到新的地方之前，他还要在这个城市待几个月。

他不但每天晚上去不同的夜店，他还尽可能地改变路线。肯辛顿拥挤的街道意味着他可以选择好几条不同的路线往返自己的公寓，从而避免总是从同一个方向进出。

虽然具备一些反跟踪技术，杰克仍强烈地感到自己正处于被监视的状态。他不明白问题出在哪儿，也没有任何证据能证实自己的怀疑。他有时总感觉有一双眼睛正在触手可及的地方监视着他，这种感觉让他如芒在背，比如黎明前慢跑时、上班往返肯辛顿和伦敦金融区时、和同事一起出去吃午饭时，特别是大多数独自回家的夜晚。

是中国人吗？他们跟踪他来到了伦敦？还是英国情报机关对他的日常监视？也有可能是他们察觉了他之前的活动。

甚至有可能是美国特勤局，监视着他以确保他的安全？杰克是第一个拒绝特勤局保护的美国现任总统的儿子，事实是这样反而更麻烦，虽然他们没有被授权保护他，但他也并不能完全排除这个可能性。

他越想搞明白自己为什么会有被跟踪的感觉，就越要告诉自己这不过是自己的偏执。

在克伦威尔路时他又回头看了看，一如既往地毫无所获。

几分钟后，杰克转进莱克斯汉姆花园酒店，他看了看表，已经过了午夜。为了在明天晨跑前睡足五个小时，他必须得睡觉了。

在进入公寓之前，他在门口停了下来，再次确定没有人跟踪自己。与之前一样，他没有看见任何人。

一切都只是他的想象。

"很好，杰克。当你父亲在你这个年纪的时候，他从爱尔兰共和军狙击手手里拯救了英国皇室，劫持了俄国潜艇。而你居然去酒吧喝酒都要小心翼翼战战兢兢。"

该死的，控制住你自己。

进入校园情报处后他一直想方设法地保持低调，但收效甚微。此时，他在回公寓的楼梯上忽然意识到自己的目标是彻底地隐姓埋名。他现在远离家乡，只身一人，有很大的潜力来改变自己的外貌。他可以这么做，甚至必须这么做。

他立刻决定蓄胡须、剪短发，改变自己的着装风格。他甚至决定去健身房，在一定程度上改变自己的体型。

他知道自己的转变不会一蹴而就，但是，为了让自己真正放松，过属于自己的生活，他一定能做到。

Chapter 6

香草餐厅

两个月后

  迪诺·卡迪奇坐在他的拉达轿车的方向盘后面，虎视眈眈地望着停在远处广场对面的一排排豪华越野车。宝马、丰田陆地巡洋舰和梅赛德斯－奔驰一辆接一辆地闲置在广场上，而就在它们后面，这个城市最时髦的餐厅正闪耀在霓虹灯下。

  车是好车，这家餐厅也是一家非常不错的餐厅，但这些并没有给卡迪奇留下深刻印象。他还是会把这个地方炸入地狱。

  如果卡迪奇是在世界上的其他地方，这些豪华的车队或许能说明餐厅里有一些重要的VIP正在用晚宴，但这里是莫斯科，在莫斯科，任何黑帮或稍微有一点背景的商人都拥有自己的昂贵车队和一帮安保人员。在俄罗斯，六辆昂贵的豪华轿车和有着锐利双眼的随从并不能证明有什么特别重要的人物正在餐厅就餐，卡迪奇猜想里面很可能只是一些当地的地头蛇或腐败的税务官员而已。

  卡迪奇今晚的目标已经步行到达餐厅，他只是一个外籍商人，也许在某些地方他很重要，但在这里，他无足轻重。他既不是黑社会也不是政治家。他是个英国人，一个雄心勃勃的新兴市场基金经理——托尼·霍尔丹。7点左右，当霍尔丹刚进入香草餐厅时，卡迪奇便已经近距离确认过他了，随后卡迪奇又重新回到了街道的另一边。他把车停到戈多瑞夫斯基大道的树荫下，继续坐在方向盘后等待。他把电话放在大腿上，眼睛注视着香草餐厅的前门。

  香草餐厅前门外的花盆里，一枚鞋盒大小的简易爆炸装置被隐藏在枝繁叶茂的植物下面，搁在卡迪奇腿上的电话便是用来传递信号引爆炸弹的。

  从卡迪奇的位置望去，120米外，安保人员和司机都站在花盆周围，对即将到来的危险浑然不知。

他不知道这些家伙能否在爆炸中幸存。不过，他对此倒无所谓。

他的手指反复敲打着方向盘——因为紧张，而不是因为无聊——他感到自己的心跳正随着时间的流逝越跳越快。尽管卡迪奇一直在做这样的事，但每次他的肾上腺素都会飙升到一个新的高度。充满智慧的战争总是伴随着精心的设计和策划，执行暗杀、对爆炸的预判，催化剂和塑料的气味，是的，甚至是肉体燃烧的气味，这一切都让他兴奋不已。

20年前，卡迪奇第一次感觉到了这种兴奋的颤抖，当时在巴尔干半岛地区的战争中他只是克罗地亚准军事部队里年轻的一员。当克罗地亚与塞尔维亚签署了停火协议后，卡迪奇才意识到战争对他来说有太多的乐趣，他还没有准备好停止战斗，所以他组织了一个非正规雇佣军在波斯尼亚进行突击搜查，专门替波斯尼亚政府对付塞尔维亚巡逻队。美国中央情报局对此十分感兴趣，他们给卡迪奇的兵团提供专业的训练和装备。

但没过多久，中情局便意识到自己犯了一个巨大的错误。卡迪奇的克罗地亚非正规军开始对波斯尼亚的塞尔维亚平民执行暴力行动，中情局因此立即断绝了和迪诺·卡迪奇非正规军的关系。

战争结束后卡迪奇开始了他职业杀手的生涯。他活动于巴尔干半岛地区和中东地区，在世纪之交，他搬到了俄罗斯，在那里他成为了任何黑社会都可以雇用的杀手。

他在这个行业干了几年后，返回克罗地亚买了一处居所，开始了他的半退休生活，他几乎花光了过去十年在俄罗斯挣来的钱，所以，他只能重操旧业。

像这次对霍尔丹的暗杀就是如此。委托人是俄罗斯的一个黑社会，他们开出了天价暗杀霍尔丹，为此卡迪奇计划了一个低风险的行动。俄罗斯人给出了非常明确的暗杀时间和地点，并且要求卡迪奇搞点大的动静出来。

没问题，迪诺告诉委托人，他一定会搞出点大动作。

他深呼吸尽量使自己平静下来，告诉自己放轻松。

他用英语大声地喊出一个很久以前美国人教他的短语。

"保持冷静。"

在这个安静时刻，大声喊出这个短语使他感觉很好，这已成为他每次执行任务前的一种仪式。他讨厌美国人，美国人认为他不可靠并背弃了他，但美国人无法收回曾经对他的训练。

现在他就正在使用这些训练中获得的技能。

卡迪奇看了看表，然后瞥了一眼公园对面的目标区域。他没有用双筒望远镜，如果有人经过他的车外，或者如果有人从附近的公寓或商店向窗外望，会很容易注意到车里的男人正在用望远镜瞄准即将爆炸的地方。爆炸后，任何对他车子的描述都会让内务部的调查者彻查这个区域安保摄像头的视频录像，很快他就会被认出来。

卡迪奇不会让这样的事发生。迪诺的目标是避免这种不必要的麻烦，所以他不得不通过肉眼远距离观察。考虑到委托人希望他利用爆炸制造点大的动静，所以他使用的炸弹有着过度的杀伤威力。为此，不得不稍微远离自己的目标，虽然他不喜欢这样。

从这个距离他必须通过确认目标的驼色外套来确认他离开餐厅的瞬间，迪诺觉得这是最佳的时间。

他再次看了看手表。

"保持冷静。"他用英语说道，随后又用他的母语塞尔维亚－克罗地亚语催促："快点，该死！"

一道红色的帘幕在香草餐厅中分隔出了一个私人的宴会区，帘幕前站着四个身着黑色西服的保镖。虽然在这个最不安全的城市，本地人用餐都习惯于配备穿便装的安保人员，但只要粗略地看一眼便知道这四个都是顶级的保镖，而绝不是那些常见的廉价"雇佣品种"。

全副武装的保镖和红色的帘幕后面，两个中年男子在大得有些空旷的房间里相视而坐，饮着白兰地。

其中一个男人穿着灰色法兰绒的巴宝莉西装，他的蓝色领带依然像清晨八点刚打好时一样精致得体。他用带着浓重俄语口音的英语说道："莫斯科一向都是最危险的地方，过去的几个月，恐怕更是如此。"

英国人托尼·霍尔丹像桌子对面的俄罗斯人一样穿着精致得体。邦德街的蓝色细条纹西装干净笔挺，驼色的外套挂在一旁的衣服架上。他歪着头，表示出些许惊讶地说："这番令人不安的话居然出自国家安全主管官员之口。"

斯坦尼斯拉夫·比留科夫并没有快速地做出答复，他喝了一口恰恰酒——一种葡萄皮发酵后经蒸馏而得的格鲁吉亚白兰地，然后用餐巾纸的一角擦了擦嘴，说道："SVR 是俄罗斯联邦对外情报局，目前国外的局势相对较好。而 FSB 是俄罗斯联邦安全局，目前正在负责处理俄罗斯及其周边邻国所面临的灾难。"

霍尔丹说："请原谅我并不明白俄罗斯联邦安全局和俄罗斯联邦对外情报局的区别，因为对于我这样的老手来说，它们依旧是克格勃。"

比留科夫笑着说："如果说到老手的话，我们都会在名单上。"

霍尔丹窃笑道："的确如此，不过那都是很久以前的事了，老伙计。"

比留科夫在烛光下轻轻地摇晃着自己的酒杯，他注视着这深金色的液体，仔细地考虑着接下来该说的话。"作为一个外国人，你可能不太了解，俄罗斯联邦安全局的权力并不仅限于俄罗斯，还涉及独联体其他国家，甚至是俄罗斯的周边主权国家。我们这里所说的边境国家是指'苏联的各加盟共和国'。"

霍尔丹把头转向一边，假装并不知情，而比留科夫也并不拆穿他，只装作相信了他的伪装。俄罗斯人又补充道："我理解这可能有点让人困惑。"

霍尔丹说："让人困惑的是俄罗斯的国家安全仿佛还被苏联操纵着，就像有人忘了告诉间谍们苏联已经不复存在了一样。"

比留科夫沉默不语。

霍尔丹知道今晚俄罗斯对外情报局局长邀请自己出来共饮一杯其实是另有目的，而现在这个俄罗斯人正在慢慢地表露他的真实意图。每一句话都经过了反复的思量。英国人试着帮他一把，他说："是否感觉他们在操控你的地盘？"

比留科夫大笑道："我在巴黎、东京和多伦多的工作可比在格罗兹尼、阿拉木图及明斯克的工作快乐得多。对于我们的兄弟单位来说，这些日子是丑陋和不堪的。"

"让我来推断一下你今晚真正想和我聊的话题？"

比留科夫用自己的问题来回答了霍尔丹的问题。"我们认识多久了，托尼？"

"八十年代末，你是苏联驻伦敦领事馆文化专员，而我当时在外交部工作。"

比留科夫纠正道："当时我是克格勃，而你是英国特工。"

有那么一会儿霍尔丹想反驳，但他转而说道："如果我否认又有什么意义呢？"

俄罗斯人说："那时我们都还是孩子，不是吗？"

"是的，我们是的，老伙计。"

比留科夫往前稍微靠近霍尔丹接着说："我并不是恐吓你，我的朋友，但我知道你和贵国政府还保持着联系。"

"我猜你的意思是，我是女王陛下忠诚的臣民。"

"不，这并不是我想要说的。"

霍尔丹挑了挑眉说："俄罗斯联邦对外情报局局长是想指控我是活动于俄罗斯首都的外国间谍？"

比留科夫向后靠在椅背上说："不要这么夸张。你和军情六处还保持着联系也是很正常的。像你这样有背景的商人游刃在国家间谍机构之间根本不算什么，对双方而言都只不过是些聪明的商业手段而已。"

霍尔丹稍微松了一口气，比留科夫只是想利用自己的旧关系网作为切入口，来与英国特工取得联系。

这样就可以说得通了，霍尔丹一边思考一边将自己的酒一饮而尽。这的确不值得俄罗斯联邦对外情报局的局长为此对英国大使馆作短暂的访问。

霍尔丹说："是的，我是有一些朋友在军情六处任职，不过真的别对我抱太大希望。我离开这一行已经太久了。我可以替你传递任何你想让我传达的消息，但是你给我的消息要越清晰越明确越好,以免我搞砸了。"

比留科夫给自己和对方再斟了一杯白兰地。"很好,我会把事情讲清楚的。今晚在这里我正式告知你,告知英国,我们的主席正在大力推动重组这两个情报机构,试图重建一个可以同时掌控国内和国外安全的机关。"他又补充道:"我认为这是一个非常糟糕的主意。"

英国人一口白兰地差点喷出来:"他想重建克格勃?"

"我发现我必须相信克里姆林宫,甚至相信克里姆林宫的主席瓦列里·沃洛金,会无耻地用'Komitet Gusudarstvennoy Bezopasnosti'(KGB)来命名这个新的机构。虽然这个新机构的功能和以前的克格勃并不完全一样,这个机构将主管国内国外的所有情报事务。"

霍尔丹咕哝道:"该死。"

比留科夫阴沉地点了点头。"这样做没有任何好处。"

这对霍尔丹而言太轻描淡写了。

"那为什么要这样做呢?"

"在俄罗斯国内和苏联的各加盟共和国之间的一个事件加快了这一切的发生。两个月前俄罗斯对爱沙尼亚不成功的攻击,使沃洛金和他的幕僚开始在各个方面极力扩大着俄罗斯的势力范围。他想拥有更多的权力来控制苏联各加盟共和国。如果他不能通过战争来获得权力和掌控,那么他将会通过间谍来达到自己的目的。"

霍尔丹当然知道这个众所周知的新闻。过去的一年里,白俄罗斯、车臣、哈萨克斯坦和摩尔多瓦都坚定地支持俄罗斯,反对西方国家。俄罗斯被指控利用政治、特工和黑社会干预选举,使选举结果对莫斯科有利。

莫斯科加剧了周边国家的混乱。入侵爱沙尼亚虽然失败了,但这对乌克兰起到了威慑作用。除此之外还有格鲁吉亚的内战、拉脱维亚和立陶宛激烈又残酷的总统竞选、其他邻国的骚乱和示威游行。

比留科夫继续说道:"我在俄罗斯联邦安全局的竞争对手罗曼·塔拉诺夫主要负责此事。我猜想如果他们完全控制了境外的情报活动,这会大大扩大他们的影响力,各加盟共和国将变得更加不稳定。也许在未来的几个星期内俄罗斯会入侵乌克兰,吞并克里米亚半岛。如果没有遭到西方的任何抵抗,他们会从那里出发吞并更多地区,一路打到第聂伯河。一旦这个目的达到了,我相信沃洛金又会将目光放到与其他边境国家以及前华沙条约国家建立有利联盟上。他相信他可以让所有地区都重新回到克里姆林宫的中央控制下。波兰、捷克共和国、匈牙利、保加利亚、罗马尼亚和其他国家都会像多米诺骨牌一样一个接一个地倒下。"

霍尔丹感到口干舌燥,他们正在谈论新一轮的冷战,而且很有可能会因此导致新一轮的世界大战。他认识这个俄国人很久了，知道他绝对不会夸大其词。

霍尔丹问道："如果塔拉诺夫接手俄罗斯联邦对外情报局，那么你怎么办，比留科夫？"

"我担忧的是我们脆弱的民主，是俄罗斯人民的自由，是这种危险的过度扩张导致的与西方国家全面开战的局势。"他笑着耸了耸肩。"我并不担心我的职业前景。"

他又补充道："稍后我会给你更多的信息。你我都知道，这需要时间。"

霍尔丹惊讶地笑道："你想做我的特工？"

俄罗斯联邦对外情报局的局长俯身靠在桌子上说道："我可比特工便宜多了。除了让西方尽可能地阻止此事，我不需要你们其他任何回报。当然从政治上讲，这可以挫败俄罗斯联邦安全局想要掌控俄罗斯联邦对外情报局的企图。如果你们向国际社会公布此事，可能会对塔拉诺夫和沃洛金的计划起到一定的冷却作用。"

霍尔丹首先考虑到的是这个消息会对他在欧洲的投资产生什么样的影响，毕竟他现在是一名商人。意识到这一点后他尽可能地让自己回到过去特工的思维方式上，清除脑海里这些商业性的想法。

但很快他就发现他很难做到这一点，他已经将近 20 年没有受雇于军情六处了。他把双手举到空中以示投降。"我……我真的已经不在这个圈子里了，我的朋友。当然我可以回到伦敦和一些旧相识谈谈，他们将会找一个更合适的人来传递你的消息。"

"托尼，我只和你谈。"

霍尔丹慢慢地点了点头。"我明白了。"他考虑了一会儿，继续说："我在这里还有生意，下个星期，我们能再见吗？"

"可以，但是以后我们需要自动化地传递信息。"

"确实。我简直不能想象我们之间会有定期的约会之夜。"

比留科夫笑道："我可警告你，我老婆和俄罗斯联邦安全局局长罗曼·塔拉诺夫一样危险。"

"我完全相信，老伙计。"

Chapter 7
白宫午宴

美国总统杰克·瑞安与他的妻子凯茜站在白宫的南门廊外，他们的特勤队站在两侧。这是一个明朗的春日下午，有着湛蓝色的天空和适宜的气温，杰克看着黑色的福特远征在车道上卷起的尘土，不由得想在这个美好的天气下如果和客人在白宫南草坪拍照应该是个相当不错的主意。

但是，今天不会有人拍照，这次会面甚至不会记录在白宫的访客记录里。全世界都可以在网上看到美国总统的官方日程，但是今天网上总统的官方行程只神秘地写着"私人午宴－住宅－下午1:00－2:30"。

如果按国务卿斯科特·阿德勒的意思，这次会面根本不会发生。

但瑞安是美国总统，总统总有他的办法。今天的客人是他的朋友，瑞安认为自己没有理由不和朋友用午餐。

在福特远征停下来之前，凯茜靠近她的丈夫说道："这家伙曾经用枪指着你，是吗？"

虽然瑞安默认确有此事，但却用狡黠的笑容回答道："抱歉。这是机密。反正你是知道谢尔盖的，他是我的朋友。"

凯茜挽着丈夫的胳膊，开玩笑地说："他们已经搜查了他吗？"

"凯茜！"杰克假装斥责，随后又以玩笑的语气说道："见鬼……希望如此吧。"

杰克的首席保镖，安德莉亚·普赖斯·奥黛就站在他们旁边，听到总统和凯茜的谈话后，她说："如果发生这样的事，总统先生，我认为你应该抓捕他。"

福特远征停在了他们面前，一名特勤局的特工打开了汽车的后门。

几秒钟后，克格勃前任官员、俄罗斯联邦对外情报局前任局长谢尔盖·格洛夫科慢慢地钻出车子。

"谢尔盖！"杰克温暖地笑着，伸出了他的手。

"总统先生！"格洛夫科用他独有的笑容回应道。

凯茜向前一步接受了谢尔盖的亲吻。在刚认识谢尔盖时，凯茜就认为他是一个善良的有绅士风度的男人，尽管很久以前他和杰克之间发生了一些不愉快的事情。

当他们转身回到白宫，杰克不禁发现谢尔盖明显比上一次见面时老了许多。他微笑着缓慢地走着，蓝色的西装耷拉在肩上。

杰克告诉自己没有什么好大惊小怪的。据统计，俄罗斯男性的平均寿命不到60岁，而谢尔盖已年过七旬。更何况过去的两个星期格洛夫科还十分劳累地在美国做巡回演讲。他表面上看起来稍微糟糕点有什么好奇怪的呢？

面对现实吧，杰克，他心想，我们都老了。

随行人员穿过外交会客室从楼梯上到二楼，杰克把手搭在这个稍矮小的俄罗斯人后面问道："你还好吗，我的朋友？"

"我很好，"谢尔盖耸了耸肩，边走边回答，"我今天早上醒来的时候有点不舒服，昨晚在堪萨斯州的劳伦斯吃了一些烤牛腩。显然，即使是我的俄罗斯铁胃也受不了这个。"

杰克笑着搂着自己的老朋友说："很抱歉听到这个消息，我这里有很好的医师，如果你需要的话，我可以让她在午餐前来为你诊治。"

谢尔盖礼貌地摇了摇头。"不用，我会好起来的。谢谢你，伊凡·埃默特维奇。"他立刻纠正道："我的意思是'总统先生'。"

"叫我伊凡·埃默特维奇就很好，谢尔盖·尼古拉耶维奇。我很感激你用我父亲的尊称来称呼我。"

托尼·霍尔丹和斯坦尼斯拉夫·比留科夫站在香草餐厅的大厅，他们一边聊天一边穿上大衣准备离开，俄罗斯联邦对外情报局局长的首席保镖已安排街上的同僚把局长的"路虎"开到了门口。

两个男人握了握手。"我们下周见，安东尼·阿图里维奇。"

"再见，斯坦。"

比留科夫的一名保镖在前面确认街道安全后，托尼·霍尔丹随他离开了大门。斯坦尼斯拉夫站在门口，三名保镖围着他，等待着确认安全。

霍尔丹准备走到SUV后面的路边拦一辆出租车，他后面的比留科夫刚走出大门25英尺（7.62米）。当比留科夫走到香草餐厅门口的两个花坛中间时，一道耀眼的白光笼罩了整个餐厅。

随之而来的是雷鸣般的巨响和压力产生的剧烈摇晃。

爆炸把保镖们像抛碎片一样抛到街上，全副武装的路虎像火柴盒一样翻滚着飞了出去，爆炸产生的碎片击碎了窗户玻璃，百米外的行人也因此而受伤。几十辆汽车的报警器爆发出刺耳的哀鸣，淹没了所有的一切，除了那些痛苦的呻吟和受到惊吓的尖叫声。

公园的另一边，迪诺·卡迪奇回到车上。虽然他的车有银行大楼的一角作为掩护，但他还是趴在地上按了手机上的触发键，为了避开任何直飞而来的碎片他几乎挨到了地板。

爆炸产生的碎片还没完全尘埃落定，卡迪奇便已经驾车消失在了傍晚的车流里。他平静地开着车慢慢地离开了爆炸现场，甚至没有回头望一眼。他隔着微微摇下的车窗，深深地呼吸了一口弥漫着浓烟的空气。

从主卧穿过西厅便是家庭餐厅，此时总统杰克·瑞安和第一夫人凯茜·瑞安正与他们的客人在白宫二楼的家庭餐厅用午餐。与他们一起用餐的还有国家情报局局长玛丽·帕特·福利和她的丈夫美国中央情报局前任局长爱德华·福利。

在白宫私人餐厅接待俄罗斯联邦对外情报局前任局长，对一小部分知道今天午宴和仍然记得冷战的人来说，多少有些不现实，但是时间能改变一切。

格洛夫科已不再是俄罗斯情报机构的一员，事实上他是他们的反对者。他现在只是一名普通公民，克里姆林宫现任执政者的眼中钉肉中刺。美国国务院曾警告瑞安总统，邀请格洛夫科来白宫用餐的举动如果被俄罗斯方面知道了，会被认为是对他们的挑衅。杰克勉强默许了国务院方面的一部分建议，他命令以非正式邀请的方式来低调处理此事。

谢尔盖·格洛夫科三年前从俄罗斯联邦对外情报局局长的岗位上退下来，退休后的他几乎立即成为了俄罗斯新闻报纸的头条。因为退休后的他不像情报部门的其他退休官员一样，或从政或经商，相反，格洛夫科退休后拿他微薄的退休金开始了公然反对"西罗维基派"的路程。"西罗维基派"是俄罗斯术语，主要指那些出身军队或者情报部门的高层和强势的政治领袖。现在的克里姆林宫里充满了前间谍和军事官员，他们为了争取和掌握更多的权力而组成了紧密的联盟，利用以前为了掌控国家安全学来的技能控制公众和私人生活的各个方面。

克里姆林宫的新任领导是60岁的瓦列里·沃洛金，他自己便曾是"西罗维基派"的一员，在俄罗斯联邦安全局工作过多年，在此之前，他是克格勃的一名年轻官员。目前行政部门和立法机关的大多数官员均来自对外情报局、国家安全局或军队总参谋部情报局。

格洛夫科开始公开宣扬他对沃洛金政府的政策与做法的不满，沃洛金并不乐于接受俄罗斯联邦对外情报局前任局长的意见，尤其是那些关于新体制不民主的谴责。作为一名"西罗维基派"的反对者，格洛夫科的安全受到威胁只是时间早晚的问题。格洛夫科的旧同事有的依然在俄罗斯联邦安全局工作，他们都建议他最好离开俄罗斯，再也不要回来。

俄罗斯联邦对外情报局前任局长怀着沉重的心情离开了祖国，把自己放逐到了伦敦。在过去的这些年里，他都小心谨慎地活着，然而现在他要继续批判沃洛金和他的幕僚。他走遍了全球做巡回演讲,他参加访谈或圆桌会议的画面几乎每个星期都会出现在电视上。

瑞安看着桌子对面的格洛夫科,他不能想象这样虚弱的一个人,怎么能一直坚持这种忙碌而辛苦的日程。

格洛夫科笑着看了看瑞安。"伊凡·埃默特维奇,告诉我,你的孩子还好吗?"

"他们都很好。凯蒂和凯尔都在华盛顿上学。萨莉在约翰霍普金斯大学医学院,完成她的实习。"

"一家人里面竟然有三位博士,真是令人印象深刻。"谢尔盖一边说着一边与瑞安夫妇碰了一下酒杯。

杰克笑着说:"三个博士,但只有两个医生。我发现对于一个有小孩儿的家庭来说,医学博士还是比历史博士有用。"

"小杰克近来怎样?"谢尔盖问道。

"事实上小杰克就住在你附近。他两个月前刚刚搬去伦敦。"

"是吗?"格洛夫科略带惊讶地说,"他在那里做什么?"

"他在一家私企做商业分析,把他的时间都花在了评估企业投资和国际金融交易上了。"

"哦,他目前在伦敦金融区。"伦敦的金融中心通常被称为伦敦金融区。

"是的,但他住在男爵阁。"

谢尔盖笑着说:"他拥有和他父亲一样聪明的大脑。他应该成为一名情报人员。"

总统小心翼翼地吃了一口沙拉。

凯茜·瑞安插话道:"一个家庭有一个这样的人就够了,你不觉得吗?"

谢尔盖举起了杯子敬凯茜。"当然。这是一个很艰难的职业,对于一个家庭来说更是不容易。的确,小杰克从事一项安全可靠的职业对你来说是莫大的安慰。"

凯茜啜了一口冰茶。"正是这样。"

杰克认为妻子的扑克脸现在应该会有所缓和。

谢尔盖又说道:"我很想见他。我就住在诺丁山,离男爵阁不远。也许小约翰·伊凡诺维奇能找时间和我一起用晚餐。"

"我敢肯定,他一定愿意。"杰克回答道。

俄罗斯人笑了笑。"别担心,我不会告诉他太多战争的老故事。"

"反正我儿子是不会相信你的。"

房间里爆发出一阵笑声。在场的人,只有爱德华和玛丽·帕特知道两人之间的全部历史。凯茜很难想象这个上了年纪的俄罗斯人曾经威胁过她的丈夫。

随后他们的话题转向了爱德华和玛丽·帕特,八十年代他们都在莫斯科,常常谈论他们喜欢的地方、人和习俗。

杰克吃着午餐，可他的目光一直注视着谢尔盖。他想到自己的老朋友可能会更想吃里脊肉、喝伏特加，而不是喝着冰茶和罗宋汤。虽然谢尔盖用叉子叉着盘子里的食物，但杰克认为他可能一点都没有吃。

凯茜向谢尔盖询问他的巡回演讲，这似乎让谢尔盖振作了起来。过去的两个星期他一直在美国各地近十几个城市做演讲，主要是大学。他演讲的内容都是关于他对瓦列里·沃洛金腐败政府的看法，目前他还有一本书正在筹备中。

关于这个问题，爱德华·福利说："谢尔盖，沃洛金的首届任期只剩一年了。就在昨天沃洛金签署了新法令，允许在俄罗斯 83 个联邦主体普选政府官员。但是在我这样的老手看来，这不过是在加速俄罗斯民主的失陷。"

格洛夫科回答说："从沃洛金的角度来看，他这样做是有道理的。"

"此话怎讲？"

"地方选举将在一年后举行。虽然机会渺茫，但是人民选出忠于中央政府的官员的可能性总是有的。沃洛金的目标是莫斯科能掌控一切，让自己的人主管俄罗斯的 83 个联邦主体将有利于他做到这一点。"

玛丽·帕特问道："沃洛金的首届任期就要结束了，你在俄罗斯看到民主了吗？"

谢尔盖喝了一口冰水，意味深长地说："沃洛金总统会用'俄罗斯是一个特殊民主国家'来为自己的铁腕手段开脱。然而事实是他控制了大部分的媒体，钦点政府官员，把那些他认为做商业决策时不考虑克里姆林宫利益的商人都扔进了监狱。"格洛夫科厌恶地摇了摇头。瑞安在他稀疏的白发间看到了汗水闪耀的光芒。"俄罗斯的'特殊民主'在全世界有一个更广为人知的名字——专政。"

大家都一致地点头。

"现在俄罗斯发生的一切都不是统治，而是犯罪。沃洛金与他的亲信从俄罗斯天然气工业股份公司获利几十亿美元，政府的权力涉及天然气、石油，甚至少数已被完全掌握股权的银行、船舶和木材行业。他们掠夺国家的财富和自然资源，利用克里姆林宫的权势巧取豪夺。如果沃洛金和他的'西罗维基派'继续掌权的话，我担心再过三年俄罗斯的民主就只剩下回忆了。毫不夸张，中央的权力就像滚向山下的雪球，它会越滚越大，越滚越快，再过几年将没有人能够阻止它。"

"人民怎么能够容忍这一切呢？"凯茜问。

"俄罗斯的社会契约非常简单。人民愿意放弃自由和对政府贪污腐败的熟视无睹来换取安全与繁荣。这种社会契约运行久了，曾经的安全与繁荣也渐渐消逝了。1990 年，我在那里时，100 卢布在杂货市场的购买力与现在 160 万卢布的购买力相当。店主们基本上已经在向世人昭示他们快饿死了。俄罗斯人幸福快乐的日子已经一去不复返。沃洛金是一个独裁者,但大多数人都以为他是一个保护者。话虽如此,经济格局正在转变,俄罗斯的人口结构也正在发生变化,而这一切都对他不利。近二十年,俄罗斯的新生儿出生率一直在斯拉夫人出生率的平均水平之下。如果铁腕政策有增无减,俄罗斯的资源将被转移,国家将破产,那时候将会有越来越多的人开始感受到压力。"

谢尔盖·格洛夫科咳嗽了一阵,稍感平息后他用纸巾擦了擦嘴说道:"俄罗斯现行社会契约的失效不会导致新社会契约的产生,它只会导致沃洛金资本加厉地掠夺人民的自由。"

杰克·瑞安说:"本杰明·富兰克林曾经说过,任何牺牲基本自由以换取短暂安全的人,最后既得不到安全也得不到自由。"

格洛夫科细细地体会着这句话,然后说道:"如果是在莫斯科,他会被扔进勒夫托沃监狱,被俄罗斯联邦安全局盘问。"

格洛夫科可能不知道本杰明·富兰克林是谁,或许他只是忘记了。杰克笑着说:"富兰克林在 250 年前,我们国家正在经历一个艰难时刻时,说了这样的话。"

玛丽·帕特说:"我对沃洛金的担忧不仅仅只限于俄罗斯境内,近来前共和国发生的重大事件都有克里姆林宫插手的痕迹。"

"罗曼·塔拉诺夫的情报部门和瓦列里·沃洛金的铁腕策略创建了广阔的附属国区域。"

瑞安说:"独联体国家也不再独立了。"

格洛夫科精神奕奕地点了点头,喝了一大口水,再次拿起餐巾纸,不过这次是擦额头上的汗水。"正是这样。他们干预选举,收买威胁领导人和具有社会影响力的人,暗地里破坏反对派团体。

"白俄罗斯、格鲁吉亚、摩尔多瓦……实际上它们又一次变成了俄罗斯的卫星国。乌兹别克斯坦和塔吉克斯坦一直都是俄罗斯的附属国,而其余的国家也是举棋不定左右摇摆。如果俄罗斯的某个邻国没有按照莫斯科的意愿行事,大家可以看到爱沙尼亚就是它的前车之鉴。如果不是因为你,杰克·埃默特维奇,爱沙尼亚也将会变成附属国,立陶宛和拉脱维亚同样难逃厄运。"

瑞安礼貌地纠正道:"不,谢尔盖。是因为有北大西洋公约组织。"

格洛夫科摇了摇头。"是你带的头。欧洲并不想打,但你说服了他们。"

这是一个令白宫难堪的话题,瑞安微微点了点头,喝了一口茶。

玛丽·帕特问道:"对于乌克兰的冲突,你有什么看法?"

"乌克兰是一个特殊的案例,它的国土面积是格鲁吉亚的十倍,特别是大部分乌克兰公民的家庭都与俄罗斯有着不可分割的历史渊源,而不是乌克兰。他们都是斯拉夫民族,也许很多西方国家都忘记了,作为斯拉夫国家的乌克兰、白俄罗斯和俄罗斯有着共同的历史传承。由于历史原因,显然沃洛金想把这些国家联合到一起,让这些前共和国成为俄罗斯与西方国家的缓冲区。"

爱德华·福利说："当乌克兰开始讨论加入北约时，俄罗斯就怨声载道了。当然，只有去年沃洛金上台后，真正的威胁才开始。"

谢尔盖又开始咳嗽起来，他试图用微笑来使自己不再咳嗽。"对不起，谈到关于瓦列里·沃洛金的话题总是让我比较兴奋。"

对此，房间里的大部分人都报以礼貌的微笑，但另一方面，作为医生的凯茜·瑞安却笑不出来。她注意到格洛夫科面色苍白并不停地流汗。"谢尔盖，我们这里有值班的医生，如果你需要，我可以让莫拉午餐后过来给你做个检查，以确保你没事。"她用对病人家属讲话的专业态度礼貌地说。在这件事上凯茜有自己的观点，她希望谢尔盖能接受，但她也并不愿意强迫他。

"非常感谢你的好意，凯茜，但我今天晚上就回英国了，如果明天我还继续胃疼的话我会拜访我伦敦的私人医生。"他虚弱地笑了笑，显然是有些不舒服。"相信明早我就会感觉好多了。"

凯茜没有继续坚持自己的想法，但是她看上去并不太满意。杰克注意到了这一点，于是他知道关于这个问题的讨论还没有结束。

"可怜的谢尔盖。"他想。

格洛夫科关心现在所谈论的话题多于关心自己的健康。"是的，爱德华。俄罗斯人担心乌克兰有西方国家支持后会摆脱他们的势力范围。民族主义者重新夺回了国家的控制权让沃洛金很是愤怒。沃洛金担心他们会加入北约，他知道一旦出现这种情况，西方将不得不与俄罗斯开战来保护乌克兰。"

格洛夫科补充说："沃洛金一直关注着乌克兰南部的克里米亚，一旦乌克兰加入北约，他知道自己的目标将难以实现。在他看来，他必须尽快行动。"

瑞安说："他的想法是正确的，在乌克兰和北约没有达成任何协议之前，如果他入侵克里米亚，欧洲国家不可能为乌克兰而战。"

格洛夫科摆了摆手说："欧洲需要俄罗斯提供的石油和天然气，他们已向俄罗斯卑躬屈膝太久了。"

瑞安反驳道："是的，他们需要俄罗斯的石油和天然气。虽然我不喜欢，但公平地说，讨好俄罗斯对他们有利。"

"你说的也有道理，但当俄罗斯在东欧和中欧国家背后安插傀儡，越来越接近他们时，北约国家在这个问题上将越来越难以应对。他们应该在自己还尚有能力和俄罗斯抗衡的时候，平衡莫斯科的势力。"

瑞安赞同谢尔盖的看法，但这个问题发展到现在已经好几年了，他知道一顿午餐的时间是解决不了这个问题的。

　　午餐的甜点是什锦水果沙冰，谢尔盖一点都没吃。用完甜点后，玛丽·帕特和爱德华向他们道别了。杰克和凯茜邀请俄罗斯人穿过大厅来到一个黄色椭圆形的房间，这是一个正式的宴会厅，凯茜常常用来作为私人会客室。

　　路上格洛夫科去了卫生间，杰克把他领到远离起居室的盥洗室。当他回到大厅，凯茜走近他。

　　她轻轻地说："他病了。"

　　"是啊，他说他吃了一些不合胃口的东西。"

　　凯茜做了个鬼脸。"他看起来还要更糟糕一些。不管你用什么方法，我希望你能劝他在去机场前，让莫拉给他检查一下。"

　　"我如何劝他……"

　　"我相信你可以劝服他。我真的很担心，杰克。我认为他真的病了。"

　　"你认为哪里不对？"杰克吃惊地问。

　　"我不知道，但他今天需要做一个检查，而不是明天。"

　　"我会尽力说服他，但他一直都很固执。"

　　"如果他现在还固执，那他就是个傻瓜。你要提醒他，他是一个聪明人。"

　　瑞安点点头，默许了妻子的建议。他是美国总统，但他也是一个忠诚的丈夫，他不愿意之后的整个下午都被凯茜念叨此事。

Chapter 8

谋　杀

爆炸发生的三十分钟后，迪诺·卡迪奇回到了自己租来的房间，从冰箱里拿出一罐啤酒，打开电视机。他需要打包离开，但在这之前他可以来一罐雅士啤酒。明天早上他的首要任务就是乘火车离开莫斯科，可现在他要花几分钟好好享受享受，看看自己制造的新闻。

他没有等待太久。刚喝了几口啤酒，电视上便传来了爆炸现场的图像，破碎的玻璃和餐厅前熊熊燃烧的大火。摄像机镜头向左边平移，几辆 SUV 四散在街上，它们背后是穹顶的基督救世主大教堂，教堂的窗户玻璃上映射着应急车辆闪烁的灯光。

卡迪奇靠在沙发上，为自己制造的混乱之美感到狂喜。

现场一位十分有魅力的女记者，似乎被周围的大屠杀场景彻底震惊了，她把麦克风举到嘴边，努力地想找合适的词语来形容现场的惨烈。

当女记者描述爆炸现场的一些细节时，卡迪奇笑了。女记者用贫乏的词语结结巴巴地详细介绍着现场的破坏情况。

一分钟后，她突然停止了讲话，把手放在耳朵上，从耳机里听着制作人的指示。

然后她瞪大了眼睛，似乎很惊讶。

"确定吗？我可以在直播中讲吗？"她等待着耳机里的答复，卡迪奇抬起了头，想知道接下来会发生什么。记者快速地点了点头，说道："我们刚刚收到消息，俄罗斯联邦对外情报局局长，斯坦尼斯拉夫·阿尔卡迪亚维奇·比留科夫在爆炸时刚好准备离开餐厅。他在爆炸中受了伤，目前伤情还是未知之数。"

卡迪奇盯着电视机屏幕慢慢地放下啤酒瓶。

不那么愤世嫉俗的人也许会把香草餐厅爆炸案的头条新闻当作某种错误报导。无疑，她弄错了，第一时间的现场新闻报道中包含错误信息是常有的事。

而在情报机构和黑手党组织的几十年工作经验让迪诺·卡迪奇极其地愤世嫉俗。当他听到爆炸时比留科夫正好在人行道上的消息时，他知道报道是真实的，这不是巧合。

他被算计了。委托人指示了爆炸袭击霍尔丹的具体时间地点，并要求增加炸药量来加大爆炸半径。不管是谁做了这个精心的策划来操纵卡迪奇，他的真正目标都是俄罗斯联邦对外情报局的局长。

"Picku matirinu！"这是克罗地亚语，类似于"哦，混蛋"。但是更加亵渎。

迪诺·卡迪奇知道，像这样算计他的人绝对会派人来让他保持沉默，而且会一次性达到目的。他会成为替罪羊，毫无拉他人下水的可能性。

他坐在租来的公寓的小沙发上，十分确信自己的想法。

不是他们来不来找他……只是什么时候，早晚而已。

作为一个愤世嫉俗的人，卡迪奇并没有给自己太多时间。他会用60秒打包，120秒下楼进到车上。

"保持冷静。"他把啤酒瓶猛地砸向电视机，跳起来开始收拾一些重要的随身物品，并把它们扔进行李袋。

两辆深绿色的ZIL-130卡车停在格鲁津斯基瓦尔大街的一栋公寓大楼入口处，每辆车的后门都打开着。几秒钟内，24名第604红旗特战中心队员跃上了人行道。他们是隶属内务部的特种部队，是一些受过良好训练的俄罗斯警察中的精英。这些走在格鲁津斯基瓦尔大街人行道上的男人，穿着黑色防弹衣，戴着黑色的诺梅克斯巴拉克拉瓦窥视帽，耐热树胶面罩，看起来像未来的机器人。

八个人留在楼下，两组八人小分队从两个楼梯间上到四楼。他们将AK-74突击步枪抵在肩上，这样既能精确瞄准目标，又能抵消后坐力。

他们离开了四楼楼梯间。一些公寓业主打开门向走廊里望去，发现一些拿着突击步枪的戴着面具的人，他们不敢与之对视，迅速地关上了门，而且其中几个还调大了电视机的音量来隐藏自己，无论外面即将发生什么他们都不想知道。

红旗特战中心的队员聚集到409房间门口，队长向前把自己定位在破门手的后面。

"该走了。"卡迪奇说着，拉上行李袋的拉链，从床上提起行李袋时，离他从沙发上起身刚好60秒钟。

此时，在他身后，走廊的门猛然打开，从铰链处断裂，飞入室内。卡迪奇望着走廊，丢掉行李袋，举起了双手。虽然他立即就明白了即将发生什么，但除了投降却别无选择。

他毕竟不是傻子。他知道这些人不可能这么快就能找到这里，除非他们事先就得到了消息。

他已经被算计了。

他用俄语嘶哑地喊出一个字：

"拜托！"

红旗特战队的领队暂停了一瞬间，然后他开枪了。他的队员跟进，爆发出了一阵枪声，克罗地亚的刺客抽搐着，子弹一轮接一轮地撕裂着他的胸腔。

他两臂张开向后倒在床上。

队长命令他的部下搜查卡迪奇的随身物品，他自己则搜查卡迪奇的身体。他们在卡迪奇的包里找到一把手枪，发现手枪的队员用戴手套的手握着枪管，把枪托递给了自己的领导。队长把枪放到死去的克罗地亚人的手里，用这个男人满是鲜血的手指握住，然后把枪扔到了地上。

一分钟后，他说："完成。"他按着肩膀上麦克风侧面的发送按钮。"目标清除。"

队长有他的任务。高层的某个领导希望这个男人死，于是就有了这一系列巧妙合理的行动。红旗特战队做了克里姆林宫要他们做的事。

Chapter 9

中　毒

　　杰克、凯茜和谢尔盖进入黄色椭圆形会客室，咖啡已经为他们准备好了，但谢尔盖一口也没有喝，为此，杰克和凯茜同样也没有碰他们的咖啡。
　　格洛夫科说："我为我在午餐时的激动感到抱歉。"
　　"这不算什么。"杰克说。
　　"我的妻子几年前就去世了，从那时起，除了工作，我便没有什么其他的念想了。在瓦列里·沃洛金的强权下，俄罗斯的年轻一代没有感到惧怕和担忧，这样的倒退让我十分忧虑。我认为我的职责就是利用自己对过去黑暗世界的了解，确保我的国家不会重蹈覆辙。"
　　谢尔盖谈到了更多关于自己美国之旅的情况，可他看上去似乎心不在焉，从午餐开始，他前额的汗水便一直在增多。
　　看着凯茜哀求的眼神，杰克·瑞安说："谢尔盖，我有一个私下的请求。"
　　"当然，伊凡·埃默特维奇。"
　　"我想让医生来给你做个检查，以确保你没事。"
　　"我很感激你，但是没有必要。"
　　"从我的角度考虑，如果俄罗斯联邦对外情报局的前负责人在美国因为吃了坏牛腩而生病了，谢尔盖，你觉得全球的新闻媒体会怎么报道？"
　　站在周围的特勤局特工轻声地笑了，但谢尔盖只是虚弱地一笑。杰克注意到了这一点，他知道他的朋友本应该享受地哈哈大笑一番。谢尔盖无法附和自己的笑话，让他更加确定谢尔盖需要自己的私人医生莫拉来为他做一个全面的检查。
　　杰克正要进一步促成此事，总统的幕僚长阿尼·范·达姆从走廊进到了门口。在这里看到他让杰克很吃惊，白天他通常不会离开西翼的办公楼过来居住区这边。杰克知道，他的出现意味着一定有什么事情发生。杰克向范·达姆介绍了格洛夫科。俄罗斯人和总统幕僚长握了握手，然后又坐回凯茜对面的椅子上。

Chapter 9

"总统先生，我能和您说一句话吗？"

"好吧。对不起，谢尔盖，请给我一点时间，但你还没有脱身。"

谢尔盖微笑地对他点了点头。

瑞安跟着阿尼穿过中央大厅，来到西边的接待室。在那里，玛丽·帕特·福利正在等他。杰克不知道一切是怎么回事，玛丽·帕特也只是刚刚听说这件事。因为十分钟前她还在用午餐，那时似乎也没有什么重大的紧急事件。

"怎么了？"

玛丽·帕特说："是俄罗斯。三十分钟前俄罗斯联邦对外情报局局长斯坦·比留科夫在莫斯科市中心的一起爆炸案中遇害，那里离克里姆林宫不到1英里（1.6公里）。"

瑞安咬牙切齿地说道："唉，该死。"

"是啊，我们都喜欢他。当然，他是一个俄罗斯间谍，但就这个角色而言，对我们来说他至少是个坦率正直的人。"

瑞安对比留科夫也有同样的看法。虽然他并不了解比留科夫，但他知道去年在莫斯科，比留科夫曾帮忙营救他的朋友约翰·克拉克，使约翰免受酷刑。甚至就在最近，比留科夫还暗中协助校园情报处把克拉克送到中国。他问："这有没有可能只是一场随机的恐怖袭击而不是一次暗杀？"

福利说："我认为不太可能。好像自从沃洛金上台，已经发生了五六场爆炸案了？这次的爆炸事件发生在一家很受欢迎的高档餐厅，策划此次事件的人不可能在袭击他们前程似锦的俄罗斯客户时，却不知道俄罗斯联邦对外情报局的头儿正在那栋大楼里。"

"但是？"瑞安问道。他和玛丽·帕特·福利在一起工作了很长一段时间了，以至于他能从她声音的变化听出她背后的真实想法。

"但是……如你所知，有传言称其他一些爆炸事件是由俄罗斯联邦安全局主导的伪旗行动。比留科夫不像俄罗斯联邦安全局的局长罗曼·塔拉诺夫，他不是克里姆林宫内部的人。事实上，他和塔拉诺夫一直视彼此为死敌。"她纠正自己："视对方为竞争对手。"

瑞安惊讶地抬起头："你是在暗示俄罗斯联邦安全局的局长谋杀了俄罗斯联邦对外情报局的局长？"

"不是暗示，总统先生。只是大胆猜测。这样猜测虽然很大胆刺激，但至少可以这样说，自从沃洛金上台后，俄罗斯发生的一切都很戏剧化。"

瑞安考虑了一下，说："好吧。一小时后全体国家安全体系人员在椭圆形办公室（美国总统办公室）开会。希望到那时能得到更多的答案。"

玛丽·帕特说："这对格洛夫科来说太糟糕了。如果他办事高明，在沃洛金执政时好好巴结沃洛金，他可能会为自己争取到一份工作。毕竟现在俄罗斯联邦对外情报局有一个空缺。"

玛丽的黑色幽默并没有让瑞安发笑。"就算有一把枪指着谢尔盖的头,他也绝不会为瓦列里·沃洛金工作。"

瑞安回到黄色椭圆形房间。通常情况下,他应该结束这场聚会,开会讨论俄罗斯联邦对外情报局局长被暗杀的可能性,但他没有这样做,他想借此机会让格洛夫科知道这件事。

当他走进房间,立即目睹了一阵骚动。一名站在墙边的特勤局特工冲向客厅,杰克注意到自己的老朋友正躺在椅子旁边的地板上。凯茜在一旁,抚慰着他的头。

格洛夫科满脸痛苦。

凯茜抬头看向杰克。"让莫拉到这里来。通知救护车到南门廊外等待。告诉他们,他们将去乔治华盛顿大学(GWU)!"

瑞安退到门外。特工们已按照第一夫人的命令通过无线电准备就绪,毫无疑问杰克也听从着妻子的指示。

谢尔盖·格洛夫科被抬进救护车,杰克和凯茜站在门里目送着救护车驶出白宫东大门。

为了避免引起白宫周围媒体的注意,救护车一直开到康涅狄格大道都没有鸣笛。

凯茜本想陪伴格洛夫科一起到乔治华盛顿大学,但她明白一旦她去了,要不了几分钟白宫里便会充满喧嚷的记者。况且,凯茜知道杰克的私人医生会一直陪伴着格洛夫科,莫拉可是顶尖的专家。

片刻后瑞安总统离开他的妻子,前往西翼的办公楼。他努力把自己的思绪从格洛夫科突然晕倒的震惊中拉回来,这样他才能专注于即将举行的会议。他刚到西翼便发现玛丽·帕特·福利和中央情报局局长杰伊·坎菲尔德已在前厅等待与他谈话了。他低头看了看手表,离原定的会议时间还有半个小时。

"让他们进来。"他对着对讲机说。然后他坐到办公桌的边缘等待着。

福利和坎菲尔德急忙进去。玛丽·帕特没有浪费时间,一进办公室立刻说道:"总统先生……我们有麻烦了。"

杰克从办公桌上站起来走近他们。"我们的麻烦不是已经够多了吗?说吧。"

"俄罗斯电视台刚刚报道说警方在莫斯科的一所公寓围困杀死了一名餐厅爆炸案的嫌疑人。该嫌疑人是克罗地亚人,名叫迪诺·卡迪奇。"

"这有什么问题?"

玛丽·帕特看了看杰伊·坎菲尔德。坎菲尔德点点头,然后抬头看向总统说道:"卡迪奇……是……我们知道的人。"

"什么意思?"

"他曾经是中情局的代理特工。"

瑞安颓然地坐回了桌子边缘。"他是中情局的人？"

"仅仅是曾经，90年代他在巴尔干半岛地区工作。在很短一段时间里，由中情局支付他工资，并给他们一些培训。当卡迪奇的团队越来越残暴而难以掌控时，我们便放弃了他们。"

"战争罪行？"

"最糟糕的那种。"

"天啊，俄罗斯人知道他曾经是中情局的人吗？"

玛丽·帕特毫无保留地说："卡迪奇为了在黑社会谋求发迹，夸大了从前他与中情局的关系。他告诉别人的故事听起来像是他在兰利（美国中央情报局本部所在地）的七楼有一个办公室。相信我，俄罗斯人知道卡迪奇与中情局有联系。"

"很好。"杰克说，"在俄罗斯，沃洛金有自己的媒体。明天他们的早报便会报道这样一个故事，中情局刺杀了他们的对外情报局局长。"

坎菲尔德说："你说得很对。但我们当然会否认。"

玛丽·帕特话锋一转，问道："我听说了格洛夫科的事。他还好吗？"

杰克耸了耸肩。"不清楚。我猜是食物中毒，但我毕竟不是医生。他们急忙把他送去了乔治华盛顿大学。他还是有意识的，只是很虚弱。"

"所以你还没有机会把比留科夫的事告诉他？"

"没有。"他想了一会儿说道："随着格洛夫科进医院的消息，他来了白宫的事也一定会走漏风声。我们要做好准备，应对此事带来的后果，同样还有比留科夫遇袭事件。"

把两个事件放到一起，不禁让玛丽·帕特暗自唏嘘。"杰克·瑞安袭击俄罗斯联邦对外情报局局长，并于同天会见克里姆林宫的主要批判者。"

坎菲尔德补充道："那个还在呕吐他的鸡肉沙拉的人。"

"是啊，至少，二级戒备。"杰克抱怨道。

就在这时，国务卿斯科特·阿德勒走进了房间。杰克说："斯科特，我们需要让俄罗斯大使来一趟，以便表达对比留科夫的哀悼。"

斯科特抬起头说道："我认为这可能有点过了。"

"还有一些你不知道的细节。杰伊会简要向你介绍一下即将出现在明天俄罗斯报纸上的内容，你最好把你的梅洛克斯（Maylox，抗酸药，用于缓解反胃症状）拿出来。"

阿德勒慢慢地坐到沙发上说："太糟糕了。"

Chapter 10

加尔布雷斯案

一个身影孤独地走在伦敦的夜色里，默默地穿过肯辛顿的大街。他穿着黑色连帽运动衫和黑色棉裤，完全融入了黑夜。甚至他的脸也被络腮胡掩盖着，当他重新出现在路灯下时，也看不真切。

他走路时低着头，肩膀随着步伐摆动，看起来像个商人，但看不出具体从事什么行业。两个从地铁站出来准备回家的中年女人看到这名男子向她们走来，便悄悄地穿过寂静的街道，来到相对安全的一边。

小杰克·瑞安看着那两个穿过马路的女人，心里暗自窃笑，他很确定她们这样做是为了避开自己。吓唬无辜的人并没有给杰克带来任何兴奋或者快感，但这却正好从侧面说明了他现在的蜕变。

络腮胡、短发，这些改变完全颠覆了他过去的形象。

杰克在卡斯托＆博伊尔风险分析有限公司工作时，通常身着从皮卡迪利广场杰明街定制的精美西服，但下班后，他都穿牛仔裤、休闲衫或运动服。

他学习武术已经好几年了，现在他每天都去男爵阁路的一家健身房，并且通常都像今晚一样锻炼至深夜，所以他会对周围保持着一份警惕。8 周的高强度训练和高蛋白饮食让他的体重增加了将近 10 磅（4.5 公斤），其中大部分集中在胸部、背部、肩膀和手臂上，这也是他看上去与之前有所不同的原因之一。他的步幅变得更长，步距变得更宽，他十分了解监视的技巧，因此意识到了改变步伐对自己的益处。

超过一个月了，他没被任何陌生人认出来。他确信即使是大部分美国的朋友现在和他擦肩而过，他们也认不出他来。

他喜欢这种隐匿的感觉，虽然他疯狂的锻炼计划和新的胡须样式总是被周围的同事拿来当作茶余饭后的笑话。

瑞安的业余活动十分丰富，但他一个星期还是会投入超过 50 小时的时间工作。他被指派处理一个名叫亚瑟·加尔布雷斯的客户的案子，亚瑟·加尔布雷斯是一名从事石油和天然气行业的苏格兰亿万富翁，在全世界拥有多家公司，包括西伯利亚东部的大型天然气勘探和开采项目。亚瑟和其他私人投资者倾注了数十亿美元，从零开始，建设加尔布雷斯的俄罗斯能源项目，在西伯利亚艰苦的环境下勘查钻探了数十年，最后终于开始盈利了。

但盈利还不到一年，在没有任何预兆的情形下，他的公司便被俄罗斯海参崴的法庭指控偷税漏税。加尔布雷斯试图整理思绪找到一个应对之策，俄罗斯税务局却勒令公司立即清盘偿还债务。值得注意的是，整个公司的所持股份和固定资产，被迫令以荒谬的低廉价格出售，完全无视亚瑟·加尔布雷斯和其他外国股东所持有的股份价值。

这些资产的最终接收者是俄罗斯天然气工业股份公司，俄罗斯最大的准国有天然气公司。俄罗斯天然气工业股份公司支付了不到实际价值的百分之十，当然，他们并没有花一个卢布来支持前期的研发工作，完全是在投机盈利。

没几天，俄罗斯天然气工业股份公司便在天然气勘探开采公司的名字上去掉了"加尔布雷斯"，然后重新将这个俄罗斯能源项目投入运营。

整个事件无疑是公然的抢劫。当地政府与有关方面密谋勾结，使花费了数十亿美元来实现盈利的外资民营企业重新国有化。

亚瑟·加尔布雷斯聘请卡斯托＆博伊尔风险分析有限公司挖掘分析黑暗交易背后的线索，希望找到对方的犯罪证据，让他在法庭上收回一部分巨额损失，当然不是在俄罗斯的法庭。虽然各方都知道那将是徒劳，但俄罗斯天然气工业股份公司在全球拥有多家公司，如果卡斯托＆博伊尔风险分析有限公司能把这失踪的数十亿美元直接与这世界范围内的任意一家公司扯上关系，他们便有希望在第三方国家的法院赢回亚瑟·加尔布雷斯的部分资产。

这项复杂而迷人的案子主要由杰克负责，同时他还兼顾一些其他平常的企业合并、收购、市场调研工作，这些案子都需要全面的商业情报。

小杰克·瑞安回到了自己位于莱克斯汉姆花园酒店的公寓，脱掉运动服，刚准备进入浴室，电话便响了起来。

"您好？"

"杰克，老伙计。抱歉吵醒你的美容觉。"

瑞安从声音辨别出对方是他在卡斯托＆博伊尔公司的经理桑迪·拉蒙特。他揉了揉眼睛，瞥了一眼时间，已经是午夜了。他强打起精神问道："一切还好吗？"

"你没有看新闻吗？"

"什么新闻？"

"恐怕是一件残忍糟糕的事情。就在今晚,托尼·霍尔丹死了。"

尽管霍尔丹的办公楼就在几个街区以外,但杰克和这位著名的基金经理素未谋面,只是有所耳闻。

"该死。他是怎么死的?"

"看起来像恐怖袭击或类似的情况。有人炸毁了莫斯科的一家餐厅。俄罗斯联邦对外情报局的负责人和他都在那里。看来托尼很不幸地刚好和某个暗杀名单上的人物在同一个地方用餐,可怜的老家伙。"

杰克立即明白了桑迪在半夜打电话给自己的原因,高风险的业务即暗示着死亡,就算是伦敦金融区最成功的国际基金经理,在俄罗斯也不例外。但此刻杰克的思想并不在伦敦金融区,他的心早已飞到了华盛顿。他想到了校园情报处,因为俄罗斯联邦对外情报局负责人被暗杀事件,此刻分析师们甚至是组织的特工们一定都进入了战斗状态。

不,抛开那个想法……他们都已经退职了,不是吗?

"太可怕了。"杰克回复道。

"对霍尔丹来说太可怕了,"桑迪表示赞同。"但对我们来说就不同了,因为我们在意的是他客户名单中的那些潜在的客户。这艘大船没有霍尔丹的领航,将有很多焦急的投资者会从他那里抽出自己的资金,寻找一个新的地方投资。这时候他们便需要一家像卡斯托&博伊尔这样的公司来帮他们寻找分析潜在的机会。"

"哇哦,桑迪,"杰克说,"这太冷酷了。"

"是很冷酷。但这也是生财之道。这是一个现实的世界。"

"我懂。"瑞安说,"但我现在十分震惊。明早我和莫斯科、塞浦路斯、列支敦士登和大开曼岛的调查员还有一个全天的电话会议。"

拉蒙特对着电话叹息了一阵。然后他说:"你一定要这么坚持吗?"

"我在努力。"

"你知道的,杰克,加尔布雷斯的案子是特别艰难的那种类型。事实上,关于这件案子,俄罗斯税务局的高层可能也牵涉其中。根据我的经验,这类案件从来都没有让我们客户满意的解决方案。"

瑞安问道:"你是在暗示我不要接手这件案子?"

"不,不。不是这样的。我只是建议你不要为此投入太多精力。你已经在五个国家聘请了调查员,占用了法律部、财务部和翻译部的大量资源。"

"加尔布雷斯的钱,"杰克反驳道,"又不由我们支付这些费用。"

"确实,但我不希望你被困在一个案子上,我们需要新的案子,新的机遇,那才是真正的赚钱途径。"

Chapter 10

"什么意思，桑迪？"

"只是给你一个忠告。我也曾经年轻过，也曾急切地渴望成功。想通过处理俄罗斯的案子来改变俄罗斯的现行体系，有所作为。但是这个体系已经无可救药了，你不可能打败克里姆林宫。这样的工作效率会让你精疲力竭，并且当结果不尽如人意时，它留给你的就只有沮丧而已。"桑迪停顿了一下，在瑞安看来他似乎在揣度自己的语言。"不要把你所有的精力都放在这个案子上。这是一个注定失败的案例。把这种'杀手本能'用来发掘新客户，才能让你赚到钱。"

杰克喜欢桑迪·拉蒙特。他聪明、风趣，虽然杰克仅与他共事了几个月，但这个40岁的英国人却一直袒护杰克，把杰克当做他的弟弟。

杰克现在所处的是一个竞争激烈的行业。形象而毫不夸张地说，伦敦金融区里这些穿着考究的男女总是在寻找机会，并且始终强势地保护着他们现在拥有的东西。

考虑到过去几年自己卷入的生与死的挣扎，这些人对美元、英镑、日元或卢布的热切追逐，让杰克觉得相当荒谬。

杰克十分怀念那些和朋友们一起坐在克拉克门廊边的日子，他们可以喝着啤酒，集思广益地发掘今晚莫斯科事件的细枝末节。在过去，这种场面是理所应当的。但是现在，他独自在这里，所能做的就只有关心校园情报处剩下的人员是否已经回到了美国。

今晚，杰克感觉自己非常的孤独和渺小，尽管他的同事就在电话的另一端。

算了吧，杰克。既然签约了这份工作，你就应该好好完成。

"你还在吗，伙计？"

"是的，桑迪。我在。明天早上我们的第一件事就是制订一个计划，筛选挖掘霍尔丹的客户。"

"这才是我要听的杀手本能。再见。"拉蒙特挂断了电话。

你就只知道杀手本能，桑迪。杰克回到了床上，看了看时钟，想知道自己是否还有坚持明早晨跑的毅力。

49

Chapter 11

钋 210

白宫一直被称为"人民之家",但过去的几十年中,其他任何家庭在里面居住的时间都没有瑞安家族长。

瑞安已经顺利进入自己最后一个任期的第二年,可在白宫他仍然感觉自己像个局外人。虽然他不得不承认自己喜欢美国总统这份工作,但白宫只是一个临时的居所,他真正的家在马里兰。退休后他将回到切萨皮克湾的海岸,享受属于自己的生活。

瑞安已经在椭圆形办公室投入地工作了整晚。临睡前一小时,他信步走进白宫的主要居住区,和凯茜一起来到自己的私人书房。他们给乔治华盛顿医院拨了一通电话,想知道谢尔盖·格洛夫科的状况,可他们没有得到任何新的消息。测试结果还没有出来,这个俄罗斯人依然十分虚弱,低血压和持续的胃痛折磨着他。医生确诊了病情后把他转移到了重症监护病房,尽管他很不舒服,但他还是有意识和知觉的。

杰克和凯茜向医生表达了自己的谢意,然后杰克强迫自己打起精神,陪伴妻子完成他们每夜的查房任务,确保孩子们都上床睡觉。

白宫夜晚的就寝时间和大多数有小孩的美国家庭没有什么不同。正如其他家庭一样,每晚叫孩子们刷牙,准备睡觉,对于瑞安夫妇来说都是一大考验。

他们首先来到西边卧室,与凯尔·丹尼尔互道晚安。丹尼尔的房间从许多方面来看都是典型的美国男孩的卧室。装满火车轨道、英雄公仔、拼图和棋类游戏的玩具箱,NASA主题的床单,窗帘就像夜晚黑暗的天空,上面印着星星的海洋,天空中除了小星星还印着行星、卫星和宇航员。

房间不是特别大,但不可否认,相较于普通8岁男孩的房间,它要更大更豪华一些。在小约翰·费茨杰拉德·肯尼迪还是个蹒跚学步的孩子时,这里曾是他的卧室,后来罗纳德·里根总统把这里用作室内健身房。

凯尔的房间并不整洁,主要是因为凯茜和杰克要求两个孩子要学会自己收拾房间。杰克经常提醒孩子们，不可以过度习惯和依赖他人，因为他们的一生中不会一直有侍从供他们使唤。

凯尔似乎天生就爱把玩具箱里的积木、火车、小汽车以及其他尖锐的小玩具扔得满地都是。

虽然瑞安明确指示居住区的工作人员，平时给孩子们留下足够的自我矫正空间，培养他们的责任感。但当杰克经过凯尔房间时，不止一次发现特勤局的特工们正在收拾地上的玩具，将其放回架子上或玩具箱里。每次瑞安总统都会倚在门口，长久地凝视着违规的特工们，而每一次特工们都会不好意思地找一些借口。通常他们会解释说清理房间只是为了行动时更加方便，因为他们可能需要快速地穿过房间来到凯尔身边。

在离开之前，杰克总是会挑起眉毛，微笑地摇摇头。

凯尔上床睡觉后，杰克和凯茜便走出大厅去看凯蒂。凯蒂的房间在东边卧室，这里曾是南希·里根的书房、卡罗琳·肯尼迪的卧室以及总统的孩子艾米·卡特、苏珊·福特和特里西娅·尼克松的卧室。凯蒂的房间明显比凯尔的房间整洁，这或许是因为凯蒂已经10岁了，而凯尔只有8岁。凯蒂房间对面的墙边，立着一个高大精细的玩具屋——白宫的复制品。淡紫色带顶篷的四柱床主导了房间的风格，桌上放着一张照片，照片里凯蒂和玛塞拉·希尔顿明亮地微笑着。玛塞拉是特勤局的一名特工，为了保护凯蒂免遭绑架而牺牲。此时的凯蒂已经不记得她了，但凯蒂的父母都希望在白宫居住区保留玛塞拉的照片，用来纪念她。他们希望未来的总统以及第一夫人也能考虑到特勤局工作的重要意义。

在孩子们都睡觉后，杰克和凯茜才又回到自己的卧室。他们拿起要阅读的书籍靠在床头，凯茜选择了一本《美国眼》科学杂志，杰克则打开了一本关于1930年伦敦海军会议的新书。

他们安静地阅读了半个小时，然后转身关灯并亲吻互道晚安。

杰克和凯茜刚睡着没有几分钟，杰克就被卧室的开门声吵醒了。

杰克迅速地坐起身来，作为美国总统，他的身体已完全习惯了被深夜唤醒，而从熟睡中醒来看到打开的门或者站在自己旁边的人已经不会再使他感到惊讶。通常情况下，他会和值班人员去往西边的起居室，这样他们的谈话便不会打扰到凯茜。但是，他刚把脚放在地板上，摸到自己的眼镜，屋顶的灯便亮了。

这在以前从未发生过。

杰克很惊讶，立即戒备起来，他戴上眼镜，看到特勤局特工乔·奥赫恩迅速向床边走来。

"怎么了？"杰克问，声音里有一丝焦虑。

"对不起，总统先生，我们需要把您和您的家人转移至西翼。"

"西翼？"在杰克起身准备去往西翼前，他没有向奥赫恩进一步询问具体的危险，这没有任何意义。杰克十分尊重特勤局的工作，他知道在危急时刻为了他，他们必须表现得像个好战的傻瓜。

即便如此，他还是多问了一个问题。"孩子们呢？"

"我们已经安排好他们了。"奥赫恩向总统保证道。

杰克抓起自己的睡袍转而看向凯茜，她已起身穿上了睡袍，尽管脑海里满是睡意，但她还是跟着特工向门外跑去。

孩子们与他们的主要特工正站在门廊。瑞安家庭聚到一起后，与他们的四位特工迅速而冷静地下楼。

奥赫恩对着手机讲道："'剑客''外科医生''调皮鬼'和'沙箱'正在下楼，预计三分钟之内到达。"

瑞安的秘密代号是"剑客"，凯茜是"外科医生"，以此类推，凯蒂和凯尔自然分别是"沙箱"和"调皮鬼"。

一分钟后，瑞安家庭的四名成员均被引导着穿过了西廊。孩子们睡眼惺忪地跟着父母，杰克知道最多不到一分钟，凯茜就会开始询问到底发生了什么事。他希望自己能在她开始质疑前得到一些答案。

六名特工形成一个方阵围着他们，瑞安并没有看到拿着枪支大喊大叫或冲击随行人员的可疑人物，可整个事件的细节都表现得像外面有某种威胁，总统和他的家庭需要被保护一样。

一路上奥赫恩都在通过耳机和电话那头的某个人交换意见。他对瑞安说："我们将暂时把你们安置在椭圆形办公室。"

杰克边走边看向奥赫恩，他问道："我不太明白，乔。白宫的卧室到底有什么危险，而25码（23米）外的西翼却没有？"

"我不太确定，先生，但有人告诉我，需要让你们离开居住区。"

"那萨莉和小瑞安呢？"瑞安不明白危险的本质，所以想知道自己的其他孩子是否也处在类似的危险里。

奥赫恩似乎并不知情。从他清楚地接到命令到总统从他这里得知需要离开的消息，仅几秒钟的时间。接下来会发生什么他毫无线索，他接到的仅仅是让他将人员撤离居住区的命令。

一进入椭圆形办公室，杰克就径直走到自己的办公桌前，抓起电话准备打给幕僚长阿尼·范·达姆，而此刻幕僚长刚好进入椭圆形办公室。阿尼没有系领带，袖子也是卷起的，杰克看得出他工作到很晚。

他示意杰克和奥赫恩随他回到走廊，远离孩子们，然后他说："凯茜，你不一起来么？"

这让杰克和凯茜都感到吃惊，凯茜告诫凯尔和凯蒂，与特勤队待在一起，然后三个大人离开了房间。

"怎么回事？"杰克问。

阿尼说："白宫的特勤处刚刚接到乔治·华盛顿医院的电话。谢尔盖·格洛夫科的测试结果出来了，他的病因是受到了辐射。"

"辐射？"

"是的，虽然他们认为白宫不太可能使用有辐射危险的材料，但为了安全起见，他们还是希望你和你的家人暂时不要待在里面。"

杰克面色变得苍白。"天哪，我的上帝！凯茜，你还拥抱过谢尔盖。"

奇怪的是凯茜并不担心自己的安危，而谢尔盖的情况却让她心烦意乱。她快速打消了丈夫的担忧。"没关系的。他们一定会给我做全面检查，但我敢肯定，我会没事的。"

"你怎么知道？"

"因为他并没有整个身体都暴露在辐射中。这样便可以解释他下午的状况了。他不是因为吃错了一餐饭，也不是因为吸收了过多的X射线而致病的。他表现出来的状况是摄取了大量放射性同位素的典型症状。他被人下毒了。"

她转向阿尼说："钋？"

"我……我不知道。医院还在继续进行检测。"

凯茜似乎很肯定。"他们会在他身体内发现钋。"她看着杰克说，"对不起，杰克。如果情况已经严重到使谢尔盖今天病至如此，那这就是致命的。没有解药。"

瑞安转向奥赫恩说："我希望每个人都离开居住区。每一个厨师、管家、安保人员和门卫。"

乔·奥赫恩回答道："正在执行，先生。"

凯茜补充说："没有三级危险品防护装备任何人都不允许进入白宫居住区进行打扫和清洁。这只是预防措施。如果发现高水平放射性同位素，那他们可能需要净化他用过的餐具和玻璃杯，不过也就仅此而已。"她又思索了片刻。"或许还有卫生间也需要净化。"

杰克不是很肯定，但出于工作原因他需要考虑这件事的政治影响。他对阿尼说："我同意按他们的要求处理居住区的事宜，但这不影响行政部门的工作，这里一切如常。"

阿尼说："杰克，我们需要了解事情的真相。也许格洛夫科并不是真正的目标，也许他只是一件武器。"

"什么意思？"

"你和你的家人或许才是此次事件的真正目标,有人意图击溃美国政府。"

凯茜说:"我不这么认为,阿尼。我觉得能接触和利用钋毒害谢尔盖的这些人应该已经完成他们的任务了,通过谢尔盖来暗杀杰克,这种威胁太偶然。但我们需要让杰克做一个全面检查,以防万一。"

她补充说:"我相信目标并不是杰克。"

这一点上瑞安相信自己的妻子,所以他正在考虑下一步的打算。"这件事不可能再继续保密了。尤其是,如果我必须去医院做测试的话。我们需要在走漏消息之前尽快地处理好此事。"

范·达姆说:"一个备受瞩目的与俄罗斯当局持不同政见的俄罗斯人,在美国遭遇毒害,并且白宫也可能遭到了污染?这听上去可不怎么样,杰克。"

"别说废话。"瑞安叹息着说,"对不起,阿尼。你在做你的本职工作,但我们需要正面解决此事。这是唯一的办法。"

杰克和凯茜回到椭圆形办公室,花了几分钟时间安慰孩子们,让孩子们知道一切都很好。凯茜解释说今天来访的客人生病了,他们需要仔细清理和打扫他参观过的地方,但没有什么好担心的。

当凯尔得知父亲让自己睡在他办公室的沙发上时,便完全相信了这个解释。但是凯蒂已经足够大也足够聪明了,她挑着眉毛满脸怀疑的神色,使凯茜不得不更坦诚地解释一番,设法让她相信他们已经安全了。

几分钟后,凯茜坐在椭圆形办公室的桌子旁,试图与乔治华盛顿医院负责此事的医生取得联系,以便直接掌握格洛夫科的详细情况。她不想听范·达姆的转述,毕竟他只是总统的幕僚长,而不是一名医生。

她叫醒了同事约翰·霍普金斯,核医学和放射性疾病专家,请他们保密,并要求他们继续跟进格洛夫科的病情。

瑞安放手让妻子负责这方面的事情,他知道自己很幸运,在这种危机的第一时间,妻子的专业知识可以让他专注于他该做的事情。他直奔阿尼的办公室,集中精力于如何处理此事的政治辐射,他很担心,此事的影响和放射性辐射一样可怕。他们叫来了国家安全局的人,并要求他们尽快了解事情的原委。夜晚,西翼已经全部关闭了,但他们点了咖啡放在内阁会议室以备午夜会议的不时之需。

杰克走进灯光昏暗的内阁会议室,片刻之后凯茜进来了。他们坐在长桌前,杰克问:"你从乔治华盛顿医院了解到什么消息?"

凯茜说:"他的情况很糟糕,杰克。他们怀疑是高剂量的钋210。"

"他们为什么没有立即发现呢？"

"他刚进医院时，医院并没有做此项检查。钋毕竟是很罕见的，它并不在常规的毒理学筛查范围内。"

"他的放射性如何？"

凯茜叹了口气。她工作中很不幸的一部分便是传递坏消息，对此她深有体会。很多时候，用糖衣小小地包装一下是很有必要的，但她知道杰克想要的是事实。她说："我这样解释吧，如果他去世后不火化，他的骨头将持续释放放射性辐射长达数十年。"

"难以置信。"

"相同质量下，钋210的毒性是氰化物的2.5亿倍。摄入一粒盐大小的钋210就足以取人性命。"

"白宫不是有辐射探测器吗？"

"钋在衰变过程中会释放出大量的α粒子。α粒子的穿透力不强，不能在辐射探测器上有很好的响应。这也是为什么它容易被走私进入我国的原因。"

"太可怕了。"杰克喃喃自语，"你肯定你没事吗？"

"是的。它的作用是剂量依赖性的，虽然我们和格洛夫科有肢体上的接触，但我没有摄入任何剂量的钋210。他们会给我们做一个检测，但只要我们没有摄入钋210，就没事。"

"对此你还有什么更多的了解吗？"

凯茜耸耸肩，回答道："我们每天都身处各种辐射中，杰克。你要学会认真对待它，但更要学会适应它。"

"谢尔盖真的会死吗？"

凯茜严肃地点了点头。"我不知道他中毒有多深，毒药的量只能从他忍受痛苦的时间来判断。无论是谁做的，为了谢尔盖着想，但愿他们给他下的是大剂量的钋210，让他免受长时间的折磨。我猜测他最多还能活两天。对不起，我知道他是你的朋友。"

"是啊。这要追溯到很久以前了。"

Chapter 12

凌晨会议

凌晨一点，玛丽·帕特·福利、国家安全局、中情局和国土安全部的领导，以及国务卿、国防部长和参谋长联席会议主席等国家安全小组成员全部聚集在内阁会议室。司法部长丹·默里站在白宫椭圆形办公室外，通过电话与他的高级职员交换意见，会议开始时他才和其他人一起进入房间。

中央情报局局长杰伊·坎菲尔德主持会议，制定了会议议程。"女士们，先生们，克里姆林宫正是此次事件的幕后黑手，如果现在这个房间里还有人对此有丝毫的疑虑，那么我只能说他实在过于天真。正如大家所知，这种材料非常罕见，全球每年的产量大约只有100克。生产和储存都会经过高度的控制和严格的管理。我们知道我们的钋在哪里。"

瑞安总统说："你不必告诉我克里姆林宫的暗杀企图。"

"对不起，总统先生。我知道谢尔盖是你的朋友。可是，这里并没有暗杀企图，这就是一次暗杀。谢尔盖·格洛夫科虽然还没有死，但他的死亡只是时间问题。"

杰克严肃地点了点头。

玛丽·帕特·福利坐在瑞安的左边说："格洛夫科是瓦列里·沃洛金的眼中钉。沃洛金杀了他，这毋庸置疑。现在的问题是，我们如何证明这一点？"

司法部长默里说："我们可以做更多的测试，化学性质将带领我们找到特定的核反应堆。我大胆猜测，这个反应堆应该就在俄罗斯的某个地方。"

斯科特·阿德勒问："如果这么容易被跟踪调查，他们为什么不用其他的方法杀了他？"

玛丽·帕特·福利回答了这个问题。"出于同样的原因，他们没有在伦敦杀他。我认为这是对爱沙尼亚事件的报复。他们杀了总统的朋友，同时把这个事件嫁祸给我们。"

阿德勒并不这样想。"但是我们可以证明是俄罗斯做的。"

此刻瑞安总统重新加入了谈话。"向谁证明？科学家组成的委员会？俄罗斯甚至是西方的普通民众不会相信我们的说法，他们也不会去阅读可以证实这一说法的第三方科学研究报告。"

玛丽·帕特说:"他们会认为我们这样做是为了构陷俄罗斯。"

阿德勒摇了摇头。"这太荒谬了。"

瑞安总统揉了揉疲惫的双眼。"我敢打赌俄罗斯国内 70%—75%的人都会相信沃洛金。过去的一年里,我们一次次地发现他操纵着整个俄罗斯。俄罗斯和世界上的其他国家都正在受他支配的舆论的影响。像过去一样,俄罗斯的电视台或多或少都受国家的控制。我们大概了解俄罗斯人看问题的视角。对苏联的多数人来说,外面的世界都是敌人,即使他们并不是克里姆林宫的忠实拥护者。"

瑞安总统说:"俄罗斯联邦对外情报局局长和前局长在同一天遇害。这预示着即将发生一些大事件,在座的每一位都有责任去发现和应对这些大事件。"

几分钟后散会了,丹·默里、阿尼·范·达姆和玛丽·帕特·福利却没有离开。瑞安说:"丹,你开始着手调查此事时,我要亲自和谢尔盖谈谈。"

默里回答说:"我本打算出一份不包含谢尔盖证词的调查报告。目前你不能和他交谈。他正在 ICU 接受治疗。即使叫醒他,药物的作用也会使他只能看着你而其他什么也做不了。"

总统并未因此而打消自己的想法。"与格洛夫科沟通关系到美国国家安全的切身利益。和他的医生沟通一下,落实此事。我讨厌这样对他,但请相信我,他会理解的。他知道一些关于此次危机的重要信息,况且我们两国都处于危险中。"

阿尼·范·达姆说:"这样吧,杰克。我们可以在西翼和谢尔盖所在的重症监护室之间安装闭路电视,我不希望你有再次接触到放射性辐射的危险。"

"我要去医院。他是我的朋友,我想亲自和他说话。我欠他一次面对面的交谈,特别是考虑到我还需要命令他的医生把他从镇静状态中唤醒,就算需要穿该死的防辐射服或事后整个人需要净化,我都必须去。"

默里说:"如果你坚持如此,那么我也想派一名特工去那里咨询他一些问题。我们可以询问他知不知道这次下毒事件是什么时候发生以及怎么发生的。"

"很好。"杰克说,"但是他们必须在我和他谈完之后才能进去。我们需要抓住下毒的人,但我还有其他更为重要的事情要去做,我不想在我还没有机会和他交谈之前,他们便已经让他精疲力竭了。"

瑞安抿了一口咖啡。"我希望找到格洛夫科中毒事件的嫌疑人,最好能让我们掌握沃洛金是幕后主使的证据,并彻底打击沃洛金的势力。那些西方或者周边的国家都将受到动摇,不过这并不是重点。"

司法部长丹·默里说:"对于我们来说关键的是抓到下毒者。我将派我最得力的手下负责此案,查清此事的来龙去脉。至于'为什么',我想那可能是中情局或者国家情报局的事。"

瑞安放下杯子，想着抓捕下毒嫌疑人的事。"无论是谁下的毒，他可能都已经离开美国了。让中情局或者国家情报局介入此事。调查结果要随时保持更新。"

默里点了点头。"我会的。"随即他又摇了摇头说："你能相信这一切吗？俄罗斯都发生了些什么？冷战后我们相处融洽，几年前我还在那里和他们的内政部携手合作。"

瑞安说："我们支持了他们加入北约的短暂举措，在他们与中国发生冲突时帮助过他们。但时代已经变了。"

玛丽·帕特说："领导更替了，所以时代改变了。"

"好吧，大家保持联系。"杰克看着阿尼说。他还没来得及讲下一句话，便听到阿尼说："我知道。我们任何人需要你的时候都可以联系你。"

"你说对了。"

Chapter 13

中情局基辅站

新的美国大使馆坐落在乌克兰基辅的西科斯基大街，西科斯基大街在基辅市西边的一片多叶形区域里。厚厚的围墙内，中情局基辅站占据了大使馆主楼三楼的六间具有专业配备的办公室。白天，一部分中情局骨干职员、行政助理和秘书在办公室的隔间里忙忙碌碌，晚上这里便安静了下来。事实上几乎每个工作日的晚上九点，小小的休息室都会灯火通明，中情局基辅站的一群人拿出橱柜里的苏格兰威士忌，坐在休息室的一张圆形大会议桌前，他们大都是中年白人男子。

基辅站的站长是来自新泽西州48岁的基思·比克斯比。他管理着大使馆里的一大群中情局职员，他们的职责是联系乌克兰政府、军队和当地企业里的特工，以及接触同样驻扎此地的其他国家的外交人员。

多年来兰利一直对基辅站漠不关心，原因很简单，最好的最有前途的官员都被派到打击伊斯兰恐怖主义的高薪岗位上去了，基辅站和驻扎在其他苏联加盟共和国的站点一样，早已是明日黄花。

但是慢慢地这一切改变了。起初，随着伊拉克和阿富汗战争的结束，人们对中东局势的关注逐渐减少，随即，瓦列里·沃洛金在莫斯科势力的崛起以及他的帝国主义梦想，让兰利开始关注苏联加盟共和国，然而其他任何地方都没有基辅站重要。

尽管在乌克兰方面美国中情局再次投入了大量的资源，但对基思·比克斯比和他的团队来说，这里的工作依旧十分艰辛。乌克兰已分裂成为东西两部分，西边一定程度上是亲西方的民族主义者，而东边则是坚定的亲俄派。俄罗斯一直热衷于干涉乌克兰内政，他的军事实力就像一片乌云，笼罩在乌克兰上空，是非常现实的威胁。

基思·比克斯比的职业生涯始于莫斯科，那时他是美国中情局的一名年轻官员，但由于组织的重心一直聚焦于伊斯兰恐怖主义，过去的整整十年他都待在沙特阿拉伯，放弃了已熟悉的一切，学习在完全不同的环境和文化中着陆。就在九个月前，他的这一段职业生涯才结束，他被授予中情局基辅站的最高职位。

对他而言，基辅是美国与俄罗斯交涉的位点。

的确，莫斯科站的职位可能更为突出，但莫斯科站站长的行动会受到高度的监控和限制。基思当然知道基辅也会有俄罗斯联邦安全局的特工，无疑他们会尽自己最大的能力监视美国大使馆的人员。但相较莫斯科，比克斯比和他的同事在这个城市能拥有更多的灵活性，能更好地接近本地势力的底线。基于这个原因，他觉得基辅站的职位更好且更为重要。

虽然工作很困难，但比克斯比极其努力，自爱沙尼亚北部的冲突发生以来，他每天晚上的睡眠不足五个小时，但每个工作日的晚上他都会奖励自己和团队的同事一起玩德州扑克，喝杰克丹尼和顺风威士忌。

他渴望游荡于当地的酒吧，领略基辅的夜生活。但这当然是不现实的，所以乏味而充满消毒剂味道的休息室便成了他们夜间的活动场所。

比克斯比最优秀的职员中有一部分是女性，对此他并不感到吃惊，因为在中情局的圈子里玛丽·帕特·福利就被公认为是受雇于该机构的有史以来最优秀的官员。比克斯比手下的每一位女性职员都已拥有家庭，她们要兼顾困难的工作和家庭生活本就非常艰难，却还要在每个工作日的晚上回到办公室与老大玩德州扑克。

当基辅站最年轻的职员本·赫尔曼拿着一个文件夹进入休息室时，基思和他的几个同事已经在桌前坐了一个多小时了。

桌前的其中一名男子抬起头说："本·赫尔曼，如果你手中的文件夹里装的是工作文件，你就从这里滚出去，如果里面是你准备输掉的现金，那你就坐下，我下一把便和你切磋切磋。"

桌上爆发出一阵大笑，杰克的话十分幽默风趣，但站长比克斯比挥挥手示意下属安静，并说："你要告诉我什么？"

本·赫尔曼拉开一把椅子坐了下来。"没有什么惊天动地的事情，但我想你也许可以帮忙。"这位年轻的官员打开文件夹，从里面拿出了几张 8×10 英寸（20.32 厘米×25.4 厘米）的黑白照片。比克斯比把照片一张张地平放在桌上的筹码和扑克上面。

"这些照片是从哪里得来的？"

"我从乌克兰陆军中的一个家伙那里得到的，他是从乌克兰安全局 (SSU) 获得的照片。"乌克兰安全局是乌克兰国家司法系统的联邦法律执法部门，类似于美国联邦调查局（FBI）。"这些照片来自腐败和有组织犯罪的监管部门。"

照片中是穿着大衣的六个男人的几个镜头，他们站在一家餐馆门前吸烟和交谈。从外表看他们绝对是斯拉夫人。其中五个男人看上去 27—36 岁的样子，另一个男人要老一点，大概 57—58 岁。

Chapter 13

比克斯比吹了一声口哨。"看看这些傻子。有组织犯罪集团（OC）？"

琼斯伸手抓了一块放在桌上的椒盐脆饼。"是的，他们是这样认为的。有人拍到这个组织与沙里流浪者的执法者会面，这些执法者是活跃于基辅的车臣组织。"

比克斯比看了琼斯一眼。"小子，我不是今天早上新来的。"

"哦……对不起老大。我是负责坦克和直升机的。有组织犯罪不是我的强项。今天之前我从来没有听说过沙里流浪者。我想我对活动于基辅的黑手党不是那么了解。"琼斯在海军陆战队待了九年，他关注的主要范围是乌克兰军队。

"没问题。"比克斯比把照片拿得更近一点仔细观察，"为什么乌克兰安全局要把这些照片发给乌克兰军队？"

"他们一直在监视车臣，无意中发现了这些家伙。乌克兰安全局的人跟着他们回到费尔蒙大酒店，发现他们预订了酒店的整个顶层长达一个月。很明显他们是有组织犯罪集团的成员，不过不是本地的。乌克兰安全局犯罪科的一个家伙认为这些人看上去都像是军人，或退役军人，所以他把照片交给军队，想看看他们是否认识其中的任何一个面孔。军队的人没有任何发现，因此我在乌克兰军队里的一个联系人把照片交给了我。"

本·赫尔曼补充说："他们看起来像军人，不是吗？"

比克斯比还在仔细浏览这些照片。"这些年轻人肯定是。不过这个老家伙，就不那么确定了。"

基思把照片递给桌上的其他人。起初，没有人认识照片中的任何一个男人，但桌上的最后一个人，一位名叫奥斯特海默的情报局高级职员吹了声口哨。

"我有些线索。"他说。

"你发现了什么？"比克斯比问。

"这个老家伙。某种程度上来说我知道他的名字。"

"讲明白点。"

"我想他是俄罗斯人。外号'伤疤'。"

"很好。"

"几年前，我在圣彼得堡工作时，这家伙突然出现在了公众视线里。当地警察一直试图抓捕他，他们有他的照片和绰号，但没有人知道他的真实姓名。他一直都把自己隐藏得很好，直到有组织犯罪集团那帮人出现。'伤疤'的团伙因抢劫银行和运钞车，受雇暗杀当地政府官员和商人而被通缉。"

比克斯比开玩笑说："我也不想知道他的伤疤在哪儿。"

桌上的所有男人都笑了起来。

比克斯比说："玩笑和游戏先放到一边，照片里这些军旅出身的家伙给'伤疤'开门、点烟。很显然他是这些年轻人的上级。"

有人建议:"他们可能是他的保镖。"

"我看不像保镖。他们的大衣拉链都是拉上的,所以他们没有因为防御而携带枪支,也并没有四处张望寻找危险目标。不。他们看起来像是前斯皮特纳斯特种部队的家伙,或诸如此类的职业。"

"为一个俄罗斯犯罪头目工作?"本·赫尔曼惊讶地说。

比克斯比承认:"是很奇怪。"

奥斯特海默说:"更奇怪的是他们与车臣犯罪分子会面。这是一群前斯皮特纳斯特种部队类型的奇怪团伙。基辅的有组织犯罪集团已根深蒂固,暴徒们为了争夺地盘随时都可能发生街头枪战。不知道该死的俄罗斯人怎么可以攻击别人的城镇就像这里是他们自己的地盘一样,他们的屁股都没过第聂伯河。"

本·赫尔曼说:"我会给兰利发电报,看看他们中有没有谁掌握了'伤疤'的资料。"

奥斯特海默摇了摇头。"我还在圣彼得堡的时候就查了。他的档案非常少。也许他们有更多的资料,但对此我表示怀疑。"

比克斯比把照片重新交还给本·赫尔曼。"我们已经大概了解是怎么回事了,大家不要为此分心。明天我会和兰利那边了解俄罗斯的老手谈谈,看看他们听到这个绰号会不会想起什么,有个家伙九十年代时在那边工作过。如果他活跃于莫斯科并在那种射击场中幸免于难,那么应该会有人认得出他。"

比克斯比将自己剩下的酒一饮而尽,打算着要赶紧把剩下的 50 块钱输掉,这样他便可以回家睡个安稳觉了,因为他早上喜欢早起。

乌克兰基辅站站长的职位确实是个挑战。

Chapter 14

小杰克的调查

小杰克·瑞安的周一早晨开始于 8:15，他带着睡意到了卡斯托＆博伊尔风险分析有限公司，把外套和包往办公室一扔，便到楼下的小型自助餐厅点了一份鸡蛋三明治和一杯咖啡，因为他不喝茶，随后拿着早餐回到自己的办公桌前。

黄油煎过的鸡蛋有餐盘那么大，溢到面包外，滴了他一手的黄油，而速溶咖啡有一种铺路用的沥青的味道。但考虑到一天所需的蛋白质和咖啡因，他还是把早餐吃了。

他几乎花了整个周末的时间来研究他客户的加尔布雷斯俄罗斯能源控股有限公司复杂的拍卖问题，以及随后资产出售给俄罗斯天然气工业股份公司的事务。他睡得很少，虽然精疲力竭，却依旧奋战着。

小杰克在卡斯托＆博伊尔公司的两个半月里，查阅了堆积如山的公司文件以及满满一档案柜的会计账簿和董事会会议纪要。虽然这个工作听上去枯燥无味，但瑞安发现这件错综复杂的案件并不合法，反而更像一起犯罪案件。

他发现一个无法回避的事实，这起犯罪案件的受益人大都是俄罗斯政府人员。这也是瑞安对加尔布雷斯俄罗斯能源控股有限公司案件的结论。

违法收购公司这类现象在俄罗斯被称作"reidversto"。它并不像西方那类的公司收购。违法收购涉及勒索、诈骗、暴力威胁和伪造文件，以及后续琐碎的诉讼和贿赂法官影响审判的行为。警察和政府官员因为提供帮助而得到补偿，而抢夺来的财产中的一部分便用于这些补偿。

俄罗斯政府的官方统计数据称，去年有多达四百家公司被成功收购，瑞安知道这对俄罗斯意味着什么。外国投资将会对俄罗斯望而却步，并以难以衡量的方式毁掉俄罗斯的经济。

这起有组织的阴谋一举剥夺了苏格兰亿万富翁亚瑟·加尔布雷斯在俄罗斯的一家最大的控股有限公司，整个案件错综复杂，令人难以置信。小杰克发现这与加尔布雷斯的利益息息相关，他的律师事务所、调查员以及东方的一些其他关联业务全是克里姆林宫愤怒之下的受害者。

上周末杰克刚刚得知，加尔布雷斯直接雇佣的律师在圣彼得堡被捕。另外，加尔布雷斯在莫斯科有一家输油管线安全维护公司，公司里一名高级职员遭到了一群恶棍的殴打，这些恶棍声称要加尔布雷斯放弃他在俄罗斯的能源公司。

这两条坏消息并没有打消小杰克的热情，反而使他更加努力地工作。在坚持不懈的努力下，他发现俄罗斯天然气工业股份公司通过一系列不知从哪里冒出来的小型外国公司采用拍卖，分批收购了苏格兰企业家的天然气公司，从而成功盗取了加尔布雷斯的公司。

要揭开谜底，瑞安需要采取一些手段。他的主要工具是国际文传电讯社开发的一种企业调查数据库SPARK（System of Professional Analysis of Markets and Companies），国际文传电讯社是俄罗斯非官方的通讯社，目前已收录的珍贵信息涉及俄罗斯的每一家企业。

杰克并不会俄语，对此卡斯托&博伊尔公司有专业的翻译人员会帮助他，但他只用了一天的时间便学会了斯拉夫字母，现在的他能够快速并自信地读出SPARK数据库里的单词。目前他已学会了将近300个俄语词，所有词都与商业、税务、金融和企业架构相关。他不能用俄语询问卫生间或是赞美女孩的美丽眼睛，却可以阅读SPARK提供的信息，如他可以阅读与俄罗斯国有木材产业有生意往来的库尔斯克新公司的总部地址与建筑面积。

杰克的另外一种工具是IBM的情报分析软件。这是一种可视的情报分析系统，杰克可以用各种不同的方法导入不同类型的数据，软件生成可视的图形和图表，帮助他操纵跟踪趋势，掌握目标人际关系网，他可以用更动态直观的方式来诠释自己所研究的目标。

模式分析是情报工作的重要组成部分，曾帮助杰克在校园情报处取得了巨大的成功。当他开始在卡斯托&博伊尔公司工作时，他立刻明白自己需要在商业情报分析中采用相似的策略，他知道数据的有效分析对一个分析师的重要性。

这个早晨杰克浏览了一小时的数据库后，眼睛终于离开了电脑屏幕。他喝了一口带渣的冷咖啡，两个笔记本上潦草地写满了对数据库数据的注释，他给自己创造了周末工作马拉松。就在这时，桑迪·拉蒙特倚在了他的办公室门口。这位有着一头金发的男子刚来上班，手里拿着自己这一天的第一杯茶。"早上好，杰克。你周末过得怎么样？"

"挺好的。"他想了一会儿，"嗯，还不错。我在家里工作。"

"天哪，你为什么这样做？"

"你告诉我抓住俄罗斯天然气工业股份公司不放会是一笔亏本的买卖，所以我试图调查卷入加尔布雷斯案件的幌子公司，查清这些公司真正的拥有者。"

"这将是一条艰难的道路，伙计。这些公司的拥有者只会是离岸金融天堂里的信托和私人基金会，并且你能发现的名字只会是一些公司的代名人，不是真正的所有人。"

"你说得对，但我确实发现拍卖会的几位赢家的注册代理人来自同一家公司。"

桑迪耸了耸肩。"注册代理人不过是被支付授权委任公司合适的代名人，代替企业真正的所有人签署企业文件而已。一个注册代理人名下可能有一万家公司。对不起，小伙子，你从注册代理人那里得不到任何有价值的信息。"

瑞安喃喃自语："我敢打赌，如果有一把枪指着注册代理人的头，他立马就会告诉我们有价值的信息。"

拉蒙特挑了挑眉，信步走进杰克的办公室，关上了门。喝了一口茶，他说："我知道这是一个令人沮丧的苦差。不如你把我当作一个倾听者或可以给你建议的人，给我讲讲你都在做些什么。"

"那太好了，谢谢。"

拉蒙特看了看手表。"嗯，二十分钟后我与休·卡斯托有约，但这之前的时间都是你的。你有什么发现？"

杰克抓起办公桌上的一叠文件，一边浏览一边说："为了证明俄罗斯在拍卖中窃取了加尔布雷斯公司的资金，我需要调查这些外国公司，让加尔布雷斯有机会在西方起诉他们。我们都知道俄罗斯政府参与了这起窃取事件，因此我们永远不可能在俄罗斯追回资金。"

"想都别想。"

"俄罗斯政府指控加尔布雷斯的天然气勘探开采项目拖欠税款 120 亿美元。年度税款单的金额超出了总收益。"

拉蒙特知道这件事。"没错。他们欠的税款比他们的收益还多。这简直是胡扯，不过在恶棍的法庭，也只能得到这样的结果。"

"正是这样。"瑞安点头说，"税务机关给加尔布雷斯 24 小时筹措这笔钱，但这是极不现实的。因此政府下令出售公司资产，由国家筹集这笔资金。政府仓促安排了一系列拍卖，并且每场拍卖都只有一家公司竞拍。"

"对他们来说这可真方便。"桑迪讽刺地说。

"这些幌子公司大部分都被我找了出来，并且我还在其中一家公司中有所发现。这家公司名叫国际金融有限责任公司（IFC），就在拍卖开始前一周，国际金融有限责任公司才刚刚在巴拿马注册成立，并且其总上市资本资产估价仅 385 美元。然而，这样一家公司却能够在俄罗斯的银行借款 70 亿美元，参与拍卖竞标。"

"这是血淋淋的说服力。"桑迪说。对此他的声音里没有丝毫的惊讶，他深谙俄罗斯的窃国政治。

瑞安继续阅读着笔记。"本次拍卖中加尔布雷斯的资产推测价值约 100 亿美元。拍卖花了五分钟，国际金融有限责任公司以起拍价 63 亿美元赢得了拍卖。四天后，他们再以 75 亿美元转卖给俄罗斯天然气工业股份公司。"

瑞安看向桑迪。"俄罗斯天然气工业股份公司仅在资产收购中就轻松获利 25 亿美元，由于俄罗斯天然气工业股份公司属于政府运营，因此所有的资产都被政府控制保留。这 25 亿美元的附加价值使俄罗斯天然气工业股份公司的股价飙升，所有获利被公司的股东瓜分。"

桑迪说："设想一下，这些人恰好是西罗维基派。"

"而且，不要忘了，无论国际金融有限责任公司的所有人是谁，他还获利 12 亿美元。"

小杰克重新低头注视着他的文件。"参与加尔布雷斯公司的拍卖后，国际金融有限责任公司一直走好运。这个在巴拿马注册的小公司分支成一系列不同的企业实体，每一支实体都有以低价购买关键基础设施的神秘实力。他们用新获得的财富确保银行的贷款，大部分是俄罗斯和瑞士的银行。"

小杰克抬头看着桑迪，发现桑迪正低头看着杯子里的茶。

"你能跟上我吗？"

拉蒙特笑了。"很可悲，老伙计，到目前为止这起复杂的案件还没有击倒我。我每天都会看到这类事情。"

杰克再次看着文件说："很好，我设法利用 SPARK 数据库，通过一些邮政信箱、信托和私人基金会追查到了其中一家企业实体。最终，我成功地发现了它的具体地址。"

拉蒙特眉毛上扬，略显激动地问："真的吗？在哪里？"

"在莫斯科以北几英里外的特维尔，是一家酒类专卖店。我从莫斯科派了调查员去跟进。他在附近闲逛，商店的人似乎并不知情，但他觉得这个地方肯定是某个有组织犯罪团伙的合法'外衣'。"

"哪个犯罪团伙，能确定吗？"

"暂时还不清楚。"

拉蒙特似乎突然失去了兴趣。"继续。"

"总之，这家在巴拿马注册的小公司，唯一能查到的地址就是位于俄罗斯小城镇的这家酒类专卖店。加尔布雷斯案件一个月后，其成功地在瑞士银行获得 6 000 万欧元的无担保贷款，与全世界隐秘的离岸集团皆有商务往来。该公司用这笔贷款收购了保加利亚一家天然气管道管理公司。紧接着一个月后，它又分别以 9 000 万欧元和 13 300 万欧元收购了斯洛文尼亚和罗马尼亚的管道管理公司。"

"国际金融有限责任公司拥有几十家新兴法人实体，各个实体都在塞浦路斯、开曼群岛、迪拜、英属维尔京群岛或巴拿马等其中一个离岸金融中心拥有账户。"瑞安快速地翻动笔记，翻到特定的一页后，继续说："且每一个实体在安提瓜的圣约翰都拥有一家分公司。"

"分公司？"

杰克耸了耸肩。"它们都只是'商业外衣'。似乎与安提瓜并没有什么实际的联系。事实上，这一点让我不太能理解。当然，我明白，安提瓜是离岸金融业务的避风港，但这些公司已经在其他离岸金融避风港里拥有自己的账户了。为什么它们还一定要和安提瓜扯上关系呢？"

拉蒙特认真地考虑了片刻。"简单的解释是这些企业的真正所有者与安提瓜有某种关系。"

"什么关系呢？"

"我猜是公民身份。"

瑞安看着拉蒙特惊讶地说："桑迪，虽然我不喜欢被指控种族定性，但我可以向你保证，能在克里姆林宫支持的海参崴计划中获利12亿美元，无论他是政治寡头、政府巨擘或是黑帮老大，都绝不可能出生在西印度群岛等第三世界。"

桑迪·拉蒙特摇了摇头。"不，瑞安。我的意思并不是他出生在那里。安提瓜是少数几个在飞机上，给某些人一些现金，便可买到一个全新护照的国家……5万美元就足够了。他们的公民身份可以被标价。"

"他们为什么要这么做？"

"有几个原因。最可能的原因是只有安提瓜的公民可以在本国开办银行。"

杰克现在彻底糊涂了。"他们为什么要开一家属于自己的银行？即便一个国家有银行保密法，但一个银行想与其他银行做生意，就必须取得其他银行的信任——银行与银行之间一定会有生意往来。某些持可疑护照的神秘俄罗斯人不可能成功把资金从安提瓜的伊凡银行或其他银行转移到美国花旗银行。"

桑迪大笑。"我喜欢你的积极，杰克，但你对这个行业的了解太幼稚了，不是吗？你是正确的，许多离岸银行缺乏与大银行交易的许可证，但它们有自己的途径。如你所说的圣约翰的伊凡银行，它只需要找一个在银行界地位稍好并愿意与神秘客户做生意的中间银行即可。给银行职员一些可观的贿赂便可搞定。伊凡银行的资金通过一家中间银行再转向另一家中间银行，这时候这些资金便向上进入了瑞士、列支敦士登、马德拉、葡萄牙或一些尚不透明但比安提瓜好的银行。这部分资金可以从这些银行走向全世界：包括美国、英国，我们甚至可以大胆猜测加尔布雷斯能源项目的资金已经回到了俄罗斯。"

"为什么会回到俄罗斯？"

英国人说："这是一个典型的'返程投资'洗钱计划。资产窃取、受贿、有组织犯罪的收益等贪污腐败得来的钱财基本上都被投进其中一家离岸金融中心的控股公司，然后这些钱在那里再次被转移到另一家控股公司，最后这些资金再以外国投资的形式回到俄罗斯。"

"见鬼。"瑞安咕哝道，"我仍然有太多东西需要学习。"

"是的，孩子。但你学得很快。"拉蒙特看了看手表，"这一切是非常有趣的，从学术的角度看，这些空壳公司可以突然出现也可以很容易地消失，如果你没有掌握实际的所有权结构或所有人有意义的真实姓名，你永远也不可能接近这笔被窃取的资金。我们永远不会知道国际金融有限责任公司或其任何一个实体的董事会成员，他们十分注重隐藏自身的信息，事实上他们也非常善于隐藏。你需要仔细查看所有的文档。"

杰克的眼里又慢慢地重新燃起了光芒。"我在这样做。所有的文档都隐藏了真实的所有人，但如果我们知道他的银行所在，就应该能获得一些有用的信息？"

拉蒙特歪着头。"你指的哪方面？"

"所有这些我提到的安提瓜的公司都在同一栋建筑里进行的注册。"

"这种情况很常见。注册代理公司帮他们获得护照，律师帮他们开设避税账户。为了达到这个目的他们会使用一个实际地址，但绝不会与真实所有人有任何联系。"

杰克说："他们的银行就在附近，是吗？"

"那不是一个真实的营业点，小伙子。那里不会有自动取款机和出纳员。这个银行只是存在于纸上，只是一个与其他中转银行交易的账户。会有一个律师秘密处理全部的事务，这些家伙绝不会出现在互联网或脸书里。"

杰克说："我想更加仔细地调查这个注册代理公司。我的意思是调查一下那栋建筑。"

桑迪耸了耸肩。"当然。我也会这样做，哪怕是为了好玩。谷歌地图能为你提供这栋建筑的照片。"

杰克摇着头说："我不是这个意思。我想亲自去那里，在周围稍微逛一下。"

拉蒙特看了杰克一眼。"亲自？你想亲自去那里？"

"当然。"

"为什么不派安提瓜当地的调查员替你跑一趟呢？"

"桑迪，你自己说过我对这个行业的了解仍然过于幼稚。我可以在办公室阅读资料文件或在数据库SPARK上研究空壳公司的架构，抑或是雇佣当地的调查员，但如果我亲自飞过去做调查，我想我能更好地掌握整体情况。花一两天时间去调查这个地址，亲身感受这些离岸业务的操作方式，甚至有可能掌握国际金融有限责任公司或者其他本地实体的一些信息。"

桑迪不喜欢这个主意。他试图再次劝阻瑞安。"你打算怎么做？彻查这个血腥肮脏的注册代理公司？"

杰克笑了。"这个想法不错。"

桑迪长叹一口气。"你不知道你将面对什么。我曾经去过这些地方，相信我，伙计，这些第三世界的金融业务中心通常都被一些地痞流氓保护着。除此之外，这些地痞流氓和贩毒团伙为了保护自己的既得利益，会随时警惕窥探的外国调查员，确保他们不能接近公司。你是美国总统的儿子，没有和地痞流氓打过交道。"

杰克没有回答。

"也许你不能从一张电子表格或一篇演示文稿得到公司的全貌，但在办公桌前学习和研究更为安全。"

"桑迪，游客随时都可以去安提瓜和巴布达。我不打算靠运气。相信我，我能胜任。"

桑迪把后脑勺靠在椅子上，长久地凝视着天花板。最后他说："如果你坚持这么做，我不能让你一个人去。"

杰克也一直在思考这个问题。"那就跟我一起去吧。"

桑迪有些犹豫，但瑞安可以看出他已经开始向往海滩和冰镇果汁朗姆酒了。"好吧。我们飞过去看一看。如果一旦有任何麻烦，要立刻收拾回酒店大厅，明白吗？"

"明白了，桑迪。"他高举起一只手说道，"旅途愉快！"

拉蒙特看着瑞安举在空中的手说："请再说一遍？"

杰克放下手。他有些过于兴奋了。"会很有趣的。你最好带些防晒霜，没有它，你在加勒比海地区可待不长。"

拉蒙特忍不住笑了起来。

Chapter 15

"伤疤"与"七巨人"

时间刚过晚上十点,马里兰州埃米茨堡的农场,约翰和桑迪看了一晚上租来的电影。当他们正准备睡觉时,床头柜上的电话响了。

克拉克接起电话。

"您好?"

"请找约翰·克拉克。"

"我就是,请讲。"

"您好,克拉克先生。抱歉这么晚打扰您。我是基思·比克斯比,从美国驻基辅大使馆打来。"

克拉克努力搜寻脑海中的联系人数据库,没有想起任何一个叫基思·比克斯比的人,并且他认识的人目前没有在基辅工作的。

他还来不及承认不认识比克斯比,又听到比克斯比说:"吉米·哈迪斯蒂建议我给你打电话。"哈迪斯蒂是克拉克中情局的同事,他们已经认识十几年了,他信任哈迪斯蒂。

"我明白了。你在大使馆做什么呢,基思?"

"我是大使馆的文化专员。"

这样的回答对克拉克来说意味着比克斯比是中情局驻乌克兰基辅站的站长,同样也意味着比克斯比的坦率。同样,比克斯比也知道克拉克会明白他是基辅站的站长。

"明白了。"克拉克立刻回答,"我能为你做些什么呢?"

"我这边工作中涉及到了一个人,我们几乎没有这个家伙的资料,所以我做了一些调查。吉米是你前任雇主的首席档案管理员,我遇到这类问题他通常都能解决,因此我敢肯定你知道这个人。"

"可以理解。"

"关于这个人,吉米了解得也不多,但他建议我向你打听打听。他说他记得你可能偶然遇到过他。"

"这个人是谁?"

"一个俄罗斯的家伙,我估计他年纪在55—65岁之间,是圣彼得堡一个有组织犯罪集团的高层,被称为'伤疤'。"

克拉克说:"有一段时间没有听到过这个名字了。"

"那么你知道他?"

"我对他有一点了解……但是,我不认识你。没有任何感情色彩,我和哈迪斯蒂确认后,会给你回电话。"

比克斯比说:"如果你说别的,我会以为你走神了。"

克拉克笑道:"只有身体,精神没有。"

"我对此表示怀疑。我给你我的电话号码吧。"

克拉克给詹姆斯·哈迪斯蒂打了电话,确认了基思·比克斯比的真实身份,并确认了该男子确实是中情局驻乌克兰基辅站站长。哈迪斯蒂高度评价了比克斯比,克拉克知道这个中情局首席档案管理员的评价既包括个人才能也包括品性。

五分钟后,约翰·克拉克重新和基思·比克斯比取得了联系。

"吉米说你是一个既正统又诚实可靠的人,但我想确定你是不是吉米所讲的那个人。你最后一次和吉米喝啤酒是什么时间什么地点?"

比克斯比毫不犹豫地说:"一年前的上一个月,在麦克莱恩皇冠假日酒店。我去参加城里的一个会议。如果我没有记错的话,我喝的加拿大冲顶啤酒,吉米喝的百威淡啤。"

克拉克笑着说:"好吧,你通过了测试。吉米很惊讶,我居然不知道你。"

"我的职业生涯到目前为止,一直都保持着低调。"比克斯比说。

"你和我是一类人。我会如实奉告我知道的全部信息,但请注意我的信息都是好几年前的了。"

"那也比我知道的消息新鲜。他是谁?"

"我知道他叫格列布,外号'伤疤'。一个黑帮老大,你可能已经知道了。"

"我有点怀疑。我可以给你发一张他的照片,以便你确认他的身份?"

"恐怕没有必要,因为我从来都没见过他。"

"哇。他才真是低调。"

克拉克说:"他很会躲避镜头,但我知道他的个人简历。他出生在乌克兰克里米亚的占科伊,但他是俄裔。九十年代初搬到圣彼得堡,在古拉格劳改营里替一些暴徒做事,随后他无比艰难地走出了西伯利亚,比他来的时候还要更加艰难。"

"难道他们全都出来了?"

"差不多。他是圣彼得堡最大的一个斯拉夫犯罪团伙'七巨人'的二把手；他们勒索、走私，坏事做尽。在我接手北约的彩虹组织几年后，他们这个团伙出现在了我们的视线里。一群武装的持枪歹徒尾随一些市政大臣，占领了市行政大楼。典型的暴徒袭击。但这一次警方的反应却一反常态地快，迅速地包围了持枪歹徒。歹徒胁持人质，经过两天的谈判毫无进展，随后我们从英国被召集过来。我们监听大楼的通信，拦截歹徒与他们的首领之间的通讯，这个首领就是'伤疤'格列布。他命令他们留下来战斗不要投降。他是想牺牲他们，避免自己在此次袭击中受牵连。"

克拉克继续说："彩虹组织进入了大楼，清理了全部的歹徒。我们救下了所有剩余的人质，但他们处决了三名国务大臣和六名大楼保安，那次行动中我们有两名队员受了轻伤。"克拉克停顿了一下，陷入略带遗憾的回忆里。"那次行动不如我们期盼的那样成功。如果我们能早几个小时获得俄罗斯的绿灯，或许就可以挽救更多生命。"

"而格列布从未被抓获？"

"恐怕是的，他喜欢让手下的人去替他干所有肮脏的勾当。尽可能地保持自己干净，而让手下的人承担风险。"

比克斯比迟疑了好一会儿。"嗯，那就很有趣了，因为他目前在基辅似乎亲自担任了现场的负责人。"

"确实有点奇怪。在我的记忆里，他的势力范围并不在基辅。'七巨人'没有活跃于基辅，是吗？"

"是的，他们没有。他们是活跃于俄罗斯境内的白俄罗斯人，但如果他们目前在乌克兰活动，这倒是一个新的发现。格列布被拍到与一群像前斯皮特纳斯特种部队的年轻人在一起。他们与车臣犯罪团伙在这个城市会面。"

"这真与我记忆中的'伤疤'格列布不同，曾经他的成员全都是斯拉夫人。在沃洛金执政前，俄罗斯到处都是格鲁吉亚和车臣的有组织犯罪分子。但我记得格列布并没有与他们打交道。"

"也许他老了，变得不那么偏执了。"

克拉克笑道："我猜他是接到了给他这次任务的人的命令，转移到基辅，与国外的有组织犯罪集团合作。看来这不再是'七巨人'，而是一个全新的商业计划。"

"这个想法真让人烦恼，克拉克。"

"是啊，你有得烦了。你需要找出格列布背后的那个人，那个狗娘养的将是你真正的麻烦。"

比克斯比长长地叹了一口气。

克拉克认为可能是自己的信息让比克斯比失望了。"我希望我能给你更多的帮助。"

"不，你已经给了我很大的帮助了。你给了我思考的方向。"

"但愿你能取得更多的进展。"

比克斯比说："我敢肯定，你可以想象，过去几个月克里姆林宫和乌克兰之间酝酿的所有矛盾，使基辅变成了情报活动的温床。我关注'伤疤'格列布是因为缺乏他的资料，但实际上这只是我个人的好奇心。他必须做一些真正引人注目的事情才能使他自己成为一个具有价值的目标。"

"我明白。"克拉克说。但他发现自己对一个地位如此高的俄罗斯犯罪分子在基辅做些什么十分好奇，很明显是接受了某个人或组织的命令。

"感谢你的帮助。"

"只要你有需要，任何时候都可以找我，比克斯比。你在基辅千万小心，如果新闻报道无误，那么你目前正处在下一个世界危机爆发点的中央。"

"我也希望是这些媒体夸大了事实，但实际上的情况确实不太乐观。"

Chapter 16
采 访

  俄罗斯电视台并没有像苏联时期一样被公开宣称归国家所有，但实际上仍是被国家控制的。因为这个俄罗斯最大的新闻媒体全部的股份都归俄罗斯天然气工业股份公司所有，而总统沃洛金和其他西罗维基派掌握着大部分俄罗斯天然气工业股份公司的股份当然也不是巧合。

  那些不受克里姆林宫势力控制的电视台和报社常年收到各种骚扰、无耻的法律诉讼或荒谬的税款单。当局还有更多更恶劣的手段来控制统一各类媒体，人们早已司空见惯政府对那些破坏官方宣传活动秩序的记者实施的安全威胁和暴力行为，殴打、绑架，甚至暗杀，极大地扼杀了俄罗斯的新闻自由。

  极少情况下，如果有人因为对记者犯下的罪行而被捕，那这个被告人通常都是支持克里姆林宫的青年犯罪团伙的成员或某个低级别犯罪分子。换而言之，对新闻界犯下的罪行永远都不会与俄罗斯联邦安全局或克里姆林宫有任何关系。

  克里姆林宫公关姿态的先锋是新俄罗斯。电视台以十七种语言向俄罗斯和全球播出，有效地担任了克里姆林宫的喉舌。

  当然，这并不是说新俄罗斯的报道总是支持克里姆林宫。为了营造公平公正的形象，电台偶尔也会播出几条批评政府的报道。但是，这些报道大多都是无足轻重的小事。报道琐碎的地方事务可以为电台树立客观公正的形象，如垃圾回收、工会集会以及其他一些不那么重要的问题；打击政客的腐败，当然仅限于那些已失宠于沃洛金的政客。

  当关系到国家大事，特别是涉及瓦列里·沃洛金及其本人介入的政策时，新俄罗斯的偏袒便凸显出来了。新俄罗斯几乎每天晚上都会播出关于与格鲁吉亚冲突和乌克兰潜在冲突的冗长的"新闻调查"报道。爱沙尼亚政府是坚定的亲西方派，同时也是北约成员国，这使它成为了电视台的永恒目标。似乎每一次金融事件、犯罪事件和性丑闻事件都归咎于塔林的领导者。那些没受过良好教育的新俄罗斯晚间新闻的忠实观众会得出这样一个结论，爱沙尼亚满是盗贼和离经叛道的人。

因为沃洛金经常出现在晚间新闻里做直播，电视台被讽刺地称为"沃洛金的传声筒"，有时这确实是一个特别形象的描述。

今晚就是沃洛金出现在电视台的众多夜晚之一。他来之前没有任何预告，下午六时的晚间新闻监制在当天五点半接到克里姆林宫的电话，宣布总统瓦列里·沃洛金此刻正从克里姆林宫出发，不久后将到达电视台在晚间新闻里做一个现场访问。克里姆林宫告知晚间新闻的监制，主题将是中情局暗杀斯坦尼斯拉夫·比留科夫事件，并且会一并宣布谢尔盖·格洛夫科在美国的钋中毒事件。

这个通知让新俄罗斯大楼里的人立即手忙脚乱地行动了起来，但这种混乱看上去又是有序的。因为晚间新闻的工作人员在瓦列里·沃洛金执政以来的这些年里已经处理过二十多次这样的即兴采访了，现在他们像完成一场编排好的舞蹈一样完成着监制的策划。

得知国家元首正在来演播厅的路上，监制的第一道命令便是通知沃洛金最喜欢的主播。而此刻无论她在哪里在做什么，她都必须赶在半个小时后到演播厅给总统做现场访问。

塔蒂亚娜·莫汉诺娃是一名33岁的记者和新闻主播，每个人都知道已婚的沃洛金迷恋上了这个有着一头乌黑秀发并受过良好教育的记者，虽然他从未公开地表达过这点。新俄罗斯的监制曾经艰难地认识到由任何其他主播进行采访，都会引起总统的不悦。

她的美貌自然吸引着他，但暗地里大家都认为是莫汉诺娃在佯装公正时投向沃洛金的小鹿般崇拜的眼神征服了他。她显然也认为沃洛金是性感的象征，无可否认他们互相释放着吸引彼此的化学荷尔蒙，即使这打破了作为一名新闻工作者的体面。

莫汉诺娃接到电话通知后，电视台的一架交通直升机便被派到她在列宁格勒茨卡亚的公寓接她。

在直升机前往列宁格勒茨卡亚的路上，该节目的监制就得撰写访问要设置的问题，汇集访问所需的图片，并且还得做好准备要让总统戏剧性的到访在数以千万的观众面前显得顺利而毫无停顿。

这栋建筑里的每个人都知道，沃洛金不会接受任何人的指导，所以他们必须在他到达演播厅的那一刻准备好他的访问直播。新俄罗斯的大厅里会站一排带着对讲机的青年男女，沃洛金从他的豪华轿车里出来后进入大楼，带着对讲机的男女便开始汇报他的行程进度，引导他到达电梯间，当然电梯已经在一楼等待，然后送他到达六楼的演播厅。沃洛金执政以来，他已经来过这个演播厅二十多次了。

下午六点十七分，当沃洛金信心十足地大步走进六楼演播厅时，大厅里的这组工作人员像往常一样表现得很好，导演也已经准备好了。沃洛金是一个矮小的男人，只有5.8英尺（1.77米），但他十分健壮并且精力充沛，就像一个卷曲的弹簧，好像随时准备冲破

75

他的深褐色西装。他穿过摄像机，不等工作人员引导，毫不犹豫地坐到了座位上。中间如果出现任何问题，显然都是电视台的问题，而不是总统的问题。

瓦列里·沃洛金出现在演播厅的瞬间，新闻联播的监制便中断了实况直播，插入商业广告。虽然这一切看上去非常不专业，但两害相权取其轻，这样访问沃洛金的部分将会有一个流畅连续的开始。

塔蒂亚娜·莫汉诺娃只比她的客人早到了两分钟，但她很专业，特别是工作方面。她在直升机上化好了妆，在去往演播厅的路上监制向她重复了三次访问要提的问题，以便她提前准备。她自己也准备了一些后续的问题，以防沃洛金总统表示有兴趣展开一场真正的访问。

她必须准备好应对各种可能发生的情况。

有的时候，沃洛金来做一个声明就走了，电视台的人不得不手忙脚乱地填补分配给他的播出时间；而有的时候，他又好像是没地方去一样，他会回答莫汉诺娃提的所有问题，长篇大论地谈论关于俄罗斯的生活和文化，甚至是天气和曲棍球比分的话题。就算"瓦列里·沃洛金时间"进行到超过了七点，监制也不敢重新切入商业广告，或继续播放他们的常规节目。

他们并不知道今晚会是这两种极端情况的哪一种，但不管是哪一种，塔蒂亚娜和她的监制们都作好了准备。

当沃洛金问候塔蒂亚娜·莫汉诺娃时，音效师在他的衣襟上夹了一个麦克风。他亲切地握了握莫汉诺娃的手，他和塔蒂亚娜·莫汉诺娃认识好几年了，莫斯科一些颠覆性的博客甚至发布关于他们的谣言，但这些传闻的来源不过是一些照片。这些照片有的是他们参加聚会或其他公共活动时无伤大雅的拥抱，有的是他们谈话时，她投向他的梦幻般的眼神和甜美的微笑。

沃洛金一坐下，晚间新闻的监制便中断商业广告，将镜头切回演播厅。

莫汉诺娃女士泰然自若地谈到了斯坦尼斯拉夫·比留科夫在爆炸中身亡的事件，并问总统沃洛金对此作何反应。

瓦列里·沃洛金把手放在桌前，表情凄凉地用他标志性的柔和、自信又傲慢的声音抑扬顿挫地说："这看起来非常像西方支持的暗杀。斯坦尼斯拉夫·阿尔卡迪亚维奇在俄罗斯的有组织犯罪集团里并没有真正的敌人。他的工作主要在国外，他对高加索地区和邻国的犯罪集团没有什么兴趣。"

他不再看着镜头，转向塔蒂亚娜·莫汉诺娃说："斯坦尼斯拉夫·阿尔卡迪亚维奇不辞辛劳地保护祖国不受西方国家的威胁。幸运的是，感谢内务部的警察卓有成效的努力，我们了解到斯坦尼斯拉夫·阿尔卡迪亚维奇案的行凶者恰恰是西方一个著名机构——中情局的克罗地亚雇员。我认为谁是这起针对我国的令人发指的罪行的元凶已经毋庸置疑。"

迪诺·卡迪奇的一张护照照片出现在电视屏幕上，类似护照的红色英文字体的"中央情报局"几个字样叠加在照片上，让人感觉这是中情局的某种官方身份证。这种简单的小把戏将欺骗数以千万的观众。

莫汉诺娃向沃洛金提出了下一个话题。"总统先生，那么现在我们暂且不谈比留科夫局长被暗杀一事，有来自美国的消息称，比留科夫的上一任俄罗斯联邦对外情报局局长谢尔盖·格洛夫科在美国中了放射性物质的毒。"

"是的，谢尔盖·格洛夫科的情况比较有趣。虽然我和他之间有分歧，但我可以原谅他说过的一些荒唐的话。毕竟，他来自一个更早的年代，已经老了。不过，令人难以接受的是他被证实参与了金融腐败。在被美国人下毒之前，他一直是美国人的宠儿，杰克·瑞安的朋友。"

"他们为什么要这么做，总统先生？"

"当然是为了嫁祸给俄罗斯。显然，他们的原计划是让他回到英国后才显示出中毒的症状。但他们的科学家们或者说刺客们犯了一个数学上的错误。也许，他们需要一个新的计算器或天平。"沃洛金说着笑了起来，采访者也附和着他开的玩笑，演播厅的摄像机录下了这些不合时宜的笑声。沃洛金继续说道："我不知道是不是科学家们使用了过量的钋或是刺客们毒害他的时机不对。试想一下，如果美国人的计划成功了。他回到英国才发病，那么美国就无可指摘，俄罗斯将难辞其咎。这就是美国人原本的意图。"他对着摄像机愤怒地挥舞着自己的手指，仿佛在指责虚无的敌人。

"一月份我们对爱沙尼亚采取了必要的治安维护行动，我们的一小支轻装备远征军与北约一支大得多的武装力量在爱沙尼亚边境进行了一场遭遇战。我们成功地把他们打得满地找牙，自此后美国人就一直把俄罗斯视作现实的威胁。他们将莫须有的罪名归咎于我们，觉得可以使世界排挤我们，孤立我们。"

沃洛金看着镜头说："然而我要告诉他们，这是行不通的。"

不出所料，塔蒂亚娜·莫汉诺娃问了事先准备的下一个问题。"在外来的威胁日益严重的今天，我们的政府将会采取什么措施来维持国内外的秩序和安全呢？"

"与安全部门的关键成员协商之后，我经过深思熟虑，决定做一些重大的改变。有人说，坦尼斯拉夫·阿尔卡迪亚维奇·比留科夫作为俄罗斯联邦对外情报局局长是无可取代的，我完全同意这一点。也正是出于这个原因，我决定不让任何人接替他。国内的恐怖分子导致比留科夫和一些完全无辜的平民的死亡，国际恐怖主义毒害格洛夫科，很明显，对于我国来说，来自国内和国外的威胁性质是相同的。鉴于我国目前面临的内忧外患，我们不能再分离两个情报组织了。我们需要全方面地凝聚我们的安全力量，为此我已经下令重组俄罗斯联邦对外情报局和联邦安全局。新组织将保留'Federalnay Sluzhba Beznopasnasti'（FSB）这个名称，但现在的俄罗斯联邦安全局将接管所有国外情报的收集。俄罗斯联邦安全局的局长罗曼·塔拉诺夫将继续担任目前的职务，但同时他还将承担起对外情报的职责。他很能干，我充分相信他有这个能力。"

这个消息似乎让塔蒂亚娜·莫汉诺娃十分惊讶，她当然没有事先准备关于这个消息的后续问题，不过她掩饰得很好。"这个消息对我们所有的观众来说将十分有趣，就国内和邻国来说，塔拉诺夫局长保护我们不受外来的威胁，而从国际方面来看，已故局长比留科夫很好地保护了俄罗斯的利益。"

对于莫汉诺娃的观点沃洛金当然表示赞同，然后他开始了12分钟的即兴演讲，深入分析了过去与格鲁吉亚的冲突、目前与乌克兰的纠纷以及其他涉及俄罗斯特殊利益的国家。

后来，他的演讲内容延伸到了对北约、欧洲和美国的态度问题上，其中还提到了天然气和石油价格，最后他甚至展开了一堂以俄罗斯为中心的关于第二次世界大战期间俄罗斯如何在法西斯的铁蹄下挽救西欧的简短历史课。

当总统结束了他的演讲后，灯光暗了下来，演播厅的显示屏上开始播放福特的商业广告，沃洛金取下麦克风，站了起来。他笑着和莫汉诺娃女士握手。莫汉诺娃与沃洛金一样高，每当沃洛金来演播厅时，她总是很有礼貌地穿平底鞋。

"谢谢您，耽误您这么多宝贵的时间。"她说。

"我总是很高兴能够见到你。"

他没有马上放开她的手，美丽的新闻主播决定趁机试试自己的运气。她说："总统先生，您今天给我们带来的消息真是令人振奋，我相信大众的反应将会很好。不知道让塔拉诺夫局长也来上我的节目是不是个好主意，公众还从未在新闻报道中见过他。鉴于他新晋提升，这可能是他向俄罗斯公民介绍自己的好机会。"

沃洛金的脸上仍然挂着笑容，两道炽热的目光注视着塔蒂亚娜的眼睛，但不知何故他的话音似乎变得有些阴沉。"亲爱的女士，罗曼·罗曼诺维奇不会出现在电视上。他不得不保持隐蔽，那是他的工作，只有这样他才能很好地完成他的工作，那也是我想让他存在的方式……这里只有我和你。"

沃洛金冲她眨了眨眼睛。

在塔蒂亚娜·莫汉诺娃的职业生涯中，几乎是第一次发现自己居然不知如何应对，她只是温顺地点了点头。

Chapter 17
校园情报处

美国总统杰克·瑞安在执政的第一个任期内创建了校园情报处,这个规模小但十分强硬的团队负责推动完成美国政府的秘密目标和任务。

杰克·瑞安把校园情报处交给格里·亨德利负责。亨德利是肯塔基州的前参议员,他因财务造假名誉扫地而退出了公众的视线,但这一切纯粹是为了让他退出政治舞台,开始下一段非常艰难但又至关重要的工作——建立一个秘密的特工团队。

为了确保校园情报处所有成员在行动被暴露的情况下能够受到保护,总统杰克·瑞安在他第一任任期卸任前秘密签署了100张空白的总统特赦令,并全部交给了亨德利。

过去这些年,校园情报处获取了中央情报局和国家安全局之间的情报源,同时又摆脱了政府情报机构的监视和官僚主义作风,这使得他们的行动获得了极大的自由,从而推动校园情报处取得了令人难以置信的成绩。

当初瑞安总统设立校园情报处时并未想到有一天这个机构业务部门的职员会有自己的老朋友约翰·克拉克、同事多明戈·查韦斯、侄子多米尼克·卡鲁索和布莱恩·卡鲁索,甚至还有自己的儿子小杰克·瑞安。

两年前布莱恩在利比亚的行动中丧生,前陆军突击队员山姆·德里斯科尔接替了他。

几个月前,某国黑客曾侵入校园情报处的网络,由该国特工组成的杀戮小队在一个夜深人静的夜晚袭击了校园情报处在奥登顿西部的大本营,试图消灭该机构。敌国的袭击虽然被挫败了,但亨德利和他的团队不能继续呆在那里了,他们的地址已经暴露,并且敌国很可能已经知道他们是谁了。

失去奥登顿西部这个大本营,校园情报处需要再找一栋新的大楼,然而另外一件事比找新大楼更麻烦。校园情报处之前的有用情报很大程度上都是依靠这栋五层建筑楼顶的卫星天线站获得的,它能截获位于马里兰州米德堡的美国国家安全局和位于维吉尼亚州兰利的中央情报局收发的机密情报。

目前校园情报处的未来只能寄托在一个55岁的脸色苍白大腹便便的电脑怪杰加文·比瑞身上了。从受到那次袭击以来，比瑞花了数月的时间研究通过中情局的绝密级网络"Intelink-TS"来获取情报的方法。他采取了一种高级黑客代码入侵中情局的电脑，但在中情局修补了漏洞后，他又开始寻找入侵"Intelink-TS"的新载体。

目前为止，他的工作还暂时没有取得任何成效。

在加文·比瑞和格里·亨德利分别为搜集情报和寻找新的工作基地而努力时，除了小杰克·瑞安之外的所有校园情报处特工们都住在约翰·克拉克的农场，他们把这个马里兰州埃米茨堡的广阔农场作为训练基地。

约翰·克拉克的乡村农场也许并不是最适合掩藏这一支非正式秘密特工队伍的地方，但就目前而言，它至少很好地完成了这个任务。

直到最近，那些曾经遍布全国各地秘密受训的特工们都撤退到了农场，现在的他们十分脆弱，必须坚持训练以保持自己的锋芒。他们占用了客房，把它变成一个小型的指挥中心和迷你校舍。他们每天至少花一个小时的时间用笔记本电脑上的外语培训软件阅读全世界主要热点的最新开源信息。

他们希望持续的训练和学习能对将来重回工作状态有所帮助。

格里·亨德利驱车离开马里兰州的埃米茨堡，整个下午他的华盛顿之旅都在寻找合适的办公大楼，现在他坐在约翰·克拉克农舍的厨房餐桌前。校园情报处所有的特工们都围坐在他身边，包括IT部的主任加文·比瑞。他们每周都会聚在一起组织一次会议，虽然都是非事务性的内容。每周格里都会谈到自己为组织寻找办公地点的进度，克拉克和特工们讨论正在接受的特训，而比瑞则用高级的技术性术语告诉大家他目前正在试图重新获取中情局信息源。

虽然会议上大家都很有礼貌，但其实真相是每个人都迫不及待地想去做一些其他的事情，而不是干坐在克拉克的厨房。

此次会议格里原本打算讨论他在贝塞斯达（马里兰州）附近考察的几处房产，但克拉克说他有一些别的事情需要和大家讨论。

"怎么了？"格里问道。

"一个工作找上门来了。"

克拉克告诉大家他和中情局驻基辅站站长基思·比克斯比的通话内容，中情局对一个名叫"伤疤"格列布的知名俄罗斯犯罪头目十分感兴趣。

过去的几天，多明戈·查韦斯一直在与俄罗斯和乌克兰的一些朋友通话，他们大都是在彩虹组织服役的男性。通过他们，他了解到了更多关于"伤疤"和他的犯罪团伙的信息。

没人知道他在乌克兰做的事与车臣组织有什么联系，查韦斯和克拉克都觉得这非常可疑，特别是联系到近来边界线上似乎有爆发战争的可能性。

亨德利说："你们所掌握的全部信息就只有这家伙是俄罗斯的黑帮，而且目前在基辅活动？"

克拉克说："我还了解到中情局没有足够的人手来全面监视他。这也很合理，他们的焦点都放在了基辅的专业情报机构上面，而不是有组织犯罪集团。"

"你想怎么做？"

"基思·比克斯比目前面临的局势十分艰难，但他是一个优秀的站长。我认为我们可以去基辅，深入调查这两个黑帮的联系，看看'伤疤'格列布到底在干什么。"

亨德利看了看组里的其他人。毫不意外，他们每个人看上去都像是准备好了要立刻奔赴机场一样。

"这个家伙地位有多高？难道他是俄罗斯黑手党的头目？"

过去的一年里，查韦斯已经成了研究有组织犯罪集团的专家，在校园情报处停工的这段时间里，这是他关注的焦点。

查韦斯说："就我们所知的而言，俄罗斯并没有真正意义上的黑手党，这只是我们对有组织犯罪集团的简称。在俄罗斯和其他东欧国家，这类有组织犯罪集团的头目被称为'Vory V Zakonye'，翻译过来就是'律贼'，意思是服从盗贼'律例'的罪犯。那些戴着金项链穿着不合身西装的罪犯里，99.9%的人都想让人认为他们是大人物，但他们并不是真正的'律贼'。不过话虽如此，每个有组织犯罪集团的高层里可能都有几个'律贼'，不管怎样，真正的头目毫无疑问绝对是'律贼'。"

查韦斯补充说："我敢肯定'伤疤'格列布是名副其实的'律贼'。"

亨德利接着问："这些日子俄罗斯的有组织犯罪问题有多严重？"

"瓦列里·沃洛金的内务部几乎已经追查和适当地清除了俄罗斯几乎所有的规模较大和最具势力的犯罪集团。"

"他们是怎么做到这一点的？"

"俄罗斯联邦安全局有一个专门负责分析和打压有组织犯罪集团的部门。这个专门的小组几乎铲除了遍布莫斯科和圣彼得堡的有组织犯罪集团。但有趣的是，他们似乎只针对外籍歹徒下手。"

"因为所有车臣、格鲁吉亚、亚美尼亚和其他的犯罪集团一直被俄罗斯联邦安全局苦苦追击，所以有一群斯拉夫人的犯罪团伙在八十年代末期开始蓬勃发展，这个犯罪团伙被称为'七巨人'。"

亨德利歪着头问："他们只有七个人？"

"不，他们是以科米共和国乌拉尔山脉高原上自然形成的非常罕见的七块巨大的石柱来命名的，这个组织成立于科米共和国的古拉格。"

"这些日子'七巨人'有组织犯罪集团控制着俄罗斯的借贷、绑架勒索、人口贩卖、性交易、汽车盗窃、雇佣杀人……"

"格列布是'七巨人'的头目？"亨德利问。

"不，不是，该团伙的头目目前身份尚不明确，甚至连'七巨人'里的大部分人都不知道自己真正的老大是谁。但我们知道'伤疤'格列布是'七巨人'在圣彼得堡的负责人。他很可能是这个团伙的二把手。"

卡鲁索问道："没有人知道他在基辅与车臣黑帮交易的线索，对吗？"

"完全没有。他以前从不会离开自己的地盘，而且对少数民族也绝不会那么友好。"

亨德利说："好吧，我支持你们。但你们如何获取关于'七巨人'的情报呢？"

克拉克转向加文·比瑞说："加文？"

比瑞说："我目前还没有办法进入中情局的绝密级网络'Intelink-TS'，但我已经成功入侵了政府的机密级网络'SIPRnet'。当然'SIPRnet'肯定不如绝密级（TS）网络，但……你知道这对情报而言意味着什么。开源情报里狗屎一大堆，垃圾数据起码是上一级别的两倍。"

克拉克说："有加文提供的机密级平台辅助我们监视基辅，我们应该能够很好地掌握那里的情况。"

加文说："此外，我已经成功攻入乌克兰安全局的服务器，可以查看他们保留的关于有组织犯罪集团的所有信息。虽然不能和'Intelink-TS'相比，但应该会有所帮助。"

德里斯科尔说："看来我们只好用间谍这个老办法来补救了。"

其他人都笑了起来，但亨德利却问道："那么派谁去呢？"

克拉克说："很显然，除了瑞安在英国外，其余的所有人都去。"

亨德利似乎有点惊讶。"我还以为你已经不再出外勤了。"

"是的，我原本打算不再出外勤了，但我会讲俄语，也可以阅读乌克兰文，所以这次我必须和你们一起去。"

"我想你不必挂起你的软呢帽了，克拉克先生。"卡鲁索开玩笑地说。

克拉克板着脸说："去你的，小子。我从来没有戴过软呢帽，我还没那么老。"

查韦斯说："嘿，加文，你会去吧？"

比瑞看着亨德利，像个为了去朋友家玩而恳求妈妈的孩子。

亨德利说："我猜自从上次的行动你取得成功后就把自己当成神秘的国际人物了，是不是，加文？"

比瑞无奈地耸了耸肩,查韦斯替他辩护道:"他确实把我们从上次的困境里拯救了出来,格里。虽然我也不愿意承认,但如果没有他,我们可能逃不出来。"

"好吧,"亨德利说,"你可以出外勤,支持大家的工作。"亨德利的注意力又重新转向了克拉克。"当然,你们不能带武器去那边。"

"不会的,"克拉克说,"我们必须做好随时被当局抓捕和审问的准备。我们可以用记者的身份做掩护,只要足够自信,会没事的。"

亨德利反驳道:"如果你们被警方逮捕了,良好的档案也许有用,但如果你们被'七巨人'抓到了,良好的档案可没有任何用处。"

约翰·克拉克说:"确实如此,我们会小心的,不会被'伤疤'和他的手下抓到。"

格里补充说:"约翰,不用我提醒你吧,基辅在未来的日子里将充满各种官方和非官方的可疑人物。"

约翰看了看团队的其他成员说:"我很清楚,无论是从官方还是非官方的角度,我们都会尽力保密我们的行动。"然后他又狡黠地一笑说:"顺便说一句,我已经有自己的秘密团队了。"

Chapter 18

最后一面

晚上十点前不久,一群随行人员簇拥着美国总统杰克·瑞安抵达乔治华盛顿大学附属医院的重症监护室。各媒体记者围堵了医院的主要进出口,但第22大道有一个卸货口,这个卸货通道目前已被戒严。几辆特勤车中间,一辆绿色的雪佛兰萨博班载着美国总统直奔卸货通道大门,完全甩掉了记者们。美国总统低调地抵达了医院。

白宫只是发布消息说格洛夫科碰巧在参观白宫时中了毒,并没有提毒药其实是放射性同位素钋,但白宫辐射事件的谣言四起,并最终占据上风。尽管白宫努力地想使消息保密,但终究纸包不住火,事实随时都可能被公众知晓。因此白宫决定立即公布整个事件,当然格洛夫科的病情除外,这是他的个人隐私。

谢尔盖没有任何在世的近亲,在ICU候诊室里瑞安见到了格洛夫科的旅途随行人员:一个宣传人员、一个旅行协调员和一个英国安全专员。

杰克看了看周围的人,格洛夫科漫长的一生都效忠于苏联和俄罗斯,但他的国家似乎已经抛弃、忘记了他。

医生叮嘱了一些探访格洛夫科这类病人的注意事项后,杰克和他的贴身保镖穿过大厅来到谢尔盖的病房前。杰克的首席保镖站在他身边,其实她事先已经安排好了今晚的待命人员,但她并没有通知大家。安德莉亚·普赖斯·奥黛深谙什么时候可以和"剑客"说话,什么时候该放手。虽然她很希望陪着瑞安一起进入格洛夫科的病房,但她也知道瑞安不会同意。所以她和另外两名特工安静且迅速地排查了病房周围的情况后,回到了走廊里等待。

杰克独自走进房间,他立刻注意到这个小小的房间里放满了各种医疗设备。谢尔盖躺在这堆仪器中间,看上去是那么的瘦小、苍白。这个俄罗斯老人身上连接着各种监测设备的电线和管子,静脉注射刺破了他的皮肤,一个大大的枕头托着他的头。医生告诉瑞安,谢尔盖的颈部肌肉已经无力撑起他的头部。

他的眼睛深深地凹陷在灰色的眼眶里,头发明显比前一天更加稀薄了,枕边都是他掉落的头发。床后的心电监护仪随着他虚弱的心跳发出缓慢的嘀嘀声。

杰克以为谢尔盖睡着了，但他的眼皮动了动，然后慢慢地睁开眼睛。他努力将眼睛聚焦在杰克身上，然后虚弱地笑了笑。这笑容一闪而过，格洛夫科的脸又重新失去了表情，他的脸部肌肉似乎因为刚刚挤出的微笑而疲惫了。

"你感觉怎么样，谢尔盖·尼古拉耶维奇？"

"好多了，伊凡·埃默特维奇。"他的声音有些沙哑，但比瑞安想象的糟糕状况稍好一点。他微笑着用俄语回答："死亡是红色的（Na miru i smert krasna）。"

杰克已经有很长一段时间没有练习过俄语了。谢尔盖轻声地自语道："有了陪伴，甚至死亡也不再痛苦。"对此瑞安不知该如何回应。

"这对你来说一定是个尴尬的局面。"谢尔盖的眉头紧锁，慢慢地他意识到自己又说起了俄语，便替自己翻译道："我很抱歉。"

杰克拉起房间里的一把椅子，放在谢尔盖的床边，坐了下来。他说："对于发生在你身上的事我感到十分抱歉，可恶的是现在做任何事都无法改变这个现状。"

格洛夫科的眼睛放空了。他说："几年前，也有一些国家的政府曾试图杀死我。"

"我当然记得。"

"我很幸运，他们的刺杀失败了。但我们的政府成功了，我的祖国成功了。"想到这里俄罗斯老人坚硬的心都碎了。

杰克想告诉他，他不会死，这里的医生能够帮他渡过难关。但这是一个谎言，他不想欺骗他，他欠谢尔盖太多了。

他说："我会找出事情的真相。"

谢尔盖咳嗽了起来。"过去的一周我和太多人握过手，喝过太多的茶和瓶装水，还在芝加哥吃了一个热狗，"他微微一笑，试图回忆一些细节，"它从某处开始就一直伴随着我在美国的旅程。"他又开始咳嗽，然后似乎又有些迷茫。

等谢尔盖说完后，杰克说道："我知道你很疲惫虚弱，但我有两件其他的事情需要告诉你。我本不想用这些事情来打扰你，但你也许能给我提出一点建议。"

格洛夫科的眼睛似乎明朗了一些。杰克看得出来，他很高兴能有机会帮助自己。

瑞安说："昨晚斯坦尼斯拉夫·比留科夫在莫斯科的一起爆炸案中死亡。"

格洛夫科无动于衷的反应令杰克惊讶。格洛夫科说："比留科夫的死是迟早的事。他是一个好人，虽然谈不上伟大，但他是好人。他不在沃洛金的核心集团里，所以必然会被取代。"

"但为什么要杀他呢？沃洛金大笔一挥不就可以轻易地撤销他的职位吗？"

"他的死亡能让克里姆林宫受益，他们会顺势将他的死归咎于乌克兰、美国、北约或者他们的任何敌人。"

"他们已经开始指责我们了。"

"你会因此而受到责难。"他吃力地抬起纸片一样干枯苍白的手，在空中挥了挥。只那么一瞬，这只手又无力地落到了床单上，但杰克能够理解他的意思。过了一会儿谢尔盖说："你说有两件事。"

"沃洛金在新俄罗斯宣布将重组俄罗斯联邦安全局和对外情报局。"

格洛夫科闭上了眼睛轻声地说："塔拉诺夫？"

"是的，现在罗曼·塔拉诺夫掌管一切。"

谢尔盖说："罗曼·塔拉诺夫是空降到俄罗斯联邦安全局的。我一直在国家安全部服务，直到六年前我才听说他，他当时是新西伯利亚的警察局局长。当我还是俄罗斯联邦对外情报局局长时，收到手下的消息说这个警察局局长将接替俄罗斯联邦安全局新西伯利亚分部主任的职位。他没有通过安全局的渠道晋升，他的任职命令直接来自克里姆林宫。"

"为什么？"

"这也是我当时的疑惑。有人说他曾经在格勒乌服役，那时他深受克里姆林宫领袖的赏识。我不明白这一切是怎么回事，他看上去仅仅是一名前军事情报部门的官员，一个毫无名气的西伯利亚下辖城市的警察局局长。后来我发现是当时还只是总理的瓦列里·沃洛金迫使俄罗斯联邦安全局新西伯利亚分部的局长被撤职，让塔拉诺夫代替了他。"

杰克问："塔拉诺夫在格勒乌时是做什么的？"

"出于职业上的好奇心，我曾试图找出真相。我听说在第一次世界大战期间他在车臣，但具体在车臣做什么，这之前他又是做什么的，这些问题直到现在我都没有找到答案。"

瑞安不知道自己的情报部门掌握了多少罗曼·塔拉诺夫的个人情况，但他十分肯定的是，他们会尽快找到更多线索。

"这件事你为什么没有透露给任何人？"

"这是一个内部问题。虽然我和现任政府之间政见不合，但家丑不可外扬，我不想让西方知道。裙带关系一直是我国政府的毒瘤。'施恩者'为'受恩者'提供保护，帮助他们晋升，'受恩者'利用职位之便替'施恩者'办事，我们把这称之为'Krishna'。这就解释了塔拉诺夫为什么能空降俄罗斯联邦安全局。他在政府里有一个'Krishna'。也许这个人就是沃洛金，问题是沃洛金缺乏格勒乌的背景。"

杰克点点头。考虑到自己目前要面对的其他问题，这个俄罗斯联合情报部门的新任领导的陈旧历史似乎并不是什么大不了的事，但对谢尔盖·格洛夫科来说，这显然十分重要。

俄罗斯老人说："查出他是谁，他曾经是谁。"

"我会的。"杰克承诺。

此刻格洛夫科看上去十分疲惫。杰克本打算问问他是否介意和外面等候的联邦调查局特工谈谈，但这一刻他决定，不要再无谓地打扰这个虚弱的老人了。

杰克静静地站在那里，谢尔盖猛地睁开眼睛，仿佛忘记了瑞安还在那里。

杰克说："请相信我说的话，发生在你身上的事也会带来一些正面的结果。虽然我不能立即告诉你那一天什么时候才能到来，但我会等到那一天。无论如何，他们对你做的事情会使我们的国家更加强大。我会利用它来打击沃洛金。也许在最近几天、几个星期，甚至几个月都不会发生，但请相信我，你最终会赢得胜利。"

"伊凡·埃默特维奇，这些年你我都经历了太多事情。"

"是的。我们都经历得太多了。"

"我们将要永别了。我想对你说，你为这个世界做了太多好事，为我们两个国家做了太多好事。"

"你也一样，谢尔盖。"

格洛夫科闭上了眼睛。"你能让护士再给我拿一条毯子吗？不知道为什么这么冷。"

"当然可以。"

杰克俯身摇了摇这个衰弱的男人的手，发现他像是睡熟了。他握起格洛夫科的手，轻轻地抚慰着。医生之前告诫过他，如果他和格洛夫科有任何身体上的接触，那么之后他就需要被净化。杰克认为这是一种礼貌性的警告，为了哄骗他与格洛夫科保持距离，但他不在乎。事后他们可以净化他，但他们不能阻止他为自己的老朋友送上最后的抚慰。

Chapter 19

目的地安提瓜

小杰克·瑞安和桑迪·拉蒙特登上英国航空公司的波音777，要经过八个多小时的飞行他们才能到达西印度群岛国家安提瓜和巴布达。检查完登机牌后他们前往飞机前面的商务舱，经济舱的乘客只有其客容量的一半左右，但他们所在的商务舱却十分拥挤。

飞机上的豪华真皮座椅摆放得错落有致，在横越大西洋时能够放下来变成一张单人床。瑞安情不自禁地扫视了一下客机里的其他乘客，商务舱里充满了印度人、亚洲人、英国人和德国人，但飞机上大量的瑞典人让瑞安很迷惑，直到他听到空姐说这架波音777降落在希斯罗机场前是从斯德哥尔摩起飞的，这才让杰克恍然大悟。

经济舱的大部分乘客似乎都是游客，过去两个月的工作让瑞安随时对周围的人持一种怀疑态度，他谨慎地观察着周围的每一名乘客，猜测着他们的身份和他们隐藏的不可告人的秘密。

周围的乘客中杰克没有听到俄罗斯口音，但如果自己身后的头等舱里充满了欧亚寡头和有组织犯罪集团的头目，也不会让他感到惊讶。

这样猜测沉思了几分钟后，瑞安才意识到自己对周围的人的多疑已经到了有些疯狂的地步，所以在起飞后不久他开始强迫自己专注于午餐菜单。

杰克决定利用大部分长途飞行的时间来工作。丰盛的午餐后，空姐刚刚收走桌上的餐盘，他便拿出笔记本电脑开始在交互式地图上寻找他们的目的地圣约翰。他尽自己最大的努力记住主要街道和交通中心，浏览着他们将要入住的位于市中心的酒店和几个街区外的注册代理公司办公室之间的路线。他匆匆地标记SPARK上显示的相关离岸银行和商业领域的其他建筑地址，因为他还太不确定自己此行真正想要发现什么，所以他想尽可能地多调查一些地方。

杰克在工作时，桑迪却利用旅途的时间看了一部电影。杰克无法在自己的座位上看电影，因为他的降噪耳机里会不时地传来拉蒙特的捧腹大笑。

研究了一个多小时的目的地信息后，瑞安开始查看下载到自己加密笔记本电脑上的一些商业情报资源，他打开了数据库里一份经过翻译的俄罗斯政府招标合同。杰克每天都保持着这些情报资源的更新，希望能找到新的线索，帮助他调查加尔布雷斯的案子。

尽管桑迪警告他专注于调查俄罗斯天然气工业股份公司将是一场徒劳无功的努力，但杰克下定决心要查清楚这家俄罗斯最大的公司是如何开展业务的，特别是如何与政府开展业务。为此，他浏览了与俄罗斯天然气工业股份公司有交易往来的各个行业，搜索俄罗斯天然气工业股份公司旗下子公司参与的投标项目，或从俄罗斯天然气工业股份公司拍卖偿清计划中大量获利的公司。

过去两个小时，杰克一直在工作。桑迪摘下耳机，离开自己的商务舱座位，去了洗手间。当这个金发的英国人回来准备继续看他的喜剧时，杰克说："桑迪，你不会相信我发现了什么。"

商务舱已经关灯了，他们周围的人也都已经睡了。拉蒙特俯身靠近他的同事，轻声说："你在看什么？"

"俄罗斯政府的招标合同。"

"哦，我还以为我看的电影才是个喜剧呢。"

杰克说："事实上，这堆狗屎确实有些地方十分离谱滑稽。"

桑迪升起了自己的座椅，然后移到瑞安旁边，以便看到他的笔记本电脑。"继续吧。起飞后你发现了什么惊人的金融骗局？"

杰克滚动着数据库，点击了一个链接。"看看这些经过翻译的文件，这是俄罗斯的政府招标合同。"他挑了一页，并把它放大到屏幕的大小。"这是俄罗斯天然气工业股份公司摩尔多瓦子公司关于公共关系咨询的一份三亿卢布的合同。"

桑迪仔细看了一遍文件。"以1 000万美元为一个小国家的天然气公司进行公共关系咨询，而且几乎没有任何竞争对手，这份政府招标合同非同寻常。"他耸了耸肩，继续说："希望我能说我们国家不会发生这类事情。"

杰克说："虽然我父亲严惩这类犯罪行为，但我认为这类犯罪肯定层出不穷。这笔交易比表面看上去还要更加无耻。你看看过账日期，再看看申请截止日期。"

桑迪看了看招标合同上的日期，然后又看了看自己手表上的日期。"天哪，这毕竟是一笔1 000万美元的合同，所有的申请文件都必须在明天准备就绪，他们居然今天才过账。"

"是的，我敢打赌这份合同背后一定有不可告人的秘密。并且这种情况不仅仅只存在于俄罗斯天然气工业股份公司，现在整个俄罗斯政府这种现象比比皆是。"杰克说着又打开了数据库里的另一份合同。"这是俄罗斯政府的另一份招标合同，一家国营精神病医院金额高达 200 万卢布的合同。"

桑迪看着这份经过翻译后的招标合同，搜寻着合同里的重要信息，突然他瞪大了双眼说："这家精神病院竟然要花 200 万卢布购买貂皮大衣和帽子？"

瑞安说："他们能将如此不合理的项目进行公开招标，你想想这背后有多少骗子恶棍在暗中勾结。"

桑迪表示赞同，他说："我还以为我不会再见到如此厚颜无耻的案例了。给你举个例子吧。过去几年，培养学生成为政府税务稽查员是俄罗斯的大学中最令人垂涎的专业之一。这些政府税务稽查员的薪水很低，但腐败对于这个岗位上的职员来说简直易如反掌。随便检查一家公司的财务账簿，然后告诉公司的负责人，他们还欠 1 000 万卢布的税款，但是如果他们给你 100 万卢布，便'允许'他们只交 500 万卢布。这几乎就是一个被赋予了偷窃许可证的职位，所以大家趋之若鹜。"

杰克问："沃洛金为什么不制止这一切？"

"因为比起政府的收入，他更需要满足政府雇员的需求。每个腐败的官员在社会中都有权有势，是对维持政府现状至关重要的人物。他们从沃洛金的政府赚钱，这就是西罗维基派的职业安全感。"

瑞安坐在商务舱昏暗的灯光下，思考着过去这两个月他了解到的关于俄罗斯的一切。他十分后悔过去这几年对这个地区的关注太少，那时他将自己的精力都放在了对美国更为紧迫的事件上。

杰克问："当其他人不是被俄罗斯政府毁灭就是在俄罗斯政府的阴影下夹缝求生时，你说瓦列里·沃洛金是怎样从一个富有的商人成功登上权力的顶峰，将自己的经济实力转化为政治权力的呢？"

"说实话，我不知道。"

"沃洛金的历史你比我了解得更多。他是如何赚到第一桶金的呢？"

拉蒙特打了个哈欠，他将自己的椅子微微调平了一些。"这就要从苏联最后的日子说起了。当时沃洛金拥有俄罗斯第一家私人银行，苏联最初解体时，一切都在私有化，沃洛金将银行的钱全部交由寡头大亨们购买实体资产。这里借 100 万，那里借 100 万，就这样沃洛金建立起了自己的商业王国。苏联解体后不久，沃洛金和他的银行客户们掌握了几乎每个行业的控制权。"

杰克说："但苏联快要解体时他是克格勃，不是吗？他哪里来的钱建立银行？"

"没有人知道确切的答案。他声称自己有海外投资，但当时俄罗斯根本没有所谓的私有财产法，所以他不用证明那些钱的来源。"

杰克想知道更多沃洛金的过去，但桑迪又看了看表，他说："抱歉，杰克。为了在降落时能更清醒,我要小睡一会儿。你应该让自己远离这些无耻的政府招标合同,想想那些今晚我们将要遇到的美丽的岛国姑娘。"

瑞安笑了,对于安提瓜之行,他与桑迪的想法完全不同,但在飞机着陆之前他也不打算去搅扰桑迪的美梦,所以他又重新回到笔记本电脑前继续工作。

下午二点过后不久,他们降落在安提瓜的维尔伯德国际机场,然后乘坐一辆吉普出租车横跨这座小岛的北部,抵达圣约翰。

这是一个阳光明媚的下午,舒适又温暖,与伦敦形成强烈的对比,自东而来的海风吹拂着整个岛屿。瑞安认为圣约翰的发展与自己去过的其他加勒比国家的首都差别不大,因为它太小而且太简单。穿过商业区,他只看到少数几栋高于四层或五层的建筑。

他事先了解到圣约翰的城市人口仅 2.5 万,但当游船停靠进港口时,城里就会交通堵塞,人满为患。当他们接近港口时,瑞安发现港口里只有几艘渔船、帆船和小型货船,此时他们穿行于圣约翰狭窄的街道还相当容易。

他们在椰子树酒店办理了入住手续,桑迪和杰克分别住进了两个房间。桑迪想花一点时间来梳洗并回复工作邮件,所以瑞安放置好行李后便独自下楼了。

下午四点,瑞安已经顺着人行道走到了红崖大街的 CCS 企业服务公司,也就是帮国际金融有限责任公司注册的代理公司。

瑞安不打算进入大楼,至少现在不打算进去。他在一个街区外的市场旁边找了一家冷饮店,从冰柜里拿出一罐自己之前从未见过的瓦达利啤酒,在柜台付了钱,然后坐在一张不太结实的木质座椅上。几分钟后,他抬起头扫了一眼红崖大街。CCS 企业服务公司在一栋炉渣砖砌成的青绿色的三层建筑里,一个男人站在大楼入口处的玻璃门后,男人穿着一件不太合身的蓝色廉价西装,杰克猜测他应该是门卫或者保安。

瑞安观察着周围的环境,青绿色的楼房旁边是一个小型的鲜肉市场。一块块牛羊肉被挂在阳光下,路过的人纷纷驱赶着周围的苍蝇。楼房的另一边是一家看上去十分慵懒的专为游客而开的小饰品店。

杰克喝了一口啤酒,然后继续观察着周围的环境。虽然很不可思议,但他也不得不承认这就是那家参与了几十亿美元天然气交易的公司的实际位置。

大楼外除了 CCS 企业服务公司模糊不清的广告牌另外还有几十个广告牌,如 ABV 服务公司、加勒比世界伙伴有限责任公司、圣约翰咨询公司,除此之外还有十几家律师事务所。这些律师事务所通常都有一个或两个名字,同一个电话号码,每三家就有一个网站或电子邮件地址。

从这里杰克不太能看得清这些广告牌,但是他有他的工具。他从口袋里掏出一小片单片眼镜举到眼前，有了这个眼镜他甚至能轻易辨认出四十码外的广告牌上的互联网地址。

当杰克喝着啤酒，用手机拍摄每个广告牌时，桑迪给他发了一条信息。

"你在哪里？想喝一杯吗？"

杰克回复了桑迪。"我在这里等你，老大。"然后他又发送了自己的位置。

发完信息后，杰克继续偷偷地拍摄广告牌，除了 CCS 企业服务公司所在的大楼，他还拍了市场北面转角处的大楼外的广告牌。这栋大楼里的公司看上去和 CCS 企业服务公司的类型差不多，所以杰克决定把它们全拍下来，回酒店后输入数据库进行分析。

等了一会儿，杰克终于看到了拉蒙特，拉蒙特正沿着街道向他走来，额头上大汗淋漓。

杰克走到冰柜前，拿出一瓶啤酒，付账后递给刚坐下的桑迪。

桑迪将啤酒瓶放到自己的额头上，借此散热。"真怀念伦敦的雾天。"

他看了看街对面的大楼对瑞安说："实地调查这些离岸天堂，我从来没有做过这样的事。"他喝了一口啤酒，然后又说："而且还与总统的儿子一起来，这又给此次行动增加了一层阴谋感。"

杰克笑着说："我想知道这座城市里到底有多少栋这样的建筑。"

"安提瓜本来就是建立空壳公司和洗钱的天堂。像巴拿马这些国家为了获得更多合法性已经开始控制这类交易了，而在安提瓜，通过庞大的洗钱系统，犯罪分子可以为所欲为。"

"但是那些犯罪分子、毒贩、俄罗斯有组织犯罪集团不用亲自到这里来，是吗？"

"可能是，也可能不是。他们中有很多人都坚持要求面对面交易。有些家伙喜欢贿赂政府官员替他们转达他们的观点，但有些家伙不信任他人的帮助。"

此时，一辆看上去比其他车辆都更新更干净的黑色皮卡沿着红崖大街驶入他们的视线。瑞安注意到车里有两名年轻的黑人，皮卡的司机还看向了冷饮店。杰克转身背对着他们，随后皮卡消失在了大街的尽头。

杰克喝完啤酒后说："这栋楼里的工作人员估计还不到一百人，其中一定有人知道谁是国际金融有限责任公司的所有人，知道他的银行在哪里。"

"至少他们肯定知道替国际金融有限责任公司转账的是哪家银行。我猜他们可能是从这里将资金转移到巴拿马这类国家，不过这样的国家至少有十几个。"

杰克咕哝道："真希望我们能有一队人手跟踪从这里进进出出的所有人。"

拉蒙特笑道："跟踪他们？你听上去像一名特工。"

"可能电影看多了。"

桑迪·拉蒙特喝完啤酒后，杰克和他在附近溜达。杰克拿出蓝牙耳机，点开手机里的录音机。他不想别人看到他在这里四处拍照，所以他轻声地念着商业区所有的广告牌、昂贵的汽车车牌号。回到酒店房间后他可以用语音文本软件将这些数据输入电脑的数据库里。

他们在大楼附近的街道上一直溜达到晚上八点，然后在港口边的餐厅吃了晚餐。九点后他们回到酒店，杰克把下午收集到的数据输入 IBM 的信息分析软件，运行软件进行分析。

桑迪回到自己的房间，舒适地洗了一个澡，然后换了睡衣。明天瑞安可能会在黎明前就把自己叫起来，与他一起鬼鬼祟祟地溜达在圣约翰的各条主要街道，一想到这里他就感到自己的脚隐隐作痛。

但桑迪才刚上床，就听到有人在敲他的房门。他打开门，看见瑞安穿着黑色的 T 恤和棉裤，拿着笔记本电脑正站在门口。

"还没到睡觉的时间呢。"

"怎么没到？"

"我们还要回去。"

"去哪里？"

"你让我进去，我告诉你。"

"我还有其他选择吗？"拉蒙特打开房门，瑞安径直走到房间角落的书桌前，打开电脑。

杰克说："看看这个，我将所有新获得的非结构化的数据录入系统，用它们与我编辑的加尔布雷斯案的信息进行对比。"屏幕上出现了成千上万的数据点和数据线，然后渐渐地开始出现一些彩色的点和线。CCS 企业服务公司的名字上出现了蓝色和红色两种颜色的点。

几秒钟后，图表中出现了一个名叫伦道夫·罗宾逊的律师的名字，他的名字上有好几个彩色点。

"这个男人是谁？与他有关的都有哪些人？"

"我今天在红崖大街 CCS 企业服务公司大楼北面几个街区外的建筑上看到了他的广告牌，将这个名字输入系统后，系统显示他就是 CCS 企业服务公司的律师。"

桑迪耸了耸肩说："一家本地的公司雇一名本地的律师，这很正常，也许是为了代理服务或合同等诸如此类的事吧。"

"这本身没什么问题，他的名字也并没有出现在其他地方。但我通过商业名单找到了他的电话号码，IBM 的信息分析软件显示电话号码与卷入加尔布雷斯案的其他两家公司有联系，其中一家是圣彼得堡的一家餐饮集团。"

"好吧，但这又能证明什么呢？一家俄罗斯公司和安提瓜的公司有交易？这我们已经知道了啊。"

瑞安笑道："另一家是本地的浅滩银行，归瑞士的控股集团所有。这家控股集团还有另外几家公司，大部分在俄罗斯和乌克兰。其中一家公司就是俄罗斯特维尔的那家酒类专卖店。"

桑迪这才恍然大悟。"哦，原来如此。"

瑞安看着桑迪说："这就将他与俄罗斯的黑社会联系起来了。"

桑迪说："浅滩银行的所有人就是在加尔布雷斯案中获利12亿美元的人。"

杰克笑而不语，桑迪问："接下来你有什么打算？"

"你自己问的，桑迪，接下来我打算去翻翻伦道夫的垃圾。他可能毁掉了一些文件，但是如果他没有，那么我将能找到成千上万的数据点去调查他们。我需要你帮我盯梢。"

"你真的是一名特工，不是吗？"

Chapter 20
初　探

经过格里·亨德利批准，几天后校园情报处又重新活跃起来，四个特工乘坐校园情报处的湾流 G550 公务机飞往乌克兰的基辅。情报处利用一家公司作掩护，为出外勤的特工制造合法身份。这家名叫寰宇的公司是一家新媒体机构，总部设在温哥华，它以左倾的视角报道国际事件，并通过互联网向全球发布。

寰宇的实际办公地点在温哥华，它有自己的网站，有时甚至也出版一些零碎的新闻刊物。他们会非常仔细地审查发布在网站上的在线视频，以防暴露这个由自由新闻工作者组成的公司的真实目的其实是为了掩护一家私人情报机构，有些自由新闻工作者甚至对公司的真实背景也毫不知情。

除了一位资深的驾驶员和副驾驶员，校园情报处的湾流 G550 公务机还配备了一名运输协调员——艾黛拉·谢尔曼，她是一名严肃的前海军军医。在飞机上时，她承担了空姐的工作，同时还担任团队外勤时的医生、安全主管、地面及空中运输的总指挥。

清洗了餐盘后，艾黛拉帮着男士们仔细检查随后任务中能够利用的设备。当然，他们带了记者随身必备的所有物品——相机、ipad 和可双向通话的卫星电话，也同样带了几样会被乌克兰海关仔细盘查的物品。

有个箱子里装满了一个个金属盒子，盒子里放着与其大小相当的迷你 GPS 接收器。这种小玩意儿配合他们的手机或 Ipad 上的应用软件，可以跟踪定位车辆。

虽然这些物品都不是违禁品，但他们也很难解释为什么携带此类物品，只能说这是几个电动无线遥控车爱好者特别设计的运载工具。

飞机里有众多隐藏的检修面板，其中一块面板下藏着艾黛拉的短管卡宾枪和手枪，除此之外他们没有任何其他武器。虽然没有枪，但校园情报处的四位特工们在基辅时也会有少量的其他装备。他们每个人都随身携带着一种多功能工具，这种工具有一把隐藏的 4 英寸（10 厘米）长的弹簧刀。他们衣服口袋里的固化塑料钢笔能够轻易地穿透人的衣服和皮肤，钢线制成的项链可以用作绞颈索，卫星电话里额外的电池实际是一种强力电击枪，可以使在接触范围内的对手瞬间失去攻击和防御能力。

在艾黛拉的帮助下，他们将更多的违禁物品藏在了飞机的检修面板下，以确保他们在着陆后可以顺利通过海关的检查。随后，他们花了更多的时间来查看笔记本电脑里的猎鹰视图，一种可用于军事和情报系统的高科技电子地图。因为加文·比瑞曾经入侵了"Intelink-TS"系统，校园情报处才得以利用这个地图，但现在他们的猎鹰视图已经几个月没有更新了。即便在这样的情况下，加文仍然很肯定它还是目前最有用的地图，比谷歌地图更加精确。

此刻他们正以 400 节（740 千米/时）的速度穿越大西洋，克拉克看了看飞机豪华舱的主显示器，他说："还有五个半小时左右即将着陆，大家抓紧时间睡一会儿。从明天开始就有得忙了。"

小杰克·瑞安和桑迪·拉蒙特走在安提瓜圣约翰的红崖大街上，现在已是晚上 10:30 了，街上的人群仍然川流不息。人群中的大部分都是游客，这使得杰克和桑迪看上去也不是那么引人注目。尽管如此，在这附近长时间的闲逛依旧让瑞安十分担心，尤其是还有一个未经培训的搭档。

他们发现了伦道夫·罗宾逊所在的大楼，大楼的第一层是一块开放式的空间，包含一个能容纳十几辆车的停车场。停车场上面是一层单独的办公层。大楼外面有一圈封闭的栅栏，杰克很快就发现了怎样从立柱轻松地跨越这些栅栏。

瑞安看向黑暗里空洞的停车场，发现楼梯井对面排列着三个大型的垃圾箱。其中一个垃圾箱的盖子打开着，他能看到一些文件堆叠在其他垃圾上。

瑞安和桑迪转向街角，发现了一辆卖食品的卡车，许多人坐在附近的牛奶纸皮箱上吃着咸鱼，喝着椰汁。他们每人买了一罐饮料，然后继续往前走，以便交谈。

桑迪说："你不会是要去偷所有的垃圾吧。"

"不需要。"杰克举起自己的电话。

"我不跟你去。"

"我跳过栅栏，然后打开摄像机，抓起一摞文件，尽我所能迅速地浏览一遍。每一页只需要十分之一秒的时间，然后我把视频文件发送到归档管理应用程序。它将运用光学字符识别技术来识别视频的每一帧，并归档每一个数字和文字，以便之后我可以搜索并查询这些数据。"

"太神奇了。我们需要多久？"

在瑞安回答之前，一辆黑色皮卡驶过，司机和前排的乘客仔细地打量着他。杰克很肯定这辆车和之前他下午遇到的那辆黑色皮卡是同一辆车。

桑迪没有注意到，瑞安也并没有提起，因为他现在最不需要的就是一个受到惊吓的搭档。他本来可以取消今晚的计划，然而他没有。他只是告诉自己，密切地关注马路，以防刚刚的黑色皮卡再次返回。

他的眼睛一直注视着那辆黑色皮卡，直到它消失在拐角处，然后才回答桑迪的问题。"时间长短取决于文件的数量。我估计最多一刻钟。"

"如果有人抓到我们怎么办？"

杰克无奈地耸了耸肩。"你能不能跑？"

"不太擅长。"

"那么我们最好不要被人发现。"

当他们走近大楼，拉蒙特问道："你是怎么知道这些东西的？"

杰克说："我不是律师，也不是注册会计师，也不像卡斯托＆博伊尔公司的其他员工一样拥有丰富的工作经验。"他举起自己的电话说道："可是像这样的小工具能帮我发挥自己的优势。"

收集垃圾箱里的数据的过程出奇的顺利。杰克翻过栅栏，没有人注意到他，然后他朝垃圾箱跑去。有两个垃圾箱没有任何文件，但剩下的那个垃圾箱里有数百页文件。他尽可能地把手伸进垃圾箱，以防街上的人注意到这里的灯光，然后他保持手机对准，开始快速地翻动这些文件。

桑迪在大街上来回踱步。他通过手机联系瑞安，每隔两分钟他需要提醒瑞安一次，让瑞安抓紧时间。作为一个瞭望员，他做得很好。

十分钟后，瑞安重新回到了街上，两个男人往西方自己住的酒店走去。

桑迪问道："有什么发现吗？"

"伦道夫·罗宾逊有一间干净的办公室。有些东西被撕碎了，但和大多数人一样，他也懒得撕碎全部的文件。我拍到了数百页的文件、信封、小册子和手写的笔记。不知道有没有用，但至少不会有任何坏处。"

他们返回酒店的途中，杰克发现了前方的麻烦。同一辆黑色皮卡正停在他们路途正前方的十字路口，杰克之所以能分辨出来，是因为它比大街上的其他车辆平均新五年左右。车里面至少坐着四个男人，从这个距离，杰克不能肯定确切的数字，但他可以分辨出，他下午碰到的那两个家伙至少又喊了两个帮手。

杰克十分肯定这绝对是个坏消息。

他知道这个时候最好不要回酒店。不能让这些家伙知道他们住在哪儿。

在瑞安和前面的卡车之间有一家两层楼的酒吧，于是杰克说："去喝一杯？"

然而桑迪并不需要被说服。

Chapter 21

地头蛇

　　小杰克·瑞安和桑迪·拉蒙特穿过马路朝酒吧的入口走去，此时瑞安在酒吧前面的交叉路口又发现了一辆卡车。卡车的尾灯亮了起来，通过街对面的一家礼品店的橱窗，杰克刚好看到这辆卡车掉头进入了酒吧背后的小巷子。

　　"哦，见鬼。"瑞安轻声地咕哝道。桑迪走在他的前面，所以并没听到。

　　杰克意识到一旦他和桑迪进入酒吧，他们将会被包围。他想回酒店然后报警，但据他推测，刚刚监视他们的人里就有警察。

　　最终，他决定依靠人群的掩护，无论这些家伙是什么来头，希望他们不会在酒吧这个众目睽睽的场所对他们下手。

　　这是一个低档酒吧。台上有一个 DJ 和一个小舞池，舞池旁边就是吧台区，吧台左侧有一个后门。

　　桑迪走在前面，他们穿过房间走到吧台前，杰克让桑迪负责点单。他自己则转身靠着吧台，眼睛注视着前门，并不时地转头查看后面的入口。

　　杰克开始在脑海里思考着这一切。他认为这些家伙可能是当地的地头蛇，通常受雇于那些律师和企业服务公司。

　　当然，他还得考虑到其他可能性，也许这些家伙之所以在这里，是因为知道了他是美国总统的儿子，或许他们正在盘算着一些更加危险的计划。

　　但瑞安觉得第一种情况的可能性更高。他和桑迪在他们的监视下有点无精打采。瑞安忽然想到如果在他身边的人是约翰·克拉克或丁·查韦斯，那么他们会考虑到更全面的安全措施，就能避免现在的情形发生了。

　　就在此时，两名男子进入酒吧，站在门口。一个蓄着长发绺，一个短发、肌肉十分发达。他们和保安聊了一会儿，然后开始环顾四周，在和瑞安对视了几秒后，他们守在了酒吧门口。

杰克看向后门，后门一个人也没有，但他确信就算是那些来自偏僻岛屿村庄，受雇佣的三流拉斯塔法里派的家伙都知道要守住前后门，来个前后夹击。

现在杰克打消了这些家伙不会在公众场合对他们下手的念头，他开始希望这些家伙来这里只是为了恐吓他们。"桑迪，我要告诉你一件事，但我需要你保持冷静。"

桑迪递给杰克一杯啤酒，自己则用吸管喝着一杯菠萝汁朗姆酒。英国人的这个举动让瑞安不再寄希望于接下来的时间能获得他多少帮助，因为他从来没有见过一个点冰镇果汁朗姆酒的家伙会在酒吧打架中获胜。

瑞安看着桑迪的眼睛说："门口有几个家伙正在监视我们。他们跟踪我们有一段时间了。"

桑迪试图扭头看向前门。"不，不要转头。我只需要你准备好从后门离开。"

"你是认真的？"他慢慢地把头转过去，小心翼翼地偷瞄了一眼。

杰克说："我猜可能是早些时候我们在 CCS 企业服务公司楼下时被人看到了。可能是那栋楼里的一些其他地下团体，雇佣他们来收拾一些他们看不顺眼的人。谁知道呢，我不希望惹上真正的麻烦，不过他们看上去应该只是想吓唬吓唬我们。"

桑迪现在注意到了他们。前门的两名男子，一个留着长发绺，衬衫敞开到腰部，脖子上戴着一条粗大的项链；另一个穿着一件球衣，短发，他那发达强壮的肌肉在黑色的球衣下呼之欲出。"好吧，他们已经成功了。我们该怎么办？"

桑迪开始吸他的饮料，好像果汁里那一盎司的朗姆酒能镇静他的神经一样。

"我们先喝完自己的酒，然后从后面出去。我猜他们会拦住我们，那就让我和他们谈谈。我们会没事的。"

"为什么要进入一个黑漆漆的小巷子呢？"

杰克知道这个问题的答案，他不希望任何人知道他的身份。他好不容易才保持了低调的形象，他愿意冒一冒险来维护它。

"我们会没事的。相信我。"当他这样说时，他意识到自己是在赌运气，但他对自己的能力有信心。

桑迪说："杰克，你忘了你是谁了吗？你可以拿出手机，拨打一些秘密号码，我知道你肯定记着呢。鲍勃是你的叔叔，如果你需要，一架航空母舰将会出现在港口，把我们带到安全的地方。"

拉蒙特的总体规划让杰克忍俊不禁，他已经在思想上做好了面对一场不可避免的冲突的准备。

"我不会叫任何人。"他严肃地说道，"你和我从后门走出去，穿过小巷，然后回到我们的酒店。"

"然后呢？"

"然后,我会想出另一个非常棒的计划。"

"没错,当然。"

一分钟后,杰克和桑迪进入小巷子。这条巷子并没有杰克担心的那么黑暗,巷子里有两盏路灯,酒吧外墙的天花板上也有一盏昏暗的灯。

他们准备回酒店,才刚刚走出去几步,这时从阴影里走出两名男子,挡住了他们的去路。

"天哪。"桑迪低声惊叹道。

杰克认为这些年轻气盛的家伙是本地黑帮成员。他们穿着背心,胳膊上的纹身十分显眼。

杰克笑着继续朝他们走过去,一边走一边观察着他们的手里和腰间有没有携带武器,但他什么也没发现。"晚上好,先生们,有什么能帮你们的吗?"

两个家伙中较高的那个用浓浓的西印度群岛口音说:"今天早些时候你他妈的对着我们的办公大楼拍什么照片呢,告诉我们你们为什么对我们的办公大楼如此感兴趣?"

"我不知道你在说什么,我们是游客。"

"你们不是游客。你们来了不该来的地方,我们不喜欢这样。"

桑迪开口了,他的声音因为恐惧而变得沙哑。"你看,伙计。我们不是来这里找麻烦的。"

另一个带着西印度群岛口音的声音从后面传来。"你们在这里就是麻烦。"

恐惧使桑迪感到头晕目眩。瑞安听到身后酒吧的门打开了,他淡定地回头看了看,如他所料,来者正是在酒吧正门和保安谈话的那两个男人。此时,瑞安的脑子如齿轮般飞速地转动,但他很镇定,他知道这群男人需要他来对付,令人宽慰的是这群人似乎对自己的优势地位极其自信。

杰克知道他正好可以利用这群人的傲慢自大来对付他们。

"长发绺"开口说:"我们来是为了确保你们这些小子赶紧滚回老家,并且永远不要再回来。"

"完全没有问题。"桑迪说。

"长发绺"轻蔑地笑了,他的牙齿在小巷的路灯下白得刺眼。"我们不是来听你们保证的,白人小子。我们是来送你们进医院的,让你们记住来这里是个错误。"

显而易见瑞安知道"长发绺"是这个小队的老大。瑞安与他们保持着距离,虽然目前这四人没有任何武器,但他们可能随时会拿出一些武器来,对于这一点瑞安必须有心理准备。

桑迪举起手来求饶道:"完全没有必要,先生们,我可以向你们保证,我们已经很明确地了解了你们的意思……"

桑迪突然拔腿狂奔起来。四个男人全都本能地开始追他,这倒是给杰克创造了机会。当一个穿背心的男人跑到杰克正前方时,杰克一个右勾拳迅速击中他的下颌,把他击晕后扔在了街边。此时已跑出去几步远的另一个"背心男"察觉到了杰克带来的威胁，他立刻停止追逐那个金发的英国人，转而朝这个有着一头黑发和黑色胡须的美国人走过来。一边走一边从身后拿出一把小刀，并用另一只手拔开刀鞘。

瞥了一眼这边的局势，杰克迅速缩短了和持刀男的距离，在这个安提瓜人还没来得及拿出自己的武器之前，瑞安便抓住他的右前臂，一个反手把他的胳膊和身体扭曲成45度角。这个穿背心的安提瓜人惨叫了起来，杰克一脚踢向他的膝盖内侧，把他放倒在地，这个翻滚扭曲着的男人在他那个不省人事的同伴旁边痛苦地呻吟。

另外两个安提瓜人此时也放弃了追逐拉蒙特，转而面向自己的同伙。他们各自拿着自己的刀，慢慢地逼近瑞安，并朝瑞安喊叫着。

杰克的膝盖微微弯曲，呈放松的半蹲状态。穿黑色T恤的短发男子挥舞着自己的小刀靠近杰克，杰克转身一闪，抓住袭击者的手腕用手肘一顶，袭击者手中的小刀便脱手而出，掉在了地上。

"长发绺"试图用小刀刺向瑞安，瑞安一把抓住"球衣男"挡在了自己和这个最后的攻击者之间。他一只手抓住"球衣男"的手臂，反向高高地举起，一只手推着"球衣男"的背部，控制着这个受伤的男人，这一举动完全扼杀了最后一个攻击者的意图。"长发绺"放下了自己的小刀，转而使用拳头，杰克也松开了"球衣男"的手臂，把他扔向他的老大，一边肩膀已经脱臼的"球衣男"猛地撞到了"长发绺"身上。"长发绺"由一开始的进攻状态转向防守，他把"球衣男"扔到一边时，高个子的美国人一脚踢走了小刀，紧接着重重的三拳朝着"长发绺"的脸挥去。

安提瓜人摔倒在小巷的水泥地上，杰克骑在他身上，又给了他几拳。

当"长发绺"很明显地失去了意识后，杰克环顾四周，发现"球衣男"正狼狈地抓着自己的手臂逃进了夜色里。第三个男人抱着膝盖痛苦地翻滚着、咒骂着一些难懂的话语，而第四个人正面朝下，趴在水泥地上，不省人事。

杰克看向另一个方向，桑迪·拉蒙特就站在25英尺（7.62米）外，呆若木鸡地注视着这场"大屠杀"。

杰克站了起来，往小巷外走去。"我们离开这里吧。"

二十分钟后，他们安静地回到了酒店。桑迪颤抖着拿出几小瓶的朗姆酒，坐在迷你吧台前，把酒倒进玻璃杯。杰克坐到他旁边，手里拿着一罐啤酒，但却一口也没有喝。

桑迪·拉蒙特深深地看着瑞安。"你到底是谁？"

杰克用手摸了摸自己的鼻梁，他的鼻梁有一点擦伤，但并没流血。他的指关节同样也擦伤了。

桑迪的问题，杰克早在回酒店的路上就想好了。他说："特勤局给我做了大量魔鬼般的训练，训练了好几年，但是当我拒绝了他们的保护时，他们就真的走了……"说完他耸耸肩，无奈地笑了笑。"该死的，我想我现在可以算半个武士了。"

桑迪说："太不可思议了，那些混蛋本来打算杀了我们。"

"不，他们是打算教训我们，但除此外他们也不想把事情闹大。某些毒贩或者地下洗钱组织可能雇佣他们来恐吓在那栋楼下徘徊的人。他们不是杀手，不过是一些小混混。"

桑迪将杯子里的朗姆酒一饮而尽，但手却依旧止不住地颤抖。

杰克更担心的是后面的事情。"你能为我保密吗？"

"你是什么意思？"

"我的意思是我不想休·卡斯托知道这件事。"

桑迪看着窗外的大海，过了一会儿他说："是啊，这样也好。他如果知道了整件事情，还有可能会把责任归咎于我。"

"为什么？"

桑迪耸耸肩："因为你的事情，他已经对我施压了。"

"对你施压？什么意思？"

"哦。该死的俄罗斯天然气工业股份公司。每次他听说你又在挖掘这家公司的消息都会暴跳如雷。"

杰克回想起桑迪曾警告自己远离这家俄罗斯的大公司。"所以说这是卡斯托的意思，而不是你的。"

"对不起，伙计。这是老板的命令。我也明白他的意思，不要与俄罗斯的真正势力作对，我们才能好好地做生意。"

"你是不是有点夸张？克里姆林宫才是俄罗斯真正的权力所在吧。"

现在他们的话题又回到了公司的业务上，桑迪也逐渐恢复了冷静。"想想看，杰克，俄罗斯天然气工业股份公司并不仅仅属于克里姆林宫，它同时与克里姆林宫的西罗维基派势力的银行账户直接关联。卡斯托一直都反对我们做任何会激怒克里姆林宫的事。"

瑞安静静地看着窗外的大海。

"我认为卡斯托不应该干涉调查的真相。"

"杰克，不止是你想知道事情的真相，我也想。但是卡斯托一直都有他自己的底线，他可以帮任何一个俄罗斯的寡头政治家起诉另一名俄罗斯的寡头政治家，只要沃洛金和他的西罗维基派没有牵涉在内。"

"但是西罗维基派参与了很多肮脏卑鄙的秘密事务。"

"我认为他是害怕沃洛金和他的那些暴徒们。虽然他从来没有承认这一点，但当事实

Chapter 21

的矛头逐渐指向克里姆林宫时，他便开始退缩了。"

对此杰克感到十分愤怒，但看到桑迪也同样愤怒，多少给了他一些安慰。

桑迪说："答应我一个条件，我就帮你保密。"

"尽管说。"

"你是怎么做到这些的，我要你教我。"

"一言为定。"瑞安说。

Chapter 22

潜伏基辅

早上九点，克拉克、查韦斯、德里斯科尔、卡鲁索带着记者证、名片和设备大摇大摆地以独立记者的身份降落在基辅的鲍里斯波尔国际机场。他们在机场与克拉克雇佣的一名本地向导会面。

伊戈尔·克雷沃夫是乌克兰安全局前阿尔法特种部队的成员，阿尔法是一支解救人质和反恐的准军事特种部队，同时作为一名突击队员克雷沃夫还在多明戈·查韦斯的彩虹组织服役过。现在他退役了，因为之前的一次训练事故，跳伞时他的主降落伞没能打开，而备用降落伞在大风的作用下把他重重地摔倒在地，导致残疾。他的双腿全部骨折，盆骨也粉碎性骨折，开放性的骨折几乎使他流血而亡。

因为伤势他无法再回彩虹组织服役，于是便到基辅市警察局做了巡警，与此同时他还获得了刑事情报学的硕士学位。他在内务部当过一段时间的调查员，但他对政府内部盛行的腐败毫无兴趣。克雷沃夫对遵纪守法的坚持使他与上级的关系持续恶化，所以现在他是私营部门的一名安保工作者，实际上就是给那些来到这个有着300万人口的城市做生意的外国人当向导。

由于受伤的缘故，克雷沃夫走路明显一瘸一拐，并且有些轻微的驼背。尽管如此，漫长而专业的暴力史和痛苦的手术，并没有使他的脸庞失去应有的笑容。

"克拉克上校！"他一边说一边和约翰在停机坪握手，"很高兴再次见到你。"

"嗨，伊戈尔。我真的很感谢你同意与我们合作。"

"你在开玩笑吗？开车送美国有线电视新闻网（CNN）的记者们去一场场示威游行现场已经使我无聊透了。未来这些天能和你们在一起听上去还更有趣一些。"

当查韦斯走下校园情报处的湾流G550公务机时，克雷沃夫一把拉过这个矮小的墨西哥裔美国人，并给了他一个热情的拥抱。

"很高兴见到你，伊戈尔。"

Chapter 22

"我也是。"

几分钟后，45 岁的伊戈尔被介绍给了所有人，他把他们所有的设备都装进了面包车。伊戈尔知道克拉克一行人并不是记者，虽然克拉克告诉他，他们只是来"随便逛逛"，但乌克兰人伊戈尔有足够的证据可以推断他们是执行任务的非官方掩护的中情局人员。

克雷沃夫替外国出版社工作的身份正好为克拉克所用，这能帮他们掩护他们记者的身份。再加上他对当地的犯罪团伙的了解，使他成为校园情报处的最佳人选。因为他们需要与这个城市的黑帮交涉，掌握"七巨人"活跃在这个城市的目的。

克拉克一行人离开机场后，驱车来到第聂伯河右岸的一栋老房子前，他们租用了三楼的公寓。尽管长途飞行使这些美国人疲惫不堪，但他们丝毫没有浪费时间，紧接着开始了打造安全屋的漫长过程。他们用藏在摄像机里的小装置扫描着窃听器，在大楼里和邻居的房屋间选择逃生的路线，以便必要时能从这里迅速逃生。

加文·比瑞在起居室搭建起了他的那套工作设备。刚开始，克拉克为了整个团队的隐蔽性殚精竭虑，比瑞在建立自己的工作站时也考虑到了这点。他不仅给计算机加密，设置用户密码，并且还把所有与校园情报处相关的应用都隐藏在了一些数据编辑软件和新闻网站的背后。这样，即使有人通过了第一层安全设置，他们仍然会认为自己看到的不过是一个流动新闻组的编辑或摄像师的工作内容。

加文用两台笔记本电脑分别接入了中情局的 SIPRANT 和乌克兰安全局的网络。他还设置了一台电脑用作数字信号接收器，可以拦截和解密当地警局传输的数据，并且连接了扬声器系统，虽然在这里只有克雷沃夫能讲一口流利的乌克兰语。

翻译软件能在一定程度上帮助他们解决这个困难，它能第一时间自动地将乌克兰警察局网络上提取出来的文本转化为英语。这个方法理论上虽然可行，但软件翻译得也不那么准确，实际上每个句子都需要反复阅读，弄清楚其中传递的信息，而其中大部分都是无用信息。

当所有人都在他们的新住所安顿好后，丁·查韦斯把伊戈尔·克雷沃夫拉到一边说："你看，伊戈尔，你我已经认识那么久了，你也知道我是一个直率的人，对吧？"

"当然，丁。"

"我有些话想问你，所以就把你拉了过来。我知道你是乌克兰人，但你来自一个俄罗斯家庭。你怎么看这些日子关于俄罗斯的传言？"

"你是指俄罗斯将要入侵乌克兰的传言？"

"没错。"

克雷沃夫说："我是俄裔乌克兰人没错，但这并不意味着我想接受莫斯科的统治。不毁掉北半球最后的自由沃洛金不会罢休，这样他和他的亲信就能控制一切。"

"丁，你要理解，在这个国家有三类人。西部的乌克兰民族主义者，东部地区的俄罗斯民族主义者，再就是不想与克里姆林宫有任何瓜葛的俄裔乌克兰人。我属于最后这类，而且我们这类人随处可见。我经历过太多战争，所以我不想再见到任何战争，尤其是在自己的家门口。"

丁说："很高兴听到你这么说。"两个男人握了握手。"我敢肯定我们可以一起给本地的有组织犯罪集团当头一棒。"

"我将知无不言。"

在所有人都打理好了自己的住处后，克雷沃夫开始向大家介绍这个城市目前的安全情况。据伊戈尔所说，过去的这些年，基辅几乎变成俄罗斯间谍和有组织犯罪集团的避风港。其他犯罪集团也同样活跃于这个城市，如车臣恐怖分子、格鲁吉亚人和乌克兰的鞑靼人。不过据说现在他们都为俄罗斯人工作。

随着俄罗斯街头有组织犯罪集团的减少，基辅的类似团伙却在增加，许多犯罪活动都有上升的趋势。虽然在国家民族的政治斗争中暴力勒索和暗杀事件不可避免，但对克雷沃夫这样的老手来说，这一切似乎并不是自然形成的。

"那些新来到这个城市里的俄罗斯人贿赂本地官员，以有利于俄罗斯的方式投票；买通其他犯罪团伙，增加这些犯罪团伙的犯案频率，致使当地的警察部门超负荷运转；暴力威胁、殴打和绑架那些报道克里姆林宫负面新闻的记者。据我所知，基辅的这些俄罗斯有组织犯罪集团在为俄罗斯联邦安全局工作。"

克雷沃夫说他从来没听说过"伤疤"格列布这个名号，但他知道一些可以给他们提供更多线索的本地人。

听克雷沃夫讲述了目前基辅的局势后，克拉克说："当我在彩虹组织服役时，俄罗斯人曾是我们在北约最好的伙伴。他们和我们一起打击恐怖主义、阻止核扩散和解决地区安全问题。"

克雷沃夫说："不用说，仍然有一部分公正善良的俄罗斯士兵和外交官，不过不管你信不信，这只不过是因为西罗维基派没有足够多的外交官和间谍来安插进所有的大使馆。所有人都被沃洛金牵着鼻子走，他以默许一定程度的贪污腐败来收买自己的支持者。"

德里斯科尔问："先生，我们第一步该怎么做？"

克拉克说："明天我先去拜访中情局驻乌克兰基辅站站长基思·比克斯比。"

查韦斯十分惊讶地说："拜访他？这是不是有点冒险？你怎么知道他会不会故意打几个电话引诱你被徘徊在附近的当地警察逮捕？"

"这是我基于一定的事实做出的决定。我会告诉他我是来帮忙的，也会提醒他，我只是一名普通公民，我知道我就只是一名普通公民。他似乎是一个务实的人。我想他会很高兴有另外的眼睛关注着这个城市。"

比瑞问:"如果你错了呢?"

克拉克耸了耸肩。"如果我错了,这趟行程可能就只是一次短暂的旅行。"

Chapter 23

罗曼·塔拉诺夫

辐射事件的威胁使大家不得不离开白宫,凯茜和孩子们决定搬回他们在马里兰州的家,等待威胁消除。另一方面,杰克想继续留在西翼工作,所以他搬到了白宫对面宾夕法尼亚大道的布莱尔宫,布莱尔宫是美国政府的国宾馆。

现在,特勤局的特工几乎遍布布莱尔宫。这幢四联排别墅是国家元首和其他国外政要的下榻处,同时也是美国总统选举时,继任总统宣誓就职前与家人居住的地方。这个地方的地理位置使特勤局的安保工作做起来难度比白宫大,因为布莱尔宫更小,并且总统居住区更加接近街道。虽然钋事件并不是直接针对瑞安总统的刺杀行动,但在保护他的特工们眼里这个事件无疑增加了威胁的级别。

街对面,白宫居住区的清洁工作正刻不容缓地进行着。许多物品的表面都需要用含3%氢氧化钾的强力清洁剂Decon-90彻底清洗,然后再给这些物品表面重新粉刷和上漆,再次检测钋的同位素,确保无任何残留。

格洛夫科使用过的卫生间被全部拆毁。马桶和盥洗池的釉质表面完全被格洛夫科体内的放射物渗透污染,已无法用清洁剂清洗,所以只能拆掉马桶和盥洗池,并把釉质表面粉碎成小块,储存在一个特制的铅制容器中。钋210的半衰期较短,约为138天,这意味着这些材料只有在这个铅制容器中储存几个月后才能更安全地被处理掉。

格洛夫科居住过的国会山酒店,他从堪萨斯州飞往华盛顿时乘坐的飞机,还有他在劳伦斯时居住的酒店和在堪萨斯大学使用过的房间,此时都在经历着同样的清洗和净化。

此时的杰克·瑞安正坐在椭圆形办公室,接听一通他等待了多天的电话。

电话来自乔治华盛顿大学附属医院,医院通知他谢尔盖·格洛夫科刚刚于医院的重症监护室去世,距离他来白宫用餐不到一周。

挂断电话后,他走到办公桌前的休息区,向斯科特·阿德勒、玛丽·帕特·福利、杰伊·坎菲尔德宣布了这个噩耗。今天他们会议的主题原本是商议沃洛金关于扩张俄罗斯联

邦安全局权力 的声明，格洛夫科去世的消息并没有令大家感到意外，反而让今天会议的主题显得更加适时。

瑞安擦拭着眼镜后的双眼。"克格勃又回来了，不管你想怎么称呼它，不管怎么伪装，它还是之前那个我们讨厌的组织。"

玛丽·帕特·福利说："你要知道其实现在的俄罗斯联邦安全局比曾经的克格勃还要更强大。苏联时期的克格勃并没有掌握真正的决策权。不像多数人想象的那样，他们其实只是为苏联领导人提供建议，他们说的话并不算数。但是现在……情报官员既是间谍同时还掌握决策权。"她停顿了一下，继续说："现在的情况更糟糕。"

瑞安说："问题是塔拉诺夫的晋升如何改变这一切。"

杰伊·坎菲尔德说："可以预料他们将在各条战线上采取行动。塔拉诺夫统治的特点是使用大量的代理作为联邦安全局的力量倍增器，如格鲁吉亚的反叛组织、乌克兰的工会、车臣和波罗的海国家受命于他的有组织犯罪集团。"

玛丽·帕特赞同地说："几乎所有情报机构都会这样做。从某种程度来讲，我们也使用代理势力，但是塔拉诺夫希望重回克格勃模式，并把这个模式作为他外交情报战略的核心。另一方面，沃洛金正试图把所有的毗邻国家纳入俄罗斯的直接控制中，所以几乎可以肯定塔拉诺夫将全面执行沃洛金的进军命令，监视所有和克里姆林宫不在同一条战线上的不稳定国家。"

斯科特·阿德勒说："沃洛金的目标是建立一个类似华沙条约的新组织。他的目的一旦达成，将有数以亿计的人民失去自由和民族自决性，欧洲将被完全挤压。"

瑞安说："我和格洛夫科交谈时，他曾十分关注塔拉诺夫。他说塔拉诺夫从无名之辈到领导俄罗斯联邦安全局，这一切十分可疑。"

"我很同意他的看法，"玛丽·帕特说，"沃洛金公开发表声明后，我曾与其他友好机构联络过，看他们是否掌握着一些我们没有的实质信息。当然我们之前也调查过塔拉诺夫，比如说他是什么时候被任命为俄罗斯联邦安全局局长的，确保不放过关于他的任何信息。"

"你们查到了什么？"

"只查到一些官方的信息，"玛丽·帕特说，"去年他去莫斯科掌管俄罗斯国内安全之前，曾是西伯利亚最大的城市新西伯利亚的警察局局长。我们花了大量时间全面地调查他，但是却所获寥寥，他的履历有大片的空白。有传言说他是前格勒乌的特工，在车臣服役，但是也没有任何实质性的证据。塔拉诺夫可以说是自苏联以来身份最神秘的俄罗斯情报局局长了。"

杰克说："谢尔盖已经证实了他曾是格勒乌特工。"玛丽·帕特在笔记本电脑里匆匆地记下了这一点。瑞安问："塔拉诺夫是怎么做到如此低调的？"

"这并不奇怪,真的。你看看沃洛金,我们都知道在八十年代中晚期,他曾是克格勃的特工,后来又在联邦安全局工作过很短一段时间。苏联解体后,他进军金融业,赚了几个亿,随后从自己的家乡圣彼得堡开始涉足政治。长久以来,他高姿态的商人形象使人们很容易忽略他曾是一个间谍。"

坎菲尔德说:"据他的官方传记描述,他在克格勃时只是一个办公室文员,而且我们也从未找到任何与此相悖的信息。"

瑞安说:"沃洛金是个独裁者,但是却为何赋予塔拉诺夫如此大的权力?"

阿德勒说:"我猜是因为他尊重塔拉诺夫的能力。"

玛丽·帕特补充道:"这是当然,但是同时也是因为信任。"

杰克继续挖掘着这个话题。"到底是什么使这个格勒乌的前特工、新西伯利亚警察局局长获得沃洛金如此深的信任呢?沃洛金并没有任何亲近的密友。"

"这个问题很有趣。"

"发现问题并不难,难的是找出问题的答案。"

玛丽·帕特点头道:"那是我的事,我会找到答案。"

杰克忽然想到了什么,转向玛丽·帕特问道:"当我问你关于塔拉诺夫我们掌握了些什么信息时,你说只知道一点'官方'的信息是什么意思?"

玛丽·帕特说:"哦,是这样的,关于塔拉诺夫有一些奇怪的传闻,不过都没有实质性的证据。"

"比如说呢?"

玛丽·帕特淡淡地一挥手说:"只是一些未经证实的传言,芬兰人的报告里说他是克格勃的'Niner',但他却不在我们知道的任何一个'Niner'名单里。"

杰伊·坎菲尔德说:"不好意思,什么是'Niner'?"

瑞安替玛丽·帕特回答道:"哇,杰伊,虽然你还年轻,但你也应该记得苏联吧。'Niner'是对克格勃第九总局(Ninth Chief Directorate)的别称,担负保卫职能。"

坎菲尔德无奈地举起双手,故作投降状说:"抱歉,我一直混迹于近东地区的,并不了解苏联。我听说过第九总局,只是不知道它的绰号。反正,我认为芬兰人的消息并不可信。第九总局有一个特殊学校,我们有一个特工在九十年代曾是那所学校的负责人。他把那所学校的所有人员名单都交给了我们,而里面并没有一个叫塔拉诺夫的人。"

玛丽·帕特补充道:"德国人的消息认为他是格勒乌特工,之后作为一名伞兵在阿富汗服役。据说他参加了 1979 年入侵阿富汗的第一场战争。"

杰克思考了一会儿说:"这听上去还比较可信。他那时候估计只有二十出头。那时格勒乌并没有像克格勃一样分崩离析,所以我们没有太多关于格勒乌特工的个人信息。"

"确实是这样。"

"还有其他问题吗?"瑞安问。

"也不是特别可靠的消息。英国人有一些关于塔拉诺夫的疯狂传言,而且他们自己也认为这些未经证实的信息十分可疑。"

"什么传言?"

玛丽·帕特对自己即将告诉总统的消息似乎并不那么确信。"有传言说塔拉诺夫是一名杀手。事情要追溯到二十世纪八十年代,坊间传言有一个克格勃的杀手独自奔波在东欧和西欧,专门刺杀那些与莫斯科作对的人。没有人曾找到过他,甚至没有人能证明他的存在。"

杰克不敢相信地瞪大了眼睛。"等等,你说的是'天顶(Zenith)'。"

"没错,那时传言这个克格勃的超级杀手代号就叫'天顶',你还记得?"

"见鬼,玛丽·帕特。那时我在英国,我认识其中一个受害者。"

"是的,没错。当然无论如何,时隔多年后,英国方面单一的消息源表明前格勒乌特工,曾在阿富汗以伞兵身份服役的塔拉诺夫就是当时的'天顶'。"

杰克几乎不敢相信自己的耳朵。在这次交谈中,他首次提高了自己的声音说:"你是说罗曼·塔拉诺夫就是'天顶'?"

玛丽·帕特使劲地摇了摇头。"不,我不是这个意思。我的意思是有人向英国情报处报告了这个消息,而英国方面把这件事记录进了他的档案。再次声明,这只是条单一消息源信息,他们永远也无法证实。你知道的,这一切不过是沧海一粟。我翻阅了我们调查'天顶'杀手的档案,我们得出的结论是,西方没有苏联的杀手刺杀过银行家或者情报人员。"

瑞安说:"英国人把矛头指向了德国恐怖组织。"

"没错,德国的左翼暴力恐怖组织'赤军团'。警察突击搜查了柏林的一所公寓,杀死了几名恐怖分子,在公寓找到的一些证据表明他们才是所谓的'天顶'杀人事件的元凶。"

房间里安静了一会儿,大家都没有说话。坐在瑞安面前的三人都看出瑞安正陷入了过去的某段回忆,因此他们只是耐心地等待。终于,瑞安说:"我从来都不相信他们抓到了真正的凶手。"

玛丽·帕特道:"但是总统先生,请记住,当铁幕落下帷幕之后,数百名前克格勃间谍都很乐意告诉我们他们的故事。那时我们掌握了关于克格勃特工的大量信息,但是没有任何信息能证明'天顶'的存在,而且也没有人提到塔拉诺夫。甚至俄罗斯人自己关于这部分的调查报告也是空白。"

"也许'天顶'根本没有任何书面形式的文件,也或许它本就不是克格勃的下属组织,而是隶属于其他机构。"杰克说。

"其他什么机构?"坎菲尔德问。

瑞安耸耸肩说:"我很想知道英国军情六处(SIS/MI6)对此掌握了哪些情报。"

玛丽·帕特说:"很抱歉这么说,但总统先生这不是你的风格。我们已经用了太多的时间来讨论这个传闻了。"

"你就迁就我一次吧,玛丽·帕特。"

玛丽·帕特无奈地耸了耸肩。"你是总统你说了算。但这些都已经是三十年前的事了,一些当时的参与者已经不在了。"

杰克仔细思考了一下说:"我们可以请英国军情六处查阅一下'天顶'事件的原始资料。"

"随你吧,"玛丽·帕特回答道,"收到档案,我会派人专门负责调查。"

杰克说:"不如我们从外部找一个人来负责调查此事怎样?一个刚好准备回来的人,一个了解苏联、了解官僚体制、了解那个时代的人。"

"在你心目中已经有了合适的人选?"

"爱德华怎么样?你觉得他会有兴趣吗?"

"开什么玩笑,他绝对会欣然接受的。"

"太好了,我们可以在隔壁的旧行政办公楼给他安排几间办公室。"旧行政办公楼(OEOB)由白宫行政办公室管理维护,里面很大部分是白宫工作人员的办公室。"他可以在那里办公,查阅档案,看看能不能找到证据将塔拉诺夫和'天顶'联系起来,抑或是排除他的嫌疑。"

福利起身准备离开。"请不要介意我这么说,但这听上去像是私事。"

"你说得没错。这件事在那个年代对于我来说也许是私事,但到今天,它的意义已经远不止于此。我们对俄罗斯这个一人之下万人之上的人知之甚少。如果他真是30年前的克格勃杀手,那么无疑我们现在的情况将更是雪上加霜。而如果最终证明他不是,那么至少我们调查过了。"

玛丽·帕特说:"回办公室后我会尽快通知爱德华。"

Chapter 24
会 面

美国中央情报局驻乌克兰基辅站站长基思·比克斯比已经在美国大使馆的会议室待了一上午了，刚刚用过午餐，现在他要去运行他的监视侦察程序，这又会占去他半下午的时间。下午四点，他还要与一个意大利的商人会面，这个意大利商人拥有一个小型的载重汽车运输公司，常年在俄罗斯来回走私违禁品。

作为美国中央情报局的站长，私下与代理特工会面是比较罕见的，不过在非常时期这也不算什么。现在几乎他手下的每一名职员都被分派了工作，无论是在基辅还是在乌克兰的其他地方。当然，他在这里还有一些非官方的卧底特工，但目前大部分的非官方卧底特工都被派到了俄罗斯边境和克里米亚半岛，试图在这些地方获得俄罗斯的情报和他们的意图。

比克斯比需要的人手数量，基辅站根本不能满足，这倒不是因为中情局把地处遥远的前哨基站抛之脑后，而是大多数能说俄语或者乌克兰语的谍报人员早已受雇于俄罗斯或者乌克兰，而中情局培训会乌克兰语或俄语的谍报人员的速度又远远跟不上对这两类谍报人员的大量的需求。

随着战争的脚步越来越近，在这种一触即发的形势下，比克斯比不得不承担更多的责任来使自己的团队赶上工作进度。这也意味着他必须离开大使馆，亲自上街运行漫长的监视侦察程序。下午即将与他会面的意大利走私犯也不是十分重要，特别是考虑到现在的情况，俄罗斯似乎在不久的将来就会发起进攻，但意大利走私犯偶尔也会给他提供一些有用的情报，所以比克斯比还是决定与他见上一面。

监视侦察程序开始后二十分钟，基辅站站长刚刚走到雄伟壮观的圣弗拉基米尔大教堂前的公交站，这时一个男人走到了他身边。这个男人站在他旁边，穿了一件带帽子的宽大外套，帽子和围巾遮住了整个面部，只留出两个眼睛。

中情局驻乌克兰基辅站站长打量着这名遮挡得严严实实的男人。对一切持怀疑态度是他们这行的职业病，但同样也是处于他这个位置的人的保命符。

只见那个男人把围巾拉低了一点说:"我是约翰·克拉克,我们上周刚刚通过电话。"

比克斯比打量着克拉克的脸,因为之前看过克拉克的一两张照片,所以他认出了这个中情局曾经的传奇人物,但他仍然保持着警惕。"我不知道你为什么会把我们的谈话误解成一次邀请。"

克拉克笑道:"不,当然没有。"

"见鬼,那么你为什么会在这里?"

"我只是想看看能不能帮你而已。"

比克斯比瞥了一眼左右两侧说:"不如你跟着我回办公室,我们谈一谈?"

克拉克说:"事实上,我更希望我们就保持现在这种状态。"

比克斯比考虑了片刻说:"好吧,但我们必须继续移动,不如我们去散散步吧。"

克拉克跟着比克斯比走在塔拉斯-舍甫琴科大道上,经过两个街区后,他们来到了基辅大学旁边的亚历山大弗明植物园。

两个男人走在宽阔的林间道路上,漫长的凛冬之后,道路两旁的树木已了无生气。狂风大作的糟糕天气,再加上工作日,使得道路上几乎没有什么游客。但这个地方仍然使克拉克感觉不安。"这里也并不太安全,我猜本地的反对势力肯定知道你在大使馆的真正职务。"

就在克拉克感到不安时,比克斯比却放松了起来。"我们很安全。"

克拉克环顾四周,四周表面上很平静,但他隐隐感觉树林里有异样。"定向麦克风?"

年轻一点的中情局特工说:"毫无疑问,是的。"

"那我们为什么要来这里?"

"一定是俄罗斯联邦安全局的人,他们无处不在,不过他们也不是超人。我已经确定他们要在这里安置监视设备至少需要十分钟的时间。也许现在就至少有四个人正争先恐后地爬出面包车,挤进地铁站,拿出包里的麦克风和对讲机,想赶到我们前面一站去。这也是为什么我试图尽快抓住我们谈话的关键主体内容,这样当那些偷听监视者就位时我们已经离开这里了。"

"没问题。"克拉克说着把帽子朝前面拉了拉,进一步隐藏自己的脸,以免被摄像机拍到他正在与中情局驻当地的站长会面。

比克斯比说:"那么首先告诉我,你为什么会在基辅。"

"我只是一个认为自己能帮得上忙的有责任心的公民。"

"这都是没用的屁话,克拉克。你是美国的英雄,虽然我不愿意这样说,但又不得不说。"

克拉克笑了,他喜欢这个家伙的直率。"我担心的是'伤疤'格列布。那天我们交谈过后,我总感觉你没有足够的把握和资源继续调查这个男人。然而我们需要的正是把这个男人调查清楚。"

"没错，现在基辅遍布着俄罗斯联邦安全局的人，俄罗斯有组织犯罪集团的成员突然活跃在这个城市确实有趣，不过就这一点来说也无可指摘，特别是在战争迫在眉睫之时。"

"我想也许我能帮得上忙。"

"帮忙？你打算怎么帮？"

"我会讲俄罗斯语，在这里也有那么一两个朋友，而且还持有绝密安全等级，重要的是能服从命令。"他说着耸了耸肩，"当然，我也不会墨守成规。"

"可我无法对你负任何责任，克拉克。"

"我并不要求你对我负责，同样我也不会向你索要机密情报，我只需要你的祝福和一个开放的渠道，这样我得到了任何重要的信息便可反馈给你。"

"我听说过外勤特工，还没听说过外勤的办公室官员。"

克拉克见谈话并没有获得自己预期的进展，就换了一个话题。"克里米亚最近情况怎么样？乌克兰的军队准备好应对俄罗斯的入侵了吗？"

比克斯比说："我知道你的安全等级很高，但我还没有弄清楚你此行的真正目的，所以我只能给你一个不涉及任何保密内容的回答。"

"嘿，我说过，我不要你给我提供任何敏感内容，我只是一个考虑去敖德萨度假的美国游客。"

比克斯比无奈地摇摇头。"好，好吧……那么我建议你去夏威夷毛伊岛，也许你还能在那里的酒店搞到高级折扣。克里米亚的战争一触即发，俄罗斯人已经做好了入侵的准备，只需要再找一个入侵的借口。乌克兰的部队正在进军该地区，准备进行抵抗——这是当地的新闻，我没有给你任何绝密级信息——俄罗斯很可能会把乌克兰的行为视作一种挑衅和他们入侵的借口。"

"因为所有的俄罗斯侨胞都居住在克里米亚。"

"是的。你可能知道因为莫斯科会向有俄罗斯血统的乌克兰人发放护照，所以俄罗斯的侨胞能获得他们的公民身份。在克里米亚半岛一直都有俄罗斯联邦安全局的特工在为入侵做准备，他们称之为'护照化'，也就是俄罗斯开始为居住在克里米亚的有俄罗斯血统的平民提供护照。俄罗斯意图在乌克兰建立起一块遍布俄罗斯人的土地，这样他们才有借口说'我们必须来保护我们的公民'。几年前他们已经对格鲁吉亚实施过同样的阴谋，从格鲁吉亚分裂出了两个半独立的自治区，北奥赛梯和阿布哈兹。俄罗斯联邦安全局的特工直接按人口百分比发放护照，然后借口这些地区有大量俄罗斯公民，从而向这些地方驻军，以赶走格鲁吉亚的军队。"

"你说得好像没有什么能阻止这一切一样。"

比克斯比耸了耸肩说："我认为俄罗斯会选择进攻，夺取克里米亚半岛。而且恐怕这还只是第一步，我真正担心的是整个乌克兰的陷落。俄罗斯把乌克兰民族主义者当政视作身在乌克兰的俄罗斯公民显而易见的威胁。沃洛金可能会命令他的军队一路进攻到基辅。"

克拉克说："我做什么才能够帮到你呢？"

比克斯比停下了脚步，看着这个比他年长的男人。"你不是一个人来的，对吧？"

一开始克拉克并没有回答。

"你瞧，伙计，我确实没有那个时间、精力或者人力去把你们揪出来，我唯一能做的就是通知乌克兰出入境管理局，撤销你们的签证。"

"但愿你不要这样做。"克拉克说，"我不是独身一人，和我一起来的还有多明戈·查韦斯。"

查韦斯在中情局也是众所周知的人物，比克斯比眉毛上扬说："你们来这里是因为某种商业合同？你们为某个石油公司工作？"

"不是那样的，相信我，我们并不是为了得到任何报酬而来这里，我们仅仅是为了帮忙。除了查韦斯，我还有另外两个同事和一个本地的前彩虹组织成员。我们来这里是为了调查'伤疤'格列布和他活跃于基辅的目的，但我并不想插手你已经在做的事情。我可以给你提供一些熟练的劳动力，仅此而已。"

他们又开始向前走，比克斯比边走边说："我很感激你组建了一个团队跨越大半个地球来帮助我们，但我不是一个那么容易相信别人的人。这是我的地盘，虽然没有足够的人手，但我不准备接受你们的帮助。"

"那么这将是你的损失，"克拉克说着从口袋里掏出一张名片，递给比克斯比，"如果你改变主意了，这是我的电话号码。"

比克斯比接过卡片，随手放进大衣口袋。

当他们走到地铁站附近的人行道时，比克斯比开始渐渐远离克拉克。他在克拉克右边10英尺（3米）外，向克拉克示意注意左边路旁的树木。"我们被监视了，有一个俄罗斯联邦安全局的家伙已经占据了这个位置。"

克拉克说："你后面还有一个，看来他们还没有设置好他们的麦克风和摄像头。"

比克斯比没有转头，反而看向路的前方说："再见，克拉克。不要惹麻烦，我现在需要解决的问题已经够多了。"

克拉克低着头看着地面，然后向左转走进地铁站的入口，搭乘一辆地铁离开了。从远处看，根本看不出来他们是一起的。

比克斯比走到路边，招呼了一辆出租车回大使馆。在与意大利商人见面之前，他还要继续他的监视侦察程序。

Chapter 25

德米特里·纳萨诺夫

总统杰克·瑞安躺在布莱尔宫的床上，主卧外面的大厅里，响起了古董钟报时的声音，已是午夜了。他希望自己能尽快睡着，因为他早上六点就得起床，处理夜间发生的需要他关注的事务。

但他认为这简直就是不可能的，今天晚上收到的一些消息让他久久难以入眠。中情局局长杰伊·坎菲尔德向他报告，俄罗斯向白俄罗斯进驻了一个全副武装的营。这不是入侵，相反是为了全力支持明斯克（白俄罗斯首都）。瑞安知道，明斯克会无条件执行莫斯科的命令，因为白俄罗斯的最高领导人已经完全受制于沃洛金的股掌之中。

其实俄罗斯向白俄罗斯调动部队并不令人担心，真正令人不安的是白俄罗斯的地理位置，白俄罗斯与乌克兰北面接壤。

杰克问杰伊，俄罗斯向白俄罗斯进驻一个整装营会不会把基辅推向危险的边缘，坎菲尔德的回答到现在仍回荡在杰克脑海里。

"坦率地讲，会的，就算俄罗斯向乌克兰东面边境调动部队也同样会危及基辅。乌克兰的国防开支甚至连维护设备都不够。事实上，从军事实力来讲，俄罗斯人能从任何方向直取乌克兰首都。"

在杰克看来，俄罗斯入侵的可能性与日俱增。所以他已委派自己的国务卿斯科特·阿德勒到欧洲四处游说，试图在外交阵线上将俄罗斯的入侵扼杀在摇篮中。但到目前为止，阿德勒只收到了一些私下的承诺，很少有欧洲国家公开表明立场。

杰克计划早上与鲍勃·伯吉斯讨论俄罗斯入侵乌克兰的军事影响，他知道他必须开始筹划应对这无可避免的一战了。

就目前的形势来说，杰克知道自己应该着眼于现在。但是白天早些时候玛丽·帕特·福利谈起关于杀手组织"天顶"的传言和三十年前的一连串谋杀事件，还是不禁勾起了他的回忆。

他已经有很长一段时间没有再回忆起"天顶"了。这四年里，当离开总统办公室后，他就着手写自己的回忆录。不过这是一个漫长的过程，因为他处理过的大部分事务都是机密，不方便在回忆录里提及。

但是"天顶"事件——那时他们称之为可能存在的"天顶"事件，因为没有人能证明它的存在——不仅仅是机密，甚至几乎没有出现在任何记录中。三十年里，杰克从未向任何人提起过"天顶"。

因此，玛丽·帕特在讨论当前的危机时提起"天顶"，不禁使瑞安极度惊讶。

冷战后，几乎所有的神秘事件都得到了解答。当铁幕落下帷幕，所有的真相犹如奔腾的洪水一样倾泻而出。

尽管俄罗斯政府一直在调查此事，关于"天顶"的真相却始终没有浮出水面。

杰克心里很清楚玛丽·帕特是对的，他不应该把自己的精力用来追逐单一片面的情报。表面上看，他想调查清楚塔拉诺夫和杀手"天顶"的关系，似乎因为这是谜团至关重要的一部分，而且这也有利于了解掌握塔拉诺夫的背景和性格。但坦诚地讲，更多的原因是这是他职业生涯遗留的为数不多的疑问之一，虽然不太可能，但如果罗曼·塔拉诺夫真的和"天顶"有关，瑞安肯定想调查清楚。

杰克闭上了眼睛，希望能尽快入睡。明天他需要投入全部的精力去解决目前的危机，他可不能奢侈地躺在床上回忆过去的危险。

小杰克·瑞安在卡斯托＆博伊尔公司的上司——桑迪·拉蒙特十分担心自己这个年轻、立场鲜明的下属有两个原因。第一个原因是自从他们从西印度群岛回来后，小杰克一直像一具行尸走肉一样没日没夜地努力工作。拉蒙特担心有一天如果公司的某一位负责人在大厅里碰到了小杰克·瑞安，会把自己拉进他们的办公室指责他滥用并虐待职员。

另一个原因是桑迪接到了一些来自莫斯科的电话，基本上都在讲同一件事情。他们所做的一些工作已经开始引起地方当局不必要的关注了，特别是小杰克·瑞安的调查。

小杰克的调查又回到了俄罗斯天然气工业股份公司上，这在来自莫斯科的电话里已经得到了充分的体现。调查的过程中，这位年轻的美国人从卡斯托＆博伊尔公司驻莫斯科的办公室派遣了调查员去俄罗斯税务机关索要相关档案，这就引起了当地税务机关的注意。桑迪知道他需要适当地劝劝这个干劲十足的新员工，为了他个人的健康和卡斯托＆博伊尔风险分析公司，他应该稍微放缓一下调查的速度。桑迪知道，一旦卡斯托发现瑞安居然在集中火力调查西罗维基派的摇钱树，该死的，后果会很严重。

如桑迪所料，在一天快要结束之际，小杰克还在老地方。他正在接电话，等这个年轻人放下电话，拉蒙特敲了敲他的办公室门。

"嘿，桑迪。"

"有时间吗？"

"当然，进来吧。"

桑迪走进小杰克的小办公室，关上门，坐在房间里的另外一张椅子上。"你在做什么？"在问这个问题时，桑迪心里当然是知道答案的。

"调查一个和俄罗斯天然气工业股份公司有生意来往的瑞士空壳公司。"

桑迪假装惊讶："记住，伙计。俄罗斯天然气工业股份公司是加尔布雷斯案的最终受益者没错，不过它却不是窃取加尔布雷斯资产的公司之一。"

"我不这么认为。"

"小子，如果你购置了一些赃物，你可能会被迫交出这些非法获得的财物，但这并不能说明你是一个罪犯。我们需要做的只是帮助加尔布雷斯和他的律师证明真正参与窃取他资产的公司有罪，而不是在交易完成之后购买这些资产的俄罗斯天然气工业股份公司。"

小杰克说："这很重要，桑迪。追根溯源也许能一路挖出俄罗斯天然气工业股份公司和它背后的那个大人物。我知道卡斯托有些担忧，所以我已经尽可能地小心行事了。"

桑迪知道自己现在已不可能让这个干劲十足的分析师放弃当前的调查了。他忍住叹息问道："你有什么发现？"

小杰克说："在所有伦道夫·罗宾逊的垃圾文件中，我发现了一个关于浅滩银行的文档，这个银行的所有者应该就是国际金融有限责任公司背后的那个人。文档的内容是一家德国公司转账到浅滩银行的账目。我调查了这家公司，从股东资料入手，一直追查到姓名、地址、与其交易的控股公司和签署的贷款协议。"

"这是一家什么类型的公司？"

"德国向俄罗斯天然气工业股份公司购买天然气，首先由这家在瑞士注册的公司收取来自德国政府的购买款，然后这笔购买款经过处理后再支付给俄罗斯天然气工业股份公司。"

"处理？"

小杰克笑了。"是啊，这家公司只是一个中介，德国政府将钱汇到这家公司在瑞士的账户上，然后再由这家公司扣除手续费后将钱转汇俄罗斯。俄罗斯天然气工业股份公司明显没有任何理由雇佣这家公司。"

桑迪说："很显然俄罗斯是要将他们的天然气高价卖给德国，以便一些人从中获利。"

"是的，"杰克说，"而且我发现更糟糕的是，德国人在俄罗斯天然气工业股份公司的问题上，向日内瓦的一家咨询公司支付了 1 000 万美元的咨询费用，他们也是通过圣约翰的浅滩银行完成的这项交易。我正在试图调查这家咨询公司的所有人，但我很肯定这一定是一家空壳公司。1 000 万美元的咨询费用只不过是某种形式的回扣。我猜这家日内瓦公司的作用，仅仅是为了方便支付酬金。"

"这类空壳公司让行贿变得格外方便。它们只存在于文件中，除了非法发票外，什么都不能创造。"桑迪说。

"是的，那些与俄罗斯天然气工业股份公司签署天然气合同的德国官员在日内瓦设立了一家无迹可寻的公司，方便他们从自己的祖国获取回扣。"小杰克说。

小杰克·瑞安知道桑迪涉足这一行的时间远比自己长，已经不再会为这类事情而惊讶。他说："这1 000万美元还只是个开始，德国通过瑞士的这家公司向俄罗斯天然气工业股份公司转账的40亿中，还不知道有多少数额的款项已经不翼而飞了呢。"

桑迪说："做得好，小子。当卡斯托告诉我，小杰克·瑞安要到我手下工作时，我还在想你可能只是一个长着漂亮脸蛋和拥有强大背景的官二代。现在，我已经要重新审视你了，或许在不久的将来，你就能坐上我的位置。"

瑞安虽然很感激桑迪的恭维，但他还是感觉桑迪的恭维有某些其他原因。他说："我遗传了我父亲的好奇心。我爱挖掘神秘的事物，不过实话告诉你，我想做的仅仅是解决这些谜题，我对管理一个部门毫无兴趣，也没有野心，就更不要说管理一家公司了。"

桑迪回答道："我年轻的时候也非常勤奋。那时是九十年代末期，那时的俄罗斯与现在完全不同。黑社会斗殴、杀人随处可见。现在的俄罗斯也许因为金融讼棍的存在而显得冷酷无情，但却和九十年代完全不同。"

"嗯，我们在安提瓜才刚刚被偷袭。"

"你说得很对，我再也不想遇到这样粗鲁的事了。"拉蒙特刚刚准备发表一下自己的长篇大论，就被杰克打断了。

"另外，我在罗宾逊的资料里还发现了一张便条，上面记录了浅滩银行的董事会成员在今年的三月一日飞赴瑞士楚格参加了银行的会议。我认为现在整个案子的关键就在于通过这次会议揭开这些董事会成员的真面目。"

拉蒙特瞪大了双眼。"飞行记录？"

"是的，不过有点棘手。"

"我想也是。苏黎世是离楚格最近的机场，那里每天至少会降落上百架飞机。"

瑞安点了点头说："我查询了会议开始前72小时内从俄罗斯各地飞来的所有商业航班记录，当然我只检查了头等舱，这些人毕竟卷入了12亿美元的诈骗案，所以我想就算他们乘坐的是商业航班，也至少不会坐经济舱。"

"很合理的推测。"

"每天飞往苏黎世的首席执行官（CEO）和首席财务官（CFO）数不胜数，但没有一个和这种级别的案子有关。"

拉蒙特说："我猜你肯定调查了私人飞机。"

"当然，从一开始我就做好了调查私人飞机的打算。我查看了所有申报飞行的航班，并不困难，但我感觉这些家伙的飞行记录可能都被保密了。"

"什么意思？"

"瑞士空管公司可以隐藏飞机的飞行记录，使公众无法找到关于它的任何痕迹。在美国，我们的联邦航空管理局（FAA）也有相同的权限，你需要做的就只是向联邦航空管理局申请，然后联邦航空管理局就会隐藏你的私人飞机信息和飞行路径。企业需要向竞争对手隐瞒它们 CEO 的行踪，明星想要避开狗仔队，再加上出于安全方面的考虑，他们都需要隐藏私人飞机的飞行记录。"

拉蒙特说："我敢肯定还有很多更加卑鄙的原因。"

瑞安点了点头，伸手端起咖啡。"毋庸置疑。总之我知道我不能仅仅只靠文字记录来追查这些私人飞机，所以我调用了苏黎世机场指挥塔这 72 小时内的音频资料，并把它们下载到了一个语音 - 文本转换 App 里面。即使飞机编号在书面记录里被隐藏了，但飞机在航行过程中始终需要用编号和控制塔保持联系。使用语音 - 文本转换 App，我列出了所有私人飞机的编号，并分别作了调查。"

拉蒙特惊讶于杰克·瑞安的坚韧和毅力。他说："你工作起来真是不知疲惫。"

"虽然飞机的航行路线被隐藏了，但调查起来也并不是特别困难。当然中间我也发现了很多可疑的公司的飞机飞往瑞士。最终我定位了一架空中客车 318，编号 NS3385，三月一日的早上 9:30 降落在苏黎世机场。ACJ 318 公务机配备了卧室、酒吧、休息室，甚至还有一间全封闭的董事会会议室。"

"真他妈豪华。"

"我调查了这架飞机，没有什么发现，故我又查看了苏黎世公务机候机楼的记录，发现那天早上这架飞机在苏黎世公务机候机楼加油。账单由苏黎世当地的一家控股公司支付，而几个月前这家公司在同一个候机楼给另一架飞机支付了油费，这架飞机属于圣彼得堡的那家餐饮集团。"

桑迪惊讶地抬起头问："圣彼得堡的餐饮集团？"

杰克笑了笑。"是的，和伦道夫·罗宾逊为之工作的是同一个人。他设立了空壳公司，管理着浅滩银行，拥有国际金融有限责任公司。"

桑迪说："你知道这家餐饮集团背后与之相关的名字吗？"

杰克看了看笔记。"知道，德米特里·纳萨诺夫。除了知道他拥有一系列饭店之外，我对他一无所知。我查了又查，他从没有读过任何商学院，名下也没有公司，也不是国家杜马的议员或者克里姆林宫的一员。不过四个月前，一家公司成功获得了一项价值 120

亿欧元的石油天然气基础建设项目，而他正是这个项目的主要负责人。"

"真是难以置信。"

"是的，"瑞安说，"我需要查清楚这个纳萨诺夫究竟是谁，为什么克里姆林宫安排他窃取加尔布雷斯俄罗斯能源控股有限公司12亿美元。"

拉蒙特若有所思地点了点头。他必须承认自己面前这个美国人在加尔布雷斯的案子上取得的成果是这个办公室里其他任何人都无法完成的。虽然知道卡斯托不允许公司的任何人和俄罗斯天然气工业股份公司作对，但杰克·瑞安已经查出了一些端倪，他绝对不会去挡他的道。

瑞安问："你有什么想和我谈的么？"

桑迪摇了摇头说："不，没什么，你继续。"

Chapter 26
乌克兰局势

基辅当地的局势日益恶化，一开始独立广场上还只有个别乌克兰民族主义者每日举行一些演讲，经过短短几天的发酵逐渐演化成了一场上万人的集会，独立广场上四处都是演讲，各种横幅标语和高喊着"反俄"口号的集会者。

当亲俄罗斯的乌克兰人也开始在独立广场的另一边开始每日的集会时，这个国家内部分裂的状态在广场上展现得淋漓尽致。乌克兰民族主义者和俄裔乌克兰人在广场两边分别搭建起了帐篷，两者之间频繁爆发冲突，且越演越烈，警方对这样的集会慢慢地自行消散不抱丝毫希望。

防暴警察每天在广场上巡逻，驱散打架斗殴的集会者，空气中弥漫着催泪瓦斯和燃烧弹的刺激气味，受伤和被拘捕的示威者日益增多。

而且这一切不仅仅发生在基辅。在克里米亚半岛的塞瓦斯托波尔，俄罗斯光头党肆意破坏乌克兰民族主义者和塔塔尔人的商铺橱窗，在街上纵火，随意挑选殴打路人。

就在克拉克和基思·比克斯比会面的第二天清晨，克拉克被公寓外的警笛声吵醒。广场离他们居住的公寓有好几英里远，但示威者的喧闹声还是传到了他们的安全屋。

克拉克、查韦斯、卡鲁索和德里斯科尔迅速地穿戴完毕，因为他们的伪装身份是记者，所以他们立刻抓起摄像机和话筒冲到了楼下。他们走到街上，混入了从城外一路走向独立广场的抗议游行队伍中，据说这是一支完全自发形成的游行队伍。从游行者尖锐的口号和标语来看，这无疑是一支来自乌克兰西部的极端民族主义者。

很明显，他们并没有穿过乌克兰西部一路游行到首都，相反，他们在夜间乘车到了指定位置，然后形成了这支所谓的"自发"游行队伍。

这支示威游行队伍通过之后，校园情报处的人回到了公寓。克拉克的提议被中情局驻基辅站站长拒绝后，他临时决定单独行动。伊戈尔·克雷沃夫曾经做过警察，认识很多当地的黑社会，所以克拉克决定利用伊戈尔这层关系尽量打入这些地下组织，获取情报。

早饭过后，他向大家宣布："伊戈尔、丁和我将出去侦察一下。"

卡鲁索说："明白，你们会讲俄语的出去侦察，我、山姆，还有呆子留守。"

比瑞此刻正在认真地对着他的其中一台笔记本电脑努力地工作着，他头也不抬地说："我是电脑怪杰，也许不善于交际，但不是呆子。"

查韦斯说："伊戈尔会带我们到附近逛逛，见一些黑社会的人，如果我们想获取关于'伤疤'格列布的情报就必须渗透进这些地下组织。"

德里斯科尔说："所以说你们要去见一些毒贩、皮条客和人贩子，祝你们玩得愉快。"

"我们会的。"克拉克说。

瓦列里·沃洛金又准备上俄罗斯的新闻了，主持人当然还是他最喜欢的塔蒂亚娜·莫汉诺娃。今晚采访的主题是宣布一项和中国的新贸易协定，但莫汉诺娃依旧准备了大量其他领域的问题，她已经习惯了在采访中随时更换主题，这完全取决于沃洛金一时的兴致。

像往常一样，沃洛金一边讲话一边直接走进了镜头里，其实每次访问时他很少直接回答莫汉诺娃的问题，他来新俄罗斯电视台的目的只是为了向观众传递自己的观点。他高昂起坚韧的下颌，骄傲地凝视着镜头说："我国和我们的朋友中华人民共和国签署了一项新贸易协定。我们两个强大的国家将进一步加强双方的能源安全战略关系。我国对中国的石油输出将增加一倍，以满足其日益增长的能源需求，确保我国的市场保持强劲势头，尽管西方国家一直在试图恶意压制孤立我们。我国和中国已经开始联合勘探西伯利亚的煤炭，并将在未来一起修建两国之间的大陆桥和高速铁路。我们已经放下了过去的分歧，一起创造全球最大的经济市场。美国把中国称作亚洲的枢纽，而中国知道接受我们的友谊，增加与我国的经济合作，才符合他们的切身利益。"

黑发的美丽女主播若有所思地点了点头，问了她的下一个问题，就好像沃洛金的回答突然激发了她的灵感一样，而实际情况是她的问题依旧是制片人提前准备好的。"总统先生，我国与中国发展的友谊，您认为会对我们与西方国家的关系产生什么样的影响呢？有些国民担心近来与北约和美国的冲突会使我国未来的经济受到负面影响。"

沃洛金直视着莫汉诺娃女士说："事实正好相反。美国可以制造反对的声音，扬言再次扩大北约，他们可以继续在世界舞台上威胁其他国家，但是欧洲需要我们的产品和服务，美国在全球的霸权地位将终止于我们的国界。"

"再加上现在俄罗斯和中国已经建立起了第三世界国家秩序，西方的幼稚威胁对我们甚至不会有什么实质的影响。"

"总统先生，您认为俄罗斯应该保持一个世界强国的角色吗？"

沃洛金笑着说："没有人能否认，二十世纪，世界上最强大的两个国家是美国和苏联。

苏联的解体是上个世纪最大的悲剧之一。西方国家不了解我们的历史,虽然我们的经济模型有缺陷,但我们国家却很强大。在我们从计划经济向市场经济发展的路途中,我们作出了改变,修补了很多问题和缺陷,回顾过去,恰恰是西方国家在给我们走向市场经济的路途增加阻碍。"

"您的意思是现在西方对俄罗斯的影响变小了?"

沃洛金点头说:"正是如此。未来俄罗斯所做出的决策将会取决且仅仅取决于俄罗斯的自身利益,当然同时,这也有利于我们的邻国。"

他对着摄像机微笑着说:"一个强大的俄罗斯将创造出地区的稳定与和谐,我认为使俄罗斯更加强大是我的职责。"

Chapter 27

投毒者

早上六点，瑞安总统在椭圆形办公室开始了自己一天的工作。住在布莱尔宫的这段时间他依然休息不好，为了不浪费时间，所以养成了比正常上班时间早一小时开始工作的习惯。

早上八点，瑞安已经有些疲惫了。在缺少睡眠的情况下要领导一个如此高速运转的办公室是很困难的，不过幸运的是他有一些最好的咖啡来给自己提神。

当玛丽·帕特·福利来参加晨会时，他给她倒了一杯咖啡，虽然知道过量的咖啡因会使自己在下午付出代价，但他还是顺便又给自己斟了第二杯。

他们刚刚准备开始会议，就在这时瑞安桌上的内线电话响了。他的秘书在电话那头说道："总统先生，司法部长默里来了。"

"请他进来。"

司法部长丹·默里迈着矫健的步伐迅速走进了椭圆形办公室，厚厚的镜片也掩盖不住他双眼的兴奋。

瑞安站起来说："你怎么这副表情，丹？"

默里笑着说："因为我有一些好消息。我们找到了毒害谢尔盖·格洛夫科的人。"

"感谢上帝，快告诉我。"

默里说："幸或不幸，都取决于你怎么看。对钋中毒案件的调查我没有什么经验，事实证明要用相关仪器设备追踪它的痕迹也并不是件容易的事。钋中毒者在其所到之处必留下痕迹。这称之为'蔓延'。我们反向跟踪格洛夫科留下的这些痕迹，从白宫到他居住的酒店，再到他和他的团队从里根国际机场出发时乘坐的豪华轿车，然后到堪萨斯州的罗伦斯。他到过的每个地方，坐过的位置和接触到的所有物品都留下了放射性同位素的痕迹。他在堪萨斯大学做了一次演讲，并在大厅中心和学生们进行了一场问答交流。他居住的酒店、租用的车辆、他演讲时使用的礼堂讲台、休息室和卫生间，都留下了钋的痕迹。"默里微微一笑，接着说："然后就什么也没有了。"

Chapter 27

瑞安抬起头说："什么也没了？"

"是的。他去大学演讲之前用早餐的地方，干净。他从达拉斯飞往罗伦斯时乘坐的商务飞机，干净。他在达拉斯时居住过的酒店，干净。我们调查了他这趟行程所有站点的酒店、汽车、餐馆和机场，在他去堪萨斯大学之前的这些地方，均没有辐射的痕迹。"

玛丽·帕特说："事情听起来似乎进入了死胡同。"

"你可能会这么想，但我们后来又有了新的发现。我们在大学自助餐厅的厨房一角发现了一只玻璃杯，尽管事发后这只玻璃杯可能已经被清洗过两三次了，但我们还是从这只玻璃杯上检测到了钋。有目击者证实这正是格洛夫科在台上喝过雪碧的那只杯子。我们把事件发生期间餐厅的工作人员列了一张清单，准备逐一询问，但是在此之前我们先检查了他们的员工更衣室。我们检测了所有的储物柜，并发现了一个有问题的柜子。这个柜子的主人是一个 21 岁的学生，正是这个学生在格洛夫科登台前递给他了一杯饮料。"

"学生？不要告诉我他是俄罗斯人。"

"不是他，而是她。她是委内瑞拉人，不是俄罗斯人。"

"哦，天哪。"瑞安惊呼道。委内瑞拉是俄罗斯的亲密盟友。如果俄罗斯派遣一个专业的特工来美国行刺，无疑只会让两国已经很糟糕的关系变得更加不堪。

默里说："我们打算通过监视她来进行调查，不过事先我们得确保她手里没有多余的钋，不然会置大家于危险之中。据我的专家推测，从她随意地接触如此大剂量的钋来判断，她可能最多还能活一个星期。如果她手里还有下毒后剩余的钋，我们必须找到它，并把它放进特制的铅盒。"

杰克叹了一口气："抓住她。"要抓住这名学生很容易，但一想到他们可能错过了拍到她与某个俄罗斯特工接头照片的机会，总是很让人有些沮丧。

玛丽·帕特问："关于她，你们都掌握了一些什么信息。"

"她的名字叫费莉西娅·罗德里格斯。从 15 岁起就一直居住在堪萨斯州，偶尔会不定期地回加拉加斯（委内瑞拉首都）看望她的祖父母。她应该不是一名特工，也不隶属于委内瑞拉的统治阶级。"

杰克说："你总不会认为她对下毒事件毫不知情吧。"

"很显然她知道自己给格洛夫科的饮料做了手脚，不过不知何故，她可能也被骗了。专家们告诉我，她的储物柜里发现了大量的钋 -210 的痕迹，他们认为她可能并不知道自己卷入了什么样的阴谋。也许她还认为自己只是小小地捉弄了一下格洛夫科。"

"捉弄？"

"是啊，比如使他的演讲变得结结巴巴，使他的外表看上去老态龙钟。古巴人就爱用这种方法来丑化或边缘化他们的对手。"

"没错。"玛丽·帕特附和道。

默里站了起来。"抱歉,我先打个电话,通知拘捕她。他们会把她送到医院进行隔离。"默里补充道:"当然,她会被监视。"

默里刚走出椭圆形办公室,瑞安的秘书便报告说国防部长罗伯特·伯吉斯和参谋长联席会议主席阿德米拉尔·马克·乔根森到了。他们是来参加每日晨会的,但他们刚进办公室,瑞安便观察到两人忧心忡忡。

"怎么了?"

伯吉斯说:"俄罗斯国防部长今晨宣布将在黑海进行一系列的军事演习。这个消息公布后还不到一个小时,几乎整个黑海舰队就开始调动了。24艘船只起锚驶出了塞瓦斯托波尔港。"

"他们把这称作一般的军事演习?"

"是的。"

"这不是威胁是什么呢?"

"可以这么说,事情背后昭然若揭的真实目的才真正令人担忧。俄罗斯似乎已经有所行动了,不过事实的真相我们也不得而知。俄罗斯和乌克兰曾达成协议,少于7 000人参加的军事演习可以不用提前报备。"

"那俄罗斯这次参加演习的人数在这个数字之内吗?"

"不一定。参与这次演习的有36艘军舰,虽然海军人数少于7 000,但此次演习中还有数目不详的陆基飞机参与。除此之外,据俄罗斯方面宣布的信息,参与此次演习的还有伞兵、斯皮特纳斯特种部队以及海军陆战队队员。"

乔根森说:"先生,据他们今晨的声明推测参加这次演习的人员不会少于25 000人。"

"除此之外,俄罗斯方面已经向白俄罗斯进驻了部队?"

"是的,而且还有俄罗斯西面边境的部队。"

瑞安揉了揉鼻梁说:"俄罗斯准备入侵乌克兰了,是吗?"

伯吉斯说:"看起来像。虽然沃洛金经常调动他的部队,但是这样一个规模水平的部队调动还是第一次。就连上次进攻爱沙尼亚的部队规模也远不及此。"

瑞安说:"克里米亚更有价值。"

"确实是这样。"

"我们该怎么做?"

伯吉斯说:"在军事上,我们能做的不多。虽然我们在黑海有一些船只,但不足以给俄罗斯的舰队造成威胁或施加压力。外交方面,我想这就是阿德勒的问题了。"

瑞安点点头,斯科特·阿德勒回华盛顿后他需要立即与他协商此事。

在莫斯科，沃洛金可以按自己的嗜好为所欲为。瑞安知道很多沃洛金与有组织犯罪集团有关的谣言，尽管没有人能真正证明他卷入了一些犯罪事件，但事实可能恰好相反。虽然这是谣言，可如果是真的呢？沃洛金掌握着整个俄罗斯的军队、内政部和情报机构，他几乎是俄罗斯唯一的绝对权力。

瑞安问："乌克兰的军队较弱，对吗？"

乔根森回答道："非常弱。他们的国防开支是整个国内生产总值（GDP）的百分之一，仅二十亿美元，只够维持现有的配备，没有足够的钱来购买新的系统和设备。"

"战略战术上呢？"

"乌克兰会在边境投入战斗，他们的防空系统还不错，但也仅此而已。根据与北约的合作关系及和平计划，我们能够且已经向乌克兰派驻了 300 人的军事人员。绿色贝雷帽特种部队帮助训练他们的步兵，三角洲特种部队和中情局的特工们获取克里米亚的局势信息。我得到的所有报告都表明现在的局势下，如果俄罗斯入侵，乌克兰的军队最多只能给俄罗斯造成一点皮外伤。但是如果他们能给俄罗斯一个迎头痛击，那么或许能阻止沃洛金一路向西直攻基辅的野心，失守的将只有克里米亚和乌克兰东部地区。"

"天哪，"瑞安说，"最好的情况居然是他们要失去那么大一块国家领土。"

"恐怕是这样的。"

瑞安思索了一会儿说："一旦战争开始，我们的人知道怎么离开乌克兰吗？"

"是的，总统先生，他们不会留下来与俄罗斯人作战。我一直命令他们保持低调，隐藏身份。留在克里米亚的大型城市已经越来越危险，如塞瓦斯托波尔和敖德萨。亲俄罗斯的示威抗议活动像野火一样蔓延在全国各地，很大一部分公民希望俄罗斯入侵。乌克兰不得不动用军队来平息某些骚乱，这就使整个国家看上去像一个集权国家，恶性循环会有更多的公民支持俄罗斯来'解放'乌克兰。"

瑞安说："真不希望发生这样的事。"

"是的，先生。"马克·乔根森赞同道。

他们正在谈话的时候，瑞安的秘书走到了门口说："打扰了，先生。司法部长默里想和您通电话。"

杰克感到很惊讶，默里五分钟前才刚刚离开椭圆形办公室。"接进来，"瑞安一边说一边转向乔根森和伯吉斯，"我想召开国家安全工作全体会议，集思广益找出阻止俄罗斯入侵的办法。从现在开始 72 小时内，我需要你们全力投入，我希望看到所有可行的办法。"

参加晨会的人离开了椭圆形办公室，杰克回到办公桌前，抓起电话说："怎么了，丹？"

"坏消息，费莉西娅·罗德里格斯被车撞了，已经死了。"

"见鬼，我以为你们已经抓住她了。"

"我只是打了一通电话传达这个命令。我的一个团队一直监视着她，但事情发生时他们隔得太远，来不及阻止这一切。"

"撞她的车呢？"

"撞了就跑了。事情发生在她公寓的停车场，没有安全摄像头。等我们的监视人员上车后，肇事车辆早已消失得无影无踪。我们正在根据肇事车辆的外形追踪该车，但我敢打赌，这肯定是一辆被盗车辆，并且会在某个立交桥下被点燃毁尸灭迹。"

瑞安说："听起来像不像专业人士所为？"

"非常有可能。"

"俄罗斯人还是委内瑞拉人？"

"这是唯一的问题。"

"而且不管怎样，可以肯定的是，这一切都是俄罗斯精心策划的。我们一定要找到真相，并公之于众。"杰克说。

"当然，我会努力的。对不起，杰克，我本应该更快的。"

瑞安能从司法部长的声音里听出他的沮丧和懊恼。

"丹，不要为这个女孩儿的事感到抱歉，这会使你的工作更加艰难。你也说过，她已经接触了大量的钚了。那天晚上见过谢尔盖在医院所遭受的痛苦后，我可以负责任地告诉你，我宁愿她是被该死的车撞死的。"

Chapter 28

基辅站危机

克拉克、查韦斯、克雷沃夫驾车离开喧闹混乱的独立广场，来到了远离市中心的劳工社区。整整一天，他们都出没在基辅的各个酒吧，而且一个比一个黑暗，在伊戈尔给他认识的基辅黑社会外围人员打电话或发短信时，克拉克和查韦斯就坐在一旁喝着啤酒。

出入酒吧的可疑人物里至少有一半的人都会仔细打量一下克拉克和查韦斯这两个外国人和他们的本地向导伊戈尔。这些人都是毒贩、人贩，有一个男人甚至声称只要你给钱，他就能为你搞到德国街的任何一辆汽车。透过这些人，克拉克和查韦斯掌握了许多关于这个城市有组织犯罪团伙运作模式的第一手资料。

这个城市里的确活跃着俄罗斯有组织犯罪集团的不法分子，但当克拉克和丁听闻这个城市里有多少俄罗斯联邦安全局的特工时，他们的惊讶溢于言表。

遍布全市的冲突令人不安。年前政权更迭，由于亲俄罗斯政党卷入了一系列的腐败丑闻，民族主义政党在主席职位的角逐中获胜。但民族主义党派也有它自身的问题。

克拉克和查韦斯听到传闻，民族主义者和亲俄罗斯派之间的这场激烈冲突是俄罗斯联邦安全局的人搞的鬼。据说俄罗斯人从亲俄罗斯的东部地区组织巴士车队，收买大批联盟的工人，把他们拉到基辅，扰乱正在示威的游行队伍。同时，秘密资助媒体公布和推进亲俄罗斯的议程。

如果这些传言都是真的，就说明俄罗斯的真正目的并不在于赢得民心，而只在于造成乌克兰内乱的局面。

晚上八点，克拉克决定结束一天的侦察，他们回到公寓。大家一起坐在客厅讨论了当天的事件后决定去附近随便吃点快餐。他们花了几分钟确保公寓安全后，下了楼。

这是一个凉风习习的夜晚，但基辅的居民认为这正是春天夜晚的标志，欧洲广场上行人很多，六个男人走在广场上，一路走向伊戈尔·克雷沃夫推荐的乌克兰餐馆。

他们彼此之间互相隔开几码，穿过人群。克拉克、克雷沃夫和查韦斯用俄语聊着天，其他三个不会讲俄语的几乎一路都沉默着把手插在衣服口袋里以保持温暖。他们一行里加文·比瑞走在人行道的最右边，当一群年轻男子走到他面前时，他让到了一边。可擦肩而过时，这群男子里的其中一人却挡住了加文·比瑞的路，并用肩膀把加文撞倒在地。

这一切发生后，那名男子和他的小团伙继续往前走，几乎是大步流星。

卡鲁索没有看到那个男子撞加文，但却看到了最后的结果。见主犯准备逃走，多姆转身准备追上那名年轻男子。

山姆·德里斯科尔一把抓住多姆的手臂，制止了他。"让他走吧。"

查韦斯扶起了加文说："你没事吧，加文？"

"没事。"加文拍了拍身上的灰，尴尬地说。

卡鲁索看向克雷沃夫问："怎么回事？"

伊戈尔也一头雾水。"我没有看到刚刚发生的事。"

查韦斯帮校园情报处的信息技术部主任清理了身上的灰后，拍着他的背说："走，我请你喝啤酒。"

到餐馆后，克拉克一行人走到昏暗的吧台区，他们坐在一张长桌前。加文、多姆和山姆点了啤酒，伊戈尔·克雷沃夫要了一杯冰伏特加。丁和约翰从早上十点半出去与本地的黑社会见面开始就一直在不同的酒吧喝着不同的酒，所以他们只点了矿泉水。尽管如此，伊戈尔还是让服务员给他们每人点了一子弹杯的伏特加来品尝。

他们的交谈始终围绕着符合他们记者身份的话题。他们谈论着世界上其他地方的酒店、电脑及技术。由于真实身份与掩盖身份有太多的共同点，所以这也使得他们的谈话一点也不生硬和勉强。

他们的食物刚上桌，餐馆里就进来了三个穿黑色外套的男子。校园情报处的特工们都注意到了这三名男子；他们已经习惯了对危险随时保持警惕，即使在用餐的时候。老板娘热情地招呼这三名男子，但是他们毫无反应地径直走到了餐厅的吧台区。

此刻加文·比瑞正在谈论摄影技术，正当他对胶片和数字图像之间的差异夸夸其谈时，桌上的其他五个人都沉默了，他们注视着刚进来的三名男子。穿着黑外套、面色沉重的三名男子径直走到长桌前，他们坐到长桌对面，离校园情报处的人仅1英尺（30厘米）远。他们把椅子朝向克拉克一行人，然后静静地注视着他们。

比瑞也不再说话了。

校园情报处的人不自在地等着克雷沃夫介绍这些他邀请来用晚餐但又忘记提及的朋友，但很快他们就意识到了伊戈尔同样也并不认识刚才进来的这三名男子。

"你们是谁？"克雷沃夫用乌克兰语问道。

三名男子看向克雷沃夫，并没有回答他的问题。

这时服务员走了过来，把菜单递给这些新来的客人，其中一名男子接过菜单，让服务员离开了。

在令人不舒服地沉默了一分钟之后，多明戈·查韦斯看向德里斯科尔说："你能把面包递给我吗？"

山姆端起装面包的盘子递给了丁。

紧接着大家都重新开始用餐，尽管多姆还在和其中一名男子愤怒地对视，但这也丝毫没有耽误他吃着自己的羔羊肉和土豆。

结账时，服务员绕过了两端互相仇视的男子，走到长桌的中间递过账单，克拉克付完账之后，喝光了自己杯子中的水，然后站起身说："先生们，可以走了吗？"

剩下的人跟着他走出了餐馆的大门，用餐时监视他们的那三名男子并没有跟上来。

当他们走到欧洲广场中间时，伊戈尔·克雷沃夫说："对于刚刚的事，我很抱歉，朋友们。"

克拉克说："他们是俄罗斯联邦安全局的人？"

"我想是的。"

多姆说："这些家伙是启斯东警察（1914－1920年初，由美国启斯东影片公司拍的默片喜剧中经常出现的一队愚蠢而无能的警察）么，简直是我这辈子见过的最差劲的监视者。"

克拉克摇了摇头。"多姆，他们这是明示跟踪。目的就是要我们知道自己已经被跟踪了。他们会不断地骚扰我们，使我们恼怒，让我们要做的事变得困难重重，这样我们就不能完成自己的任务。他们的目的便达到了。"

德里斯科尔说："如果是在俄罗斯，他们这样做我可以理解，但这里并不是俄罗斯啊。这帮家伙怎么可以在乌克兰如此横行霸道？"

"这当然很厚颜无耻，"克拉克赞同地说，"他们肯定很自信我们不会去找本地的警察。"

克雷沃夫说："不然就是他们已经和本地的警察有所勾结。抑或两种情况都有。"

克拉克补充道："没什么可担心的，这并不意味着他们会对我们产生什么实质上的威胁。我们的掩饰身份很牢固。"他轻声地笑着说："他们只是特别不喜欢我们的掩饰身份。"

山姆说："这些傻瓜如果知道我们真正在做些什么的话一定会勃然大怒。"

卡鲁索说："该死的，我不喜欢这样，先生。不如让伊戈尔给我们找些枪来吧？"

克拉克摇了摇头。"只要我们还在使用掩饰身份我们就不能携带武器，就算是秘密携带也不行。记住，我们很有可能随时被本地的警察质疑。只要他们抓到我们的一点把柄，都会立即使我们的身份和我们正在做的事变得不堪一击。这种情况下，我们会被送进本地监狱,见鬼,我可以保证在那里我们将不得不面对一些我们不愿与之打交道的黑帮混蛋。"

"明白。"多姆说。虽然他不愿意赤手空拳地与俄罗斯的黑帮对峙,但克拉克处理这类问题的时间比他的年龄还长,他相信他。

大约晚上十一点左右,他们回到了公寓楼下。他们爬楼梯上了三楼,抵达公寓门口,丁拿出钥匙插进锁眼,开始转动门闩,但在门打开之前他停了下来。

"趴下。"他喊道。

其他五个人不知道发生了什么,但他们都迅速地趴了下去。信息技术部主任比瑞没有那么迅速的反应能力,他被德里斯科尔直接按倒在地。

没有发生爆炸。几秒钟后,克拉克发现查韦斯依然站在门口,手握着已经插进锁眼的钥匙。他说:"锁被人动过了……感觉有点涩,可能它正连着一个压力传感开关。如果真是这样,我一松手,就会爆炸。"

他们从走廊上轻轻地爬了起来,不知是谁发出了一声紧张的笑声,但绝不是克拉克。克拉克此时正拿出一支笔形电筒靠近门口。他跪了下来,让查韦斯稍稍移动了一下握着钥匙的手,以便他能看到锁眼和门闩。

"可能连在另一边的。"

当查韦斯站着一动不动,不能确定开门会不会触动开关并引起爆炸时,卡鲁索走到了楼梯间。他从楼梯间的窗户爬了出去,小心翼翼地穿过狭窄的窗台,来到阳台。前一秒,走廊里的人还听见他在公寓里,下一秒,他便已经移动到了门的另一边。

"安全。"他说。

查韦斯长吁一口气,松开了手里的钥匙。

卡鲁索从里面打开了公寓的门。

其余的人进入了公寓。如果被动过手脚的门锁不能说明什么问题的话,那么现在他们可以肯定,在他们出去的这段时间里,有人造访过他们的公寓。

房间里的陈设被重新放置得很怪异。沙发在房间的正中间,一把椅子叠放在另一把椅子上,厨房的餐桌被倒置放着,桌上的装饰品放在倒置的餐桌中心。

加文的所有笔记本电脑都被一台一台地叠放在了一起,他的笔记本电脑都是经过多重加密保护的,所以来访者没能打开。但这并不能难住俄罗斯联邦安全局的人,所以克拉克断定来访者应该是一些街头的小混混。

忽然克拉克和查韦斯不约而同地把手放到了唇边,示意其余的人保持安静,因为他们都意识到了,房间很有可能正被监听。不过他们仍然可以通过手势保持交流。

加文·比瑞惊讶地说:"有人动了我的电脑。"

查韦斯向走廊走去，他要去查看一下这边的三间卧室。经过加文身边时，他拍了拍加文的肩膀。

卧室的情况和客厅的情况差不多，卧室里的物品被随机地乱扔，行李箱一个叠一个地堆放在一边，衣服被堆在地板上，查韦斯困惑地摇了摇头。当他看见一张床上放着一个小泰迪熊毛绒玩具时，又再次摇了摇头，之前公寓里是没有这只玩具熊的。丁检查里面是否放着窃听器，但什么也没有发现，那么这应该只是某种乖张的信号。

查韦斯又查看了剩下的三个房间，情况和前三个房间相同。此时，他注意到了卫生间的灯还亮着，他正准备去关灯，却闻到了一股恶心难闻的气味。

他查看了一下，原来马桶里竟然有粪便。

"冷静，保持优雅。"丁对自己默念。

多姆急匆匆地跑进房间喊道："那些傻瓜混蛋把我的衣服全部倒出来了。"

他向查韦斯身后看去。"真是恶心。这些人想证明什么？是一群该死的小孩儿闯进来了么？"

多姆和查韦斯回到了客厅，克拉克打开电视和收音机并把音量调到最大，然后他把厨房里所有的水龙头都打开了，这样自来水流经水管的声音能增加更多噪音。

克拉克把所有人都召集到大厅中间，在背景噪音下说："伙计们，这些只是为了给我们制造心理上的恐惧。他们想让我们离开，所以使用这些间接的软措施。他们在向我们展示他们有能力随时收拾我们。"

克拉克环顾了一下房间，意识到通过这些手段俄罗斯联邦安全局的人已经达到了他们的预期目的。加文和多姆看上去困惑而挫败，仿佛他们在这里的行动还没开始就已经被发现并受到了破坏。德里斯科尔看上去十分愤怒，仿佛自己的私人空间受到了侵犯。

克拉克说："这些混蛋想让我们知道为了达到目的他们会不择手段，但这并不能影响我们。我们在这里的行动仍会继续，只不过需要更加谨慎小心。我们会找到用掩饰绕过他们继续行动的方法。"

加文摇了摇头，似乎想把担忧都抛诸脑外。过了一会儿他说："不管怎样，我先去卫生间打个电话。"

查韦斯和卡鲁索相视而笑。多姆说："厕所是你的了，加文。"

Chapter 29

烂摊子

今天，关于乌克兰局势的总统简报将在白宫战略情报研究室举行，有一个重要原因是战略情报研究室的多媒体设施比椭圆形办公室多，联邦调查局、中央情报局、国防情报局（DIA）、国家情报办公室（DNI）和国务院会利用多种不同的方式向总统展示他们的图片。

会议正在进行，期间玛丽·帕特·福利请求作一个简短的通告。"今晨我们得知了一些令人痛心的消息。乌克兰国家安全局（SBU）的二号人物被发现替俄罗斯从事间谍活动。他目前已逃离了基辅，乌克兰已经在全境通报拘捕他，但我预测，在不久的将来他应该会出现在俄罗斯。"

"天哪。"瑞安说。

杰伊·坎菲尔德已经知道了这条消息。他说："我们正在评估我们留在乌克兰的特工的曝光情况和安全情况，形势不容乐观。这样下去的话，我们可能需要召回我们的人。"

瑞安总统说："乌克兰地区现在有了另外一套监听系统。"

"是的，"玛丽·帕特说，"而且这套系统更令人头疼。"

"中情局驻乌克兰基辅站的站长是谁？"

杰伊·坎菲尔德说："基思·比克斯比，他是个好人，很能干。外勤特工，不是坐办公室的家伙。"

"当心点，杰伊。我曾经就是你所说的坐办公室的家伙。"瑞安打趣道。

坎菲尔德说："不，总统先生。我以前才是。从前你的工作虽然在办公室，但你不仅仅留在办公室。"杰伊笑着说："你知道我什么意思。"

"我明白。"

玛丽·帕特说："我非常了解比克斯比，没有人比他更适合基辅站站长的职位。"

"我们需要召回他们吗？"

"比克斯比自己能更好地评估中情局的暴露情况。他会决定哪些行动需要终止，哪些人需要被送回国，哪些国外的代理人需要终止联系。不用说，在这样一个非常时期，这一切改变都将是灾难性的。当然我们也会再向基辅输送一些新鲜血液，但俄罗斯方面肯定会时刻关注突然出现在我们基辅大使馆的人，因为这无疑是在向他们宣称谁是我们的新特工。"

想到这一切将会让事情变得多么复杂和困难，就让瑞安心烦意乱。

瑞安说："好吧，让我们继续下一项主题，沃洛金关于扩展与中国关系的声明。抛下经济学上的意义不谈，中俄的新贸易协定在实际的地缘政治中意味着什么？"

玛丽·帕特说："中俄两国近来在叙利亚、朝鲜和伊朗问题上采取的立场类似。两国在国际问题上摒弃了前嫌，新贸易协定的签署无疑将强化这种关系。"

"北京、莫斯科和德黑兰俨然已成为了一些人所谓的铁三角关系。"

"那么经济上呢？最终的结果会怎样？"

瑞安看向国务院的经济学顾问海伦·格拉斯。她毕业于沃顿商学院，是白宫知名的俄罗斯问题专家。

"对中俄来说这是一个双赢的局面。中国缺乏俄罗斯拥有的科学技术和原材料，而俄罗斯需要中国的巨大市场和制造能力。如果新的贸易协定能够得以实施，双方都将受益。"

"俄罗斯目前的经济有多差？"瑞安问。

格拉斯说："几年前，俄罗斯自认为已经成功。他们在西伯利亚发现了金矿和石油，这两项巨大的发现对俄罗斯来说预示着伟大的成就。但实际情况是金矿并没有预估的那么大，而石油也很难开采，特别是沃洛金和他的前任为了让俄罗斯天然气工业股份公司全盘掌控这个领域，几乎把西方的公司赶杀殆尽。能源商品的出口占整个俄罗斯出口的百分之七十，但这也有一个弊病。巨大的自然资源的出口对国家的制造业会产生负面影响。他们把这个现象称之为俄罗斯痼疾。"

瑞安点了点头，他了解这个现象。"钱在泥垢里，他们就只是去挖掘去抽取。国家的经济来源不在发明创造、智力资产或生产制造。不久之后，整个国家就会丧失思考、创新和建设的能力。"

"正是如此，总统先生。苏联刚解体时，俄罗斯本来拥有巨大的潜力，但在上个世纪九十年代经济崩溃后一切就越来越差。这是在没有战争发生的情况下，世界历史上最大的财富转移。"

瑞安说："和大多数的灾难发生时一样，总要给俄罗斯人民留一点撑下去的信念。"

"是的，他们撑过去了，但是却没有蓬勃发展起来。沃洛金赢得了人民的信任，因为没有人出来向俄罗斯人民展示那些他们原本应该享受的财富。俄罗斯的经济体系很庞大，但却没有现代的活力。国内的产业都集中在原材料的开采和提取上。国际市场对他们的需求就只有少数的产品，如卡拉什尼科夫冲锋枪、鱼子酱和伏特加。"

杰克说:"你描述了一个拥有 2.5 亿人口和数以百计洲际导弹（ICBM）的香蕉共和国（经济体系单一的国家）。"

"我没有言过其实，总统先生。但……他们的经济真的局限于他们能开采的原材料和出口……是这样的。"

"俄罗斯主要的出口是化石燃料，但与之伴随的却是贪污腐败。"

"真恶劣。"

"但却真实。财产在有权势的人群里的再分配程度令人发指，警察部门为了保护这类人群而一再扩张，官僚主义是他们的保护伞。"

俄罗斯不由正规机构统治管理，它跟随西罗维基派的意志运行。国家杜马也不过沦为了西罗维基派的执行部门。

"这就要谈到俄罗斯天然气工业股份公司了，"她说，"俄罗斯天然气工业股份公司正式私有化，不过克里姆林宫还保留了百分之四十的股份和实际上百分之百的决策权。俄罗斯天然气工业股份公司的私人股东如果胆敢违背沃洛金的意愿的话，结果会很悲惨。沃洛金声称向资本主义的强势转变是为了使俄罗斯走向繁荣，但最后他所做的事既不是资本主义，同时也并没有实现俄罗斯的繁荣。"

瑞安问:"有没有经济学家把俄罗斯的经济增长与其日益强势的独裁主义联系起来？"

海伦·格拉斯思索了片刻说:"当然，你会找到一些持这种观点的经济学家。早在八十年代，甚至有经济学家预言资本主义的衰落和共产主义世界的崛起呢。"

杰克笑着说:"有道理。无论多荒谬可笑的观点，总能得到所谓的专家的支持。"

"从 2008 年开始，流出俄罗斯的美元超过 5 000 亿，其中大部分是纯资本的外流。这数以亿计的资金被储存进了离岸金融中心。俄罗斯排名前五的外国投资点都是避税天堂。"

瑞安说:"那这就意味着其实并没有什么投资。"

海伦·格拉斯回答道:"是的，只是洗钱和避税方案。"

"很好，"瑞安说，"只要能源价格足够高，克里姆林宫就能掩盖国家三分之一的经济已经被贪污腐败榨取的事实。"

"是这样的，总统先生。外国投资者正在逃离俄罗斯。过去一年，俄罗斯证券交易所已经失去了近万亿美元。资本投资下降了百分之五十。"

"俄罗斯拥有成为世界最大经济体之一的一切可能性。受过良好教育的人民、丰富的自然资源、市场和运输所需的基础设施建设以及土地。如果不是贪污腐败的盛行，俄罗斯会是世界首屈一指的大国。"

"俄罗斯现在的公众安全、医疗、法律和产权保护比十年前还差。过去几年，俄罗斯的酒类消费增长、医疗开支缩减，公民的预期寿命急剧下降。"

"俄罗斯已经公开颁布了禁止双重公民身份的法律,从俄罗斯的语言体系中去除外来的文字。"

瑞安说:"俄罗斯越来越像是倒退回三十年前了,不是吗?"

"事实上非常像,总统先生。"

杰克·瑞安总统的视线离开了经济学顾问,转向玛丽·帕特·福利和杰伊·坎菲尔德。"综合上述情况,我们的结论是俄罗斯意图侵犯拥有独立主权的邻国,而同时我们在该邻国的情报能力几乎处于瘫痪状态。"

"这是一个烂摊子,总统先生。"坎菲尔德说。

Chapter 30

求　助

下午四点半，约翰·克拉克来到基辅地铁蓝线的奥波隆地铁站，现在还不算人流的高峰期，但是地下通道、自动扶梯和列车里也挤满了上班族。

65岁的美国老人低着头穿过人流，有意融入周围的人群。他向列车走去，但却不知道走到列车前时要做些什么，他来奥波隆地铁站的唯一目的是与基思·比克斯比会面。

两个小时前，比克斯比请求与克拉克紧急会面，并给了见面的时间和地点。接到比克斯比的电话，克拉克立即离开了租用的公寓，开始了一系列的防跟踪程序。随机地搭乘出租车、公交车、地铁，在商场、百货公司，甚至吉普赛人的市场闲逛。在给了街边无家可归的人300美元后，他在吉普赛人的市场里买了一件山寨的耐克冬季外套，以便改变自己的外貌。

此刻，他在比克斯比指定的见面地点，无论比克斯比想和他谈什么紧急问题，他只希望不要是一队国务院安全部门的家伙和一张遣返美国的机票。

在他走到地铁站大厅的尽头时，听到身后有一个声音轻声地说："上地铁，赛马场方向。"

说话的人讲的是英语，但克拉克很肯定绝对不是比克斯比的声音。没有任何其他指示，说话的人消失在朝着克拉克走来的人流中，走向地铁站大厅的另一头。接下来克拉克上了一辆刚刚停靠在站台的开往赛马场的列车。

因为奥波隆是整条地铁线的第二站，所以列车几乎是空的，但比克斯比就坐在列车尾部的最后一个座位上。克拉克步入车内，面向比克斯比。当列车挤满了上班族后，他朝着列车尾部的角落走去，坐在了中情局驻基辅站站长的旁边。

比克斯比没有看克拉克，但是他却说："外套不错。"

在他们十步之外全是或站或坐着的乘客，但他们谈话的声音已经完全淹没在了列车飞速穿过隧道的噪音中。

克拉克从口袋里拿出一本简装书，俯身用手肘抵住膝盖，假装阅读。他的头离中情局驻基辅站站长基思·比克斯比的距离不到1英尺（30厘米）。"怎么了？"

"那天我们交谈之后，我认为你在我的地盘使我很不爽。但是现在，我不得不说，我要认真地重新考虑你的价值。"

"继续。"

他长叹了一口气说："今晨我们发现乌克兰国家安全局的二号人物是俄罗斯联邦安全局的间谍。"

克拉克看上去似乎无动于衷。他只是说："你确定？"

"相当肯定。乌克兰的一项安全调查发现了一个电子邮件账户，这个账户被他用来创办会议和死信箱。"比克斯比低声咆哮道，"真的，现在这个时代，谁还在使用死信箱？"

"他们逮捕到他没？"

"还没。不知何故，有人给他通风报信，然后他就消失了。他现在可能已经在莫斯科了。"

"他有多了解你，会不会影响到你们在这里的运作？"

比克斯比含糊地咕哝道："可以这么说，他是我在乌克兰国家安全局的主要联络人。当然，他也不可能完全掌握我们的情况。他不知道我们的非官方掩护人员、大部分的消息源、行事方法或策略。"比克斯比又叹了一口气。"不过……曾经我们因为一些事情合作过，该死，所以他知道的还是挺多的。我必须考虑到俄罗斯联邦安全局的人是否已经掌握了大使馆里情报官员的身份和我们在整个乌克兰地区大部分安全屋的分布情况。"

"哎呀。"克拉克说。

"在情况可能最恶劣的时期，这是一个相当沉重的打击。为了安全，我把我大部分的人都撤离了他们现在的工作岗位，并且关闭了一些乌克兰境内的设备。"

克拉克说："我理解。"

随着列车停了下来，列车和轨道之间的噪音也消失了。当人们经过克拉克和比克斯比身边或有新的乘客上车时，他们便停止交谈。比克斯比打量着身边的人的脸庞和他们的举止，只有当列车重新驶出地铁站并伴随着行驶的噪音时，他才又重新开始轻声地与克拉克交谈。

"今晚我会带一队人前往塞瓦斯托波尔。我们在那里的一个据点可能会受到这次事件的威胁。"

"一个据点？"

"是的。我们和乌克兰特工共享的信号情报安全屋。我们在那里有一个技术团队和一堆通讯设备。当然还有一个小型的安全部队和一些CAG的家伙。"

克拉克当然知道CAG（Combat Applications Group）就意味着三角洲特种部队。他并不意外三角洲特种部队的人驻扎在塞瓦斯托波尔。毕竟塞瓦斯托波尔是俄罗斯黑海舰队的母港。美国自然会尽其所能派人监视该区域，以确定俄罗斯海军的动向。

比克斯比说："我们已经关闭和销毁了许多设备，粉碎烧掉了大部分的文件。我会在塞瓦斯托波尔停留 36—48 小时。"

"塞瓦斯托波尔目前的形势一触即发。"

"告诉我一些我不知道的事。"

克拉克说："我私下调查到，'伤疤'格列布似乎与基辅的很多暴动以及内乱有关。"

"我已经听到过类似的传言。"

"在你离开的这段时间，我们能做什么？"

没有人注意到比克斯比看了一眼他右边的男人。"你可以做什么？克拉克，现在我会抓住一切我可以利用的资源。在兰利为我派驻新鲜血液之前，你是我在基辅的眼睛和耳朵，我想至少都要一个星期。"

克拉克翻了一页他的平装书。"六个人，包括我在内，我们有六个人。一个会讲乌克兰语，三个会讲俄罗斯语。"

"嗯，好的，一开始我没有请你来，但既然你已经来了，为什么不监视格列布呢？他住在费尔蒙大酒店。这个混蛋包下了酒店整整一层楼。我听一个在费尔蒙大酒店工作的家伙说，格列布整天会见各类不同的人物。不是俄罗斯联邦安全局的人，至少不是熟悉的面孔，"比克斯比把双手塞进外套里，俯身把自己藏得更深了，"有一双受过培训有经验的双眼监视这个策划了基辅多场暴动的人，多少能让我感到一点点安慰。"

"我愿意效劳。"

"抱歉，我之前表现得像个混蛋。"

"你不是混蛋。你只是为了更好地保护你们在这里的行动。"

比克斯比苦笑着说："好吧，看看我保护的结果。"

列车到达了它的下一个站点。基辅站站长比克斯比一边站起来一边说："再见了。"

克拉克回答道："我会再联络你。"

比克斯比在塔拉斯 - 舍甫琴科站下了车，消失在人群中。克拉克看也没看便把左手伸到比克斯比刚刚坐过的位置上，抓起一张折叠的小废纸片。他把纸片放进自己的外套口袋，毫无疑问，这张纸片上有联系比克斯比的加密电话的号码。

克拉克坐在座位上，已经开始思考下一步在费尔蒙大酒店的行动了。

Chapter 31

阻　力

一天的工作即将结束，除了去洗手间及自助餐厅点了一杯咖啡和三明治，小杰克·瑞安没有离开过自己的办公桌一步。现在他迫不及待地想直奔回家，打开电脑，这样在睡前他至少还能工作几个小时，做更多的调查。

此时，他的手机响了，他看也没看来电显示便接了起来。"你好，我是瑞安。"

"杰克，我是桑迪。你有没有时间，能否到楼上来一趟。"

"楼上？"

"是的，我现在和卡斯托先生在楼上。不过不用着急。"

瑞安已经来英国一段时间了，足够使他明白英国话语间的微妙和含蓄。拉蒙特其实是在告诉他赶快十万火急地赶到总经理办公室去。

"马上到。"

"很好。"

杰克走进卡斯托&博伊尔风险分析有限公司总经理休·卡斯托华丽的办公室，坐在一张咖啡桌前面。当卡斯托在自己的办公桌前用法语讲电话时，他喝了一小口骨瓷杯里的咖啡。桑迪·拉蒙特双腿交叉坐在他正对面。

瑞安低声问道："怎么回事？"

拉蒙特只是耸了耸肩，好像他也不知道具体情况。

终于，68岁的英国老人打完了电话，他大步走到休息区，拉过一张带靠背和扶手的椅子放在咖啡桌旁边坐了下来。

"你的工作很出色，给我们都留下了非常深刻的印象。"

和所有人一样，杰克也喜欢别人对自己的肯定和赞扬，可在这种情况下，他感觉一定还有一个转折点"但是"。

他扬起了眉毛。

"但是，"休·卡斯托说，"杰克，我们很担忧。"

"担忧？"

"坦诚地讲，调查俄罗斯的企业、政府及犯罪集团之间的关系是卡斯托＆博伊尔的一部分工作职责。可话虽如此，你的调查方法可能在一些人看来还是过于激进。"

杰克看向桑迪。起初他以为卡斯托指的是发生在安提瓜小巷里的事。但桑迪轻微地摇头使他明白卡斯托指的是其他事情。"是谁觉得我过于激进呢？"杰克说。

卡斯托叹气道："一个前几天在你的调查报告里出现过的名字。"

杰克点了点头。"德米特里·纳萨诺夫。他怎么了？"

卡斯托看着自己的指甲，过了一会儿，他说："事实证明，他是俄罗斯天然气工业股份公司的大股东，同时还是俄罗斯联邦安全局的高级官员。"

拉蒙特说："你的意思是他是个双重麻烦。"

"相当麻烦。"卡斯托赞同道。

杰克沉默了几秒钟。

面对杰克的沉默，卡斯托说："你是不是正在想怎么问我，我是如何知道纳萨诺夫这个人的。"

瑞安说："我查过他，他是圣彼得堡一家餐厅的老板。但我没有发现他与俄罗斯联邦安全局，甚至是俄罗斯天然气工业股份公司的任何关系，您一定是有您自己的其他渠道。"

"鉴于你父亲在步入政坛之前的职业，我相信你也懂得一些情报部门的工作方式。"

瑞安心想，你这么说也是合理的，但他没有说出口，只是点了点头。

"我们和军情五处的人不时地交流对双方来说都是一件互惠互利的事。我们有时可能也会像你一样，碰到一些想向他们咨询的名字。或者有时他们也会想知道我们在工作中有没有什么特别的发现。"

我知道，瑞安心想，但同样他没有说出口。卡斯托＆博伊尔公司和英国军情六处也是有联系的。

"言之有理。"

"所以我询问了纳萨诺夫的情况，他们给我的回话是要我们小心这个人。"

"好吧。"杰克说。紧接着他又补充道："我很小心。"

卡斯托停了一会儿说："飞到安提瓜和巴布达，去翻私人的垃圾箱，可不算小心。如果我们的员工，美国总统的儿子，为了完成某类秘密任务，在加勒比海地区的第三世界小岛上严重受伤或遇害，我真不敢想象我们公司将会受到什么样的负面新闻的狂轰滥炸。外面的世界充满危险，小伙子，你没有受过专业的培训，还不知道怎么应对那些游走在我们

Chapter 31

行业边缘的混蛋。"

桑迪·拉蒙特微微地清了清嗓子,但他没有说话。

"你派了调查员去特维尔,向俄罗斯税务机关申请索要相关资料,调查纳萨诺夫的私人飞机。这些都远超出了我们调查的正常范围。我担心俄罗斯联邦安全局会像刁难我们的许多客户那样找我们的麻烦,我可不想遇到这样的事。"

杰克问:"事实上,这一切是因为俄罗斯联邦安全局,还是因为我是美国总统的儿子?"

"坦白地讲,两方面的原因都有。我们的工作是满足客户的愿望。在这种情况下,你的工作已经做得十分出色了,但我们建议加尔布雷斯停止继续深入追查他的这件案子。小伙子,纳萨诺夫是国际金融有限责任公司的所有人,加尔布雷斯丝毫没有任何机会追回自己的钱。我们不能把他们送上俄罗斯或者任何欧洲国家的法庭,因为俄罗斯掌控着整个欧洲的能源命脉。"

杰克说:"如果我们能揭露俄罗斯天然气工业股份公司勾结税务机关窃取加尔布雷斯的公司,使一个俄罗斯联邦安全局的家伙在付款日获益12亿美元的事实,我们就能阻止此类事件在以后继续出现。"

"我们不是警察,也不是军人。你父亲或许是自由世界的领袖,但在这种情况下也并没有什么用。如果我们继续调查,俄罗斯联邦安全局的人会找我们的麻烦。"

杰克紧咬牙齿。"如果你是在告诉我,我受雇于卡斯托&博伊尔公司但又要寻求正义,这使你感到为难的话,我会辞职。"

卡斯托说:"小伙子,我们所做的一切并不是为了追求正义。"

拉蒙特说:"我们追求的是效益,伙计。我们也希望能帮助我们的客户追回他们失去的资产。如果能在西方找到一些有形的资产,我们还有能帮助他的可能性,但如果你要与俄罗斯联邦安全局的高级官员作对,我可以向你保证加尔布雷斯得不到任何好处。"

卡斯托说:"杰克,很简单,在这件事上你的期望太高了。"

沉默了片刻之后,杰克说:"我明白了。"

事实上,他并不明白,但他感觉如果他再在这里多坐一分钟,他都会有一拳头把墙打穿的冲动。

卡斯托说:"我们打算给你安排一些其他案件。一些不那么敏感的事情。你的工作能力十分出色,希望你能把你的能力用在新的任务上。"

"当然,"杰克说,"听从您的安排。"

下午六点三十分,杰克离开了卡斯托&博伊尔公司。桑迪邀请他共进晚餐,顺便喝一杯,打算安抚弥补一下他,但杰克感觉自己今晚不需要别人的陪伴。相反,他独自一人去了一家名叫牧羊人馅饼的酒吧，在离开之前喝了四品脱啤酒。

走在雨中的坎隆街，杰克的糟糕情绪越演越烈。他又忘记拿他那把该死的雨伞了，为了惩罚自己，他不肯再买第二把雨伞。不，他要在雨中淋透，好让自己吸取教训，下次记得带伞。

他正在考虑要不要在回家的路上再找另外一家酒吧。当他走向地铁站时，途经一家名叫短柄斧的酒吧，他曾经来过这里，并且也挺喜欢这个地方。再来一杯啤酒对他来说恰到好处，但他知道喝酒只会使自己更加生气郁闷。

不，他还是选择了回家睡觉。

他穿过街道，迅速地回头瞥了一眼右后方。这是他的习惯，仅此而已。和往常一样，他并没有发现什么与众不同的人。他责备自己，仿佛是因为自己从一个相当艰难的时期转换到了现在的生活。他对自己目前的工作过于热诚，仿佛那些阴险狡诈的商人是他曾经对付的国际恐怖集团。他运行了一会儿监视侦察程序，保持着警惕，这也是来自他上一份工作所受到的训练。

另一方面，一旦有异性靠近他10码（9米）以内，他就会自动把她当作潜在的敌人，这当然并不是出于个人安全方面的考虑，而是因为发生在他上一份工作中的一件事情。

杰克走进市长公馆地铁站，他感到一阵寒冷和潮湿向自己袭来。自动扶梯前面一个十分有魅力的女人回头，朝他看一眼，给了他一个同情的微笑，仿佛他是一只刚从雨中跑进来的小狗。然后她转了过去，远离这个穿着湿透了的漂亮外套的男子。

二十分钟后，瑞安双手插在衣服口袋里，立着衣领走出了男爵阁地铁站。原本他的衣服在地铁上已经稍微有点干了，外面的雨已经停了，但夜晚的浓雾还是再次浸湿了他的衣服。

随后，他经过了荷加斯路的一家印度餐馆，餐馆前的雨伞下稀稀拉拉地站着两三个人。他独自走在一连排房屋前的人行道上。他穿过街道走向肯威路，虽然刚刚被踢出加尔布雷斯的案子，但他还是抑制不住自己去思考这件案子中涉及的公司、信托和基金之间迷宫般复杂的结构关系。

他穿过两栋建筑之间的小路，来到了克伦威尔路，然后又不自觉地瞥了一眼后方，仿佛是在看有没有任何车辆。

他身后的拐角处，灯光投射出一道长长的身影。当他转身时，影子突然停了下来，然后开始慢慢地向后退回黑暗的巷子里。

杰克在马路中间停了下来，转身看着退缩的影子，然后开始朝着影子的方向走去。不管是谁的影子，它迅速地消失了，杰克听到一阵急促的脚步声，然后变成了朝着荷加斯路奔跑的声音。

瑞安也开始跑了起来，在他冲过转角时，真皮的斜挎包都飞弹了起来，他希望能看到逃跑的人是谁。

但街上已丝毫没有了刚才那个人的影子，只有两排白色的两层楼的联排房屋和双车道上停着的一些汽车。夜晚的浓雾萦绕在路灯旁，给这个场景增加了一丝神秘阴森的气息。

瑞安站在狭窄的街道中间，心脏怦怦直跳。

他转身重新开始向着自己公寓的方向走去。有那么一念之间，他觉得刚才那人可能是一个抢劫犯，但过去几年的经验告诉他，不可能这么巧合。像这种情况，没有其他解释，看来有人在跟踪他。

想到这里，他的心跳得更加快了。

顿时，他的脑海里充满了各种政府机关、外国政府、犯罪集团和恐怖组织，试图得出一些结论，但在他没有任何除了影子之外的实际发现之前，到底是谁在监视他，却不得而知。

之后的回家路上，他明显感到潜在的危险带来的恐惧，但不可否认，这种恐惧毫无疑问地又给他带来了一种莫名的愉悦和兴奋。

Chapter 32
"基石"

经过一周半的清洁和修复，瑞安一家人默默地搬回了白宫居住区。对于整件事情，瑞安总统想保持低调，所以没有事先通知记者。凯茜和孩子们乘直升机从马里兰州的老家直接飞到白宫南草坪，杰克在南入口接他们。凯蒂和凯尔一回来就奔向了自己的房间，虽然他们当时离开正是因为这些受污染的房间。为了清洁整个地毯，凯尔的玩具被一个清洁人员收拾了起来。

凯茜有一个想法，她打算在当天下午邀请白宫新闻办公室的一名记者参观白宫居住区，该记者是美国广播公司（ABC）常驻白宫的资深记者。凯茜带着她和她的摄影师参观了整个二楼居住区的公共区域，意在向美国人民展示一个经过不幸事件后仍然坚强、完好无损的"人民之家"。

记者向第一夫人提问，请她反思，邀请俄罗斯政府的敌人来白宫用午餐是否是一个糟糕的主意，她试图用这个问题来刁难凯茜。

凯茜优雅地回答了她，谢尔盖是我们的朋友，是整个美国人民的朋友，更是俄罗斯人民的朋友。

事发后十天，当杰克·瑞安得知格洛夫科的遗体居然还停留在美国海关时，他十分愤怒，亲自致电移民海关执法局（ICE）局长，询问到底什么原因。移民海关执法局局长发现自己的处境有点微妙，他向美国总统解释，他朋友的遗体受到了污染，至今还保存在铅制的棺材中，依照美国的法律，这种情况要经过很多繁杂的手续才能把格洛夫科运送到英国安葬。

了解了原因后，瑞安既愤怒又难过，但他也十分理解这种情况的棘手。他向移民海关执法局局长表示了自己的歉意，并感谢移民海关执法局（ICE）工作人员的努力和勤勉。

返回白宫的当天晚上，瑞安和家人在家庭影院共同看了一部儿童电影。凯茜把孩子们带回老家很大程度上是相当合理并且成功的安排。像大多数孩子一样，凯尔并不真的理解那天晚上发生的事，也没有受到那件事的影响，在他的意识里恐怕只是认为"有一个男人把卫生间弄得乱糟糟的"。而对于凯蒂来说，可能在不久的将来，她就能渐渐明白，在自己10岁时，那个奇怪的夜晚到底发生了什么，为什么他们会去父亲的办公室睡觉，并且突然回老家春游。

　　第二天早上，瑞安乘坐空军的飞机飞到了迈阿密，给在美国的古巴官员们做了一次演讲。他原本计划留在迈阿密，晚上会见本地的共和党（GOP）筹款人，但为了留出更多的时间去处理乌克兰当前的局势，他缩短了此次行程，午餐后便返回了华盛顿。

　　瑞安乘坐的直升飞机刚刚降落在安德鲁斯空军基地，便被告知爱德华·福利正在等他。杰克直奔椭圆形办公室，发现爱德华已经在接待室了。

　　过去几天，福利一直在调查英国特勤局关于"天顶"的原始档案，了解那些三十多年前发生在欧洲的一系列谋杀案。

　　瑞安走进罗斯福厅，爱德华正在等他。"嘿，爱德华，很抱歉让你久等了。走，跟我去办公室。"

　　福利跟着瑞安走进椭圆形办公室。他说："没关系，迈阿密怎么样？"

　　"真希望我能告诉你，但是我在迈阿密一共只待了两个半小时，最后吃了一个古巴三明治，喝了一杯咖啡，结束了此次行程。"

　　"小心点，有那么一些人会说你要走共产主义路线了。"

　　瑞安总统笑了起来，两个男人坐在办公桌前的沙发上。瑞安说："很感激你愿意从这些陈旧的资料里去挖掘可用的信息。"

　　"我的荣幸，这件事很吸引我。"

　　"有什么发现？"

　　"恐怕问题比答案多。我花了五天时间去翻阅英国的情报机构和警察部门送来的所有资料，包括英国军情六处、军情五处和苏格兰场（伦敦警察厅）的资料。军情六处还送来了卷入这个事件的其他国家关于'天顶'的资料，甚至还有当时他们从德国联邦情报局那里获得的报告和瑞士联邦警察局的相关卷宗。"

　　爱德华继续说："卷入其中的各方都得出了同样的结论，当时并没有一个代号'天顶'的俄罗斯杀手活跃在欧洲。这一切只不过是德国恐怖组织'赤军团'的成员精心策划的一个故事。那个时期有很多出于政治动机的谋杀案，但那时的'赤军团'几乎处于休眠状态。一些恐怖分子想维持之前的行事方式，未经组织批准私自参与谋杀案，为了不被发现，他们编造了关于'天顶'的故事，想把责任全部推给克格勃。"

　　"那罗曼·塔拉诺夫的名字又怎么会和'天顶'有关系呢？"

"这些是事发后多年，来自英国情报部门的信息。九十年代初，俄罗斯内部一个叫'编辑'的消息源声称代号'天顶'的杀手是真实存在的，他是前格勒乌斯皮特纳斯特种部队的成员，曾作为伞兵在阿富汗战争期间服役。"

"这个消息源的名字叫'编辑'？"

"是的，非常奇怪。这是整个军情六处送来的档案里唯一一个使用代号的名字。我给玛丽·帕特看了，她又向军情六处作了咨询。军情六处的人声称在1991年的源文件里这个消息源的代号就叫'编辑'，他们也不知道这个人是谁。"

"非同寻常。"

"是的，玛丽·帕特是这样理解的，这个信息可能是假的，它的来源并不可靠。他们需要搜集关于塔拉诺夫的一切评论，但是可能有人搞砸了，所以就编造了一个线人的名字，但没有编造这条消息。"

瑞安说："所以，你的意思是这条信息是不可靠的，消息源也是假的。我们甚至不知道情报来自哪里，这是一个死胡同。"

"我从德国和瑞士的档案里发现了一个线索。瑞士楚格州警局的一份报告里描述，他们在一起凶案现场拘留了一名男子。他是作为目击者被拘留的，但他拒绝与警方合作。在他被铐上手铐，带上警车时，突然逃跑了。"爱德华翻找着自己的文件，然后把其中一页递给瑞安。瑞安看了一眼，这是一份机打文件的影印本，上面的文字全是德文。

瑞安第一眼什么也没看出来。他只是说："我不会讲德语。"

爱德华笑道："我也不会讲德语。但是你仔细看右边边缘部分。"

杰克把自己的眼镜拉低了一点，然后他看到了一个微弱的标记。看上去是用铅笔写了一些字然后又被擦去了。

杰克又仔细看了看。"这上面写的是'基石'？"

"是的。"

"什么是'基石'？"

爱德华摇了摇头。"不知道，毫无头绪。我以前从来没有听说过，在'天顶'的其他卷宗里完全没有提到过'基石'。我问过玛丽·帕特，军情六处也没有任何记录在案的代号'基石'的个人或组织。"

"'基石'的字样刚好写在从警方那里逃跑的目击者旁边？"

爱德华回答道："我的德文糟糕透了，不过翻译是这么说的。"

瑞安又仔细地看了一遍这个英文单词。"这是谁的字迹？"

爱德华说："瑞士和德国的档案里还有一些其他的英文笔注。应该是英国人，我猜这些笔注来自巴兹尔·查尔斯顿爵士。"

"很有趣。"

"我想也许你可以给巴兹尔爵士打个电话。他可能早已经忘记了，毕竟是三十年前的事了，但值得一试。"

瑞安想了一会儿。"去年他生日时我给他打过电话，他的思维还相当清晰，但是恐怕他的耳朵已经不行了。"

爱德华说："如果你愿意，我可以飞去英国和他谈谈。"

"我明白，但没有必要。我可以让小杰克去拜访巴兹尔爵士并咨询这件事情。我已经有一段时间没有这孩子的消息了，这正好给了我一个借口去了解他近来的情况，而又不显得那么婆婆妈妈。"

"他在那边怎么样？"

"说实话我真的不知道。之前他和凯茜通过电话，只是说一切都好。也许我能从他那儿问出更多东西。"

两个男人站了起来。爱德华说："抱歉我没能从笔注里发现更多的线索。我知道你希望找出塔拉诺夫和这些谋杀案的联系，但这些案子真的像是'赤军团'所为。德国人在柏林破获了一个组织，发现他们和所有的这些谋杀案有关。"

瑞安拍了拍爱德华·福利的肩膀说："也许吧，爱德，也许吧。但是我知道从笔注里我们还能发掘更多故事。"

福利惊讶地抬起头。"此话怎讲？"

瑞安向他报以一个疲倦的微笑。"因为我亲身经历了这该死的一切。"

Chapter 33
监视"伤疤"

虽然约翰·克拉克和他的团队曾希望保持低调，在基辅暗中行动，但最终他们还是不得不稍微改变一下计划，现在的他们基本上是隐藏在众目睽睽之下。前几个晚上他们与俄罗斯联邦安全局的摩擦说明俄罗斯的情报部门已经完全渗透了这个城市，他们在这里保持低调的打算注定要失败。考虑到这一点，克拉克决定让自己和自己的团队看上去像某些粗心大意的记者团，在满是间谍、黑社会的基辅惬意地工作，愚蠢得丝毫不知自己的一举一动皆在监视之下。

他们在公寓中交谈也保持着记者的伪装身份，因为知道自己还在被监听。所幸他们能够通过在 iPad 上创建笔记来交流，看完便删除文件，或者把要说的话写在纸上，看完就立即销毁。同时他们互相之间还可以发短讯，因为比瑞已经给他们所有的电子设备安装了强力的安全软件，就算最厉害的解密手段也会被拦在防火墙外。

基辅的费尔蒙大酒店是一幢高大宏伟的建筑，坐落在第聂伯河河岸，位于基辅市中心历史悠久的文化区波蒂。从酒店的窗户和阳台望出去，客人们能欣赏到东边第聂伯河的美景或者西边教堂金色的圆顶和丘陵。

费尔蒙大酒店旁边立交桥的修建等大量建筑项目正在施工，噪音、粉尘、交通和正在施工的大项目夺走了酒店应有的魅力，一些犯罪分子不分昼夜地在街上游荡。服务生警告酒店的客人夜晚只能乘坐由酒店交通服务中心派出的出租车，因为有些黑心的出租车司机会抢劫自己的乘客或者把乘客拉到偏远寂静的地方让他们的同伙抢劫。

俄罗斯犯罪分子"伤疤"格列布住在第九层的皇家套房，他的随行人员占据了第八层和第九层的所有房间。为了加强安保，"伤疤"周围全是他自己的人，酒店的第一层也布满了他的爪牙。明眼人一眼就能看出在酒店富丽堂皇的大厅闲逛的人哪些不是酒店员工，这些男人或扎营在大厅的豪华沙发和茶几周围，或四处闲逛无所事事。

"伤疤"格列布的随行人员大多数都是犯罪组织"七巨人"的保镖，不过其中也有俄罗斯联邦安全局、乌克兰情报部门和内政部及一些其他情报机构的特工。毫无疑问，克拉克相信如果人手足够的话，中情局会派人一天 24 小时监视这里。即使比克斯比现在还不是那么在意"伤疤"格列布，不会安排他的人 24 小时监视他，但克拉克知道至少费尔蒙大酒店里有很多中情局想去挖掘的信息，所以这里的员工中肯定有比克斯比的付费线人。

为了接近"伤疤"格列布，克拉克在费尔蒙大酒店定了一个房间，但他最终还是决定把行动的主要基地放在租用的公寓。为了不那么突兀地搬进酒店同时继续使用记者身份，克拉克设计了一个诡计，他开始在公寓里向其他人抱怨寰宇传媒。他知道他们的每一句话都会被监听器监听，所以作为资深记者，克拉克有意向年轻的缺乏经验的记者们抱怨，抱怨工资太少，每日津贴连去餐馆都不够，肆意表达要被迫和其他人共用一套公寓的愤怒。然后他用自己的表演天赋劝公寓里的其他人要直面公司的不公平待遇，并宣布在乌克兰工作期间自己要搬到酒店去住。

作为中情局的官员，约翰·克拉克这一辈子都没有因傲慢或者耍大牌被人指责过，但现在因为掩饰身份的需要，他必须扮演那样一个角色。

一小时后，约翰·克拉克和伊戈尔·克雷沃夫抵达费尔蒙大酒店，他俩一人拉着一个巨大的滚轮行李箱，行李箱里装满了任何旅行者都会带的常规物品。他很谨慎地使自己的行李尽量常规，因为他可以肯定敌方一定会抓住任何机会搜查他的行李。他用多伦多寰宇媒体公司的资深记者证在酒店办理了入住，然后和伊戈尔把行李拿上了三楼房间。他们一路走一路聊，克拉克向乌克兰特约记者讲述自己虚构的在寰宇的另外一次工作之旅，他描述了一个更好的工作条件，更专业的制作人、摄像师、音响师和技术顾问。

克拉克当然知道肯定有黑社会和敌方情报机构的摄像机正在观察他们。

伊戈尔·克雷沃夫帮"傲慢"的克拉克把他的行李箱搬进房间后，便离开了酒店返回公寓。没一会儿，约翰·克拉克下楼，到了酒店大厅，坐在休息区舒适的沙发上，点了一杯咖啡。他耳朵上戴着蓝牙耳机，腿上放着一个 iPad。

当克拉克在酒店建立起卫星指挥平台后，团队剩余的人也准备结束他们在公寓这边的工作。他们分成了两个两人小分队，租了两辆丰田汉兰达，伊戈尔和山姆驾驶一辆，多姆和丁驾驶另一辆，而加文则留在公寓继续工作。

考虑到俄罗斯联邦安全局的人已突击过一次他们的公寓，他们不放心把加文一个人留下，所以伊戈尔安排了两个联邦警察局的同事站在公寓外面。伊戈尔告诉他们，他们是在保护一位加拿大的音频技术人员和他的设备。

上午十点，两辆丰田汉兰达停在了费尔蒙大酒店门口的停车场，两辆车分别停放在可以从不同方向监视酒店入口的位置上。

然后车上的男人们开始了他们熟练的习以为常的工作，坐在车上，等待着。

很快约翰·克拉克便引起了酒店大厅里那些游荡的人的注意。一个黑脸男人注视着克拉克，并坐到了克拉克的旁边，近得几乎贴着肩膀。克拉克丝毫没有看这个男人，他只是继续一边用蓝牙耳机讲电话，一边用平板电脑工作。

"明示跟踪"，昨天晚上俄罗斯联邦安全局的人已对克拉克他们使用过了。

虽然克拉克没有看那个男人，但他其实是有准备的。他并没有离开，而是选择忽视这些男人，对他们的明显企图无动于衷。后来又过来了一个男人，他们分别坐在长沙发的两边，把克拉克夹在中间。他们隔着克拉克谈话时，口臭散发出来的刺鼻气味儿充斥着克拉克的鼻孔，胳膊肘还不时地戳向克拉克的手臂，但克拉克依旧像独自一人似的继续看着自己的平板电脑。

克拉克打电话时表现得像是在和公司海外的同事交流，而实际上他是在和酒店外的四个人进行安全电话会议。

酒店外面的车上，四个男人听着克拉克唠叨着他对被安排到基辅的不满，他说如果公司不派一个新的摄像师和一台新的摄像机来，他就拒绝把自己的报告传回多伦多。

中午，俄罗斯联邦安全局的人终于走了，大概他们发现这个上了年纪的记者既粗鲁又讨厌，就像克拉克也这样看待他们一样。这些男人重新回到大厅去骚扰其他客人，向每个经过他们身边的人投去恶狠狠的目光。克拉克终于可以品尝自己的咖啡，手臂也不必被挤得紧贴身体了。

虽然为了继续掩饰身份，克拉克被迫花大量的精力在大厅里，但其实他在大厅还有其他目的。得益于专家身份的冷淡和傲慢，他可以在酒店大厅监视走向电梯间的所有人，观察那些到第九层的人。

时间刚过中午十二点半，两个男人走进酒店大厅，克拉克立即发现他们有点像斯皮特纳斯特种部队的人，他们和两个穿着不合身的廉价西装的地痞流氓交谈了一会儿。克拉克认为这两个男人是"七巨人"的打手，可能是下来监视进出电梯的人。交谈了几分钟后，有着军人般硬汉气质的男人们返回电梯间，进入了其中一台电梯，然后电梯门关上了。

克拉克调整了一下鼻子上的老花镜，它们使用的是特殊镜片，通过镜片的上方看出去，可以提供一个很高的放大倍数。使用眼镜的这项功能，他能够穿过房间看见电梯显示的楼层数字，他看见电梯停在了九楼。

很好，克拉克在心里暗自欢呼，这些家伙是上去向老板汇报工作的。

果不其然，二十分钟后，那两个男人重新出现在了同一台电梯中，出电梯后走向了酒店的前门。

等到他们推开旋转门走进去的那一瞬间，克拉克抓住时机对电话那头的人说："鲍勃，很高兴你这么说。"仿佛他在回答对方的问话。

这是克拉克的暗号，意思是让外面车里的人知道，现在离开酒店的人需要被监视调查。现在两个小分队的任务就是确定可疑人物的身份和他们的车辆。

丁坐在一辆黑色丰田汉兰达上，多姆在他旁边。他们看见两个男人离开酒店，上了一辆等在路边的路虎，然后路虎朝着他们的方向驶来。

多姆对着耳机说："可疑人物的车辆正向我们驶来，我们准备从这里开始跟踪。"而此时的克拉克正对着耳机讲一些他虚构的故事。

路虎经过他们身边后，中间又间隔了几辆车，查韦斯他们才汇入车流，一路跟着路虎开到克雷恰茨基雅大街，然后沿着第聂伯河转进了卢霍瓦大街。

路上多米尼克·卡鲁索打开了 IPad 上的一个 App，准备等时机成熟立刻输入一套至关重要的指令。

马路上，两个方向的车流都很密集，快到红绿灯路口时，丁还是和目标车辆保持着三辆车的距离。当卡鲁索轻敲平板电脑上的一个图标时，两辆车都停止了移动。

正对卡鲁索的座位下，一个砖块大小的无线遥控小车瞬间失去了与丰田金属油箱之间的磁性吸引力，被投放到了街上。无线遥控小车上的摄像头将视频数据传回多姆的 iPad，他推动 iPad 屏幕上的油门图标，加快了无线遥控小车的速度，遥控着小车先穿越了一辆停在他们正前方的卡车，然后穿过一辆双门轿车，到达目标车辆下方。

当无线遥控小车到达目标车辆下方时，卡鲁索又轻敲了一下平板电脑上的另一个图标，把摄像头的方向调整到朝上，小车自动打开了一束微小的光线。然后多姆放慢了小车的速度，通过 iPad 左右调整小车，直到找到正确的位置。

他把远处的无线遥控小车停在了目标车辆的油箱下，然后点击图标锁住装置的轮胎。完成之前的程序后，重新把 IPad 屏幕切换到 App 的界面，简单地点击了一个图标，"启动部署"。

目标车辆前方还有三辆汽车，当交通信号灯由红转绿的一瞬间，依附于无线遥控小车顶部的 GPS 装置在以压缩空气为动力的发射器的推动下，突然砰的一声飞了出去。火柴盒大小的 GPS 装置击中目标车辆下方的金属油箱，在磁力的作用下贴了油箱上，并立即开始传回目标车辆的 GPS 定位。

此时，安全屋里的加文·比瑞坐在电脑前，通过电话说："收到信号。"

"收到。"多姆回复，他们前面的车辆已重新开始向前移动。他快速地解锁无线遥控小车的车轮，重新把小车上的摄像头调整到水平方向，然后遥控小车迅速返回丰田汉兰达。

在小车返回的同时，查韦斯也驱车向前。当两车相遇后，多姆点击了屏幕上的一个图标，小车被轮胎弹簧的动力推到了空中。听到响亮的"砰"后，丁和多姆知道无线遥控小车已经被磁性吸附在了油箱上，然后他们在下个路口左转，向着酒店方向驶去。

途中他们去了沃洛斯卡街的加油站，在这里收回小车，并在小车上装载另一枚 GPS 装置。毕竟时间才刚过中午，也许"伤疤"格列布还有另外的会面需要他们跟踪。

Chapter 34
"灯塔"

这是莫斯科一个寒冷的春晨，灰色的天空伴随着寒雨。卢比扬卡广场上站着 450 名男男女女，有的人跺着脚以抵御寒冷。所有的出席者都在广场北角新的大型巴洛克式建筑内工作，这座大楼是前克格勃的总部，现在是俄罗斯联邦安全局的总部。

今天的出席者都是直接通过邮件或公开的地址接到通知早上十点到广场集合的，他们在广场上等待着，或聊天，或抽烟。

时间已过十一点，但没有一个人抱怨。

广场在车流和行人的高峰时段到来之前就封闭了，准备穿过广场的司机和行人被要求绕行到广场周围拥挤的街道，没有任何理由和解释。最令俄罗斯普通老百姓头疼的并不是谁应该对此次事件负责，而是连广场下的卢比扬卡地铁站都关闭了。列车司机接到通知，在卢比扬卡地铁站可放缓车行速度，但不要停车。站台沿岸站满了武装警察，确保地铁上打算下车的乘客无法在该站台下车。

没有任何一个广场上的人接到了通知或说明，为什么今天早上大家要站在凛冽的寒风冰雨中等待。当然每个人都有自己的想法和推断，虽然大部分都并不可信。

此刻，他们面前有一个高 30 英尺（9 米）的物体，而就在昨夜之前，广场中心并没出现这个不明物体。虽然它被一张巨大的绿色幕布遮盖住了，但俄罗斯联邦安全局的雇员们毫无疑问已经多少猜到了幕布下是什么东西。

所有人都可以肯定，幕布下是费利克斯·捷尔任斯基的雕像。苏联时期，这座雕像一直在这个位置站了几十年，直至 1991 年才被拆除。

捷尔任斯基是十月革命的英雄，他为弗拉基米尔·列宁的政权奠定了基础，列宁曾亲自任命他为全俄肃反委员会的主席，负责打击反革命分子和蓄意怠工人员。这个组织的俄文首字母缩写是契卡，广为人知的也是契卡这个名称。苏联建国之初，契卡一直是苏联的国家安全部门，直至 1950 年约瑟夫·斯大林时期才被克格勃所取代。

捷尔任斯基是苏联国家安全之父。由于他的严苛信条和对公民的严厉管制与惩罚，他还有一个别名"钢铁般的费利克斯"。作为苏联古拉格的主办者，他在苏联当权的几十年里，早已名闻遐迩。

1991年，拆除他的雕像就是废除旧安全制度最切实的标志。如果雕像真的重现，意味着这450名俄罗斯联邦安全局的雇员将参加揭幕仪式，见证历史的倒退和俄罗斯国家安全最高权力的最终成型。

上午十一点过后，俄罗斯联邦总统瓦列里·沃洛金出现了。随着他们最受欢迎的领导人的出现，人群里爆发出了欢呼声。沃洛金穿过人群，人群自动为他让开一条小道。除了武装警卫人员，随他一路走来的还有一个50岁左右的高个子男人，他的外表和沃洛金一样，典型的斯拉夫人，但眼睛没有沃洛金那么炯炯有神而充满魅力。

这个男人正是俄罗斯联邦安全局的局长罗曼·塔拉诺夫。许多在广场北角大楼里工作的人从没见过他，甚至是照片都没见过，他们只能从他站在总统旁边的位置推断他是塔拉诺夫。

两个男人走向幕布下那30英尺（9米）高的物体，面向人群分别站在物体的两边。

总统看着人群中离他最近的人，微笑地眨了一下眼说："没有什么惊喜。"

大家都笑了，每个人心里都清楚那是什么。

总统点头示意之后，两个男人拉开了绿色的幕布，露出30英尺（9米）高的费利克斯·捷尔任斯基的雕像。

四个街区外的克里姆林宫都能听到广场上男男女女爆发出的欢呼声。

当欢呼声渐渐平息后，瓦列里·沃洛金接过助手递过来的麦克风，向人群致意。

他深吸了一口气，然后声情并茂地说："你们中的一些人还太年轻，不知道'钢铁般的费利克斯'曾经屹立在这里，保卫着我们的大楼。但也许大部分人还记得他被打倒被拖走的那些日子。"

"他被外国人和愚蠢的国人谩骂污蔑，但秩序的维护者知道真相。在费利克斯·埃德蒙多维奇的时代，这个保卫着我们国家近一个世纪的男人并不受大多数人的喜爱。"

听到此处，众人发出了愤怒的咆哮。

沃洛金把拳头高举到空中说："这将是彰显我们力量的新世纪！希望有一天勇敢坚强的俄罗斯人民能站在这里谈论那些重新树立起'钢铁般的费利克斯'精神的人，只有这样一个全新的强大的俄罗斯才能从这栋大楼、从这个广场出发，走向全世界！"

沃洛金指着默默地站在自己身后的塔拉诺夫，塔拉诺夫面无表情，在场的人都看不出他丝毫的情绪波动。"未来几个月我们要面对的挑战是巨大的，但回报也必将是丰厚的。罗曼·罗曼诺维奇会很好地领导你们，当你们需要鼓励和启发时，请看着窗外或来到这里凝视这尊雕像，"沃洛金微笑着说，"我们所有人都应该让'钢铁般的费利克斯'引导我们为未来而奋斗。"

演讲过后，沃洛金一边离开一边向情报部门的职员们挥手，人群再次爆发出持续的欢呼声。

没有人注意到他们的局长罗曼·塔拉诺夫没有向大家致意。当瓦列里·沃洛金离开，广场渐渐开始恢复平静后，许多人才发现塔拉诺夫已经离开。他们猜想他应该是趁沃洛金离开吸引了大家的注意力时，回到了办公室。

克里米亚是乌克兰南端，黑海北部海岸的一个半岛。自凯瑟琳大帝击败土耳其，在塞瓦斯托波尔港建立要塞后，俄罗斯人便视这里为自己的领土了。约瑟夫·斯大林把本土讲土耳其语的鞑靼人驱逐到了中亚，以俄罗斯人替之，通过这种方法进一步把这个地方"俄罗斯化"，新的斯拉夫居民搬进了鞑靼人留下的房屋。

二十世纪五十年代，赫鲁晓夫将克里米亚划归乌克兰，苏联的共和国之一。显然，他并没有料到自己的决定会引发怎样的争端，因为当时的他不可能想到有一天苏联会解体，乌克兰会拥有自由的独立主权。

俄罗斯入侵克里米亚的野心尽人皆知，但直到乌克兰支持民族主义者的总统被亲俄罗斯的继任者取代后，这种野心才付诸了实践。不过塞瓦斯托波尔港的黑海舰队命运似乎一直很稳定，俄罗斯一直维持着舰队的运转。

瓦列里·沃洛金掌权后不久，一个新的支持民族主义者的乌克兰政府重新登上基辅的政治舞台后，一切都变了。从那时起，整个乌克兰一直动荡不安，示威游行、政治谋杀和绑架层出不穷，甚至有传言称俄罗斯支持的武装匪徒活跃于乌克兰，专门对付那些反对俄罗斯入侵克里米亚的乌克兰政府官员。

很明显，俄罗斯联邦安全局的爪牙已遍布整个克里米亚，为了制造乌克兰种族间的矛盾他们不择手段。

克里米亚半岛的塞瓦斯托波尔是俄罗斯黑海舰队的母港，仅舰队就有 2 500 俄罗斯人在这个城市里生活和工作。塞瓦斯托波尔的居民并不避讳他们对俄罗斯的热爱，在动荡不安的九十年代，这里是世界上少数几个斯大林和列宁的雕像能够安然屹立的地方之一，塞瓦斯托波尔似乎比莫斯科还莫斯科。

如今，列宁的雕像依然装饰着塞瓦斯托波尔的公园。这里的俄罗斯人不仅支持俄罗斯，并且支持苏联。

基思·比克斯比驾车从基辅出发，经历了十一小时的车程后，终于提前了一小时抵达塞瓦斯托波尔。与他一路同行的还有另外两名特工，31 岁的前海军陆战队军官本·赫尔曼和 48 岁的普林斯顿大学毕业生格雷格·琼斯。他们三人开了两辆大型 SUV，车上装满了各种食物和急救设备,但没有携带任何武器,因为他们都是持外交护照的秘密特工。

他们的目的地是克里米亚港口城市的一个冷战时期留下来的旧雷达设施和一个经过改造之后更实用但却更难看的军营。高高的砖墙围起一块一英亩大小的地方,里面只有一栋三层楼的带阳台的建筑,像一幢小型的海滨酒店。

了无生气的停车场前这幢毫无特色的建筑是中情局的特别任务处(SMC),代号"灯塔"。这里有四位中情局的技术专家、六名美国安全公司的雇员以及四名美国联合特种作战司令部(JSOC)三角洲特种部队的高级特种兵。这14人皆有权持卡宾枪或手枪,一个用作军械库的储藏室里还锁着一些投射催泪弹的小型榴弹发射器。

这点火力当然远远不够,但这仅仅只是"灯塔"的内部安全力量。保护这座大楼的第二道防线由守卫在正门口的6名乌克兰警卫组成。他们中的大部分人是离职的警察,虽然只携带了手枪,但美国人和乌克兰人的关系很好,美国人充分相信他们能对任何威胁保持十分的警惕。

乌克兰的安全警卫们只知道这里是北约与非北约国家的一个和平合作项目基地。虽然他们也注意到了在这里面工作的外国人都没有穿着北约的制服,但他们最多也只认为这里是处理那些鲜为人知又无关紧要的北约项目的地点所在。

中情局的特别任务处在这里运作了好几年了。但过去几个月,随着公众的亲俄浪潮越来越激烈,要在这个地方继续隐藏身份变得越来越困难,特别是俄罗斯入侵爱沙尼亚和北约开战后,情况更甚。尽管在这个动荡不安的环境里行动越来越难,但无论如何,这里确实是美国了解和掌握黑海舰队信息的最佳地理位置。

俄罗斯重新武装了黑海舰队,更新了武器和设备,三角洲特种部队以"灯塔"为基地拍到了舰队设备的关键部件。一年前,当USS考彭斯号导弹巡洋舰停靠在塞瓦斯托波尔港后,"灯塔"的工作人员观察着当地的反应,用以衡量美国和北约对这个地区的支持程度。就在几天前,沃洛金突然下达军事演习的命令,港口进入了紧急战备状态,三角洲特种部队和中情局的人记录了整个演习过程的音频和视频文件,将来如果在这个地区发生了真正的战争,那么这无疑是极其珍贵又实用的资料。

尽管克里米亚半岛的大部分人肯定是亲俄的,但乌克兰当局和中情局的关系还是很友好,乌克兰的情报部门其实早已意识到这里是中情局的情报信号基地。

现在的问题是乌克兰国家安全局的二号人物被发现替俄罗斯联邦安全局从事间谍活动,整个中情局因此人心惶惶。此刻,基思·比克斯比的团队就像一艘破洞百出的船,他要去弥补所有可能已经暴露给敌人的行动。但在长长的名单里,没有哪个行动比塞瓦斯托波尔的行动更为重要。

如果俄罗斯入侵,他们的军队会长驱直入克里米亚半岛,直接奔赴塞瓦斯托波尔,用不了多久俄罗斯的军队就会出现在"灯塔"的大门外。

站长比克斯比和其他队员一起关闭正在运行的秘密情报设备，拆卸电脑，取走硬盘驱动器，花了大量的时间用螺丝刀拆卸电子设备，以便把其装进 SUV 带走。他们用装有本地货币的信封支付聘请的当地警卫，仓促地执行着其他任务。

SUV 停在大楼前的停车场上，在他们把三角洲特种部队、中情局以及美国安全公司的人带离这里，驱车回基辅之前，这里的工作至少还需要一整天的时间才能完成。一旦抵达基辅，他们中的大部分人需要立即飞离乌克兰，包括比克斯比在内。

"灯塔"关闭后，虽然"灯塔"的人没有必要全部返回美国，但基思必须离开，因为他可能已经被乌克兰国家安全局的二号人物彻底暴露给了俄罗斯。

此刻，比克斯比正在三楼的长方形阅览室销毁一些文件。时间刚过晚上九点，他独自工作，桌上放着一部无线电对讲机能听到楼里其他 16 个人的对话。他刚拿起一个装满交通信号记录本的马尼拉纸制成的文件袋，"灯塔"的一名中情局的技术人员在对讲机里说："基思，你能下楼来吗？"

基思一边把这些记录本放进碎纸机，一边回答道："除非真的是大麻烦，否则我宁愿你上来找我。"

短暂的停顿后，对讲机里说："对不起，先生，恐怕这真是个大麻烦。"

"我马上下楼。"

比克斯比关掉碎纸机的开关，匆匆地下楼了。

在大厅里，一个外号叫弥达斯的三角洲特种部队军官负责着这个小分队。比克斯比知道他的真名叫巴里·杰科夫斯基，是一名中校。比克斯比注意到他肩上背着 H&K MP-5 冲锋枪，头上戴着头盔。

半小时前基思最后一次见他时，他还不是这身打扮。

情况看来不妙。

和弥达斯一起的还有美国安全公司的雷克斯，他也同样是全副武装，但他总是喜欢使用 M4 卡宾枪。

"怎么回事？"基思问。

雷克斯说："我们有麻烦了。我们的一名乌克兰警卫人员在来的路上接到了当地警局一个哥们儿的电话，对方告知他今晚最好不要来工作。"

"他有没有说原因？"

"他透露了只言片语，说当地正在组织一场反对北约的示威抗议。当地的警察已被告知不予干涉。"

"该死。"比克斯比说。然后他看着弥达斯问："你怎么看？"

弥达斯答道："我认为，我们应该尽可能地将能带走的东西打包后迅速离开此处。但这不是我能决定的。"

考虑到大楼里所有的机密设备，基思说："我们还有很多敏感的设备需要拆卸分解。如果我们现在炸毁或者烧毁这些东西，反而会引起各方的注意，使我们不能顺利离开这里。如果我们不能带走或销毁所有的机密设备和文件，一旦俄罗斯人来了，我敢肯定他们会占领这个地方。今晚我们要通宵达旦，加倍努力。我们没有时间完全拆卸楼顶的卫星设备了，只有把所有的设备一股脑儿地全塞进卡车里。"思考了片刻之后，他又说："我们至少还需要两辆车来装全部的设备。"

雷克斯说："我可以派一些本地人来。"

比克斯比摇了摇头。"如果警察已经在谈论我们了，那我不希望附近的任何人知道我们正在准备撤离。"

比克斯比思索了一会儿。能叫谁来帮忙呢？乌克兰还有一些他们的非官方掩护特工，但均在边境地区，他想不到更多的理由和方式请他们前来"灯塔"。在乌克兰还有一小部分美国军方势力，但他们大都依托于乌克兰军事基地，没有一个在克里米亚半岛。更重要的是他们不可能开着两辆美国军方的悍马进出"灯塔"大门后，还指望不引人注目地悄悄撤离这里。

最后他想到了约翰·克拉克和多明戈·查韦斯。

他对弥达斯说："我回去打个电话，明早至少有两辆车能到这里帮我们。"

弥达斯说："很好，我会派人到屋顶监视街上的情况。同时，其余的人继续收拾。"

约翰·克拉克刚躺在费尔蒙大酒店豪华客房的舒适大床上，他的座机就响了。

"克拉克。"

"你好，朋友。"

克拉克听出了基思·比克斯比的声音，心里暗自窃喜。看来中情局的人要请他们再帮下一个忙了。"嘿，伙计。"他回答道。

"我并不想麻烦你，但我们遇到了一些问题，急需你们的帮助。"

"请讲。"

"是这样的，我需要你们今晚驱车抵达克里米亚塞瓦斯托波尔，大概需要十一小时。这次行动相当危险，你们准备好了吗？"

克拉克说："我马上通知我的人。我想，我最好再通知一下客房服务员，让他们给我弄点儿咖啡。"

比克斯比简要地向克拉克介绍了一下目前的情况，几分钟后克拉克与丁接通了电话。

Chapter 35

父子通话

卡斯托＆博伊尔公司的办公室，小杰克·瑞安花了一整天的时间设置一个新的 IBM 情报分析软件数据库。这个数据库是他为新分配给自己的任务准备的，挪威货轮公司的案子。该公司向俄罗斯的公司购买了一些船只，交货时，他们才发现俄罗斯的公司卖给他们的居然是一些生了锈的废船。这件案子不仅枯燥无趣，也不如加尔布雷斯和俄罗斯天然气工业股份公司的案子有犯罪价值。杰克对这件案子十分厌倦，他准备私下里偷偷地看他之前用 IBM 情报分析软件制作的俄罗斯天然气工业股份公司子公司的思维导图。

此时他的手机响了，他很自然地接了起来。

"我是瑞安。"

"嘿，杰克。打扰到你了吗？"

接到父亲的电话，小杰克十分惊讶。"嘿，爸爸！没关系，我只是在处理一些关于俄罗斯的案子。"

"你我都一样。"

小杰克说："是的，我听说了。丹有没有查出谁是毒害格洛夫科的凶手？"

"查到了，但是一个答案却引发了更多的问题。"

瑞安抬头看着自己的思维导图，它看起来像碗里五彩斑斓的意大利面条。"我听着呢。"

"你妈妈说前几天你刚打过电话，抱歉我没能和你通话。"

"没关系，我知道你一直忙于处理谢尔盖和乌克兰的事务。我希望你们都好。"

"我们都很好。我们重新搬回了白宫，居住区还和以前一样。他们居然把起居室盥洗间的厕所整个都拆了，你敢相信吗？"

"不可思议。瞧，爸爸。我很抱歉没有及时关心你们，我工作真的太忙了。"

"没关系，'运动'。我自己也是忙于工作。"

听到这样的称呼，小杰克笑了。

"过得怎样，还好吗？"

"挺好的。"

"住在伦敦非常棒吧？"小杰克听出了父亲声音里流露出的兴奋和激动，就好像他能间接地体会儿子的感受一样，通过儿子重温着很久以前自己在这里度过的时光。

小杰克无精打采地咕哝了一句："是啊。"

短暂的停顿后，老杰克说："太棒了，对吗？"

"我想我还需要沉淀。"

"怎么了，有哪里不对吗？有什么问题？"

"不，爸爸。我很好。"

老杰克停顿了一会儿后说："你知道你可以和我谈论任何事情的，对吧？"

"当然，我会的。我一切都好，只是工作有点令人沮丧。"

"好吧。"父亲听出了儿子声音里的紧张，便没有再追问。他说："我在想你有没有时间帮我一个忙。"

杰克松了一口气。"你说，偶尔想点别的事情也是好的。"

"你还记得巴兹尔·查尔斯顿吗？"

"当然，他现在应该早已80多岁高龄了吧。"

"这就是问题所在。我有一些问题要问他，本想亲自和他谈谈，但我感觉在电话里他可能不怎么听得清我讲的什么。上一次打电话给他，就出现了这种问题。"

"他还住在贝尔格莱维亚区吗？"

"是的。"

"我可以走过去，不是很远。你想要我问什么？"

"大约三十年前，在欧洲发生了一系列的谋杀案。当时一些人认为是克格勃代号'天顶'的特工干的。我们在一个旧文件里发现了一些未经证实的情报，推测'天顶'和罗曼·塔拉诺夫是同一个人。"

"天哪。"小瑞安说。

"这主要是我个人的想法，为了不过于主观，我需要掌握更多信息。恰好在一份文件里我们发现，一起'天顶'谋杀案目击者的旁边出现了'基石'这个代号。我们不清楚它代表的是一个人、一个地名抑或是一项行动。我们想要调查清楚'基石'到底是什么意思，如果说还有谁能记得的话，就只能是巴兹尔爵士了。"

老瑞安告诉小杰克文件里提及的"基石"看起来像查尔斯顿的笔迹，他会立即让秘书通过邮件把文件发给小杰克。

小杰克问："这肯定是机密级的情报，巴兹尔爵士怎么会告诉我呢？"

老杰克说："巴兹尔会告诉你的,他知道你曾经为格里工作。"

小杰克知道自己和父亲之间的通话是安全的,同样他知道父亲也清楚这一点。可尽管如此,父亲还是对他讲了一个小暗语。事实上如果查尔斯顿知道自己曾经"为格里工作",那么很显然他也知道校园情报处。这一点使小杰克感到意外。

"真的?"

"当然,他知道你曾经是他的分析师,也清楚格里的工作性质。"

"行,下一个问题。这一切都是我们居住在英国期间发生的事吗?"

"是的,就是那个时候。我清楚地记得那段时期,那时候你还是个婴儿。"

"无意冒犯,爸爸,但那是很久以前的事了。你觉得他记得这件事的概率有多大,特别是连军情六处都没有其他的相关记录。"

"杰克,你也知道并不是每一项重要的行动都会被记录在案,留待后人查阅的。如果'基石'足够重要而不能记录在案,我想巴兹尔应该知道内幕。"

"你说得挺有道理的,我会去问他。你真的认为塔拉诺夫和这件事有关吗?"

"无从得知。我一直认为不能过分信任和依赖单一信息源,我们需要更多的证据。"

"所以你的好奇心驱使你让我去追查'基石'?"

"是的,"老瑞安说,随后他立即发现了小杰克话里的问题,"等等,追查?我只是让你去找巴兹尔爵士谈谈,不需要你做其他的事情。"

"好吧。"小杰克说,"那么,告诉我,我应该怎么做?在卡斯托&博伊尔公司我接触了俄罗斯的阴暗面。他们骗取客户的资产、企业和知识产权,毫不掩饰地撒谎,利用法院系统的权力偷窃和恐吓。"

"有这么糟糕?"

"说出来你都不信,简直和过去的克格勃旗鼓相当。"

瑞安总统问:"那你喜欢现在的工作吗?"

年轻的瑞安叹了一口气说:"我现在的工作很令人沮丧。近几年我一直在思考正义的问题,调查破坏犯罪分子的行动。但我在这里查出犯罪分子后,却拿他们没有办法,最多只能希望某个没有真正管辖权的法庭判处没收这些犯罪分子一部分资产。然而就连这个希望几乎都很难实现。"

"正义总是走得很慢,孩子。"

"这种情形下,正义根本无法得到伸张。据我所知,我的老板休·卡斯托十分畏惧将克里姆林宫的西罗维基派与任何腐败扯上关系。我也理解他不愿陷在法庭上,不想自己的员工因为当局的权威而感到疲惫焦虑,但我们让真正的罪犯逃脱得太轻松。我不禁想我要怎样做才能阻止这些无耻的混蛋。如果丁、约翰、山姆和多姆在这里的话,我敢肯定我根本不用去阅读这些旧的所有权转让合同。"

"我理解，在我分析师的职业生涯中也有过几次这样的情况。当你刚有所发现，想要继续调查时，却得不到上级的支持。没有什么比这更令人沮丧的了。"

老杰克说："我一会儿给你传真一个文件，你可以给巴兹尔看看。我想我告诉你的内容应该足够唤起他的记忆。其他的我就不再多讲了，这个故事太过漫长，有些细节我甚至都记不清了。"

"没问题。我会跟巴兹尔谈谈，并向你转达他的意见。应该会很有趣。"

老杰克笑了笑说："我不能保证你和一个八旬老人的几分钟谈话会有什么乐趣，但我想应该会有所发现。"

"是的，应该会，爸爸。你知道我喜欢听过去的故事。"

总统的声音变得有些低沉了，他说："孩子，你不会喜欢这个故事，这个故事没有大团圆的结局。"

Chapter 36

神秘资金

30 年前

杰克·瑞安在窗外淅淅沥沥的细雨声中醒来,但他几乎没有留意到窗外的雨。毕竟这里是英国,一年中这个季节雨总是很常见的。他缓缓地伸了一个懒腰,然后在黑暗中搂住了妻子温暖的双肩。现在才五点四十,凯茜睡得正熟。

他设置了五点四十五的闹铃,所以现在并不急着起床。最终,他伸出手在闹铃响之前关掉了它。他穿着拖鞋到厨房煮上咖啡,然后又走到门廊取报纸。

瑞安一家住在肯特郡北部的查塔姆,离伦敦 30 英里(48 公里)。这条街十分安静,他和凯茜是住在这里的唯——对每天上下班需要往返首都的夫妇,所以每天清晨他们家通常都是街上第一栋亮起灯的房子。

邻居们都知道凯茜是哈默史密斯医院的外科医生,杰克是美国大使馆的职员,但他们都认为杰克在大使馆无非就是做一些枯燥乏味的工作。

然而邻居们不知道的是美国大使馆职员只是杰克的官方身份,事实上这个年轻的美国人是一名中情局的分析师。

走到门口,杰克发现送奶工已经送来了每日的半加仑全脂牛奶。在下次牛奶送来前,他的女儿萨莉会把这些牛奶喝得一滴不剩。杰克拿起门廊上的牛奶,然后在门前的灌木丛中找到了今天的报纸。为了不受天气的影响,报童把国际先驱论坛报包裹在胶袋里,报童对天气的直觉比瑞安好多了。

回到屋里,瑞安叫醒了凯茜,然后走到厨房给自己倒了一杯咖啡,然后他打开报纸,喝了晨起的第一口咖啡。

在报纸头版的折痕下,一张图片吸引了瑞安的注意。一具盖着白布的尸体横陈在街上,从街上的建筑看,应该是在意大利或者瑞士。

他读了图片下的标题,"瑞士银行家被枪杀身亡,另有四人受伤"。

杰克浏览了一下文章的细节,楚格储蓄银行(ZBV)一名叫托拜厄斯·加布雷尔的银行家被杀害,当凶手从窗户向外开枪时,街上满是行人,所以另外还有几名伤者。

到目前为止,警方没有抓到任何嫌疑犯。

此时,凯茜穿着粉色的家居服信步走进厨房,瑞安抬头看着凯茜。她亲吻了杰克的额头,然后走向咖啡机。

"没有手术?"杰克问。如果当天有手术,凯茜绝对不会喝咖啡。

"没有,"凯茜说着给自己倒了一杯咖啡,"只有一些需要继续观察的病人。"

在去淋浴的途中,杰克偷偷地看了一眼自己5岁的女儿萨莉。她正在睡觉,但他知道当自己从浴室出来后她会起床,并且已经十分清醒了。他喜欢女儿美好宁静的样子,所以每天清晨是他见到这个情景的唯一机会,当她起床后会四处蹦跳,活像一个移动的靶子。

接下来他会去看看小杰克,小杰克还是个蹒跚学步的小宝宝。此时他看上去也正在熟睡,小脸趴在自己的婴儿床上,撅着穿着尿布的小屁股。杰克欣慰地笑了,他的小男孩即将学会走路,小小的婴儿床将使用不了多长时间了。

浴室里,杰克看着镜子中的自己,身高6.1英尺(1.86米),虽然这几个月在英国饮食量和锻炼程度都大幅度下滑,但自己身形还算匀称。家里有两个小孩意味着为了适应新情况他必须改变日程计划,他的锻炼时间减少了,同时也意味着家里的食品储藏柜要存放充裕的点心、谷物和糖果等。现在两个孩子每天都会给他打电话。

几乎每天早晨,杰克都要戳一下自己肩上那块明显的白色疤痕。一年前,他从爱尔兰共和军一个分支机构的刺杀行动中救下了威尔士亲王及其家人。杰克因为思维和行动的敏捷被女王授予荣誉爵士的称号,但同时他也从恐怖分子那里为自己赢得了一枚枪伤留下的疤痕。

在爱尔兰和梵蒂冈保护教皇约翰·保罗二世的行动中,杰克也曾多次置身危险之中。他尽自己的全力阻止恐怖分子的刺杀行动,但刚好和莫斯科派出的保加利亚特工擦肩而过。

杰克走进淋浴间,热水接触皮肤的那一刹那,瞬间缓解了他背部肌肉的紧张感,又一个回忆浮现在他脑海。作为一名23岁的海军陆战队少尉,北约演习期间他曾驻扎在克里特岛一艘水陆两栖战船上。一次在CH-46"海骑士"运输直升机上,直升机尾旋翼故障,撞上了岩石。瑞安因背部受伤而退役,之后多年他都忍受着背部的疼痛,直到一次成功的外科手术后情况才好转。

离开军队的生活后,杰克进入了美林证券,并在市场中小赚了一笔。几年后,他决定重新回到学校学习,取得历史学博士学位。之后他在海军学院做了一段时间的老师,然后

Chapter 36

就到中情局工作了。

短短 32 年的人生，杰克的阅历可能比普通人终其一生的经历还要丰富。想到自己未来的 32 年应该不会再有那么多变故，他站在温热的淋浴下欣慰地笑了。现在对他而言，没有什么比看着自己的孩子慢慢长大更能让他开心的了。

等杰克和凯茜准备去上班时，保姆已经来了，并立即投入了工作中。这个红头发的年轻南非女孩儿名叫玛格丽特，她一天的工作从一手抱着小杰克，一手擦去萨莉脸上的果酱开始。

街上，出租车鸣着喇叭，杰克和凯茜给了孩子们最后的拥抱和亲吻后出门了，走进屋外那浓浓的晨雾中。

十分钟后，他们到达查塔姆火车站，坐上了开往伦敦的火车。火车上，他们一路上几乎都在阅读。

到了维多利亚站，他们相互亲吻后分道扬镳。早上八点五十，杰克已经撑着伞独自走在威斯敏斯特大桥上了。

虽然杰克是美国大使馆的正式员工，但其实他的工作地点几乎不在大使馆。他一直在威斯敏斯特路 100 号世纪大厦特别情报部门的办公室工作。

杰克被自己的上司——中情局情报部主任詹姆斯·格里尔海军上将派到这里担任两个友好情报部门的联系人。他被分配给西蒙·哈丁及其俄罗斯工作组。在这里，瑞安只能接触到军情六处愿意与中情局共享的关于苏联的情报资源。

虽然瑞安知道英国方面有权利对美国保护自己的消息源和工作方式，但他还是觉得英国人在情报共享上有些吝啬。他不止一次地想到被派驻到兰利与自己身份对应的军情六处的分析师，对方想从中情局获取情报，是不是也会和他一样遇到相同的困难。最后他的结论是，自己祖国的情报部门可能更加吝啬。话虽如此，但这样的安排却是好的，似乎对两个国家都十分有利。

时间接近上午十点时，瑞安桌上的电话响了起来。此刻他正全神贯注地研究一份关于驻扎在爱沙尼亚帕尔迪斯基的俄罗斯基洛级巡逻潜艇的调查报告，所以接起电话时他有些心烦意乱。

"我是瑞安。"

"早上好，杰克。"电话里传来军情六处局长巴兹尔·查尔斯顿爵士的声音。

瑞安立即坐直了身体说："早上好，巴兹尔先生。"

"我想知道能不能向西蒙借用你几分钟，你能上来一趟吗？"

"现在？没问题，我马上过来。"

"很好。"

瑞安乘电梯到了顶楼，巴兹尔爵士的办公室在角落里。当他走进办公室时，看到军情六处的局长正站在窗前一边注视着泰晤士河一边与一名金色头发的男人交谈。这个男人年纪和他相差不大，穿着价值不菲的深灰色细条纹西装。

"哦，你好，杰克，你来了，"巴兹尔说，"请容我向你介绍戴维·彭赖特。"

两个男人握了握手。彭赖特的一头金发顺滑地向后梳着，锐利的蓝眼睛在干净的脸上显得炯炯有神。

"很荣幸见到你，约翰爵士。"

"请叫我杰克。"

巴兹尔说："杰克对别人称呼他为爵士还有点小小的害羞。"

"荣誉爵士。"杰克赶紧补充道。

彭赖特笑着说："我明白你的意思。好，那我就称呼你杰克好了。"

他们三人围坐在咖啡桌前，一名服务生端来了茶水。

查尔斯顿说："戴维是一名外勤特工，大部分时间在苏黎世，是不是，戴维？"

"是的，先生。"

"艰苦的岗位。"杰克笑着开玩笑道，但是其余两个人对他的玩笑都毫无反应。

糟糕。杰克心想。

咖啡桌上靠近服务生的位置放着一份当天早上的《伦敦时报》。彭赖特拿起报纸说："你看今天的报纸了吗？"

"我看了一眼国际论坛。"

"你看到关于昨天下午瑞士发生的那起可怕事件的文章了吗？"

"你是指发生在楚格的那起杀人事件？非常可怕。一个男人被杀害了，还有多人受伤。报纸上说看上去不像是抢劫，因为没有丢失任何财物。"

彭赖特说："那个男人名叫托拜厄斯·加布雷尔。他被杀害的地点不在楚格，而在靠近楚格的罗特克莱兹。"

"对，他是银行家？"

彭赖特回答道："是的，他是。你知道他所在的楚格储蓄银行吗？"

瑞安说："不了解，瑞士有好几百家小型的家族式银行，竞争激烈，所以他们必须做得十分出色，但要了解掌握这些银行是很难的。"

"为什么会这样？"查尔斯顿问道。

"1934年通过的瑞士银行法基本是根据瑞士银行的保密程序改编的，除非瑞士法院下令，否则瑞士的银行系统没有必要与第三方共享任何信息，包括外国政府。"

彭赖特说:"那是运气好的情况。"

"没错,"瑞安赞同道,"瑞士对泄露客户的信息十分谨慎。他们使用银行编号账户,全球的赃款对其趋之若鹜,像蜜蜂见到了蜂蜜一样。"

瑞安补充说:"银行编号账户其实也并不如外界传言那样完全匿名,因为银行本身会仔细核实开户人的身份信息。也就是说,交易时他们不必再确定账户的开户人,因此任何拥有该账户正确密码的人都可以向该账户存储或提取资金,这就使交易变得匿名了。"

两个英国人对视了一眼,似乎在决定对话是否有必要继续。

片刻之后,巴兹尔爵士朝戴维·彭赖特点了点头。

年轻一点的彭赖特说:"我们有证据表明一个犯罪团伙在楚格储蓄银行拥有编号账户。"

杰克丝毫没有感到惊讶。"卡特尔?还是黑手党?"

"我们认为被杀的托拜厄斯·加布雷尔很可能是克格勃的银行编号账户经理。"

这一次瑞安惊讶了。"很有趣。"

"是吗?"彭赖特问。"我们想知道就这次银行事件中情局是否也得出了同样的结论。"

"我可以很负责任地告诉你,兰利并不知道瑞士银行的具体编号账户。我的意思是我们当然知道它的存在,俄罗斯情报机构必须在西方储存一笔灰色资金,这样支持铁幕的特工们才能拥有稳定的流动资金,但是我们并不知道他们账户的具体信息。"

"你确定吗?"彭赖特问。他看上去似乎有些失望。

"我敢肯定,不过我可以给詹姆斯·格里尔发一封电报,再次确定一下。我也希望我们有这方面的情报,找到关闭克格勃账户访问权限的方法,或者更好的是……"

彭赖特补充了瑞安未说完的话。"或者更好的是监视他们的账户,追踪谁从账户里取款。"

"不错,"杰克说,"这将成为发现和追踪克格勃特工的宝库。"

查尔斯顿说:"这正是我们的想法,然而有趣的是我们好奇的这个编号账户金额相当大,而且并没有人从中取款。"

"也许是他们为将来的行动准备的。"瑞安说。

巴兹尔·查尔斯顿先生说:"我认为情况并非如此。"

"为什么这么说?"

巴兹尔靠向瑞安说:"因为我们正在谈论的这个账户有超过2亿美元的余额,并且每月还有固定的存款收入。"

杰克瞪大了双眼。"2亿美元?"

彭赖特说:"是的,事实上是2.04亿美元。而且如果以现在固定的存款额度持续增加的话,再过一年余额会是现在的两倍。"

"这么多资金全在一个账户里?太难以置信了。"

"非常难以置信。"查尔斯顿说。

瑞安说："这显然不是为在西方出外勤的特工设置的账户。账户里的钱太多了，你确定这是克格勃的钱吗？"

"并不十分确定，但我们相信是这样的。"

他们并没有透露太多的信息，杰克推测这两个英国人有所保留是为了保护自己的消息源。他思考了片刻后说："我理解你们不能给我该情报的消息源资料，但除了在该银行内部有线人，我想不到其他的可能性了。"

巴兹尔又看向彭赖特点了点头。显然他在暗示年轻的情报官员，可以和中情局的分析师共享他们的情报。

彭赖特说："我们在楚格储蓄银行内部有自己的信息源。"

"并且该信息源有理由怀疑这2亿美元是克格勃的钱？"

"差不多。"

"可现在账户经理加布雷尔死了。"

"是的。"戴维·彭赖特说。

"你们认为克格勃发现他们的账户经理以某种方式危及到了自己的账户安全，所以杀了他？"

巴兹尔说："那是一种说法，但存在很大的漏洞。"

杰克说："加布雷尔之死看上去不像克格勃所为。"

彭赖特说："完全正确，对此我们也十分困惑。目击者声称下午六点自己正步行穿过两车道的街道，此时从一间房间窗户里传来突击步枪的枪声。弹夹里的三十发子弹从不到五十步的地方全部射向受害者。三十发子弹中只有三发击中了受害者，精确度非常糟糕。巴兹尔爵士家的猫可能都能做到这个精确度。"

巴兹尔扬起了眉毛，但并没有回应彭赖特的打趣。相反，他说："另有四名路人受伤。"

"没有人看见凶手？"

彭赖特回答道："没有。那时一辆面包车鸣着笛从地下车库里冲了出来，几乎撞到路上的群众，但是没有人看见司机的样子。"

巴兹尔说："我们认为加布雷尔先生遇害并非偶然。他的死亡有没有可能是发现了他与俄罗斯关系的其他情报机构所为？或者他是因为失去了自己其他客户的信任而被杀害的？我们想知道兰利是否有此次恶劣的银行事件的情报或者这份名单上的人的信息。"

彭赖特递给瑞安几张对折过的文件，瑞安打开文件，看到上百个人名。

"他们是谁？"

"楚格储蓄银行的员工和客户。你可能也知道，一些银行编号账户是由空壳公司开设的，完全无视规定，甚至连银行自己都不知道这些资金的真实所有者是谁。这是另一种保密手段。"

杰克了解巴兹尔和彭赖特的意图。"你们是想让我查阅我们的档案，看有没有关于这些名字的任何记载，以期找出谁杀了加布雷尔及其杀害他的理由。"

彭赖特补充说："是的，同样我们也希望你能排查一下这些公司账户。美国的银行不像瑞士私有化严重，也许你可以发现一些类似的数据，从而联系到这些空壳公司的真实名称。"

杰克说："你要确保这不会危及你们在楚格储蓄银行内部的消息源。"

"那是当然。"查尔斯顿赞同道。

"好，我立即开始调查这项工作。由于名单信息太过敏感，我不想通过发电报的方式知会兰利。我现在去大使馆，通过外交公文邮件寄回美国。可能几天后才能给你们回话。"

彭赖特说："越快越好。我正在试图和楚格的内线取得联系。我敢说他一定对这一切感到十分震惊和恐惧。如果明天还没有收到他的回话，我准备亲赴瑞士和他沟通。希望能够告诉他，没有什么可担心的。"

杰克刚准备起身离开，但忽然又若有所思地停了下来。"巴兹尔爵士，你我都清楚之后兰利将会要求插手此事吧。你们能和我们共享消息源吗？"

巴兹尔早已料到杰克会提出这个问题。"我们会和华盛顿的朋友共享从消息源得到的情报，在行动上也会欣然接受你们的意见和建议。但在这个特殊时期，恐怕我们还没有做好双方共享信息源的准备。"

"我会通知格里尔和穆尔，"杰克说着站了起来，"他们可能会想更多地参与到调查中，但我敢肯定他们会理解现在的焦点应该放在调查你们的线人是否处在危险中，一切应该先为了他的安全着想，当然还有你们的安全。我无法想象西方银行里竟然有克格勃的2亿美元存款，我们需要这个内线替我们监视此账户的动向。"

查尔斯顿和戴维·彭赖特站了起来，分别与瑞安握了握手。

巴兹尔爵士说："毫无疑问，你知道这个事件的紧迫性。"

Chapter 37

拜访巴兹尔爵士

现在

午后,小杰克·瑞安来到巴兹尔·查尔斯顿居住的贝尔格莱维亚别墅区。虽然父亲已经警告过他,八旬老人可能已经听不清电话了,但在去之前他还是先给巴兹尔爵士打了一个电话。令他惊讶的是接电话的是一位年轻男子,对方自称是查尔斯顿的私人助理,名叫菲利普,但瑞安认为他可能是查尔斯顿的保镖。

两小时后,瑞安被一位已经在这里工作了好几年的管家请进了查尔斯顿的家,他和菲利普在大厅见面了。这个男人大概已经五十有余了,杰克一眼就看出他携带着武器,并很清楚该怎样使用。

瑞安在书房等候巴兹尔爵士,此时,菲利普在厨房帮助管家准备茶水。瑞安在房间里徘徊,浏览着书架上的书籍、照片和纪念品。

书架上有巴兹尔孩子和孙子们的照片,其中几张婴儿的照片尤为醒目,杰克推测,应该是巴兹尔某位颇有成就的孙子的照片。

书架上还摆放着一个第一次世界大战中英国军队使用的头盔、一套皮质的裹腿带以及一个第二次世界大战中英国军队的头盔。一把崭新的德国纳粹鲁格尔手枪挂在一个玻璃罩里,由英国政府颁发的各种各样的勋章、奖状和信件装饰着书架和墙壁。瑞安惊讶地发现了巴兹尔爵士与玛格丽特·撒切尔夫人的合影,另外一张是巴兹尔和杰克父亲的合影,瑞安认出了那是父亲在英国度过的第一个时期。

照片旁边放着父亲的第一本书《选择与决策》,书本的位置非常显眼。他翻开了书的封面,看到了父亲的签名。

就在这时,巴兹尔·查尔斯顿先生走进了书房。他又高又瘦,因为要和美国总统的儿子会面而特别注意了着装。蓝色的外套搭配红色的爱斯科式领带,一朵康乃馨胸花。巴兹

Chapter 37

尔拄着手杖走进了书房，明显佝偻的身形给杰克的第一感觉是巴兹尔的健康状况很糟糕，比起自己上次见他时显著下滑了。但很快他就打消了这个念头，这个英国的前间谍大师迅速穿过房间，给了他一个大大的微笑和拥抱。

"我的天哪！看看你，孩子。许久未见，是你已经长大了，还是因为蓄了胡须让你显得如此成熟？"

"很高兴再次见到你，巴兹尔爵士。"

查尔斯顿的管家端来了茶水，虽然在这个阴雨绵绵的下午杰克宁愿喝一杯咖啡来振奋自己的神经，但他不得不承认查尔斯顿的茶相当不错。

查尔斯顿和瑞安聊了几分钟，这位老人一直掌握着谈话的主动权。询问瑞安在卡斯托&博伊尔公司的工作情况、他的家庭，不可避免的还有他是否遇见了生命中那个特别的她。杰克和巴兹尔靠得很近，并经常重复自己的回答，尽管听力不太好，巴兹尔仍旧十分专注于他们的交谈。

最后巴兹尔爵士问："我能为你父亲做些什么？"

杰克说："他对俄罗斯联邦安全局的新局长罗曼·塔拉诺夫很关注。"

查尔斯顿阴沉地点了点头。"和克格勃打了大半辈子交道，没有什么比看到俄罗斯的安全制度重新倒退回以前更让我感到胆寒的了。真是耻辱。"

"我也这么认为。"

"记住我的话，那些混蛋将会入侵乌克兰。"

"人们都在这么说。"瑞安说。

"是的，但人们都认为他们只会入侵克里米亚半岛。我了解这些俄罗斯人，我知道他们的想法。他们将在两天内拿下克里米亚半岛，心想着多么轻而易举啊，西方的反应多么平淡啊，然后继续前进，直攻基辅。看看爱沙尼亚就知道了，如果不是你父亲一直向北约施压，阻止北约的冷淡处理，俄罗斯现在已经拿下立陶宛了。"

就这个话题，巴兹尔爵士掌握的信息比瑞安多。小杰克默默地责备自己，一味地投身于非法收购和空壳公司的诡计调查中，却对迫在眉睫的战事如此漠不关心。

查尔斯顿继续说："但我不敢说我了解塔拉诺夫。追溯到我们那个时代，现在俄罗斯当政的大部分上层人物都还只是克格勃或俄罗斯联邦安全局的低级别官员，罗曼·塔拉诺夫已不是我在世纪大厦工作时大家了解的那个人了。"

杰克说："我父亲说，在你曾经整理的档案里，留下了一个古老的线索把他和'天顶'联系了起来。"

"和什么联系了起来？"查尔斯顿把手放到耳朵上，想辅助自己听清对方的声音。

杰克几乎大喊道："天顶。"

"天顶？"查尔斯顿回忆着，然后惊讶地往后靠。"哦，亲爱的，神秘的克格勃杀手？追溯到八十年代中期？"

"是的，先生。档案里只有一条记录，单一的信息源，没有更多的信息或佐证。"

查尔斯顿眉头紧锁。"我很意外居然没有后续的记录了。我们对档案的管理一向严格，显然那时没有电子档案。我很怀疑今天的年轻人还能不能保持当年的档案管理员那种认真负责的态度。"他在空中挥了挥手说："无论如何，塔拉诺夫和那件案子的联系都是误会。'天顶'已经被证实是德国恐怖组织'赤军团'的行动掩护策略。我记得你父亲曾怀疑官方的调查结果，但我们的调查从未能证实'天顶'真的存在。"

"嗯，我父亲也这样说。不过在一个档案的边缘空白处有一条手写的笔注，关于这条笔注他想了解更多的信息。"

"手写的笔注？我写的？这是你来访的原因？"

"是的，先生。"

"上面写的什么？"

"只有一个词，'基石'。"

巴兹尔爵士陷入了沉默，书房里只回荡着大座钟空洞的滴答声。

杰克感受到了老人身上笼罩的浓浓忧虑，他不再像自己的家或者所戴的领带显示出的风格那样阳光明媚。

"我猜你应该带了文件过来吧。"

杰克把手伸进外套，掏出了白宫通过电子邮件发来的瑞士警方的记录。巴兹尔接过文件，从蓝色外套的口袋里拿出了一副小型的眼镜戴上。

他花了整整一分钟的时间仔细阅览文件，指着被擦除的手写的笔注，又把它举得离双眼更近些。杰克推测巴兹尔一定是在阅读文件中的德文，那个英文单词虽然已被擦除了，但应该不会花他太多时间去阅读。此时，杰克听见过道里传来了菲利普在木地板上来回踱步的声音。

查尔斯顿抬起头看着瑞安，取下眼镜，把文件递还给瑞安。他说："忽然之间，三十年前的事仿佛就发生在昨天一样。"

"为什么这么说？"

他没有直接回答瑞安的问题。相反他只是说："'基石'是一名特工的代号。"

杰克吃惊地抬起头。"玛丽·帕特咨询了军情五处和军情六处，他们都表示没听说过'基石'。"

他思考了片刻后说："嗯，我不想引起任何不必要的麻烦。"

"抱歉，巴兹尔爵士，但我父亲说这件事情特别重要，可能会对如今的美俄关系产生巨大的影响。"

查尔斯顿什么也没说，他似乎迷失在了遥远的回忆里。

"你能告诉我吗？"

查尔斯顿望着窗外，陷入了长久的沉思。杰克几乎认为这位老人要将自己扫地出门了，但恰好相反，老人转身背对着自己开始讲述起"基石"的故事，声音比之前更加柔和。

"世界上任何一个情报组织，就算它是出于好意甚至是正义而设立的，它有自己的荣誉和历史……但它也会犯错。一个看似好的完美的计划，一个脱胎于绝望时刻的计划，在现实世界付诸了实践。但事后证明，这个计划似乎也并非那么完美。"

"当然，"杰克说，"错误时有发生。"

巴兹尔·查尔斯顿爵士噘起了嘴唇，似乎在思考什么。"的确如此，小伙子。"他的眼神变得清澈了，透露出某种决心，杰克知道他已经准备好要开始讲述他了解的情况了。"如果玛丽·帕特向军情六处咨询'基石'，军情六处的人可能会在仔细调查后告诉她没有这方面的信息。正如你所说，这是很久以前的事了。不过如果她咨询的是军情五处的同事，他们会告诉她，他们从来没有听说过'基石'……"他做了一个鬼脸，"那么信息就不准确了。"

"你的意思是他们会说谎？"

"嗯，也许今天的军情五处并不清楚当年的这个人。"

小杰克明白查尔斯顿的掩饰，但在这个问题上他并不打算继续深究。他说："那么'基石'是军情五处的人？"

"是的，他是……"老人似乎又陷入了漫长的回忆中，而后他的脸庞稍稍明亮了一些，"他是一名特工，名叫维克托·奥克斯利。"

"他是英国人？"

"是的，奥克斯利是英国第22特种空勤团（SAS）的一员，相当精锐的部队。他们是特殊作战力量，和你们的三角洲特种部队很像。"

瑞安当然清楚这一点。

"当时军情五处需要一名特工潜伏在铁幕内部。追查由克格勃或其他情报机构的间谍引导的针对我们的阴谋，并在其实施之前将其破坏。"

杰克有些糊涂了。"潜伏在铁幕内部似乎不像你的老组织的作风，不像军情六处，也不像军情五处的反情报部门。"

巴兹尔点了点头赞同地说："是的，人们可能会这样想。"

"你们内部的各个机构之间有相互竞争的机制？"

"差不多吧。军情五处的调查有些缺陷，而奥克斯利正好填补了这些缺陷。他可以去里加（拉脱维亚共和国首都）跟踪拍摄生活在那里的英国叛徒；可以去索菲亚（保加利亚首都）追踪记录保加利亚情报机构的训练演化进程，观察他们如何训练自己的间谍适应伦敦的街道；可以去东柏林潜伏在斯塔西（前东德国家安全部）的局长埃里希·米尔克经常用午餐的酒吧；如果一名英国的高级别双面特工被东德（DDR）高层收买，我们会知道去哪儿找他。"

屋外的雨越下越大，打在书房的窗玻璃上，滴答作响。

"偶尔，他的任务还不仅限于此。他会不时地奉命调查反情报威胁——我指的是公民暗地里的叛国行为——然后清除他们。"

瑞安惊讶地说："清除？"

巴兹尔看着瑞安，眼也不眨地说："当然是杀了他们。"

"真难以置信。"

"据说在那个时代，奥克斯利的故事相当具有传奇色彩。军情五处从部队招募他后，完全按他们的需求来培训他。他会讲俄语，因为父母有一方是俄罗斯人，所以他的俄语说得还算地道，这项技能使他能安然地潜伏在俄罗斯。他的能力相当出色，那时的他比任何人都更希望边境稳定。"

巴兹尔补充说："我想你应该不太了解英国的情报机构，过去我们机构的高层里确实出了几名叛徒。"

"剑桥五杰？"杰克说。

"令人担忧的是恐怕不止这五位。出于这个原因，奥克斯利的存在能够确保在英国情报机构工作的男男女女的忠诚度。如果那些向克格勃传递英国政府机密，然后企图逃到莫斯科接受列宁勋章和免租公寓的家伙被绞杀在高尔基公园的公共厕所，军情五处的高层认为这样能对英国情报部门的工作人员起到杀鸡儆猴的作用。"

"天哪。"瑞安说。这个故事简直比他想象的，自己突然造访一座华丽的别墅，与一位老人谈论古老档案里的铅笔笔注精彩得多。

"奥克斯利并不通过正常的渠道接受命令，所以很少有人知道'基石'的存在。"查尔斯顿似笑非笑地说："曾经有传言军情五处有一个杀手专门清理情报部门的叛徒，但这也仅仅是内部谣言，几乎没有人知道真实的情况。'基石'的上级给了他很大的自主决定权，使他的工作不受条条框框的限制。"

比起表现出来的样子，杰克内心对此更加着迷。"他有杀人许可？"

"不，他没有任何许可。他知道自己一旦被抓，当局也会矢口否认和他的关系。"

"您还记得'基石'和'天顶'凶杀案受害者的联系吗？"

查尔斯顿摇了摇头。由于一开始谈到"基石"时查尔斯顿的沉默寡言，杰克一直观察着这位老人，看他是否在欺骗自己，直到杰克认识到了老人的真诚。老人的含糊和犹豫只是因为谈的主题时间太过久远，也许他并不为发生在"基石"身上的事情感到骄傲。

查尔斯顿说："不，他和'天顶'没有关系。正如我之前所说，'天顶'其实根本就不存在。"

"但是你在一起'天顶'凶杀案的档案上写下了'基石'的代号。"

"不，孩子。我并没有这样写。"

杰克疑惑地扬起了眉毛。

"我为什么能这么确定呢？因为那时我对'基石'还一无所知，不可能写下'基石'的名字。我不知道那是谁写的，但是显然，这些文件已经存在了三十年了，可能某个人在某个时刻看了这份文件，留下了那个笔记。他们也试图擦除它，虽然并不成功。我推测是军情五处的人读了这份文件，不过我也不能确定。"他又把文件浏览了一遍。"我不知道那些日子'基石'去过瑞士。据我所知，他从来没有在铁幕的西边工作过。"

"奥克斯利认识我父亲吗？"

听到这里查尔斯顿爆发出了一阵哈哈大笑。"天哪，当然没有。他们工作的领域完全不同。即使'基石'因为某些原因来到伦敦，虽然我没有印象他曾经来过，他也不可能出现在身在世纪大厦的老杰克面前。不，奥克斯利和威斯敏斯特大桥就没有任何联系。"

"你说你那时还并不知道他，那你是什么时候开始了解到这个人的？"

"他消失了，当军情五处的人来请我帮忙寻找他时我才知道他。我记得那时正好是所谓的'天顶'事件发生期间，但我再次声明两者没有任何联系。"

"你们找到他了吗？"

"我不知道。反正军情六处没有找到。"

"你不知道他是否还活着？"

"不知道，不过我同样也不知道他是否已经死了。我的保镖——你已经见过菲利普——在此的前提就是假设奥克斯利还活着。"

"你的保镖和奥克斯利有什么关系？"

"菲利普是奉命前来保护我的，为了不让维克托·奥克斯利靠近我。"查尔斯顿瞥了一眼窗外的绵绵细雨，然后继续说："我们必须要提防那些对掌管过英国情报机构的人心存怨恨的家伙。同样，我们也在寻找他……不过目前并没有任何发现。有些家伙可能还会认为我们没有尽全力。"

此刻瑞安心里正是这样想的。他们有没有尽全力地寻找这个失踪的男人？坐在自己对面的这个男人如此温文尔雅，瑞安无法想象他还有什么缺点和过错。他试图描绘年轻的查尔斯顿掌管世界最棘手的情报机构之一时意气风发的样子，但他真的无法在脑海中形成这样一幅画面。

杰克问:"如果他曾经离开东方回来过,你知道我要怎样才能得到确切的信息吗?前军情五处的人中有谁保留了记录的吗?"

"他是军情五处的人,没错,但是记住,'基石'的行动完全在暗处,他在他们的体制之外。"查尔斯顿思考了一下,接着说:"不过他也是第22特种空勤团的一员,他们之间亲如手足。"他抿了一口茶后继续说:"但我很难想象他会去参加他们的会议或出席宴会。我打赌如果他仍活着的话,他一定已经和他们断了联系。"

"你还记得他曾经和谁共事过吗?我能和谁谈谈这个问题?"

长时间的沉默后,查尔斯顿的回答比整个谈话过程中的任何一句话都直接。"对此我恐怕帮不上你什么忙。"

杰克注意到了查尔斯顿话语中的态度。查尔斯顿当然知道谁是奥克斯利的同事,不过他不能也不愿意让杰克和他们取得联系。

杰克说:"我将首先从第22特种空勤团入手,看是否有人知道奥克斯利现在在哪里。"

查尔斯顿清理着外套上的毛絮说:"你父亲让你到我家来和我谈谈'基石'。让家人亲自过来,这样的举动很友好也很亲切。然而无论如何,我都不相信你父亲会让你调查寻找曾经的古老幽灵。"

杰克抬起头说:"您的意思是?"

巴兹尔爵士笑了笑,慈父般地看着杰克说:"把我说的话汇报给你父亲,他会派自己的人到苏格兰场(伦敦警察厅)调查。你不要自己私自调查。"

"您的意思是调查维克托·奥克斯利比较危险吗?"

"假设他还活着,而你正在寻找调查他,那么是的,我是这个意思。像'基石'这样的家伙不喜欢也不尊重现在的政府。这个曾经的特工如果突然出现……事情可能就不会向你预料的方向发展了。"

"巴兹尔爵士,你讲的是发生在很久以前的事,他可能已经放下了。"

"像奥克斯利这样的男人是不会变的。相信我,孩子,如果他还活着,他心中依然会充满愤怒。"巴兹尔叹息着,微微耷拉着肩说:"上帝知道他有这个权利。"

杰克不明白巴兹尔这句话的意思,但他知道最好不要再继续追问。关于这个话题,巴兹尔已经讲完所有要说的话。

Chapter 38

彭赖特的建议

30 年前

在世纪大厦工作了一整天后，中情局的联络官员杰克·瑞安正在整理办公桌，准备离开。他推开转动座椅去取地板上的公文包，抬起头就看见戴维·彭赖特正站在自己旁边俯视着自己。"杰克，你好。"

瑞安惊讶地说："哦，彭赖特，你怎么不声不响地站在我后面？"

彭赖特笑着说："工作带来的坏习惯。"

"对了，关于昨天寄给兰利的楚格储蓄银行名单，目前我还没有收到任何回复，估计明天应该能收到。"

"其实我突然出现的目的不在于向你打听名单的事。我想如果你有时间，我们可以一起在一天快要结束前去喝一杯。"

事实上杰克并没有空余的时间。他原本计划和凯茜在车站会面，然后一起坐车回家，希望入睡前的黄金时间能与孩子们一起度过。上下班占去了他大部分的空余时间，能让他享受天伦之乐的时间实在太少。如果他错过了每晚六点十分的火车，那么很可能萨莉和小杰克都已经睡觉了他还没到家。

但这是他的工作。与英国人交换信息正是格里尔派他来这里的首要原因。他意识到自己不能就此放过一个结交军情六处探员的绝好机会，尤其是在瑞士这样重要岗位工作的探员。

瑞安说："听起来不错，我先给我妻子打个电话。"

彭赖特点了点头，举起一只手说："非常感激，今天我来买单。"他调皮地冲瑞安眨了眨眼。"其实是政府买单，我能报销。我到大厅等你。"

杰克以为他们会去世纪大厦里的酒吧。虽然这里的酒吧像这座大楼的其余部分一样单调乏味，但重要的是它比外面大街上的酒吧安全。当然，他们仍然需要留意彼此的交谈，因为他们谈论的人很可能就在世纪大厦的酒吧里，不过在这里要自由得多，因为身边都是军情六处的男男女女。

杰克到大厅后，又被彭赖特送回办公室取外套和公文包。杰克被告知他们要打车去彭赖特拥有会员身份的俱乐部。

二十分钟后，瑞安和彭赖特抵达了圣詹姆斯广场的绅士俱乐部。他们把外套和公文包递给了大厅的服务员后，被引领着穿过这座宏伟建筑的前厅，走进了一间古色古香的图书馆，一名干净整洁彬彬有礼的服务员送来了白兰地和雪茄。周围还有一些俱乐部的其他会员和客人，在瑞安看来他们都像银行家和政客，虽然也有人发出古怪的笑声，但这所俱乐部里的大部分人看上去都相当安静。

这个地方让瑞安感到压抑和憋闷，但他也不得不承认坐在高档的真皮沙发上，抽着雪茄，身在一群可以在伦敦呼风唤雨的人群周围是多么地令人兴奋。

瑞安被授予过荣誉爵士的称号，自己和家人出入白金汉宫的次数可能比一般的美国家庭都多，但他从来没有如此疲惫厌倦过，他无法享受此刻独特的经历。

第一杯白兰地喝到一半，戴维·彭赖特只谈了谈自己在伊顿公学读书的日子和科茨沃尔德的家。杰克发现这名英国间谍多少有几分像这个俱乐部里的成员，有一点一本正经和自命不凡，但他还是相当正派，当然也相当迷人。

然而，最终他们还是谈到了今天闲聊的主题——楚格储蓄银行。

戴维说："我想让你知道，我明天将离开这里，前往楚格。这一趟行程可能要几天的时间去勘察事发背景，并和楚格储蓄银行的线人会面。我会给你酒店的电话，一旦你收到了关于名单的回复，请给我打电话。"

"好的，"瑞安说，"但是这样的电话线路可能不太安全。"

"当然不安全。我们需要设置一个简单的暗号。如果你华盛顿的朋友在这些名字中有所发现，你只需告诉我，你需要我去一趟苏黎世的办公室。"

"然后你会去苏黎世的大使馆给我回电话？"

戴维·彭赖特笑了，这个笑容让杰克感觉自己有点外行。"不，瑞安。我们在楚格有一个安全屋，我会去我们的安全屋给你回电话。"

"好吧，"瑞安说，"我不知道你能从中情局反馈的名单中发现什么，但你要知道，事实上加布雷尔的死亡很大程度上与他和克格勃打交道有关。"

彭赖特默默地抽着他的雪茄，片刻之后他说："关于我们在楚格储蓄银行的渗透程度，我不能说太多，巴兹尔在这方面很谨慎，但我可以告诉你，我从来不相信克格勃已经发现了我们在关注他们的账户。加布雷尔遇害并不是因为有人想杀人灭口。"

"那么你认为他为什么被杀?"

"这正是我想和你谈的问题,"他和瑞安同时身体前倾,彼此靠近了些,"巴兹尔没有告诉你全部的细节。"

杰克立即举起手来说:"那就不要告诉我。"

"哦,拜托,"彭赖特说,"这只是我的策略,仅此而已。你我都知道,你向你的上级申请调查楚格储蓄银行的客户信息,但他们只会在我方同意他们加入此次行动后,才会向我们提供调查结果。出于对此次行动的保护,巴兹尔作为管理层,一定会和你们周旋。而我只是一名一线探员,我没有那么多的时间去玩这种游戏。"

杰克有些忧虑,他不打算背着巴兹尔爵士和彭赖特私下沟通此事,但是对方显然不这么想。"见鬼,"杰克心想,"我不能阻止这个家伙说话,又不能捂着耳朵走出房间。"

杰克只好喝着白兰地,长时间注视着壁炉。

彭赖特说:"我认为托拜厄斯·加布雷尔管理的 2.04 亿美元的巨额账户,事实上是从克格勃窃取来的赃款。"

杰克看着其他地方,丝毫没有掩饰自己对和这名英国间谍谈话的无视。"窃取?怎么窃取?"

"那我就不知道了。我只知道上个月,一群突如其来的人造访了楚格储蓄银行。一群未经预约的男人突然出现,自称是匈牙利人,出示了一串必需的代码证明他们在楚格储蓄银行拥有账户。"

"银行编号账户。"

"是的,这些都是空壳公司持有的小型账户。我们怀疑这些都是克格勃的钱,其他也没有什么更多可说的。"

"继续。"

"他们问了很多问题,但都和他们自己的账户无关。相反,他们想知道是否有其他资金和他们走了相同的线路。"

"从匈牙利?"

"从铁幕任何国有银行转入瑞士。他们还想知道如何从楚格储蓄银行提取资金,是以现金、无记名债券、黄金的方式,还是其他的。"

"银行如何回复他们的呢?"

"银行礼貌地回绝了他们的要求,"彭赖特举起装着白兰地的酒杯说,"上帝保佑瑞士的银行保密制度。"

"这些匈牙利人就这样离开了?"

"没有,他们相当渴望得到答案。据我的线人说他们越生气越愤怒,他们的口音听上去就越像俄罗斯人。他们很有可能就是克格勃的人。他们用注销自己的账户，把钱转到其他地方，来威胁楚格储蓄银行。他们指责楚格储蓄银行是盗取他们账户的人的同谋。他们愤怒地跺脚，提出更多含蓄的威胁。然后又说了一些更直接的威胁。"

"那你的人坚守住他的原则了吗？"

"他做到了。那些人离开了。现在银行的另一名男子托拜厄斯·加布雷尔，2.04亿美元账户经理，躺在了停尸间。"

杰克身体前倾。"他们既然已经知道了加布雷尔和那2.04亿美元，他们为什么要去银行问那些问题？"

"我怀疑他们最关心的不是钱，而是那些问题的答案。他们想知道谁窃取了他们的钱。我的线人对此感到非常害怕，这情有可原。但我不能帮助他离开。如果这么做，俄罗斯人会注销账户，把钱转移到其他地方，我们将失去这个很好的机会。"

彭赖特补充说："出于某些原因，收集这笔钱的人需要把钱存在西方，方便使用和转账。"

"为什么？"杰克问。

"我还没有线索，杰克。我希望你能帮助我调查清楚。"

彭赖特看了看手表。"该死，之前和别人约好了一起用晚餐，我要迟到了。"他笑了笑说，"你懂的。"他说着站起身来。"抱歉，瑞安，但是客人必须和会员一起离开。"

此时的杰克还在思考彭赖特的最后一条提议。他仓促地喝完自己的白兰地——毕竟浪费可耻——然后站起身来。

"等一下，你为什么要我来调查？"

彭赖特走进大厅，杰克紧随其后。"巴兹尔说你是华尔街神童。"

服务生把他们的外套取了过来。

"不是华尔街。我通过巴尔的摩的证券交易所交易。"

彭赖特一边穿外套一边说："无论如何，我知道你进入了美林证券，并在市场上做了一些投资，而且我还知道虽然我的领带比你穿的西装还贵，但你挣的钱足够买下这家俱乐部。你在这方面很有头脑。另外，我认为兰利的伙伴也会在这次的行动上给我们很大的帮助。"彭赖特朝瑞安眨了眨眼，然后上街喊了一辆出租车。"考虑一下吧，杰克。"

杰克穿上自己的外套，跟着英国间谍走到了人行道上，此时戴维·彭赖特刚刚钻进一辆出租车。

在关上车门前，他抬头看着杰克说："你收到任何消息，请打电话给我。"

杰克站在人行道上，看着黑色的出租车驶入圣詹姆斯广场前的车流中。

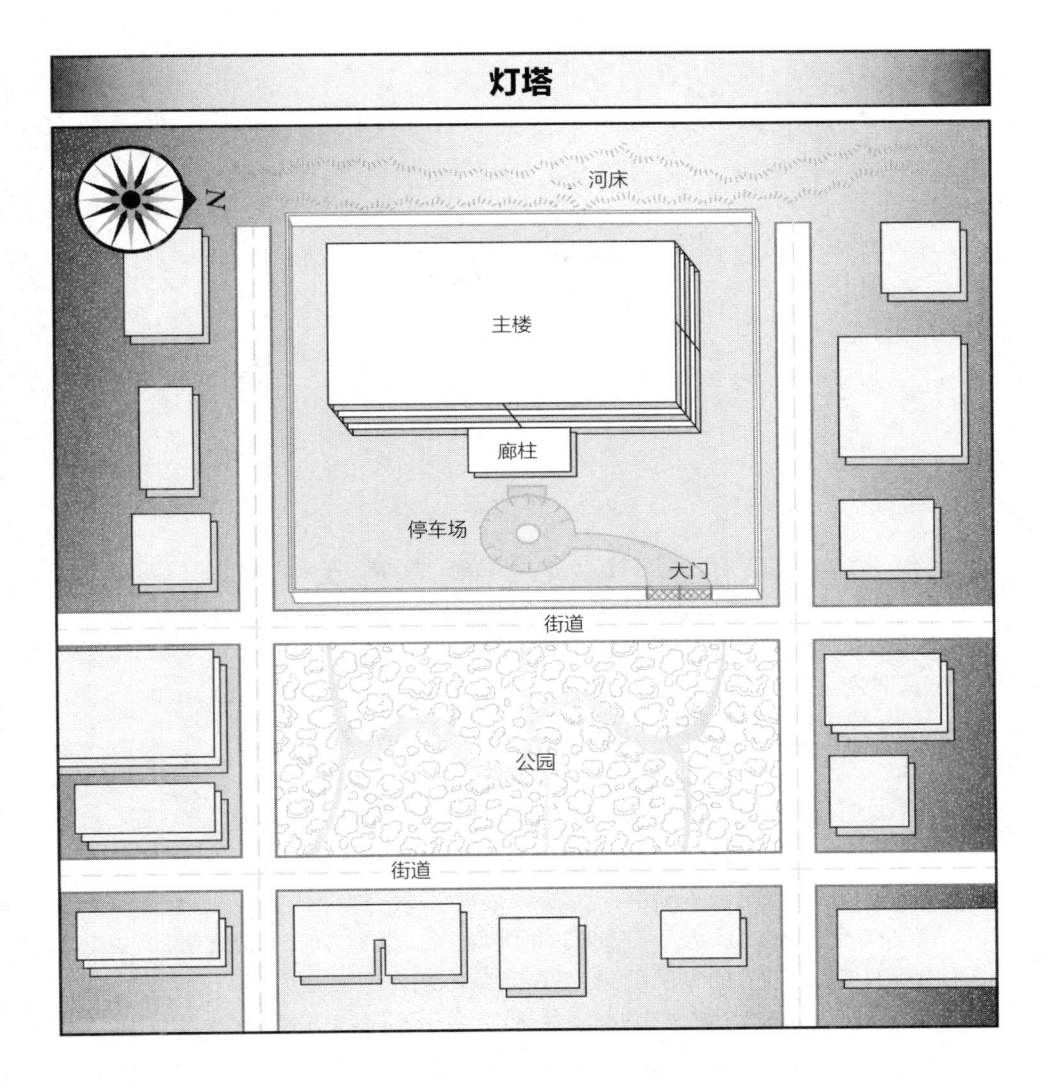

灯塔

河床

- 主楼
- 廊柱
- 停车场
- 大门
- 街道
- 公园
- 街道

Chapter 39
被 困

现在

约翰·克拉克和丁·查韦斯开着车，顺着第聂伯河行驶，不一会儿转向了东南方向，连夜朝着克里米亚半岛驶去。他们分别驾驶了一辆丰田汉兰达，多姆·卡鲁索也一路同行。多一个驾驶员，他们两人在抵达克里米亚之前也多少能休息一会儿。

校园情报处的三人对此次行动所知不多，只知道中情局的安全屋有可能已受到了威胁，需要两辆车帮助他们把一些设备和材料运回基辅，然后运离这个国家。

次日，这三个人抵达"灯塔"大门时，门外的街道上密密麻麻挤满了人群。还没到上午十点，这里至少已有两百人了，他们有的举着标语，标语上用英语写着"中情局滚出去"，但大部分人只是喊着口号或站在路边。

他们把车停在了路边，大门就在他们的视线范围内。虽然之前比克斯比告诉克拉克直接开进大门，但鉴于现在的情形，他决定先给比克斯比打一个电话。

不一会儿，两辆汉兰达鸣着喇叭加速往前冲，抗议者们像洪流遇到了障碍物一般，迅速分散到道路两边。两辆汉兰达奔驰而过时，有的人朝车上投掷矿泉水瓶和硬纸板制的标语牌。美国安全公司的人一直等到汉兰达临近时才匆匆打开大门，两辆车刚刚开进特别任务处，安全公司的人又立即重新关闭了大门。

中情局的两辆丰田停在"灯塔"前面的停车场上，旁边还有四辆车，分别是两辆GMC的育空河和两辆路虎。

校园情报处的三个人刚停好车，几名全副武装的美国男子和他们相互问候之后，便推着手推车开始往汉兰达上搬运塑料箱子。

Chapter 39

克拉克、查韦斯和卡鲁索在"灯塔"的门厅与比克斯比会面，克拉克在他的脸上看到了深深的忧虑。

比克斯比和每个人握了握手。"先生们，言语已经无法表达我的感激之情，我保证，当我们离开这里后，我会尽我所能报答你们。"

"没问题，"查韦斯说，"现在是什么情况？"

"我们目前有六辆车，刚刚够把我们的人和一些设备运出去。"

多姆说："现在的问题是门口的人群会让我们出去吗？"

就在此时，三角洲特种部队的军官大胡子弥达斯走了过来，他说："当然不能指望有武装人员设路障来帮我们开路，我们会发射催泪瓦斯，然后试着冲开人群离开这里。一旦离开这个地区，进入下个城市，应该就不会再如此引人注目了。当然，耽误的时间越长，我们将越难顺利地离开这里。"

比克斯比迅速地把双方的情况作了一个简要介绍，弥达斯和三位新到者挨个握手，但他看上去似乎有点迷惑。"我以为我认识兰利的所有人。"

比克斯比说："事实上，他们是联邦政府的前雇员。"

弥达斯又看了看克拉克一行人。"我很感激你们千里迢迢地驱车来到这里，无意冒犯，但我不了解你们，我要对这个小团队负责，故希望你们不要接触任何武器，明白吗？"

比克斯比转向弥达斯说："弥达斯，我是站长，我可以为他们担保。"

弥达斯坚持自己的态度。"如果不是你替他们担保，我根本不会让他们进这个大门。"他指着克拉克一行人说："不准拿枪，明白吗？"

克拉克立即回答："没问题。"然后转身对丁和多姆说："我们去帮他们装车吧。"

话音刚落，大门外微弱的呼喊声突然变大了。抗议者们一遍遍地高喊着同样的口号。

克拉克抬起头听了一会儿。"你能听清楚他们喊的什么吗？"

弥达斯说："一直都在听'美国佬，滚回去'，已经两个小时了。"

"陈词滥调，但管用。"克拉克说着和多姆、丁一起走进大厅，帮他们往车上搬运设备。

校园情报处的三人抵达"灯塔"四十分钟后，剩余的机密设备全都装进了情报处的丰田汉兰达里面，弥达斯在步话机里通知，全体人员五分钟后离开。

可自克拉克一行人抵达后不久，中情局特别任务处的大门外，抗议者的规模足足增加了一倍。当地的广播电视台公布了中情局安全屋的位置，这样的行为引来了更多的抗议者和一些有强烈好奇心的围观者加入示威游行队伍。

人群中的抗议者大都是联邦的工人，比克斯比通过他们标语牌上的口号辨别着这些人，一个男人拿着扩音器游走在人群中，指挥抗议者们站队，并带领着他们喊口号。比克斯比认出了这个穿蓝色 T 恤的男人，他是亲俄派青年组织的坚定成员，俄罗斯联邦安全局一直在背后秘密资助他们。亲俄派青年组织是一个以青少年为主的有组织的亲俄团体。事实证明俄罗斯和乌克兰东部的所有示威游行、静坐和其他大型的群众运动背后都有一个引导者在按照上级的意思筹划安排，而这些上级通常都是俄罗斯联邦安全局的特工。

克拉克一行人抵达"灯塔"大门外时，街道上虽挤满了抗议者，但至少他们还能勉强通过。现在两名三角洲特种部队的男子在屋顶瞭望，他们报告说此刻的街道几乎被围得水泄不通，另有两百余人涌进了街道旁边的公园——这个公园基本上只是一条小路围绕的一块开放街区，街区中间种植着一些灌木和小乔木。

"灯塔"的人整个早上都在给当地警察打电话，请求当地警方护送他们离开这个区域，但直到现在也无人前来支援他们。同样，他们也给附近驻扎的乌克兰军队打了电话——毕竟在表面上，美国与乌克兰还是和平的伙伴关系——可此刻乌克兰军方也没有多余的人手和设备来增援他们。

"灯塔"现场指挥官、三角洲特种部队军官弥达斯有自己的策略来帮助驱散人群，他有两架 M230 催泪弹发射器，但使用催泪弹并不是他的第一选择。虽然催泪弹能有效地让人群远离大门，但他们离开时，气体也很可能会被风吹回来，危及到他们自己。并且催泪弹的使用很有可能会引发已经怒不可遏的抗议者们的暴动和骚乱。

上午十一时，六辆汽车和六名驾驶员全部在"灯塔"大楼前的停车场严阵以待。卡鲁索和查韦斯负责两台汉兰达，他们在整个车队的中间，前面是两台三角洲特种部队的商用车，后面是两辆中情局的路虎。

弥达斯拿着对讲机站在车辆的后面，看着特别任务处大门前的车道。三名会讲一点乌克兰语的美国安全公司的人站在大门内，负责看守铁门。他们紧张地看着大喊大叫的愤怒的抗议者们。弥达斯把对讲机举到嘴边，告知大门前的三人留在自己的位置上，余下的所有人准备登车。就在此时，屋顶的两名三角洲特种部队成员通过对讲机汇报着他们的发现。

"弥达斯，我是穆特。我们发现三个街区外有很多人正从公共汽车上下来。"

"公共汽车？"

"是的，四辆公共汽车。我看到很多人从公共汽车上下来，每辆车大概五十人，也就是说又有大概两百人正向大门涌来。这些人看上去大部分是男性。穿着上像平民，但他们看上去非常具有组织性。"

"他们看上去像工会的家伙，还是更像青年组织的人？"

"他们肯定不是青年组织的人，但也不像工会的人。他们更像地痞流氓，比如光头党那种类型。"

"有武器吗？"

"从这里看不出来。他们都背着背包,不知道里面装的什么。"

"看到任何当地的执法人员吗?"

穆特回答道:"当然。我看见公园较远一侧有四五台警车,像是用于镇压暴乱的装甲车。但对此他们很显然只打算袖手旁观。"

"收到。"弥达斯通过无线电对讲机对大家说:"注意了,除了楼顶的两人和准备投射 M230 催泪弹的两人,其余人员全部上车。"

他刚传达完这条命令,大门外面的局势突然变得棘手起来。抗议者们疯狂地朝院子和车道上扔着玻璃瓶子和砖块,看守大门的三名美国安全公司的人完全在他们的攻击范围之内。

穆特在楼顶通过对讲机呼叫弥达斯。"嘿,弥达斯?这些新来的混蛋在朝我们扔玻璃瓶子和砖块。"

更多的玻璃瓶砸向了院子和车道上,显然是这个新加入抗议者行列的组织经过精心策划的攻击。

弥达斯对着无线电对讲机说:"是的,我看见了。好的,你们两个准备下楼回到车上,我们要离开了。"

特别任务处的后墙外有一条几英尺深的沟渠,所以抗议者没有从后面攻击他们,但是他们从其他三个方向扔各种垃圾来攻击特别任务处。

三名美国安全公司的人沿着跑道,从大门向停车场方向跑出了大概 25 码(22.5 米)。这 25 码的路程他们被各种物品攻击。其中一名男子被一块木板击中了后背,他摔倒在地,但很快又爬了起来,继续往前跑。

当三人撤退回来时,另外两名美国安全公司的人戴着防毒面具,走出大楼,走到了停车场的育空河旁边。他们每人肩上各扛着一架 M230 催泪弹发射器和装满 40mm 催泪弹的弹匣。他们并排着跪在彼此旁边,装填发射器,等待现场指挥官的命令。

"风向怎么样?"弥达斯向他们喊道。

其中一名男子看着弥达斯身后说:"风向还不错,刺激性气体能很快被风扩散到整个公园。"

"很好,现在你们每人向人群投射三枚催泪弹。"

接到命令,两人立即发射了催泪弹,催泪弹的罐体砰地冲出发射器,呈弧形飞向大门外,落到人群中间。

仿佛是在回应他们投射的催泪弹,从大门外飞来了更多的玻璃碎片和垃圾。这一轮攻击来自离大门较远的位置,其中有两枚旋转着飞来的投掷物明显在燃烧。

一开始还只有两枚,后来更多的莫洛托夫燃烧瓶从大门外飞向"灯塔",呼啸着落在车道、花台和停车场前,燃料和玻璃碎片散了满地。

莫洛托夫燃烧瓶飞过之处在空中留下一道道黑烟。

榴弹发射器再次发射了两枚催泪弹，这次催泪弹径直飞向莫洛托夫燃烧瓶的投掷点。

"妈的。"弥达斯喃喃自语。随着土制燃烧瓶的使用，冲突的等级也突然随之升级。示威抗议变成了一场暴乱。"灯塔"有十七名受过专业训练并全副武装的男子，但三角洲特种部队的中校有责任遏制事态的发展，目前的情况已经够糟了。

刚刚从大门返回的三名美国安全公司的男子全部转身，举起了AK-47自动步枪，对准大门方向。

弥达斯冲他们喊道："控制火力！"

他们遵守了弥达斯的命令，但如果抗议者的抛射物继续像下雨一般如此密集，他们要顺利撤退的前景将十分堪忧，到那时再要控制手下的人就几乎不可能了。

持M230发射器的两名男子分别发射了他们的第三枚催泪弹。就在他们向发射器里装填第四枚时，从特别任务处西边的后墙方向传来了一连串响亮的噼啪声。

特别任务处的人迅速趴下或者躲在掩蔽体的后面，他们都听出了这是自动步枪的声音。

弥达斯呼叫着屋顶的同伴。"穆特，汇报情况。"

过了一会儿，穆特回答道："额，再等一会儿，老大。"然后又是一阵停顿，弥达斯祈祷这是因为他的两个手下在寻找掩护物。几秒钟后他听到穆特说："我们遭到了来自西边的轻武器袭击。不是来自山丘就是某栋能俯视我们的高楼，因为我们所在的楼顶也突然遭到了子弹攻击。我们隐蔽到楼梯间了，这里应该比较安全，但在这里没有办法三百六十度全方位监视外面的情况。"

此刻，基思·比克斯比在二楼的一间办公室，办公室正好在休息室楼上，他望着窗外，目光穿过阳台，越过前面的墙壁，落到外面的抗议者身上。抗议者的数量超过了1 000人，现场嘈杂混乱，又一批催泪弹向人群中飞去。虽然这些暴徒向催泪弹周围四散开来，但街道上依旧挤满了大量的人群。

中情局驻乌克兰基辅站站长拿起对讲机说："弥达斯，我们放弃开车离开这里的计划吧。在这样的火力和人群情况下，我们需要空中支援。"

弥达斯对着对讲机平静地说："我同意，所有人返回大楼。我们将请求乌克兰空军部队救援。"

克拉克、查韦斯和卡鲁索下车随其他车手一起跑回了大楼内。远处传来零星的几声步枪的噼啪声，大楼周围散落着大量的愤怒的人群扔来的玻璃碎片。

所有人都返回了"灯塔"大楼内，弥达斯派了两名手下在阳台放哨，另外又派了两三名全副武装的手下在楼上全方位监视楼外。他自己则立即上楼去视察楼顶的两名手下的情况。

"灯塔"有一个适合突击步枪的远距离射击点，一架半自动的M16步枪（AR-15）

架在双脚架上。这是三角洲特种部队的武器,但这座大楼里最优秀的狙击手却是美国安全公司的雷克斯。他是其余五名美国安全公司雇员的负责人,在去私营公司之前,雷克斯先是美国海军陆战队的侦察狙击手,后来又是海豹突击队第十分队的狙击手。弥达斯安排雷克斯在最佳狙击点担任狙击手,穆特替他放哨支援他,三角洲特种部队的大部分成员全部返回一楼,两名持催泪弹发射器的成员被指定到前门,如有任何需要他们可以立即朝大门方向发射催泪弹。"如果任何人试图穿过大门,你们要阻止他们。我已经知会了楼上的伙计,除非确定抗议者携带了武器,否则不要开枪。如果有试图翻越或破坏栅栏的抗议者,但他们又没有携带任何武器,只要确保他们进不来,其余的事情你们可自行决策。"

比克斯比站在楼梯间,举起手机说:"我给兰利打了电话,华盛顿正和乌克兰空军交涉对我们的空中支援。"

弥达斯说:"没问题。"

他话音刚落,对讲机里就传来了一个声音。"趴下!趴下!面向大门二楼阳台的两人小分队中有一人中枪。"

弥达斯迅速经过比克斯比身边,跑上楼梯,去查看伤者的情况。

Chapter 40

救援会议（一）

早上 7 点，总统杰克·瑞安身着一件开领衬衣匆匆地走向白宫战略情报研究室，从居住区过来的路上，助手给他递了一件外套。半个小时前他接到通知，国防部长伯吉斯请求就身处乌克兰的美国军方和情报人员的现状召开一次紧急会议。

一进会议室杰克惊讶地发现除了一些高级顾问，会议室几乎是空的。是的，会议室里只有一些白宫的军方人员、战情室职员和国家高级安全人员，国家安全局局长科林·赫斯特、国家情报局局长玛丽·帕特·福利、中情局局长杰伊·坎菲尔德和国防部长鲍勃·伯吉斯都在各自的办公室，通过视频参加此次会议。美国驻乌克兰大使和国务卿斯科特·阿德勒分别在基辅和布鲁塞尔大使馆的安全通讯室，同样也是通过视频参加会议。

杰克坐在桌子尽头，然后示意墙边的男男女女说："太荒谬了，来吧，坐到桌边来。"

很快，几名情报人员和军方顾问坐到了桌边，这些座位通常是总统和他的高级官员们的位置。当剩余的十一个位置都坐满后，墙边只剩下一些初级职员。

杰克看着屏幕上自己的内阁成员们说："好吧，乌克兰发生了什么？"

中情局局长杰伊·坎菲尔德的头像在屏幕的最左边，此刻他正在弗吉尼亚州麦克莱恩的中情局总部大楼七楼。他说："总统先生，我们在克里米亚的塞瓦斯托波尔有一个代号'灯塔'的特别任务处，实质上是一个监听站。与我们在乌克兰的大部分其他基础设施一样，本周早些时候，'灯塔'也受到了乌克兰国家安全局事件的影响，我们正在撤销此处站点。'灯塔'有很多敏感的电子设备需要拆卸并带离，所以花了一些时间。不幸的是，特别任务处的人没来得及在'灯塔'遭受攻击之前撤离，他们此刻似乎正在被袭击。"

"'似乎'是什么意思？"

"几个小时前，'灯塔'大门外出现了一群抗议者，后来规模越来越大，局势越来越混乱，就在半小时前，发生了一起骚乱，'灯塔'遭到来自附近山丘和建筑的小股武装力量的袭击。虽然目前还没有死亡报告，但我们的人也受伤了。"

"那边都有谁？"

坎菲尔德回答道："通常只有四名美国联合特种作战司令部三角洲特种部队的高级特种兵、四名中情局的技术专家和六名美国安全公司的雇员。平时还会有一些乌克兰的雇员增援我们，但现在这种情况下是不会有了。而且不幸的是，赶过去帮忙拆卸敏感设备的基辅站站长和另外三名隐藏了身份的同僚也同样被袭击困在了'灯塔'。"

"基辅站站长是那天你提到的比克斯比吧？"

"是的，基思·比克斯比，总统先生。"

"他们无法开车离开那里？"

"是的，先生。他们说街道已完全被封死了，对方火力也很稳定，而当地的警察只是在街边袖手旁观，并无任何行动。"

"王八蛋。开枪的都是什么人？"

伯吉斯帮忙回答道："据说是该地区的非正规武装力量，但也不是十分肯定。"

瑞安说："我们需要和乌克兰政府谈谈。"

斯科特·阿德勒说："乌克兰总统已经了解情况了，他已命令乌克兰空军直升机前往支援我们的人，现在还在路上。"

"很好。"杰克说，同时他注意到了驻乌克兰大使脸上的不安。"有什么问题吗，艾莲？"

大使艾莲·布莱克说："总统先生，乌克兰总统请……我的意思是他要求您亲自给他打电话请求撤离我们的人员。"布莱克耸了耸肩说："你知道库夫契科，他就是个跳梁小丑。"

房间里某些年轻一点的顾问们开始窃窃私语。

瑞安对站在门口的一名战情室通信员说："拨通库夫契科的电话，我会请求他。他就是个混蛋，但现在没时间和他商量博弈。如果能救出我们的人，我不介意讨好他。"

中情局特别任务处"灯塔"外的枪声越来越激烈，四周的窗户都被击碎了，这说明敌人的火力来自四面八方，而楼顶枪林弹雨后的印记，也说明附近的高处也有敌人的火力。到目前为止，无论是从阳台还是楼顶，美国人都没有发现那些隐藏在人群、附近山丘或大楼的任何狙击手。

墙外扔进来的莫洛托夫燃烧瓶点燃了周围的建筑。"灯塔"南边的一排垃圾桶被大火吞噬，车道两旁的小草也被烧着了。

二楼一名三角洲特种部队的男子被击中肩膀，锁骨断裂，另一名美国安全公司的雇员被击中手背，造成了骨裂和肌肉撕裂。两人都被送到了"灯塔"的医务室，因为大急救箱已被装进了一辆停在东边的三角洲特种部队的育空河中，现在那里正是火力最密集的区域，所以他们用小急救箱替两人处理了伤口。

美国安全公司的雇员雷克斯手持突击步枪,扫描着远处的楼顶和阳台,寻找对方的狙击手。这是一个缓慢的过程,因为他不得不趴在一台空调外机下四处观望。穆特用双筒望远镜观察着周围传来枪声的地方。

楼上阳台,一名三角洲特种部队的男子胸部中枪,他的同伴把他拉进办公室,并报告了弥达斯。

接到消息时,弥达斯和比克斯比正在二楼的通信室。他对中情局的比克斯比说:"这些本地乡巴佬的攻击太精确了。"

比克斯比点点头。"依我看他们有可能是当地的特警或乌克兰军队的逃兵,又或者是俄罗斯联邦安全局训练的非正规军。"他思索了片刻。"见鬼,也有可能是从边境进来的俄罗斯斯皮特纳斯特种部队。"

约翰·克拉克、丁·查韦斯和多姆·卡鲁索出现在门口。克拉克问:"你们收到兰利的消息了吗?"

弥达斯说:"快速直升机已经在来的路上了,是乌克兰空军的两架 Mi-8 运输直升机,预计二十分钟后到达。"

卡鲁索说:"我们离开前,你有什么需要我从车子中拿出来的吗?"

弥达斯摇了摇头。"一旦离开,我们会引爆 C4 塑胶炸药。在没有空中掩护时,我不希望你们任何人出去冒险。"

几分钟后,克拉克、查韦斯和卡鲁索站在一个小厅里,看着偶尔飞过高墙的莫洛托夫燃烧弹在地上爆炸,变成熊熊的火球。枪声听上去似乎依旧来自四面八方。现在大门无人看守,美国安全公司的雇员、中情局和三角洲特种部队的人全在楼上阳台。

一群平民装扮的暴徒,推挤着中情局特别任务处的铁门,实际上这群人都是年轻的男性,但到现在还没有人试图突破大门进入特别任务处。

克拉克外套中的电话响了起来,他走进楼梯间,找了一个相对安静的地方接听电话。

"克拉克。"

"嘿,我是山姆。"

"怎么了?"

"加文一直在跟踪昨天我们贴在可疑车辆上的 GPS 发射器。其中两辆车在凌晨四点离开了基辅,我们不知道他们要去哪里,可现在加文发现了他们的目的地。"

"他们去了哪里?"

"塞瓦斯托波尔,约一小时后抵达。"

"有趣。我就感觉这场袭击和'七巨人'的暴徒有关,而这正好证实了我的想法。"

"你需要我们过来吗？我们可以现在去机场，迅速赶往塞瓦斯托波尔。"

克拉克说："不，你们继续完成你们正在做的事。我们被困在了这里，但乌克兰空军的直升机正在赶来。不知道直升机会把我们带到哪里，一旦着陆后，如果我们需要你们的帮助返回基辅，我会通知你。"

"收到。注意安全。"

随着救援临近，"灯塔"的武装人员扫描着周围的建筑和山丘，试图发现目标。三名校园情报处的特工感觉无所事事，他们没有武器，只能站在那里等待救援，但当对讲机里又一次传来"伤亡"的报告后，情况有所改变。丁和多姆迅速跑上三楼，发现一名中情局的技术专家被流弹击中胸腔。当时他正在走廊上，一颗子弹"恰好"穿过了阳台的窗户和一面内墙，最终击中他的胸部。美国安全公司的人发现他时，这名中年男子双眼睁着，已失去了意识，丁和多姆花了几分钟的时间试图让他恢复呼吸。但子弹已经击中了他的心脏，他们也无能为力。他们帮助另外两名中情局的技术专家把他的尸体搬到楼下，这是一项困难重重又让人疲惫不堪的任务。他们把他装进了运尸袋，放置在前门，以便离开时能迅速地把它搬上直升机。

下午三点后，两架灰色的 Mi-8 运输直升机从北边接近"灯塔"。楼顶的人通知了弥达斯，弥达斯立即命令所有人离开现在的岗位，到楼下大厅集合。两名伤员在同僚的帮助下下了楼，站在中情局技术人员的尸体旁。

弥达斯直接与直升机的飞行员对话，警告他们注意零星的炮火袭击，乌克兰空军的 Mi-8 运输直升机开着侧门飞了过来，已安装好的机枪扫描着附近的威胁。弥达斯看着他们接近，但他认为这两架直升机过于草率，没有仔细衡量所面临的危险，他们原本可以更加谨慎仔细。两架直升机彼此紧挨着，直接飞过公园的暴动现场，扫描了一圈四周的威胁后，一架直升机便开始向"灯塔"下降。

弥达斯认为直升机飞行员太大意了，似乎他们以为仅仅是自己的出现就足以震慑抗议者和敌人的火力。弥达斯通过无线电警告他们正在接近一个火力密集的降落点，但飞行员并没有调整直升机的飞行策略。

"灯塔"前的停车场和特别任务处的围墙之间的空间一次只够一架直升机安全着陆，所以一架乌克兰空军的 Mi-8 运输直升机降落时，另一架在空中盘旋提供掩护。

灰色的直升机飞进来准备降落时，有那么一会儿枪声消失了，人群的叫喊声似乎也弱了。弥达斯打开大厅的前门，他和比克斯比走到外面廊柱下，以便和正在降落的直升机飞行员直接对话。

Mi-8运输直升机降到了400英尺（122米）以下，就在弥达斯和比克斯比眼前，此时"灯塔"东墙方向出现了一个明亮的光点。光点从中情局特别任务处前面的公园飞来，穿过两栋公寓大楼，爬升着飞向直升飞机。

　　Mi-8运输直升机上的人不是看见了飞来的这个光点就是飞行员有某种机载预警系统，直升机开始艰难地向右边倾斜。比克斯比和弥达斯都看见机门射手返回了机舱内，直升机盘旋着试图躲开朝他们飞来的火箭弹。

　　火箭弹掠过直升机尾旋翼，射向天空。

　　但紧接着第二个明亮的光点又从东边飞了过来，廊柱下的弥达斯和比克斯比没有看清火箭弹的发射点，但火箭弹精准地命中了直升机，猛烈撞击直升机的机身。

　　最初爆炸并不十分剧烈，但几乎紧接着便发生了二次爆炸，Mi-8运输直升机从内部爆裂，水平旋翼被爆炸撕成了碎片。离心力把水平旋翼的金属碎片四射到半英里（804米）以外，燃烧着的飞机残骸落到了300英尺（91米）外的公园中央，正好落到抗议者组成的人群中。一个火球在中情局特别任务处的高墙内熊熊燃烧，浓浓的黑烟直升天际。

　　剩下的另一架Mi-8运输直升机一枪都没开便盘旋着上升到了1 000英尺（305米）的高空，在第一架直升机被击落后飞向北边，飞离了特别任务处。

　　"灯塔"里充满了喊叫声、惊呼声和诅咒声，但有那么几秒，比克斯比和弥达斯都沉默了。最终，中情局驻基辅站站长说："我给兰利打电话。"然后他走进了室内。

Chapter 41

救援会议（二）

会议室里的所有人，包括显示屏那头的内阁成员们互相交流着，试图想出一个备用的飞行计划，瑞安在他们脸上看到了痛苦和沮丧。他们中有军事人员、外交人员、情报人员，有的人的职业生涯也曾充满了各种危险。杰克知道，尽管遇到了灾难性的挫折，但自己根本不需要向他们施压，美国会全力以赴帮助"灯塔"的同事撤离。

杰克·瑞安允许美国驻乌克兰大使离会，以便她可以和乌克兰当局通话，向乌克兰当局施压，力争让对方派遣地面部队前去"灯塔"支援。

几分钟前，当瑞安和乌克兰总统通话时，库夫契科说他从军方获悉，所有能参与救援的地面部队已被调遣到俄罗斯边境，所以杰克对乌克兰的军队能向四面楚歌的特别任务处施以救援没有抱太大希望。然而，他也不愿意放弃任何可能性，所以指示自己的大使尽力而为。

墙上展示着一张乌克兰的数字地图，地图上零星地标示着一些美国军队的驻地，当他们商量着备用计划时，房间里所有人的目光都紧紧锁定在地图上。参会人员之间的讨论迅速变成了激烈的争论，但瑞安又把大家的焦点带回了目前亟待解决的任务上。

总统杰克·瑞安拥有很多选择，此时此刻，作为国家的最高权威，他需要他的专家顾问们专注于任务，尽可能迅速高效地为他提供最佳的信息。杰克已经不再是一名军官或情报人员，他是国家的最高领导，是决策者，保持局面有序稳定是他的任务，只有这样才能解决手头的问题。

又一场激烈的辩论发生在白宫国家安全委员会主任助理和参谋长联席会议的海军顾问之间，瑞安举手示意平息了争论。然后他看着墙上的显示屏说："我只想听听伯吉斯和坎菲尔德的意见。为了防止'灯塔'的位置被泄露带来危险，我们一定制定了预备方案。在'灯塔'遇到武装袭击这种情况时，我们有什么应急撤离计划？"

伯吉斯说："目前我们在乌克兰确实有一部分陆军三角洲、游骑兵和绿色贝雷帽特种部队，但为了预防俄罗斯入侵，他们分散在整个乌克兰，且也不是快速反应部队（QRF）。在地图上塞瓦斯托波尔上方的比拉-采尔维卡乌克兰陆军基地，我们有几架陆军黑鹰直升机。从那里飞到塞瓦斯托波尔需要几个小时。我们可以同时派遣快速反应部队，但是因为对方有火箭弹（RPG），旋翼直升机要想降落在'灯塔'仍十分危险，除非我们能事先建立起一道防御线。"

中情局局长坎菲尔德说："总统先生，因为乌克兰是我们的盟友，所以我们的应急撤离计划主要是基于乌克兰本地的快速反应部队的掩护，让我们的人飞离特别任务处。"

"嗯。"瑞安的手指在面前的笔记本上随意地敲击着，思索了片刻后他说："这样不太好。"

会议桌末尾，一名美国国防部顾问，海军陆战队上校戴尔举起了手。

瑞安看到了他的手势。"上校？"

"总统先生，我们在波兰的罗兹有两架 V-22 鱼鹰式倾转旋翼机（贝尔-波音 V-22）并配备了海军陆战队特遣队，平时和北约的部队做一些训练。他们虽不是快速反应部队，但毕竟是海军陆战队（USMC）。我可以调遣一架 V-22 鱼鹰和 24 名空降突击兵，航程大约需要九十分钟。"

瑞安问："鱼鹰的防御性能怎样？我记得它后舱门的装载坡道上配备有自动机枪，但这似乎也不足以和特别任务处面临的威胁相抗衡。"

戴尔说："没错，鱼鹰确实不是在猛烈的火力区着陆的最佳选择，但是这些特殊的 V-22 鱼鹰配备了临时武器防御系统（IDWS），鱼鹰的腹部安装了一个全方位的炮塔、前视红外系统和摄像头，由机舱内的炮手操作。"

"它的火力足够吗？"瑞安不想派遣两队飞行人员和二十四名海军陆战队队员到如此危险的地方去，却没有足够的空中防御力来保护他们。

戴尔说："总统先生，遥控炮塔采用的是三挺 7.62 毫米微型机枪，该系统具有每分钟速射 3 000 发子弹的能力，最大射程 1 500 米，360 度全方位防御。地面的 24 名海军陆战队突击队员要对抗 500 名武装暴徒，我们也希望有更多的枪支和平台，但考虑到现在的极端形势，这是我们目前能做的最好打算。"

瑞安看向伯吉斯说："鲍勃，就这样做，如果在鱼鹰到达之前，乌克兰能帮助我们的人顺利撤离，我们也不需要这样做。可现在，我们不得不这样做。"

伯吉斯点点头，向五角大楼（美国国防部）的同事传达了行动安排。

但瑞安总统并不满意。"女士们先生们，从现在开始，这是我们两个小时内的计划，但这并没解决我们目前面临的难题。从特别任务处的局势来看，他们似乎撑不到两小时，为了避免'灯塔'被那些武装暴徒突破，我想知道在接下来的一个小时内我们能做些什么。"

伯吉斯叹了一口气，举起手说："说实话先生，如果当地的部队不帮助我们，我不知道我们还能做什么。"

瑞安看着戴尔上校，同样，对方也没有回答他的提问。

但戴尔的一名助手，似乎对这个问题有一些自己的看法。

这名靠墙坐着的非裔空军少校在戴尔上校的后面，瑞安的左前方。当戴尔沉默时，他迅速地转向了瑞安，可他什么也没说，相反又迅速地转了回去，低头看着双手。他的这个动作被瑞安敏锐地捕捉到了。

瑞安身体前倾，看清了他制服上的姓名牌后说："阿多弗少校，你有什么要补充的吗？"

"对不起，先生。"瑞安从他的声音里听出了轻微的非洲口音。

"不用道歉，来，坐到桌前来，谈谈你的想法。"

阿多弗按照总统的要求坐到了戴尔上校的旁边。他看上去十分紧张。

瑞安看出了阿多弗的紧张，他说："放轻松，阿多弗。显然，现在相较这个房间里的其他人，你有更多有趣的想法，我想听听你的意见。"

"好吧，先生……目前我们在土耳其的因吉尔利克空军基地第 22 战斗机中队中有一组 F-16 战隼战斗机。这个基地就在黑海的另一边，我曾驻扎在那里。从那里到克里米亚半岛的直线距离不到 250 英里（402 公里）。"

屏幕那边，国防部长几乎朝年轻的少校喊道："我们怎么能去轰炸盟友的城市……"

瑞安总统举起了自己的手向伯吉斯示意，伯吉斯立即闭上了嘴。

"继续，少校。"

"既然我们不能调遣地面部队，而此时在因吉尔利克空军基地又正好有我们的飞机和足够的燃料，飞机如果以接近超音速的速度飞行，不到三四十分钟就可以抵达特别任务处。"他把双手放在桌上，"我的意思是……无论如何，我们至少能让那些武装暴徒暂时消停会儿。"他停顿了一会儿接着说："这是需要提供近距离空中支援，但又因为附近有非战斗人员而不能投掷炸弹时的常用方法，你需要高速低飞，制造响亮的噪音。之前我在伊拉克驾驶 A-10 '雷电 II 式'攻击机时经常采用这种方法。"

瑞安总统看着屏幕里的伯吉斯说："鲍勃？为什么不能采用这个计划？"

伯吉斯不喜欢这个计划。"我们并不清楚是否真的能驱散抗议者或者那些武装分子。"

"如果采用这个计划我们有什么损失呢？'灯塔'外的抗议者能击落我们的 F-16 战隼战斗机机群吗？"

阿多弗咕哝道："他妈的没门儿。"话音刚落他自己倒吸了一口凉气，他才意识到自己回答了总统提给国防部长的问题，更重要的是还在总统的面前说了脏话。

瑞安总统看着戴尔上校说："阿多弗少校说'没门儿'。上校，你怎么看？"

"嗯，我们只知道敌方有小型武器。但当一架飞机以马赫数低空飞行，我可以向你保证，突击步枪或火箭弹无法将它击落。"

瑞安权衡了这个计划带来的外交影响后说："就这样做吧。"他下完命令后立即看着斯科特·阿德勒，因为他知道国务卿不会喜欢这个计划。

果不其然，在瑞安下完命令后阿德勒第一个发言："总统先生，派遣非武装或轻武装的运输直升机紧急救援和出动战斗轰炸机飞越黑海舰队可是两码事。对此，俄罗斯人肯定会发飙。"

瑞安回答道："我明白，但这是我们的职责所在。首先我会通知乌克兰，然后在接下来的十分钟，我希望你以私人的名义通知俄罗斯外交部长。如果你联系不上他，那就联系你所能联系的任何人。告诉他们我们将带着乌克兰政府的祝福飞越塞瓦斯托波尔。告诉他们我们知道克里米亚现在是半自治地区，是俄罗斯的邻居，我们也知道这是挑衅，但现在我们只关心美国公民的安全，他们正身处险境，你还要强调他们在那里不过是因为参与了和平合作项目。告诉他们，我们希望他们能体谅并默许此次行动，我们也理解他们的被动接受。"瑞安举起手说："事实上你可以告诉他们，如果他们打算在电视媒体上曲解夸大此次行动，我们不会反击，也不会在事后向北约或联合国提起正式的抗议。你告诉他们我们要采取行动了，就在大约半小时后。俄罗斯的任何干涉只会令局势进一步升级、恶化，这是双方都不愿意见到的。"

美国的首席外交官阿德勒全面考虑了此次行动的后果。他说："克里姆林宫会向我们要求回报。"

瑞安有做出妥协和让步的心理准备。他说："没关系，我们可以从黑海撤离一些军舰或做出一些其他的让步，但要先让我们的人脱离危险。如果你需要我与他们的外交部长通话，甚至是与沃洛金通话，我就在这里。"

"明白。"阿德勒说。瑞安能看出自己国务卿的不悦。中情局的特别任务处以外交代表团的身份，拿北约的和平合作项目当作幌子，知道了这些他不可能高兴得起来。虽然这类事情是国际惯例，但外交官们讨厌中情局以外交来掩护自己的行动，因为这会给合法的外交机构和外交人员带来危险。

瑞安知道一旦和平合作项目大楼是中情局的幌子这个消息被泄露出去，那么紧接着全球各地的美国国务院代表团都会受到怀疑，不管他们是否毫无恶意，都会被当地官方仔细地审查。

但是明天又是新的一天，这个问题且留给明天。此刻，阿德勒离席了，大家知道他要去施展一点外交魔法，好让黑海舰队不至于对美国飞机开火。

Chapter 42

震慑行动

美国空军的四架 F-16 战隼战斗机以四指队形飞越土耳其中部，围绕其左右的还有另外三组飞机，每组由四架 F-16 战斗机组成，但是这三组飞机并没有美国空军的标志，相反在机尾都印着土耳其空军的红色和金色旗帜。十六架 F-16 战斗机组成了一个中队，飞翔在土耳其的蓝天白云之上。

美国的四架战斗机来自美国空军 480 战斗机中队——"战鹰"，他们原本驻扎在德国的斯潘达勒姆空军基地，但因为参与了北约的培训项目，来土耳其为土耳其空军进行培训已有一周之久了。

此次飞行，美国的领队是哈里斯·"格鲁吉"·科尔机长，一名 30 岁的纽约人，虽然现在十六架飞机以看上去近乎完美的队形飞行着，但就在几分钟前，为了把大家聚到一起，科尔却经历了难以想象的困难。他的困难主要来自于要理解土耳其领队浓厚的口音。尽管他不得不重复传达命令，以便所有人都能理解，但他还是给了土耳其飞行员自主的决策权，因为他唯一会讲的土耳其语就是"Bir bira, Lutfen"（请来一杯啤酒）。如果今天所有的指挥都依赖于他的口头指示，以如此紧凑队形飞行的十六架 F-16 早就在半空中相互撞毁了。

机长科尔正在给土耳其战斗机的队长传达指示，命令大家保持此队形继续爬升至 35 000 英尺（10 668 米）高度。就在此时，他接到了因吉尔利克空军基地的电话，命令他脱离土耳其的 F-16 战斗机机群，向北飞往黑海等待进一步的指示。

除了这是一次真实的行动，而非演习，他没有收到任何其他的解释。

自从俄罗斯黑海舰队的几十艘战舰离港开始进入更深的水域后，黑海近来一直是动荡的温床，科尔无法想象自己的四架手无寸铁的战斗轰炸机能在这场迫在眉睫的危机中起什么作用。

就在他们离开土耳其空军的战斗机基地向北飞行了几分钟后，格鲁吉收到指示命令他以尽可能快的速度进入乌克兰领空,前往塞瓦斯托波尔。

科尔提出了一个相当合理的质问,乌克兰官方是否清楚他们即将飞入乌克兰的领空,但这个问题并没有得到立即的回答。

科尔知道自己需要一个明确的回答,但考虑到情况的紧急性,他告诉向他下达命令的控制员:"注意,预计二十一分钟后到达。"

他收到的回复简明扼要。"明白,我们正在追踪你们。"

"嗯,除此之外……我们可能也需要让俄罗斯人知道我们正在做的事情。他们停靠在塞瓦斯托波尔港的舰队有自己的防空系统。明白吗?"

"非常明白,我们正在解决这个问题。纳坦森将军一会儿会直接和你对话,告诉你更多的信息。"

科尔对此次异常的行动感到十分吃惊,当被告知第 52 战斗机联队的战斗机分队——第 52 行动组的指挥官将直接在他的耳机里向他下达飞行任务时,科尔感到毛骨悚然。

出事了,而且是大事。格鲁吉希望自己能在被俄罗斯人击落之前明白为什么要飞往塞瓦斯托波尔。同样,他还希望有人已经准备好了加油机,因为他的飞机要飞往塞瓦斯托波尔执行任务,而不是直接从塞瓦斯托波尔返回基地,因此他需要更多的燃料。

在接到更多关于此次任务的信息之前,战斗机已经飞行在黑海上空。如之前所承诺的,纳坦森将军通过一个无线电频道直接和科尔机长通话。他的语速极快且态度坦诚,他告知科尔机长塞瓦斯托波尔目前的地面局势,并把"灯塔"的 GPS 坐标传给了科尔,命令科尔在该地区上空飞行,直到剩余的燃料仅够飞回土耳其领空为止,进入土耳其领空会有一架波音 KC135 加油机给他们加油,帮助他们返回因吉尔利克空军基地。尽管他们使用的无线电频道是经过加密的,但纳坦森没有提到中情局。

在纳坦森说话时,科尔快速地计算着燃料的使用情况。他的四架战斗机燃料估计只够穿越塞瓦斯托波尔飞行四次。从将军说明的局势来看,有关的各方均希望他们能在该地区上空飞行,为被困在"灯塔"的美国人争取一个半小时的时间,等待鱼鹰 V-22 的空中救援。

纳坦森告诉格鲁吉,乌克兰方面已经了解了他们即将飞越黑海进入塞瓦斯托波尔的行动,而俄罗斯方面他们正在努力。科尔知道,为了保护塞瓦斯托波尔港,俄罗斯人在该地区有完备的空中防御系统,所以他立即决定从塞瓦斯托波尔港的对面,也就是从东边接近塞瓦斯托波尔,不必直接飞过港内俄罗斯战舰的上空。

在格鲁吉打开自己的无线电频道向他的其余三架飞机解释现在的局势前,他突发奇思妙想,给这次行动想了一个能扩大其冲击力的代号——"震慑"。他快速地想出了一个计划,然后向其他三名飞行员下达指令。

"勇士们,这里是勇士 1 号,军情简报,我们即将给黑海舰队来一次航空展。"

科尔向自己的飞行员们解释了美国的一个办事处正受到未知武装势力的攻击,有关方面担心暴徒会攻破围墙。这个办事处的美国公民已经出现了受伤和死亡的情况,他们需要低空飞行,制造尽可能大的噪音,震慑地面的暴徒。

他的僚机机长詹姆斯·雷·布兰克问:"是否批准使用火神?"

虽然他们的飞机机翼上没有空对地导弹,但却配备了M61火神式20mm加特林机枪,每架飞机装载的弹药可以以每分钟600发的速度发射。

格鲁吉打消了他们使用机枪的念头。"不行,对于火神来说,这个小面积区域有太多非战斗人员。"

帕布罗紧接着问:"那么你的意思是我们只是看似恐怖地在周围飞行?"

格鲁吉回答道:"不是看似恐怖,我们会让他们恐怖。"随后,他向自己的三名飞行员解释了计划的剩余部分。

查韦斯、弥达斯和比克斯比站在大厅的门内,透过对面的停车场,沿着车道望向大门的金属栅栏。直升机在"灯塔"前坠毁似乎一定程度上驱散了大门外的抗议者们。在过去的半小时中,那些向特别任务处投掷燃烧瓶、砖块、杂物的年轻人第一次消散了一些。

"灯塔"的人已接到消息,两架V-22鱼鹰式倾转旋翼机正在飞往特别任务处的途中。为了使拥有巨大倾转旋翼的鱼鹰V-22直升飞机能顺利地着陆在特别任务处的围墙内,他们必须在"灯塔"前清理出一块四十码见方的停机坪,让鱼鹰有足够的空间降落。

弥达斯准备派几个人到停车坪移走车辆并清理这一区域的碎片,避免下洗气流将碎片卷向机身。查韦斯、克拉克和多姆自动请缨,由于没有配备武器,所以他们跟在基思·比克斯比和一名中情局的人身后。他们一人手中拿着一套钥匙,与弥达斯一起跑向停车场。

两辆汉兰达和一辆路虎毫无意外地迅速移向了"灯塔"大楼一侧,但第二辆路虎无法启动。卡鲁索用灭火器扑灭了附近草地的火焰,在中情局人员的帮助下,把满载着装备的路虎推到了"灯塔"大楼的墙边。

三角洲特种部队的两辆育空河在炮火中遭到了严重毁坏,车轮全部损毁。因此他们决定使用其中一辆汉兰达把损坏的育空河拖出停车场。

当这些人在停车场忙碌时,趴在楼顶的狙击手雷克斯面向东方,专注地扫描着对方的狙击手。他的侦察兵,三角洲特种部队的穆特同样通过望远镜扫视着周围。穆特发现几个街区外的苏沃罗瓦街,一栋四层的建筑物楼顶有人在移动,于是他便指示雷克斯用M16步枪(AR-15)瞄准该建筑物的楼顶。

雷克斯透过瞄准镜确定了正在楼顶爬行的两人,他们每人携带了一把AK-47。两人停下来，用 AK-47 瞄准特别任务处车道上的美国人。雷克斯轻轻地吸了一口气，然后呼出一半，对准右边的男人扣动了 M16 步枪（AR-15）的扳机。他的半自动狙击步枪威力并非最猛烈的，但却能实现迅速连发。一秒钟后，他又击中了左边的男人。

楼顶的两名狙击手痛苦地翻滚了一会儿便消失在了雷克斯的视线里，雷克斯并不清楚自己是否杀死了他们，但他可以肯定的是他们失去了战斗力。

多米尼克·卡鲁索已经成功地用汉兰达把第一辆育空河的残骸推到了廊柱前的空地上，现在他驾驶着汉兰达正在整理剩下的育空河的后保险杠。弥达斯、比克斯比和另外四名男子努力扑灭莫洛托夫燃烧瓶带来的小火种，在鱼鹰到来之前他们要尽可能地清理干净停车场的残骸和碎片。他们把停车场的岩石、砖块、金属碎片和碎玻璃都扔到了墙边，否则在鱼鹰 V-22 降落时，巨大的双旋翼产生的下洗气流会把这些物体卷向机身。

每二十秒左右，远处的空中就会传来狙击步枪的射击声，偶尔楼顶或阳台持有步枪的美国人也会还击。

每当这个时候，车道上的男人们只有尽量降低重心，为了在"灯塔"创造出适合鱼鹰 V-22 的降落场地，他们不得不继续暴露在敌人的火力范围内。

当喧闹的人群中传来新的噪音时，他们的任务才刚完成了一半。噪音呼啸而来，正在指导卡鲁索的查韦斯迅速地趴在停车场的水泥地上，另外两名中情局的技术专家也同样迅速卧倒。但从基辅来的中情局的两名情报人员和比克斯比却没有卧倒，相反，他们正抬头观望声音的来源。

弥达斯就在比克斯比身旁，他迅速地把基辅站站长按倒在地，两人滚落在车道冰冷的柏油地面上。就在他们身后 25 码（22.5 米）处发生了爆炸，弥达斯把比克斯比压在自己身下。爆炸产生的冲击波的噪音从他们头顶呼啸而过。

几乎立即，空中又传来了第二个呼啸声，又是一次爆炸声在"灯塔"大楼南边响起。大楼的窗户玻璃被震碎，如雨般落在停车场上。

"82！"弥达斯冲比克斯比的耳朵喊道。

"什么 82？"

弥达斯一下子爬了起来。"82mm 迫击炮！回大楼里去！"他一路拉着比克斯比跑向"灯塔"大楼。

查韦斯和卡鲁索已经完成了育空河残骸的清理工作，现在也开始跑向大楼的入口。他们跑回了相对安全的大厅，就在他们身后的停车场，新一轮的爆炸声此起彼伏，飞溅的弹片击碎了大厅的窗户玻璃。

弥达斯一进入大厅便抓起对讲机。"穆特，赶紧离开该死的楼顶！我需要你们所有安全人员到窗边来，从这里监视街道视角更好。清理你们发现的任何武装目标，包括那些持莫洛托夫燃烧瓶、砖块、石头的人，总之任何武器都不行。我们也许会被攻破，但绝对不会被对方的冷枪击倒。"

"收到，正在行动。"其中一名安全人员回答道。几秒钟后，楼顶爆发出一阵突击步枪的射击声，似乎他们锁定并清除了街上的某个目标。

就在此时，一次剧烈的撞击震动了整栋大楼，玻璃破碎的声音传遍大楼的每个角落。在三角洲特种部队指挥官听来，似乎迫击炮击中了他的人所在的楼顶。

"穆特？你们还好吗？"

没有回复。

"穆特？收到请回复。"

对讲机那边只是一片死寂。

Chapter 43
比克斯比阵亡

穆特和雷克斯都死了。

他们两人刚离开掩蔽物跑向楼梯井,一枚 82mm 迫击炮猛地撞向大楼楼顶的一角,飞溅的弹片撕裂了他们的身体,瞬间杀死了他们。

一分钟后,三角洲特种部队其他两名中士发现了他们的尸体,尸体刚被拽到隐蔽处,紧接着"灯塔"的楼顶又遭到了一枚迫击炮的轰击。

克拉克、查韦斯和卡鲁索帮助弥达斯把穆特和雷克斯的尸体搬到楼下,放进了运尸袋。与此同时,迫击炮的炮火仍旧持续轰击着特别任务处。

他们把运尸袋拖到了前门的门边,弥达斯对克拉克、查韦斯和卡鲁索说:"请忘记我之前说过的话,你们最好去弄几把枪。虽然军械库的武器大都被装进了其中一辆车上,但应该还剩有两把 HK416 自动步枪和一两把手枪。军械库就在楼上,但记住,只攻击武装目标,明白吗?"

"明白。"他们向弥达斯作出了承诺,随后上楼取武器。他们很高兴能使用新的黑克勒-科赫 416 自动步枪。虽然在校园情报处的时候有很多枪支可以选用,但这是他们第一次使用三角洲特种部队的主要武器。

弥达斯进入了二楼一间带窗的大办公室,从这里可以看到特别任务处的大门、公园里被击落的直升机以及附近的街区。他用瞄准镜扫描着这些区域,希望自己能幸运地定位到迫击炮的发射点。

比克斯比与弥达斯一起,他正用卫星电话与兰利通话。"我们遭到了迫击炮、精准的火箭弹以及小型武器的袭击。多人阵亡和受伤。对方似乎是受过训练的非正规武装力量,有可能是俄罗斯的军方人员。"

"灯塔"二楼的一间办公室里,查韦斯正跪在地上透过 HK416 自动步枪的全息瞄准镜扫描着街道。视线内，一个红点叠加在曲面玻璃制成的全息透镜上，虽然没有放大倍数，但他能清晰地瞄准街上运动的个体。

很快，他就在人群中发现了他的第一个目标。两名男子手持 AK-47 突击步枪，躲在愤怒的人群里。

查韦斯的右边，多姆·卡鲁索扫描着另一片人群。多姆说："我发现了一个持突击步枪的家伙，在直升机残骸的右边 15 码（13.5 米）处，身边全是手无寸铁的非战斗人员。"多姆无奈地怒吼："不能开枪。"

丁说："我也在公园北边的街道上发现了两个持枪的家伙，他们混在人群中。这些家伙想借便装混在人群里接近大门。"

多姆说："他们企图攻破大门，是吗？"

查韦斯说："是的，破门而入或是翻过来，不管用什么方法，反正他们来了。"

"为什么会这样？"多姆问。

此时，克拉克和比克斯比走进了房间。他们跪在一张办公桌后面，以躲避狙击手的视线。克拉克说："我有一个推测。"

比克斯比说："说来听听。"

"俄罗斯人想侵占这个地方，破坏中情局在克里米亚的运作。他们打算以此为借口入侵克里米亚。"

比克斯比说："'灯塔'的存在不足以作为入侵的借口，就算是沃洛金也不行。"

克拉克一边透过突击步枪的瞄准镜注视大门外，一边说："这一个借口或许不够，但如果塔拉诺夫再制造一次伪旗行动呢，就像他对比留柯夫和格洛夫科做的事一样，他就能把责任推给我们。如果我们能成功离开这里，就能破坏他们的诡计。我们不能让他们轻易构陷中情局。"

比克斯比说："你的意思是他们只需要我们以及我们的设备来作为证据，所以我们是死是活对他们来说都一样。"

"差不多。"

就在这时，一辆校车从公园的另一边驶入。当它出现在公园的车道上，驶过燃烧的直升机残骸时，丁和多姆同时透过瞄准镜发现了这辆车。校车开始加速，司机似乎根本不在乎街上的抗议者们。随着校车疾驰而来，街上的抗议者纷纷倒向路的两边，为加速的车辆让出了一条道路。

二楼办公室的男人们安静地看着向着特别任务处驶来的校车。终于，卡鲁索不动声色地说："太棒了，这家伙来拯救我们了。"这是个黑色幽默，卡鲁索当然知道校车不是来救他们的，相反，它正是下一阶段攻击的开始。

207

校车砰的一声，猛地撞上特别任务处的铁门，不仅撞开了大门，甚至撕裂了一部分围墙的墙体。校车试图继续沿着车道往前，丁、多姆以及其他几名三楼的安全人员全部开始朝着驾驶员那一边的挡风玻璃射击。在子弹的攻击下，校车往右边急剧变向，撞上了特别任务处的围墙内侧。

一瞬间又有两枚82mm迫击炮弹落在了"灯塔"的楼顶，大楼里瞬间所有的灯都熄灭了。

对讲机里传来了正在楼上某处的弥达斯的声音。"所有持枪的伙计，凡是有试图进入特别任务处的杂种，都让他们尝尝子弹的滋味。"

丁装填着自己的突击步枪，就在这时他发现刚刚撞向北面墙体的校车处，一群男人正冲向"灯塔"大楼。

"多姆！十点钟方向。"

"收到。"卡鲁索朝那群男人射击，一人死亡，多人受伤，剩下的多名企图攻入特别任务处的攻击者纷纷退到了火线外面。

南墙边，更多攻击者企图冲进特别任务处，特别任务处里重新响起了枪炮声。就在卡鲁索准备转移到阳台观察南边的局势时，几枚子弹嗖嗖地飞过他的头顶，紧接着传来砰的一声，十分尖锐。

多姆胸口紧贴地面，听到身后一声闷哼。

查韦斯和克拉克转身看向后面。

他们看见自己身后的基思·比克斯比，摇摇晃晃地从办公室入口处倒回走廊，然后脸朝下跌倒在走廊上。

"比克斯比？"

克拉克爬向比克斯比，躲开阳台外的狙击手的视线。他把比克斯比翻过来后，发现他的眼神已经涣散，一颗子弹击中了他的头部一侧。

克拉克立即知道他们已经无能为力了。

过了一会儿，两名中情局的男子拿着急救箱来到门厅。

克拉克为他们让出了位置，自己拿着突击步枪回到办公室，趴在多姆和丁身边。

"中情局驻基辅站的站长死了。"克拉克阴沉地说。

更多攻击者来到了围墙边，最初他们只是三三两两地行动，后来便越来越放肆。在校园情报处的人看来，这些攻击者不像军方人员，此时克拉克比任何时候都更加肯定他们是"七巨人"的成员。他们受过射击训练，接到命令攻占中情局的特别任务处。但特别任务处的美国人真正面临的威胁是周围的狙击手和远距离的持续迫击炮轰击，这些人应该是俄罗斯军方人员，有可能是俄罗斯联邦安全局的斯皮特纳斯特种部队。他们接到命令，必须在里面的人被救走、设备被撤离之前攻占"灯塔"。

如果不是一直有精确的狙击手和迫击炮的打击，阻止这些暴徒的进攻对美国人来说不在话下。现在他们不得不低着头藏身在室内的办公桌和椅子后面，对整个现场来说视野欠佳。三名校园情报处的特工和两名三角洲特种部队的队员仍在战斗，而另外六名持突击步枪的男人由于离窗户很远，所以不得不面对狭窄视野的考验。

几分钟后，还是有平民打扮的攻击者开始翻过围墙，来到车道和两边的草坪上。围墙顶上布满了他们的尸体。

两辆覆盖帆布车篷的卡车一路穿行在催泪瓦斯产生的低矮的灰色云雾中，然后突然停在了特别任务处的大门前，紧接着车后涌出一大群武装分子。这些武装分子中有些人被气体迷失了方向，所以跑错了方位，但大部分人还是穿过呛人的催泪瓦斯，攻进了"灯塔"。

"灯塔"里的十挺突击步枪咆哮着，半自动步枪射出的子弹落在新来的攻击者中。攻击者们一边在车道上奔跑一边拿起自己的卡拉什尼科夫冲锋枪朝大楼开火。

四个入侵者翻过了北边的围墙，穿过空旷的停车场，成功到达大厅外的廊柱前。由于大门外的骚乱，没有人发现他们的行迹。入侵者奔向大楼入口，但在廊柱前发射催泪弹的两名美国安全公司雇员拿出了手枪，朝他们开火。

两名暴徒被杀死了，另外两名躲在了廊柱边上的水泥花台后面。

在门廊发生枪战之际，一枚火箭弹平行于公园的地面，直飞向"灯塔"。楼上的美国人看到呼啸而来的火箭弹时都把身体紧贴地面。火箭弹撞向三楼的东北角，撞进了一个房间的阳台玻璃门，火箭弹爆炸产生冲击波把弹壳和玻璃碎片四射到这间小房间内。瞬间杀死了蹲在小房间内的两名中情局的男子，而趴在地上的另外一名美国安全公司的雇员被掉下来的天花板砸伤了。

弥达斯跑进楼梯间，下楼支援在门廊遇袭的伙计，同时，克拉克跑到走廊去帮助在火箭弹爆炸中受伤的同伴。

查韦斯听到了楼下的枪声，也感觉到了楼上爆炸产生的震动。他一边重新装填自己的突击步枪，一边故作镇静地说："他们的人太多了，不一会儿就能包围这里。"

卡鲁索开枪射击一名正在车道上奔跑的男人，男人被击中前额，倒在了车道上。

在自己的枪声中，他向后喊道："与其在这里等待下一枚炮弹的袭击，我们不如到楼梯间去。"

又一辆满载攻击者的卡车穿过街道上成群的抗议者，从公园的另一头驶向"灯塔"。

"灯塔"以东3英里（4.8公里），四架战斗机一字排开，一架接着一架，每架战斗机相隔几百码，哈里斯·"格鲁吉"·科尔驾驶着F-16飞在队形的第一位置。他下了一个命令，然后他后面的三架飞机打破了队形，二号勇士飞向右边，三号勇士飞向左边，四号勇士跟在右边的二号勇士后面。格鲁吉使用最大油门，全速前进。

科尔的计划是每架飞机以每小时700英里（1 126公里）的速度直接飞跃"灯塔"，每架勇士面向一个略微不同的方向，一架接着一架，时间间距15秒。这样便能制造出持续的声墙，然后再转弯进行第二次、第三次飞行。

如果一切按计划进行，地面的攻击者将不清楚自己的头顶究竟有多少架飞机，也不会知道这些喷气式飞机的真实目的。

他预计暴徒和攻击者们会有四分钟左右的骚乱、困惑、恐惧以及战斗机以亚音速飞行时噪声产生的头疼。

战斗机以亚音速飞行，离地面仅300英尺（91米），留下发动机的咆哮声和一条燃烧后的废气产生的淡淡尾迹。

格鲁吉说："好吧，让我们去打碎些窗户玻璃。"

以亚音速的速度飞行，格鲁吉不可能知道"灯塔"附近的情况。他在计算机上设置了航路点后，便把更多的注意力放在警报系统和城市周围的山丘上，如果不受地形影响，他想尽可能飞低一些。

格鲁吉眼前的黑雾越来越近，即使是在300英尺（91米），黑雾也没有完全消散，直到几秒钟后，他才冲破黑雾，立即看到西方明媚的蓝天。

格鲁吉的航向指示器显示他已经完成了一次飞行，所以他拉回油门，让飞机倾斜飞行，突然的压力变化使他的抗荷服（G-suit）下半部分压力徒增，这样能迫使他的含氧血停留在上半身，保证头部的血液循环。

Chapter 44

等待救援

"灯塔"里，查韦斯和卡鲁索爬了起来，跪在地板上。当第一架喷气式飞机飞过他们头顶时，因为敌友难辨，所以他们迅速地重新趴下。发动机中燃料燃烧喷射的高温高压气体发出骇人听闻的巨大噪声，刺激着他们在炮火中已嗡嗡作响的耳朵，原本已经残破不堪的窗户玻璃现在更是雪上加霜。

他们瞥见第一架喷气式飞机飞过，仅仅如蓝天中掠过的一个模糊黑影，紧接着第二架喷气式飞机掠过他们头顶，从南边飞向北边。当这些飞机再次从北至南飞行时，"灯塔"的男人们突然灵机一动，发现这些飞机是来帮他们震慑敌人的，所以丁和多姆立即决定好好利用敌人的这段困惑和混乱期。

他们迅速朝特别任务处外面那些匍匐或停止瞄准的男人开火。与此同时，他们楼上或楼下的其他仍有战斗能力的美国人也赶紧抓住这个机会削弱这些武装者的实力。当第四架喷气式飞机出现在天空时，东边一个远处的屋顶发射了两枚火箭弹。

火箭弹不可能击中正在以每 7 秒 1 英里（1.6 公里）的速度飞行的目标，敌人的每次发射都是在向"灯塔"的美国狙击手暴露自己的位置。两枚火箭弹的发射点立即被三楼两名三角洲特种部队的狙击手捕获。

喷气式飞机的声音持续在头顶的蓝天中嘶吼。丁无法确认自己看见的是不是反复飞行的同一组飞机，但这些快速战斗机造成的巨大噪音和震动一如他们所计划的一样暂时震慑住了敌人。攻击"灯塔"的暴徒们全部失败了，街上的抗议者们都纷纷奔走逃命，不顾一切地寻找掩护。

克拉克朝丁和多姆示意。"在我们附近逗留的肯定都是接到行动命令的家伙。搜查附近的区域，我敢打赌他们一定携带了武器。"

"收到。"两个男人回答道，然后他们开始搜索"灯塔"前方的区域，寻找更多的目标。

格鲁吉在开始自己的第三次飞行前说:"这次航展我们应该收费。"

他们的耳机里传来了帕布罗的声音。"我只希望我们飞得足够快,免得地上那些该死的混蛋发现我们根本就没有任何空对地导弹(ATG)。"

在格鲁吉答话前,只听布兰克说:"那些炮手会把我们的空对空导弹误认为是凝固汽油弹。"他说着窃笑了起来。"许多俄罗斯人会被我们吓得屁滚尿流。"

格鲁吉说:"随着每次飞过却什么也没干,我们的威慑力会越来越小。"他检查了一下自己的坐标。"好吧,让我们再给他们来一次惊吓。"

格鲁吉完成了自己的第四次飞行后,把飞机的飞行高度拉到2 000米,然后飞到东边,准备不同寻常地飞越港口。

多姆·卡鲁索一边重新装填自己的突击步枪,一边快速地瞥了一眼整个区域。"看那些逃命的人。"他说。

丁抬起头,眼睛离开瞄准镜,看了一眼现场的情况。暴徒们开始疯狂地往各个方向仓皇而逃。拿着莫洛托夫燃烧瓶的男人们把燃烧瓶扔在地上四散奔逃,公园的人行道上,一个女人正在给直升机坠毁中的伤者做急救,此刻她扔下伤者,自己冲过街道,消失在一个小巷道里。

十一个平民装扮的死者或伤者躺在"灯塔"的外墙里,最近的已经在"灯塔"大楼的廊柱下了。另外十五个或者更多的攻击者都退回到大门外去寻找掩护了。

百分之七十五的攻击者和暴徒们,三分钟前还在特别任务处的大门外叫嚣,而现在不是逃到了建筑物或车里,就是撤离了该区域。

毫无疑问,特别任务处的人知道,如果不是F-16的到来驱散了大门外的暴徒们,"灯塔"这幢三层楼的建筑早已被攻破。

喷气式飞机发动机发出的地动山摇的隆隆声很快就消退了,就如它的突然出现一样,但它带来的恐惧感仍然笼罩在"灯塔"附近。

弥达斯走进校园情报处的人所在的房间。他说:"你们要做好准备,这是在营救我们的飞机到来之前的近距离空中支援,这事还没完。"

克拉克说:"我敢保证我们还会遭到攻击。现在的平静只是暂时的,一旦敌人冷静下来,他们会发现这些飞机不过是在虚张声势,到那时他们会重整旗鼓,并且发起更猛烈的攻击来打垮我们。"

"听起来你应该是经历过这样的事情。"

克拉克耸了耸肩,没有回答。

弥达斯拿起对讲机说:"所有人重新装填武器,尽可能地提高自己的防御能力。离救援飞机的到来至少还有四十五分钟,一切都并未结束。"

离开了塞瓦斯托波尔后,格鲁吉在海上飞了不到两分钟便转向南方,他降低了飞行速度以节省正在迅速减少的燃料。

当另外三架飞机也从陆地进入海洋上空时,格鲁吉才稍稍放松了些。

但时间并不长。

格鲁吉设置了飞往土耳其海岸的 KC-135 这个新的航路点后不久,耳机里传来了飞机的空中管制员的声音。"一号勇士,请注意,四架俄罗斯'侧卫'。"

科尔喃喃自语道:"该死,苏-27。"

不一会儿,耳机里又传来了因吉尔利克空军基地的管制员的声音。"一号勇士,请注意,'侧卫'表达了他们的意图。他们来与你们汇合,并护送你们从黑海返回土耳其领空。"

布兰克听到这条信息后说:"不过是为了显示他们这样做了而已。"

科尔回应道:"是的,这些混蛋会在俄罗斯的电视上显示自己是怎么击退美国佬的。"

佩德罗补充说:"我们没有足够的燃料与他们纠缠。如果他们想一直友好地跟着我们,也并不是最坏的情况。"

"你这个观点很好。"格鲁吉承认。

愤怒的俄罗斯飞行员的"护送"和燃料告急让科尔在半个小时的飞行中一直神经紧张。他支撑着自己,并告诉其他飞行员不用担心"侧卫",但他也要求他们不要做任何挑衅动作,因为敌人时刻都想向他们展示一下自己的肌肉。飞越危机重重的中情局基地给他带来的兴奋与刺激感已渐渐退去,现在他要缓慢、无聊地直线飞行。

他真心希望自己成功地为身处塞瓦斯托波尔的兄弟们争取到了一点时间。

喷气式飞机离开后十五分钟,"灯塔"再次受到迫击炮的攻击。克拉克观察了一下,当 F-16 低飞时,迫击炮的炮手们似乎扔下了自己的武器,寻找避难所,直到现在才重新组建起他们的阵地。从打击的频率和节奏来看,"灯塔"的男人们发现对方还剩两组人在行动。

现在,中情局特别任务处的防御者们要找到生存的模式。

弥达斯命令所有人下楼,到大厅或者一楼的其他房间,因为二楼和三楼容易遭到狙击手、迫击炮和火箭弹的攻击,现在楼上两层十分危险。他们只剩下九名可战斗人员了,弥达斯认为把大家集合到一楼会更好一些。他把人员分派到一楼的不同位置,查韦斯和卡鲁索被指派到了前门。

在一楼,他们可以更好地躲避远处狙击手的视线,但这个决定同样也让他们失去了楼上观察附近局势的绝佳视角。

迫击炮持续地轰击着"灯塔",每分钟爆炸两次,但就在这时迫击炮的爆炸声戛然而止。不一会儿,一辆卡车冲向特别任务处的大门,撞击大门,然后冲入车道。

此刻,卡鲁索、查韦斯和弥达斯通通在前门的廊柱下,他们把自己的步枪拨到全自动模式。

就在他们向卡车连续射击时,又有两枚火箭弹落在他们头顶的大楼上。他们击碎卡车挡风玻璃,杀死了卡车司机,子弹射入油箱,直到油箱被点燃。卡车燃起熊熊大火,偏离车道冲进了草坪,撞向南墙。

他们刚松了一口气,燃烧的卡车后面又跳出来一群全副武装的男子。丁、多姆和弥达斯正准备朝这群男人射击,卡车却突然爆炸,喷发出的熊熊火球瞬间吞噬了几名攻击者,他们甚至还没来得及展开对"灯塔"的攻击。

着火的男人们逃开燃烧的卡车残骸,在地上翻滚着、拍打着,试图扑灭身上的火焰。

廊柱下的男人们重新装填武器时,迫击炮的炮弹又开始轰击"灯塔"大楼了。他们只好跑到里面,寻找掩蔽物。

弥达斯说:"很快他们就会知道,他们只需要使用迫击炮持续轰击特别任务处,直到成功突破前门。只要迫击炮持续轰击大楼,我们就只有躲在这里紧握头盔,而不能观察他们。再有一辆卡车冲进来,我们也无法瞄准它。"

弥达斯的对讲机里传来一阵噼里啪啦的电流声,他把对讲机拿到耳边。

"重述一下最后一条消息。"

"灯塔,灯塔。这里是坚固41,预计到达时间两分钟,收到请回复?"

弥达斯看着大厅低垂的天花板感谢上帝。

"太棒了,海军陆战队!"

多姆和丁相互击掌以示庆祝,但大厅窗边的同伴大喊,又有一群攻击者从北墙攻了进来,短暂的庆祝就这样结束了。

Chapter 45

鱼鹰 V-22

鱼鹰 V-22 比直升机的速度快一倍，飞行距离更是直升机的五倍，所以尽管鱼鹰 V-22 操控起来有些困难，但飞行员们依然为自己国家的先进技术而自豪。

两架抵达塞瓦斯托波尔的飞机中，一架被命名为坚固 41，一架被命名为坚固 42，它们都来自海军陆战队第二飞行联队倾转旋翼 VMM-236 中队。在朝鲜战争时期，这个中队负责直升机运输，它有一个特别有趣的昵称——雷霆小鸡。这么多年来，随着时间变迁，飞机的结构、外形已然发生改变，但这个中队却一直保留着这个绰号。2006 年，雷霆小鸡变革为倾转旋翼机中队，从那时起，他们一直负责运输部队和装备进出整个伊拉克和阿富汗的战场。

奔赴克里米亚半岛执行这个危险任务的坚固 41，搭载了 18 名海军陆战队的步枪手和一组由 2 名飞行员、2 名机枪炮手和 2 名维修人员组成的机组人员；坚固 42，搭载了 6 名海军陆战队的步枪手和 5 名机组人员。

两架飞机里的步枪手们的平均年纪还不到 21 岁，如部队里的惯例，没有人告诉鱼鹰里面这些海军陆战队员们他们要去营救撤离一个中情局的秘密基地。除了知道自己即将进入一个局势动荡的战斗区域，降落在一个美国的外交办事处，帮助 15—20 名遭到全方位炮火攻击的美国人撤离之外，他们对此次行动的其他信息一无所知。

路上他们接到通知，在目标区域可以随意使用武器，这就意味着他们可能会开枪，但同时也意味着他们可能随时会被敌人瞄准并射杀。两架鱼鹰 V-22 以固定翼飞机模式飞行，两翼的巨大倾转旋翼水平向前，作为飞机的巨大推进器。坚固 41 和坚固 42 在 1 000 英尺（91 米）的空中以每小时超过 315 英里（504 公里）的速度飞过塞瓦斯托波尔。地面的攻击者们只抬头看了看发出雷鸣般巨响的飞机，大部分人犹豫不决，他们可能曾经见过鱼鹰，也感觉这可能是敌人的飞机，但是尽管如此，考虑到敌人之前的最后一次飞行，只是在天空中飞了一圈什么也没做便离开了，所以大部分的攻击者们并不畏惧这两架新来的造型奇异的飞机。

两架飞机的机腹都有炮塔，里面的枪炮手通过前视红外（FLIR）监视器搜索目标，使用电台发送给他们的坐标。

炮塔是设计鱼鹰时后期才增加的临时武器防御系统（IDWS），它能给鱼鹰这种大型运输机提供 360 度的全方位火力掩护。在加装 IDWS 之前，V-22 鱼鹰必须依靠直升机的支援和单管点五零重机枪从后方开放的坡道射击，大大限制了飞机在战争环境中的使用和存活力。斜坡枪手跪在巨大的机枪后面，他戴着耳机，通过无线电与炮塔的枪炮手取得联系，与此同时他们还和其他鱼鹰上的枪炮手以及地面外交办事处的弥达斯通过其高频（VHF）频道保持通讯。弥达斯用最后六十秒的时间向四名枪炮手描述他观察到的迫击炮发射点，然后飞机飞过头顶，四名枪炮手都在搜寻弥达斯描述的目标。

枪炮手们知道，他们必须在着陆前找到迫击炮的发射点。鱼鹰着陆时笨拙又缓慢，着陆后简直就是活靶子，特别是在这种情况下，迫击炮的炮手有一个小时的时间去精确打击鱼鹰的停放场地。在枪炮手消灭迫击炮发射点之前，飞行员不可能着陆。

为了操控身下的炮塔，坚固 41 的枪炮手使用了一台类似视频游戏控制器的手持控制器。他把 FLIR 摄像头用做武器的瞄准系统，用控制器控制武器的上下左右，通过小型监视器中间的十字准线瞄准目标。他搜索着弥达斯怀疑的迫击炮发射区域，几乎立刻就在屏幕上发现了公园中央，Mi-8 残骸的东边一栋大楼楼顶的两人小分队。

绿色的屏幕上，出现了两个黑色的图像，同时枪炮手也看到了两名迫击炮炮手中间的炮筒。鱼鹰上的枪炮手发现迫击炮的坐标时，一个黑色的热成图像显示一枚 82mm 迫击炮弹正在飞向外交办事处。

片刻之后，坚固 41 炮塔的枪炮手按下了武器的发射按钮。

他身下，鱼鹰底部舱口，大型的加特林机枪咆哮着，子弹如奔流而出的液体，快速、密集。

大楼楼顶的两名炮手的尸体已被子弹撕扯得面目全非。

坚固 42 鱼鹰尾部坡道上的点五零重机枪手在外交办事处西边的街道上发现了一名火箭弹射手，然后他瞄准该男子所站的街道开火。空气中扬起尘埃、泥土和建筑物的碎片，覆盖了整个区域，当尘埃落定后，火箭弹射手已被解决掉了，他躺在大街上，面部朝下，腿在身体几英尺之外。

两架鱼鹰以相反的路线扫描了整个区域，四名枪炮手搜索单个目标并消灭他们。点五零重机枪手射击时，机舱尾部的坡道发出嗡嗡的轰鸣声，弹头沿枪管向前运动，后坐过程中，黄铜的弹壳从 T 形槽内被挤出，最终从枪底部被抛向蓝天。

第二次以这样的路线扫描完整个区域后，地上大部分的枪炮手都趴在地上寻找掩护，第二处迫击炮发射点尚未被发现。两架飞机的飞行员讨论要不要放弃寻找,直接展开营救和撤离,但最终他们还是决定继续之前设定的航行模式,给自己的枪炮手更多时间。

终于,坚固42鱼鹰炮塔的枪炮手定位了第二处迫击炮发射点,就在大楼旁边的第四条街道上。发射点位于一处小型停车场,临近一个废旧的钢铁回收站,旁边堆着几个箱子,周围也没有什么显眼的人群,所以不那么容易被发现。临时武器防御系统打击着整个停车场区域,击碎了迫击炮的炮筒、钢铁回收站和附近停放的几辆汽车。

坚固41的飞行员再次通过灯塔时减速了,随着机翼从水平状态转换到垂直状态,鱼鹰迅速减速,倾斜转子把鱼鹰从固定翼飞机模式转换到了直升机模式。当坚固41在"灯塔"上空悬停时,坚固42在上方飞行掩护。坡道上的机组负责人把身体探出机身观察下方情况,他旁边的点五零重机枪手左右扫描着地面,做好了应对任何危险的准备,负责人通过耳机指示飞行员适宜的降落地点,准备降落。

第二架鱼鹰在"灯塔"上空飞行,没有丝毫懈怠,炮塔的加特林机枪搜索着每一个出入口、天台、阳台和停车场,尽可能寻找任何潜在的威胁,必须在自己或者地面的同伴遇到危险之前消灭敌人。

坚固41着陆了,但是它的两个巨大发动机似乎没有什么明显的变化,发动机并没有减速或者松懈。18名海军陆战队的队员举着武器从鱼鹰尾部的坡道下来,螺旋桨扬起的尘土遮住了他们的视线。9名队员往左,剩余的9名队员往右,跑向前门和墙边。前门的队员把枪口对准停车场,墙边的队员爬上卡车残骸和其他物体,以便更好地观察墙外的大楼地形。年轻的海军陆战队队员刚到这个战场,特别任务处以及附近区域对他们来说像一个经历世界末日之后的鬼城。街道上尸横遍野,燃烧的汽车、几百扇破碎的门窗以及一地的玻璃碎片。汽车报警器的尖锐鸣叫此起彼伏。公园中央,坠毁的Mi-8直升机残骸的火焰已经熄灭,只留下一堆灰烬和一股股黑烟直升天际。

海军陆战队的队员知道这个区域肯定还有敌人的残存势力。远处一名训练有素的狙击手的射击,引起了"灯塔"M16突击步枪的还击。

空中的鱼鹰确定了狙击手的位置在一家酒店的阳台,飞行员调整了飞机的位置,以便点五零重机枪手能瞄准该区域。机枪手朝酒店阳台发射了数枚子弹,杀死了狙击手,驱散了该区域的其他武装分子。

当海军陆战队的队员围绕鱼鹰形成一条封锁线后,"灯塔"中幸存的12个男人走了出来。每个尚能行动的人不是挥舞着枪支就是照顾着伤亡人员。

丁和多姆抬着中情局驻基辅站站长基思·比克斯比的运尸袋,约翰·克拉克照顾一小时前伤了手背的美国安全公司的平民雇员。克拉克把伤员交给鱼鹰的机组负责人,自己站在尾部的坡道下面。

在美国和北约的军事与情报部门工作了近半个世纪，约翰·克拉克乘坐过的飞机不计其数，如螺旋桨飞机、涡轮螺旋桨飞机、喷气式飞机。但走近鱼鹰尾部的坡道时，克拉克还是屏住了呼吸。

倾转旋翼机从直升机模式转换到固定翼飞机模式时，总是给克拉克一种空气动力学上的不稳定感。

当三分之一的海军陆战队队员登上飞机时，38岁的中校巴里·杰科夫斯基和其他两名三角洲特种部队的成员迅速地往大楼旁边的汽车上安装了炸弹，然后两名中士带着远程触发器在弥达斯的掩护下登上飞机。当他们登上飞机后，弥达斯跑向鱼鹰尾部的坡道，然后迅速转身，跪姿托举突击步枪对准机舱外。他旁边是一名点五零重机枪手，机枪手的盔甲上挂着一根安全绳。弥达斯作为"灯塔"的幸存者之一，最后一个登上鱼鹰坚固41。他登上鱼鹰后，机组的负责人通过内部通话系统呼叫飞行员。"全部人员登机完毕！出发！"

随着发动机更加剧烈的轰鸣，飞机升上天空。

坚固41缓慢地转变到固定翼飞机模式，开始在"灯塔"上空盘旋，为正在着陆的坚固42提供掩护。当坚固42接到余下的海军陆战队队员顺利升空后，三角洲特种部队的中士按下了手中远程触发器的按钮，六辆SUV爆炸产生的火球上腾起了一朵蘑菇云。

两架"雷霆小鸡"转向北方，迅速撤离。

从鱼鹰的到来到最终撤离，整个营救过程只用了五分零三十秒，"灯塔"上空鱼鹰的发动机残留的轰鸣声已渐渐消失。

Chapter 46
中情局的调查结果

30 年前

中情局的情报分析员杰克·瑞安此刻正在自己查塔姆的家里,他整夜都坐在楼上书房的办公桌前用蜡笔为一只小帆船着色。事实上,基本是他的女儿在为帆船着色,5 岁的小萨莉坐在杰克的腿上,几乎整个上半身都扑在她的彩色图书上,为图书增加更多明亮的色彩。以前每晚的这个时候都是杰克的工作时间,而现在他完全无法工作。杰克不止一次尝试着把她放到地板上,但每次她都十分抗拒,坚持要和爸爸一起坐在办公桌前。杰克和女儿萨莉的这场战争,注定是萨莉赢。话虽如此,但其实杰克很享受和女儿相处的时光,虽然他也会时不时地瞥一眼电脑上的工作文稿。

可这又是另一场杰克注定失败的战争。萨莉似乎总能察觉到爸爸的注意力在不在自己创作的杰作上面。

"看我。"她说。杰克只好微笑地看着女儿。

在萨莉给帆船上色时,杰克试图写作的尝试虽然失败了,但他还是禁不住一次次地看着桌上的电话。中情局给他装的安全电话装置(STU)像一台大型的奇异设备,躺在他珍贵的"Apple II"计算机旁。他时刻期待着兰利的电话,他将英国人给他的瑞士楚格银行的员工和客户名单寄给了兰利,现在他期待兰利的回复。虽然他很喜欢陪自己的大女儿一起度过睡前的时光,但还是忍不住想到有一个外勤的男人正在焦灼地等待这条至关重要的信息。

幸运的是这个时候凯茜脸上带着疲惫的笑容走进了杰克的办公室。"萨莉,给爸爸一个吻,然后说晚安。"

"不要!"萨莉尖声抗议,然后在父亲腿上哭闹了一会儿。凯茜敏捷地抱起她,她在尖叫和哭声中被凯茜带出了书房,带回房间睡觉。萨莉此刻已经无法入睡,但杰克和凯茜都知道如果现在不命令她去睡觉，情况只会更加糟糕。

同样幸运的是萨莉的哭闹是短暂的，没一会儿，走廊上就已经传来她与妈妈愉快聊天的声音了。

杰克的手放在苹果电脑的键盘上，他准备花一点时间写作自己的新书——海军上将威廉·F. 哈尔西的传记。杰克对自己的苹果计算机仍旧感到新奇。从电子打字机发展到"Apple II"并不是一件容易的事，塑料机箱和键盘取代了电子打字机打字时的咔哒声，他只需要点击几下就能修改自己的文稿并把它储存在一片5英寸的软盘上，这让他一时难以适应。

他才刚打了几页，就听到了安全电话装置震动的声音。

杰克把塑料钥匙插进装置前面的钥匙孔，接起电话。

电话里一个计算机的声音一遍遍地重复着："等待线路检查。"瑞安耐心地等待着。

十五秒后，电话里的声音变成了"线路安全"。

瑞安说："喂，你好？"

"嗨，杰克。"电话那头是海军上将詹姆斯·格里尔，中情局情报部主任。

"晚上好，上将。抱歉，我想我应该说下午好。"

"晚上好杰克，我从分析师那里收到了一些关于楚格储蓄银行员工和客户名单的初步信息。"

"太好了。不得不说，我没想到会是您给我打这个电话，是有什么惊天动地的发现让分析师不得不向您汇报还是我想多了？"

"恐怕是后者。收到信息后我想我应该给你打个电话。没有什么惊天动地的消息，员工名单没有任何发现，这些瑞士银行家倒是十分有趣。"

"如我的预期。"

"我敢肯定英国人已经知道这些信息了，被杀的托拜厄斯·加布雷尔过着僧侣般的生活，他不可能因为私生活而被杀。"

"银行的客户呢？有可疑吗？"

"银行的客户名单也没有你预想的那么可疑。正如我所说，这一切还只是初步信息，但就那些以持有人真实姓名开户的个人账户而言，大部分都是一些富有的老主顾，为了在瑞士这个避税天堂隐藏自己的财产，而不是为了掩盖犯罪所得的收益。大部队客户是老派贵族，有意大利人、瑞士人、德国人、美国人。"

"美国人？"

"恐怕是的。当然我们没有时间去逐一调查所有名字的全部细节，但是我们也没有发现什么可疑人物。我认为大都是一些想在医疗事故索赔中隐藏财产的医生或向前妻隐藏财产的丈夫，这一类情况。不道德，但不违法。"

"有东欧的账户持有人吗？"

"没有。克格勃做事不会这么明显。瑞士会核实账户持有人的身份信息，但这并不意味着他们知道谁才是账户真正的持有人，他们只核实文档记录。你知道，克格勃有一些超级优秀的伪造者。"

"调查公司账户时有什么发现吗？"

"实话告诉你吧，进度很慢。你知道那些真正想要隐藏自己与银行账户关系的人可以雇佣代理人，代理人替他的账户署名。代理人获得应得的报酬，他们不知道也不关心背后的雇佣者是谁。在这种情况下要追踪账户的实际持有人几乎不可能，不过我们也有我们的处理手段。我们已确定有一个账户属于一家赌场，另一个属于一家大众化的连锁酒店，还有一个账户属于一个钻石商人。此外，一家新加坡的律师事务所有……"

"等等，你刚刚说钻石？"

"是的，阿尔让斯钻石加工工厂。总部设在比利时的安特卫普。所有人是菲利普·阿尔让斯。他在楚格储蓄银行拥有一个公司账户。有什么问题吗？"

"彭赖特说克格勃的人在询问调查将硬资产转出银行的人。"

"阿尔让斯钻石加工工厂是欧洲最大的高级宝石生产商。大部分矿山在南非，但他们在全世界范围内购买和销售矿石。"

"他们做的都是光明正大的生意吗？"

"总的来说，是的。高级珠宝生意本来就是一个肮脏的行业，但迄今为止，我们所知的菲利普·阿尔让斯的业务都是合法的。"

瑞安思索了片刻。克格勃的男人询问的是硬资产，如现金、黄金等。钻石绝对属于硬资产，他会将这条信息告知彭赖特，但似乎查出结果的希望并不大。

杰克说："谢谢您提供的信息。如果彭赖特希望能查到参与托拜厄斯·加布雷尔被杀事件的其他的坏人，我想他要失望了。"

格里尔说："没有黑手党，没有五大家族或麦德林卡特尔集团的卷入。恐怕英国人认为克格勃账户经理的死一定与克格勃有关。"

"是的。"

"杰克，还有一件事。今天早上我和贾奇·穆尔谈了谈，我们希望英国允许我们插手此事。"

"之前我已经和巴兹尔爵士提过了。他明确表示他们会和我们共享他们获得的情报，但他们还没有做好双方共享信息源的准备。"

"这样已经很好了，但我担心他们的信息源的终止期限。如果被克格勃发现，他们会调走资金或者除掉他。我们可能没有太多时间了。共享我们的资源，这样才有机会保住这名特工。"

"很合理的推测。"瑞安承认。

"我们对消息源有什么了解？"

"确实不多。查尔斯顿不在场时彭赖特透露了一点信息。他明确说线人直接和克格勃成员伪装的匈牙利人的账户持有人见面了，所以我猜信息源可能是某类银行管理人员。彭赖特现在要飞往瑞士与他的线人会面。估计在加布雷尔死后，他需要安慰和稳住这名特工。事实上，我们没能从客户名单中确认任何嫌疑犯，我怀疑彭赖特是否已经对线人的工作汇报动过手脚了。"

格里尔说："要在一个家族式的瑞士银行中安插消息源让人难以置信。我和亚瑟明早会给巴兹尔打电话，稍微向他施加一点压力。"

"嗯，好吧。显然这就是你们的事了，不过我们可能需要找到更有价值的信息与英国人交换。我不认为仅仅是客户名单上的信息就能让他们同意与我们共享信息源。"

格里尔说："我同意。我们会找到他们想要的信息，做一个公平的交易。"

与格里尔结束通话后，瑞安立即拨通了楚格一家酒店的电话。根据彭赖特设置的暗号，暗示这个军情六处的男人去使用安全电话。

三十分钟后，彭赖特给瑞安回了电话。

"再次祝您晚上好。"瑞安说。

"晚上好，有什么最新消息吗？"

"我们调查了员工名单，一无所获。"

"如我所料。"

"至于客户名单，初步的调查报告显示里面没人与任何犯罪组织有联系。"

"什么也没发现？"

"恐怕没有。不过我们发现了一家钻石公司的账户，这家公司的所有人是一个有名的钻石商人。"虽然彭赖特似乎也并没有对这条信息十分留意，但瑞安还是特意省略了这家比利时公司的名字。

"好的，瑞安。我现在要去和我的特工见面，主要目的是排除他的担忧和恐惧，但我也会尝试着从他那里获取更多的情报。他也许能为我们提供关于 2.04 亿美元账户持有人的内部资料。"

瑞安说："我敢保证这个账户背后一定是一家空壳公司。要继续挖掘出背后的所有人将十分棘手。"

"你有什么好的建议吗?"彭赖特问。

"嗯,如果他能给你提供资金是如何转入楚格储蓄银行的信息,应该会比提供账户所有人的信息有用得多。"

"真的吗?为什么呢?"

"因为不同的国家有不同的银行保密法。如果这笔钱是从另一家西方的银行转到楚格储蓄银行的,我们可能就有机会从那家银行的账户查到所有人。"

"好主意。"

杰克补充道:"显然,我对你们的消息源一无所知,他可能没有查看账户转账记录的权限。如果他探听太多,可能会危及他自己的人身安全。"

彭赖特说:"明白,老伙计。我会告诉他谨慎一些。"

"我还能为你做些什么吗?"杰克问。

"继续思考,我们这些在前线的人背后常常都需要更冷静的大脑的支持。"

瑞安认为这是对自己的某种无心的轻视,但他也没多想。

Chapter 47
祖耶夫遇害

现在

随着时间的流逝，基辅已逐渐变得危险。克拉克、查韦斯和卡鲁索已从克里米亚返回充斥着各种抗议、游行和暴乱的乌克兰首都。内部的政治斗争主导着新闻媒体，各种犯罪团伙与当地警察在街上枪战。

与留在基辅的团队成员在安全屋重聚后，伊戈尔·克雷沃夫驾车把克拉克送到了费尔蒙大酒店，在那里他要重新扮演那名把五星级豪华酒店的账单划到报销账目上的满腹牢骚的记者。

但是克拉克才刚走到酒店大门就意识到了在自己离开的这两天里酒店发生的某些变化。

当他走到通往酒店大堂的门口时，一名着乌克兰内政部制服的官员拦住了他，让他出示护照。克拉克把自己记者身份的护照出示给了这位满脸严肃的官员，在对方检查时克拉克故意提及自己是费尔蒙大酒店的贵宾，希望能让对方稍微放松警惕。

官员把护照递还给克拉克说："不再是了，酒店已经关闭了。"

克拉克还没来得及做出回应，一名酒店的员工出现了，询问克拉克的名字和房间号，然后尴尬地向克拉克表示了歉意，解释说克拉克的行李将立即被送下来，但他需要重新在这个城市的其他地方寻找安顿之处。

由于掩护身份的需要，克拉克以傲慢无礼的态度回应了酒店的工作人员。事实上，当酒店的工作人员走出来时，克拉克看了一眼大厅的情况，就已经知道是怎么回事了。"七巨人"接管了整个酒店，当地的警察甚至内政部都出面保护隔离这栋大楼，赶走酒店所有非"七巨人"犯罪集团成员的客人。

这个变化非常有趣。在克拉克看来，一部分地方和国家一级的乌克兰政府官员已经开始公然支持"伤疤"格列布和"七巨人"有组织犯罪集团的行动。

克拉克想知道这些俄罗斯的犯罪分子和他们的支持者是打算发起一场政变还是紧紧地坐在一起等待俄罗斯入侵,占领乌克兰。

克拉克从酒店拿到行李,然后返回安全屋。他知道他们需要再重新找一间离酒店更近的安全屋,方便监视所有进出酒店的人。费尔蒙大酒店越来越像某场暴乱的基地了,克拉克希望接近这场风暴,掌握整个局面和参与的玩家们。

整晚校园情报处的人都在市中心寻找下一个合适的安全屋。晚餐伊戈尔带他们去了附近一家吃牛排和沙拉的餐厅。餐厅的电视和往常一样正在播放乌克兰 ICTV 频道的节目,音量大到耳朵不好的人都不用戴助听器了。这个晚上六个男人收听着电视的声音,但刚过晚上十一点,当一则新闻出现在电视上时,伊戈尔·克雷沃夫转头看向电视机,紧接着约翰和丁也转过头去,因为他们听懂了电视中的乌克兰语。

伊戈尔给其他人翻译了新闻的内容。"一小时后在乌克兰宪法广场的议会大厦将有一场演讲,媒体将发回现场报道,奥克萨娜·祖耶夫也会到现场。"

"她是谁?"德里斯科尔问。

"她是在议会中支持俄罗斯的党派领袖。如果民族主义者下台,下一届总理很有可能就是她。"

查韦斯说:"她这么受欢迎?"

伊戈尔耸了耸肩。"瓦列里·沃洛金支持她,所以她的政党能获得俄罗斯的支持和秘密资金。"

他们交谈时,加文默默地坐在桌前追踪 GPS 发射器传回来的位置。突然他抬起头说:"你们刚刚是在说宪法广场吗?"

伊戈尔说:"是的。我们在说一小时后那里将会有一场演讲。"

加文抓起桌上的一本便笺纸,匆匆地写下一些句子,然后递给德里斯科尔。德里斯科尔看完后又递给了下一个人。

当便签传到丁这里时,他读了出来。"那天我们标记的一号目标车辆现在正在宪法广场,并且是静止的,似乎已经停在了那里。"

丁看着多姆说:"你知道吗,我们应该带上相机去拍些演讲的照片和录像。"他的声音洪亮得超过了电视机的声音。

多姆迅速地切下一大块牛排,在把牛排塞进嘴里之前,他说:"走,我去取设备。"

四十五分钟后,查韦斯和卡鲁索来到乌克兰议会大厦外。他们花了好些时间才在宪法广场找到一个车位。广场上异常拥挤,一栋巨大的新古典主义建筑前搭建起了一个演讲台,几百人在台前乱晃,全部都是等着听演讲的人。

有许多新闻媒体的记者挤在人群里,站在紧挨着演讲台的地方。丁和多姆举起摄像机,检查了胸前佩戴的记者证,准备挤过拥挤的人群,走向主席台。

他们戴着蓝牙耳机,以便随时和已返回安全屋的加文·比瑞联系。加文说话时的声音很小,安全屋里肯定还安装着俄罗斯联邦安全局(FSB)的监听设备,所以他尽可能地模糊自己说话的语调和声音,以防监听器那边的人听到他们的谈话。

当丁和多姆穿过宪法广场走向主席台时,加文向他们指示了目标车辆的停放位置。然而当走到停车场时,他们发现停车场属于议会大厦,前面还有一个上了锁的大门。

十分有趣,即使他们无法靠近目标车辆做更多的调查,无法确定目标车辆的所有人,但至少他们知道那天和"伤疤"格列布会面的家伙有将座驾停入乌克兰政府停车场的许可。

丁和多姆穿过人群直奔主席台前的位置,就好像他们真的是媒体记者一样。

有几名出席此次演讲的政客已经接受了记者的访问,为电视新闻做特辑,但真正的头条新闻还在准备中,尚未上演。

主席台上唯一一位女性便是奥克萨娜·祖耶夫,在场的每位记者都是冲着她来的。祖耶夫是乌克兰地区团结党的领袖,乌克兰的亲俄罗斯党派的领头人,她毫不掩饰自己对竞选下一届总理的野心。

今天演讲的内容估计就是一份痛斥亲民族主义者的乌克兰统一党的罪行清单。公然宣布反对当权政党能为奥克萨娜赢得更多东边的亲俄罗斯的民众的支持,能让她在下一场选举中顺利赢得莫斯科的全力支持,这对她竞选取得胜利至关重要。

当祖耶夫还是一名极具影响力的议会议员时,她和她的丈夫曾被指控利用权势贪污腐败。乌克兰统一党试图在政治上排挤她,把各种贪污腐败的矛头直接指向她,但他们失败了。她的智囊团以及她在镜头前的轻松、坦然帮助她缓和了自己在公众心目中的形象,尽管她在乌克兰议会中的每一次表决都比其他议员更加强硬。

除了是一名政坛上的风云人物,奥克萨娜还是一名美丽的、引人注目的女性。50岁的金发美女奥克萨娜经常盘一个具有乌克兰民族风格的大发辫,穿着时髦的名牌服饰,引领乌克兰传统服饰的新时尚。

丁和多姆在记录整个事件的过程中,他们还试图寻找那天在费尔蒙大酒店前拍摄到的一号目标车辆上的两名男子。他们扫了一眼广场上的人群,微弱的灯光下有无数张陌生的脸庞,丁和多姆知道他们要在人山人海中发现那两个男人的希望渺茫。

就在丁和多姆环顾四周时,演讲开始了。祖耶夫被她所在的党派的其他领导人介绍给大家。她从椅子上站起来,熟练地向大家挥手微笑,走向演讲台。

然而她最终没能走到演讲台前。

现场传来一声响亮的爆裂声,出席演讲的许多媒体记者在之后的现场报道中说,听起来像是汽车发动机逆火的声音，但是丁和多姆立即就听出了这是大威力步枪的声音。

镜头里，奥克萨娜·祖耶夫脸上的笑容消失了，取而代之的是困惑和迷茫，她穿着高跟鞋的脚摇摇晃晃地向后退了两步，然后轻轻地向后倒在了主席台的地毯上。

她的胸前鲜血蔓延而出。

枪声回荡在整个新古典主义的议会大厦和宪法广场上，根本不可能确定狙击手的方位。安保人员举起他们的武器对准空中，向四周瞄准，寻找狙击手。众多记者蹲在地上，人群开始尖叫大喊着四散奔逃。

丁和多姆像周围其他记者和群众一样蹲在地上，但眼睛却扫视着周围的区域，他们试图判断狙击手的大概方位。

最后，他们把焦点放在了西边赫鲁什维斯基街对面的公园上。

丁和多姆迅速起身，穿过广场跑向停车场，但当他们开着车准备驶向公园时，警察已经开始设置路障，道路上拥挤不堪。

查韦斯气愤地拍了一下方向盘。

卡鲁索对着耳机说："加文，一号目标车辆在移动吗？"

停顿了一会儿，耳机里传来加文的声音。"是的，一号目标车辆正在向西穿过公园。"

查韦斯看了看前面的路障，一号目标车辆已经在路障的另一边，等到他们通过路障，已经无法追上对方了。

"该死，他们已经走了。"

多姆说："我不明白，'伤疤'格列布在基辅是替俄罗斯做事，不是吗？"

"肯定是的，他是俄罗斯联邦安全局的代理人。"

"但刚刚被刺杀的女人是俄罗斯中意的乌克兰政客啊，她的死为什么会和俄罗斯有关系呢？"

丁正准备回答，但多姆却自己回答了自己的问题。

多姆说："当然啦，如果亲俄罗斯的政党领袖被刺杀，那么所有矛头和责难都会指向乌克兰民族主义者。"

"是的，"查韦斯说，"这样一来，两派之间的斗争将更加激烈，最后你认为会是谁来恢复乌克兰的秩序。"

卡鲁索唏嘘地说："该死，丁，如果克里姆林宫在基辅杀死支持他们的乌克兰政客，那真是太冷血了。"

丁和多姆退出了车流，往相反的方向开去。现在要尝试去跟踪目标车辆已毫无意义，如果愿意，他们随时都可以监视它。

Chapter 48
"晨星"

30 年前

中情局的分析师杰克·瑞安与身在楚格的戴维·彭赖特通完电话的第二天,瑞安又一次来到了军情六处局长巴兹尔·查尔斯顿爵士的豪华办公室。此刻时间已接近傍晚,瑞安推测今天中情局的局长贾奇·亚瑟·穆尔可能已经直接和巴兹尔爵士交流过共享瑞士楚格储蓄银行消息源的问题了,因为昨天格里尔提到过中情局今天会和军情六处正式交涉这个问题。

现在杰克坐在巴兹尔爵士的办公室里,作为中情局与英国方面的联系人,他思考着要如何才能让美国获得楚格储蓄银行的消息源。

查尔斯顿说:"好吧,杰克,我已经与你们兰利的局长谈过了,他们坚持要插手我们在楚格储蓄银行的消息源,我同意了他们的要求。"

在瑞安作出回答之前,巴兹尔又说:"我们在楚格储蓄银行的特工代号是'晨星'。他是楚格储蓄银行的经理,因此有权限获得很多信息,包括账户和客户的信息。"

很好,瑞安心想。今天将是有趣的一天。

巴兹尔爵士又接着告诉了瑞安很多信息,这些信息之前瑞安已从彭赖特那里得知。克格勃像是正不顾一切地追寻一大笔被盗的钱,而这笔钱正隐藏在楚格储蓄银行的一个编号账户里。

听完巴兹尔爵士对整个情况的讲述后,瑞安说:"我猜中情局一定提供了一些东西作为回报吧。"

查尔斯顿挑了挑眉毛说:"他们没有告诉你吗?"

杰克扬起头说:"告诉我什么?"

"他们向我们提供了你。"

Chapter 48

"我?"

"是的,我们将直接派你去瑞士。"

瑞安的身体坐得更直了。"确切地说去做什么?"

"我们希望派你去楚格帮助彭赖特。他将从我们的消息源获得更多的账户信息,如账户编号、银行汇款资料、空壳公司背后涉及的信托和公共基金的巨大账目信息。显然,这些信息需要仔细研究调查,我们允许中情局的代理人在现场给予技术支持,也方便你们随时将有用的信息传回兰利。作为回报,中情局帮助我们破解这些信息。"

杰克说:"一切发生得太快了。"

"确实,现在的局势相当地不稳定。"

"不稳定?现在你们给我的感觉是你们的消息源在他的位置上坚持不了多久了。"

"虽然戴维的任务就是保证该特工的安全,但很不幸地告诉你,是的。"

"你们运行'晨星'多久了?"

"克格勃的人造访楚格储蓄银行,在他的办公室威胁他之后,他来找到了我们。"

"他自己来找你们的?"

"是的,他不喜欢自己的银行与俄罗斯人打交道,再加上个人的人身安全受到威胁,这一切足以让他站到我们这边。"

"所以说他还完全是一个新人,实际上你们还没有真正把他当作你们的消息源。"

"目前除了已经与你们共享的客户和雇员名单,我们尚未从他那里获得任何其他信息。但正如我之前所说,他将会为我们提供更多克格勃的账户信息。无论如何,现在他需要我们的帮助,我们也希望能保护他,这样在将来才能利用他做我们的内线。"

巴兹尔爵士把手放在杰克的膝盖上问:"你会去吗?"

杰克没有立刻回答,有那么一会儿他只是静静地望着窗外的泰晤士河。

查尔斯顿察觉到了瑞安的犹豫。"我知道你不是银行家。"

"这与我是不是银行家无关,只是我并不是外勤特工。"

"杰克,你是一个有荣誉感的聪明人。去年,你以你杰出的表现成功处理了北爱尔兰的恐怖分子。也许你只是一名分析师,但是你的能力却远不止于此。再说,在那边你将有你自己的安全屋。虽然并非亲眼所见,但我相信那里十分安全也十分舒适。"

杰克知道自己会给对方肯定的回答,因为在别人的要求面前,他的回答总是好。

"什么时候出发?"

查尔斯顿说:"我想派人开车送你回家,立刻收拾行李。"

"但是……凯茜。我需要和凯茜谈谈。"

巴兹尔爵士做出了让步。"那是当然。抱歉,我习惯于领导像彭赖特这样的外勤特工,弹指之间他们就能去任何地方。"

"那不是我，巴兹尔爵士。我讲求团队协作，我的家庭也是我的团队。"

查尔斯顿点点头。"当然，那你明天出发吧。今天晚上你先和卡罗琳女士谈谈，明早你带上行李过来。"

杰克意识到自己被要求明早带着行李过来，那么今晚他与凯茜的谈话根本不是征求凯茜的意见。

瑞安夫妇在维多利亚车站会面，一起搭乘 6:10 的火车返回查塔姆。一路上杰克没有提起自己即将前往瑞士的事情，甚至在凯茜询问他今天过得怎么样时他也只字未提。他不知道回家后，当提及这件事时自己会不会受到惩罚，但他知道公共的火车上不适合告诉妻子军情六处和中情局要送自己去完成一项秘密任务。

在从火车站回家的途中，杰克建议到一家中国餐馆买些外卖。凯茜喜欢这个主意，今天有一个外科手术，她站了几个小时。如果回家后有现成的晚餐，她的心情会更好。

当然，这是杰克的小诡计。

晚餐过后，他们和孩子共度了睡前的时光，当萨莉和小杰克睡着后，只剩下杰克和凯茜坐在客厅的沙发上。

当凯茜看见沙发前的茶几上放着两杯红酒时，她立刻紧张了起来。

"你要去哪里，去多久？"

"嗯……"

"我知道你不能告诉我要去哪里，但是去多久呢？"

"亲爱的，我不知道。我想至少好几天。"

凯茜坐了下来，杰克发现了凯茜的改变。平时，凯茜可以十分有趣，可以非常可爱，也可以像个家庭主妇一样絮絮叨叨，但当真正面临一些严肃的问题时，凯茜会变得异常冷静、理智和严谨。杰克认为这和她的职业有关，作为一名外科医生，她的职业要求她具备这样的素质。凯茜总能站在问题之外去看待这个问题，就算解决不了，至少要面对它。

"什么时候出发？"她问。

"有点紧急，我真希望能告诉你更多细节，但是……"

"明天你就要离开，是这样吗？"

有的时候杰克有这样一种感觉，凯茜总能知道他心里在想什么。

凯茜是他遇见过的人里面直觉最敏锐的。

"是的，格里尔和查尔斯顿将把我派出去。"

凯茜惊讶地扬起眉毛说："中情局和军情六处一起派你出去？会有危险吗？"

"不，不会的。"

凯茜说："上一次你离开的时候也这样说，但当你回来的时候，你自己也承认事情远远超出你的预料。难道你忘了吗，难道格里尔和查尔斯顿忘了吗，作为一名分析师，难道是你的工作职责要求你这样做吗！"

"我是一名分析师，我即将接受的工作就是到一个友好的西方国家，在室内研究一些报告。"

"如果这么简单，你不能在世纪大厦完成这些工作吗？"

杰克耸了耸肩，有些哑口无言。过了一会儿，他说："情况紧急，我们需要到实地去分析评估这些信息，然后发回兰利和伦敦。"

"为什么这么紧急？"

从凯茜的眼睛里杰克发现她掌握的信息远比自己告诉她的多，现在她要追问更多信息。

天哪，杰克觉得自己的妻子简直可以当特工了。

他说："放心吧，没事的。虽然我必须离开一段时间，但是我的心一刻也不曾离开你们。"

杰克亲吻着自己的妻子，并得到了她的回应。

杰克一再地向凯茜道歉，因为他不得不去楼上书房，他要去用安全电话装置给瑞士的彭赖特拨打电话。他再次轻吻了凯茜，然后起身留妻子独自一人坐在空荡荡的沙发上。

凯茜就那样坐在那里，喝着杯子里的红酒。她不开心，虽然丈夫向自己保证能应对好危险的局面，但他从没有去过中情局的秘密训练"农场"，没有接受过特工的训练。

她知道他会做到最好，也会尽自己所能回到他们身边，但他不得不面对外面的一些危险。

最重要的是凯茜·瑞安不明白，自己的丈夫、孩子的父亲、一名历史学家、一名分析师怎么会变成一名特工。

Chapter 49

切断输气管线

现在

瓦列里·沃洛金习惯于别人奋力追赶自己的步伐,但是今晨他走得比平时还要快一些。当他冲出电梯,急匆匆地走在俄罗斯天然气工业股份公司莫斯科总部大楼的二十二楼大厅时,只有健壮的保镖能跟上他的脚步。他朝着大楼先进的指挥控制中心走去,俄罗斯天然气工业股份公司的高管、秘书以及公关人员们远远地跟在他后面。

公司的员工们或趴在办公桌的隔板上,或透过办公室透明的玻璃墙,围观着俄罗斯总统匆匆走过的模糊身影。5 000多名俄罗斯天然气工业股份公司的雇员在公司总部工作,这个数字接近公司员工的一半,这些雇员已经习惯了政府的各种大人物出现在他们的大厅里,因为俄罗斯天然气工业股份公司一部分是国有资产,而那部分非公开的国有资产或多或少是属于国家领导人的秘密资产。

然而沃洛金之前其实只在切断对爱沙尼亚输气管道那天来过一次。

今天所有在总部大楼里见到沃洛金身影的员工,只要对他的强硬态度和世界局势稍稍有所了解,都清楚沃洛金今天为什么来这里。

沃洛金走进指挥控制中心,突然停了下来。即使像沃洛金这样目的性很强又专心致志到有些病态的人也仍被眼前的景象震惊了。大约50名工作人员在自己的桌前努力工作着,他们面前的墙上有一幅长100英尺(30米)、高25英尺(7.6米)的数字显示屏,显示屏上亮着一条条颜色各异、相互交织、错综复杂的管路。这是俄罗斯天然气工业股份公司的管道网络示意图,向东延伸至西伯利亚,西至大西洋,北至北极,南至里海。

在这个俄罗斯天然气工业股份公司的神经中枢,只需要在一台电脑终端里输入几个命令就能切断整个欧洲大部分的能源,让千百万人陷入无边的黑暗和寒冷中,造成欧洲工业和运输业的瘫痪。

这就是瓦列里·沃洛金的计划。

沃洛金原本计划发表一次演讲，一名摄影师一直跟在他的公关人员身边，他们匆匆走进房间，开始拍摄。

但沃洛金临时改变了主意，不再发表演讲。他认为自己讲得越少，这次行动的冲击力和影响力会更强。他走到房间前面，转过身来面对所有的控制员。房间里所有男女都睁大了双眼，等待着沃洛金的指示。

俄罗斯总统说："女士们，先生们，立即切断所有通往以及经过乌克兰的管道线路。"

对乌克兰的管线流量控制其实在沃洛金到来之前就实行了，但没有人指示关闭流经乌克兰的西欧管线。

第二排的管道传输部负责人怯懦地站了起来，他当然会遵从总统的命令，但他也不愿意犯错误。

"总统先生，为了避免误解，我想向您确认，要关闭所有流经乌克兰的管线吗？这样会使西欧的天然气供给骤降75%。"

管道传输部的负责人很怀疑自己的事业会不会因为今天对总统的质疑而终结，但沃洛金似乎很满意他的提问，这正好给了他一个详细阐述此次命令的机会。

俄罗斯总统回答道："在当前的局势下，把西欧人民急需的资源托付给现任乌克兰政府太不可靠。天然气是我们的资源，如果乌克兰的局势一直不稳定，我们就不能冒这个险。现在我们在俄罗斯呼吁整个国际社会向基辅施压，希望乌克兰当局能处理好目前的局势。现在还只是初期，最初几个月欧洲可能感觉不到这次行动的巨大影响，但我可以肯定地说，在寒冷席卷整个欧洲之前，欧洲会帮助我们缓和乌克兰危机。比起欧洲对能源的需求，我更关心国内以及邻国俄罗斯公民的安危。因此，我决定切断通往以及流经乌克兰的输出管线，希望能源的稀缺能带来应有的紧迫感。"

沃洛金的脸上没有笑容，没有恶毒的微笑。他下达了一个足以让千百万人陷入毁灭的命令，但是他毫不在乎。

切断管道线路的程序出乎意料地简单又迅速。沃洛金双手叉腰站在那里，看着巨大的电子显示屏上其中一条管线由绿变黄，再到完全变红。这意味着第一条管线的关闭。

他没有等到完成整个管道线路的关闭程序就离开了，毕竟，通往以及流经乌克兰的管道线路实在太多了。他命令大家继续努力工作，然后匆匆地离开了指挥控制中心，正如他匆匆地来。

几分钟后，沃洛金回到楼下的加长版装甲豪华轿车内，轿车在政府车辆的专用车道上向城市北边奔驰而去。俄罗斯总统看向自己的总参谋长说："联系塔拉诺夫。"

等待的过程中他端起做工精细的茶杯,喝着茶,浏览报纸。

不一会儿,总参谋长递给他一个手机。沃洛金接过手机说:"罗曼·罗曼诺维奇?"

"是的,瓦列里。"塔拉诺夫从未在公共场合这样称呼沃洛金,当然他也从未出现在公众场合,所以这种假设并不成立。

沃洛金问:"占领中情局位于塞瓦斯托波尔的特别任务处了吗?"

"是的,但结果并不理想。中情局的人已带着他们的大部分设备撤离,剩余的设备也被他们销毁了。他们重创了我们的斯皮特纳斯特种部队以及'七巨人'的非正规军。"

"我们没有获得任何可以展示和利用的资源?"在塔拉诺夫回答之前,沃洛金又说:"尸体呢?被消灭的美国人的尸体呢?"

"特别任务处的主楼里有很多血迹,从血量判断,我可以肯定他们有多名人员伤亡,但尸体全部被前来支援的美国空军带走了。"

"可恶。"

"没关系,瓦列里。我们还可以发动一场外交上的突袭。"

"怎么做?"

"我们正在采访曾在特别任务处工作过的乌克兰人。他们会说任何我们想让他们说的话。再加上还有美国飞机在乌克兰上空飞行的视频。虽然美国人可能会说那是挂北约旗帜前去塞瓦斯托波尔营救和平合作伙伴的飞机,但是你可以发表声明称中情局一直在克里米亚,破坏克里米亚的地区稳定。"

"我想要实质的证据。"

"抱歉,瓦列里,如果你想要美国人的尸体,你应该给黑海舰队击落美国飞机的权限。但那不是我的部门。"

"不,罗曼,不是这样的。我不想在塞瓦斯托波尔的上空挑起与美国的战争。我想在适当的时候,利用中情局在塞瓦斯托波尔挑衅的证据对付美国。"

"我明白,但是如果你……"

"在这方面我需要你更多的支持,罗曼。我需要一次行动,而这次行动必须归咎于中情局对克里米亚地区稳定的干涉。"

电话里出现了短暂的停顿。若不是罗曼·塔拉诺夫与瓦列里·沃洛金如此了解彼此,这个停顿会更长。

塔拉诺夫说:"我理解你,瓦列里。我会制造更多证据,让现在我们掌握的中情局活动于塞瓦斯托波尔的证据变得无可置疑。"

"要快。我刚刚切断了所有通往以及经过乌克兰的天然气管道线路。"

"那么我去工作了。Pa-ka(再见)。"

Chapter 50
彭赖特死亡之谜

30 年前

中情局的分析师杰克·瑞安要在中午之前抵达希思罗机场,但他盘算了一下,在上出租车之前还能再工作一个半小时,所以他带着前往瑞士的行李抵达到了世纪大厦。

他今天的首要任务是打电话给身在楚格的戴维·彭赖特,看看对方有没有收到"晨星"提供的资料,并询问这名英国的外勤特工有没有什么指示给自己。

他端着早上的第一杯咖啡回到办公桌前,刚准备用安全电话装置给彭赖特打电话时,俄罗斯工作组的负责人西蒙·哈丁急匆匆地走进他的办公室。"查尔斯顿需要你现在直接去他办公室。"

杰克看着满脸惊慌失措的哈丁问:"怎么回事?"

"赶快去,伙计。"

几分钟后,杰克走出电梯,走进位于角落的局长办公室。在来的路上杰克想了很多种可能性,但还是想不到有什么事情会让哈丁如此焦虑不安。

走进办公室后,杰克发现查尔斯顿站在办公桌前,身边还围着六个男人,这六个人没有一个是自己之前认识的。巴兹尔转身看到杰克后说:"请坐,杰克。"

杰克走到沙发前,坐在巴兹尔的对面。他与那六个男人并没有相互介绍。

"怎么了?"

"恐怕是噩耗。戴维·彭赖特……死了。"

杰克感到一股热流冲向自己的大脑。"哦,天哪。"

"我们刚刚得知这个消息。"

困惑席卷着瑞安,他问:"到底发生了什么啊?"

"他被一辆公共汽车撞死了。"

"公共汽车？"

六个男人中的其中一个走过来坐在瑞安旁边。他说："他们发现他饮了酒。就像所有出差在外的男人一样，他喝多了。"

"我……我昨天晚上才和他通过电话，他很好。"

他旁边的男人说："从我搜集的信息来看，与你通完电话后，他于晚上九点离开了楚格的安全屋。与'晨星'会面后，被一辆本地的公共汽车撞死了。"

"你是谁？"杰克问。

巴兹尔清了清嗓子说："杰克，这位是反情报部门的尼克·伊斯汀。尼克，这位是杰克·瑞安。"

尼克·伊斯汀与尚在震惊中的瑞安握了握手。

伊斯汀向窗边的其他男人点了点头说："那边是我小组的其他成员。"

站在窗边的五个人看了看杰克。

杰克注视巴兹尔，等待着巴兹尔的说明。巴兹尔说："尼克和他的小组将负责调查戴维的死因。瑞士方面确定这是一场交通意外，我们驻苏黎世的大使馆将出面确保瑞士方面安静而迅速地完成他们的调查，这样我们才能开始我们真正的调查。"

伊斯汀说："我们也会发现同样的结论。有目击证人说彭赖特于凌晨 0：30 走出一家啤酒馆，准备走到街上去招呼计程车。而当他跌跌撞撞地走到空荡荡的大街上时，前方一辆汽车迎面而来，这辆公交巴士从他身体上碾过。瑞士方面说公交司机已经尽量配合了，他被这恐怖的经历吓坏了。"

对于伊斯汀的肯定，杰克感到难以置信。"你真相信这样的故事？"

伊斯汀说："这不是暗杀。显然，当我们取回他的尸体时会对他做一个毒理学测试，但我相信他们也只会发现他喝了太多的酒精。他死亡的唯一疑点是他是如何在喝了这么多酒的情况下，爬下椅子，走到前门的。"

发现自己在说死人的坏话，这个男人稍微有点畏缩。他接着又说："戴维有问题。"

瑞安不再看反情报部门的这个男人，他转头看着对面的查尔斯顿问："'晨星'知道彭赖特的死吗？"

"不知道。彭赖特使用的是名叫内森·迈克尔斯的假身份证。这类死亡通常都会受到新闻媒体的报道，但报纸得到的只会是他的假名。所以'晨星'不会认出他来。"

"你应该让'晨星'知道这件事。"

巴兹尔说："我们还没决定，我们不想让他感到不必要的惊慌。"

"不必要？他周围的人正在不断地死去。"

伊斯汀清了清嗓子说："已经发生的两起死亡未必都会危及'晨星'。"

巴兹尔补充道："这些先生将会去瑞士展开调查。我已经给詹姆斯·格里尔和亚瑟·穆尔说了，派你与他们一同前往瑞士。"

此时，一般人往往会抗拒去瑞士的安排，但瑞安没有这个想法。相反，他说："好的，好的，当然。"

伊斯汀显然不太满意查尔斯顿的这个决定，但他也没有说什么。

查尔斯顿说："很好。那就这样决定，在我们调查清楚戴维的死因前，'晨星'不能投入使用。至少现在，我们不能与'晨星'走得太近，这样才不会危及'晨星'。"

虽然这个决定让人难以接受，但瑞安还是点了点头。

此时伊斯汀站起来说："好了，瑞安。你可以走了。我们一小时后在大厅见。我和巴兹尔爵士还有更多问题需要讨论。"

就这样尼克·伊斯汀把瑞安赶出了巴兹尔的办公室。

Chapter 51

维克托·奥克斯利

现在

小杰克·瑞安用了好几天的时间去追踪调查维克托·奥克斯利。他首先联系了自己在马里兰时的近身格斗教练詹姆斯·巴克。詹姆斯是英国第 22 特种空勤团的前成员，校园情报处的朋友，他很愉快地承诺会帮助瑞安做一些低调的调查。

与居住在贝尔格莱维亚区的前军情六处局长会面后，杰克给父亲发了一封邮件，邮件只简单描述了自己获得的一些细节，并说明自己想做一些深入的调查。杰克知道自己本可以直接把与巴兹尔爵士的谈话内容汇报给父亲，这件事也就这样结束了。但年轻的瑞安发现自己如此痴迷于这个老故事。

经过巴克的广泛调查，就第 22 特种空勤团的人所知，维克托·奥克斯利还活着。他们没有奥克斯利的地址，但通过查阅一些旧档案发现了他的生日，也就是说奥克斯利现在 59 岁。因为在卡斯托 & 博伊尔公司工作的便利，瑞安调出了英国的纳税记录，发现里面刚好有一名 59 岁的维克托·奥克斯利。这个男人居住在伦敦北边的科比镇，离伦敦只有两个小时的车程。瑞安拨打了记录里的电话，发现电话已经停机，但今天是星期五，瑞安有几小时的累积假期，所以他告诉桑迪·拉蒙特午餐后自己会提前离开。

开往科比镇的旅途平淡无奇，而且瑞安不太适应靠左行驶。每次有车辆迎面而来经过自己右边时，他都会感到轻微的畏惧。一小时后，他的大脑开始慢慢适应，习惯这种奇怪的感觉。

下午四点过后，小杰克抵达科比镇，并找到了记录里的地址。奥克斯利住在一栋摇摇欲坠的两层的公寓楼里，楼前的花园比杰克男爵阁的公寓客厅还小。

瑞安穿过满是垃圾的草坪走到公寓入口，几节楼梯把他带到了奥克斯利公寓楼的二楼。他敲了敲门，等待门内的回应，然后又敲了敲门。

Chapter 51

没有人回应，瑞安有些沮丧，准备回到车里。当他走到街上时，他发现转角处有一家酒吧，心想过去看看也没什么坏处，说不定有人认识自己要找的这个人。

这家名叫手中酒杯的酒吧比杰克平时去的水洞酒吧更暗更脏一些，似乎本地人也觉得这里不适合经常来。现在是星期五的下午四点十五分，整个酒吧的顾客还不到十人，而且全是头发灰白的男人。

瑞安坐在酒吧里，点了一品脱勇气啤酒。酒保把啤酒端过来时，瑞安放下 10 英镑说："我想知道你认不认识这里的常客。"

身材魁梧的酒保说："我知道谁不是常客。"

瑞安笑了，估计酒保不是很满意自己出的价钱，便从钱包里又拿出了 10 英镑。

瑞安不清楚这类事情是怎么收费的，但他也不打算再加价了。

酒保拿了钱问："这家伙的名字？"

"奥克斯利，维克托·奥克斯利。"

听到这个名字后，酒保惊讶的表情让杰克有些疑惑。

"这么说你认识他？"

"是的。"他说。这个回答让杰克的疑惑瞬间转化为好奇心。他突然有一个想法，这个酒吧老板说不定会保护那些经常光顾的阴暗人物，但是显然维克托·奥克斯利不属于这类人。

酒保接着说："留下你的联系方式，下次他来时我会替你转交给他。如果他对你有兴趣……他会打给你的。"

瑞安耸了耸肩，他的原计划不是这样的。不过今天是星期五，由于明天早上不用上班，所以他可以在这个小镇的酒店订一个房间等上一晚。他从钱包里拿出自己在卡斯托＆博伊尔公司的名片递给酒保。然后，他说："如果他联系了我，我再给你 20 英镑。"

酒保扬起他那浓密的眉毛，看也没看一眼便把名片放到了胸前的口袋里。

瑞安喝了一口啤酒，然后开始翻阅他的智能手机，寻找最近的看上去也还比较体面的酒店，好让自己勉强凑合一晚。

在瑞安查找酒店时，酒保正在与吧台尽头的一个老顾客聊天。瑞安一边翻阅手机一边关注着他们的谈话。

一分钟后，酒保走到瑞安面前，把名片丢到他的酒杯旁边说："抱歉，小伙子。维克没兴趣与你聊天。"

瑞安看向吧台尽头的男人，他正专注地喝着自己的啤酒，初看似乎不止 59 岁。他脸上厚厚的皱纹让他看上去有点像缩小版的圣诞老人。但经过仔细观察，杰克觉得他好像又比自己推测的年纪更年轻一些。当这个男人抬起头发现瑞安正注视着自己时，他狠狠地看了一眼酒保,眼神凶狠得就像要掐断酒保的脖子似的。

就是这个男人。

瑞安又拿出 20 英镑放在吧台上,然后端起自己的啤酒走向那个男人。

奥克斯利看着自己的啤酒,他厚重的波浪型的白发略微有点长,胡子也全白了,充满血丝的眼睛给瑞安一种自这个酒吧营业他就一直坐在这里喝着啤酒的感觉。

瑞安轻声地开始了他们的对话。"下午好,奥克斯利先生。非常抱歉未通知您便前来打扰,但是如果您能给我几分钟的时间我将非常感激您。"

年老的男人依旧看着自己的啤酒,用低沉的声音说:"滚开。"

太好了,瑞安心想。

他试图贿赂这个男人,毕竟这个方法对酒保有用。"不如让我为您买单,然后我们找个更合适的地方聊一会儿?"

"我说滚开。"

巴兹尔说过这个男人很麻烦,看来的确如此。

瑞安心想自己是不是应该试着换个方式,于是他说:"我的名字是……"

终于大胡子男人第一次抬起了头,他说:"我知道你是谁。你爸爸是个该死的混蛋。"

瑞安紧咬着自己的牙齿,同时他注意到酒保从吧台后面走了过来,与两个男人窃窃私语,然后,他们的目光都转向瑞安这边。

瑞安并不担心,但是他很沮丧。如果自己不得不与十几名老家伙打架,他会感觉不舒服。

他站了起来,看着奥克斯利说:"我需要从你这里知道的只是一件小事。或许你能做一件好事,而对你也没有任何坏处。"

"滚蛋。"

瑞安说:"我真的难以相信你曾经是第 22 特种空勤团的成员。你就这样放纵自己,是吗?"

奥克斯利紧紧地握着自己的啤酒,杰克注意到了他那健壮的肌肉。

"不回答?"

奥克斯利沉默着。

"我还以为英国人都应该很有礼貌。"杰克·瑞安说完后,头也不回地转身走出了酒吧。

Chapter 52

背后的阴谋

这个周末，乌克兰东部城市顿涅茨克的集会吸引了上万人参加，是上周末的三倍。虽然这个星期六的下午冷雨交加，但普什基娜大街还是挤满了亲俄罗斯的乌克兰人。

这次集会并非自发，与之前所有的集会一样，都是由遍布乌克兰东部的俄罗斯联邦安全局的人在幕后进行组织策划的。这次集会是今年周末集会中规模最大的一次。原因也很简单，并不神秘，奥克萨娜·祖耶夫被刺杀，北约在塞瓦斯托波尔的行动，当然也有人指责中情局卷入塞瓦斯托波尔的行动，上述事件让亲俄罗斯的东乌克兰人成群结队地走上街头进行抗议。

游行队伍里的男男女女高举着自己新得到的俄罗斯护照，走在巨大标语后面，表达着他们对莫斯科的效忠之情，而不是乌克兰。此时，一辆面包车缓缓地跟在最后一名抗议者身后，然后从南普什基娜街转入胡罗瓦大道，它要赶到游行队伍的前面。

几分钟后，面包车重新驶回南普什基娜街。他们把车停在临近国家音乐与戏剧学院的一个开阔广场。宏伟的剧院前面的广场是此次集会的中心点，组织者可以在这里用扩音器发表演讲，再次煽动人群反对当权的乌克兰民族主义者，然后所有人再继续出发，向东游行至第聂伯河。

车停好后，面包车里的两个男人并未下车。相反，他们板着脸坐在车里抽烟，看着远处的人群穿过普什基娜大街走向这里。

面包车里的两个男人是"七巨人"有组织犯罪集团的成员。他们都是出生在俄罗斯的俄罗斯人，最近才来到基辅，接受俄罗斯联邦安全局的命令，替俄罗斯联邦安全局做事。

他们身后的帆布防水袋下放着一个55加仑的油桶。油桶早在昨晚就被这两个黑帮分子装入了一些其他东西。

油桶里装的是黑索金，化学名环三亚甲基三硝胺，缩写RDX，是一种军用高能炸药。RDX在很早之前就被投入使用了，虽然不是什么新的高科技炸药，但却是最适合他们此次行动的炸药。

　　引爆用的雷管从油桶顶上的洞口插入颗粒状的 RDX 中间，雷管又连接着一个简单的计时装置。计时器设置的时间是三分钟，只需要按下开关便可以开始计时。这两个男人安静地坐在面包车里，仔细观察着游行的人群，试图挑选按下炸弹计时器的最合适时机。

　　当然，示威游行的现场警察无处不在，不过他们正忙着阻止抗议者故意毁坏沿路的民族主义店主的窗户玻璃，处理普什基娜大街南边突然出现的反游行者，没时间盘查沿路停放的车辆。虽然反游行的规模很小，但也足以让巡警队无暇分身。

　　乌克兰民族主义者站在道路两旁，挥舞着乌克兰国旗，朝着游行人群呐喊抗议。当然这些人也是俄罗斯联邦安全局的人在昨晚组织的，也就是说是俄罗斯的情报部门一手策划了今天顿涅茨克的这场双方冲突。

　　当游行队伍离装着 55 加仑油桶炸弹的面包车仅一个街区时，"七巨人"的两名男子打开了车门，下车之前，坐在副驾驶位置上的男人按下了计时器的开关，然后不动声色地下了车，与他的同伙一起从东边离开了。

　　两分钟后，他们的另一名同伙开着一辆挂着失窃牌照的小车，接走了他们。

　　一分钟后，当游行的人群慢慢聚集到国家音乐与戏剧学院旁边的广场上时，激波管雷管向 RDX 传送了一股冲击波，然后整个面包车瞬间爆炸，爆炸半径达 80 英尺（24 米）。

　　面包车前后的人立即被爆炸产生的冲击波撕碎，只有两侧的少数人幸免于难，因为面包车两边停放的车辆抵消了炸弹的大部分杀伤力。但就算是那些幸免于难的人群，也同样处于爆炸半径之内，冲击波损伤了他们的耳朵以及内脏。爆炸半径外的受害者们都是被爆炸产生的碎片杀伤的。

　　整个游行集会现场最后变成了混乱的修罗地狱，死伤遍地，数千人惊慌失措地逃命，完全不顾地上的伤者，被踩踏致死的人不计其数。

　　爆炸发生几分钟后，乌克兰本地的一家电视台 TRK 便接到了一个电话，电话那头的人声称制造爆炸的罪魁祸首是乌克兰民族主义者，指责这场事件的最终获利者是乌克兰人和他们的西方盟友。他说俄罗斯每一次接管克里米亚的尝试都会造成俄罗斯和反民族主义者的公民被大量屠杀，最终造成乌克兰的内部分裂越来越严重，骚乱越来越多。

　　这个电话实际上就是从基辅的费尔蒙大酒店打出去的，而打电话的人正是俄罗斯联邦安全局的特工。

　　俄罗斯联邦安全局甚至已经决定，一旦俄罗斯军方夺回顿涅茨克，他们会在国家音乐与戏剧学院旁为今天在这里牺牲的亲俄罗斯示威者竖立一块纪念碑。

Chapter 53
调查彭赖特之死

30 年前

当天晚些时候，中情局的分析师杰克·瑞安与军情六处反情报部门的六人小组抵达瑞士苏黎世。他们持英国商人的护照分开乘坐了同一架飞机。整个飞行过程中瑞安都十分紧张、不安。与很多人一样，瑞安有飞行焦虑症，但是他患飞行焦虑症的原因却与大部分人不同。十年前，他从直升机坠机中勉强复活下来，此后每次飞行都会勾起他的噩梦，一种无形的力量总是控制着他，让他不能完全放松。

但这只不过是一次平常的飞行，下午晚些时候，他们轻松地通过了瑞士海关，到达火车站。

开往楚格的火车只需要半个多小时便能抵达目的地，小组成员们分别坐在不同的车厢，下车后，他们又各自住进了一家离火车站很近的大型商务酒店。当伊斯汀团队的其中三人去租用汽车时，尼克和自己团队的另外两人把他的顶层套房变成了此次调查的临时指挥中心。

整个下午，瑞安完全被军情六处反情报部门的人遗忘了，但晚上他还是按时去了临时指挥中心参加预先安排的晚间会议。

当所有人都聚齐后，伊斯汀开始侃侃而谈，当然，他默认美国人瑞安只是自己团队的附属品。

"今晚乔伊会去停尸房查验尸体。我们已联系了英国驻苏黎世的大使馆，乔伊会以死者弟弟的身份去停尸房，快速地查看尸体，确保没有什么明显的奇怪和可疑之处。"

"比如说呢？"瑞安的声音从房间的后面传来。他已经下定决心，无论尼克·伊斯汀喜不喜欢，他都会积极地参与调查。

伊斯汀耸了耸肩。"不知道。比如口袋里有没有遗书，后脑勺有没有一支暗箭，屁股有没有被鲨鱼咬一口，有没有可以证明他的死亡并不是一场意外车祸这么简单的东西。"

瑞安感觉伊斯汀根本不相信彭赖特的死亡并非意外，整场调查就只是个形式。

伊斯汀转向乔伊说："通过海运直接把尸体运回英国应该没有什么问题。"

"为什么我要当那个为他每日所用干冰付费的倒霉鬼？"乔伊问。他的这番言论引起了房间里有些人的讪笑。

"保存好收据，小子，等回到伦敦你会得到你应有的补偿。"

瑞安紧咬着自己的下唇，虽然他才刚认识戴维·彭赖特，但这群人对他的死亡如此轻率却激怒了瑞安。

伊斯汀继续说："接下来，巴特和里奥去彻底搜查本地的安全屋。一旦我们完成了自己的任务会过去帮你们。"

"好的，老大。"

"斯图尔特，你去彭赖特入住的酒店，用你的方法进入房间。离开伦敦前我查过，他的房间一直支付到下个星期，所以酒店应该还没有碰过任何他的东西。"

"好的，尼克。"

瑞安举起手说："抱歉，我有一点疑惑。无论是意外车祸还是谋杀，我认为彭赖特都是受害者，为什么你们要像对待一名嫌疑犯一样对他。"

伊斯汀瞥了瑞安一眼说："约翰爵士。"

"请叫我杰克。"

"好的，杰克。据我们了解，彭赖特确实是一位有才能的外勤特工，但对于这类事情我们已有一些经验了，他的档案足以证明一切。"

"比如？"

"他就是个酒鬼。"那名叫乔伊的男人说。

伊斯汀点了点头。"他们这类型的人差不多都是这种生活模式。他们的生活每天都危险重重，不仅是他们个人的人身安全，还有与他们有关的人。我估计'晨星'已经因为戴维·彭赖特在瑞士的行动受到了威胁。他睡了不该睡的女孩，把自己的胃托付给不该托付的调酒师，选了一辆不该乘坐的出租车，站在不该站的位置去放自己的公文包。我敢肯定我们会发现他的死亡是一场意外，不过'晨星'行动可能会因为此次行动的负责人的醉酒事件而受到连累，这一点我们还是应该严肃看待。"

瑞安说："我真佩服你，伊斯汀。你才刚到瑞士三个小时，甚至还没有离开酒店，就已经得出了全部的结论。"

伊斯汀和瑞安隔着整个套房相互对视着，谁也不肯示弱。其中一名反情报局的男人说："我来告诉你怎么办，伙计。你为什么不跟我们一起去呢？今晚的第一站就是彭赖特去过的酒吧，我们在那里四处看看能发现什么。"

Chapter 53

"听上去还不错。"杰克说。虽然这样说,但他和伊斯汀的对视比赛还是持续了一阵。半小时后,会议结束,男人们都开始出去追寻他们的目标。

戴维·彭赖特最后一次喝酒的酒吧在施塔德大街,施塔德大街临近风景如画的楚格湖。瑞安和伊斯汀抵达酒吧时是晚上九点,对瑞安来说这是个糟糕的时间,因为酒吧几乎挤满了各色人群。

酒吧里灯光昏暗,烟雾缭绕,年轻漂亮的女服务员穿着传统服饰:绣着花卉图样的蓬松的白色衬衣和红色紧身裤。不过瑞安觉得对于瑞士的冬天来说,她们的衬衣领口似乎开得有点低。

他们还没走到吧台,伊斯汀瞟了一名女服务员一眼后便靠过来对瑞安说:"这里是他喜欢的地方,我敢打赌,这个房间里一半的服务员屁股上都有他的指纹?"

瑞安没有搭理伊斯汀。

瑞安发现,虽然伊斯汀看上去像个自以为是的混蛋,但他明显也清楚并擅长自己应该做的工作。调酒师的英语很好,没一会儿伊斯汀就为自己和瑞安点了一轮杜松子酒。然后,这个英国反情报部门的官员开始与光头的调酒师聊天,就好像他们彼此已经认识了很久似的。

伊斯汀顺便向调酒师介绍了杰克,然后他说他们和前一天晚上死在这里的男人在同一家银行工作,他们从苏黎世被派到这里帮死者的家属收拾他的私人物品。

"天哪,"由于背景音乐太大,调酒师靠近瑞安和伊斯汀说,"他就死在外面的街上。报纸说他叫内森·迈克尔斯。"

内森·迈克尔斯是彭赖特的掩护身份。

"没错,"伊斯汀说,"昨天晚上你在上班吗?"

调酒师给一名顾客倒了一杯啤酒,然后又转过来说:"我在这里,不过我一直在吧台,而他坐在那边那张桌子上。"说着他指了指靠近房间中央的一张桌子。瑞安发现伊斯汀扬起了他的眉毛,或许是因为疑惑这名特工为什么选择了酒吧里一个如此张扬的位置。

"是那里吗?"

"是的,招待他的女服务员已被暂停服务了,警察正在调查她,他们怀疑她卖给他过多的酒水。"

伊斯汀手舞足蹈地说:"哦,这太荒谬了,荒谬用德语怎么说?"

"我们说'Quatch'。"

"好的,这真是太'Quatch'了。内森本来就喜欢喝酒,并不是你们的女服务员的错。"

"没错,但是毕竟这不利于酒吧的声誉,所以她还是会被开除。"

伊斯汀摇了摇头说:"Quatch。"然后他又为自己和瑞安点了一轮杜松子酒。瑞安

245

知道伊斯汀是一名优秀的调查员，他只希望他不要事先就做出判断。

当调酒师送来第二轮杜松子酒时，杰克强迫自己一口气喝光了之前剩余的酒。虽然杰克觉得很可怕，但是伊斯汀如此认真、友好的态度与调酒师套近乎以获取更多信息，让他难以拒绝。

"太荒谬了，"尼克·伊斯汀扶了扶眼镜说，"这是我朋友喝的酒吗？"

"不是，他喝的是苏格兰威士忌。我之所以记得是因为他是那天酒吧里唯一一个点了这种酒的客人。"

"啊，是的，内森喜欢苏格兰威士忌。"尼克说。

调酒师点了点头，一边工作一边说："我觉得他没有喝醉，他离开时看起来很清醒。"

杰克歪着头看着伊斯汀，但伊斯汀根本毫无反应。他只是接着说："他们说内森和……"

"和一个姑娘在一起。"

"什么姑娘？"瑞安马上追问，但是尼克·伊斯汀在吧台下掐了掐他的胳膊。

"哦，我没有说吗？他遇见了一个姑娘，他们一起坐了一个多小时。姑娘非常漂亮。"

"是吗，她是本地姑娘？"伊斯汀说。杰克在他的脸上看到了一丝迟疑。

"她不是瑞士人，她有德国口音。"

"我明白了。"伊斯汀说。

杰克靠向调酒师说："你说他遇见了一个姑娘，意思是说他是在这里认识她的？"

"是的，一开始她和另外两个男人坐在吧台，但是他们离开了，只剩下她一个人。当你们的朋友走进来时，便坐到吧台与她聊天，然后他们一起坐到了那张桌子上。"

"你之前从来没有见过他们？"瑞安问。

"没有，虽然来我们这里的德国人很多，但我之前从未见过他们。"

调酒师又倒了一些啤酒，在把啤酒送到客人面前之前，他打了个响指说："瑞娜塔！过来一下。"他叫了另一个调酒师过来，然后与她用德语交流了一阵。瑞安根本听不懂他们在说什么，直到瑞娜塔说："柏林。"调酒师又说了一些话，然后她点了点头，重复说："柏林。"

瑞娜塔离开后，调酒师转过来对尼克说："瑞娜塔来自德国，在英国人来之前，她一直负责招待那个姑娘。我刚刚问她是否能听出方言，你知道德国不同地区有不同的方言。"

伊斯汀点了点头。"她说那个姑娘来自柏林？"

"是的，她很确定。"

几分钟后，瑞安和伊斯汀离开了酒吧。瑞安的嘴里还残留着鸡尾酒厚重的糖果般的甜味，酒吧里缭绕的烟雾让他的眼睛到现在还隐隐作痛。他们走到大街上，在彭赖特被撞的地方或多或少地站了一会儿。黑暗的街道十分安静。

"车速并不算很快。"瑞安说。

"是的，"英国人回答，"不过如果正好摔倒在一辆公共汽车前，也很难活命。"

"确实如此。"

他们走回自己的车里，途中杰克说："那么现在我们的目标是寻找那个德国姑娘。"

伊斯汀摇了摇头。"不，瑞安。昨晚彭赖特想寻找那个德国姑娘，不过最终他找到的是一辆公共汽车。我敢肯定他的死和这个姑娘无关。"说着他不禁被自己的笑话逗乐了。

"那这个姑娘去哪儿了呢？瑞士警局的调查报告里丝毫没有提及这名德国姑娘。"

"或许他们离开酒吧后就分道扬镳了，又或许她本打算跟着这个酒吧认识的风度翩翩的英国男人走，但是突然发现这个死在自己面前的男人没有那么有魅力了。"

杰克沮丧地叹了一口气。

Chapter 54

焚毯行动

现在

杰克·瑞安总统坐在白宫战情室的会议桌前，他面前放着一杯咖啡和一堆文件。为了一会儿要召开的会议，他已经坐在这里看了半个小时的材料了。当所有人都到齐后，会议开始了，杰克记着笔记，提了几个问题，指出了某些要点。

杰克抬起头，他意识到自己现在在战情室的时间比在椭圆形办公室的时间还多，而这意味着目前国际形势的和平与稳定正受到严重的威胁。

房间里坐满了人，杰克身边主要是来自情报、外交和国防部门的关键人物。所有重要人物都到齐了，只有国务卿斯科特·阿德勒缺席，因为他现在仍穿梭在欧洲各国。

今天的会议主题是讨论过去的七十二小时内发生在乌克兰的事件。"灯塔"特别任务处六名美国人遇害，包括中情局驻乌克兰基辅站站长。虽然国际新闻组织报道此次事件中北约的和平合作项目基地受到暴力示威的威胁，导致数名北约工作人员死亡，但是俄罗斯电视台却报道了另一个让人瞠目结舌的故事，美帝国主义的中情局枪手向和平示威的群众开火，在混乱中导致多人死亡。

紧接着第二天，奥克萨娜·祖耶夫被刺杀。这场无耻的谋杀被所有的新闻媒体归咎于乌克兰民族主义者，有的甚至直接指责是乌克兰总统库夫契科的命令。

在祖耶夫被刺杀后，沃洛金切断了通往乌克兰和西欧的管道线路，然后第三天，在顿涅茨克亲俄罗斯的群众集会中又发生了爆炸事件，死伤无数。顿涅茨克事件又被认为是乌克兰民族主义者所为，同时俄罗斯天然气工业股份公司下属的新闻媒体又一次适时地提出了中情局在塞瓦斯托波尔挑衅的阴谋论。

此时，瑞安总统怒火中烧。不，在俄罗斯联邦安全局过去几周导演策划了这一系列的事件后，瑞安就找到了一种使自己内心更平静的方法。他告诉自己还有一个严重的危机需要处理，而只有像自己这种级别的负责人才能迅速地找到解决目前这种局势的办法。

会议一开始瑞安便问中情局局长杰伊·坎菲尔德："杰伊，俄罗斯人用什么证据证明中情局参与了此次顿涅茨克的汽车爆炸事件。"

坎菲尔德说："他们展示了'灯塔'残骸的照片，还列出了我们派到乌克兰的特工名单。他们诬陷中情局给乌克兰民族主义者下达文件，指示他们制造炸弹，破坏示威游行。"

"他们声称自己是通过安插在乌克兰安全部门的间谍得知此事的？"

"没错，先生。"

瑞安读了关于顿涅茨克爆炸案的全部报告。"为什么中情局要用黑索金呢？黑索金自第二次世界大战起就存在了。"

玛丽·帕特回答了总统的这个问题："俄罗斯声称我们之所以使用黑索金是想将此次爆炸事件嫁祸给本地的黑帮。因为黑索金非常容易获得，而且非常容易制作成炸弹，然后轻易引爆。"

瑞安转动了一下眼睛，缓解眼部的疲劳。"我知道，我只是在告诉你俄罗斯会怎么说。"然后他接着说："格洛夫科中毒、比留科夫被炸死，还有奥克萨娜·祖耶夫被刺杀，所有事件都如此类似。"

玛丽·帕特·福利表示赞同。"这一切都像是俄罗斯联邦安全局的局长罗曼·塔拉诺夫一手操控的。为了自己的利益，他可以牺牲自己的人，设局诬陷敌对势力，误导世界舆论。"

坎菲尔德补充说："虽然我们卷入了塞瓦斯托波尔的'灯塔'危机，但我们与顿涅茨克的爆炸案、暗杀祖耶夫、比留科夫以及格洛夫科毫无关系，塔拉诺夫可以任意诬陷我们，但是不管怎样他没有证据。"

瑞安说："过去的半个小时我研究了一下'七巨人'有组织犯罪集团的资料，让在塞瓦斯托波尔的'灯塔'危机中幸存下来的人负责调查这些活跃在乌克兰的俄罗斯犯罪组织。"

福利点了点头。"是的，先生。俄罗斯为'七巨人'以及乌克兰东部亲俄罗斯的乌克兰人提供培训和武器。"

瑞安问："我们能证实吗？"

坎菲尔德说："沃洛金的敌人一直想证明他自九十年代离开俄罗斯联邦安全局后开始迅速崛起与有组织犯罪集团有关，所有人都认为他这一路走来获得了有组织犯罪集团大量的帮助。但沃洛金一直把自己撇得很干净，他清理拔除了俄罗斯大部分犯罪集团，很难看出谁因为支持他而受益，而唯一的例外便是'七巨人'。"

瑞安看了看笔记说："没有人能确认'七巨人'这个有组织犯罪集团的头目，为什么我们找不出谁是'教父'？"

坎菲尔德说："我们已经确定了他们的一名高级别成员，他目前正在基辅一家酒店里。

他很可能是这个犯罪团伙的二把手，不过正如你所说，'七巨人'的指挥结构对于我们来说还是未知的。我们认为'七巨人'目前在乌克兰替俄罗斯联邦安全局做事，最近发生的一系列事件更加确定了我们的这个想法。"

"为什么？"瑞安问。"我的意思是他们能从中获得什么好处？"

"问得好，"玛丽·帕特说，"我怀疑克里姆林宫以某些条件作为了交换。比如，如果'七巨人'帮助俄罗斯拿下乌克兰，作为回报俄罗斯会对'七巨人'在这里的活动视而不见。"

透过镜片，瑞安揉了揉眼睛。俄罗斯军方、情报机构、黑道全部活跃在乌克兰背后，瑞安知道一旦俄罗斯拿下乌克兰，只会让乌克兰越来越远离西方。

国防部长鲍勃·伯吉斯说："总统先生，据我所知，越来越频发的各类事件只意味着一件事。俄罗斯用他们的管道线路勒索乌克兰和西方国家，以暴力威胁恐吓乌克兰，他们甚至不用实际进攻就可以施展他们的威胁。他们加大了赌注，甚至试图在该地区排斥、边缘化美国与北约的势力。"

瑞安说："俄罗斯什么也不用做，只等着将坦克开过边境线就行了。"

"没错。乌克兰东部的联合特种作战司令部和中情局的人汇报说，靠近俄罗斯边境线境内的俄罗斯军队已经开始有重大的行动了。从我们的卫星图像分析，现在俄罗斯仅需要克里姆林宫一声令下就能开进乌克兰。"

"那么……我们该怎么办，鲍勃？"

伯吉斯一直等着瑞安问这个问题。"总统先生，道格拉斯·麦克阿瑟说过，每一场军事灾难都可以用三个字'太晚了'来形容。如果我们现在想用军事力量阻止俄罗斯的入侵，恐怕为时已晚。"

瑞安说："我知道我们已经没有办法阻止俄罗斯占领克里米亚半岛。克里米亚是一个半自治地区，有成千上万真正的俄罗斯人和成千上万在去年被授予了俄罗斯护照的人。沃洛金可以借口俄罗斯国家利益占领克里米亚半岛，乌克兰的军事力量现在如此薄弱，根本无力抵抗。不过我不希望他们继续向西，成功对于沃洛金来说只会助长他觊觎该地区其他目标的野心。"瑞安思索了一会儿说："我们在乌克兰有几百名军事顾问，其中大部分是特别行动部队，他们能对此产生多少影响？"

"我们计划利用现存于乌克兰的军事力量援助乌克兰人。现在那里有我们的三角洲特种部队、绿色贝雷帽特种部队以及英国的特别空勤团，他们都具备直接与乌克兰空军直接交流的能力。在这个问题上，英国与我们的立场统一。如果您允许，我们可以给乌克兰的MIG-29多用途战斗机和MI-24攻击直升机配备战术镭射瞄准装备，我们能充当乌克兰空军的力量倍增器。幸运的话，这或许能帮助他们削弱俄罗斯的攻击。"

"秘密进行？"

伯吉斯点了点头说："我们的计划是秘密进行，可话虽如此……"伯吉斯努力地希望组织语言，清楚地表达自己的意思。

瑞安总统说："鼠与人的最佳设计往往落空（出自 20 世纪美国最具影响力的作家约翰·斯坦贝克的《人鼠之间》）。"

"没错，正是如此，先生。"

"俄罗斯军队的备战情况怎么样？"

"不太好，但却比几年前他们进攻格鲁吉亚时好多了。那时候的俄罗斯军队充斥着贪污腐败、奢靡浪费之风，即便战场上也是如此。他们能轻而易举地赢得胜利，是因为格鲁吉亚军队毫无准备，在如此措手不及的情形下，领导人的糟糕表现更让格鲁吉亚的形势雪上加霜。据估计，当沃洛金掌权时，官员们贪污腐败的金额占俄罗斯军方采购经费的百分之二十，但现在这个数字几乎降到了零。在俄罗斯的所有贪污腐败项目中，军队里的贪污受贿受到了最严格的限制。"

瑞安问："我猜他采取了一些严厉的措施以达到改善的效果，是吗？"

伯吉斯点点头。"一些人被枪毙了。虽然不多，但足以杀鸡儆猴。"

"俄罗斯的备战情况虽然糟糕，但他们仍旧人数众多。"

"无论如何，他们军队的人数比乌克兰多很多。而且俄罗斯还有一样东西。"

"核武器，"瑞安说，"如果我们设法减缓俄罗斯向西方扩展的脚步，还有哪些机会可以让他们展示核武器的威胁？"

伯吉斯说："如果您问的是他们会不会使用核武器对付我们，那么我可以很确定地告诉您，最近我已经和乔根森上将在五角大楼就这个问题进行过多次讨论，俄罗斯不再具备对我国实施成功打击的能力。他们三分之二的核武器早已过时。"

瑞安已经阅读过所有伯吉斯提到的会议报告，所以他知道中情局和国防情报局的评估。

乔根森上将说："他们仍能发射可以穿越我们的防御系统的导弹吗？是的，他们可以。如你所知，俄罗斯的舰队拥有可以长时间飞行的远程战略轰炸机，这些战略轰炸机在苏联解体时已同时被叫停，但沃洛金为了使自己显得更加强硬，他上台后又重新启用了这些战略轰炸机。"

玛丽·帕特说："他们虽然有能力这样做，但问题是他们不会这样做。沃洛金和他的人都知道任何核攻击都意味着他们自己也将在数小时内同归于尽，他们可不是伊斯兰原教旨主义的殉道者。"

"那么战术上呢？"瑞安问。

伯吉斯说："沃洛金绝不会对乌克兰使用战术核武器，因为这会毁了他认为原本就属于他的土地，他会使用最原始的方法。"

瑞安的手指敲击着桌面。"告诉我更多关于我们派到乌克兰的维和部队与乌克兰空军的合作计划。"

伯吉斯拿出一份文件，然后举起来说："我们称之为'焚毯行动'。假设俄罗斯为了控制克里米亚半岛和乌克兰东部地区而采用传统的空中和地面攻击方式，这就为美国特种部队的队员们描绘了一个用战术镭射器瞄准俄罗斯喷气式飞机和直升机的蓝图。他们不是为了击败俄罗斯的入侵部队，只是为了拖延他们入侵的脚步，防止他们进一步攻入乌克兰内部。当我们阻止或者延缓了他们的入侵计划时，他们会为自己仍离东部的第聂伯河如此之远而倍感挫折与挫败。"

伯吉斯仔细斟酌后接着说："如果我们执行'焚毯行动'，美国军方需要派遣一队已经在北约服役的侦察直升机前往乌克兰，这些直升机将配备战术镭射瞄准器，当然还需要增加一小股游骑兵负责联合作战指挥中心（JOC）的安全。这就需要在乌克兰服役的450名美国和英国士兵全力以赴，我相信他们将在这场冲突中起到关键性的作用，但恕我直言，我们也只能支援乌克兰空军，而俄罗斯有能力直接让乌克兰空军全军覆没。抱歉，不过我还没看到其他方案。我们负责战术镭射瞄准器的士兵将面临需要打击多个目标的环境，但是没有足够多的携带空对地导弹的战斗机来协助他们，恐怕派遣再多的地面部队也无济于事，无法扭转整个局势。"

瑞安说："我会让国会的关键议员了解目前的局势，这不仅仅涉及到和平合作关系。"

"是的先生，不仅仅如此。"伯吉斯赞同道。

瑞安看了看墙上的时钟。"好吧，我批准执行'焚毯行动'，一旦俄罗斯入侵乌克兰，我们的地面部队有权开始行动。鲍勃，如果你需要可以随时来找我。玛丽·帕特和杰伊也会随时为国防部提供任何帮助。"

"是的，先生。"

"接下来的日子，将有450名美国和英国的士兵需要我们的支持，让我们为他们祈祷，让我们双方都给予他们最大的帮助。"说完瑞安结束了会议。

Chapter 55

搜查安全屋

30 年前

中情局的分析师杰克·瑞安走在瑞士楚格寒冷的大街上，今天一整天的时间他都跟着军情六处反情报部门的尼克·伊斯汀拜访调查那些戴维·彭赖特死前曾去过的地方。他们来到彭赖特居住的酒店房间，下午去租车的那名同事发现了他的梅赛德斯奔驰和他去过的两家餐馆。

瑞安督促伊斯汀追问彭赖特在这些地方是否都是独自一人，结果除了他死前那天晚上约见"晨星"的餐馆和搭讪德国女孩儿的酒吧，大部分时间他都是独自一人。

当他们终于到达军情六处的安全屋，也就是戴维·彭赖特在楚格的工作地点时，已是深夜了。安全屋在楚格北边一个离市中心几分钟路程的居民区中，居民区在一个小山丘上，全是两层的半砖木结构的小楼，楼前有片小花园，小楼后面栅栏围起来一个很大的后院。瑞安和伊斯汀从前门进来，问候了在这里工作了几乎一天的反情报部门的同事。

"有什么发现吗，乔伊？"伊斯汀问客厅里的第一个男人。瑞安发现整个安全屋几乎被翻了过来，地板被撬开，墙上的镶板被移开，沙发垫似乎也被砍开了。

"外面没有什么发现。但是他的保险柜里锁着一些文件。"

"什么类型的文件？"

"当然，全是德文，一页接着一页，一大摞这类文件。看上去像点阵打印机打印的楚格储蓄银行内部交易资料，如编号账户、转账金额等。"

伊斯汀说："他还没有和世纪大厦共享他获得的这些资料。在他被杀当晚他约见了'晨星'，或许他从'晨星'那里获得了这些资料，把资料带回了安全屋后，他又出去了。"

乔伊回答道："很好，如果他这样做了，算是遵守了规定。还好在救护车送他去停尸间时他身上没有这份瑞士楚格储蓄银行的文件。"

伊斯汀点了点头表示赞同。"继续搜查。"

这是一套非常不错的房子，配备了现代化的家具。客厅里放着一台50英寸的电视机和一套录像机。电视机和录像机旁边的书架上放着很多录像带。一名反情报部门的职员正在通过快进系统地检查每一盘录像带。

尼克和杰克走进厨房，他们发现一名同事正把一盒麦片倒入一个个碗内，然后把手放进这些什锦麦片里寻找一些隐藏在其中的物品。第三名军情六处的男人正趴在厨房的地板上，拿着手电筒检查地砖的接缝处，看看有没有任何被撬动或移动过的痕迹。

瑞安问伊斯汀："为什么彭赖特不留在这里而要去酒店呢？"

伊斯汀耸了耸肩说："因为他需要一个离酒吧近，能够让他带姑娘回去的地方。"

"你确定吗，还是这一切都是你的凭空臆测？"

"我说过，戴维·彭赖特不是我调查过的第一个死亡的外勤特工。目前为止，今天我们发现的所有证据足以让我推断这只是一场意外。听着，杰克。我估计你认为他的死亡或多或少与克格勃有关，但克格勃不会在西欧的大街上暗杀我们的特工。"

在杰克回答之前，小房间里的电话响了起来。伊斯汀的一名手下接起了电话，然后递交给伊斯汀。

在尼克·伊斯汀接电话时，瑞安信步走到阳台，阳台下面就是后院。这里的视野很好，可以俯瞰整个城市和远处的楚格湖。越过黑色的湖水，还可以看到湖对岸闪烁的街灯和建筑物的玻璃窗透出来的温暖灯光。寒冷而清新的空气让杰克仿佛跨越了整个湖面，置身于1英里（1.6公里）以外的遥远湖岸。

几分钟后，伊斯汀也走了出来，手里还拿着两瓶刚从冰箱里取出的啤酒。虽然瑞安认为这个天气在室外喝啤酒太冷了，但他还是接过伊斯汀递来的啤酒，喝了一口，然后重新注视着山下的楚格湖。

伊斯汀说："刚刚和伦敦通了电话。今天早上我们的法医在苏黎世检查了彭赖特的尸体。没有类似于注射器造成的穿刺痕迹，虽然我们从目击证人那里得知他血液里肯定含有酒精，但其他的毒理学测试结果要几周后才能出来。在我看来，他不像是被人下了药或者直接毒死的。"

瑞安沉默了。

伊斯汀看着后院外面接着说："他喝得太醉了，以至于摔倒在大街上，身为一名外勤特工，他当了一个反面教材。"

"你知道吗，对待工作他十分认真，而你却把他当成一个跳梁小丑。虽然我不是特别了解他，但他应该得到你更好的对待。"

伊斯汀说："他不是跳梁小丑。他是一个长期走在刀刃上的男人，所以他会喝酒，会偶尔想要让自己远离危险。即使是最好的外勤特工，也会有这种时候。对他们所承受的压力和要处理的紧张的工作我表示同情，但正因为如此，他们才需要在一天的工作结束后放松自己。今天一天的调查让我更加确定我的猜测。"

两个男人都沉默了片刻，眺望着楚格湖对岸的遥远灯光。山下风景如画，杰克想象着一天前彭赖特坐在这里，望着山下的风景，计划着与"晨星"的下一步行动。

终于，瑞安说："所以就这样了？我们可以直接回家了？"

"这要取决于伦敦的意思。如果巴兹尔爵士要派其他人去楚格与'晨星'取得联系，那么我们可能还需要在附近逗留一天左右，把我们的发现直接汇报给……"

瑞安的眼睛此时正紧紧盯着楚格湖的对岸，那里爆发出了一道明亮的闪光，甚至照亮了天空中低矮的云层。那道闪光似乎来自陆地而不是水面，不过隔这么远，也不能立即分辨出来到底来自哪里。但是那道闪光出现五秒之后，一个低沉的轰隆声传到了瑞安和伊斯汀所站的阳台。

伊斯汀同样看着闪光的方向说："是爆炸。"

瑞安凝视着遥远的湖岸说："我想我看到火了。"他说完立即跑进公寓，询问正在工作的伊斯汀的手下有没有在安全屋里发现望远镜。伊斯汀的一名手下从办公室的三脚架上取来一个装饰与实用性兼顾的黄铜望远镜。他把望远镜递给瑞安时，屋里的其他人都在偷偷地窃笑。

美国人瑞安一把夺过望远镜后，立即跑回阳台。

他费劲地把巨大的望远镜举到眼前。伊斯汀就站在旁边看着他。

远处的湖岸，瑞安从大量闪着灯光的建筑中定位了着火的建筑。着火的地方就在离湖岸几个街区的一处山丘上。

"那边是什么地方？"

"罗特克莱兹。"伊斯汀回答。

"银行家托拜厄斯·加布雷尔遇害的地方？"

"是的，是这个地方。"

杰克放下望远镜说："走吧。"

"走？去那儿吗？为什么？"

"为什么！你是认真的吗？"

"瑞安，你认为刚刚发生了什么？"

"我不知道，但我打算过去看看。"

"你太胡闹了！"

"那么你为什么不继续待在安全屋和你的人一起检查玉米片呢？反正我要赶过去。"

说着瑞安转身离开了阳台。桌上放着一套租来的车钥匙，他抓起其中一把便冲出了公寓的大门。

当他把车钥匙插进车锁后，听到身后砂砾上匆忙的脚步声，正是伊斯汀。他说："我来开车。"

他们花了近半个小时才绕过楚格湖来到罗特克莱兹。当他们进入这个小村庄时他们丝毫不会怀疑自己该走那条路。大火肆虐，火舌腾起足足有50英尺（46米），伊斯汀只需要朝着大火发出光亮的地方开就行了。但是为了替紧急车辆让出车道，警察设置了临时路障，伊斯汀不得不设法尽量把车停到离爆炸现场较近的地方，这样他和瑞安只需要走几个街区便能到达事发现场。

杰克和尼克从停车场上大量围观的人群中挤出来，当靠近火场时，杰克感到了迎面而来的热浪。

着火的建筑在之前一定是家漂亮的餐厅。餐厅有一个露天的就餐区，就餐区中间还有一个篝火炉，这样客人在寒冷的夜晚便能温暖愉快地用餐。这个区域后面是一长排落地玻璃窗，餐厅的客人可以从这里欣赏到楚格湖的自然美景。停车场上竖起的高大广告牌写着梅瑟尔餐厅。现在整栋建筑已完全被大火吞噬，窗户玻璃碎了一地，露天就餐区的铁艺桌椅都被搬到了一边，以便消防员和现场急救员能把火灾现场的受害者安置在这个区域。

停车场上放着几具盖着黑色塑料布的尸体，杰克数了一下，至少有十具。不过在疯狂摇曳的火舌和紧急车辆五光十色的警示灯光下，他很难确认具体的伤亡人数。

大量消防员正试图扑灭大火，消防水袋从多个方位对准着火的建筑。警察拉起了警示带，隔离围观的群众，在这个过程中偶尔也会出现喊叫和推挤。人群中有人说是煤气管道助长了这场大火，所以在瑞安和伊斯汀到达后不久，警察便把整个警示带向后移到了对面的街上，以防更大的爆炸。

就在这时杰克发现停车场对面的街道转角处停着几辆瑞士警车，两名警察押着一名戴着手铐的大胡子男人，他们把大胡子男人关进了后面的一台警车中。那个男人看上去比瑞安年轻几岁，不过隔这么远，瑞安也不太确定。

杰克说："不知道是怎么回事。"

尼克朝着警车的方向边走边说："我想我们可以去看看。"

当他们绕过停车场走向警车时，关押着那个男人的警车已经开下山，消失在他们的视野里了。

另外有两名警察站在警车旁，尼克·伊斯汀走向他们说："Entshuldigung（你们会说英语吗）？"

一名警察用德语回答道："会，但是我们忙着呢。"

"我明白,但我只是想知道那个人为什么被捕?"

"他没有被捕,只是拘留审问。他不是餐厅的顾客,但在爆炸前刚好从后门离开餐厅。爆炸后,一名服务员在人群中发现并指认了他。"

"哦,明白了。"

"你们也是爆炸的目击者吗?"

"不,不是,抱歉,我们什么都没看见。"

伊斯汀和瑞安转身回到人群里。几分钟后他们离开这个地方,返回了军情六处的安全屋,在那里伊斯汀可以使用安全屋的安全电话装置联系世纪大厦。军情六处需要向瑞士施压,获取被拘留的大胡子男人的资料和一些其他信息。通过高层之间的交流,获取这些信息要容易得多。

在返回安全屋的途中,伊斯汀把瑞安送回了酒店。美国中情局的分析师又一次感觉自己被军情六处反情报部的人抛到了一边,不过他知道就算自己去了安全屋也没有什么有意义的事情可做,所有他也没有多想。

Chapter 56

特别部署

现在

　　三角洲特种部队的军官巴里·杰科夫斯基，大家都叫他弥达斯。在乌克兰塞瓦斯托波尔的"灯塔"危机中，他和他的两名队员以及另外 11 名美国人幸存了下来。但与美国安全公司的雇员以及中情局的技术专家不同，弥达斯和他的两名队员没有回国，而是继续留在了乌克兰。

　　过去三天，弥达斯一直在乌克兰的切尔卡斯基。切尔卡斯基在一个大型水库旁，这个小城市是乌克兰一个大型的军事基地，是乌克兰第 25 空降旅的驻扎地。

　　在"灯塔"，弥达斯失去了好几个伙伴，但就像大多数军队的特种部队成员一样，他不会在战场上哀悼他们。昨天下午杰科夫斯基还只是一名中校，但就在昨天晚上，来自布拉格堡的电话宣布他已被晋升为上校。当然这不仅仅是因为他是联合特种作战司令部（JSOC）派到乌克兰的最高级别军官，还因为他现在已被任命为"焚毯行动"的最高指挥官，将指挥整个美国和英国留在乌克兰的部队。

　　弥达斯已在部队服役 17 年了，一开始他是一名游骑兵征募者，然后成为了一名"野马"——从士兵转变成了一名军官。六年前，他调动到三角洲特种部队成为一名突击队员，之后他从众多精英中脱颖而出，进入了三角洲特种部队侦察分队（Delta Force Recce Troop）。

　　大部分美国的军事单位用"recon"作为"reconnaissance（侦察）"的缩写，都是因为三角洲特种部队的创始人"查尔金"——查理·贝克威斯。二十世纪六十年代初，贝克威斯曾以美国交换军官的身份接受过英国精英部队"第 22 特别空勤团（SAS）"的训练，这让他对创建美国的精英部队产生了浓厚兴趣，所以他在建立三角洲特种部队时保留了许多"第 22 特别空勤团（SAS）"的特征，英国人把"reconnaissance"念作"recce"，发音有点像"wrecky",所以三角洲特种部队也保留了这个习惯。

弥达斯来自一个波兰家庭,他从小就讲英语和波兰语,在大学时学了一些俄语。过去这些年,弥达斯大部分时间都待在乌克兰,所以对乌克兰军队和敌方军队都比较了解,丰富的经验让五角大楼将实地行动的指挥权交给了他。

作为一名中校这是极不寻常的,一切都归功于他的语言技能以及他对自己去过的地方的独到见解。几天前在塞瓦斯托波尔时,弥达斯还只是负责指挥一个先遣小分队,也就是说受他直接指挥的只有三名三角洲特种部队队员。现在,他突然发现自己掌管着一支429人的军队,60 名三角洲特种部队 B 中队的突击队员和后勤人员、第 5 和第 10 特种作战部队的队员以及英国第 22 特别空勤团的突击队员,还有 40 名美国游骑兵步枪排的士兵负责基地的安全。

除了这些,他还拥有第 160 特种作战航空团的几架运输和侦察直升机、三架黑鹰直升机和六架用来运输部队的 MH-6"小鸟"轻型空运机动直升机。

一个小时前,弥达斯又获得了一大批空中支援。六架从基辅附近的鲍尔斯波尔机场飞来的中情局的 MQ-9"死神"无人机和几架从波兰飞来切尔卡斯基的武装直升机。这批武装直升机本来主要用于装备激光镭射瞄准器,但这次弥达斯打算打破陈规,他申请专门设置了一个机组,一旦他们搬到新的驻地,这个机组由他的指挥作战中心单独指挥。

显然,美国和英国军队并不是孤军作战,边界线沿线都是乌克兰的防御部队。他们渴望与俄罗斯一战,但弥达斯痛苦地发现他们根本就没有准备好,完全不堪一击。过去的一个月,他收到的报告让他了解到乌克兰的军队缺乏训练,设备陈旧,最重要的是他们的士气,大量的擅离职守的士兵和间谍充斥在他们的军队里。比这一切更关键的是那些离边界线如此之远的乌克兰军事领导们总寄希望于一旦开战,能够得到北约的救援,或者至少对俄罗斯的国际制裁能迫使沃洛金停止入侵。

作为一名战士,弥达斯在战场的经验足以让他明白基辅那些西装革履的官员们在自欺欺人,他们的幻想最终会破灭。

整个上午,弥达斯都在与个别乌克兰指挥官进行安全交流,事实上他知道这 429 名美国和英国的士兵差不多就是乌克兰能获得的全部帮助了。

一名乌克兰炮兵上校告诉弥达斯:"如果你发现俄罗斯人来了,你需要在他们跨过边界线前就攻击他们。"

弥达斯耐心地作出了答复,他和他的 429 名士兵有生之年绝不会入侵俄罗斯的领土。

上校说:"俄罗斯人会开着几辆生锈的坦克攻击我们,用飞机往我们废弃的机场扔几颗炸弹,让他们的黑海舰队炮轰我们的海滩。"

"他们要做的可不止于此。"弥达斯阴郁地说。

上校朝美国人喊道:"那我会握着我的枪站着死去,而不会跪着活!"

弥达斯很想知道这名炮兵上校他最后一次把枪握在手里是什么时候,不过他并没有问出口。

最近,弥达斯与乌克兰军方人员的交谈,都和一分钟前刚结束的这场谈话差不多。

作为联合特种作战司令部的军官,巴里·"弥达斯"·杰科夫斯基曾在伊拉克和阿富汗作战,也指导过菲律宾和哥伦比亚的军队。

乌克兰是他工作过的最大的国家,有着最大的国内生产总值(GDP)和最多的受教育人群。

但他从没有遇到过如此绝望的形势。他的 429 名士兵们,这些男男女女要对抗的是 7 万名正在边境某个地方蓄势待发准备跨过边界线入侵乌克兰的俄罗斯士兵。当俄罗斯入侵时,他唯一的希望是能利用自己的军队辅助乌克兰军队,成为他们的力量倍增器。只有这样,乌克兰才有可能赢;只有这样,他们才有可能把俄罗斯人打回去。

不,他们唯一的生存机会——他唯一的生存机会,取决于他们能不能打乱俄罗斯入侵的节奏,让俄罗斯的军队慢下来,给他们造成更多人员伤亡,让他们为不能执行原计划而头痛,希望他们会因此而放弃入侵。

过去几天弥达斯都在切尔卡斯基建设他的联合作战指挥中心,他派了所有通信与情报人员时刻监视乌克兰东部。

留在乌克兰的中情局非官方掩蔽人员不是联合作战指挥中心的一部分,他们不在弥达斯的指挥范围内。不过,弥达斯的箭筒里还有另外一支箭,就是在"灯塔"遇到的那三个人:克拉克、查韦斯和卡鲁索。当他了解到他们既不是中情局的人或国防情报局的人,也不是国家安全局或任何官方人员时,他已经准备把他们踢出门外了,但这三个人用他们的能力和在拯救中情局特别任务处时表现出的忠诚证明了自己。撤离塞瓦斯托波尔后,约翰·克拉克告诉弥达斯,他和他手下要返回基辅,他们正在那里监视一群渗入乌克兰的受俄罗斯联邦安全局支持的有组织犯罪集团。克拉克还说,如果他需要,他们会随时准备着帮助他。

见鬼,无论如何弥达斯没有任何权利要求美国平民帮助自己完成这场战斗,但他还是很开心地知道有几名非军方和官方情报系统的特工能在自己需要时随叫随到。

弥达斯是美国军事学院军事学专业的硕士毕业生,在军事学院他学到了很多可以应用于实战的知识,但学校里学习的知识从来都不能反映一场真实的战争,直到他读到 19 世纪德国战地指挥官赫尔穆特·冯·毛奇的一篇文章,他才明白了什么是真实的战争。

冯·毛奇说过"战略是一系列临时决策组成的体系"。

弥达斯来自弗吉尼亚州,他喜欢直接的表达方式,所以用他的话来表达冯·毛奇的意思就是"一个男人必须做他应该做的事"。

Chapter 56

当俄罗斯人来袭时，弥达斯认为事态可能会迅速发展到任何一方都不可控的局面。用冯·毛奇最经典的一句话来说就是"当遇到敌人时，任何计划都是徒劳无功"，这是又一个军事真理。一旦俄罗斯拉开这场战争的序幕，弥达斯和他的士兵们会尽自己最大的努力去执行经过精心策划的"焚毯行动"。

在一个明媚而寒冷的春晨，二级准尉埃里克·康威和安德烈·"德雷"·佩奇穿过乌克兰军事基地。他们迷路了，而且两个人都不认识斯拉夫文字，但他们被告知只要沿着飞行线一直走到尽头，左转，然后再一直向前就能看到美国卫兵看守的大门了。

两名没戴头盔的美国空军 OH-58 基奥瓦勇士驾驶员走在基地中，看起来非常像陆军正规的步兵。他们没有穿飞行服，相反他们的 SAPI 防弹钢板下穿的是丛林迷彩。他们胸前挂着美国军队配发的柯尔特 M4 卡宾枪，腰间佩戴着伯莱塔 M9 手枪；此外，他们的盔甲外还挂着两套额外的装满子弹的步枪弹夹。

他们经过一组乌克兰直升机维修人员身边，维修员们拦住了他们，并与他们握手。虽然他们都不太会说英语，但他们似乎很高兴这里有美国的部队。德雷是黑人，来自阿拉巴马州拉克尔堡基地，因此经常引来年轻乌克兰士兵好奇的注视。

虽然埃里克和德雷尽量保持礼貌，但他们仍然想尽快摆脱这群维修人员，因为他们接到指挥官的命令，要去基地另一头的大楼。

至于为什么，他们毫无头绪。

从爱沙尼亚战场回来后，二级准尉康威和佩奇返回波兰，服役于美军欧洲司令部。他们来自第 101 空降师第 101 航空战斗旅 B（Bravo）连，是北约的一个支队，和波兰人一起训练。

但就在昨天，他们惊讶地接到命令，整个 B 连要被派往乌克兰，包括他们的直升机。他们推测，一定和所有新闻媒体报道的塞瓦斯托波尔和平合作项目基地遇袭有关，但是除了一堆毫无依据的猜测，他们根本不知道将被派去乌克兰做什么。

而且他们也没有太多时间去考虑这个问题，过去的 24 小时他们一直在准备执行上级的命令，他们整个连乘坐两架 C-17 运输机从波兰出发，一小时前才刚刚抵达切尔卡斯基。

在穿过乌克兰军事基地的途中，埃里克和德雷还在开玩笑讨论基地另一边会有什么正在等待着他们，根本没想到会有任何麻烦。只不过刚刚经历了 24 小时的连续工作，此时连里的其他队友已经在营房的床上躺下休息了，想到这里他们多少有些恼怒。

终于，他们来到了有美国卫兵站岗的大门前，在第 75 游骑兵团的两名游骑兵的护送下进了大门。他们都是精英士兵，康威和佩奇在拉克尔堡或德国的基地时并没有与游骑兵有过太多的直接接触，所以见到游骑兵对于康威和佩奇来说很新奇。

他们穿过一排小型兵营，为了通风，兵营的门很大，类似车库大门。康威和佩奇瞥见其中一间营房里有一群留着胡子，发型凌乱的穿着迷彩服的男人们正在拆封他们的装备。两名 26 岁的准尉立即辨认出了他们是美国陆军特种部队的队员。

佩奇靠近康威说："埃里克，我们先是遇到了游骑兵，然后又是绿色贝雷帽特种部队，我猜我们要被晋升了。"

康威没有回答，只是笑了笑，但他也对这个"特别"的地方感到由衷的好奇。

不一会儿，他们走到了基地的最后一栋大楼前，保护这栋大楼的一组游骑兵检查了康威和佩奇的姓名牌，然后拿起无线电对讲机呼叫另外一个负责人。片刻后，他们被带进大厅，并被告知前往右边最后一个门。

康威和佩奇紧张地看了彼此一眼，然后康威敲响了面前的这扇金属门。

"进来。"里面传来一个低沉的声音。

打开房门，他们发现房间里还有六个平民打扮的男人。这些男人的平均年龄看上去比刚刚遇到的绿色贝雷帽特种部队队员大 10 岁左右，他们胡子邋遢，穿着不同类型的探险服。每个男人的腰间都佩戴着一把手枪，康威和佩奇注意到他们每个人的枪都不同，对年轻的准尉来说这意味着这些家伙是联合特种作战司令部的人，不是海豹突击队就是三角洲特种部队。总之，不管怎么样，他们还是对为什么来此毫无线索。

"过来吧，小伙子们，感谢你们顺便到访。"一个留着胡须的男人说。

在美国部队里，一个士兵是不会"顺便拜访"他们的上级的。他们接到自己指挥官的命令来到这里，但如果这些男人不想那么正式，康威和佩奇也很乐意遵从他们的意愿。

一个明显是这几个男人的领导的男人开始向康威和佩奇介绍他们自己。"我是弥达斯，这位是博伊德，这位是格雷霍德，后面的三位分别是阿提克、比韦斯和斯拉马尔。"

佩奇和康威脑海里同时响起了一个声音，这些家伙是三角洲特种部队！

弥达斯说："很荣幸见到你们。我看了你们在爱沙尼亚东部的行动评估 (After Action Review，AAR)，上面说你们两个家伙拿着一个路线图，在争议领土低空飞行，俄罗斯的雷达还以为你们开的是一辆出租车，然后你们击毁了俄罗斯六架 T-90 主战坦克。"

康威知道他们在爱沙尼亚的行动是军事机密，但这位一身黑衣的长官竟然完全知道，说明他的级别很高。

康威骄傲地微笑着，但却回答说："谢谢你，长官。可说实话，这也多少靠了那么点运气。"

佩奇补充道："还有我们的阿帕奇。"

房间里的人哄堂大笑。

"我喜欢。"弥达斯说。他看了看佩奇的姓名牌说："佩奇，你怎么看？康威和行动评估报告中描述的一样吗，是一名优秀的飞行员吗？"

德雷·佩奇点了点头。"虽然不愿意在他面前承认，但他确实是一个优秀的家伙，长官。"

弥达斯说："这个回答足够了。他是飞行在你旁边的人，所以我认为你足以证明他的能力。"

康威说："佩奇负责所有的瞄准和射击，他也负责一部分飞行任务。"

弥达斯指了指墙边的沙发，然后让两名准尉坐了过去。他自己走到一张桌子旁边，打开上面的冷冻柜，拿出两瓶冰冻的斯拉夫蒂奇啤酒（一种本地啤酒品牌），利用桌子的边缘打开了啤酒瓶盖，然后走向两名目瞪口呆一脸惊讶的年轻人。

"欢迎来到乌克兰。"弥达斯说着把啤酒递给两名年轻人，自己重新从冷冻柜里又拿出了一瓶啤酒。弥达斯喝了一大口啤酒，这时候两名直升机飞行员才跟着拿起了啤酒。康威感觉很不可思议，他甚至怀疑自己是不是在拍某类新型的军旅题材电视剧。

弥达斯坐在木质的桌子上，他旁边的男人们正在往步枪的弹夹里装填子弹。康威和佩奇注意到墙边有一排 HK416 自动步枪，看上去和他们的柯尔特 M4 卡宾枪类似，发射的子弹口径也一样，但三角洲特种部队的这些步枪远比他们的卡宾枪高级。

弥达斯说："你们可能还在疑惑为什么会来这里吧。"

两个人里康威相对沉默，所以德雷回答："是的，长官。"

弥达斯说："华盛顿的一些将军们给了我乌克兰行动的最高指挥权，你们到来后，我现在指挥着 429 个男人。"他迅速举起一只手说："更正，408 名男士，21 名女士。这些女士有一部分负责信息情报支持，一部分是飞行员。听说有一名女性空降兵还救了一个黑鹰飞行员。"

"今天早上我才刚见过她，相当火辣。"格雷霍德咕哝道。

其他男人们都笑了起来。

"你们可能没有想到，俄罗斯人就在乌克兰与俄罗斯的边界线上，可能今天，也可能明天，不出一个星期他们就会发起进攻。一旦他们入侵，我们有特种作战部队（SOF）应对，虽然没有直接驻扎在边界线上，但离边界线也就 50 英尺（46 米）。他们会用 SOFLAM 激光镭射瞄准器为乌克兰空军的空对地炮弹制导。你们跟得上我的节奏吗？"

康威和佩奇回答道："跟得上，长官。"

弥达斯叹气道："好吧，帮个忙，现在可以把'长官'省掉。"

康威和佩奇都是循规蹈矩的士兵，直接叫长官"弥达斯"让他们感到不太适应。

"好的……弥达斯。"康威结结巴巴地说。

"现在我们一起去你们 OH-58 侦察直升机连。你们连其余的人也要和特种作战部队做同样的事，你们要用激光镭射瞄准器为乌克兰空军制导。其余的基奥瓦勇士会配备毒刺导弹，增加自身的空中防御能力。"

"好的。"康威说，但他的声音明显有些迷惑。

"但是，你们俩不同，我需要你们搭载地狱火导弹，这样你们就可以直接消灭一些目标。"

"是的，长官。"佩奇说着举起自己的啤酒向弥达斯致敬。

弥达斯低头看着他。

"嗯……我的意思是，弥达斯。"

"很好，我们的主要任务是替乌克兰人瞄准目标，但这还不够。我希望在极端的、迫不得已的情况下，我们有能力脱离乌克兰人独立行动。"

康威现在理解了，"明白了。"

"我们现在有中情局的MQ-9'死神'无人机搭载地狱火导弹，但必要的时候，我希望我们自己的直升机，也就是你们能飞往特定的地方攻击目标敌人。你们可以为我这么做吗？"

"当然。"

"可能你们已经猜到了，我们不是墨守成规的军队。你们来自传统的军队体系，但我需要的飞行员要有非传统的创新思维。从行动后评估的记录来看，你们在爱沙尼亚战场的表演相当惊人，我认为你们正是我需要的完美的空中力量。"

康威说："无论您需要什么，我们都乐意效劳。"

"很高兴听到你这么说。"

佩奇说："问你一个问题，弥达斯。我们将会去哪里？"

"这是机密，当然不是克里米亚，可能也不是顿涅茨克。通常我们会在你们起飞前告诉你们，你们只需要准备好接听我们的电话就行了。我们会告知你们的指挥官让你们按照航线正常起飞，然后你们再执行你们自己的任务。"

埃里克和德雷喝完啤酒，与房间里的每个男人握手后，准备离开。康威走到门口时又转身问："嗯，弥达斯……乌克兰并不是北约的成员国，我不明白，我们国家真的要为他们而战吗？"

"我们的祖国不会为他们而战，"弥达斯耸了耸肩，"我们要为他们而战。欢迎来到世界的阴暗面，孩子们。"

Chapter 57
新线索

30 年前

　　瑞士楚格的一家酒店里,中情局的分析师杰克·瑞安在一阵敲门声中醒来,他看了看床头柜上的时钟,刚过凌晨四点。他迅速从床上爬了起来,打开房门的插销。打开后他才忽然意识到自己似乎应该在开门前先通过猫眼观察一下门外的情况,虽然他是一名分析师,不是特工,但毕竟现在是外勤状态。

　　来吧,杰克。专注于你的工作。

　　门外来人正是尼克·伊斯汀,杰克立即发现尼克已经醒来有一段时间了。

　　同样,他还知道一定出了什么事。

　　"怎么回事?"

　　伊斯汀说:"进去再说。"

　　"当然。"

　　伊斯汀进入杰克的房间后,杰克关上了房门,然后两人走到一个小客厅坐了下来。

　　杰克说:"你刚从安全屋回来吗?"

　　"是的,一直在与世纪大厦以及驻苏黎世的大使馆联系。"

　　"怎么回事?"

　　"今晚梅瑟尔餐厅的爆炸案造成了十四人死亡。"

　　杰克看不懂尼克的表情,他似乎兴奋的同时又有些困惑。

　　尼克补充道:"其中一名受害者是马克·威泽尔。"

　　杰克斜着头问:"确切地说……他是谁?"

　　伊斯汀深深地叹息道:"你马上就知道了,他是我们在楚格储蓄银行的信息源,他就是'晨星'。"

瑞安把头埋进双手中感叹道:"哦,天哪。"

"嗯,他当时正和另外一个男人吃饭,那个幸存的男人辨认出了他的尸体。"

瑞安说:"你仍然认为这是一场意外吗?"

"显然不是……我不是笨蛋,瑞安。我认为谋杀'晨星'的家伙可能和谋杀托拜厄斯·加布雷尔的家伙是同一个人。"

"我很高兴你终于赞同我的观点了。"

"没错,我认为银行家威泽尔是被谋杀的,但不包括戴维·彭赖特。"

"你为何如此肯定?"

"因为德国的左翼分子不会对戴维·彭赖特感兴趣,不是吗?"

"德国左翼?你在说什么啊?"

"在罗特克莱兹爆炸案中还发现了一具尸体,据确认是一名25岁的德国女人,名叫玛塔·施洛宁。她尸体所处的位置很奇怪,使得瑞士警察将目标锁定在她身上。她的尸体在厨房被发现,靠近天然气管路,但她却不是餐厅的员工。他们推测她带了炸药到餐厅,但当她设置计时器时,炸药在她面前爆炸了。"

杰克说:"他们怎么知道她不是恰好在找厕所呢?"

"你的意思是洗手间,是吗?"

"是的。"

"因为不会发生这样的巧合。玛塔·施洛宁是赤军团(RAF)的成员,曾因为破坏性行动在德国两次被捕。她住在柏林,他们在梅瑟尔餐厅后面的一个小巷子里发现了她的背包,背包里的身份证上有她的地址。"

杰克了解赤军团,同样他也知道他们通常不会在瑞士活动。

"赤军团为什么要炸掉梅瑟尔餐厅?"

伊斯汀耸了耸肩。"我不知道。我只知道我马上要去柏林,世纪大厦已经联系了德国警方。德国警察将会搜查她的公寓,当然我也会在场。"

"那么其他人呢?"

"什么其他人?"

"瑞士警方在梅瑟尔餐厅发现的那个男人,被警车带走的那个男人?"

伊斯汀说:"哦,他啊,逃跑了。两名警察在押送他的途中,他抢了其中一名警察的枪,然后把两名警察背靠背地铐在了市中心离火车站很近的一根路灯灯杆上。他可能已经坐火车离开了。"

"他肯定也参与了这起案件。"

"也许吧,可能是赤军团。再过几个小时我就会启程去柏林,或许我在柏林能发现更多线索。欢迎你加入，不过我不会说德语。或许，你需要和你的上级通报一声。"

杰克揉了揉眼睛。"两天前一个来自柏林的姑娘与被杀的英国特工一起在酒吧喝酒，而且与这件案子有关的其他人又都被杀了，现在又有一个德国姑娘与赤军团以及一些其他死亡事件有关。难道你还认为戴维·彭赖特的死亡只是偶然？不如我们拿着玛塔的照片去彭赖特死前去的那个酒吧，看看她们是不是同一个人。"

"这里到处都是德国姑娘。如果彭赖特没有和德国姑娘聊天，他也会和一个澳大利亚、新西兰、法国或瑞典姑娘聊天，酒吧里的那个姑娘并不重要。"

伊斯汀继续说："我们将去柏林，调查赤军团留下的证据，如果这些证据最终将我们引回彭赖特的死亡，我们再继续跟进也不迟。况且，现在还不需要你来告诉我工作该怎么做。"

瑞安说："那好吧，我和你一起去柏林。不过我想参与柏林的调查，不想一直当个局外人。"

"杰克老弟，这不是我说了算的。"

Chapter 58

入侵克里米亚

现在

新俄罗斯晚间六点的新闻开始了，镜头里的塔蒂亚娜·莫汉诺娃言笑晏晏。通常新俄罗斯的晚间新闻和世界上其他地方的晚间新闻一样，都是从播报每天的新闻事件开始，但就在新闻开始前瓦列里·沃洛金来了，他径直走到他认为属于他的座位前坐了下来。

摄像机的镜头渐渐从莫汉诺娃的脸上移开，她与总统握手，当音效师将沃洛金的话筒放到她左边时，她转向总统露出了一个不那么专业的甜美微笑。

沃洛金突然造访，事先没有任何通知，莫汉诺娃没有准备相关的问题问他。制片人们似乎也正手足无措，因为耳机里传来了他们讨论如何开始这段访谈的声音。

她需要开始一段即兴访谈，她能够做到这一点，因为她是这方面的行家，而且她有一种强烈的预感，今天总统不会给她太多即兴发挥的机会。

"总统先生，我国西边最大的邻居，最近他们的边境似乎发生了一些令人震惊的事件，对那些明显针对俄罗斯的支持者设计的袭击您有什么看法？"

沃洛金就像一个卷曲的弹簧突然被释放开一样，他说："不仅仅针对俄罗斯的支持者，莫汉诺娃女士。你要知道数以百万的俄罗斯人民生活在乌克兰边境。我的好朋友奥克萨娜·祖耶夫被枪杀以及发生在顿涅茨克的爆炸事件，明显都是出自西方情报机构暗中支持的民族主义游击队之手。再加上美国中情局在塞瓦斯托波尔发起的攻击，这所有的事件都是挑衅。俄罗斯的敌人们正试图把我们拉入一场战争。我们一直努力保持在外交领域内和平地处理我们的分歧，但他们还是采取了暴力和杀戮的手段。"

莫汉诺娃从沃洛金的回答中发现了线索，所以她问了一个模糊的关于祖国会对乌克兰采取一种什么样态度的问题。

沃洛金不会错过任何一个节奏去发起攻击。"乌克兰有5 000万人口，其中六分之

Chapter 58

一是俄罗斯族。显而易见，克里米亚半岛对我国的国防安全至关重要，甚至那些学国际关系、金融或军事学的本科学生都知道。克里米亚是我国黑海舰队的母港，通往欧洲的石油和天然气管线都要经过那里，所以那里是我国的重要市场和军事通道，涉及到我国国防安全的战略利益。"

沃洛金继续说："乌克兰属于我国的势力范围，在我看来目前我国有两个威胁，那就是活跃于我国西北边界线上的恐怖主义和有组织犯罪集团。我们的敌人想分割我们，所以我们必须让他们滚出我们的边境，但仅仅这样是不够的，东欧国家已逐渐沦为美国和欧洲的奴隶，我们要不惜一切代价保护他们。我们已经在很大程度上控制并消灭了我国国内的恐怖分子、分裂分子和犯罪分子，他们大部分是少数民族。但我们还需要继续我们的斗争，推动我国的执法和司法制度，向国外扩大我国的安全防御范围，只有这样我们才能生存。反观乌克兰现在的局势，我认为我们不仅要与我们的斯拉夫邻居共享利益，还应该和他们共享威胁。乌克兰民族主义者当政就是这样一种威胁。"

沃洛金看着摄像机镜头，塔蒂亚娜·莫汉诺娃温顺地坐在旁边，显然从一开始总统就忘记了他正在接受采访。

"我国的边界上不允许任何流氓政权存在，这正是我一直试图保护祖国的方式。遍布乌克兰的犯罪分子和暗无天日的无政府状态让我意识到我们应该立即行动起来，保护俄罗斯人民。"

他停顿了一下，因此塔蒂亚娜·莫汉诺娃填补了这段空白。"您能告诉我们您的政府准备采取哪些步骤来缓解我国边界线沿线的危机吗？"

"我已命令我们的军队准备一系列小规模的安全行动，以保护俄罗斯在克里米亚的战略利益和生活在乌克兰东部的俄罗斯人民。当然，关于行动的细节我不能讲太多。即便是你也不行，莫汉诺娃女士。"他笑着说。

莫汉诺娃以笑容回应了沃洛金。

"但大家都应该记住，我们的使命仅仅是调停。"

塔蒂亚娜说："乌克兰目前还不是北约成员国，但他们是和平合作项目的成员，这也意味着他们和北约的部队有联合训练与协作。您预计我们的安全行动会带来什么麻烦吗？"

沃洛金说："直到一年前我们还是北约的成员国，但我从中看到了我们的愚蠢。我们怎么能继续留在北约呢，怎么能留在一个以打败我们为目的而设立的组织呢？其实，北约还不足为患，大部分欧洲国家是理智的，美国才是我们应该担心的，我会举个例子来说明为什么。从罗纳德·里根开始美国就有一套优秀的洲际导弹防御系统，目前已经持续保护美国30年了。这套系统能在战争中为他们提供安全防护衣，而这场战争却是他们计划挑起的。过去几年我们能幸免于瑞安总统过度使用的武力，只是因为我们领导的软弱。美国喜欢为我们设置所有的条款，只要我们对他们俯首帖耳，他们就是友好的。但在我们的地区，我们应该享有特权和利益，美国最好记住，我们会保护我们的特权和利益。"

"您认为什么是俄罗斯的特权和利益？"

"与我国接壤的后苏联国家，那里生活的俄罗斯族人民，我们都有责任保护他们。"

沃洛金转头看向摄像机镜头继续说："至于北约，特别是美国，我要提醒你们，这里是我们的后院。"他用手指着摄像机镜头说："以前我们容忍了你们在我们后院的所作所为，但我要警告你们，从现在开始请远离我们的后院。"

莫汉诺娃努力地尝试提出下一个问题，但其实她根本不用为此烦恼，因为沃洛金放下手指后又继续对着镜头说："乌克兰人民应该知道我们爱你们的国家，我们是你们最好的邻居，我们并不想变更你们的国旗和国歌。我们只想解决乌克兰边界争议的问题，因为大家都知道，克里米亚半岛历来就属于俄罗斯。拥有相同的权利、相同的法律和同样光明的未来对我们两国都有好处。"

塔蒂亚娜有些惶恐地问了下一个问题。她不太确定该不该提出这个问题，但沃洛金似乎还想继续，所以她无处可逃。"那么总统先生，您的意思是克里米亚半岛是我国安全行动的目标？"

沃洛金没有立即回答这个问题，他表现得似乎措手不及。"莫汉诺娃女士，我们必须看他们如何对待我们的维和部队，如果恐怖分子被消灭了……我们当然会离开。"说完后他举起双手，似乎正在试图暗示莫汉诺娃。

在总统沃洛金的电视讲话后，公开的入侵正式开始。下午晚些时候，俄罗斯的行动如预期一般让边境的乌克兰军队震惊。他们预料到了袭击会从东部开始，但没有料到会在傍晚时候开始。

远程导弹摧毁了乌克兰的防御阵地，战斗轰炸机飞进乌克兰领空，炸毁了克里米亚东部的机场。如对爱沙尼亚发起的攻击一样，俄罗斯的坦克越过乌克兰边界线，但在这里他们遇到了更多来自乌克兰 T-64 主战坦克的抵抗。乌克兰的老式坦克质量虽不如俄罗斯的 T-90 主战坦克，但他们在数量上占优势，而且大都掩护在战壕里或坚固的掩体后面。

最初一小时，冲突双方的激战都是以坦克和"冰雹"多管火箭炮为主，随着俄罗斯装甲部队渐渐攻入乌克兰，乌克兰人的榴弹炮应对这样的局势渐渐有些吃力。俄罗斯的米格式飞机和苏霍伊设计的飞机控制了空中的局面，他们刚飞入乌克兰领空便迅速地把枪炮对准了乌克兰。

乌克兰人还有大量的 152mm 自行火炮，152mm 自行火炮是俄罗斯设计者设计的可移动榴弹炮,以姆斯塔河命名。这些可掩蔽起来的灵活的 152mm 自行火炮能有效地阻挡 T-90 主战坦克。但乌克兰的将军们保留了大部分这种宝贵资源,战场上为数不多的"姆斯塔河"都被俄罗斯的卡莫夫攻击直升机和 MIG-29 多用途战斗机击毁了。

晚上九点,乌克兰的边境城市斯维尔德洛夫斯克和克拉斯诺顿仅仅交火片刻就被俄罗斯占领了,晚上十点十五分,亚速海港口城市马里乌波尔也陷落了。

午夜时分,六架大型的安东诺夫 -70 军用运输机从俄罗斯出发,几分钟后途经亚速海飞入乌克兰领空。每架飞机搭载了 200 到 300 名士兵,大部分士兵来自第 98 近卫空降师第 217 近卫空降团,还有几百名士兵来自斯皮特纳斯特种部队。

运输机的整个航程都有喷气式战斗机和雷达干扰设备的护航,当飞过塞瓦斯托波尔时,黑海的俄罗斯舰队也使用地对空导弹为他们的同胞护航。

乌克兰人派出四架苏 -27 战斗机拦截俄罗斯的运输机,但全在黑海上空被击落,其中两架被俄罗斯的喷气式战斗机击落,另两架被黑海舰队的地对空导弹击落。

俄罗斯也失去了五架战斗机,但他们的六架安 -70 军用运输机全部成功飞到了空降区。

安 -70 上的空降兵们跳进了浓浓的夜色,遍布到整个克里米亚半岛南端。

凌晨一点半,1 435 名受过良好训练的俄罗斯轻装步兵攻击了塞瓦斯托波尔的两个乌克兰部队驻地,销毁了城市中央的几台小型防空火炮。

如果此刻乌克兰人还不知道俄罗斯的部队为什么要空降到塞瓦斯托波尔的话,那么他们很快就会知道了。黑海对面,俄罗斯的舰队停靠在自治国阿布哈兹共和国的小型港口奥恰姆契拉已经几天了,舰上搭载了约 5 000 名俄罗斯海军。一旦安 -70 从他们的基地伊凡诺夫起飞,舰队就起航了,开向塞瓦斯托波尔。他们要到第二天中午才能抵达塞瓦斯托波尔,但这正好给了空降兵和斯皮特纳斯特种部队完全控制塞瓦斯托波尔港口附近区域的时间。

那时俄罗斯的军队从克里米亚的空降区进一步向内扩展,坦克和其他装甲车开进乌克兰东部其他地区。俄罗斯的夜视设备明显比乌克兰先进,他们的坦克可以利用这个优势夜间作战,捕捉他们盲目而恐慌的敌人。虽然俄罗斯的入侵本身没有什么可让人惊讶的,但乌克兰的领导人在几小时前才意识到他们的将军们错估了俄罗斯入侵的速度、战争的策略和打击的强度。

Chapter 59

小杰克遇袭

在伦敦，有很多晨跑爱好者，虽不如华盛顿特区多，但考虑到伦敦这个早春糟糕的天气，这些正在进行有氧运动的男男女女还是让小杰克·瑞安感到无比惊讶。

杰克每天的晨间有氧运动通常在进入最后冲刺阶段时会遇见大部分的其他晨跑者。他喜欢早起，在其他晨跑者之前出门，因为这样会给他一种先于别人开始自己的一天的充实感。

但今天早上竟有些不同。是的，他依旧早起，才刚过六点他就已经跑过几英里了。但他却没有平时那种精疲力竭之后的充沛感和满足感，他觉得又湿又冷又疲惫，头还在因昨晚喝的啤酒而隐隐作痛。

在科比镇见了"基石"，结束了他徒劳无功的旅程后，他去了男爵阁公寓附近的一家酒吧。他点了两份炸鱼和薯条，几品脱啤酒。幸运的是整个酒吧没有人注意到他，在返回莱克斯汉姆花园酒店时他绕道走了几个街区，迂回曲折地绕了一个多小时，直到凌晨才运行完自己的监视侦察程序，他几乎可以确定有一辆无标志的小型货车出现了三次。

小杰克在床上躺了几个小时，琢磨到底是谁在跟踪他。现在是六点半，晨跑中只感到自身由于昨晚的啤酒和极度缺乏睡眠而备受折磨。

已经跑了3英里（4.8公里）了，他继续穿过霍兰德公园，试图通过排汗来挥发一些酒精和油炸食品的有害成分。他跑在晨雾中的足球场上，然后顺着霍兰德大道狭窄的人行道，沿着公园边缘砖砌的围墙，绕着诺丁山跑了一圈，他的右手边是一长排连排式公寓。

从诺丁山下来的两位女士推着高档的婴儿车，当杰克经过她们身边时，她们冲他笑了笑。

他们身后50码（45米）外还有两名晨跑者，这两个男人高大魁梧，悠闲地跑到山顶后又沿着小路跑向杰克这方。

此刻，杰克的思绪又回到古老的英国间谍"基石"奥克斯利那里。他没有告诉父亲从"基石"那里获取情报的尝试失败了。他试图想出一些新的策略来让那个老家伙开口，但到目前为止他还没有任何办法。他甚至想就此忘记整个事件，让父亲派中情局或其他机构的人去调查此事，调查这个阴暗的，或许虚构的杀手"天顶"。

他告诉自己，再给自己一天的时间去想一个新的策略，若那时还无任何进展便交出"基石"的信息。乌克兰与俄罗斯之间的战争已经开始，杰克在今天早上系鞋带时看到了这则新闻。虽然小杰克无从得知美国在乌克兰的部队准备干预此次战争，但他知道父亲一定会在外交和情报领域对抗俄罗斯政府的攻击，因此发现塔拉诺夫的一些细节可能有助于解决这一危机。

当杰克登上狭窄的小径时，他瞥了一眼附近两个彪形大汉的脸和手。他曾经受过辨认袭击前指标的训练，换句话说就是发现麻烦前的小线索。现在他自动地运行起了曾经学过的这套程序，特别是当他在自己附近发现肌肉发达的年轻男子时，他总是不自觉地这样做。

两名男子两手空空，脸上没有任何危险的迹象。

瑞安将注意力重新放到了跑步上，强迫自己稍稍抬高膝盖，放松肩膀。他仍未感觉到有平时那种轻松满足状态，不过他决定再多跑 5 英里（8 公里），虽然自己已经难受得快要死掉了。

当两名晨跑的男人渐渐靠近杰克，离他 15 码（13.5 米）左右时，他的眼睛又不由自主地注视那两个男人，他意识到自己又在判断他们的袭击前指标。他把现在的新生活方式过得和曾经的生活一样紧张，以此来惩罚自己。虽然他和桑迪·拉蒙特曾在安提瓜遇到过一点麻烦，但他告诫自己，没有理由认为，走到任何地方都有危险。如果自己一直这样把身边所有的路人都当作一个潜在的威胁来排查，他知道他最终会把自己逼疯……

那是什么？杰克看见自己右前方那个正在跑步的男人毛衣下似乎藏着什么东西，随着他迈开右腿，物体的形状便在织物下显现了出来，看上去像是一根棍子或球杆。又跑了两步之后，男人察觉到了异样，开始伸手去拿毛衣下的东西。

杰克的身体立即进入了戒备模式，他的肌肉紧绷。

两个男人的步伐开始改变，重心轻微移动，这正是瑞安曾经学过的辨认袭击前的指标之一。杰克立刻意识到他们打算转身进入自己的跑道。杰克身上没有任何武器，他知道自己唯一的机会便是利用那两个男人冲过来的惯性，用速度攻其不意。

右边的男人拿出了一根 1 英尺（0.3 米）长的黑色球杆，左边的大胡子男人举起胳膊便向瑞安冲了过来。

瑞安一个俯身，往湿漉漉的跑道上一滚，躲开了向自己冲来的大胡子男人，然后他迅速起身攻向袭击他的那两个男人。杰克右拳一拳击飞了那个正高举起球杆准备攻击他的男人。

他的拳头刚好击中那个男人的鼻子，男人头部着地，手里的球棍落到水泥地上，钢铁与车道碰撞发出叮的一声，然后滚进了车道旁边的灌木丛里。

大胡子男人冲过去抓瑞安，被瑞安躲开后差点跌倒，但他马上顺势推了一下公园的围墙，借力又转身冲向瑞安。一开始瑞安并没有看到他有武器，但大胡子男人冲到他面前，伸开右胳膊，小杰克心想这个袭击他的大胡子手里一定有类似刀片的东西。因此他一把将大胡子的胳膊推开呈四十五度，这时才看到银光闪闪的刀片。大胡子拿的是一把小钩刀，长度不超过 3 英寸（7.6 厘米），但却是致命的武器。

杰克近身肉搏的实战技能来自于过去这些年几乎每天都坚持的训练，只见他一个侧身，背对着攻击者，把对方握着武器的手往右拧，同时用头向后撞击大胡子男人的鼻子，把大胡子男人向后击倒在水泥地上。他的小钩刀掉在地上，被杰克一脚踢进了草丛里。

此时他的两个敌人满脸是血，但他看得出来，他们依然还有战斗力。

之前拿金属球杆的男人朝杰克挥舞着拳头，杰克弯曲膝盖躲过了他的拳头，然后弹起来近身对准攻击者的胸膛就是一拳。两个攻击杰克的男人都跌倒在小径潮湿的草地上，旁边是 6 英尺（1.8 米）高的公园围墙。杰克来到一名攻击者面前，迅速在攻击者满是鲜血的脸上又打了一拳，然后立即弹了出去，站在之前的位置。因为他知道另一个攻击者就在自己身后，敌人可以轻易地用胳膊勒住他的脖子或用脚踹他。事实证明杰克的策略是明智的，第二名攻击者踹向他的脚扑了个空，而这个动作使攻击者仰面跌倒在地上。

瑞安把跌倒在地上的男人的膝盖狠狠地折向他的头部，当男人感觉到疼痛时，他的膝盖已经肿得像个葡萄了。

杰克站了起来，两个男人都被他放倒了，一个躺在地上失去了行动能力，一个背靠着公园的围墙坐着，晕眩无措。

杰克的肾上腺素飙升，但他知道现在他需要答案。这到底是怎么回事？他们和跟踪他的混蛋是一伙的吗？

攻击杰克的两个男人很年轻，都不超过 25 岁，有着棕色的短发和健壮的肌肉，除了这些，杰克对他们是谁，一无所知。

他看着靠在墙上的男人，此刻他看上去似乎更适合问话。所以，他单膝跪在男人旁边，高举起自己的拳头。

就在此时，公园另一边传来了一声尖锐的哨声，杰克转头看去，50 码（45 米）外有一男一女两名警察正穿过足球场朝自己跑来，一名警察嘴里含着哨子，另一名边跑边喊："嘿，你，你在干什么？放开那个人！"

杰克站了起来，转身面向警察。

就在这时他感觉自己身后不到 5 英尺（1.5 米）处有一个力量正在撞向自己的肩胛骨，之前坐在墙边的男人跳了起来，用尽全力撞向瑞安。

杰克被撞出小径，脸先着地，跌倒在潮湿的草地上。虽然没有受伤，但他很懊恼转移了注意力，忽视了那两个受伤的敌人。

Chapter 59

杰克用膝盖和手撑起身体，刚准备爬起来，但这时他越过自己的肩膀惊讶地发现两个男人竟然都站了起来，开始逃跑，他们的武器依然留在灌木丛和草地里。

他们沿着小径向前跑了几码，然后爬上公园砖砌的围墙，消失在了围墙的另一边。杰克现在不仅惊讶于他们还能站起来，更惊讶于他们居然还能翻墙逃跑。他赶紧爬起来去追那两个男人，但被身后的两名警察叫停了。

两名警察还在25码（22.5米）之外，他们没有佩带枪支，杰克完全可以轻易地翻过围墙逃走，这样他还能有机会追上攻击他的两名受了伤的男人，但这两名警察见过他，知道他就住在附近，他们要想找到他很容易。

瑞安放走了两名攻击者，举起手向警察示意自己没有任何威胁。他低头看了看自己的运动衣，上面满是泥土和那两名攻击他的男人的血。

警察让他转身，把手放到墙上时，他深吸了一口气使自己平静下来。杰克很庆幸在被问话之前有时间调整呼吸和心跳，以使自己冷静下来。他当然不会告诉警察草丛里还有两件武器，因为如果父亲发现他身处险境，会派特勤局的人携带着枪支时刻跟着他。这样瑞安在英国的生活就结束了，这会严重阻碍年轻的瑞安对自己未来的打算。

不，他不能让事态往这个方向发展。

他告诉两名警察自己正在慢跑，然后两个男人突然跳出来问他要钱。在伦敦抢劫事件时有发生，但在早晨六点半抢劫一个没有带钱包的晨跑者着实罕见。

很快，两名巡警就发现了美国总统的儿子刚刚在自己的眼前遇袭，因此杰克被带到了诺丁山分局。他们像对待名人一样对待他，最让杰克头疼的是，他必须要多次向不同的人表达他不需要去医院。他的膝盖会结痂，然后好起来，不需医院的处理。他现在只想回家。

警方建议杰克配备安保人员，毕竟他是公众人物，如果他允许，他们会派人时刻保护他，以防今天的情况再次发生。

瑞安向他们表示了感谢，并告之会考虑他们的意见。随后，一小队警车把杰克送回了他的公寓，此时才刚到早上八点半。两名警察要求杰克有任何问题立即联系他们，杰克再次向他们的关心表达了感谢。然后，他爬楼梯回到公寓，进门就把房门的三重安全锁全都锁上了。

他走进浴室，脱去脏衣服，打开淋浴头。浴室里水蒸气渐渐扩散开来，杰克坐在浴缸边缘回忆着今天发生的事。

小杰克知道他应该给桑迪打个电话，让桑迪知道今天早上发生的事，可他无法确定早晨发生的事与自己的工作有没有关系，而且他也知道自己的老大或许会说"看吧，我早就告诉过你"。

如果今天早晨发生的事与他在卡斯托＆博伊尔公司的工作有关，如果这是他在英国被跟踪的原因，那么又是什么原因让他们改变主意放弃监视而选择直接攻击他呢？

没有原因。虽然加尔布雷斯的案子和俄罗斯天然气工业股份公司有关，而且几个月前他们在跟进这个案子时也遇到了一些危险人物，但就在几天前他已经被终止调查这个案子了。如果有人因为他调查亚瑟·加尔布雷斯的案子而想除掉他，那他们为什么要选在这个时候动手呢？

突然他意识到这些天他只做过一个改变，那就是昨天下午开车去科比镇与维克托·奥克斯利失败的谈话尝试。

杰克又细想了一遍，自己被袭击的原因真的和科比镇之行有关吗？

他在卡斯托＆博伊尔公司的工作似乎和前英国间谍维克托·奥克斯利没有任何联系。事实上，他知道自己在听说维克托·奥克斯利的名字之前就有人监视他。

但他也没有发现其他更合理的解释。他去科比镇见了前英国间谍，然后第二天就被两个家伙袭击，而这名间谍很可能知道俄罗斯情报机构联邦安全局现任局长的过去。

瑞安从来不相信巧合，虽然他目前还没有任何答案，但他知道是谁干的。

奥克斯利要么是早晨发生的袭击案的幕后主使，要么他至少知道瑞安为什么遇袭。瑞安洗了个热水澡，他决定重返科比镇，不管怎样也要与那个固执的混蛋聊一聊。

十五分钟后，瑞安洗完澡换好了衣服，开着他的宝马一路向北而去。

Chapter 60
投毒案调查进展

俄罗斯人越过乌克兰边境的第二天凌晨四点左右,"焚毯行动"正式进入行动阶段。空对空的战斗主要在俄罗斯卡莫夫卡-52攻击直升机和乌克兰米-24（Mi-24）攻击直升机之间进行，卡-52配备了精良的夜间飞行设备，而米-24完全没有任何夜间飞行能力，但夜晚他们依然飞行在顿涅茨河东边的山丘和森林上空。一组来自美军第五特种作战部队的十二人A小分队部署在小城市祖赫雷斯一个废弃足球场的记者席屋顶，他们精良的光学组件可以从这里观察20英里（32公里）外的东部地区，用激光镭射装备瞄准12英里（19公里）外的目标。

这是一个晴朗的夜晚，美国人从远处几乎都能看见直升机的微亮光点，战争开始了，白色的条纹和闪光围绕着东部的光点创出一幅抽象派的未来画作。战争持续了几个小时，乌克兰地面部队发射的火炮偶尔向西飞过美国人的头顶，在地平线上创造出一系列白色闪光。

快到凌晨四点时，A小队通过他们的前视红外系统（FLIR）发现，在乌克兰州际H21高速路上有一组车队正畅行无阻。A小队确定高速路上是一队BTR-80装甲运输车。这种运输车在俄罗斯和乌克兰的军队里均有使用，所以他们向联合作战指挥中心（JOC）发出呼叫，报告他们在交战区发现了一队可疑目标，但他们不能确定对方车辆属于敌军还是"红军"。联合作战指挥中心积极联系乌克兰方面，试图确定该车队的属性。可是，乌军完全忙于战争，处于一片混乱状态，甚至连乌克兰空军都反应迟钝。

15分钟后，BTR-80装甲运输车已经在离第五特种作战部队A小分队8英里（12.8公里）的范围内了。弥达斯命令在该地区巡航的MQ-9"死神"无人机飞跃车队，很快无人机就给联合作战指挥中心的情报人员传回了拍摄的图像。

"死神"传回的图像显示该车队插着俄罗斯的旗帜。虽然"死神"无人机搭载了两枚地狱火导弹，但是弥达斯命令自己的通讯官再次把目标任务传给乌克兰军队。

这次，两架米格式飞机迅速响应了。他们读取了美国人用SOFLAM激光镭射瞄准器发来的镭射坐标，随后，两枚乌克兰军队的KH-25空对地导弹朝着正在高速路上行进的运输车队呼啸而去。

一开始，地面上的第五特种作战部队A小分队还在为这次攻击欢呼，但很快，他们就发现乌克兰人的米格歼击机在目标区域拖延太久，A分队负责人向联合作战指挥中心转达了自己的担忧。俄罗斯的运输车队只被从东边地平线呼啸而来的导弹摧毁了一半，第五特种作战部队的人发现其中一架歼击机已经爆炸，变成了一个火球，而另一架歼击机放弃了攻击，已经迅速飞离到20英里（32公里）以外。

第五特种作战部队A小分队的男人们用"死神"无人机的地狱火导弹摧毁了两辆目标车辆，但还有两辆BTR-80装甲运输车仍在行进。

"焚毯行动"以一次成功的袭击打响了漂亮的第一战。是的，他们摧毁了六辆入侵乌克兰的俄罗斯装甲运输车，付出的代价是一架米格歼击机，乌克兰最强大的空中武器之一。弥达斯知道，这样的目标击毁率对俄罗斯来说是更有利的。

瑞安总统在椭圆形办公室会见了司法部长丹·默里。两人都因为过度工作而疲惫不堪，但两人的经验和原则也告诉他们，时间在国家危机中的重要性。

整个上午，瑞安都在和他的军事顾问交谈，他需要保持一个正常的日程表。俄罗斯人入侵乌克兰的举动引起了美国的广泛关注，白宫正忙着发起系列"外交战"：诸如发表制裁声明，向联合国安全理事会抗议，甚至威胁不再参加即将在俄罗斯举行的冬季奥林匹克运动会。虽然，瑞安政府的成员都不相信"外交战"能对俄罗斯起到任何威慑作用，但明面上的外交战对美国向俄罗斯发起的强硬措施是必要的，能很好地掩盖美国军队在乌克兰东部地区的行动。

瑞安总统没有那么多时间会见来访的非国防部和情报部门的内阁成员，但他挤出了一点时间来会见丹·默里。他们对向而坐，瑞安给彼此倒了一杯咖啡。"丹，我希望你带来的是好消息。"

默里本可以简单地向瑞安叙述自己的发现或者给瑞安发一份两页的调查简报，但他没有这样做，因为他知道自己的上司更喜欢实质的情报证据，所以司法部长在咖啡桌上展开了一组照片。

瑞安拿起第一张照片。这是一张年轻的西班牙裔女性出现在7-11之类的便利店的彩色照片。

杰克说："这是毒害格洛夫科的嫌疑人？"

"是的，她是费莉西娅·罗德里格斯。"

杰克点点头，继续看第二张照片。第二张照片似乎与第一张照片是在同一个位置拍摄

Chapter 60

的,不同的是穿过便利店大门的人不同了。男性、短发、身形健壮,穿着白色亚麻衬衫和短裤。照片非常清晰,杰克不禁想到过去二十年CC相机的高质量和普及给反情报以及执法部门的工作带来了多少便利。

"他是谁?"

"我们还不知道他的真实姓名,但通过面部识别软件我们发现他是从伦敦乘坐私人喷气式飞机进入美国的。他持摩尔多瓦共和国的护照,护照上的名字叫瓦西里·卡鲁金,他没有离境记录,他乘坐的喷气式飞机注册在卢森堡的一家空壳公司名下,同样,飞机也没有离境记录。"

瑞安知道整件事的严重性。"他是一名间谍。"

"是的,该死,他是。"

"俄罗斯间谍?"

"不太确定,但我们已经开始全面搜索他们的脸和伪造的护照信息了。"

瑞安拿起下一张照片。

这张照片是一名叫杰米·卡尔德隆的男人的照片及护照复印件。"另一个间谍?"

"事实上,是的。他的真名叫埃斯特本·奥特加,是委内瑞拉的一名情报人员。我们之前追踪到他来了美国,就一直在监视他,但没有采取任何实质行动。"

瑞安一边拿起最后一张照片一边说:"目前在这些照片中我还未看到任何实质性的有用信息。"最后这张照片像素很好,照片里有一座黄色的小房子,房子的前院栅栏里围着一棵棕榈树。"告诉我这个小房子是怎么回事?"

丹说:"我们发现奥特加飞到迈阿密,在劳德岱堡的海边租了这栋房子,他已经到那里两天了。神秘的摩尔多瓦人,不管他的真实姓名是什么,反正他在劳德岱堡机场通过了海关,九十分钟后,他出现在这家便利店,而这家便利店离委内瑞拉的这名情报人员的安全屋刚好只有95英尺(29米)。"

杰克抬头看着丹说:"刚好95英尺(29米)?"

"是的,昨天我亲自去查看过。"

瑞安笑了笑,丹还是喜欢亲力亲为。"继续。"

"接着,在神秘的摩尔多瓦人和奥特加抵达的第二天,费莉西娅·罗德里格斯出现了。她进了便利店,更重要的是根据她的手机GPS跟踪显示她去了委内瑞拉情报人员的安全屋。"

"该死。"杰克激动地说。

默里补充道:"她在安全屋只待了一个小时,然后她住进了附近的一家宾馆。第二天早上开车返回堪萨斯州。"

瑞安再次快速地浏览了一遍照片,然后才抬起头看着默里。

司法部长说："在你提问之前我要是说的是，我们在罗德里格斯居住过的酒店房间和她家里都只发现了微弱的钋 210 的痕迹。这就说明当时她储藏钋 210 的方式要比她毒害格洛夫科之前储存的方式好得多，显然罗德里格斯当时有某种铅制的容器，但是她在堪萨斯大学的自助餐厅里拿出了钋 210。"

瑞安总统说："我总结一下，你的意思是神秘的摩尔多瓦人可能是俄罗斯联邦安全局的特工，他通过私人飞机把钋 210 带入美国，然后在委内瑞拉情报人员奥特加的帮助下转交给了暗杀者费莉西娅·罗德里格斯。"

"那是我们的推测。我们不可能完全肯定地说摩尔多瓦人当时就在安全屋里，我们没有确凿的证据，但是……"

杰克打断了他的话。"我们需要找到这些家伙，奥特加和这名神秘的摩尔多瓦人。"

"事实上，我们现在只需要找到这名摩尔多瓦人。"

"为什么我们不需要找到委内瑞拉人？"

"因为在劳德岱堡的海边会面后第三天，也就是格洛夫科被下毒的前一天，埃斯特本·奥特加在墨西哥城的出租车里被谋杀。枪手坐在一辆摩托车的后座，没有更详细的描述。目击证人只有出租车司机，而他的证词也没有多大的价值。"

瑞安靠在沙发上。"他们在掩盖自己的踪迹。"他长叹一口气说："他们要杀掉所有能把他们与格洛夫科中毒事件联系起来的人。尽全力弄一张国际逮捕令，如果我们能查到这个神秘的摩尔多瓦人是谁，我们就要全力拘捕他。"

"好的。"

瑞安又看了一遍年轻的委内瑞拉女孩儿的照片。她看起来是如此年轻，整个人生才刚刚开始。"她的动机是什么？"

"不太确定。可能是她在委内瑞拉的家人受到了威胁，我敢肯定她不知道自己卷入了一场怎样的阴谋，所以有可能是俄罗斯人或者那个委内瑞拉的情报人员欺骗了她。"

"对于委内瑞拉的情报人员为什么卷入其中，你们有什么线索吗？"

"暂时还没有，除了知道罗德里格斯要往格洛夫科的雪碧里加一些东西，很可能奥特加知道得也不比罗德里格斯多。"

"所以俄罗斯人找了两个志同道合的有用的白痴帮助自己完成了整个阴谋，利用完后再抛弃他们。"

默里点了点头。

"这听起来像罗曼·塔拉诺夫的剧本。"

"那个俄罗斯联邦安全局的家伙？是吗？抱歉，我对他的过去不太了解。"

"没有人了解他的过去，"瑞安说，"不过我正致力于改变这种状态。"

Chapter 61
再次拜访奥克斯利

上午十一点，小杰克·瑞安抵达科比镇。科比镇的天空比伦敦还灰暗，杰克把他的宝马3系停在奥克斯利的家门口，下车时他明显感觉到了一股寒冷的空气袭来。

在开车前往科比镇的两个小时的路途中，杰克不禁想到这条路可能是个死胡同。他不停地说服自己今天早上发生的袭击不可能只是个偶然事件，但他又实在想不出来年迈的前英国间谍和这件事有什么联系。他差点在汉廷顿掉头返回伦敦，但最后他还是继续开向了科比镇。他告诉自己就算再见一次奥克斯利也不会有什么损失，只不过是再惹恼那个臭老头一次。

杰克决定告诉奥克斯利早上发生在自己身上的袭击事件，然后看看对方的反应。如果奥克斯利是幕后主谋，那么不管出于什么原因，杰克自信只要自己出现在奥克斯利的公寓就会使奥克斯利露出马脚。

杰克走向奥克斯利的公寓，爬楼梯时，他才注意到自己的膝盖因为早上那两名暴徒的袭击而受伤的位置现在隐隐作痛。该死，他应该想到用冰敷一下的，这一路开车过来可能会导致自己在接下来的几天都一瘸一拐。

他迫使自己不要再去想这种令人懊恼的事情，他应该把注意力放在之后又要与奥克斯利进行一次谈话的重重困难之上。他告诉自己如果那个老头再蔑视自己的父亲，他一定会一拳打在对方的下巴上。

其实他知道自己不会打那个老头，但这样想想会让他感觉舒服一点。

杰克站在奥克斯利的门前，用手敲了敲门。他发现门没有上锁，于是低头看了看门锁，发现门锁下有一个黑色的鞋印，而鞋印旁边的门框破了。

就在不久前有人把门踢开，因为杰克看到了鞋印上的泥土。

瑞安的血液开始迅速上涌，由于早上的袭击事件，他现在的危险指示器处在红灯状态。他转身看了看四周，然后从走廊往下看，看向后面的楼梯间，没有发现任何人。

此刻，杰克的第一反应是下楼回到自己的车里，然后打电话给当地警察。但他完全不清楚奥克斯利是否还活着。如果奥克斯利还活着，那么现在自己的任何迟疑都可能决定着老头的生与死。

杰克做了一个决定，他尽可能慢尽可能轻地把手放在门闩上，然后推开了门。

刚推开门，杰克立即意识到维克·奥克斯利肯定还活着。因为他发现在这个单间配套的小公寓里，奥克斯利正坐在离门 10 英尺（3 米）的小餐桌前的金属椅子上，面前放着一杯茶。奥克斯利的头发有点乱，满是皱纹的前额微微闪着汗水的光泽，除此之外，他看上去完全镇定，像是一个正在厨房独自享受晨间茶点的男人。

不过，此刻，在他脚下冰冷的硬木地板上正躺着两个男人。很显然，那两个男人已经死了，他们的尸体非自然地扭曲着。瑞安发现其中一个男人的脖子被猛地折断了，他的头扭向右边，正好与他屁股的方向相反。

另一个男人的面部遭到了沉重的殴打，死亡时眼睛瞪得大大的。

奥克斯利抬头看到年轻的美国人瑞安时似乎有些惊讶，不过他很快又恢复了镇定，端起他的茶杯，挥了挥手问："你只是过来喝杯茶，对吗？"

瑞安慢慢地举起双手，他不知道这里刚刚发生了什么事，但他做好了这个大个子男人会突然从椅子上弹起来冲向自己的准备。

相反，对方没有这么做，只是平静地又喝了一口茶。

杰克放下刚举起的双手。"怎……怎么回事？"

"你的意思是刚才？"

瑞安满眼疑惑地点了点头。

"美国总统的儿子刚刚走进我的厨房。"

奥克斯利从一个彻头彻尾的讨厌鬼变成了一个聪明的混蛋。瑞安不敢确定这是不是一个进步，但至少他开口和自己说话了。他走进公寓，关上了身后的房门。

"显然我指的是我到来之前。"

"哦，这些家伙？他们撞到了我的铁拳，跌倒后又爬起来再撞了一次，第二次之后他们就再也没起来了。"

瑞安跪在地上那两个男人旁边，检查他们的脉搏，但两人都没了脉搏。奥克斯利的脸有一半隐藏在茶杯后面，看着杰克所做的一切。然后他慢慢地把茶杯放到腿上，声音低沉凶狠地说："你带来的麻烦，不是吗，小子？"

"不是我带他们来的。"

"好吧，你来找我，然后紧接着第二天，他们就出现了。不是你让他们来的，就是他们因你而来，反正一切都是因为你的出现，所以我把责任归咎于你。"他笑着说。不过这是一个傲慢的笑容,一个令人恼火的人的笑容。"湿漉漉的街道并不是下雨的原因,不是吗?"

杰克拉开一把金属椅子,坐在英国男人的对面。他说:"今天早上我在伦敦也遭到了两名男子的袭击,不过不是这两位。"

"多么见鬼的巧合啊。"

"我敢向你保证这绝不是巧合。"瑞安看着面前这个身材魁梧的男人,然后又看了看地板上那两具尸体。他不由自主地想到一个显而易见的事实,奥克斯利轻易地打败了两名年轻的体格健壮的男人。

"你杀了他们?"

"显然,他们并非死于自然原因。你和你老爹一样笨。"

杰克紧咬着牙齿。

奥克斯利把茶杯放到桌上。"鉴于你的出身,我觉得我可能要当一个好主人,给你来杯茶。"他站起来走到厨房,拿起水壶放到天然气炉上,天然气蓝色的火焰舔舐着水壶的边缘。

杰克说:"嘿!我不想喝茶,我想要答案。这一切是怎么回事?你怎么……"

奥克斯利没有听杰克的,他从橱柜里拿出一个茶杯,吹了吹里面的灰尘,然后扔了一个茶包在里面。不一会儿水壶开始鸣响,头发花白的男人往茶杯里倒上了热水,放了两块方糖,然后抬起头看着瑞安。

"看看你,我猜你不要牛奶,是吧?"

杰克没有回答。现在他的脑子正在飞快运转,推测目前的情况。美国现任总统的儿子正坐在一间单间配套的公寓里,脚下还有两具尸体,杀死他们的男人正在房间里若其事地走来走去。现在瑞安体内的每一根神经和肌肉都在提醒他赶紧离开这里。

但现在比起逃跑,瑞安更想知道另外一件事情,那就是答案。

他坐在那里,等待着奥克斯利开口。

高大的英国男人将茶递到瑞安面前,然后坐回自己的椅子上,这时他才说:"快喝,伙计,因为一会儿我就会把你扔出去。不过在我决定把你踢出大门或扔出窗外之前,你何不先告诉我你知道些什么呢?"

瑞安说:"我不太确定,但这一切很可能都与你有关,与你在英国政府的过去有关。"

英国人摇了摇头,似乎不太相信。

杰克补充道:"或许我该说这一切都关于'基石'。"

听到自己以前的代号,奥克斯利似乎并不惊讶。他只是微微点了点头,喝了一小口茶。

瑞安说:"昨天我来询问你关于三十年前的一些问题。"

"'基石'早就死了,小子。现在把他挖出来只会造成更多人被杀。"他指着地板上那两具尸体说："不止俄罗斯人。"

杰克看着地板上那两具尸体。"俄罗斯人？你怎么知道他们是俄罗斯人？"

英国人注视着杰克，片刻之后他艰难地离开椅子，跪在地板上，行动有些笨拙，瑞安不太确定他到底哪里受了伤。杰克放下自己的茶杯，从座位上站了起来，这样至少在老头摔倒前他可以帮帮老头。

奥克斯利粗暴地脱去了地板上第一个男人的外套，杰克以为老头要去搜查死者的身份证，但相反奥克斯利把外套扔到一边，又继续解开死者的皮带。

瑞安说："看在上帝的分上，你在做什么？"

奥克斯利没有回答。他打开皮带，然后解开死者的衬衣和汗衫，奋力将这些衣物从死者身上扒下来。

瑞安感到恶心，他冲着奥克斯利喊道："奥克斯利！你在做……"

当看到死者身上的文身时，瑞安停止了喊叫。

死者身上布满了文身，他的腹部、胸部、脖子和手臂上全是各种文身。他的肩上文着肩章，左胸上文着圣母玛利亚和她的孩子，喉结下纹着铁十字架，脖子上纹着一把锋利匕首，似乎要刺穿他的脖子似的。

瑞安不太了解这些文身的含义，但他猜测道："俄罗斯黑帮？"

"我也这么认为。"奥克斯利说。他用手指了指死者的腹部。死者腹部刺了一大片文身，看上去像七根石柱，占据了他的整个腹部。

"他是'七巨人'有组织犯罪集团的成员。"

他指着死者身上的其他文身说："脖子上的匕首意味着他早已死在了监狱里。肩上的肩章代表他拥有……他在'七巨人'里的等级，类似于中尉。铁十字架意味着他不再悲悯任何人。圣母玛利亚代表着他的宗教信仰，俄罗斯东正教。虽然他是俄罗斯杀手，但我认为这并不代表那是个恐怖的宗教。"

奥克斯利指着地上的另一具尸体说："该你了，小子。"

杰克愁眉苦脸地走到另一具尸体旁，脱去死者的外套和衬衣。这名死者和之前那名死者一样，全身布满了文身，而且他的腹部也同样有"七巨人"的文身。

"为什么'七巨人'的人要对付你？"杰克问。

"我想和他们袭击你的原因一样。"

"哪个原因？"

"小子，我也没有任何线索。我从来没接触过俄罗斯黑手党。"

"你认为今天早上袭击我的家伙和他们都来自同一个组织？"

"他们是否拿着艾默生香蕉刀？"

"其中一个拿着一把小钩刀,你是指这个吗?"

"是的,七巨人。"

杰克不敢置信。"在这里?在英国?"

"他们当然在这里,毕竟伦敦是伦敦格勒。天哪,你和你父亲一样蠢。"

杰克坐回椅子上喊道:"你到底有什么毛病?为什么是这样一个混蛋!"

奥克斯利耸了耸肩,然后喝了一口茶。

杰克仍旧试图找到自己在卡斯托&博伊尔公司的工作与维克托·奥克斯利的过去之间的某种联系。事实上,在父亲提到"基石"前,就一直有人跟踪监视他,是这两者之间有某种不为人知的联系,还是一切只是巧合。以杰克这么长时间的经验来看,他自然倾向于第一种可能性。他忽然想到了一个问题。"你怎么知道这些是俄罗斯监狱的文身呢?"

奥克斯利看着瑞安,有那么几秒钟公寓里除了时钟的滴答声外什么声音都没有。之后,头发花白的英国老头耸了耸肩,抓住身上的毛衣,往上拉了起来。

现在杰克知道为什么了。维克托·奥克斯利身上没有"七巨人"的文身,但他身上有大量让人难以置信的文身。他展示给瑞安看的胸部和腹部文着星星、十字架、匕首、一个流泪的头颅和一条龙。

杰克说:"你来自古拉格?"

奥克斯利放下毛衣,端起茶杯。"不然你觉得我在哪里学到的这些让你一直抱怨的行为举止呢。"

Chapter 62

俄罗斯暴徒

奥克斯利坐在两名俄罗斯黑手党杀手的尸体前喝完茶,然后开始在小房间里来回踱步,每次经过靠近马路的窗户时,他都会朝窗帘外瞥一眼。杰克茶杯里的茶已经有些凉了,不过他一口也没喝。

过去的几分钟里,杰克试图向奥克斯利提问,但英国人的回答总是闪烁其词。

"你什么时候离开第 22 特别空勤团的?"

"八十年代。"

"然后你加入了军情五处?"

"不知道你在哪里听说的。"

"你什么时候进的古拉格?"

"很久以前了。"

"那你又是什么时候返回英国的?"

"很久以前。"

杰克并不像英国老人那样平静,他沮丧地咆哮道:"你的故事很特别,不是吗?"

"都是古老的故事了。"

"在俄罗斯黑手党踢开你家大门之前,这可能是个古老的故事,但这些死在你这里的家伙就能说明你的过去和现在的情况肯定有必然的联系。"

就在此时,一具尸体上的电话响了起来,但奥克斯利直接忽视了电话声。他说:"你走吧,离开这里。"

"我不能走,你在这里不安全。"

"你要保护我,是吗?听着,据我所知你才是这些家伙找到我的原因。"

"你知道的,下一拨人可能会有枪。"

"无论如何,'七巨人'不会在英国使用枪支。"

"这是我今天听到的第一条好消息。"

"他们不需要枪支。他们更喜欢用小刀、金属棍棒这类武器。他们三三两两地一起行动,就像地板上那两个人一样。"

杰克说:"你打算怎么处理这两具尸体?"

奥克斯利耸了耸肩。"我有一把锯子、一个浴缸和一些垃圾袋,我可以让这个问题消失。"

"你不会是认真的吧。"

"我是认真的,我不会通知警察。我的生活与世隔绝,被我国政府遗忘,我喜欢这样的生活方式。一旦英国政府发现俄罗斯黑帮想杀我,又会重新点燃他们对我的兴趣。"

"这有什么不妥?"

"所有事都不妥。英国政府曾经背叛了我。"

"背叛了你?"

奥克斯利站在公寓中间说:"是的,他们背叛了我。"说完他再次走到窗边,朝窗帘外看了看,然后继续在房间里踱步,走到厨房门口后又折回。

瑞安知道奥克斯利在想办法,他自己也在思考到底该怎么处理这些尸体。他没办法隐瞒这件事,但如果告知父亲,又会终结自己在伦敦的生活。在黄昏来临之前,他们必须想到一个两全其美的办法,否则美国驻伦敦大使馆会派特勤局的人全天二十四小时保护自己。

该死。

在瑞安思考自己的困境时,他注意到奥克斯利在窗前停了下来,看着窗外的大街。

杰克说:"听着,我们得想个办法。"

奥克斯利没有回答。

"你为什么不理我?"

"我不喜欢你。"

"你甚至都不了解……"

突然,奥克斯利从窗口退了回来,躲到墙后说:"不,小子,我不了解你,但从现在开始我要和你休战,因为我也不了解刚刚在我楼下的街道上下车的那两个混蛋,他们似乎是来查看他们的同伴的。"

"该死,又来了两个俄罗斯人?"杰克问。

奥克斯利耸了耸肩。"不知道。你最近还招惹了其他人?前面这两人走得很快,我认为他们至少会派一个人从后面的楼梯拦截。让自己更有用些吧,去检查一下。"

瑞安跳下椅子,从厨房的抽屉里拿了一把小刀。奥克斯利从裤袋里拿出他那对黄铜的拳刺,戴在手上。

瑞安冲到走廊,朝后面的楼梯跑去,然后从后面的窗户往外看。后花园很小,只够停四辆车，拉几根晾衣绳。杰克检查了这个小花园，但没有发现任何接近这栋建筑的人。他又检查了这条街上的其他后花园，寻找有无威胁，但同样没有任何发现。他迅速转身打算返回大厅去帮奥克斯利对付前门来的那两个家伙，但他才刚走了几步便听到了后面楼梯间传来的脚步声。

不管来找他们的是谁，对方已经进入大楼了。从声音判断对方应该有两个人，块头似乎很大，正迅速上楼。

杰克在靠近楼梯间入口处，背部紧紧贴着走廊的墙面，右手握着切肉的小刀。

右边，一个男人走进杰克的视线，他出奇地高大，但他的注意力似乎一直在奥克斯利居住的公寓上。杰克利用这个优势，等那个男人转向他的瞬间，左拳击向那个男人。这一拳打在高大的男人的下巴上，遭到一击后他迅速转头返回楼梯间与第二个男人汇合，在瑞安实施第二次进攻之前，两个男人一起朝他走来。

在大厅里，瑞安几乎立刻就看到了两个俄罗斯人手里挥动着的小刀，他弯下腰往左边移动，然后突然出现在两名俄罗斯人身后，用他自己的小刀划过第一个男人的右肩。

第一个男人按着自己的伤口，大叫了出来。但第二个男人越过杰克，紧接着小刀便朝杰克刺来。杰克用左手挡下了对方的攻击，但同时他也意识到自己需要更大的空间以便巧妙地移动。此时，他正好背靠着一扇紧挨着奥克斯利公寓的大门，所以，当两名俄罗斯人再次挥舞着他们的小刀朝自己冲过来时，杰克一个后踢腿便踢开了公寓的大门。

谁知门飞了出去，杰克一个踉跄仰面跌倒在公寓的地板上。这个过程中，杰克的刀也掉到了一旁。

两个男人此时正好在他的上方，他一脚踢向受伤男人的膝盖内侧，使得对方跌倒在地板上。

此时他们身后传来了一名老妇人的惊声尖叫，与其说是因为恐惧，不如说是出于对这些闯入者的愤怒。杰克没有回头看她，他的注意力全集中在冲他而来的两把小刀上了。他向右一滚，惊险地躲开了第二名攻击者的弧形刀片。然后他迅速站了起来，立即远离向自己挥舞而来的小刀。

第二名攻击者错失了目标，由于惯性作用向前跌倒，杰克乘机把对方的腿踩在自己脚下。

另一名俄罗斯人挣扎着从地上爬起来，杰克听到老妇人的尖叫声和俄罗斯暴徒愤怒的喊叫声，不过此刻他正专注于离他最近的背对着他跪在地板上的男人。瑞安按住这名攻击者的背部，使对方的脸紧贴着地板，然后他用手扳过对方的脸，又狠狠地给了这名年轻的俄罗斯人一拳。

这时另一名攻击者已经站了起来，杰克正背对着他。杰克知道自己唯一的防御机会便是站起来冲出这间小公寓，所以他立刻急速跑回走廊，他听到另一名攻击者就紧跟在自己身后。杰克在走廊里停了下来,迅速转身一个下鞭腿踢向正在奔跑的攻击者的腿部。这一击让俄罗斯人措手不及,他朝瑞安倒过去。

瑞安和俄罗斯人在走廊的地板上扭打着,两人都各自拼命地抵挡着弧形小刀。

维克托·奥克斯利在前面的楼梯间遇到了正跑向他家的两名暴徒,他挥舞着黄铜拳刺击向楼梯上第一个男人的下巴,直接把这个男人打飞到楼梯间堆弃的废旧物品上。

见同伴飞了出去,第二个男人往右边迅速一闪,防止对方撞倒自己,然后他拿出小刀对着面前这名 59 岁的高大英国男人。

"来啊!来啊!"奥克斯利冲年轻的俄罗斯黑手党杀手喊道。俄罗斯杀手小心翼翼,十分谨慎,显然害怕用小刀对抗这名高大的带着该死的黄铜拳刺的英国男人。

终于他还是出手了。他冲上台阶,挥舞着小刀刺向年迈的奥克斯利的前胸,奥克斯利迅速躲开,对方这一击落空了。奥克斯利借此机会打出一个右勾拳,但同样没有击中目标。

攻击者再次朝奥克斯利挥舞小刀,小刀锋利的刀片划破了奥克斯利宽松的毛衣袖子,但没有伤到他。奥克斯利猛扑向攻击者,紧贴着对方,左手控制着对方手里准备刺向自己的小刀,年近 60 的老头和这名刚 20 岁出头的小伙子在这栋楼的二楼和一楼的楼梯间扭打成一团。奥克斯利不能使用黄铜拳刺击打对方,因为他的手臂正被对方牢牢握住,而俄罗斯人也不能使用小刀刺向奥克斯利,因为英国人奥克斯利正紧紧压着他拿刀的手腕。

最终,奥克斯利把攻击者推到了平台的角落里,然后用尽全力想把攻击者推出平台的玻璃窗户,攻击者迅速瞥了一眼平台外,意识到自己所处的危险局面,但他所能做的也只是努力摆脱被奥克斯利左手控制住的小刀。

两个男人的眼神短暂地交流了一下,俄罗斯人的眼里满是恐惧,而英国人的眼睛里满是疲惫下的坚定。

维克托·奥克斯利用自己的前额撞向俄罗斯杀手的脸,然后持续使劲挤压,直到窗户玻璃在俄罗斯人的头后碎裂,俄罗斯人身后参差不平的玻璃碎片划破了他的脖子,插入他的皮肤和肌肉,刺进他的颈椎,最终锋利的玻璃碎片刺穿了俄罗斯人的脊椎神经。

小刀从俄罗斯人手里落下,奥克斯利后退一步,推开这名正在死去的俄罗斯人。

俄罗斯人双眼圆睁,满脸惊恐与痛苦,他摔出玻璃窗落到了地面上,地上慢慢地晕开一摊血水,完全破碎的窗玻璃落向他正在死去的身体。

奥克斯利扶着栏杆看向窗外,他感觉自己的心都快从胸膛里跳了出来,于是深深地吸了一口气。突然他听到一楼传来了一些噪声,于是看向楼梯底部。一分钟前被奥克斯利一拳打在脸上的男人正稍微有些摇晃地站在那里,举着什么东西对准平台上高大的英国男人。

奥克斯利惊讶地歪着头,然后慢慢地举起双手,因为他发现对方举起的是一把枪。

"一把枪?"

奥克斯利看见俄罗斯人颈部的肌肉逐渐拉紧,他正试图扣动扳机。

这时小杰克·瑞安突然出现在二楼的围栏处,他翻过围栏,直直落向10英尺(3米)下的枪手,正好在枪手开枪之际,撞倒了他。奥克斯利赶紧闪开,最初他以为自己中枪了,子弹在封闭的楼梯间爆发出一声巨响。但随后他检查了一下,幸运的是自己身上既没有枪眼也没有流血。

奥克斯利低头注视楼下扭打着的那两个男人,杰克试图抢俄罗斯人的手枪,但俄罗斯人把杰克撞到楼梯,并压住了他,手枪就在他们两人之间。

就在这时传来了第二声枪响,但两个男人还在扭打着。奥克斯利赶紧下楼,试图赶去帮助瑞安,但当他下到一层时,发现自己只需将俄罗斯人的尸体从美国总统的儿子身上拉下来即可。

瑞安挣扎着坐了起来,靠在楼梯间的墙上,奥克斯利也精疲力竭地坐在他旁边。

有那么一会儿,两个男人一句话也没说,楼梯间狭小的空间里回荡着他们急促的呼吸声。

最终,杰克控制住自己的呼吸,抱怨道:"你不是说这些该死的混蛋不用枪吗?"

奥克斯利深吸了一口气,然后从容地说:"我能说什么呢?我没有跟上'七巨人'的习惯,信息不准确。"

"是的。"

奥克斯利看着前面地板上的尸体,他那留着厚重胡须的脸庞渐渐地露出了笑容。"可恶,瑞安,你打起架来和你父亲一样。"

杰克气愤地看着奥克斯利说:"你到底什么意思?"

"你给我留下了深刻的印象,我本以为你就是个有钱又懒惰的花花公子。"

"我不得不说你的信息又错了。"瑞安说着站了起来,然后艰难地扶起了奥克斯利。杰克指着地板上的男人说:"他死了吗?"

"已尘埃落定,伙计。从后面来的那些家伙呢?"

"一个跑了,另一个被我打倒了。"

奥克斯利已经渐渐能够控制住自己急促的呼吸了,所以他看着瑞安又恢复了他傲慢的语气。"那么你不觉得那个失去了意识的家伙或许对我们有用吗?当然,前提是你没有让他跑掉。"

瑞安捡起手枪,赶紧往楼上跑。

一分钟后,他拉着那个俄罗斯人穿过走廊,走向奥克斯利的公寓。俄罗斯人已经恢复了意识，但杰克从他的眼睛里看到了严重脑震荡的痕迹。

此时，奥克斯利已经上楼了，他完全无视正站在走廊里冲着自己和瑞安大喊大叫的年迈邻居。

高大的英国男人走进自己的公寓，只听见走廊里，他的邻居喊道："我已经打电话给警察了！"

奥克斯利回答道："我才不在乎你怎么做。"说完他砰地关上了房门。

门刚关上，他便转身对瑞安说："不知道你怎么办，伙计，不过我要马上离开这里。"他取下挂在门边的行李袋，行李袋还剩下一半的空间，他直奔床边的柜子，拿出一些物品放进行李袋。

杰克拿枪指着俄罗斯人，然后对奥克斯利说："我开车送你到任何你想去的地方，无论你喜不喜欢，我们现在是一伙的。"

奥克斯利似乎并不喜欢杰克的提议，但他已经开始试着接受。他点了点头说："我们可以带着这个家伙，看他什么时候愿意和我们谈谈。"奥克斯利走向俄罗斯人，拍着对方的脸说："怎么样，伊凡？准备好开口了吗？"

俄罗斯人摇摇晃晃的，依旧站得不是太稳，但杰克扶住了他，看着他的眼睛说："听着，我们现在要下楼到我的车上去，只是要你知道，如果我们再看到你的任何同伙，我会一枪毙了你。"

俄罗斯人盯着瑞安，不置可否。奥克斯利用俄语又向俄罗斯人重述了一遍杰克的话，这时他才神情恍惚地点了点头。

小杰克·瑞安和维克托·奥克斯利把眼神涣散的俄罗斯人装进了瑞安的宝马轿车的后备箱，然后用花园里的塑料软管将他五花大绑。在确定囚犯无法脱逃后，奥克斯利和瑞安关上后备箱，赶在警车来到公寓大楼之前，开车离开了科比镇。

杰克建议去伦敦，奥克斯利没有反对。杰克知道自己被牵涉进俄罗斯黑帮暴徒的死亡事件一定会引起很多麻烦，所以他决定在返回首都之后再打电话给桑迪、父亲、警察以及那些对这个事件感兴趣的人。在此期间，他打算利用与奥克斯利独处的时间挖掘这个男人背后的故事。

但事情并不像瑞安计划的那样顺利。奥克斯利说自己需要休息几分钟，于是瑞安的车才离开小镇不到 2 英里（3.2 公里），他就发现自己左手边的奥克斯利似乎已经睡着了。杰克摇了摇他，想把他叫醒，但对方醒来的时间也只能向杰克证明他还活着。他告诉杰克不要打扰他，让他缓口气，虽然杰克不太情愿，但还是答应了奥克斯利的要求。

杰克开着车，一路伴着英国男人的鼾声和后备箱中被五花大绑的俄罗斯杀手的挣扎声。

Chapter 63
赤军团

30 年前

西柏林是一个人口众多、受教育程度良好、繁荣兴盛的大都市，不过它不像一座城市，而更像一块飞地。因为一部分德意志联邦共和国（FRG）的领土已完全被苏联的附庸国德意志民主共和国(DDR) 包围，70 英里（112 公里）长的柏林墙、警卫和枪支把柏林分为了两支军队、两种经济结构和两种信仰体系。

东柏林声称建立柏林墙是为了防止西柏林的人民乘机溜进天堂般的德意志民主共和国。但到了八十年代中期，稍微有点理智的人都已经不再相信这种无稽之谈。

在柏林墙北边五个街区外的斯普恩格街和特格勒街的转角处有一幢四层的砖砌大楼，这里属于西柏林的前法国占领区威丁区。大楼的整个一楼是一家汽车和摩托车修理店，修理店的业务很广，周围经过的宝马、梅赛德斯、欧宝和福特都是他们潜在的客户。

一楼的修理店上面是汽车美容护理中心的办公室，第三层的大型开放式空间是一个艺术家共享工作室，画家、雕塑家、摄影师和木工艺家们在这里租用工作台。

大多数时候艺术家们都在午夜前便离开了大楼，但他们离开后的大楼却并不完全是空的。在三楼的角落里有一个狭窄的梯子可以通向阁楼，穿过楼梯顶部的大门，六名 21—23 岁左右的年轻男女住在这套三室的公寓里，公寓虽然简陋但却很宽敞。他们中有一人是画家，她设法从房东那里免费租下了这处住所，因为虽然房东是西柏林有钱的资本主义家，但他却也是一名 60 岁左右的激进分子，他与阁楼上的六名年轻人有着相同的信仰。

阁楼上的居住者们是赤军团（Rote Armee Faktion，RAF）的成员。赤军团成立于 1970 年，是一支德国左翼恐怖主义组织。赤军团袭击德国和邻国的警察、北约工作人员、有钱的资本家和他们的机构。

阁楼下面有艺术工作室和汽车修理店，所以公寓的安全系统不是特别复杂。白天，当

Chapter 63

艺术工作室和汽车修理店开门后，楼下的雇员负责监视街上的警察或未知车辆。晚上，修理店的看门狗会替楼上那些睡梦中的人监视着一切，不过每天晚上都会有一些虚假警报。

楼梯上还有一些连着警报器的绊脚线，公寓里的人每晚轮流负责夜班。值夜班的人基本上就是拿着一把老式的瓦尔特 MPL 冲锋枪，坐在客厅的沙发上看电视，在厨房的火炉上温一壶咖啡。

过去十五年中，赤军团是活跃于欧洲的最臭名昭著的恐怖组织之一。由于这六名赤军团游击队员并不属于组织的核心，而且赤军团也过了鼎盛时期，所以他们的安全措施并不多。

过去的几年里，赤军团已经不再那么引人注目，出于这个原因他们放松了警惕。他们是赤军团的"第三代"。自 1979 年暗杀北约司令官亚历山大·海格失败和 1981 年袭击拉姆施泰因空军基地失败后，赤军团就基本没有再公开卷入过任何致命攻击事件。新闻媒体认为赤军团进入了士气低落、无组织、无目标的状态，而住在威丁区的这六名年轻人似乎正如媒体所描述的一样生活着。

星期五的凌晨一点，住在威丁区的赤军团成员乌尔丽克·鲁本斯正坐在客厅的沙发上，靠着咖啡、尼古丁和一台连在电视机上的全新录像机使自己保持清醒。乌尔丽克着迷地看着由梅丽尔·斯特里普和雪儿主演的《丝克伍事件》，她一边在黑暗中看着劣质的盗版碟片，一边拨弄着冲锋枪的模式选择开关。电影所描绘的美国政府使用核能并无视无产阶级的健康与安全的罪行使乌尔丽克感到愤怒。

走廊尽头的另外两间大卧室里的几名男女正在熟睡，其中四名是赤军团的游击队员，虽然他们都知道自己的身份，但他们毫不在意自身的安全。因为他们这支赤军团游击队已在这里住了很久了，完全没有被警察找过任何麻烦。这支游击队的第五名成员玛塔·施洛宁几天前突然离开了柏林。

赤军团的标志是一颗红色的五角星上展示着一把黑色的 MP5 冲锋枪，但实际上公寓里的赤军团成员根本没有 MP5 冲锋枪，他们只有五十年代的老式全自动手枪或左轮手枪，不过这种手枪至少在睡觉时容易拿取。

乌尔丽克·鲁本斯看完《丝克伍事件》的致谢部分后从沙发上站了起来，她走到录像机前按下了重播键，她打算再看一遍《丝克伍事件》。在等待电影重播期间，她走到厨房又给自己倒了一杯咖啡，她很肯定前面还有一个漫长而无聊的夜晚在等着自己。

离赤军团安全屋六个街区外的奥斯特恩德尔大街，中情局的分析师杰克·瑞安站在由闲置的剧院改建的临时指挥中心。当然和他一起的还有军情六处反情报部门的尼克·伊斯汀以及他的团队成员，另外还有五十名德国警察和一些西德的情报人员。虽然有这么多人在身边，但瑞安的感觉依然和在瑞士时一样，被身边的人遗忘。

伊斯汀和他的手下站在大房间的另一边，德国官方人士和英国人商量着对策。相互介绍和基本的问候之后，瑞安基本上就被德国人忽视了。他坐在舞台的边缘等待着。

这一天相当漫长，早晨八点他们从苏黎世起飞，九十分钟后抵达德国法兰克福，然后又乘坐列车前往西德的首都波恩。当伊斯汀和他的手下会见德国联邦情报局（Bundesnachrichtendienst，BND）官员和德国联邦边防卫队（Bundesgrenzschutz，BGS）时，瑞安在英国大使馆的一间小办公室使用安全电话联系了兰利。

下午四点，此次行动的外交部分已经沟通完成。英国人成功说服了德国人突袭赤军团在柏林的安全屋。突袭过程是德国人的任务，一旦他们彻底攻占了赤军团的安全屋，伊斯汀和他的手下要求进入现场发掘隐藏的情报。

在波恩，杰克使用安全线路联系了詹姆斯·格里尔，他向格里尔汇报了在楚格获得的情报以及其中的疑惑，但除了跑来柏林凑热闹，无论是杰克还是中情局对此都无能为力。他们决定让贾奇·亚瑟·穆尔正式联系德国联邦情报局局长，要求允许中情局的情报人员以目击者和顾问的身份介入此次行动。

瑞安知道通过中情局直接与西德沟通会惹恼伊斯汀，但他不在乎。尼克·伊斯汀曾试图把他排除在瑞士的调查之外，但在德国的瑞安觉得伊斯汀应该不会继续这么做了。

晚上七点，六名军情六处的男人和瑞安乘坐利尔喷气式飞机抵达柏林，十点时，他们与德国当局开了策划会议。

午夜，他们被带到奥斯特恩德尔大街闲置的剧院，几个街区外，德国警方正悄悄地、小心翼翼地在恐怖分子嫌疑人周围拉起了警戒线。

杰克今天一整天都没有时间吃东西，现在喝着德国警方为临时指挥中心提供的糟糕的咖啡，他的胃立刻感到一股灼热的燃烧感。

当他坐在舞台的边缘时，他听到外面来了几辆大型车辆。不一会儿，门厅里传来了嘈杂的声音，然后大厅的门打开了，战术小组进来了。瑞安数了一下，他们一共24人，全穿着黑色的制服，提着沉重的袋子，围绕着剧院的主舞台站了一圈。临时指挥中心的警察听命于战术小组，瑞安认为他们既不是德国联邦情报局的情报人员也不是联邦边防卫队的警探。

战术小组来自德国边防军第9反恐怖大队（Grenze Schutze Gruppe Neun，GSG 9），第9反恐怖大队是这支准军事部队的精英队伍，是一支新组建的反恐大队。1972年，在慕尼黑奥运会期间，巴勒斯坦"黑九月"组织的8名恐怖分子从慕尼黑奥运村劫持了9名参加第20届奥运会的以色列运动员，在双方对峙中，德国警方决定在机场实施营救行动，所以答应了恐怖分子的要求，提供了两架休伊直升机把他们送到附近的菲斯滕费尔德布鲁克机场，从机场再用波音 727 把他们和人质转送到埃及开罗。

经过几个小时的准备，德国警方准备利用恐怖分子转移人质的间隙，在机场埋伏恐怖分子。此次行动，德国警方指派了五名从未受过狙击特训的警察担任狙击手。他们没有无线通讯设备，配发的步枪没有瞄准镜，就这样埋伏在机场内等待着开火的信号。

而另有六名武装警察被安排在波音 727 中与恐怖分子抗衡。当两架直升机着陆后，这六名警察没有遵从上级的命令，他们私自逃跑了，"黑九月"的恐怖分子很快就意识到自己中了埋伏，就这样激战了一个多小时后，5 名歹徒被击毙，1 名西德警察死亡，几名警察受伤，9 名以色列人质则全部在混战中被杀害。

西德警方的解救行动完全失败，这一事件迫使国际奥委会决定停办这届奥运会，它留给德国政府难以忍受的耻辱感。为吸取教训，有效打击恐怖活动，因此，德国政府决定组建一支专门从事反恐怖主义的特种干预部队，于是第 9 反恐怖大队特种部队诞生了，总部设在波恩以东 3 公里的奥古斯特。

现在数十年过去了，虽然战术小组的声誉以及强大的火力无可置疑，但瑞安还是有些担心今晚的突袭。

战术小组把他们的袋子放在舞台上，然后拿出装备，准备行动。他们的主要武器是 9mm H&K MP-5 冲锋枪，这种冲锋枪适用于中近距离交火。他们的腰间佩带着同样由德国科赫公司生产的 P7 型手枪，战术背心上装备了各种烟雾弹、手榴弹、备用弹夹等。

过去的十五分钟杰克一直安静地看着第 9 反恐怖大队特种部队的队员为此次突袭做准备，所以当伊斯汀出现在他身边时着实吓了他一跳，不过让他更为吃惊的是伊斯汀居然穿着一件防弹背心。伊斯汀冲他眨了眨眼说："好消息，老伙计。我们要参与此次行动。"

瑞安立即从舞台边缘站了起来，同时他注意到英国男人的手里还拿了一件防弹背心。

伊斯汀说："我们与德国警方一起乘坐后面一辆车，跟在战术小组后面。然后在楼下等待，直到拿下赤军团的安全屋后，再与德国联邦情报局的第一小组一起进入现场。"

"很好。"杰克说，虽然他并不确定这一切好在哪里。

伊斯汀再次冲瑞安眨了眨眼说："恐怕他们不会给我们配发枪支。"从伊斯汀的言谈举止，瑞安发现即将展开的突袭已开始让这名英国人的肾上腺素飙升。

"就我个人而言，我不想用那该死的玩意儿。不过我知道你是一名优秀的枪手，去年你杀了多少名恐怖分子？"

杰克说："那名朝我开枪的恐怖分子提醒了我，应该把这类事情交给专业人士。"

"这就对了，瑞安。我们只需要在他们给我们'解除警报'的信号之后进入大楼就可以了。"

Chapter 64

交　火

30 年前

　　中情局的分析师杰克·瑞安穿上防弹背心后，德国联邦边防卫队的警探威尔海姆给了他一件背后印有金色"POLIZEI"字样的外套和一个无线电对讲机。

　　凌晨一点，他们上了威尔海姆驾驶的一辆没有任何标记的小车，直奔离目标地点两个街区的临时指挥点。指挥点黑暗的地下停车场停着几辆装甲车、几辆救护车、多台警车和一辆囚车，第9反恐怖大队特种部队的队员们站在装甲车旁边抽着烟。

　　警察已经封锁了附近的街区，无线电对讲机里传来指令后，伊斯汀和瑞安跟在一组穿着制服的武装警察后面，穿过街区来到目标建筑街对面的另一个临时指挥点，而伊斯汀的手下都留在了剧院。第9反恐怖大队特种部队的装甲车没有开车灯，缓慢地行驶在斯普恩格街，瑞安他们刚刚到达临时指挥点，24名突击队员也到了。他们从装甲车后面跳下来，站成两排，分成了两组十二人的小分队。第一分队使用便携式梯子爬上了防火梯，慢慢接近楼顶。第二分队用万能钥匙打开了汽车修理店的大门，狂吠的看门狗在麻醉枪的作用下安静了，然后他们从楼梯上了第二层汽车美容护理中心的办公室。

　　此时，威尔海姆、瑞安、伊斯汀和另外几名穿着制服的警察也穿过大街进入目标建筑，他们来到第二层汽车美容护理中心办公室，站在通往第三层艺术工作室的走廊内。他们前面的第9反恐怖大队突击队员在楼梯口观察了几秒钟，然后消失在通往第三层的黑暗楼道里。

　　瑞安靠近伊斯汀的耳朵说："他们知道他们是来这里抓捕恐怖分子的吧？一切结束后如果只剩下满地尸体，我们就无法把发生在瑞士楚格的爆炸案与赤军团联系起来了。"

　　伊斯汀冲瑞安眨了眨眼，悄声回答道："如果满屋子的尸体能回答你的问题，你会吓死的。不要有压力，突击队会尽量悄无声息地包围赤军团的游击队员。当然，如果这些暴徒决定

Chapter 64

通过枪战突出重围，德国的突击队员会杀死任何移动的物体，这就是他们的处理方式。"

第二分队的队员们到达了艺术工作室，工作室除了划分了几个区域以外，几乎是全开放的空间，放着颜料的木架、搬运美术用品的小推车、画架上未完成的画作放得到处都是。第三层的四面墙壁都是由巨大的落地窗组成，许多窗户玻璃都是打开的，所以大厅里凉风习习，十分寒冷。月光以及街上路灯的灯光透过窗玻璃照射在工作室空旷的大厅内，突击队员们不用使用手电也能顺利地登上通往阁楼的狭窄楼梯。

当他们走到楼梯的一半时，耳机里传来了第一分队队长的声音。"第一分队准备完毕。"

第二分队的队长低声回答道："明白。"他看见楼梯尽头的门半掩着，黑暗里闪烁着微弱的灯光，像电视机屏幕发出的亮光。

他转身面向自己的队员，刚刚举起手臂准备命令队员们突击时，突然一声巨响回荡在工作室里，队长倒向了右边的一辆装着美术用品的小推车，发出的巨大撞击声像一枚小型炸弹，爆炸在这空荡荡的工作室里。

第9反恐怖大队的突击队员们半跪在护膝上，用MP-5冲锋枪顶部的巨大手电筒扫描着整个房间。离得最近的队员赶紧冲到队长身边，发现队长已经中弹，而子弹是来自上面的阁楼，所以两名队员对准阁楼开火，以期压制住对方的火力，让其他队员能把队长转移出火线。

当听到楼下撞击小推车的声音时，乌尔丽克·鲁本斯立即从沙发上跳了起来。撞击声十分响亮，不可能是夜里那只偶尔让她心神不宁的老鼠发出来的。而今晚也没有人告诉她有哪个工作室的租客会滞留到凌晨，几个小时前她就已经锁好了通往第三层的楼梯大门，并设置了绊脚线。

楼梯间爆发出枪声时，乌尔丽克刚走到厨房。她受到了惊吓，连连后退，尖叫着慌乱地拿起挂在肩上的MPL冲锋枪。

这时楼梯上传来了一阵尖锐的警报声，说明有人绊倒了她设置在楼梯上的绊脚线。她把枪举到前面，而此时她正好沐浴在一片明亮的白光里。

第一个冲进公寓大门的男人朝自己眼前的武装分子开了枪，北约的9mm弹药穿入乌尔丽克的身体。她倒在了地上，手里的枪没有射出过一发子弹。

一开始，杰克·瑞安以为突袭赤军团的安全屋会从楼上两层传来的手榴弹爆炸声开始，谁知道是从天花板上传来的多种自动步枪的枪声首先打破了大楼的寂静。随即警察的无线电对讲机开始噼啪作响，楼梯间充斥着从工作室传来的各种喊叫声。

瑞安和身边的男人们本能地放低了重心，威尔海姆转向瑞安和伊斯汀，看上去他似乎在纠结是否应该把他们送回楼下，因为交火点比他预期的近得多。

随着枪战越来越激烈，楼上传来的喊叫声也越来越多。伊斯汀抓住威尔海姆问："出了什么事？"

负责瑞安和伊斯汀的德国联邦边防卫队警察威尔海姆说："楼上第二分队的队长中枪了。"

"在三楼？"

他听到楼梯上有男人们的喊叫，然后几名第9反恐怖大队特种部队的队员出现在过道，他们的 MP-5 冲锋枪顶上的手电筒闪着耀眼的白光。一开始瑞安以为整个分队的队员都撤了回来，但几秒钟后，他发现他们正抬着一个沉重的物体，在狭窄的过道里艰难地移动。

他知道队员们抬的一定是受伤的二队队长。

队员们用德语大喊着经过他身边，瑞安和伊斯汀赶紧退到一边给队员们让开路来。杰克瞥了一眼由三名队员抬着的二队队长，他完全无力行走，似乎已经死亡。

队员们继续下楼，把二队队长带到一楼大厅。这时瑞安听到楼上又传来了另一声巨响，声音听起来像手榴弹爆炸的声音，杰克曾经在海军陆战队听到过无数次这样的爆炸声。天花板上的石灰密集地落到瑞安、伊斯汀、威尔海姆以及与他们同行的德国联邦边防卫队的警察身上。

对讲机里全是各种噼里啪啦的喊叫和命令声，瑞安一条也没有听清，但他感觉一定出了什么巨大的变故，楼上的局势已陷入混乱。

几秒钟后，又有几名队员架着一个受伤的男人出现在楼梯间。透过手电筒的光亮，瑞安看到了受伤的男人衣服上潮湿的鲜血。

杰克再次紧紧地贴着墙壁，给他们让出路来，但架着沉重的伤者的队员们跌跌撞撞，差点摔倒。

瑞安迅速跑了出来，俯下身用胳膊架住受伤的队员，帮助他们把他抬到楼梯间的平台上。比起第9反恐怖大队特种部队的队员们，瑞安没有枪支和弹药的负担，所以比他们稍微灵活迅速一些，他向第9反恐怖大队特种部队的队员们喊道："你们回楼上去吧。"

虽然队员们不一定听懂了瑞安的话，但他们知道楼上的同伴正身处巨大的危险中，所以他们转身迅速地往楼上跑，一边跑一边填装武器。

"尼克！快来帮忙！"杰克喊道。

伊斯汀过来抬住伤者的腿，和瑞安一起把伤者抬到了一楼大厅。很明显伤者还活着，

Chapter 64

不过他的脸部受了伤。他的脖子上挂着 MP5 冲锋枪,胸前还挂满了备用弹夹和手榴弹。

尼克和杰克一路挣扎着把伤者抬到了汽车修理店的车库,在这里他们和两名医护人员把伤者抬上了担架。医护人员对瑞安说了些什么,瑞安一句也没听懂,但他猜测对方一定是叫自己取下伤者的 MP5 冲锋枪,所以他解开了枪带,拿走了伤者的枪支。

瑞安陪着伤者和医护人员,直到把他们送上救护车。伊斯汀则返回楼上帮助另一名警察把胳膊中枪的第三名伤员送往楼下大厅。

救护车开走了,杰克站在街上听着楼上传来的枪声。更多的救护车开了过来,警察们拿着枪支站在街上,全都看向楼上窗户玻璃透出的闪光。杰克不知道把冲锋枪交给谁,所以他把枪挂在肩上,准备之后交给威尔海姆。

他看见一些警察爬上了建筑物北边的防火梯,他们明显接到了上去帮忙的命令,因为楼上激烈交火的时间比所有人预期的时间都长。

瑞安跑向大楼的入口处,发现车库里另一组医护人员已经把胳膊中枪的伤员抬上了担架。他想重新回到二楼,所以跑向大楼的防火梯,准备跟在警察的后面重新返回两分钟前的位置。

他跑到金属的防火梯前,以每次三格的速度往上爬。当他到达二楼过道的门窗前时,他听到一声尖锐的嘶嘶声,随后一股气压迎面而来,建筑物的砖块爆炸开来,落在他面前,爆炸产生的冲击波将他击倒在潮湿的金属平台上。

他知道自己被袭击了,从声音判断并不是楼上的人朝下射击。他看向右边,街对面有一幢四层楼的建筑。建筑里一些房间的灯亮着,瑞安趴在防火梯潮湿的楼梯上,观察着射击点。

但是对面那栋大楼的旁边还有一栋建筑,也在转角处。杰克发现沿着大街直到两个街区外的很多窗户都能瞄准自己的位子,有太多窗户需要检查,他完全不知道子弹来自哪里。

但瑞安认为狙击手应该不会从亮着光的房间射击,所以他将目光转向了那些黑暗的窗户。马上他又意识到自己需要找的是一扇打开的窗户,这样一来又排除了一些可疑地点。

是那个窗户吗?

对面大楼的四楼角落里一扇窗户的闪光引起了瑞安的注意,靠近街区中部,离这里75 码(67.5 米)远。瑞安没有听到子弹呼啸而来的声音,也就是说对面大楼里的狙击手使用的是消音步枪,更重要的是他现在的目标不是瑞安,而是其他人。

杰克从警服的口袋里拿出对讲机。他不知道这些警察里有多少人会说英语,但此时此刻这一切已经不重要了。

"狙击手!街对面灰色大楼四楼,角落里的第二扇窗户有狙击手!"

他得到的回答是对讲机里传来的:"谁在说话?"

Chapter 65
陷 阱

30 年前

阁楼的公寓客厅里,当第 9 反恐怖大队特种部队的两名队员倒下时,他们还以为是赤军团的枪手穿过卧室的墙壁朝他们射击。实际上,透过武器上的电筒光,他们看见卧室墙壁上的洞,所以特种部队的队员迅速反击,弹夹一个接一个地换,一直对准嫌犯的起居室射击。直到第三名同伴从背后被击中右肩倒在客厅中间的茶几上时,特种部队的队员们才意识到袭击他们的火力不仅来自前面,还来自右后方,也就是窗户南边。

后来,他们听到对讲机里有人大喊"狙击手!",然后又用英语说了些什么。"狙击手"这个单词,对于这些联邦的准军事部队的成员来说,是国际通用的,队里每个人都知道"狙击手"的意思,所以尽管他们听不懂后面的英语,还是将目光转向了右边。他们看见又有一枚子弹飞向客厅,使更多窗户的玻璃破碎。

所有特种部队的队员都迅速卧倒。

瑞安朝走廊尽头的其他警察大喊,让他们像他一样靠着窗户。不过,楼上激战的枪声一直不断,他们根本听不到瑞安的喊话。瑞安十分沮丧,他冒险看向窗外,只见对面黑暗的房间里有个移动的闪光点。

杰克没有考虑在这么多武装警察旁开枪的后果,他举起 MP5 冲锋枪瞄准对面打开的窗户。以前,在海军陆战队时,他没怎么接触过 MP5 冲锋枪。他们不使用这种型号的枪械。不过,他知道用冲锋枪向 75 码(67.5 米)外射杀一个狙击手是多么糟糕的举动。冲锋枪不适合这种距离的狙击。

杰克屏住呼吸稳定自己,扣动了扳机。

没击中。

射击后他迅速低下头,看见枪的保险在"S"位置,他将模式选择开关旋到了单发模式。

他再次瞄准对面的窗户,刚把手指放到扳机上就发现75码(67.5米)外的房间里又闪现出射击时的火光。四分之一秒的光亮中,瑞安看见一个男人半屈膝跪在一张床后,用配有瞄准镜和双脚支架的枪瞄准着他们所在的大楼。时间太短,瑞安观察不到更多情况,房间又再次回复了黑暗。

杰克调整了他的目标,将枪瞄准他刚刚看到的那个狙击手,再次屏住呼吸扣动扳机。

子弹射出后,冲锋枪的后坐力猛地撞击杰克的肩膀。他又接着开了第二枪、第三枪,他不清楚自己有没有击中狙击手,但却希望自己的攻击至少能暂时压制住对方的火力。

第三次射击之后,瑞安趴到地板上,他可不想将自己的运气押给一把有瞄准镜的狙击枪。

两名警察拿着手枪,大喊着跑向瑞安。瑞安示意他们趴下,他们很明智地听从了美国人的建议,趴在地板上,爬向瑞安。

其中一名警察抬起头向窗外望去,杰克抓住他的袖子把他拉了回来。杰克不知道对面的狙击手是否还活着,如果刚刚没有击中他,那么毋庸置疑,他现在肯定正瞄准着刚刚袭击自己的地方。

美国人脸上的坚定让两名德国警察决定继续向前,从其他地方检查窗外。他们用对讲机指挥楼下的警察去检查对面的大楼,然后命令另一组警察全面封锁监视整个街道,以防狙击手逃脱。

他们收缴了美国人瑞安的枪,疑惑他从哪里获得的枪支。

发生在西柏林威丁区的这场枪战只持续了六分钟,可在瑞安看来这场激战似乎十分漫长。当楼上第9反恐怖大队特种部队的队员最终宣布"安全"时,所有人仍继续趴在地板上,直到几分钟后警察宣布狙击手藏身的大楼安全,他们才站了起来。

杰克仍然趴在过道的地板上,几分钟后,威尔海姆走了过来。"我们已经发现了街对面的狙击手的位置。"

杰克迅速站了起来。

"地毯上有一些血迹,墙上有三个洞,你击中了房里的某个家伙,显然他还是收拾起武器逃跑了。"

威尔海姆伸手握着瑞安的手说:"谢谢你,瑞安先生。"

"不用谢。"瑞安点点头,不过他却在脑海里试图把刚刚发生的那一切拼凑起来。

"赤军团的人怎么会事先在对面大楼安排狙击手?"

"不知道。"

"这是他们一贯的作风吗？"

"不，以前没有发生过这样的事。今晚有两名特种部队的队员和一名警察牺牲，另外还有三名队员和三名警察受伤。以前打击赤军团，从没遭受过这样的损失。"

又过了几分钟，伊斯汀和瑞安被允许进入阁楼里的公寓。当他们经过三楼的工作室时发现，周围血迹斑斑，墙上满是弹孔，地上堆着破碎的玻璃，一名受了轻伤的突击队员正在接受队友的包扎。

楼上的突击队员用冲锋枪顶部的电筒光寻找电灯开关，他们在门边发现了一个开关，不过天花板上的吊灯已经全部在弹雨中损坏。伊斯汀打开旁边厨房里的灯，走向主卧室，地上投射出他长长的影子。

瑞安挥手驱散房间里的烟雾，然后仔细观察着整个公寓。

他看到的第一具尸体是一名年轻的女性，她躺在离楼梯入口10英尺（3米）的地方，烟雾弥漫的昏暗灯光下，她头部和上半身的枪伤显得十分恐怖狰狞。一把自动步枪掉在她身边几英尺外，杰克认为这可能是她的枪。突击队员击毙她后，为了以防万一，把枪踢到了她够不着的地方。

随后，瑞安跟在打手电筒的男人身后，穿过走廊进了卧室。其中一间卧室的墙壁上布满了弹孔，从这里甚至可以看见客厅。显然，这场战斗发生在电光火石之间，交战双方甚至没有看清对方。两间卧室一共有八具尸体，其中四具尸体手里握着手枪，而另外四具尸体没有任何武器。

杰克看着伊斯汀问："赤军团没有幸存者？"

伊斯汀失望地摇了摇头。"没有。"

"该死。"

警察开始了他们的调查，死者在他们死的地方被拍照后，全部被拖到客厅，排成一排。

杰克和尼克在房间里四处查看，几分钟后，对讲机传来了一个声音。"伊斯汀先生，瑞安先生，你们能来一下最后这间卧室吗？"

伊斯汀和瑞安走向整个公寓最小的那间卧室。这间卧室没有发现尸体，所以他们第一次经过时完全忽略了此处，但当瑞安走进房间时，顿时明白他和伊斯汀为什么会被叫过来。房间里小梳妆台上放着两张照片，虽然此时照片上布满弹孔，但他们也能轻易分辨出照片里的年轻女人正是玛塔·施洛宁。

"施洛宁的房间。"一名德国联邦情报局的情报人员说。

他们搜查着这间10平方英尺（3平方米）的房间，室内布置很简单，只有一张床、两张桌子和一套小型衣柜，衣柜里塞满了大衣和其他衣服，角落里还放着一个堆满衣服的篮子。

德国联邦情报局的情报人员毫不费力地在床下松动的地板后找到了一个秘密隔层。他们从隔层里取出一个银色的铝合金手提箱，手提箱的密码由简单的三位数组成。瑞安和伊斯汀从后面看到德国人把手提箱放到床上，用一块微小的拨片开了锁。

手提箱里放着几本笔记本和一些文件，德国人用手电照着里面的物品，方便自己身后英国人和美国人查看。

瑞安靠向德国联邦情报局的情报人员，看着手电筒光指向的一组照片。

首先是一张黑白照片，照片里的人正是在楚格被杀害的银行家托拜厄斯·加布雷尔。照片看上去应该是从远处拍摄的，但瑞安轻易地识别出照片里的人与彭赖特给他的加布雷尔的档案里的照片一样。这张照片下面是马库斯·威泽尔的照片。瑞安并不知道"晨星"的长相，但这张照片上正好贴着一张白色的贴纸，上面写着马库斯·威泽尔的名字。

照片下面放着瑞士楚格的地图。

此外，手提箱里还放着一张打印的白色纸张。纸张顶部一颗红色五角星上印着一把黑色的 MP5 冲锋枪，枪上印着白色的 RAF 字样。

德国人说："这是一份公报。看上去很正式，我以前见过这种公报。"

伊斯汀问："您介意帮我们翻译一下吗？"

"好的，上面说我们赤军团不允许非法交易赚来的黑钱资助那些破坏美洲和非洲中部人民自由与和平的战争。我们将与遍布全世界的游击队员一起，齐心协力打击那些从非法战争中获益的银行家。"

德国联邦情报局的情报人员读完后转向瑞安和伊斯汀说："里面说托拜厄斯·加布雷尔和马库斯·威泽尔被杀是因为他们与德国资本家交易从而获得了丰厚的利益。"

瑞安问："你认为这是真的吗？"

德国人耸了耸肩说："看上去像是真的。"

"可是？"

"可是威泽尔先生在 24 小时前已经遇害，而加布雷尔先生更是在几天前就遇害了。通常情况下，这两起袭击已被赤军团散布开了，我不明白为什么这次没有。"

伊斯汀说："或许是因为施洛宁想自己散布此次行动，却不小心被炸死在瑞士，所以没有机会实施自己的计划。"

德国联邦情报局的情报人员摇了摇头。"如果这真是赤军团的行动，赤军团负责宣传的人一定会把这个消息发送给媒体。"

德国联邦情报局的情报人员开始与他的同事讨论这份公报，杰克和尼克走出房间，回到了走廊。

瑞安说："所有的线索都在一个包里。"

伊斯汀显然也在思考同一件事，最终他说："对于我们来说，这些线索便利得有些可疑。"

瑞安说："我似乎曾经遇到过这样的事情。"

英国反情报部门的男人收起了他的疑虑，停下来向杰克说："你曾经遇到过吗？"

瑞安不得不承认，他没有调查过犯罪现场，不过他是一名分析师，他处理过各种假情报。这些"证据"没有逃过瑞安的法眼。

他们回到客厅，站在那一排尸体旁边。警察正在将他们的脸与已知的赤军团成员进行匹配。目前为止他们已匹配了五名死者，不过还有另外四名死者的身份不在记录里。一名警察被派到卧室去搜查他们的钱包或者背包，看能不能找到其他可以证明死者身份的东西。

瑞安看着那一排尸体说："这些人加上对面大楼里的那个家伙能让我们损失9名突击队员和警察，太难以置信了。"

伊斯汀摇摇头说："他们刚好掉入了某种陷阱。或许是德国政府的安全漏洞。"

"还有一种可能。"

"什么可能？"

杰克说："你想想看，如果是俄罗斯人干的呢？如果发生在瑞士的两起事件都是俄罗斯人安排赤军团的人做的，那么俄罗斯人就要确保各个环节中没有人能站出来指责他们。要让所有人闭嘴，把拘捕现场变成枪战现场不是最好的方法吗？你只需要一名能掌控全局的狙击手，一旦德国的突击队员进入大楼，那么大楼里就不会有幸存的赤军团成员声称自己无罪。"

伊斯汀叹气道："这一切都是你的猜想，我们并不知道狙击手是谁。也有可能是对面大楼里的赤军团枪手听到了这边的枪声，所以决定反击。"

杰克摇了摇头。他无法证明自己的想法，但直觉告诉他，他和伊斯汀所面对的敌对势力远比这些德国左翼恐怖分子厉害。

Chapter 66
关于"天顶"

现在

下午五点,小杰克·瑞安和维克托·奥克斯利回到伦敦。虽然,瑞安觉得他们最好返回他的公寓,不过最后他们还是去了克罗伊登区威尔斯利路的一家汽车旅馆。奥克斯利建议去这个地方,是因为他几乎每次来伦敦都选择这家旅馆。他向瑞安保证这个地方几乎不在警察盘问的范围之内,最适合他们目前的状况。

杰克厌倦了奥克斯利的故意为难,中途把车停在一家超市门口的停车场,一路上他们只停过这一次。杰克从钱包里拿出几张钱递给前英国间谍,奥克斯利走进超市,十分钟后提着两个购物袋回来。

随后他们又重新上路,开往那家汽车旅馆。这时瑞安才发现奥克斯利买了一大瓶爱尔兰威士忌、一公升可乐和两大瓶啤酒,食物就只有几个点心蛋糕和一根腊肠,瑞安感觉腊肠看上去似乎和奥克斯利一样老。

汽车旅馆正如杰克所料,十分破败,像个垃圾堆。旅馆墙壁上的涂料脱落,长满霉菌,地毯有燃烧过的痕迹,但好在每间客房都有一个小型车库,显然是为了给住在里面的客人隐藏自己的车辆。

他们把车开到指定车库,关上车库大门后,从瑞安的宝马的后备箱里拖出俄罗斯暴徒。维克托一把抓住俄罗斯人的外套套在对方头上,这样俄罗斯人就什么也看不见了。然后他们押着他走出车库,走进旅馆的房间。

房间里的浴室又小又脏,不过却是隐藏俄罗斯黑帮分子的好地方。墙上有暴露在外面的管道,奥克斯利熟练地将俄罗斯人的手高高地捆在背后,像这样,只要俄罗斯人稍稍试图动一下,都会使他的肩膀疼痛难忍。然后奥克斯利从床上拿起一个还有污渍的枕头,取下枕套套在俄罗斯人的头上。

他们把俄罗斯人关在浴室，杰克打开房间里的电视机，然后与这名 59 岁的英国老头走向房间里的小阳台，从这里可以俯瞰外面繁忙的六车道马路。

旅馆居然没有能盛酒的玻璃器皿，这让奥克斯利十分愤怒，不过他很快就解决了这个问题。他喝了几大口可乐，然后把爱尔兰威士忌倒进去，重新将可乐瓶装满。他们坐在阳台廉价的铝合金椅子上，有那么几分钟时间杰克一直看着奥克斯利大快朵颐：他吃着蛋糕、腊肠，喝着爱尔兰威士忌，而杰克却忍耐着。杰克保持着他仅剩的那一点耐心，告诫自己，现在这个前英国间谍越得到物质满足，一会儿他可能就说得更多。

终于，杰克说："好了，奥克斯利。我想盘问浴室里那个混蛋，不过我有几个问题要先问你。你现在想和我谈谈吗？"

白胡子的英国男人似乎很放松，杰克认为是可乐里的威士忌起了作用。他耸了耸肩说："首先，叫我奥克斯利。其次，你要知道我不想与你交谈，不过我也不想在自己最后的日子里被俄罗斯武装分子追杀，所以我愿意与你合作，一起了结此事。然而有些事情我能说，有些事情我会把它们带进坟墓。"

杰克打开一瓶啤酒，喝了一小口。"很公平，那么先让我们谈些简单的。你是什么时候从俄罗斯回来的？"

片刻之后，奥克斯利说："二十年前我回到了祖国。"

"过去这二十年你都干了些什么？能说说吗？"

"我一直东躲西藏，大部分时候靠养老金过活。"

"没有工作？"

"断断续续地领着失业救济金，小子。做我能做的事，仅此而已。"他耸了耸肩。

现在奥克斯利反问杰克："美国总统的儿子是怎么知道我的？"

杰克说："我父亲想知道关于'基石'的信息，他认为巴兹尔·查尔斯顿爵士可能知道。而我恰好在英国，所以就去询问了巴兹尔·查尔斯顿。巴兹尔爵士告诉我你就是'基石'，所以我通过第 22 特别空勤团的联系人追踪到了你的地点。"

"好一个巴兹尔。"

"他认为你想杀死他。"

奥克斯利惊讶地抬起头。"他现在还这样想？"说完他笑着摇了摇头。"不，查尔斯顿并没有参与我曾经卷入的肮脏诡计。老巴兹尔没有帮我的忙，但我也不能说他完全是个坏人。"

"他说你曾经潜伏在铁幕内部，你能很好地融入俄罗斯。"

"我母亲来自西伯利亚北部的鄂木斯克市，在柏林墙修建之前，她和我祖父母叛逃到了柏林。在那里她遇到了一个英国军官，然后他们一起移居到英国，最后在英国南部的朴茨茅斯定居。我父亲变成了一名渔夫，不常在家，而我母亲则成为了当地俄罗斯移民的一份子，所以我从小在家讲俄罗斯语的时间比英语多。"

奥克斯利喝了一大口可乐威士忌。"那你父亲为什么会对'基石'的老故事感兴趣呢？"

杰克从外套里拿出随身携带的瑞士联邦警察局相关卷宗的复印件，递给奥克斯利。

奥克斯利接过文件看了一会儿，然后把手伸进他的行李袋里，摸出一副老花镜戴上重新阅读文件。

"都是德文。"

"是的，根据瑞士联邦警察局卷宗记录，瑞士警察在罗特克莱兹梅瑟尔餐厅爆炸案附近拘留了一个男人，而有人用铅笔将你的代号写在卷宗里这段记录文字旁边，后来不知被什么人擦除了。"

奥克斯利若有所思地点点头，缓慢得杰克几乎没有察觉。

"你还记得？"

杰克的问题勾起了奥克斯利遥远的回忆。"当时我受命追查谣传出没于东欧的杀手，克格勃称之为'天顶'。"

杰克有些疑惑，巴兹尔说"基石"并没有卷入"天顶"事件，是他有意隐瞒还是时间太久他忘记了。杰克说："'天顶'一直活动于西欧，你为什么去东欧呢？"

"关于'天顶'的谣言首先起源于捷克斯洛伐克。捷克斯洛伐克的警察在伏尔塔瓦河上打捞起来两具布拉格刑侦警察的尸体。调查时，警察在案发地点附近的一家酒店发现了一名没有结账就匆忙离开的俄罗斯人。搜查了俄罗斯人的酒店房间后，他们发现一个行李袋，行李袋里有一本克格勃的公共密匙，密匙内页写着一些文字。捷克人成功破译了密匙所有者的代号——'天顶'。"

"捷克斯洛伐克政府联系了克格勃，但俄罗斯人声称他们并不知道代号'天顶'的特工，当然他们怎么会承认在布拉格派驻了特工。"

杰克说："是啊，克格勃说了不少谎言。"

"确实，"奥克斯利说，"我敢肯定当时的布拉格警察也这么想，不过后来布拉格温塞斯拉斯广场的后巷一夜之间便成了克格勃出没的胜地，俄罗斯特工遍布整个布拉格，追捕这名代号'天顶'的特工。"

"如此说来，英国政府是从布拉格警方获得的这条情报？"

奥克斯利摇了摇头说："我们窃听了捷克斯洛伐克的内部通讯线路，截获了关于'天顶'的情报。后来他又在捷克斯洛伐克杀了两个人，在匈牙利杀了四个人。"

"他杀的全是警察吗？"

"不是。他在布达佩斯杀了一名匈牙利国家银行的雇员和一名走私犯。"

"走私犯？"杰克问。

"人口走私犯。他是个帮助叛逃者越境的蛇头，在当时的匈牙利这很平常，"奥克斯利说，"总之，从我们的情报机构截获的信息来看，'天顶'似乎并不是克格勃的人。克格勃认为他是被西方掌控的前格勒乌特工。当时，英国方面担心我们会被他的行动牵连。"

"英国怎么会被'天顶'的行动牵连？"

奥克斯利讽刺地笑道："因为当时我们有自己的人在铁幕背后做着相似的事情。"

杰克惊讶地发现所有的事情似乎都说得通了。"你？"

"看来你也并不是我想象中的那么笨嘛。"奥克斯利把玩着自己的老花镜，他说："是的，当'天顶'活跃于布拉格时，我也在那里。当时我的掩护身份是俄罗斯人，只身一人在布拉格，自然会被捷克斯洛伐克的警察拜访。我成功摆脱了他们，但当'天顶'开始在匈牙利展开他的杀戮计划时，伦敦的某些混蛋开始怀疑我可能与这些罪行有关。他们期望缓和东西方的关系，但'天顶'的行动可能会破坏这一切。在戈尔巴乔夫之前，搞军备竞赛，我们总是喜欢这样的标题：波兰的民主之路；里根和撒切尔派杀手进入苏联。虽然当时我们还有很多问题需要解决，但毕竟一个新的时代正孕育在黎明破晓前，而'天顶'的出现会毁了这一切。"

"所以他们派你去刺杀'天顶'，这样克格勃就无法指责西方派遣杀手四处杀人？"

"正是如此。"

"后来呢？"

"我没有找到该死的'天顶'，克格勃也没有发现他。"

"但是你为什么去了瑞士呢？"

"我一直跟踪那些在布达佩斯追捕'天顶'的克格勃，希望他们能带我找到'天顶'。但当他们前往西方，拜访了瑞士楚格的一家银行时，我也十分惊讶。"

"然后那里的人也开始接二连三地遇害。"

"是的。"

"'天顶'杀了他们？"

奥克斯利耸了耸肩，似乎有些疲惫。他看着外面马路上疾驰的车辆长叹了一口气。"取决于你相信谁。"

瑞安看着奥克斯利说："也许我疯了，但现在我相信你。"

维克托·奥克斯利微微一笑。"那么，是的，这些人全是'天顶'杀的。"

英国人抬起头看着瑞安说："现在轮到你回答了。你父亲为什么对这个三十年前的故事感兴趣？他给世界制造的麻烦还不够多吗？他完全可以放过这件三十年前的事。"

"我认为你并不赞同我父亲的政见？"

"政见？我可没有耐心去关心政治，别在乎这一点。"

"那么你为什么讨厌我父亲呢？"

"私人原因。"

"私人原因？你认识我父亲？"

"不，我不在意，"奥克斯利挥了挥手，结束了这个话题，"我问你呢，小子。为什么你父亲现在对这件三十年前的案件感兴趣？你亲爱的老爸想从我这里得到些什么？"

瑞安耸了耸肩。"我猜是因为在尘封已久的'天顶'案件的卷宗里发现了你的代号。此外，还有一份古老的档案认为塔拉诺夫就是当时的'天顶'。"

奥克斯利惊讶地看着瑞安说："塔拉诺夫？是的，就是这个名字。可是又怎样呢？这已经是很久以前的事了，和现在有什么关系？"

这次轮到杰克惊讶了。"等等，你知道塔拉诺夫是'天顶'？"

"我猜我就是那份古老档案的编辑人。我记得是1992年，那时我刚从古拉格被放出来。你还没有解释为什么会有人突然关心几十年前的克格勃杀手的名字。"

杰克思考了一会儿。"我在你的公寓里没有看到电视机。"

"我不看电视，也不需要收音机。偶尔我会在酒吧看一场足球赛，我对新闻没有兴趣。"

"这就是原因了。"

奥克斯利有些迷惑。"你在说什么，瑞安？"

"这不仅关乎几十年前的杀人事件，它现在也正在发生。你还不知道罗曼·塔拉诺夫是俄罗斯联邦安全局的局长，是吗？"

奥克斯利看着前方威尔斯利路上往来的车辆沉默了，很久之后他才说："不，我不知道。"他端起自己的威士忌，望着车水马龙的城市。"见鬼。"

Chapter 67

疑　点

30 年前

突袭赤军团位于斯普恩格街的公寓后，中情局的分析师杰克·瑞安一直待在英国驻西柏林的领事馆。空荡荡的领事馆散发着一股霉臭味儿，瑞安在这里度过了突袭结束后的头几个小时。

刚有机会使用安全电话，瑞安立即拨给了中情局情报部主任詹姆斯·格里尔。现在东海岸的时间刚好是晚上九点，格里尔正在自己的家里。瑞安向格里尔上将讲述了过去几小时发生的事情，激烈的枪战让格里尔十分震惊，特别是自己的人还参与其中。

瑞安向格里尔强调他怀疑卷入这起案件的并非只有赤军团，他很肯定整个行动过程中还有另外一股神秘力量。

格里尔不太相信瑞安的俄罗斯参与论。"但是杰克，你也知道我们的特工'兔子'对克格勃的行动了如指掌，过去几个月我从来没有听他提及'天顶'。我很难相信他会抓着下巴对我说'哦，对，我忘记提起在欧洲还有一名克格勃的杀手'。"

杰克说："我们需要再向他确认一下，也许他能想起些什么相关事件。"

格里尔说："听着，杰克。我会再和他谈谈，但你我都知道他不会隐瞒我们。如果俄罗斯真的如你所说地行动，他一定会告诉我们。"

"扎伊采夫已经离开克格勃通讯室数月，或许这个行动是在他离开后开始的。"

"也许吧，但你也知道这不太可能。如你所说，与西德的恐怖分子联合刺杀西欧的银行家，这种类型的外勤行动听上去不像是一时半会儿就能策划好的，不是吗？"

"是的。"瑞安做出了让步。隔了一会儿他又说："我知道这听上去像什么。"

"像你在试图抓住最后一根救命稻草。如果是其他人，我肯定会驳回他们的意见，但瑞安你不是其他人，你是一名分析师，所以我允许你跟随你的直觉。"

"谢谢。"

"但无论你做什么，希望你记住，英国人相当精通于处理这类事情。如果他们说他们已经完成了调查，那么后面你可能就得完全靠自己了。你可以利用当地任何你需要的机构和设施，但一定要小心，你离危险源太近了，我不希望你冒不必要的风险。"

"我也这么认为。"

二十分钟后，瑞安与伊斯汀以及他的手下在二楼的办公室会面，他们又把在赤军团安全屋发现的证物仔细研究了一遍。手提箱以及箱里的物品都归德国联邦情报局留存，所以在美国人和英国人查看证物时，两名德国联邦情报局的调查员一直在背后越过瑞安和伊斯汀的肩膀监视他们。

首先由伊斯汀和他的手下采用军情六处的设备和方法检查每一样证物。伊斯汀的一名手下用粉末法提取手提箱和箱中物品上的指纹，然后伊斯汀拿起每一件证物仔细查看，检查纸张上的水印、照片的显影技术。

他们又检查了手提箱是否有隔层，但没有任何发现。

杰克对伊斯汀处理证物的方法十分着迷，因为他是一名分析师而不是警察或刑侦人员，没有接受过任何侦查技术的培训。不过他父亲曾是巴尔的摩警局的一名刑侦人员，所以他一直对警察的工作十分感兴趣。

伊斯汀检查完后终于轮到瑞安查看这些证物了，瑞安首先拿起了公报，当然他戴着橡胶手套，一名德国联邦情报局的人站在旁边为他翻译。

杰克试图让德国联邦情报局的人承认，他们并没有想到公寓里的赤军团成员会给GSG 9特种部队如此专业的反击，但德国人和瑞安一样坚定。斯普恩格街的公寓里的九具尸体，目前只有五具确定了身份。德国联邦情报局的人坚持认为，在鉴定出其他四具尸体的身份前，他们无法评判赤军团武装分子的反击技巧。

检查完公报后，瑞安毫无发现。毕竟他不是研究赤军团的专家，公报看上去似乎是德国左翼恐怖分子的标准公报，而手提箱里的所有证物似乎也都很合理，包括加布雷尔和威泽尔的照片、地图和炸弹制作指南。

两起事件中唯一可疑的是玛塔·施洛宁，作为德国左翼恐怖组织的一员，她的谍报知识未免太过欠缺，居然会在行动时携带身份证，而且行动时如此紧张，把自己也害死了。

瑞安不明白这是怎么回事。施洛宁虽然有两次被捕的经历，但她却从来没有被牵涉进谋杀案。据说几年前这间公寓里的两个租客想要用火箭弹攻击北约的一处设施，但是整个袭击却没有造成人员伤亡，甚至没有人重伤。

伊斯汀如往常一样，倾向于结束整个调查。另一方面，瑞安则认为比起手提箱里的证据的内容，这些证据本身的现成性反而制造了更多疑点。

由于德国联邦情报局的人急于带着他们的证物离开，所以瑞安和英国人必须在一个小时之内检查完所有的证物。

杰克已经连续二十四小时不眠不休了，所以早上九点左右，他就在一间无人的办公室，抓紧时间在沙发上睡了两个小时。

早上十一点半，伊斯汀出现在办公室门口。瑞安掀开腿上的毛毯坐了起来，揉了揉眼睛。

伊斯汀坐在他面前的椅子上，衣服皱皱巴巴的，眼睛里布满了血丝。杰克怀疑自己是不是和这个英国人一样，看上去疲惫不堪。

"怎么了？"杰克问。

"在玛塔·施洛宁房间发现的所有证物我们都已多次检查过了，这些证物看上去都是合理的。德国方面也已经鉴定出了公寓里另外四具尸体的身份。三名女性和一名男性分别是公寓里的居住者的男女朋友，目前看来都不是已知的赤军团成员。"

"他们还调查了街对面狙击手所在的房间，这间公寓也是玛塔·施洛宁在三天前租的。"

杰克有些迷惑。"玛塔租了一间离自己公寓两个街区的房子？她为什么要这样做？"

伊斯汀耸了耸肩。"不知道。她的名字在租客名单上，但没有人注意过她，这种廉租公寓，没有人会在意谁来了谁又走了。租住在那里的大都是来自土耳其、爱尔兰和北非的外籍劳工。她的邻居说昨天深夜他们看见一个男人进了那间公寓。"

"他们怎么形容那个男人？"

"20-30岁，白人。也许是德国人，也可能不是。没有人听过他讲话，也没有人从那间公寓里听到任何枪声。"

"怎么可能？"

"配有消音器的狙击步枪也会发出很大的噪声，但考虑到两个街区外就有一个小型战场，混战中枪声和手榴弹爆炸的声音不绝于耳，那么，消音步枪的'啪啪'声是很容易被人忽略的。"

杰克叹了一口气，然后紧接着他又有了一个新想法。"我们应该回楚格，把玛塔·施洛宁的照片给彭赖特死前去的那家酒吧的调酒师看。"

杰克的话还没说完，伊斯汀就已经开始摇头了。"已经试过了，伙计。瑞士警方昨天拿施洛宁的身份证复印件去酒吧调查过了。"

"然后呢？"

"那天晚上的所有酒吧工作人员的答案都一致，彭赖特死的那天晚上想要搭讪的那个姑娘不是玛塔·施洛宁。"

杰克曾经如此肯定，现在他不知道该说什么了。他咕哝道："那下一步该怎么办呢？"

"这正是我要来找你谈的内容。我知道你认为克格勃参与其中，当然在这个时候我也不想排除任何可能性，但我相信这两起瑞士银行家的死亡事件确为赤军团的这组游击队员所为。"

"那彭赖特呢？"

伊斯汀的回答带着些轻微的讽刺。"我依然坚持我的判断，撞他的不是赤军团或克格勃的车。说真的，瑞安，他不是被人推出去的，记住，有目击者说他当时喝醉了。而我们也不认为他被人下了药。虽然毒理学测试结果还要等一段时间才能出来，但他的身体并没有显示出任何已知药物的中毒迹象。如果有什么新的毒药是我们不知道的，那就只有上帝能帮助我们了，但这不在我询问的范围内。"

"你想说什么？"

"我想告诉你我们准备今天下午回伦敦。"

杰克揉了揉眼睛，此刻他发现自己也是如此地想家。他想回到查塔姆的家中，抱着小杰克和凯茜一起坐在沙发上，看萨莉在地板上涂鸦，这一切在此刻听上去都像是天堂。

但他很快就打消了自己脑海里的幻想，还不到时候。

杰克说："我要留下来，祝你们旅途愉快。"

伊斯汀似乎预料到了这个结果，他说："我还需要再和你谈谈这个问题吗？"

瑞安眯起眼睛说："你不需要做任何事，我并不为你工作。"

"见鬼，瑞安。在这里我们是一边的。"

"你希望快点结束彭赖特的案子，而我希望找到真相。整个事件中还有其他势力，或许彭赖特是被一辆城市公共汽车撞死了，但我认为我们正被其他势力玩弄于股掌之中。"

"我要如何才能说服你？"

"你可以给我与'晨星'有关的所有资料，彭赖特去瑞士前获得的所有资料以及在楚格安全屋的保险箱里发现的所有文件。给我这些文件让我仔细查看，我会得出自己的结论。"

"我不能……"

"巴兹尔既然派我参与调查就是相信我能帮得上忙。无论如何识破这类迂回的方式也算是我的专长。如果我读了这些文件，就能与兰利交流，试图获得更多关于楚格储蓄银行的有用信息。或许我就能够发现彭赖特死前究竟在研究什么。"

伊斯汀说："你就像一只猎狐犬，不是吗？一旦你认为自己嗅到了某种气息，无论怎样你都不会停下来。"

瑞安回答道："我知道我嗅到了那股可疑的气息。"

这一次伊斯汀没有回应瑞安，所以瑞安决定刺激他。"你认为呢？"

伊斯汀说："我认为？我认为你就是一个道貌岸然不知道如何做人的美国佬。去年你枪击了一些乌尔斯特人，被封为爵士，然后，今天凌晨你又枪击了一些赤军团的狙击手，德国佬或许会封你为凯撒，或者一些其他的愚蠢头衔，但你的好运大过你的能力。如果我能决定，我一定会把你这个笨蛋扔出美国领事馆，运回美国。"

说完伊斯汀深深地叹了一口气，他说："但这也由不得我决定。"

然后他又叹气说："我会和巴兹尔谈谈，由他决定你能不能看关于'晨星'的档案。"

"我别无他求。"

Chapter 68

奥克斯利的回忆

现在

维克托·奥克斯利和小杰克·瑞安等了一个小时才开始审问"七巨人"的杀手。瑞安曾多次催促英国人,但奥克斯利却一直说他想让这个年轻人在浴室里多闷一会儿。他被关在一个不舒服的地方,不知道自己在哪里,不知道即将发生什么,奥克斯利告诉瑞安,给关押者一个思考自己所处困境的时间是审讯的标准程序。

杰克倒认为是奥克斯利自己想尽可能地在椅子上多休息一会儿,多喝一会儿威士忌,所以用什么审讯标准程序拖延时间。

杰克站了起来,宣布他要去审问浴室里那个混蛋,但奥克斯利劝他再等一会儿。

"听着,小子,我们可能需要采用'好警察,坏警察'方式。我就从坏警察开始吧,这才是我。"

终于,奥克斯利把他的可乐威士忌放到了阳台的水泥护栏上,然后回到了房间,一句话也没说。杰克跟着他进了房间,高大的英国男人脱去了自己的毛衣,露出了他宽阔的后背。杰克看见他的背与胸膛一样,也有很多文身。奥克斯利把毛衣扔到床上,深呼吸了几次,仿佛在尝试找回以前的自己。然后他走到角落里的小木桌和椅子前,这位 59 岁的老人啪的一声,不可思议地轻易弄断了椅子腿。

然后他转身对瑞安说:"我们需要知道是谁派他来杀我们,以及为什么派他来,还有别的吗?"

"你不想让我和你一起进去吗?"

"不,小子,我独自进去。"

瑞安知道自己的打算。他说:"我很感激你想让我远离那些可能危及到我或者我父亲的事情,但我可以向你保证,我已经准备好进一步深入调查这起事件了。"

奥克斯利注视了杰克一会儿，然后他说："小子，我才不关心这会不会给你或者你老爸带来危险。只是那间浴室太小，等我抡起棍子的时候，那里站不下我们两个人。"

"哦，好吧。"

"你为什么不做个聪明的孩子呢？去翻一下他的电话，看能否发现些线索帮助我打败他，另外，再把电视机的音量开大点。"

"好的。但是，奥克斯利……我不在乎你怎么拷问他，但是别杀他。"

奥克斯利点了点头，当他回忆起自己在俄罗斯古拉格的经历时，他脸上的神情茫然若失。他说："很久以前我就学会了一些道理，而这些道理你最好不要亲身经历。相信我，活着有时候比死亡更痛苦百倍，我不会拧断这个混蛋的脖子就让他这么轻易地死去。"

说完奥克斯利走进浴室，关上了浴室的门。

瑞安花了一些时间誊抄俄罗斯人的电话本。电话所有的短信都是外文，瑞安还没有看，他也没有拨打过通话记录里的任何电话。联系人名单虽然都是西里尔文字，但瑞安能轻易地读懂，因为只是一大堆姓名。

瑞安在誊抄电话号码查看通讯记录时，听到浴室里持续的哀嚎声中传来了两声凄厉的喊叫。

二十分钟后，维克托·奥克斯利走出了浴室，前额满是汗水。杰克第一次注意到，虽然他有大量壮硕的肌肉，但他的肩膀、手臂和胸肌却也覆盖了一层厚厚的脂肪，他的体重至少超重60磅（27公斤）。在杰克看来他更像一个老龄的拳击手，长期买醉在酒吧的吧台。

"他怎么样了？"杰克问。

奥克斯利没有立刻回答，他走到阳台，呼吸了一口新鲜空气，然后拿起自己的酒瓶和一罐啤酒走进室内。他打开浴室的门，把啤酒扔给俄罗斯人。

然后他关上浴室的门，走到床边，仿佛精疲力竭一般倒在床上。

终于，他回答了瑞安。"他很好，我们俩现在像是老朋友了，他的名字叫奥列格。"

"你没有揍他？"

"嗯，只是打了个招呼，之后他就十分健谈了。"

"然后呢？"

"他是'七巨人'的成员，刚到英国三天。他持的是乌克兰的护照，与基辅的上级联系。"

"基辅？"

"是的，他是俄罗斯黑帮分子'伤疤'格列布的手下。格列布是一名'律贼'。"

"他们起源于俄罗斯吧，是吗？"

"没错。奥列格说身在基辅的格列布命令另外几个家伙跟踪你几个星期了，但他没见过另外几个家伙，也不知道他们的名字。他说他从来没有见过他们，"奥克斯利耸了耸肩，痛饮他的可乐威士忌，"我相信他的话，他应该没有骗我们。他和其他两个今天出现在我公寓的家伙来接手另外一组跟踪你的人。但他们到达后惊讶地发现你居然开车去了科比镇。他们把这个消息汇报给了基辅，然后突然间，更多'七巨人'的爪牙从基辅飞来伦敦执行新的任务。"

"什么任务？"杰克问。

"你会遭到一顿狠揍，揍到你夹着尾巴逃回美国。至于我，就没有那么容易逃脱了，他们接到命令杀死我。"

"为什么？"

奥克斯利笑了，震得廉价床垫的弹簧隆隆作响。"让我给你解释一下，小子。奥列格收到了一张照片和一个地址，然后他就要去执行上级的命令，不会问为什么。"

杰克想了想说："所以他们是在我还不知道你的时候就开始跟踪我了。"

"与我猜想的一样，是你把他们带来的。"

"一定是与亚瑟·加尔布雷斯的案子有关。"

"他是谁？"

"亚瑟·加尔布雷斯是一名从事石油和天然气行业的苏格兰亿万富翁，他和其他私人投资者砸了数十亿美元建设加尔布雷斯俄罗斯能源项目，但开始盈利后不到一年，他的公司便被勒令清盘偿还债务。在被调职之前我一直负责调查他的案子。"

奥克斯利喝了一口可乐威士忌，在背后垫了一块枕头。

杰克问："你没有听说过加尔布雷斯？"

英国人摇了摇头。

"那么'伤疤'格列布呢？"

"直到刚才才听说。"

杰克思考了一会儿，说："你认识一个叫德米特里·纳萨诺夫的男人吗？"

奥克斯利摇了摇头。"他又是谁？"

"他就是窃取亚瑟·加尔布雷斯公司的骗子，应该是俄罗斯联邦安全局的人。"

奥克斯利耸了耸肩，又喝了一口可乐威士忌。大块头的英国男人似乎有些醉了，不过这也是可以预料的。杰克虽然不是禁酒主义者，但他觉得要是自己喝这么多酒早就已经烂醉如泥了。

杰克说："我需要和我的父亲以及老板谈谈。也许我们可以把更多碎片拼凑到一起。"

"知道你开枪打死了一名俄罗斯黑手党，你亲爱的老爸会说什么呢？"

杰克在几个小时前就想过这个问题了。或许这是一个棘手的问题，但是这些过去的事情有可能帮助他父亲摆脱一些诽谤。他说:"他如果知道了一定会立即叫我回美国。我之所以等到现在,就是想掌握更多情报后再打电话给他。"

"他会不高兴。"

杰克耸了耸肩。总是让父母担心自己的生活,让他感觉很糟糕,但是他当然也不会向面前这个英国老头倾诉自己与父母的关系。他换了一个话题。"我们要怎么处理你的朋友奥列格?"

"我会放他走。"

"放他走?你疯了吗?"

"可能吧,但你仔细想一下,我们能拿他怎么办呢?"

杰克没有回答。

奥克斯利说:"如果我们把他交给警察,事情只会变得更复杂。我们把他放了,你也不用承认你曾经去过科比镇。"

"那你的邻居呢,她看见我了。"

"她像蝙蝠一样瞎,而且耳朵也不怎么听得见。相信我,她甚至不知道你是白人、黑人、绿人还是蓝人。"

"但是如果放奥列格走,我们怎么知道他会不会再回来杀我们?"

奥克斯利轻蔑地一笑。"我倒想看看他怎么用两支骨折了的胳膊杀我们。"

杰克把头埋进手里说:"你折断了他的胳膊?"

"我不是傻瓜,瑞安。他是个危险人物,我不可能让他完好无损地走出去。"

"那他怎么喝你给他的啤酒?"

维克托又笑了。"这可不是我的问题,不是吗?"

"好吧,"杰克慢吞吞地说,"奥列格的问题就讨论到这里。我想如果'伤疤'格列布可以派六个人来跟踪我们,那么他就可以另外再派六个,甚至更多人来。"

奥克斯利点了点头说:"现在这里肯定到处都是'七巨人'的杀手。"

"你何不跟我一起走呢?你会很安全。我打算和桑迪以及卡斯托谈谈,看看他们知不知道'伤疤'格列布是谁。他们有可能与他有过交集……"

维克托·奥克斯利突然从床上坐了起来,神色紧张,眼睛里充满了惊讶。之前瑞安还觉得他醉了,可现在哪里还有半分醉酒的样子。"你刚刚说什么?"

"我说我打算和桑迪谈谈,桑迪·拉蒙特是我的上司。"

"不,不是他,另外一个家伙。"

"哦……卡斯托。休·卡斯托是我工作的卡斯托&博伊尔风险分析有限公司的总经理。"

奥克斯利站了起来，走向瑞安，来势汹汹的样子。

"怎么了？"

"你问了我许多人，却没有问我认不认识休·卡斯托。"

"哦，我以为你知道休·卡斯托。"

奥克斯利紧紧地握住手中的瓶子。"再告诉我一次，小子。你是怎么知道我的？"

"我说过，是因为你的代号。我给你看了写着'基石'的卷宗。"

"是的，你给我看了，但我怎么知道你不是卡斯托派来的？"

"派我来？他为什么要派我来？"年轻的美国人发现提到卡斯托的名字就会让奥克斯利变得愤怒而危险。"卡斯托和你是什么关系？"

"在军情五处时他是我的上级。"

瑞安双眼圆睁，惊讶地说："哦，见鬼。"

奥克斯利盯着瑞安，瑞安知道这位老人在观察自己有没有欺骗他。

"我并不知情，"杰克站起来说，"我不知道你们之间曾发生什么，但他一次也没有提到过你的名字。我一直试图寻找我在卡斯托＆博伊尔公司的工作和你的联系，现在我想我找到了。"他用一只手揉着自己的短发。"不过我不明白其中的意义。"

奥克斯利说："我也不知道。"

杰克看得出来英国男人变得情绪化了。他的脸通红，不知道是因为愤怒还是因为威士忌的作用。

"你们俩发生过什么，奥克斯利？"

奥克斯利只是摇头，一句话也没说。

瑞安知道现在不是给对方压力的时候。"好吧，我理解。但是你听我说，我想揭示所有的真相。我爸爸派我来找你，就是想知道能不能把塔拉诺夫和'天顶'杀人事件联系起来。你有你的原则，但你记忆中的故事并不能作为可利用的情报。我需要进一步挖掘，而这个过程我真的很需要你的帮助。"

奥克斯利重新躺回床上，又开始喝酒。他的眼神遥远而空洞，这次不是因为酒精的作用，而是因为他陷入了曾经的回忆。奥克斯利问："怎么帮？"

杰克说："我想知道你是不是第一次听到塔拉诺夫的名字。"

奥克斯利眨了眨眼，很明显，他的回忆里充满了令瑞安难以置信的痛苦。

慢慢地他开始讲述自己的故事。"我想大约是 1989 年，时间真的已经没有什么意义了。当时我在科米共和国瑟克特夫卡尔市，没有人知道我是英国人，当然也没有人知道我是军情五处的人。我只是一名'Zek'。"

"Zek？"

"一名囚犯。我在古拉格好几年了，已经习惯了长久的孤独。但其实我很受欢迎。我有丰富的战地医疗知识，能够帮助其他囚犯保持健康，并且我也很健康，尽管我经历过一切。总之，古拉格的生存法则就是让你的同伴需要你。"

"那是肯定的。"

"我一直在工作，我每天都试图从我周围的人身上打听情报。我认为总有一天我会逃出去，我真的相信，或许是因为如果连这点希望都没有，我一定会疯。总之，我接近那些我认为曾经是特工或者消息源的囚犯，长年累月，我几乎掌握了苏联每一个秘密军事设施的名字和地点。虽然最后这些情报没有起到什么作用，但如我所说，既然我活着就不会让自己停下来，就算是在古拉格，生命在希望就在。"

瑞安若有所思地点了点头。"我明白你的意思。"

"一天，我在吃晚饭时听到了两名囚犯的谈话。其中一个家伙说他在打扫医务室的地板时，一名其他区的囚犯被带了进来。那个男人是典型的伤寒症状：流鼻涕、发烧、精神恍惚。他是个坚强的家伙，仍有战斗的实力。他身上没有文身，因此他没有在古拉格待得太久。"

"继续。"

"那个家伙告诉我，医务室的男人开始谈一些关于克格勃的内容。"

"关于克格勃的什么？"

"他说他是克格勃的特工，并告诉了医生一个与监狱记录的姓名不一样的名字，让医生打电话确认。"

"医生相信他吗？"

"当然没有。我在瑟克特夫卡尔市或其他某个时候还告诉过别人我是克格勃的特工呢。囚犯是会说谎的，瑞安。有一次我在古拉格还遇到过一个家伙自称是尤里·加加林呢。"

"还是说那个克格勃的家伙吧，奥克斯利。"

"好的。那个神志不清的家伙说自己是克格勃特工，在古拉格执行任务。他开始讲述自己的故事，然而每个人都把他的故事当作笑话来听。他说他是一名空降兵，阿富汗战争的第一天攻占了喀布尔的总统官邸。然后他进了格勒乌，俄罗斯的军事情报机构，一直在阿富汗战斗。"

"当然，那两个家伙讲这些时我还只是喝着汤听他们交谈，直到后来他说那个家伙给了医生一个联系莫斯科的电话号码，还说'天顶'需要紧急救援，我才知道我误打误撞走进了一段自己的历史。"

瑞安听得目瞪口呆，他说："后来呢，他发生了什么？"

"就像我说的，没有人相信他，但他的说服力也足以让一名护士拿起电话。你要知道，每个人都认为他可能是因为发烧所致才胡言乱语,但如果有千分之一的机会他是无辜的,那么打一个电话也无妨。因为如果事后证明他的故事是真的,而他们什么都没做的话,医务室里的每个人都会被处决。"

"嗯。"

"护士打了电话,电话那头的人说他不知道她在说什么,然后就挂断了电话。如所有人的预料,他们把他拖到了角落暴打了一顿,就像他们对待其他囚犯一样。"

瑞安知道这个故事还没完,等待的过程中他的心怦怦直跳。

"五分钟后我走到厨房,往热水里加了些盐,然后迅速喝下。几秒钟过后我就被他们推着送进了医务室。"

"你看见了什么?"

"很不幸,我没有见到'天顶'。我被铐在病床上,但我听说了后面发生的事。午夜时,一辆普通的囚犯运输车开了进来,不是克格勃的人,是监狱的管理部门,他们出示了转移囚犯的文书。他们离开时我听到了骚动。当天晚些时候,医务室又来了一个家伙,我给了他所有我藏在牢房的食物,他告诉我那名患了伤寒的囚犯自称塔拉诺夫。"

"哦,天哪。"瑞安喃喃自语道。

"囚犯运输车后面还有医生准备照顾他,不像我之前听说的囚犯转移模式。就在我和那个家伙交谈时,自称'天顶'的克格勃特工,那个名叫塔拉诺夫的囚犯正在离开瑟克特夫卡尔市。"

瑞安相信这个故事,或者至少可以说他认为奥克斯利相信这个故事。

奥克斯利的眼睛一直没有离开瑞安,眼神里仍然缺乏对瑞安的信任。但瑞安还感觉奥克斯利不知道接下来该做什么。他不能回家。过了一会儿,他说:"我去上个厕所,瑞安,但是我看着你的,明白吗?"

"明白。"

"然后呢,下一步该怎么办?"

"我们解开浴室里那个混蛋,留他在这里,然后开车去别的地方。虽然不知道去哪里,但试试吧。到那里之后我会打电话给我的一个朋友,他能告诉我们任何我们想要的关于奥列格手机里所有电话号码的信息。或许对我们有帮助。"

"听起来像个能帮得上忙的朋友。"

"他有他的长处。"

Chapter 69
完美配合

凌晨五点，埃里克·康威和安德烈·佩奇走向他们的直升机。他们已经起床一个多小时了，喝了一杯咖啡，在飞行指挥中心查看了一下天气预报。康威比平时多花了点时间在飞行指挥中心查看天气预报，因为今天的切尔卡斯基浓雾弥漫，而且北方的天气正酝酿着一场风暴。他们本应该再观察一下风暴的情况，但这是战争，天气也不能影响他们早上六点出发的计划。

虽然外面某个地方正在发生战争，但联合作战指挥中心（JOC）似乎一片安静祥和，只有一小股游骑兵保卫着这里。战争开始后基地里的大部分乌克兰地面部队已奔赴前线，只剩下美军的多用途侦察直升机连。

B连的四架亚光黑基奥瓦勇士侦察直升机已经起飞，向东驶去，支援那边的乌克兰Mi-24攻击直升机对抗萨赫诺夫斯基纳机场附近的地面武装，大概要向东飞半个小时才能到那里。

这些OH-58基奥瓦勇士侦察直升机可以用激光镭射瞄准器瞄准那些特种部队和三角洲部队没有发现的目标。他们的任务与康威和佩奇今天的飞行任务一样危险，但康威和佩奇必须在没有防空导弹的情况下进行战斗。

黑狼26的挂架上搭载了四枚地狱火导弹。他们本想在一侧的挂架上搭载两枚毒刺防空导弹，另一侧的挂架上搭载两枚地狱火导弹，不过最后康威还是决定相信黑狼26先进的反制装备和雷达，放弃空对空的防御能力转而把空对地的战斗力提升一倍。

完成OH-58侦察直升机起飞前的检查工作后，他们走到自己的位置上，站在舱门外，戴上头盔，设置好通讯设备，解下挂在脖子上的步枪，放在仪表盘的面板上，确保必要时可以随时取下来，用枪朝直升机外面射击。此外，他们还在各自的位置旁边挂了几枚手榴弹和烟雾弹。

与机舱外搭载的那四枚反装甲导弹相比，这两支步枪和这些手榴弹根本算不了什么。

不过这两支步枪很早就跟着他们了。两年前在阿富汗的时候，他们曾经执行过一次近空支援行动，支援被塔利班武装包围在一个山谷里的荷兰联军步兵。德雷·佩奇对准敌人的方向把基奥瓦勇士上所有的"海蛇"70 航空火箭弹都发射了出去，清除了那里的敌人，但紧接着就有一枚火箭弹快速掠过直升机的防风镜。康威发现了火箭弹的来源，将位置告诉自己的副驾驶，然后把直升机旋转了九十度。康威朝着敌人的方向侧飞过去，德雷则拿出 M4 步枪冲着发射火箭弹的敌人把一夹子弹全打了出去，趁那两名敌人再次向直升机或峡谷里的荷兰军开火之前消灭了他们。

这两名年轻的准尉飞回贾拉拉巴德击掌庆祝胜利，不过回到准备室后，佩奇发现基奥瓦直升机的枪式摄像机居然没有拍下自己英勇的射击场面，因为枪式摄像机一直朝着前方拍摄，而没有对着自己这一侧，这让他心情有点沮丧。

他们两个都知道此次在乌克兰的行动不允许出现在贾拉拉巴德时那样的情形。与俄军的空军力量和远程导弹，还有精密复杂的攻击直升机和 T-90 主战坦克比起来，塔利班的人看上去就像业余选手。

在这个浓雾弥漫的清晨，他们做着起飞前的最后准备。他们每人拿着一本检查清单，仔细检查直升机的每一个系统。康威重点检测自己的斯佩里飞行控制系统和航空电子设备，而佩奇则检查自己的摄像机、瞄准计算机、桅杆激光视线瞄准器和安全系统。

两个人测试了通讯系统，又检查了自己身上所有的救生装备。

马上就到六点钟了，他们的地勤组长站在停机坪上冲着他们竖起大拇指，告诉他们准备起飞，康威启动了罗伊斯发动机。在双叶主螺旋桨开始启动之前，有一阵十秒钟长的高音鸣号声，而艾莉森发动机把起飞的动力传导到主桨和尾桨上要花一分多钟。又一轮的检查完成了，现在佩奇正在跟地勤组长通话，讨论着快速飞回停机坪装载更多的地狱火导弹的可能性，以防行动中任务沉重。

地勤组长坚称不管四小时还是四分钟，自己都会在他们回来的时候将导弹准备好。

六点整，埃里克·康威按下麦克风。"黑狼 26，切尔卡斯基基地，完毕？"

"切尔卡斯基基地，黑狼 26。"

"黑狼 26，准备起飞。"

飞行员驾驶着这架 OH-58 侦察直升机起飞了，向南飞出了基地，黑色的机身慢慢地在清晨的浓雾中升起。

他们刚飞到几百英尺的高度，这时耳机里传来联合作战指挥中心的通话声，这声音与之前 B 连执行飞行任务时不太一样。

"统帅 01，呼叫黑狼 26。收到请回复。"

康威和佩奇都知道这是弥达斯的声音。他掌管着联合作战指挥中心，不过根据混合军种联合作战的惯例，他的代号跟在三角洲部队时的不一样。

"统帅 01，收到。我们正在朝 A 航路点飞行。预计 19 分钟后到达，完毕。"

"黑狼 26，收到。继续向高尔夫 G 航路点前进，到达之后报告。现在我还没有目标提供给你们，所以我要你们在那里待命，收到了吗？"

"黑狼 26 全部收到。"

康威把变距杆往前推，拉起节流阀，飞机向上穿过迷雾，朝着克里米亚的方向驶去。

"看起来你不喜欢高速掠过这些树丛啊？"佩奇开玩笑地问。

"俗话说速度就是生命，不过高度是生命的保障。"

他们今天的任务很灵活。首先他们要为联合作战指挥中心的指挥官收集战场情报。不过康威明白，弥达斯，或者应该叫他统帅 1 号，总之，他随时都可能让他们去支援十几支队伍中的一支队伍，或者支援执行"焚毯行动"的英美联合特别行动组。

当他们冲出浓雾，看到的是蓝蓝的天空，和远处绿油油的牧场。这时无线电对讲机里传来了消息。有两架靠近萨赫诺夫斯基纳机场附近的基奥瓦勇士发现目标正在两座小镇之间的主路上行进。勇士直升机正在为 Mi-24 攻击直升机中队进行激光瞄准。这条消息让驾驶黑狼 26 的康威和佩奇恨不得自己也能参与行动。

目前绝大部分的战斗主要发生在顿涅茨克省和卢甘斯克省,用乌克兰语称呼应该是州，美军的直升机接到命令要呆在这个区域之外，尽管部分三角洲部队已经在顿涅茨克采取行动以减缓俄军推进的速度。

早上七点，离俄罗斯越过边境线已过去十三个小时了，几支快速推进的俄军武装已毫不费力地侵入附近的几个州，而且根据无线电里得到的信息，康威和佩奇感觉美军的侦察直升机和乌克兰的武装直升机的战事咬得正紧。

起飞已经一个多小时了，黑狼 26 正沿着大型工业重镇第聂伯罗捷尔任斯克东边的 E50 高速公路低空飞行。高速公路上堵满了从顿涅茨克逃出来的私家车辆，很多车辆都装满了私人物品和贵重物品。

康威用内部通话系统说："嗨，德雷，我觉得这里面超过百分之八十的人在一定程度上都是支持俄国的。"

"大约是这样的。"

"那为什么他们还要逃跑呢，俄国佬来了他们应该高兴啊，对吧？"

"他们可能希望看到俄国佬来解放他们，但这并不意味着他们会站在那儿等着事情发生。在事情最终定下来之前，还有很多仗要打呢。"

康威刚要回话，这时他们的耳机里传来了联合作战指挥中心的命令。联合作战指挥中心让他们飞往他们东边的一个坐标点，距现在的位置十五分钟航程。康威收到命令后，提升了飞机的速度和高度，将交通拥挤的高速公路甩在身后，朝着绵延起伏的森林飞去。

途中，弥达斯又给他们提供了更多的信息。

"黑狼 26，这里是统帅 1 号，请根据军情报告准备行动。"明显的停顿之后，弥达斯接着说："弗里托小组发现两架正在向伊廖维斯基西南方向推进的 BM-30 火箭炮。敌方在一小时内就会到达主要的人口中心。"

康威和佩奇都知道 BM-30 火箭炮是俄军的一种大型火箭发射装置，它能一次发射 12 枚 300 毫米口径的火箭弹，射程达到 50 英里（80 公里）。每架火箭炮都配有几辆小型辅助机动车。这是一款强大而有力的武器，事实上顿涅茨克周围已聚集了四架 BM-30 火箭炮，更不要说俄军将来一共会在顿涅茨克里里外外再投入多少架 BM-30 火箭炮了。在顿涅茨克的另一边有一个乌克兰的前线直升机基地和本州最大的军事基地，这两个基地为这些多管火箭炮提供了很好的打击目标。

佩奇通过无线电获得了更多关于打击目标的情报。"你能提供敌军其他炮台的位置吗？"德雷想知道他们会不会遭遇到军队、坦克、直升机或者其他可能把基奥瓦直升机打下来的武装力量。

"这里是统帅 01，机载报警与控制系统通报该区域没有敌人的空军。弗里托报告有军队的运输车和多用途装甲车，不过没发现反空部队。"

"收到。"佩奇说。然后他看着康威说："伙计，俄国佬派出两架又大又笨跑得又慢的火箭炮，却又不派反空武装保护它们，这样做有机会赢吗？"

"一点机会也没有，"康威肯定地回答，"我们将从最远的距离，以最小的风险干掉它们。"

"听起来是个好计划。"德雷说。说完他开始摆弄他的前视红外瞄准系统，为即将到来的袭击做准备。

在距 BM-30 炮台西面 5 英里（8 公里）时，黑狼 26 直接用无线电与弗里托——这个区域的特种部队第十小组的负责人——进行了联络。佩奇的瞄准计算机上显示了这支友军的位置，弗里托把这个区域敌人的数据信息发给了他。

佩奇和康威都盯着显示器上的移动地图，这时他们还在 20 英里（32 公里）开外，佩奇利用自己的前视红外瞄准系统往前查看，寻找异常情况。城市外面有一些小村庄和工厂，不过大部分都被起伏的森林覆盖着。佩奇说："我想你要飞低一些，藏进山里，在敌人发现我们之前发现他们。"

康威说："收到，开始匍匐飞行。"

黑狼 26 下降到距树尖只有 40 英尺（12 米）的高度，当他们越过田野、空地和河流时，康威飞得更低。虽然德雷·佩奇的胃早已习惯了葡萄飞行时如坐过山车一般引起的呕吐感，不过每当这个时候，在内心深处他仍然认为康威在变着法儿地让他的胃翻江倒海。

他们路过一个有着一座废弃的大型红砖厂房的小镇。从屋顶上的三个大烟囱来看，康威认为这片厂房可能是用来炼矿用的。他把飞机降到工厂后面一条砂石路的上空约 25 英尺（7.6 米）处，让这栋三层的砖房挡在飞机和目标区域中间，目标区域距离这儿还隔着约五公里的森林和农场。

佩奇通过无线电与弗里托的小组联系，直升机的电脑也已经与地面部队连上线了，现在他们已经可以看到特种部队用前视红外瞄准系统观察到的情形了。佩奇快速地浏览了侦察小组通过望远镜观察到的目标区域的所有图像，然后他说："我不是对付 BM-30 的专家，不过那群混蛋似乎要准备发射了。"

康威一直观察着直升机的外面。基奥瓦勇士上有很多小工具和小玩意儿，飞行员们操作起来很容易犯犹豫，会花过多的时间在收集信息上而忘了关注自己周围的环境，这给他们带来了很大的风险。

不过康威在这方面很有经验。他让佩奇专心准备攻击，而自己则观察周围的环境，包括田野、道路、建筑和树木，他知道开着一辆没有装甲防护的直升机在这条砂石路上徘徊，很容易引来一些开着吉普车巡逻的俄军，他们会用机枪破坏这个美好的早晨。

康威瞥了一眼佩奇的显示器，看到了俄军的导弹车。他也不是这方面的专家，不过看起来他们随时会朝乌克兰军队发射导弹。

佩奇把画面转换到自己的前视红外摄像机上，调好安装在主旋翼上方的桅杆瞄准器（MMS）。桅杆瞄准器是一个前面安着两个突出的玻璃"眼"的球，所以也无怪乎基奥瓦勇士的飞行员管这东西叫"ET"了。新版的基奥瓦勇士直升机马上就在美国本土上线了，康威期待着入手一架，因为新飞机采用了全新的技术发明。据说，新机型的激光测距仪和指示器已经合二为一，并且安放在飞行员的脚下，这样直升机就有了全新的外观。埃里克已经驾驶"ET"大约四年了，他会想念桅杆瞄准器带给他的直升机的独特外观。

现在他们在建筑物的后面，德雷用自己的前视红外瞄准器观察不到目标。

他说："好吧，埃里克。让我们上去看一看。"

康威推动自己右侧的节流阀，直升机盘旋着慢慢往上升。距地面 50 英尺（15 米）的时候，桅杆瞄准器就悬在房屋前方约 40 码（36 米）的上空，窥视着远方的目标。

这时佩奇在显示器上看到了自己想要的目标，然后他说："好的，就是这儿。"

康威把飞机悬停在空中。

佩奇在两块田野上发现了两个目标，两块田间有一条小河，河上有座桥将两岸连了起

Chapter 69

来。两辆大型的炮车上的导弹炮管都高高地指向天空，而且在这两辆大型炮车的周围还有十多辆卡车和装甲运兵车。

"有防空武装吗？"康威问道。

从这个距离看过去，不太确定，但那里一定有可以干掉他们的武器，只不过不知道到底是什么东西。

德雷·佩奇知道这是自己的工作，美国的纳税人每年花 38 124 美元在他身上，然后把他派到国外前线，他必须尽可能地抛下了自己的担忧。他说："地面上看起来没埋伏，不用担心敌人的空军吗？"

"不用担心，最近的敌人还在 70 英里（112 公里）之外的克里米亚。这里的天气非常好，视野距离也不错，能达到 22 英里（35 公里），老兄。"

基奥瓦勇士直升机的驾驶员在形容这广阔的蓝天，22 英里（35 公里）指的是天气好的情况下视野最远可以看到的地平线的距离。

"目标距离是多少？"康威问道。

佩奇查看了测距仪显示器上的数据。"瞄准目标，7 681 米。"

"你觉得这个距离可以吗？"康威问道。这接近最大距离限制了。如果德雷觉得必要的话，埃里克可以把飞机开近一些。

佩奇说："伙计，我身体里那个好斗的小人儿想跑到他们脑瓜顶上去，而贪生怕死的小人儿又有点想躲在这个大砖厂后面。"

"我知道了，老兄。那咱们在这儿干掉它吧。"

佩奇对着耳机说："统帅 01，这里是黑狼 26。请求准许我们使用地狱火导弹摧毁目标。"

弥达斯立即通过无线电回复："黑狼 26，这里是统帅 01。附近没有乌克兰的空军。你们可以清除目标，完毕。"

"收到，准备发射。"

康威说："咱们开干吧。射死他们。"

佩奇没理康威，他知道康威容易为这种事而冲动，为此佩奇一直为自己能保持冷静而自豪。"呼叫弗里托小组。这里是黑狼 26，请注意，我们将要开火了。"

"黑狼 26，收到，我们确定没有友军在目标位置。干掉那些导弹车，尽快在敌人的直升机过来找你们之前离开那该死的地方。"

"收到。"

佩奇把拇指放在发射键上。他和康威两个人都可以启动发射程序，不过当康威在忙着开飞机的时候，一般都是佩奇负责发射。

他说:"准备开火,3、2、1。"他按下了发射按钮,一枚空对地导弹沿着激光瞄准的路径,朝那两辆导弹发射车的其中一辆飞去。

"地狱之火正在闪耀。"康威说道,他看到了导弹正顺利地朝着东面的目标飞去。

"那可是 65 000 美元啊,就这么没了。"佩奇平静地说。这是他的幽默,康威则不会开这种玩笑。因为在打仗的时候,佩奇更能放松一些。

佩奇没有等着看前视红外瞄准器上显示的结果。紧接着他又发射了一枚导弹,目标还是之前那个导弹车。他本可以转换到另一个目标上,不过连续对同一目标打击两次,可以增加炮台反导弹外壳被摧毁的概率。

第二枚导弹一发射出去,他马上将激光瞄准一桥之隔的另一架 BM-30 火箭炮。这时康威瞥了一眼显示器。

第一枚地狱火导弹被敌人布置在炮台上的激光报警接收器发现了,随后目标发出了反导炮弹。最后导弹在距目标 75 码(67.5 米)远的地方被自动反导防御炮台打了下来,之前佩奇和弗里托都没发现这个炮台。

不过第二枚地狱火导弹击中了目标,在导弹发射车的上空爆炸了。尽管这样佩奇还是准备发射第三枚地狱火导弹,不过当他的前视红外瞄准器出现一片空白时,他停了下来。

一开始,他以为是系统出问题了,便开始调节显示器。

这时他的耳机里传来了弗里托的声音。"黑狼 26,这里是弗里托小组。打得好,打得漂亮。连续的二次爆炸。你做到了,伙计。"

这时,他旁边的康威也叫出了声。

"好大的烟。"

佩奇抬头,看到前方 5 英里(8 公里)远的地方,一股黑色的烟正慢慢变成蘑菇云的形状。几秒钟后,一声低沉的爆炸声透过耳机和直升机螺旋桨转动的噪声传了过来。

系统花了好一会儿才复位,他冲东面的目标发射了第三枚导弹。

就在他发射时,他和康威的耳机里传来一阵报警声。

康威说:"雷达在报警,敌人的火力来袭!"

又有报警声响了起来。"激光报警,检测到脉冲激光。"

"快撤!"佩奇说。

这时康威赶紧向右拉动总距操纵杆,踩下左边的踏板,把直升机旋转了九十度。他调节油门减速,直升机头朝下,直接朝着砖厂大楼后面的砂石路俯冲下去。

"快发射反制装置。"佩奇嚷道,基奥瓦勇士直升机在垂直下落时发出了曳光弹和箔条干扰敌人的攻击。

就在离地面几英尺高的地方,黑狼 26 又重新被控制住,恢复了平稳,越过田野离开这里。

在它身后不到 150 码（135 米）的地方，一枚肩扛火箭筒发出的防空导弹击中工厂三个烟囱中的一个，把它炸成了碎片，红砖的碎块四下纷飞。

康威继续加速，这时第二枚导弹击中了他们身后的工厂。就在他从左肩向后望去的时候，耳机里传来弗里托兴奋的叫声。

"噢耶！第二个目标也被摧毁了！又是一次漂亮的打击！"

"收到。"佩奇冷静地说。现在他朝着自己这一侧的舱门向外望去。座舱里的警报声已经停止，但敌人仍然看得到他们。

这时耳机里传来了统帅 1 号的声音："黑狼 26，干得好，不过他们已经发现你们了。返回基地。"

康威说："收到，返回基地。"

当他们往西北方向飞越一片松树林的时候，这两个年轻人的心一直怦怦怦狂跳。通常成功摧毁目标之后他们都要击掌庆祝一番，但现在他们完全不知道自己在想什么了，因为刚才他们命悬一线，险些丧命。

Chapter 70

求助老友

从塞瓦斯托波尔回来之后，约翰·克拉克和校园情报处的成员一直监视着费尔蒙大酒店，偷拍那些与九楼的"七巨人"有组织犯罪集团来往密切的人。

他们的罪犯相片集里又添加了相当多的嫌疑人，加文·比瑞用面部鉴别软件把照片与中情局机密级网络"SIPRnet"的数据库、乌克兰的国防安全资料及其他的开源资料进行比对，以确定他们的身份，然后他们把嫌疑人的脸和名字对应起来。

到目前为止，还没有任何人见过"伤疤"格列布本人，很明显这是对方设计好的。整个校园情报处的人一直守在酒店的各个出口，以防格列布由其他秘密通道进出酒店。花了一天时间在附近展开调查，监视员工通道、卸货区和屋顶的停机坪之后，他们得出结论，格列布没有进出过酒店。不，他应该是一直呆在酒店里。

克拉克把自己的队员们转移到另一处安全屋。这是一间小公寓，离费尔蒙大酒店只有两条街，房主是伊戈尔·克雷沃夫的一个朋友。因为担心俄军会一直打到基辅来，房主在东部的战争打响后就带着妻儿老小逃离了这座城市，这间房子就留给克拉克和他的团队用作安全屋。从这间公寓的起居室右面窗户，他们可以直接看到费尔蒙大酒店，并且可以近距离拍下那些进出酒店的人。

从这儿还能看到酒店九楼的一个阳台，他们发现那里一天 24 小时都有两名携带武器的安保人员守卫。两名守卫拿着配有瞄准镜的德拉古诺夫狙击步枪，还有双筒望远镜，一直朝附近观望，查看有没有盯梢的敌人。不过校园情报处的人把窗户都用黑纸遮了起来，只留了一个小孔来放置照相机。

克拉克和他的队员们搜查了一下这间公寓是否装有窃听器，发现这里还算干净。俄罗斯联邦安全局并不能监视这座城市里的每一间公寓，当然，克雷沃夫的朋友看来也不是乌克兰和俄罗斯方面的监视目标。

就像校园情报处的人觉得在公寓里很安全一样，他们觉得街上越来越不安全了。在过

Chapter 70

去的三天里，有几个警察和政府官员，甚至一名乌克兰安全局的间谍被杀害。一家亲民族主义者的电视台的广播因漂白剂炸弹爆炸而中断，爆炸造成演播室的空气非常难闻，还有一家谴责俄罗斯入侵乌克兰东部的电台被人放火烧掉了。

就在早上快到八点的时候，加文坐在安全屋的沙发上，面前的咖啡桌上摆着几台打开了电池盖的高端 GPS 发生器。比瑞和克拉克正在换电池，这是一项烦闷而又必需的工作，但对克拉克来说这有些难，因为一年前他右手的骨头几乎粉碎性骨折。

就在他们默默工作的时候，加文的手机响了，他看也没看便接起了电话。"谁呀？"

"嗨，加文，我是杰克。"

"是瑞安啊！接到你的电话真高兴，你在英国潇洒快活吧？"

"跟你说实话吧，可没我想的快活。"

"没有吗？那你应该看看我们这儿。街上到处都是暴乱、暗杀、爆炸、间谍、暴徒，所有你能想象的犯罪活动应有尽有。"

电话那头的杰克停顿了一下，接着他说："格里把亨德利集团搬到华盛顿去了吗？"

加文笑了："你的消息已经落伍了。我们在基辅。"

"真的吗？我不知道。你们在那儿做什么？"

"你知道的，所谓间谍的工作。"

"哦。大家都还安全吧？"

"还好。除了约翰、多姆和丁那天遇到了一点麻烦，其他人都还好。"

"嗯，我需要帮忙。我有一份通讯录，我需要你帮忙跟踪通讯录里的人。"

"没问题。发过来吧。"

几秒钟后，加文的手机收到一份邮件。他点开邮件，上下翻看了一下这份通讯录。

"有意思。大多数都是基辅本地的号码。你从哪儿弄来的？"

"今天在伦敦有一个家伙想杀我，我从他那儿弄来的。"

加文瞪大了眼睛看着克拉克。克拉克看着加文的表情，伸手去拿电话。

但加文没有立即将电话交给他。"你是认真的吗？"

"恐怕是的。你尽快把信息发给我，我有用。"

加文说："听起来像是真的。我会尽快弄好的。最近我用各种方法入侵了当地的电信系统。我会把这些电话号码主人的名字和地址发给你的，不过我还能耍个巧妙的小把戏。"

"什么把戏？"

"我能返回去追踪这些号码的 GPS 定位器。这样我就能把过去一个月里每个号码的主人去过的地方告诉你。这种技术被我们称之为'面包屑'。"

"那真是太好了。"

克拉克把手指的关节按得啪啪作响，准备伸手去拿电话。

加文说："我这儿有人要跟你说话。"

瑞安咕哝了一句："我就担心这个。他要准备骂我了，是吗？"

加文·比瑞说："老弟，你就把这当成爱之深责之切吧。"

克拉克开始跟瑞安通话，瑞安把昨天发生的事情一五一十地告诉了他。克拉克静静地听着，没插话。不过等瑞安讲完后，电话里传来的依然是一阵沉默，瑞安知道这位前辈有些不高兴了。

克拉克说："小子，我对天发誓，你成功地给自己惹了一身骚，不是吗？"

"呃……这次是麻烦找上我的。"

"你一发觉有人跟踪你的时候，就应该给我打电话。"

"呃，约翰，刚才听加文告诉我，你自己也忙得不可开交。"

"你别拿这个当理由。你应该知道，我两个小时内就可以派人过去保护你。见鬼，在伦敦我也认识很多前第22特别空勤团的人，他们二十分钟内就可以赶到你身边保护你。你不能像那样自己单干，很容易出事的。你可是总统的儿子。"

"我知道。我原本以为是我多虑了。等我意识到危险的时候已经晚了。"

"你提到的那个'伤疤'格列布，我们在这儿碰到他了。"

"真的吗？"

"嗯。他是'七巨人'有组织犯罪集团的人，从圣彼得堡来的。我们认为他是'七巨人'的二把手。"

"那一把手是谁？"

"没人知道。不过格列布在这儿是在为俄罗斯联邦安全局办事。"

瑞安说："有意思。那些袭击我的人是他派来的，而我在卡斯托&博伊尔公司发现一家俄罗斯政府的企业——俄罗斯天然气工业股份公司非法诈骗我们的一名客户，然而继续追查发现了一个名叫德米特里·纳萨诺夫的人，他和俄罗斯联邦安全局有些关系。"

克拉克让瑞安稍等片刻，他去查他们是否在乌克兰见过这个名字，不过他什么也没有找到。他又询问了本地的专家伊戈尔·克雷沃夫，不过伊戈尔也是第一次听说这个名字。

克拉克说："好吧，很明显你那边已经完全陷入该死的麻烦当中，那么后面听我安排。我会马上把丁、多姆和山姆给你派过去，他们今晚就搭乘湾流公务机飞过去，护送你回美国。如果你的新朋友有护照的话，他们也可以带他一起去。如果没有的话，我们也可以想点其他办法。"

瑞安犹豫了一下。

克拉克感觉到了他的沉默，他说："杰克，你知道你不能再留在那里了，对吗？"

Chapter 70

"约翰,我知道继续留在这里会冒很大的风险,不过现在的事我还不能放手。如果你不介意派人过来保护我的话,我将很感激你。"

"我让他们半个小时内就动身。你现在呆的地方安全吗?"

"我现在到处逛逛。我把车子留在一个购物中心了,然后我们打车到了一家汽车租赁公司,我在那儿找了辆新车。我用的我的名字租车,所以理论上来讲我会被追踪到,不过我还没发现'七巨人'的人在用这些高科技的玩意儿。为了以防万一,我进行了一次监视侦察程序,没发现有人盯梢。"

克拉克说:"虽然我更希望你回美国去,不过现在我会把飞机和人派去伦敦。在此期间如果加文根据你提供的通讯录查出些什么,我们会给你打电话。"

"谢谢你,克拉克。"

在等加文回电话期间,瑞安和奥克斯利开着车穿过了伦敦北部的乡下。他们两个都没说话,奥克斯利似乎在沉思,而瑞安则在想下面该去哪里。

他想和桑迪·拉蒙特聊一聊,不过他不确定自己是否可以信任桑迪。有可能拉蒙特已经向某人透露自己去了科比镇,也有可能拉蒙特知道卡斯托和奥克斯利之间的关系,这就是为什么会有人会因此而死,好让一切对瑞安来说仍是个谜。

杰克越想越觉得拉蒙特可疑。他想起自己那位平易近人的上司曾两次警告自己不要对俄罗斯天然气工业股份公司的案子挖得太深,后来甚至完全不让他继续调查这件案子。这背后会不会有比自己所知道的还可怕的内幕呢?

杰克知道找出答案的唯一办法就是跟他面对面地对质,然后看他的反应。

他们在一家快餐店门外停下,叫了份外卖,然后把车子停到一栋繁忙的汽车旅馆后面的空地上,开始吃东西。刚吃完,杰克的电话就响了。

"嗨,加文。"

电话那头传来约翰·克拉克的声音。"事实上我和加文在一起,我们开的免提。"

加文接着说:"瑞安,你那边遇上了点状况。"

"什么意思?"

"那份通讯录里有24个可能相关的通话记录,不过我把需要全程追踪的记录删减到了6个。而这6个当中,有2个正是我们在基辅遇到过的人。"

"你在开玩笑吧?"

"没有,"克拉克说,"过去的一周我们几乎一直在跟踪与'伤疤'格列布在费尔蒙大酒店会面的人。袭击你的人手机上的那两个家伙明显就是这里的暴徒。我觉得他们可能都是格列布的副手。至少过去的一个月里,他们一直在跟你提到的奥列格保持联系,而且过去的 24 小时里也在跟奥列格通话，当时他们正在伦敦。"

加文接着往下说："你等一下，还有两个明显的证据。根据他们的电话信号显示，今天中午之后他们就一直在科比镇，而现在他们正在一家警察局附近。我返回去追踪了其他几个地方的 GPS 定位器，包括英国和乌克兰。关于这两个人本身倒没有多少发现，不过前天他们和清单上另一个电话的主人同时出现在一个廉价酒店里，而那个电话的主人才是真正让人感兴趣的。"

"为什么呢？"

约翰·克拉克说："因为那部电话的主人在过去的一个月里有一部分时间待在莫斯科郊外的一栋房子里。那栋房子的主人叫帕维尔·莱奇科夫。尽管我们知道他是俄罗斯人，但对他也并不是十分感兴趣。我们试着找一张莱奇科夫的照片，不过没找到，这让我们怀疑他是一名情报特工。"克拉克补充道："杰克，还有更多其他的消息。"

"我在听。"

加文说："我追踪他的电话号码，然后追踪到了伦敦的两家酒店。不过星期五的晚上，他去了位于伊斯灵顿的一座私人住宅。"

杰克惶恐地问道："星期五晚上是在我去科比镇见奥克斯利之后，莱奇科夫到伊斯灵顿与谁会面？"

克拉克说："他在休·卡斯托的家呆了 25 分钟。"

杰克和奥克斯利互相交换了眼神。"那是真的吗？"杰克咕哝道。

克拉克说："是真的。当然我们不能判断他到底见没见卡斯托，然而恐怕你伦敦的老板似乎很可能跟袭击你的人有关，至少间接相关。"

瑞安说："现在我们发现他两个秘密了。他和'七巨人'有组织犯罪集团的人有关，而且他在很早之前就认识奥克斯利了。看起来是在我去见过奥克斯利之后，莱奇科夫跟卡斯托见了一面，然后又见了奥列格和另外一个'七巨人'的成员，并命令他们去杀死奥克斯利。"

克拉克说："瑞安，我希望你能答应我，现在是你回美国的最好时机。"

瑞安没有答应。"我在伦敦还有任务没有完成，完成之后我还想和亚瑟·加尔布雷斯见一面。他可能会把更多线索串联起来。"

克拉克没说话。

为了支撑自己的观点，杰克继续说道："约翰，我会在斯坦斯特等你们，飞机降落后我们再一起飞去爱丁堡。是去爱丁堡，而不是基辅，或者莫斯科。另外我会一直把丁、山姆和多姆带在身边，艾黛拉负责照看飞机和奥克斯利。我想做的不过是和一个亿万富翁喝喝茶，让他回忆回忆往事，能遇上什么麻烦呢？"

克拉克叹了口气说："我猜我们快要查出真相了。"

Chapter 71
坚持调查

30 年前

在与军情六处反情报部的尼克·伊斯汀争论之后,杰克·瑞安离开了英国大使馆,搭乘出租车去了柏林郊区的策伦多夫区。策伦多夫区是美国驻柏林的军事指挥部——柏林旅的驻地,位于克雷街的大楼是柏林旅的指挥部,美国驻柏林事务处。

美国驻柏林事务处基本上是美国驻德最高办事处,因为在柏林没有美国的大使馆。

毫无疑问,中情局在西柏林有很多秘密据点,当然在柏林事务处背后的据点是最安全且条件配备最好最完善的。

瑞安选了这个地方与兰利联系。

瑞安来到事务处位于克雷街的大门前,站岗的美国军人对他进行了搜身,并打电话确认了他的身份。不一会儿他从侧门进了柏林事务处的大门,走在绿树成荫的夹道上。进入事务处后他又向一个男人报告了一次他的名字,再次搜身后才被护送到事务处大楼背后的一栋独立的建筑里。

这里是中情局的一处秘密基地,没过多久瑞安就确立了自己的资格,获得了一间装有安全电话的小办公室。

瑞安花了几分钟调试电话,第一通电话他打给了凯茜工作的哈默史密斯医院。当一名前台接待员接起电话时,他非常失望。接待员告诉他,他的妻子正在做手术,所以他只是留言说自己一切都好,并会尽量在晚上再打一次电话。

然后他拨通了巴兹尔·查尔斯顿爵士位于世纪大厦办公室的电话,但是巴兹尔爵士也没有接电话。查尔斯顿的秘书告诉杰克,巴兹尔爵士正在接听一通来自美国的电话,事后他会立即给他回电话。

杰克在办公室等了一个小时左右,下午四点,巴兹尔爵士给他回了电话。

"我听尼克说了后来发生的事。"巴兹尔说。

"在这一点上我和伊斯汀没有达成共识,或者说很多方面我们的意见都不同。"

"我大概了解了。杰克,你必须明白,反情报部的工作性质让他们与我们有点不同。我用'Football'(美式足球)作类比,希望你能明白。"

杰克回答道:"我想你说的是'Soccer'(英式足球)。"

"是的,你在这里也用'Soccer'表示足球,是吗?总之,我们是情报人员,是进攻型球员。我们寻找对手的球门,然后进攻,把我们的球门留给其他球员守护。从另一方面来说,反情报部门就是捍卫者,他们是训练有素的守门员。他们反对我们满场跑,留他们独自面对对手,他们把我们的行动当成风险。而有时候我们这些进攻者也并不欣赏防卫者的战术,但是一个好的球队两种类型的队员都需要。"

瑞安说:"我希望你能允许我进攻,'晨星'或许已经死了,但是我们还需要进一步调查楚格储蓄银行的账户。"

"今天下午我已经和贾奇·穆尔以及格里尔上将谈过了。我同意授予你查看'晨星'的文件以及彭赖特初步的调查报告的权限,但是一旦有所发现,你需要立即与我们共享。"

听到巴兹尔爵士这么说,瑞安松了一口气。"当然,我会的。"

"你会回伦敦吗?"

"我想留在这里看能不能有所发现。"

"我猜到了你会这么说。我会让英国领事馆的同事把你需要的东西给你送去。同时,在你翻看档案时,他会在那里待命,向你解释我们的协议。"

"我会马上在这里投入工作,一旦有所发现我给你打电话。"

一个小时后,瑞安在柏林事务处的大厅会见了当地军情六处的职员。这名自称迈尔斯的中年男子有着方形的下巴和壮硕的肌肉,他的肩膀挺得笔直,杰克一眼就看出来这名男子是军方人员,他可能刚为军情六处工作不到十分钟。他拿着一个公文包,杰克要的文件应该就放在里面。杰克伸手去接公文包,但迈尔斯先生把手抬高了几英寸,原来公文包是直接铐在他手腕上的。

"在我把公文包交给你之前,我们先聊一会儿,好吗,先生?"

"当然。"杰克说。美国的分析师这才明白外勤时传递秘密文件的程序可与在世纪大厦的办公桌前传递文件的程序不一样。

瑞安和迈尔斯走到咖啡厅。当他们坐到桌前,年轻的英国男人让杰克签了几份承诺自己不会窃取、复印或销毁档案里的任何文件的表格。瑞安老老实实签了字,他甚至觉得如果自己胆敢做任何破坏档案的事,这名英国军情六处的职员很可能会拿起一把椅子砸向自己的头。

这个家伙是最近这段时间瑞安在欧洲见过的最严肃的英国人，瑞安不得不承认派迈尔斯先生来给自己送档案达到了对方预期的效果。瑞安告诉自己最好连一滴污渍都不要弄到档案上，因为他可不希望让自己对面这个男人生气。

片刻之后，迈尔斯坐在咖啡厅的桌前喝着咖啡抽着烟，而杰克则返回了他借来的小办公室查阅关于"晨星"的文件。

瑞安发现大部分档案都是笔记形式的档案，其中一部分是戴维·彭赖特亲手写的，其他的则是尼克·伊斯汀以及他的手下写的关于彭赖特死亡的调查报告。

目前所有的档案中，瑞安对在楚格安全屋的保险箱里发现的楚格储蓄银行内部的账户转账记录最为好奇。初看这些文件似乎没有什么值得细查的，只是一列一列的编号账户，另外一列瑞安猜测是由瑞士法郎代表的数值。

档案上夹着一张纸，上面用英文翻译了几句话。

这份打印的账户转账记录似乎对整个案件起不到什么至关重要的作用。如果克格勃或其他俄罗斯人利用楚格储蓄银行转移他们的资金，那么这笔钱转入可疑的俄罗斯账户的银行转账记录就尤为重要，因为这些钱可以通过楚格储蓄银行的这个账户转入全世界的任何银行。这类交易记录可以帮助军情六处和中情局跟踪这些钱的去向。

但是这些内部的账户转账记录对瑞安来说似乎并不十分有用。他熟知银行的运作方式，许多账户持有人在同一家银行有多个账户，他们会在自己的账户之间进行例行的转账。一些账户可能用来绑定证券投资，而另一个账户又可能用于支付账户所有人的商业需求。

另一个问题是这些内部的账户转账记录对于瑞安来说似乎难以辨认，彭赖特还给了瑞安一份银行的客户清单，但客户清单并没有和编号账户对应起来。

不，如果楚格储蓄银行内部的转账记录并不重要，那么为什么银行经理将这些内部的转账记录交给英国特工的当晚特工就被杀了，而两天后银行经理自己也遇害了。这只能说明这些内部的转账记录值得进一步细查。

这些内部的转账记录一共有122页，似乎是近一个月的所有记录。瑞安查看记录上的交易日期。

托拜厄斯·加布雷尔在五天前被杀，瑞安的手指迅速指向交易日期，翻了一页又一页，最终他找到了五天前的交易记录。

他开始查看这些编号账户和它们的内部转账记录，寻找同一账户多次转账的记录。然而这类账户有几十个，所以很快他又开始查看那些转账金额巨大的或向单个账户转账多次的账户。

他用一个笔记本计算每个可疑账户的转账金额。这个过程缓慢、费力且枯燥无味，不过半个小时之后,他开始把重点转向两个特定的编号账户。从托拜厄斯·加布雷尔死亡的前一天开始,编号 62775.001 的账户连续三天多次向编号 48235.003 的账户进行大金额的转账。

瑞安花了两个多小时来完成这项工作。总之,从托拜厄斯·加布雷尔死亡的前一天开始,一共有 704 项内部转账资金。其中 12 项来自那个大约有 2 亿美元存款的账户,克格勃的人曾经向银行经理询问过这个账户。这 12 项转账记录加起来总的转账金额达到 4.61 亿瑞士法郎。杰克拿起桌上的一份财经报纸,查看了汇率,然后拿起计算器,输入了一些数字。

12 次转账一共的转账金额为 2.04 亿美元。而彭赖特曾经说过克格勃的人调查的那个的账户的存款也正好是这个数字。

纵观这 704 项转账记录,其他账户的转账金额还不到 62775.001 账户转账金额的十分之一。

杰克很确定这个账户就是那个有问题的账户,账户里的资金全部被转移到了同一家银行的另一个账户里。杰克不清楚这一切是代表第一个账户的持有人想隐藏自己的资金还是代表他在向其他同样在楚格储蓄银行拥有编号账户的实体完成某种支付。

不管怎样,杰克知道找出 48235.003 这个编号账户的持有人,找到 2.04 亿美元的接受者至关重要。

杰克把楚格储蓄银行内部的转账记录放到一边,又花了一个小时的时间来阅读"晨星"以及彭赖特死亡的调查报告。报告里有太多无用的数据,如马库斯·威泽尔与戴维·彭赖特的会面地点、时间,建立死信箱的协议,在事发区域出现的车辆品牌以及型号。从这些数据里瑞安并没有掌握更多有用信息。

但是他也的确发现了一些他感兴趣的信息。托拜厄斯·加布雷尔死亡的前三天,彭赖特向马库斯·威泽尔施压,让马库斯·威泽尔提供更多关于 2.04 亿美元账户持有人的信息。因此,"晨星"曾单独和托拜厄斯·加布雷尔在楚格湖旁边的公园会面,直接与托拜厄斯·加布雷尔谈论此事。

杰克怀疑托拜厄斯·加布雷尔、马库斯·威泽尔以及戴维·彭赖特的死都与这次会面有关。或许是因为加布雷尔发现威泽尔在打探 2.04 亿美元账户的信息,所以他可能警告了俄罗斯人有银行经理在询问这个账户。

然后,这个账户持有人决定把这笔钱转移到安全的地方,并杀掉询问该账户的威泽尔以及账户管理人加布雷尔。然后或许这些俄罗斯人还杀了负责调查他们的英国特工。

瑞安有些疲惫地揉了揉眼睛。

晚上九点,杰克给巴兹尔爵士位于伦敦贝尔格莱维亚区的家里打了电话。"我不知道我发现了什么,但至少我们有一个可以开始着手调查的地方。"

"哪里?"

"首先,我要感谢你批准我查看这些档案。"

"不用谢。"

杰克说:"我们需要深入挖掘新发现的编号账户 48235.003。如果我们能找到这个账户的持有人,我们就能继续监视这笔资金。"

查尔斯顿说:"杰克,你的工作能力一如既往地让人印象深刻,但恐怕这次我们不能满足你的需求。继续挖掘新的编号账户意味着我们需要在楚格储蓄银行再找一名内线,这绝不可能,像'晨星'这样的内线是可遇而不可求的。"

"我们必须去一次楚格储蓄银行,要么是军情六处要么是兰利,我们可以向他们施压。"

"如果不通过瑞士法律系统,向瑞士的银行施压的计划不会成功,即使最后我们获得了查看这些账户信息的权限,那也需要好几个月的时间。而账户持有人只需要几天或几小时的时间就能将账户里的资金全部转移。"

"抱歉,杰克。我们曾经有过内线,但是我们失去了他,同时这也意味着我们失去了他提供给我们的权限。"

杰克知道巴兹尔爵士的分析是正确的。"晨星"之所以能成为消息源是因为他本人的人身安全受到了威胁,他愿意帮助英国。任何从瑞士储蓄银行获取账户信息的尝试都需要花费很长的时间,而俄罗斯人随时都可以把他们的钱转出银行。

瑞安过去几个小时的工作似乎只是浪费时间,发现的情报不能立即投入使用。

瑞安十分沮丧,他告诉查尔斯顿他明天飞回英国,并祝查尔斯顿晚安。然后他收起所有文件,离开了办公室。

军情六处的迈尔斯先生还在咖啡厅等他,他将档案交还给迈尔斯先生。对方仔细地检查着每份档案的每一页,然后将所有档案放进公文包。他把公文包铐在自己手腕上,向瑞安道了一声晚安后离开了。

尚未离开中情局办公楼的职员给瑞安提供了一间房间供瑞安住宿,房间在柏林旅的军营旁边,但是他们告诉瑞安今晚没有热水,而且晚上餐厅也关门了。

杰克已经不再是一名海军陆战队队员了,他对艰苦的条件不感兴趣,他现在最想做的事就是吃一餐热饭、洗一个热水澡。他拿起自己的行李箱走出柏林办事处的大门,拦下了一辆出租车。出租车司机不太会讲英语,但他明白杰克的意思是想去酒店。

"什么酒店?"出租车司机问。

这是一个相当合乎常理的问题,但瑞安没有答案。他根本不了解柏林,所以他回忆着昨天晚上去过的地方。他说:"西丁区?西丁区有什么酒店吗?"

出租车司机抬头从后视镜看了瑞安一眼，然后他耸了耸肩说："明白。"

十五分钟后，瑞安下了出租车，来到卢森堡格街的一家可以俯瞰整个利奥波特广场的连锁酒店前。利奥波特广场周围的建筑物都是在第二次世界大战后修建的，因为该地区曾在二战中被夷为平地。杰克预付了一晚的房费，走进房间后，他本想给凯茜打电话，但这才意识到自己正在挨饿。他连外套和围巾都没有脱就又返回了大厅，他从大厅的前台取了一张地图，又从门卫那里借了一把伞，然后他走进了寒冷的夜雨中，为了寻找一份快餐和一杯啤酒。

Chapter 72
对　质

现在

　　桑迪·拉蒙特住在伦敦附近的塔丘，他的公寓位于九楼，从这里可以看到雄伟壮丽的伦敦塔和宁静优美的泰晤士河。桑迪的公寓附近有很多酒吧和餐厅，作为单身汉，桑迪喜欢呼朋引伴在酒吧度过漫长的夜晚。今天也不例外，他与往常一样，打算和女伴在酒吧度过今晚。

　　同样，和往常一样，桑迪独自离开聚会。午夜，他走进公寓大楼，走向空荡荡的电梯间。

　　一分钟后，他进入自己的公寓，把钥匙扔在玄关的桌子上，然后把外套挂在门边的架子上。他打开电视机，坐在沙发上，看着体育频道。

　　当他仔细观看足球赛的比分时，忽然看到客厅的一个角落里闪过一道光，他猛地从沙发上跳了起来。

　　桑迪看见一个男人坐在窗边，正看着窗外的街道。很明显他是从厨房进来的。

　　"天哪！"拉蒙特惊讶地喊道。

　　英国人拉蒙特俯身向前看了看，他的手放在怦怦直跳的心脏上说："瑞安？"

　　小杰克·瑞安看着窗外，终于，他说："我也许犯了一个错误。"

　　拉蒙特需要时间来克服公寓被闯入带给他的震惊，过了一会儿，他说："我保证你是在犯错误！你在这里做什么？"

　　"我的意思是或许我不应该错误地相信你。"

　　"见鬼，你是怎么进入我的公寓的？你撬开了大门的锁吗？"

　　"我没有，他撬了。"瑞安抬了抬下巴，向拉蒙特示意房间对面的角落。拉蒙特勉强分辨出对面黑暗的角落里有一个高大魁梧的男人的黑影。

　　"那……那又是谁？"

瑞安仿佛没有听见拉蒙特的问话般，他继续说："我不应该信任你，但在圣约翰时，我可以从你的脸上看出来，你分明不知道我们处在危险之中。"

"你在说什么？"

"如果你知道有人跟踪我们，你的反应不会是那样的。即使是你劝我放弃调查俄罗斯天然气工业股份公司，那也是在卡斯托给你压力之后。一开始你和我还是同心协力的，不是吗？"

"你吓到我了，杰克。要么你告诉我到底发生了什么，不然我就报警了。"

这时角落里那个高大的男人用沙哑的声音说："伙计，你没有机会接近你的电话。"

杰克走向桑迪，坐在他旁边。"我相信你。"杰克喃喃自语，几乎是在对自己说这一番话。"我不相信你参与了卡斯托的所作所为。"

"卡斯托？卡斯托做了什么？"

"休·卡斯托为俄罗斯人工作。"

桑迪笑了，似乎有些紧张，但在杰克看来他似乎更多的是迷惑和不解，而不是欺骗。

"胡扯！"

"想想卡斯托＆博伊尔公司发生的一切，我们都是克里姆林宫用来打击摧毁它的敌人的武器。所有的成功案例都是针对反对沃洛金的寡头的案例。而所有针对西罗维基派控股的公司案件，进展都很慢，最后还不了了之，就像加尔布雷斯的案子一样。"

"这太荒谬了，我们赢过针对西罗维基派成员的案子。"

"我自己调查了。针对西罗维基派的案子，我们只赢过唯一的一次。"

拉蒙特思索了片刻，然后他摇着头说："你疯了，杰克。"

杰克看着窗外夜色中宁静的泰晤士河说："卡斯托在他家见了一个名叫莱奇科夫的俄罗斯男人。"

"好的，可那又怎样呢？他认识很多俄罗斯人。"

"你认识莱奇科夫吗？"

"不认识，他是谁？"

"我们认为他是'七巨人'的代理人。他派了一些暴徒跟踪攻击我，还派了一些杀手去杀他。"杰克指了指奥克斯利。

拉蒙特似乎很震惊。"为什么？"

"奥克斯利曾经是军情五处的特工，卡斯托是他的上级。我去了科比镇见奥克斯利，然后一切都变了。跟踪攻击我的俄罗斯人也开始攻击奥克斯利。"

拉蒙特和自己屋里的两个男人面面相觑。"是的，新闻里说科比镇发生了一起谋杀案。"

瑞安说："不是谋杀，是正当防卫。"

Chapter 72

桑迪·拉蒙特身体前倾，杰克还以为他要呕吐，结果他咕哝一些杰克听不懂的话。

"什么？"

桑迪大声地重复道："纳萨诺夫。"

"纳萨诺夫怎么了？"

"当你将目标瞄准德米特里·纳萨诺夫时，休非常紧张。为了阻止你继续调查俄罗斯天然气工业股份公司，他想解雇你，我警告过你两次。因为我没有阻止你，他还想解雇我。"

"为什么？"

"我不知道。他告诉你他从军情六处得知德米特里·纳萨诺夫是俄罗斯联邦安全局的人，但那并不是真的，我看得出来他一听到这个名字就立即知道纳萨诺夫是谁。我曾怀疑他认识这个男人，从他的反应我可以看出这后面一定有猫腻，但具体是什么我也毫无头绪。"

瑞安说："所以说卡斯托是认识纳萨诺夫的。克里姆林宫为什么要将数十亿美元交给'七巨人'呢？"

桑迪说："我不知道。"

房间里安静了一会儿，然后杰克说："我要去和卡斯托谈谈。"

"为什么不直接找警察呢？"

"我不需要他被捕，我想要答案。"

桑迪说："卡斯托下午离开了伦敦。"

"他去了哪里？"

"我不知道，他的资产遍布全世界，他可以去任何地方。"

该死，杰克心想。如果卡斯托是在得知自己和奥克斯利逃脱之后才离开伦敦的，那么很可能他参与了整个案件。

瑞安和奥克斯利留下震惊的桑迪·拉蒙特，驾车到伦敦斯坦斯特机场。在那里亨德利集团的湾流 G550 公务机正在等他们。当飞机大门打开，艾黛拉·谢尔曼走下舷梯，她看见停机坪的汽车边上站着两个男人。

杰克看见她的手在背后轻轻地移动，他知道她背后的枪套里有一把手枪。

杰克举起双手说："艾黛拉，是我，杰克。"

艾黛拉有些惊讶，然后她放松了警惕。"抱歉，杰克。你变了，是吧？"

杰克笑了，他很高兴自己的改变如此明显。

丁、多姆和山姆走下飞机，他们每人都摸了摸瑞安的短发，扯了扯他的胡子，评论着瑞安过去几个月锻炼出来的肌肉。

登上飞机时，瑞安感受到了前所未有的轻松感，回到自己的同伴身边给了他新的动力。他依次给丁、多姆、山姆以及艾黛拉一个大大的拥抱。

虽然并不太清楚奥克斯利是谁，但亨德利集团的成员分别向奥克斯利介绍了他们自己。而奥克斯利坐在价值2 500万美元的湾流公务机上，身边还围着一群似乎是某个特别行动小组成员的美国佬，这一切让他有些茫然不知所措，更让他困惑的是美国总统的儿子似乎还和这群人是久违的同事。

艾黛拉问杰克他想去哪里，她解释说他们的燃料足够飞往法国、比利时，但如果瑞安想去更远的地方，他们就需要加油。如果他准备回美国，他们还需要获得起飞许可。

瑞安告诉艾黛拉他想去爱丁堡。既然卡斯托跑了，那么他就需要用其他方式找答案。他要去见加尔布雷斯。

十五分钟后，他们起飞了。

Chapter 73

指挥作战

单看敌人的损失，可以说这两天的"焚毯"行动非常成功。战区内部署了 12 支英美联合特别行动队，此外还派出了八架装备了镭射激光瞄准器的侦察直升机，可以直接链接到乌克兰空军武装。另外还有一架基奥瓦勇士直升机和四架"死神"无人机已摧毁了敌军 109 架装甲车和武器装备，其中包括了 30 辆俄式 T-90 主战坦克和两架重型 BM-30 龙卷风式火箭炮。

这个数字几乎是乌克兰军队摧毁目标数量的一半，而美军投入的战斗力还不到乌克兰军队的百分之一。

虽然俄罗斯人入侵的第二天就占领了克里米亚半岛，但在夺取边境的卢甘斯克和顿涅茨克两州之后不到两天的时间里，他们在西部前线的损失就一直在扩大，而且由于今晚恶劣的天气延阻了俄军绝大部分的直升机前进，他们的进程停滞不前。受恶劣天气影响的还有俄军的喷气机部队，因为大多数武器使用的是普通炮弹和非制导式火箭弹，所以在视线不好的情况下很难形成有效打击。

但其实英美联军也损失惨重。四架用来运输地面部队的美式 MH-6"小鸟"直升机、一架黑鹰直升机和一架基奥瓦勇士直升机不是遭到损坏就是被击落，另外还有其他五架不同型号的直升机被摧毁。

共计有 9 名美军战士和两名英国第 22 特别空勤团的特种兵牺牲，20 名战士受伤。

自开战以来，位于切尔卡斯基陆军基地的联合作战指挥中心一直在 24 小时连轴转。基地遭到了炸弹袭击，不过美国人都躲在一个坚固的地堡里，其坚固程度足以抵御最大型的"地堡终结者"导弹或核武器的攻击。而且炸弹爆炸的地方离地堡的距离较远，弥达斯倒也没有过于担心。

虽然今晚敌军暂时被延阻了，但接下来的三天可都是好天气。而且大家也都心知肚明，俄军终究会继续向西推进的。

有些人曾希望俄军在占领克里米亚后斗志会有所减弱，可目前美国国防和情报部门没有发现任何一丝类似的迹象。

俄军就要来了，似乎他们计划一直朝着基辅的方向挺进。

弥达斯知道此地不宜久留，联合作战指挥中心里甚至有人要求立即将联合作战指挥中心向西撤离，不过弥达斯很快平息了这场风波。在过去的两天里，所有派出的前线部队已经败退数次，可他们依然在东部10英里（16公里）之外。弥达斯决定，除非因情报错误而出问题，或前线部队真的节节败退到最终的防线，联合作战指挥中心才能撤离。

尽管已经明显地延阻了俄军的攻击，但巴里·杰科夫斯基少校心里依然觉得不安，所以他决定天黑之后开始改变战略。扫荡过克里米亚后，俄军必定会向着基辅的方向集结推进，在此之前，英美联军需要掩蔽，所以他得减小每支队伍的规模。他就地将12支行动队分成了18支，其中几支三角洲侦察队会向靠近白俄罗斯边境的两个新阵地挺进，同时还将人数较多的A队拆分成了5到7人的行动小组。

到目前为止，弥达斯的部队还没有浪费什么进攻火力，因为在战场上他们并没有使用自己的枪支弹药去消灭敌人。但弥达斯知道，省下来的这些枪支弹药恐怕都要用到袭击中的自卫上面了。

弥达斯已告知所有行动小组，尽可能地轻装上阵，灵活应变，要化劣势为优势。

弥达斯原本打算在联合作战指挥中心的空铺上眯45分钟，不过现在他又回到了岗位上，与战士们一起盯着一排排电脑屏。另一边的墙上，有一面和普通家用平板电视差不多大小的监视器，每名战术行动组的成员都可以坐在自己的位置上，用激光笔在屏幕上调出自己需要的地形图。

一名操作员正在与代号科奇斯的第5特种部队侦察小组通话，接着朝弥达斯喊道："报告长官，科奇斯发现一长列俄式T-90主战坦克已到达乌克兰T-72坦克防卫部队的背后，他们正绕过科奇斯的位置，驶出M-50高速公路。乌克兰军现在没有其他地面武装可以对抗这支坦克部队。"

"让我看看它们现在到哪儿了。"

操作员用激光笔将实时画面调到他的电脑屏幕上，并把画面拉近以便弥达斯能看清楚。

"见鬼。这支坦克部队离切尔卡斯基太近了，不是吗？"

"嗯，而且它们还有不明数量的专属空中武装作近距离空中支援（CAS）。可能在晚上，尤其是这种天气下他们观察不到它，但科奇斯估计它们明早就会到达距联合作战指挥中心20英里（32公里）范围以内。"

"敌人的武装力量如何？"

"与乌克兰T-72坦克部队交战后，科奇斯发现他们的武装力量有15辆T-90主战坦克、四十余辆装甲运输车、龙卷风式火箭炮（MLRV），此外还有部分辅助车辆。"

"科奇斯昨天损失了两名队员。"弥达斯自言自语地说，不过操作员却误以为他是在问自己。

"是的，长官。他们领队的上尉阵亡了，而且还有一支队伍在直升机首次降落时遇到抵抗，损失惨重。那边目前有四支连队。"

"但他们的激光指示器还能用吧？"

"能用。不过为了追踪新来的这股敌军，他们必须撤出掩体，向西南进军。他们得从 M-50 公路线上撤下来，鬼知道那条路上还有什么在等着他们。"

弥达斯遇到难题了。从白俄罗斯边境一直到克里米亚，他就只有 18 支队伍，而他们要应付的是俄军可能从 35 个方向发起的攻击，他们不可能阻止得了全部的敌人。另外，虽然乌克兰军也已经到达战场，可考虑到他们少得可怜的武器装备和稀松的训练，乌克兰方面根本是在以卵击石。

弥达斯需要一支队伍来完成激光瞄准任务。他低头看着操作员说："你试试跟乌克兰特种部队联系，看他们能不能派出人来？"

"没用，长官。"

上级明确指示过弥达斯，不准调用基地里的游骑兵参与前线作战。可目前没足够的人手来保卫美军的直升机和联合作战指挥中心，也无法派出人手完成激光瞄准任务。

弥达斯沉思了一会儿说："好吧。派出黑狼26基奥瓦勇士直升机和附近的所有'死神'无人机。"

"可那也没有足够的地狱火导弹来阻止此次袭击。"

"我知道。我只是让他们今晚突袭敌军，争取延阻对方，好腾出点时间来让该死的乌克兰军在明天一早前完成集结，再多弄些坦克过来。"

"明白了，长官。"操作员说着拿起了对讲机。

Chapter 74

拜访加尔布雷斯

亚瑟·加尔布雷斯过得并不愉快。

过去的几个月里，瑞安对这位年届 70 的苏格兰亿万富翁有了一些了解，虽然他名下的公司在俄罗斯不幸损失了上百亿美元，不过那都是账面上的数目，他还有 50 亿美元的个人净资产。他的石油帝国从北海一直延续到尼日利亚。

加尔布雷斯在俄罗斯的损失并没有让他无家可归，他主要的住处是位于朱尼伯格林郊外的一座经修缮后保留下来的 18 世纪的城堡。他在欧洲各地拥有大量房产，另外还有不少私人游艇、直升机，包括两架欧洲直升机公司最先进的直升机。

但是，从在朱尼伯格林城堡的私人办公室见到加尔布雷斯的那一刻起，瑞安就明显感觉到了财富并没有带给加尔布雷斯多少快乐。

除了觉得加尔布雷斯性情乖僻、为人多疑之外，瑞安并不能从他的举止中对他有更多了解。杰克还没告诉这位富豪他带来的坏消息。

今天早上瑞安才提出要会面的请求，没想到加尔布雷斯立即就同意了。瑞安也提出要他们慎重考虑，因为这次会面他不希望有外人参加。杰克只身一人来到这里，山姆和多姆租了辆车把他送到大门口就走了，不过他们的车一直在这条街上闲逛，时刻关注着门口的动静。

杰克本以为会有一队彪形大汉保护这位富豪，毕竟他的身价富可敌国，但实际上门口只有两名穿着制服的保安。车道上一名保安开着高尔夫球车来接他，到了楼里又有一名衣着整齐的男人将他带到了加尔布雷斯的书房，瑞安心想这个男人衣服下或许藏着什么武器。

加尔布雷斯养的狗都是威尔士柯基犬，而不是什么罗特韦尔犬、多伯曼短尾狗或者德国牧羊犬。瑞安想或许是这位考虑使用合法手段对抗俄罗斯政府的苏格兰商人想多一种手段来保证自己的人身安全。

杰克发现加尔布雷斯有很多古怪的地方。他进来后对方甚至连一杯咖啡或茶水都没有端来，这应该不是城堡里该有的待客之道吧。另外，在加尔布雷斯进来的时候，杰克惊讶地发现这位富豪竟然穿着一件纯白色 T 恤和一条褪了色的蓝色牛仔裤，看起来就像一位汽修工人。

加尔布雷斯就像没看到瑞安伸出的手一样，径直经过瑞安身边，坐到自己的办公桌后面。他把胳膊肘往桌上一放，问道："你想谈些什么呢？"

这家伙估计不知道瑞安是美国总统的儿子，或者他根本就不在乎。对瑞安来说对方没有和自己握手倒也没什么，瑞安也不怎么在意他的打扮，不过他的体味着实让人难以忍受。

瑞安坐回椅子上说："加尔布雷斯先生，我已经跟您的秘书解释过，过去两个月，在卡斯托＆博伊尔公司我一直在负责您的案子。"

加尔布雷斯毫无反应。瑞安只好接着说："这件案子非常棘手，因为俄罗斯政府对您采取的非法突袭手段，使得现在几乎无法确定谁才是幕后主谋。"

"这个休·卡斯托半年前就告诉我了。"

"是的。不过我对此次参与您的资产拍卖会的几家公司进行了更深入的调查。在调查他们的一些其他交易时，我发现其中一家公司在拍卖您的俄罗斯能源公司时获益匪浅。"

这位 70 岁的老人愤怒地哼了一声说："这我已经知道了，是俄罗斯天然气工业股份公司。我花钱不是雇你来告诉我一些我已经知道的事情？"

杰克深吸了一口气说："不，先生。我要说的是另一家公司。这家小公司似乎是专门为了收取这次拍卖所得的资产而成立的。"

"一家空壳公司？"

"是的，我已经查到它的老板是谁。您认识一个叫德米特里·纳萨诺夫的人吗？"

加尔布雷斯摇了摇头问："他是谁？"

"我听说他在为俄罗斯联邦安全局工作。"

加尔布雷斯耸了耸肩，似乎一点也不意外。他说："他获得了多少收益？"

"加尔布雷斯先生，就我所知有 12 亿美金，一分不少全部归他了。"

听到这儿，加尔布雷斯身体前倾，将重心放到了桌子上。他说："休·卡斯托从没告诉过我这些，你又是怎么知道的？"

"这个说起来很复杂，而且我采用了一些……一些卡斯托＆博伊尔公司并不支持的特殊手段。"

"这就是为什么你来了这里，而不是你的老板来这儿的原因？"

杰克点了点头说："我已经查到纳萨诺夫通过欧洲的哪家银行替他在安提瓜的银行洗钱。"

"这家银行在什么地方？"

349

"瑞士楚格。"

加尔布雷斯立即说:"让我猜猜,楚格储蓄银行?"

这次轮到杰克吃惊了,要知道楚格可有上百家银行。"你猜得一点也没错。"

加尔布雷斯并没理会杰克的恭维,他说:"楚格储蓄银行有不少黑钱,肮脏发霉的臭钱!肮脏发霉的俄国佬的臭钱!"

杰克惊讶地抬起头说:"容我问一句,你是怎么知道的?"

苏格兰人耸了耸肩说:"那里也有苏格兰人的脏钱。"

"你在楚格储蓄银行也有账户?"

"无可奉告。没想到现在连躲着自己老板,偷偷溜进我这儿的小毛孩子也想着敲我一笔竹杠。"

"敲竹杠?敲什么竹杠?"

"我了解你这种人。像你这样的我见过上百个了……你说你叫什么来着?"

看来这家伙并不认识我。瑞安心里有些吃惊,不过倒也挺高兴的。他回答道:"杰克。"

加尔布雷斯冷笑着,愤怒地说:"好吧,杰克。让我来猜猜看。你的老板没有告诉我想知道的,然后你来了,一个充满渴望的年轻人,带着一个你认为对我的公司最好而又不会触碰我底线的故事。如果我把你剁碎了,再送给你的老板和公司,或许这样你能帮我挽回点损失。你到我这来到底图什么?电脑黑客吗?看看你,我觉得你就是个电脑黑客。你可以把我的钱偷回去或者在我和俄国匪徒之间扮演掮客。我唯一的损失就是付给你10%的回扣,存入你在英属维京群岛、卢森堡或者新加坡开的银行账户里,对吗?我说得没错吧?"说着他站了起来,准备结束这场谈话。

"听着,亚瑟。"杰克仍坐在自己的位子上,但他已经有些克制不住了。他说:"你的钱,我一分都不想要。就因为我知道你的这点破事儿,我昨天差点儿被一伙俄罗斯黑手党的暴徒干掉。我来这儿只是想搞清楚他们为什么要杀我。"

"杀你?真的吗?"亚瑟并不相信杰克说的话。

"你不看新闻吗?就在几个小时前,在伦敦北边的科比镇死了五个俄罗斯人。"

亚瑟·加尔布雷斯又坐了下来。

杰克接着说:"这些都与你有关。"

"你在说什么?"

"我对你的案子挖得太深了。我刚发现德米特里·纳萨诺夫跟你的这件案子有关,突然就有一伙来自'七巨人'组织的杀手想要阻止我,还想干掉我的一个线人。"

苏格兰石油大亨的语气缓和了些。"你说的都是真的?"

"恐怕是的。"

"为什么卡斯托没有告诉我这些？"

杰克决定对他说实话。"加尔布雷斯先生，我怀疑卡斯托很可能被纳萨诺夫收买了。"

亚瑟·加尔布雷斯盯着瑞安看了好长时间。杰克原以为加尔布雷斯可能不会相信自己说的话，但没想到他说："卡斯托就是个该死的骗子。"

杰克把手举了起来，想缓和一下自己对卡斯托的评论。"其实我也不太确定……"

亚瑟说道："我知道他在为一些有权势的俄罗斯人工作，只是没想到他在为抢我钱的那些俄罗斯人工作。他们想杀的线人是谁？"

"一名英国的老间谍。我还不清楚这件事是怎么和他扯上关系的，不过我想你应该能帮得上忙。"

"他叫什么名字？"

"奥克斯利。维克托·奥克斯利。"

"没听说过。"加尔布雷斯有些失望地说。

"上个世纪 80 年代他卷入了一件发生在瑞士的案子。信不信由你，这件案子跟楚格储蓄银行有关。"

"'天顶'事件，楚格储蓄银行的银行家被德国左翼分子杀害。"

"那只是传言，没有证实。"

"是的，我记得。那时我跟楚格储蓄银行有业务上的来往。"

"我来找你，就是希望你能帮我搞清楚凶手和窃取你财产的人之间有什么联系。奥克斯利和卡斯托之间是有关联的，那些想干掉奥克斯利的'七巨人'杀手在我调查你的案子时就一直在跟踪我。我不知道为什么。"

"小伙子，他们之间的联系就在俄罗斯人身上。"

"什么意思？"

亚瑟·加尔布雷斯按了桌上的一个按钮，对讲机里传来了一名女性的声音。

"什么事，先生？"

"给我来杯茶，再给我的新朋友来杯咖啡。"

"好的，先生。"

加尔布雷斯和瑞安移步到会客室，此时茶水和咖啡已经端过来了。咖啡帮了杰克一个大忙，因为过去的 24 小时他几乎没有睡觉，而且还不知道什么时候才能有机会休息。

从弄清楚瑞安来这儿不是为了谈交易的那一刻起，加尔布雷斯的态度就有了 180 度的转变。他甚至为自己不得体的衣着道歉，他向杰克解释自己一直在车库里鼓捣他的老爷车，因为他原以为来见自己的只是一个卑鄙的乳臭未干的分析师，所以他也懒得换衣服。

喝了两口茶后，加尔布雷斯开始讲述关于楚格储蓄银行的往事。杰克本想记下笔记，不过他没时间找纸笔，所以就只有认真听了。

加尔布雷斯说："托比·加布雷尔是死去的两名银行家之一，他是第一个被杀的。在他死前不久，他曾找到我的一个朋友，这个朋友在楚格储蓄银行也有一些资产。加布雷尔说他有位客户想购买我朋友存在银行里的硬资产。"

"什么硬资产？"

"黄金。不知道总价值有多少，不过这家伙可是把所有身家都投在黄金上了。最后这笔交易没做成，我忘了是什么原因。而就在第二天，托比立即又找到我说了同样的事。他说他有位客户遇到了麻烦。这位客户有一笔资金存在银行的编号账户里，不过他不再相信银行的系统了。他想尽快把自己账户里的资产转出来，可因为企业之间的一些纠纷，他又不能转到其他银行。托比话里话外透露过这些人是东欧人。如果我没记错的话，他并没提过他们是苏联人。当时我在北海有不少钻井，70年代石油价格飞涨时我赚了不少钱。而且我跟沙特其中一位年轻的王子也有合作，为了把我的业务拓展到中东，我准备了一些硬资产。"

"哪种硬资产？"

亚瑟耸了耸肩说："沙特王子非常喜欢黄金。我原以为他太不理智了，不过事实证明这是项很好的投资。不管怎么说，为了促成交易我也开始储备黄金。我在楚格储蓄银行存了几箱子的金条。"

"好吧。"杰克说。他意识到对方说的是某种形式的回扣，不过他从加尔布雷斯的声音里一点儿也没听出惭愧的意思。"加布雷尔是怎么说的？"

"托比说他在帮客户代理这件事。他说对方可以花大价钱买下我的黄金。老弟，我可有价值超过1亿美元的黄金。按照他开的价，如果我不答应我就是个大傻瓜。"

"接下来呢？"

加尔布雷斯端起茶杯，笑着说："事实证明我是个傻瓜，我没有答应。因为我知道，沙特的生意在之后几十年会为我带来源源不断的收益，所以我还是决定留下黄金，尽管对方的价钱十分诱人。但不幸的是这位沙特王子被他的兄弟们抓了起来，最后我一分钱也没挣到。"

"后来加布雷尔就被杀了？"

"嗯。然后就是威泽尔，这家银行的副总裁之一。我不太了解他。如你所知，大家都说是德国人干的，而且最后这件案子也不了了之。直到90年代初，一群俄国人拜访我之前，我对这个事件都所知甚少。"

"克格勃？"

"不，不。你想多了。这些家伙只是一群会计师。当时的俄罗斯正面临解体，他们在寻找一笔前克格勃特工从苏联国库里偷出来的神秘黑钱。他们很确定这笔钱是存在的，他们找到我是因为我曾在一些酒会等场合提起过楚格储蓄银行黄金交易的事。就这样把那群会计师给招来了。"说到这儿，亚瑟笑了起来。"我一直认为俄罗斯人绝对找不到这笔钱，因为克格勃的那群家伙换成了一批只会友好地问问题的好好先生。就我所知，克格勃能分分钟把他们当午餐吃掉，然后取而代之。"

"那你有从他们那里探听到关于那笔黑钱的消息吗？"

加尔布雷斯向前倾了倾身子说："没有。他们说的都是些明摆着的事实，例如他们认为在80年代杀死两位瑞士银行家的不是赤军团的人。反而我倒是弄清楚了，是克格勃的人偷了这笔钱，存到楚格储蓄银行的编号账户里，然后不知怎么被克格勃发现了这笔钱的存放地点。"

"你知道他们是怎么发现的吗？"

"不知道，不过我可以猜得出来。我敢打赌克格勃的人已经混入楚格储蓄银行了，而偷这笔钱的人还不知道，或者他们自以为比克格勃的人聪明。克格勃得到消息说有俄罗斯人往西方转移了大笔资金，所以他们要查个水落石出。当这笔钱的主人们知道后，就催着加布雷尔从银行的客户里找个人将这笔钱兑换成硬资产，然后他们好带着这笔钱跑路。"

杰克说："不过我们并不清楚他们是否找到了肯和他们做交易的人。"

"确实不知道，"加尔布雷斯微笑着说，"不过我怀疑有个人清楚。"

"谁？"

"休·卡斯托。事发时，我曾跟他提过有些东欧人想把钱从楚格储蓄银行转移出去的事。休和我在伊顿时就认识，虽算不上朋友，不过我倒是知道他在英国国家安全部门工作。在那些俄罗斯会计师找我问话之后，我也把这些信息告诉了他。他对调查克格勃失踪的钱很感兴趣，甚至要把我把楚格储蓄银行的董事长介绍给他认识。后来我发现卡斯托自己也成了楚格储蓄银行的客户。然后在接下来的几年里，他突然变得非常富有。九十年代，他开始跟解体后的俄罗斯方面合作，后来离开了军情五处，去了一家私人情报部门工作。我知道他在做情报交易，这也是为什么去年我的公司没了之后我会去直接找他的原因。我原以为他会利用内部关系帮我弄清楚是怎么回事。"

加尔布雷斯看着瑞安，叹气道："这个混蛋花着我的钱，却在护着他那些有权有势的朋友，不是吗？"

瑞安点点头说："现在看来，确实是这样。"

加尔布雷斯说："这家伙甚至还在楚格买了套房子，我猜就是为了看着他那些钱。"

"卡斯托在楚格有房子？"

"有啊。一座湖边小屋。我去他那里吃过几顿饭。"瑞安发现亚瑟·加尔布雷斯嘴角的肌肉因为生气明显绷紧了。"然后他还骗我说是俄罗斯天然气工业股份公司干的。你说他们到底给了他什么好处？"

瑞安承认他也不知道。

杰克说："加尔布雷斯先生，我得跟您实话实说。我不确定后面会发生什么，不过就算事情完结之后，您也不太可能从俄罗斯联邦安全局那里要回一分钱。"

加尔布雷斯说："我都忘了上次这么说是什么时候了，不过这次的事与钱无关。"

瑞安很高兴加尔布雷斯能明白他的意思。

加尔布雷斯说："年轻人，你是个有胆魄的分析师。"

杰克笑了，此刻他想起了自己的父亲。他说："我有几个帮手。"

"什么样的帮手？"

"在我背后帮我盯住俄罗斯人的帮手。"

加尔布雷斯问道："这些家伙不是卡斯托的人吧？"

"不是。为什么这么问？"

这位苏格兰富豪现在显得有些如坐针毡。"因为恐怕出了点状况。"

瑞安马上警觉了起来。"什么状况？"

"今天早上我给休打了个电话，问他你到爱丁堡来见我干什么。"

杰克埋怨道："我要求这次会面要谨慎一些，只能我们两个人参加，就是因为担心卡斯托会知道。"

加尔布雷斯举起手来说："现在都讲清楚了，不是吗？当时可没讲清楚。"

杰克没听明白他的意思，不过至少他知道他得赶紧离开这个是非之地。

他说："还有最后一个问题，你与他联系时，他使用的电话号码是多少？"

加尔布雷斯从口袋掏出手机，翻了翻通讯录，然后递给瑞安。"你想给他打电话？"

"不。有人能帮我利用他的手机找到他。"杰克看着亚瑟·加尔布雷斯说："到了此时此刻，我更想面对面地会会休·卡斯托。"

Chapter 75

玛塔·施洛宁现身

30 年前

从柏林的宾馆出来,中情局分析师杰克·瑞安走在寒冷的夜雨中,最终他找到一家在深夜十一点还开着的小餐馆,点了一份香肠和薯条外加一大杯比尔森啤酒。他挨着前窗坐下,一边享受他的晚餐一边看着外面阴沉的天气。几分钟后,他打开地图定位自己所在的位置,发现他此刻所在的位置离早上发生枪战的斯普恩格街只有几个街区的距离。

尽管离开餐馆时时间已经过了晚上十一点半了,但他还是决定穿过五条街区,去看看之前赤军团的人住的公寓。

用了不到十分钟他就到达了目的地,瑞安没想到这地方现在已经一片死寂了。昨天晚上他还以为是因为警察拉了警戒线,所以路口的行人和车辆都绕路走了,但没想到这里平时就是这个样子。除了偶尔慢慢开过的出租车,和一两个带着狗遛弯的退休老人,瑞安在斯普恩格街上再没有看到其他人。

等他走到十字路口时,雨也下大了。他发现楼前背对着他来的方向停着一辆警车。他看不清车里到底有没有人,不过发动机还开着。他推测应该是警局派来的警卫,防止有好事的人破坏案发现场。

杰克躲进斯普恩格街与特格勒街东北角的一个阴暗的过道里,在那儿他可以看到案发大楼的全景。

不出杰克的意料,汽车修理店的门是关着的。这座高大的砖楼里没有一点灯光,在一天前的枪战中被击碎的楼上的窗户也已被一些黑色发亮的东西遮了起来。

站在这里,杰克突然想进到公寓里去看看。虽然他很肯定德国联邦情报局的人已把所有有情报价值的东西都拿走了,但杰克还是想知道他们会不会遗漏掉一些细节,一些可以把玛塔·施洛宁——那个在瑞士被杀害的女孩儿——跟苏联人联系起来的东西。

瑞安不清楚他想找的是什么东西。瑞安不像他的警察老爸，罪案现场调查不是他的强项。所以在他心目中，像玛塔在红场的照片这样明显的东西，才能算得上是确凿的证据。

但这根本不可能。

就在杰克站在那里时，又有一辆警车开过来停在了先前那辆警车旁边。两辆车的司机摇下车窗，开始聊起天来。百步之外的杰克听不太清他们的声音，但他看到有火光闪动，估计是有人在抽烟。

杰克从过道里出来，穿过特格勒街，顺着这座砖楼向前走。他惊讶地发现昨晚自己用过的那个消防梯还在那里没有收走。只要他愿意，他就可以用伞柄的弯钩把梯子拉下来。

他确定街角的巡逻车看不到他的位置，而且车里的警察在忙着聊天。尽管没有事先计划，杰克还是决定通过消防梯翻到楼里去。他知道警察会在街角的几个地方巡逻，不过他估计接下来的几秒里他们根本不会离开他们温暖舒适的警车。

杰克并没有马上行动，他在继续往前走。虽然他打着伞，穿着雨衣，淋不到雨，但光是想到要再去探一探四楼的赤军团安全屋就已让他汗流浃背了。他一再告诫自己放弃这个想法，不过又再三宽慰自己，万一被警察逮到了，他也不会有任何麻烦。这些天他见过几个德国联邦情报局的官员，到时候就把他们的名字报出来，顶多也就是被德国人骂几句，与满足他再细查一次这间公寓的愿望相比，这根本算不了什么。

他边走边思考下一步的行动。沿街走了半个街区后，他停了下来，转身回头看了看消防楼梯，四下观察了附近的楼房，看有没有人发现自己。

没有人。

随后瑞安回到消防楼梯，用雨伞把楼梯轻轻拉了下来，悄悄地把雨伞扔到楼外面的两丛光秃秃的灌木丛中间，开始往上爬。

二楼的窗户在昨晚被打碎了，这也是瑞安跟埋伏在斯普恩格街东面两个街区之外的狙击手交火的地方。现在这扇窗户已用一块包了黑色塑料防水布的硬纸板盖住了。瑞安毫不费力地推开纸板爬了进去。他回头看了一眼外面被大雨席卷的空旷街道，然后又把纸板塞回了原位。

就这样，杰克进了大楼里。楼里如他预想的一样安静，而且走廊里比昨晚来的时候还要黑，没有一丝光线。

对黑暗的恐惧是人的本性，杰克对这里并不感到害怕，因为他很清楚楼里空无一人，而且外面还有警察守卫着。不过当他摸索着爬上通向三楼的楼梯时，他的心还是紧张得怦怦直跳。

相较大厅和楼梯间的漆黑，三楼因为四面都有窗户所以要亮一些。三楼的其中几扇窗户也被打碎了，现在被塑料板和硬纸板封了起来，不过还有好几块窗户玻璃是完好无损的。

Chapter 75

杰克轻松地穿过前面的艺术工作室，顺着楼梯来到阁楼的公寓。

杰克抓住机会进入赤军团的公寓。与下面两层楼的走廊一样，这里也伸手不见五指。还好他记得这里的窗户也都在昨晚的枪战中被击碎了。他推测把下面的窗户封起来的人肯定也把这里封了起来，所以他四下摸索了一番，直到在一张桌子上找到一盏台灯。他拉了一下灯绳，不出所料灯是坏的。

又花了一会儿功夫他才找到另一盏灯，还好这盏灯在昨晚的混战中幸存了下来。

杰克从靠墙的椅子上扯下一块垫子，将灯半遮起来，只留一点微光好看清周围的环境。

此刻，他一个人站在这里，客厅就显得更小了。十几名探员、突击队员和英国特工呆在这儿时这里还显得大一些。客厅里摆着一堆被打得稀烂的廉价家具，墙上也满是枪眼。在地上有个人形的轮廓，手脚分别伸向不同的方向，摆成一个"S"形。这是那个在客厅被杀的女人，今天下午杰克从报告里看到过她的名字，好像叫乌尔丽克。他还记得昨晚看到的她满身弹孔的尸体，旁边掉落了一把自动步枪。

现在，尸体和枪都已经没有了，不过她的轮廓线和一摊 4 英尺（1.2 米）来宽的血迹还留在那里。

他在屋子里站了一会儿，回想昨晚的情景。仿佛还能嗅到弹药的味道，感知到死亡的气息。

过了一会儿，他关掉灯，在过道里摸索着朝卧室走去。

玛塔·施洛宁的小房间看起来比过道还暗。他在墙上摸索了一会儿，想找到灯的开关。当发现一无所获时，他蹲了下来，向四下里摸索。他摸到一段电线，顺着电线摸过去，发现地上有盏灯，他摁下了灯的开关。这是盏蓝色的熔岩灯，很明显它本来是放在一个被玛塔用作茶几的折叠电视架上的。电视架侧倒在地上，旁边就是那盏灯。

杰克把灯捡起来，勉强当作手电筒使用。他看了看周围被打得乱七八糟的家具和墙上的弹孔。又看了看衣橱里的衣服，和梳妆台上被打碎的镜子。

这里太安静了，只能听见雨点打在遮窗板上的滴答声。

杰克借着手里微弱的蓝光观察着四周。这间屋子里没有死人，所以地上和墙上都没有血迹。不过杰克仍能感觉到它的死亡气息，因为前两天它的主人死在了几百英里外的瑞士南部。她留下的一些私人物品也会使人想起她，角落里有一篮子还没洗的衣物：一条破旧的毛巾、一条蓝色的牛仔裤、一件黑毛衣，还有普通的棕褐色文胸和内裤堆在上面。

杰克突然觉得这里有些不对劲。

虽然他十分清楚德国联邦情报局的人肯定已把这里都翻遍了，但杰克还是想自己再打探一番。现在他不会再去动她的衣服，翻看她的抽屉。

他意识到自己犯了个大错。他的调查已经到头了，冲动是魔鬼啊！

杰克重重地叹了口气。他的思绪在飞速旋转，开始思考他的同事是如何知道他深夜擅自探访案发现场的。难道他对巴兹尔爵士或者詹姆斯·格里尔提过今晚会偷偷到此吗？不可能，他告诉自己。这会让他显得莽撞冲动，毫无纪律可言。

他也不可能告诉凯茜。他告诫自己他只需要现在离开，这样的话或许对大家都好，对此事他一个字也不要……

杰克听到远处传来地板嘎吱嘎吱作响的声音。他将身体倾向客厅的方向仔细听了一会儿，声音还在继续，他这才意识到有人正朝公寓这边走来，这个声音就是来人踩在木楼梯上的脚步声。

杰克赶紧关掉熔岩灯，把它放到地上，然后退回到衣橱里，躲在挂起来的衣服背后。

该死，杰克自言自语道。来的人肯定是警察。他知道自己上来时没有被警察看到，也没弄出声音来。估计是从墙上的弹孔透出去的灯光，把警察给引来了。

脚步声慢慢地靠近，已进入了客厅。衣橱的门是开着的，杰克不敢把门拉上，怕会弄出声响。所以他只有尽可能地慢慢往里面靠，借用玛塔挂在衣橱里的衣服来挡住自己。如果警察只是路过这间屋子，随意用手电筒往里面看看，他还有机会不被对方发现，除非进到屋子里否则从门口是看不到衣橱的。

不过事情出乎杰克的意料，对方没有拿手电筒。杰克本以为会看到从大厅那边透来的光亮，但除了一片漆黑，什么也没看到。

对方也是摸黑进来的，这让瑞安有些困惑。他不知道外面的人是谁，不过他推测这个人也跟他一样，也不是光明正大进来的。

对方在玛塔·施洛宁的房间门口停了下来。此时，杰克半隐藏在衣橱里，离来人只有6英尺（1.8米）的距离。

一个身影进入了房间，就在他前面。虽然在黑暗中看不见东西，但他仍能清晰地感觉到他的存在。他在考虑要不要冲出去，出其不意地制伏对方。他的脑子在飞速运转，他怀疑来人可能就是一天前跟他和德国边防军第9反恐怖大队的队员交火的那名狙击手。

对方没有带武器，所以杰克决定最好还是先躲着。他屏住呼吸，一动不动地站着，尽可能地睁大眼睛寻找光亮，以便占据优势。

这时地上传来了一阵拖拽的声音，杰克知道这是熔岩灯在地上摩擦发出的声音。

坏了。杰克准备一旦灯光照过来他就跳出去。

突然整个房间里充满了微弱的蓝光，一个穿着宽大黑色连帽外套的身影跪在地上，然后又站了起来，背对着瑞安。瑞安握紧了右拳，他只需要快速移动两步就能进入攻击距离，但他很快发现对方朝着床铺走了过去。

对方现在正跪在床前，伸手在床底下摸索着什么。当听到一阵移动地板的声音时，杰克就知道这个人在做什么了。

摸索了一会儿后，那个人停了下来，好像是放弃了，把头垂在床上。不管对方是谁都明显是为了手提箱而来，而且对方应该也很清楚手提箱已被警察发现了。

杰克意识到自己必须先发制人了，对方正背对着他，而且还低着头跪在地上。

杰克迈出衣橱，蹑手蹑脚地穿过房间，以防被对方发觉。到了卧室中间他才猛地脚下发力，飞扑向那人。

那人发觉后，马上起身，转过身来。借着微弱的蓝光，杰克发现对方正在伸手摸口袋，掏出一个又黑又小的东西来。杰克没看清那是手枪还是匕首，不过这无关紧要。他抓住契机，盯住对方手里的武器继续向前冲了过去，并攥紧拳头做好准备。

听到弹簧刀绷簧声音的同时，他的面前寒光一闪。来人挥刀猛砍过来，瑞安右手的拳头也挥了出去。他的拳头打在了对方下巴上，非常漂亮的一记直拳，打得对方的头直往后仰。

刀子飞了出去，对方的身体也向后倒在了床上，昏了过去。

杰克感到前臂一阵疼痛，这才发现自己被弹簧刀刺伤了。光线太暗他看不清伤势严不严重，不过能感觉到夹克被划破了。他感觉伤势应该不太严重，不过疼得要命。他把手收回来，擦了擦指尖上的血迹。

他扯下围巾包扎自己的伤口时，忍不住疼得喊了句"王八蛋！"

瑞安花了好一会儿时间才把伤口包扎好，他的眼睛一直盯着面前那个倒在床上的人。他看不到对方的脸，于是向前走了几步，准备趴下身来仔细观察。他俯下身子，离得更近一点，脱掉外套上的帽子，拨开湿漉漉的头发，以便能看清对方的脸。

当看到对方的脸时，杰克吃惊地站了起来。

对方是个女的。

他低头看了看自己的拳头，刚才拼命击中她之后自己的指关节还一阵抽痛。"哦，我的天哪。"

足足过了五分钟，这名女子才醒过来。利用这段时间，杰克从角落的衣服筐子里找了一件文胸，把她的双手反绑在背后，靠着床把她放到地板上。杰克还顺便搜了一下她的身，没有发现其他武器，也没找到什么证件，只有一串钥匙和两小卷钱。她身上竟然同时带着东德马克和西德马克，瑞安觉得很有趣，不过更有意思的还在后面。

杰克坐在地板上，面对着她，借着熔岩灯的光亮，仔细端详她的相貌。光线太差了，她的头又向前低垂着，刚才被他击中的地方现在又红又紫。金色的刘海垂下来遮住了她的眼睛，很难看清她的长相，不过瑞安大概猜出她是谁了。

当她醒来，睁开双眼开始慢慢地四下打量这个房间时，杰克确定自己猜得没错。

他说:"如果你大声喊叫的话,我就堵住你的嘴。明白吗?"

她的呼吸加快了,看着杰克,眼睛里满是恐惧,眼泪顺着脸颊流了下来。

"你会说英语,是吗?"

过了一会儿,她问道:"你是谁?"她话语里的德国腔很浓,不过瑞安还是能听得懂。

借着微弱的蓝光杰克看着她,她湿漉漉的刘海贴在了前额上,他从她的眼睛里察觉到了深深的恐惧和疲惫。

杰克说:"你可以叫我约翰。我应该称呼你玛塔吧?玛塔·施洛宁。"

Chapter 76
清　白

30 年前

　　杰克不知道这是怎么回事，但坐在自己面前的就是那个在瑞士罗特克莱兹爆炸案中死去的赤军团成员玛塔·施洛宁。

　　"那不是我的名字。"她说。

　　此刻瑞安希望尼克·伊斯汀能在这里。这位反情报专员或许有些缺点，但不可否认他总有办法让人开口。

　　"你否认也没有用。"杰克边说边看屋子里是否还留有她的照片。但他没有找到照片，可能是被联邦情报局的人当做证物拿走了。

　　"死猪猡。"她骂道。然后她转过身去，看着远处的那面墙。"你是美国人？"

　　"对。"

　　"联邦调查局，还是中情局？"

　　"是不是应该我来问问题？"

　　她摇了摇头。"我不会回答你那该死的问题。你就是个混蛋。你们都是混蛋。你们以为瑞士那场爆炸案是我们搞的，但我告诉你不是。我们的人没有参与。你们这群该死的蠢猪白白杀了我们所有人。"

　　杰克摇了摇头。"不，不是白杀。你的朋友们被杀是因为你们是赤军团的人，在瑞士的爆炸案中有 14 个人被活活烧死，而我们在案发现场找到了你的证件。当德国边防军第 9 反恐怖大队特种部队的队员搜查这个地方时，有人从街对面你租的公寓朝这里开火。"

　　她抬起头来，刘海垂到了眼睛上，她把头发甩开说："你是什么意思？什么公寓？"

　　"你不是在斯普恩格街两个街区外租了一间公寓吗？"

　　"我为什么要那么做？"她嘲讽地说。不过杰克从她坚定的语气中判断出她没有说谎。

杰克绞尽脑汁。他说，"玛塔，我不认识你，但为了你好，我希望你能放聪明点，要知道你被算计了，你们整个组织都被算计了。"

这个德国姑娘抬起头，刘海又掉了下来，但这次她没有管它。"你相信我？你相信我没有杀任何人？"

"是的，我相信你。但到目前为止只有我一个人相信在这次事件中赤军团只是一枚棋子。一旦德国联邦情报局发现你还活着，你将成为德国的头号要犯。"

杰克原以为这姑娘又要哭了，不过她只是嘟囔了一句："你们都是该死的资产阶级的蠢猪。"

"拿着你证件的那个死在瑞士的女孩是谁？"

她没有回答。

"玛塔，没有人知道我现在在这儿。如果你不怕，我现在就可以下楼告诉外面的警察你在这儿。或者你可以给我透露一点儿消息，这样我们都能毫发无伤地溜走。"

玛塔嘴里咕哝了一句。

"你说什么？"

"英格丽德·伯奇。她的名字叫英格丽德·伯奇。"

"她是赤军团的人吗？"

玛塔摇了摇头，"她是东柏林亚历山大广场的一家酒吧的服务员。"

"东柏林？她是从东部来的？"

"是的。"

"她为什么用你的证件？"

"我给她的。一周前我去了东部。她说想到西部来几天。她需要身份证件。我们长得有点像，所以我就给她了。"

"你们是朋友？"

玛塔犹豫了一下，"是的，不过她给了我一点钱。她替我出到东部的钱，我把证件借给她，然后在那边等几天，直到她返回。"

"这是谁安排的？"

"没人。这只是她的主意。"

杰克有些不相信她说的话。"如果你没有证件的话，那你是怎么回来的？"

玛塔耸了耸肩，"总是有办法的。"

"什么办法？密道吗？"

"哈，密道？你个白痴。"

杰克没有继续问下去。他换了个问题，"为什么英格丽德没有用你的方法偷渡过来？"

玛塔愤怒地瞪着瑞安,就像一个左翼恐怖分子瞪着中情局特工那样,充满了伪善和智力上的蔑视。"她要去瑞士,去瑞士没有密道。"

杰克明白了玛塔的意思,英格丽德要借用她的证件先从西柏林到西德,然后再从西德去瑞士。

"那你知道她为什么要去瑞士吗?"

"她跟我说她男朋友在那边。"

"你觉得这是真的吗?"

"怎么不是?她还给我看了她男朋友送给她的项链,上面有很大一颗钻石。她甚至都舍不得戴,在东德可没几个姑娘戴得上钻石项链。"

"那你知道她男朋友的名字吗?"

"不知道。"

"你不是说你们是朋友吗?"杰克怀疑地问。他没受过审讯的训练。他怀疑自己好提问的本性让他显得有点操之过急。他正想换个温和点的方式提问,玛塔却自己开口了。

"英格丽德从没去过瑞士。她怎么可能跑去那里杀人放火呢?"她说,"这太疯狂了。"

"他们可以说她不是一个人行动的,还可以说有赤军团的人与她同谋,甚至也可以说是你干的。"

玛塔摇了摇头说:"英格丽德不是赤军团的人。另外,无论如何瑞士的银行家也不关我们的事呀?这里也有银行家,还有工厂主,北约也在这边。"她看着杰克,仍静静地坐在自己的小床上。"资本家的间谍们……也在这儿。"

"那床底下的手提箱是怎么回事?"

玛塔没说话。这次杰克替她回答了。

杰克说:"我是这么想的。我并不相信你为了点钱就把自己的证件借给一个女服务员。我认为你是接到了某人的命令才把证件给她的,而这个人把证据藏在了你的床底下。"

她笑了,不过是勉强装出来的笑容。"谁的命令?"

杰克耸了耸肩说:"可能是斯塔西?或者是克格勃?我不知道。我只知道你们的组织同时在为这两个机构卖命。不管是谁告诉你他们需要在这儿藏点东西,你肯定会把床底下的机关告诉他们。等你发现这里被袭击了,你才意识到自己被陷害了。"

她又摇了摇头。"典型的中情局式的谎言。"

瑞安按压住缠在前臂上的围巾,血流出来的地方已经湿了。他说:"听着,玛塔,不管是谁利用英格丽德这么做,都是因为他们找不到一名真正的赤军团成员去瑞士投放炸弹。他们利用了你的证件,然后移祸于你的组织。你的朋友已经为此而牺牲了。你应该很清楚你被算计了,因为你又回到这儿了,抱着一线希望,希望证据还在床底下。这样你就可以在你和你的左翼组织因此而蒙受更大的损失之前把这该死的证据拿出来。"

"我跟你没什么好说的了。"

"难道你不想全世界都知道赤军团与此次袭击瑞士的无辜平民无关吗？这可能是你们组织遇到的最糟糕的事情了。"

她没说话，只是摇头。

"你不想说话，那就听听怎么样？也许你不知道，你的朋友们都是因为钱而死的。所有这一切都因为一个银行账户。瑞士的一家银行的账户里有２亿美金。为了藏起这笔钱，必须有人要死，所以俄国佬决定利用你和你的朋友们当替罪羊。"

瑞安冲她笑了笑说："这都是因为钱，亲爱的。你所谓的理想，为争取权益而付出的斗争，所有这些屁话都跟该死的金钱利益有关。俄国佬想把钱藏起来，赤军团就充当了替人垫背的角色。"

杰克继续说道："他们都死了，玛塔。你所有的朋友，没人得以幸免，除了让你这么做的那个人。如果你要包庇他……"杰克用手指了指这间空旷的公寓。"那么你也得为他们的遭遇负责。"

听完杰克的话她毫不掩饰地哭了，眼泪一直滴到面前的地板上，不过她还是没有说话。

"你不想说，没关系，我尊重你的选择。我只是告诉你事实。如果你能再回答我一个问题，我就放了你，让你离开。"

她抬眼看着瑞安，眼里掠过一丝希望。"什么？"

"只有一个问题，玛塔，我保证。"

她的鼻涕流了下来，但由于双手被绑在身后，所以她只是用鼻子大声吸了一下。"好，什么问题？"

"为什么你还活着？"

她慢慢把头偏向一边。"你什么意思？"

"目前这伙人的行踪隐蔽得非常好。他们杀了英格丽德，一个不会在此地失踪的东德女孩儿。他们杀了那些知道俄罗斯人把钱藏在银行里的人。我敢肯定他们还杀了我一个想要揭发他们阴谋的朋友。他们使用计谋害死了这间公寓里所有人，这样就没人能证明他们参与了这次袭击事件。"

杰克向前靠了靠，没有威胁，而是带着恳求的语气说："但是你，玛塔，你是唯一一个漏网的人。你出现在西柏林的话会破坏他们的整个计划。你认为他们会坐以待毙吗？"

她脖子上的肌肉绷紧了，脸上的表情看起来就像是刚刚失去了信仰一样。

当看到一名恐怖分子突然意识到自己的毕生追求完全建立在一堆谎话之上，并靠一群无情的杀手来支撑时，杰克本想幸灾乐祸一番，可他却觉得自己有点对不住她。

Chapter 76

杰克从这个距离盯着她的泪眼，让她显得有些紧张。她说："我不应该来这儿的。我本来在东部，当听说这边发生的事情后，我今天一早就过来了。"

"过来？怎么过来的？"

"有一个地下通道。东德的情报机构的地下通道。我之所以知道是因为我们在帮他们偷运东西。"

"没人知道你来这儿了吗？"

她又摇了摇头。

他向前靠了靠，离她的脸只有几英寸远，然后试探着问了一句："你在克格勃的上级也不知道吗？"

玛塔·施洛宁慢慢地摇了摇头，眼泪流了下来。"我没有上级。让我跟英格丽德联络的是个陌生的俄罗斯人。我从来没有见过他，不过他认识我们组织里的其他人。他们跟我说我可以信任他。我猜他是克格勃的人。我的意思是……不然他怎么认识我们的？他告诉我如果我按照他说的做，他会给予我们支持。我不能拒绝，我们需要支持。"她看了看四周，好像刚意识到自己的游击队战友们都已经死了。"我们曾经需要支持。"

"他叫什么名字？"

她摇了摇头。"他没说他的名字，只有代号。"

"代号是什么？"

"Zenit。"

杰克翻译一下，"天顶？"

"你认识他？"她问道。

"不认识，不过我知道他是干什么的。"

此时她的鼻涕眼泪都流了下来。她浑身颤抖地说："他想杀我灭口，是吗？"

杰克说："如果你还待在东部的话，你肯定已经死了。'天顶'和他的同伙估计正在到处找你。你得让我们来保护你。"

"但你也是一个人啊，不是吗？"

"现在我是一个人，不过我可以带你到美国驻柏林事务处去，在那里有整个柏林旅的人能保护你。我们会想办法把你弄出西德，转移到一个安全的地方。"

"那交换条件是什么？"

瑞安意识到他是真的挺担心这个德国姑娘的安危。即使她曾经误入歧途，成了一名危险的恐怖分子，但他保护弱者的天性还是显现出来了。

他此刻还没考虑过要什么回报，只想确保这个 25 岁姑娘的人身安全。

他想知道这是否意味着实际执行任务时自己其实不够硬派和冷血。

他收回思绪，站了起来。"这不是我说了算的。首先我们还是离开这儿，给你找个安全的地方，然后再考虑其他的事。"

"你说谎，美国政府不会保护我的。"

"呃，至少我们不会杀了你。你要这么想，玛塔，我们是资本家。咱们之间可以有你来我往的交易。你给我们提供情报，我们给你提供保护。我们之间的关系就这么简单。"

"我为什么要相信你？"

杰克咧嘴笑了一下。"因为美国人总是跟自己不喜欢的人合作。"

看起来这句话起作用了。杰克知道她是非常清楚自己的困境的。虽然她嘴上不承认，但她看上去依旧十分惊恐，所以最终她还是答应了。

瑞安给她松绑，一边松绑一边问："为什么赤军团不发表声明说不是你们干的？"

她说："我又不是赤军团的头儿。如果克格勃欺骗我们，说是我干的，赤军团也不会站出来跟苏联对着干，那会直接葬送我们的组织。我们将再也得不到世界上任何一个社会主义国家的支持。"

瑞安觉得有道理。从某种意义上说，他们只不过是俄国情报机构的傀儡。他们可能私下里对此抱怨一下，但明面上还是不敢站出来说是克格勃利用了他们。

瑞安扶着玛塔站起来。他说："你先走，我在后面跟着你。"

"为什么？"

"因为我不想背对着你，你已经捅过我一刀了。"

Chapter 77

获　救

30 年前

　　玛塔和杰克一起慢慢地穿过漆黑的大楼。到了一楼，杰克本打算从来时的消防楼梯爬出去，不过玛塔说："不用，跟我来。"

　　杰克跟着她从另一节楼梯下去，一直到底楼的汽车修理店。那里有几盏微亮的灯泡，借着这微弱的亮光，他们两个轻松地找到位于大楼东北角的一个杂物间。顺着一条狭窄的木楼梯下到地下室。玛塔拉了一下屋子中间的灯绳，灯泡亮了，杰克看到屋里摆着一台洗衣机和烘干机，旁边墙上有一扇金属门。

　　"这是什么？"杰克问道。

　　"战前这里是个运煤槽。如果警察堵在外面，我们就利用这里进出。"

　　玛塔打开运煤槽，金属门发出一声低沉的刮擦声。杰克知道，远在大楼另一边的警察根本不可能听到。她率先爬了出去，杰克紧随其后。

　　出来后，杰克发现自己站在两栋大楼之间的一条狭窄的缝隙里，几乎没有行走的空间。

　　玛塔说："我们的大楼在战争中幸存了下来，不过这边这栋楼是后来建的。他们把楼建得太近了，从地图上看还以为是一栋楼。这群蠢猪根本就不知道这里还有条巷子。"

　　他们沿着两栋公寓楼之间的漆黑小巷走了大概一分钟，出来后就到了斯帕尔街的人行道上。

　　到了街上，杰克说："我们得搭车。"

　　玛塔说："搭车？你没开车吗？"

　　"没有。我走路过来的。"

　　"你这算哪门子的间谍啊？"

　　"我可没说我是间谍。"

玛塔看起来又有些害怕了,瑞安很清楚她害怕走到大街上。她说:"现在是早上。这个时间的威丁区只有芬恩街才能乘得上车。那儿离这里有三四个街区远。"

"那我们过去吧。"

她犹豫了一下。瑞安看见她的手在发抖。最后她说:"走这边。"

他们一起步行穿过一片空旷的小公园,杰克用左手捂着受伤的右前臂,眼睛在右边的公寓楼和左边走着的玛塔之间来回观察。他看到一部付费电话,想打电话叫柏林事务处的人来接他们回去。随后,他又打消了这个念头,搭车回柏林事务处可能还要更快一些,而且他也不想呆在这附近等车。

杰克问:"还有多远?"

玛塔紧张得有些发抖,她轻声回答:"还有两个街区。"

杰克和玛塔刚刚路过斯帕尔广场,这是一块有一个街区大小的绿地,冷雨中依然伸手不见五指,所以他俩没有注意到破旧的篮球场旁的树林里有人盯着他们。那人一动不动地默默站在那里,直到他们向右转入莱纳街消失,他才从公园里出来,穿梭在路灯的光影下,沿着半分钟前他们走的路跟了过去。

这个人穿着一件皮夹克,戴着骑行帽和一副皮手套。即使雨下得非常大,街上的任何行人也都会注意到他,因为他没有打伞,不过除此之外他也没其他更明显的特征了。

就在此人刚转到莱纳街时,他前面的杰克·瑞安和玛塔·施洛宁左转进入了特格勒大街。

此人加快了步伐,他把脖子缩进夹克的衣领以躲避夜雨和寒风。

杰克有些担心玛塔。当他们走在雨中时,她变得异常不安,就像路灯与路灯之间重复的黑暗地带一再惊吓着她一样。每当有汽车经过,都会吓得她一跳,然后她转头看看瑞安才安下心来。

他们在芬恩街发现了一辆路过的出租车,就上前招了招手,出租车却径直开走了。他们发现的第二辆出租车因为已开了一个通宵而不再接单,也开走了。杰克觉得有点泄气,他不喜欢走在空无一人的大街上,与自身安危相比,他更担心玛塔。

这时,有一辆白色的面包车开了过来,玛塔率先看见了它的车头灯。杰克没发现,他为了保护玛塔,一直忙着朝周围的街道四处张望。

当杰克发现车子时,头灯晃得他看不清来的是辆什么车。"是出租车吗?"杰克一边问一边转头去看玛塔,结果发现她已经停了下来。

"我不知道。"她说。她的眼睛一直盯着驶来的车子,眼神里充满了恐惧。

"玛塔,放松点儿。"杰克说着站到了路边,准备招呼那辆车。

杰克·瑞安在西柏林的路线

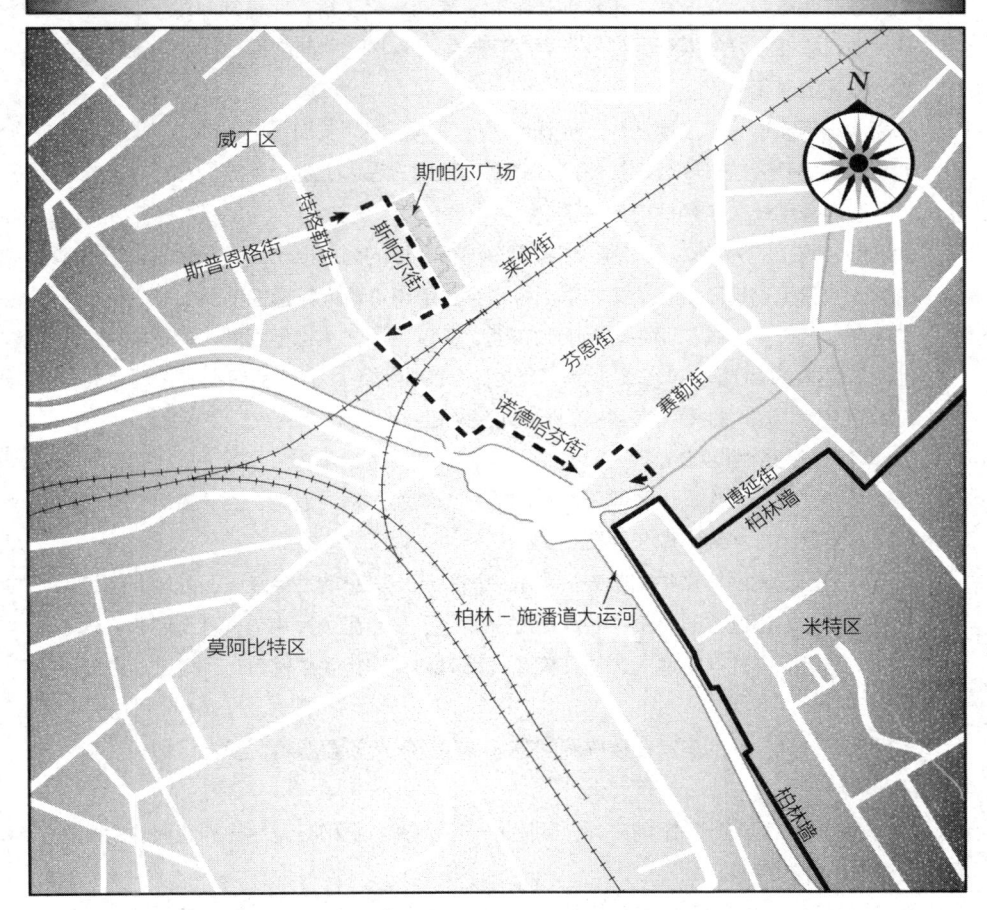

不过来的不是出租车,而是一辆白色大面包车。

当车子靠近他们时车速减慢了,车子停在街区中间离他们不到 15 英尺(4.5 米)的人行道边。

面包车一侧的车门迅速滑开了,发出很大的噪声。

"就是他！"她惊慌失措地喊道。

玛塔·施洛宁转身就跑。

杰克也开始跟着施洛宁跑，不过他在跑的时候回头看了看。他看到面包车上扔下一摞用绳子和塑料袋捆扎好的报纸，砰地一声落在一家 24 小时营业的店门前。

面包车又沿着街开走了。

杰克冲玛塔喊道："没事了！"他长出了一口气，但却发现玛塔·施洛宁不见了。

他看到几码开外的一间公寓楼的门刚关上，就跑去想追上她，不过门却打不开。他试了试，才发现她用什么东西把门顶住了。

他沿着公寓楼的外墙转了一圈，想看看有没有其他的门可以出入。当转到靠近赛勒街的一角时，他看见玛塔已从一个角门里出来，穿过街道沿着人行道往前跑。

"玛塔！"杰克冲着在雨中奔跑的她喊道。不过她还是头也不回地一直往前跑。

她距杰克大约 50 码（45 米）远，瑞安觉得在她到达目的地前自己是追不上她的。杰克在后面追她，这时她消失在漆黑的诺德哈芬街上。

柏林墙就在两个街区之外。

杰克又冲她喊了一次，这时他正沿着柏林－施潘道大运河追她。当他接近柏林墙时，一条狭窄的混凝土排水沟出现在他右侧。

玛塔向自己左侧两栋楼中间跑去，黑暗中杰克从一块空地上穿过去追赶她。不过当他绕过一扇开着的金属栅栏时，不小心踩在泥上滑倒了。他花了会儿功夫才爬起来，这时他已经失去了玛塔的影踪。空地周边的几栋建筑都黑洞洞的，底楼就有十几个她可以爬进去躲起来的窗户。

杰克大声喊她，他的声音在楼栋间回荡。"玛塔？请不要躲着。我希望你相信我，我们会帮助你的。"

没有回应。杰克跑到一扇窗户外，朝里面一间充满木屑和石膏气味的漆黑的房间看了看，没有发现她的踪迹。

她曾提到过有个暗道可以到东柏林，他不知道是不是就在这附近，不过现在天这么黑，自己肯定是找不到的。

刚开始，杰克还不相信，但慢慢地他还是不得不承认玛塔跑了。

杰克在空地上站了足有一分钟，这时他才注意到自己的头发湿了，裤子上满是泥巴，寒冷的空气迎面而来。他重新回到街上，朝街角走去，站在一个路灯下。

柏林墙就在距博延街一个街区的地方，外墙上一排闪亮的灯光照射着外墙与东边堤坝墙之间宽阔的死亡地带。开阔的死亡地带里部署着自动机枪，远处墙的另一侧部署着机枪、警卫、警犬和探照灯。

Chapter 77

杰克站在这儿，脑子里还在思索着唯一能证实自己的推理的"晨星"事件的证人跑了，懊悔不已。这时一辆车出现在赛勒街上，另一辆车出现在诺德哈芬街，而第三辆车从自己右手边的运河桥上开了过来。

杰克注意到过去的十分钟里他统共就只见到三辆车，而现在突然出现了三辆车，且都朝自己所站的街角靠了过来。

他向后退到暗处，并向空地走去。

其中一辆面包车沿诺德哈芬街向南开，然后在交叉路口向左转。从桥上下来的那辆车经过瑞安刚才站的路口，当车子经过路灯下面时，瑞安朝车里瞥了一眼，看到车里有四个人坐在里面。他不知道来者是谁，但直觉告诉他这两辆车都是冲着玛塔·施洛宁来的。

瑞安转身朝诺德哈芬街走去，但他看到大约75码（67.5米）远的人行道上有一个人影。那人站在一家五金店旁，瑞安根据来人穿的皮夹克和骑行帽推测对方是一名男性。他正一动不动地站着，朝瑞安的方向看过来。

杰克穿过街道，到了一片由诺德哈芬街沿线树木隔出的空地上，这片开阔地被用作柏林－施潘道运河的驳船码头。在进入树林前，杰克回头看了看，发现之前的那个男人已经走了。杰克觉得他可能进了五金店，但这个时间五金店肯定还没开门。

不管他在哪儿，杰克确定他没跟过来。

杰克沿着右侧树林和左侧运河之间的小路向北走去。他现在计划回到附近最大的街道芬恩街去搭个车。他打算直接回到位于柏林事务处的中情局分部，然后和中情局分部的主管谈一谈。他希望分部主管能调动些人手到附近帮他寻找玛塔，以防她被俄国人或东德人，或者现在跟踪她的人率先找到。

杰克知道时间紧迫，于是他开始跑了起来。

但他还没跑多远，两个穿着风衣的人从他前面的树林里出来，挡住了去路。

杰克停下了脚步。

天很黑，不过杰克还是看得清这两个人大概30岁，头发和胡须都很短，参差不齐。其中一个人问："你是谁？"

他的德国口音很重，不过说的却是英语。这让瑞安觉得很奇怪，尽管刚才他们可能听见他喊玛塔了。

"你们又是谁？"杰克反问道。

"警察。"其中一个男人说。不过他们都没穿警服，也没有拿出警章。

"你们当然是警察啦。"杰克说着向四周望了望。他现在孤身一人在这个僻静的地方。他身后就是一道金属栏杆，栏杆下面是冰冷的运河。

他摆脱不了这两个男人，只能硬闯了。

"给我看看你的证件。"还是刚才那个男人在说。

搞什么鬼？这是西柏林，不是东柏林。瑞安不打算给他们看证件，不过还是装作顺从地将手伸进口袋。

他用手握住那支4英寸（10厘米）的弹簧刀，把它打开了。

当他刚要掏出刀子时，那两个人同时扑向他，其中一个把刀子拨开，另一个人跑到了他背后，想要把他的胳膊别到后面。

瑞安的胳膊肘用力向后挥去，把后面的人撞开，同时朝前面的人踢出一脚。虽然他的脚踢空了，不过却成功地为自己争取了一点空间，然后他转身冲后面的人撞过去，他们两个都砰的一声撞到了河边的金属栏杆上。杰克朝着德国人打出一拳，拳头只是擦过对方的下巴，尽管没伤到人，还是让对方一时不敢上前。杰克又冲过去，把他逼到栏杆边上，让他没有移动的余地。杰克又是一拳打出，这下打在对方的鼻子上，把这位长着小胡子的德国男人打倒在人行道上。

然后瑞安立马转过身来，因为后面还有一个家伙。他一看，那家伙站在不到10英尺（3米）远的人行道上，正举起一把小型的黑色手枪瞄准自己的脑袋。

当瑞安看到那个德国佬冰冷的眼神时，不敢动了。毫无疑问这家伙要朝自己的脑袋开枪了。

瑞安想起了自己的家人。

就在杰克紧张地等着对方开枪的时候，他看到在那家伙左面的树丛里出现一个黑色的身影，身影正以惊人的速度冲过人行道。持枪的德国人通过眼角的余光也看到了有人正向自己冲来，他转身想用枪瞄准来人的方向，不过速度还是慢了一步。

来人正是之前那个穿皮夹克，戴着骑行帽的男人，他冲德国人撞过去，德国人的胳膊被撞开，手里的枪也走火了。杰克·瑞安向后跳开想躲过子弹，可不小心被后面晕倒的那个德国人的腿绊倒了，杰克背对着人行道上的栏杆，由于冲力太大，他的身子翻过栏杆摔到了另一侧。

当身子向下坠时，杰克喊了一声。他想在下落时抓住点什么东西，可很快他接触到了运河冰冷的水面。刚接触到河水，寒冷立刻包围了他。他的手脚在水里胡乱扑腾，因为河水太过寒冷，把他冻迷糊了，他也不知道自己是在向上还是向下游。

杰克的脑袋露出了水面，吐出嘴里冰冷的河水，大口呼吸着寒冷的空气。他做好了潜到水下以避开枪击的准备，但当他向上看的时候，发现栏杆那里已经没人了。

不过很快，他又看到了穿皮夹克的男人。他的帽子已经没了，但杰克还是只能分辨出他是个留着胡子的白人。他一只脚踩在栏杆底部，看起来好像要跳到杰克旁边的水里一样。

又一声枪响。那个男人停了下来，举起双手，把身子转了过去，然后消失在瑞安的视

Chapter 77

野中。

瑞安感到手脚已冻得快要失去知觉了,他手脚并用拼命地划,想要游到岸边。过了一会儿他才发现自己被水流拉着向南漂去。才短短几秒钟就已漂出十几码远了。他朝下游的方向看,发现在 50 码(45 米)开外有一座桥。其中一根桥墩十分接近岸边,如果顺着水流漂的话,他可以抓住桥墩。于是他在不溺水的情况下,顺着水流漂了过去。

瑞安花了将近 5 分钟才重新回到街上。现在诺德哈芬街上已满是西德的警车了,估计是附近住的居民听到枪声后报了警。多数人都在猜测是有人在穿越柏林墙的死亡地带时被发现了,然后东德那边的守卫开枪射击。不过很快弄清楚了事情是发生在离西德这边的边境大约两个街区的地方。

瑞安步履蹒跚地走到一辆停在桥边的巡逻车前,然后哆哆嗦嗦地告诉警察他是一名美国外交官,在这儿被两个人袭击了,其中有个人还拿着枪。

就杰克所知,是一位好心人救了他,但他不清楚救他的那个人怎么样了。

他们给了杰克一条毯子披上,并要求带他去医院。不过杰克坚持要他们带自己回案发地看一看。

他们没有发现任何关于那个好心人和袭击者的踪迹。很快,警察们又坚持要送瑞安去医院,杰克却只要求西德警方直接把自己送到柏林事务处,他说,那里有美国的医药设施可以治好他前臂上的伤口,但事实上,他只是想早点回去向中情局报告刚才发生的事情。

杰克希望他们能尽最大努力帮忙寻找玛塔和刚才救他的人,因为他担心他们已被东德的人抓了起来。

Chapter 78

恩　人

现在

对小杰克·瑞安来说这是漫长的一天。一离开亚瑟·加尔布雷斯的家，他就回到湾流公务机上，然后飞去了法国。此行的目的很简单，就是离开苏格兰。因为很明显，休·卡斯托知道他在那里，所以他很可能会派更多的俄罗斯杀手过来。

他们降落在法国里尔，准备在这里等待加文·比瑞破解休·卡斯托的位置。加文还留在基辅的公寓里，他花了几个小时用黑客技术潜入英国的移动通讯公司，想通过休·卡斯托跟亚瑟·加尔布雷斯联络的电话来定位他的位置。研究了半天之后，加文发现加尔布雷斯的电话加密系统非常强大，无法找到它跟手机塔台的联络信号，因此不能通过 GPS 信号来定位或找到线索。

就在他们想要放弃的时候，瑞安又想到一个主意。他打电话给桑迪·拉蒙特，问卡斯托手下还有谁也在外面。桑迪貌似不情愿被牵扯进来，不过最后他还是查了一下，他告诉瑞安卡斯托的两个安保主管之一，军情五处的前特工，与卡斯托一同出行。瑞安通过电话黄页查到这个人的手机号码，很快比瑞就定位到了他的手机信号。

信号来自瑞士的屈斯纳赫特，施维茨州下面的一个自治市，位于楚格的西南方。卡斯托的湖边小屋就在鲍姆加登，屈斯纳赫特下面的一个小村庄。

瑞安向丁和其他人都说明了情况。到了中午，他们又起飞，踏上了东去的旅程。

距离到达苏黎世还有一个小时的行程，艾黛拉·谢尔曼直接坐在驾驶舱的后面打起盹儿来，在她后面的卡鲁索、查韦斯、德里斯科尔也都躺在客舱的椅子上小憩。奥克斯利和瑞安待在机舱的最后面，他俩没睡，而是在聊天。

瑞安想了解一些关于他们目的地的信息，于是他问："你还在军情五处的时候，卡斯

Chapter 78

托就在楚格买了房子吗？"

奥克斯利摇了摇头说："我不清楚。你知道，我们算不上朋友，他只是我的上司。他呆在伦敦，而我则在外面跑，基本上都在东部。当我去楚格的时候，也从没听卡斯托说过诸如'办完"天顶"的案子后怎么不到我的湖边小屋坐坐，喝杯茶呢'此类的话。"

瑞安笑了，接着说："有件事加尔布雷斯也不知道，就是先前克格勃是怎么得到消息的。当你从匈牙利跟踪他们到楚格储蓄银行时，你知道他们是怎么追踪到楚格储蓄银行的吗？"

"不知道。我没参与进来。我主要负责盯梢。只是执行命令而已。你可以试一下，不管怎么说你老爸比我更清楚。"

瑞安以为自己听错了。"我老爸？"

现在这位高大的白胡子英国老头转身对瑞安说："你父亲他当时在那儿。这你应该知道吧。"

杰克摇了摇头。"在瑞士吗？"

"还去了柏林。"

"柏林？"

奥克斯利完全不相信地摇了摇头："你们俩有没有聊过啊？"

"奥克斯利，我父亲是中情局的特工。这些年我对他当初的经历有了一些了解，绝大部分都是别人告诉我的，他不能告诉我当时他在做的事情。你确定吗？确定这些事发生的时候他就在那里？"

"当然，我拿性命担保。"

"你怎么这么确定？"

"我不会忘记他。"奥克斯利停顿了一下接着说："因为他是我的世界变得黑暗之前见过的最后一个人。"

现在的白宫已经是中午了，杰克·瑞安总统花了一上午的时间出席各种关于乌克兰局势的会议。现在他又耽误了参加在特区举行的一个午宴。当秘书通过内线呼叫他时，他正在签署一些文件。

"总统先生？"

瑞安头都没抬地说："告诉阿尼别着急。我马上就出来。"

"对不起，先生。是您儿子打电话找您。"

瑞安放下笔。"太好了，接进来。"

瑞安伸手拿起话筒。他像往常一样尽可能地轻声说话，以此掩盖对儿子的关心。即使现在他也没想到儿子会遇到什么危险，他很少听到他的消息，以至于他经常认为儿子过得很好，自己帮不上什么忙，也没什么好担心的。

"嗨，伙计。你还好吗？"

"嗨，爸爸……我得开免提了。"

儿子让别人加入他们父子的谈话让老杰克有些沮丧。他要和一名陌生人打招呼，尽管他一点也不在意，但他还是只想跟小杰克聊聊家常。他说："儿子，我一会儿再打给你。实际上，我得赶去华盛顿的希尔顿酒店做一个关于外交事务的演讲。你也知道我的行程每天都排得满满的。"

那边沉默了一会儿。

"儿子，你和谁在一起呢？"

"一个叫维克托·奥克斯利的人。"

不等老杰克说话，小杰克接着说，"他就是'基石'，爸爸。他讲了个不错的故事，里面还提到了你。"

"提到我？"

老杰克听到一个低沉沙哑的英国腔。"那水挺冷的吧，瑞安？"

"你说什么？"

"肯定冷如刀割，我当时也在那儿。柏林，大半夜的，你跑到河里游泳。我差点也跟你一起了，不过有人想要我跟他们走。"

杰克·瑞安总统没有说话。

"想起来了吗？"

瑞安轻声地说："想起来了。"

阿尼·范·达姆推门进了总统办公室，想催促杰克赶紧去出席午宴。杰克指了指门，阿尼看到这个紧急手势，还有他呆滞的眼神，赶紧转身出去了。他马上打电话通知午宴的承办方，总统可能要晚点才能出席午宴。

Chapter 79

"基石"被俘

30 年前

那个穿着皮夹克的男人站在树丛里,关注着外面的情势发展。在他身背后是漆黑的诺德哈芬街,面前就是运河,运河旁边的人行道上那名中情局特工被两个男人拦住进行盘问,他立即认出他们就是斯塔西的走狗。

事情不妙。起先他认为他们只是想狠狠教训美国佬一顿,但当他们开始四下张望,观察附近有没有人时,"基石"意识到他们不仅想拦住那个中情局的男人,而且可能还想把他劫持到边境另一边去。

援救这名中情局的特工不是"基石"的任务,所以刚开始他只是待在树丛里观望,甚至已经想好事后向他的上级卡斯托汇报这件事。

他在赤军团的安全屋外面守了一夜,躲在暗处等着真正的玛塔·施洛宁现身。他听到风声说她接到上级的命令潜伏在东德,不过在听闻自己的同伴们被德国特种部队干掉后突然逃跑了。如果传言是真的,那么他有理由相信她至少会回来看一眼。

然而就在等待玛塔的时候,他看到了之前在楚格与军情六处的特工们一起调查彭赖特之死的美国中情局特工。这个美国人应该是为了昨天晚上的爆炸案才来柏林的,不过"基石"不知道他为什么一个人冒雨来到这里,还偷偷溜进了楼里。"基石"怀疑他事前根本就没有计划,因为看起来他在外面犹豫了好久才爬进去。

一开始,"基石"把这个美国佬当成只会装模作样的笨蛋。他站在一边等着当地警察抓获破门而入的美国间谍的好戏上演。

但不久之后,玛塔来了,他在街上看到了她。随后她消失在两栋楼之间,他知道她从暗门溜了进去。

"基石"想知道那个中情局的特工会不会和赤军团的丫头在公寓里打起来。后来他们在楼里呆了相当长一段时间,"基石"甚至怀疑他们两个是不是要在楼里生个孩子才出来。

终于他们从"基石"通过侦察后发现的那个暗门里溜了出来,"基石"跟在他们后面,希望借助玛塔引"天顶"现身。

"基石"的任务是找到并干掉一名自称"天顶"的俄罗斯人,他并不在意这名德国恐怖分子,她只是他的一个诱饵而已。

"基石"比其他人都清楚发生在楚格的那些事,还有这名自称"天顶"的俄罗斯人的行动。因为他在一个月前就开始接触这个任务了,并忠实地向休·卡斯托汇报任务进展,他猜测卡斯托会小心翼翼地保守秘密,并不会向军情六处透露一丝一毫的消息。

他猜对了。

"基石"跟着这对冤家拍档冒雨穿过法属西柏林区的街道,不一会儿他发现那个德国姑娘跑了,他眼睁睁地看着那个美国人失去了她的踪影。也就在这时他发现附近有两个鬼鬼祟祟的人,而那个帅气的美国小子正好撞上他们。

他希望他们是斯塔西的人,这意味着自己能通过他们找到去东柏林的渠道,省得再去找刚才跑掉的玛塔·施洛宁。

那名中情局特工跟那两个斯塔西的人打起来的时候,奥克斯利正站在树丛里,离他们不到 25 码(22.5 米)远的距离。当看到那个美国人身手还算敏捷时,他还是蛮吃惊的。美国人用一记精准的右刺拳打到对方的鼻子上,就把那个斯塔西的家伙放倒了,当他转过身来时,另一个人掏出一把瓦尔特 PA-63 式手枪。"基石"觉得美国人要完蛋了,于是决定出手帮他。

他把自己的任务抛诸脑后,从藏身处出来,冲过人行道,尽管他觉得这样只有百万分之一的机会阻止这次绑架或谋杀。

他把第二个德国人撞倒了,可是那个美国佬却掉进了河里。"基石"自己爬了起来,往附近公寓楼的窗户看了看,确保没人发现,可这时又有四个男人从树丛里过来了。

这附近都变成东德人的地盘了。他们肯定是斯塔西的人,这对"基石"来说是个坏消息。

他转身想一头扎进水里逃跑。

"不许动!"他身后有人喊道。他知道这些家伙是从东德通过密道过来的,而且他们很可能随身带着瓦尔特 PPK、PA-63 或者其他武器,毕竟他们来回都不受管制。

后面传来一声枪响,这下他肯定他们带着武器了,只好放弃逃跑。他转过身,看到三个人拿枪指着他,还有一个人手里的枪向上举着,夜雨中还能看到枪口冒着一缕白烟。

"基石"知道自己没有机会跳到河里逃跑了。

他们在他头上套了一个头套,然后推着他走在街上,他只能听到德国人说话的声音。很快他被带到离柏林墙仅一个街区之遥的博延街的一栋大楼里,然后被推进了门。

Chapter 79

他下了一段狭窄的楼梯，又通过一个类似金属篮子的东西下到了地下更深的地方。

因为被绑着，眼睛也看不到路，所以他们花了大概一刻钟的时间穿过100米的暗道。"基石"的手被绑在背后，只能用膝盖爬。不一会儿他的膝盖就磨出血了，疼得他难以支撑，于是他只好躺下来，用脚向后蹬着前行，他的手肘、脑袋、后背都被蹭破了皮。

当他和那四个人到了柏林墙的另一端后，他又被带上地面，塞进一辆面包车里。车子行驶的过程中，那些人为了寻开心，踢了他好几分钟，直到车子突然停下来。

29岁的维克托·奥克斯利，代号"基石"，他的后脑勺又被踢了一脚，肯定已经有五六十下了，他记不清了。这下踢得很厉害，他的脸砰的一下重重地撞在金属的货车底板上。他感到嘴唇和鼻子里都是血。

他的伤势不轻，不过这还只是开始，因为他现在身处东德，对方可以想怎么处置他就怎么处置他，他只有任人摆布的份儿。

车门开了，"基石"以为已经到达目的地，但又有人上了车。

只听到他们一直在用德语交谈，其中还发生了争执。尽管听不懂德语，可"基石"觉得他们是在商量如何处置自己这个俘虏。貌似德国人在举手表决了。有那么一会儿，他原以为他们会打起来，不过最终还是没闹起来。

有个人俯身靠近他的脸，"基石"甚至能闻到他身上的烟味儿和汗臭味儿。那个人说话了，说的是英语，不过很明显他是个俄罗斯人。

"我不知道你是谁，不过我觉得你是一直给我和我的伙伴们添麻烦的人。只要我愿意，我现在就可以把你拖出去毙了。"他停顿了一下又说："当斯塔西的人要干掉你的时候，你会希望已经死在我手里了。"

除此之外那个俄罗斯人就什么也没说了。

过了一会儿车子停了下来，车门打开，有人一句话也没说就下车了。"基石"听到石子路上传来离开的脚步声，而且他惊讶地发现离开的人脚步声节奏不齐整，明显是一瘸一拐。

车子又继续往前开，"基石"觉得刚才离开的是那个俄罗斯人，因为周围的德国男人又开始说话了。奥克斯利不会说德语，不过他从他们说话的语气中感觉到他们松了一口气。

但此时奥克斯利却没办法松口气，因为他们比之前踢得更狠了。

车子开了大概两个钟头。奥克斯利知道斯塔西的手段，他们一直在兜圈子，以防止他猜出来自己被带到了哪儿。

车子停下后，"基石"被拖出车厢。他的手腕被绑着，双臂反扣在背后架了起来，一路被推推搡搡地推着往前走。他的两边都有人推着他向前走，上楼、下楼、进电梯，奥克斯利已经迷失了方向，他都不知道自己是到了一个核发射井的底部还是电视塔的顶层。

终于他被带到一间屋子里。他们取下他的头套，然后用手铐把他固定在一张桌子旁边。

到目前为止他一句话也没说，此刻他得做出决定，这个决定可能会保住自己的命，但也可能给自己招来无法忍受的磨难。

他决定说俄语。

他没有随身携带证件，所有东西都留在了酒店里，所以他想怎么说都可以，因为他们没法证明他是否在说谎。

只要确保装得像就行了。

三天来，他一直受冷水、电棍的折磨，但却始终保持着清醒。对方想摧毁他的意志，不过他只讲俄语，他告诉德国人自己不知道他们想要什么，还说他们没权利这么对待一个苏联公民。

奥克斯利听说过一些传闻，斯塔西会用一种非常卑鄙的手段来给被他们抓获的俘虏留下记号。他们会让俘虏坐在一台类似巨型照相机的机器面前，然后告诉他等着他们换胶片。

但这根本不是照相机，而是X光机。整个过程中这些不幸的实验对象就坐在那里，遭受放射性粒子的辐射。

他们这么做是为了确保每一次这些俘虏经过他们与西德之间的检查站（所有的检查站都配有辐射探测器）时，都能很容易被他们辨认出来。

虽然这可能导致俘虏们的寿命因为癌症或者辐射的折磨而缩短几十年，不过这无关紧要，重要的是斯塔西觉得这种手段非常方便。

斯塔西没有用这种手段对付奥克斯利，因为他不会回西德了。

不，他会被送往东部。

东德人把他交给了克格勃。

Chapter 80
真 相

现在

当听着这名英国人用嘶哑的声音讲述这段经历的时候,美国总统杰克·瑞安内心起伏不安,一只手死死地抓住书桌边缘。他意识到这段对自己来说还算幸运的经历,对奥克斯利来说却十分悲惨。

当奥克斯利停止诉说时,杰克知道对方肯定还有很多经历没讲完,不过他意识到对方正在等着他的回应,看他是否还在听。

杰克说:"我不知道该说些什么。"

"你有没有回头调查这件事?你向上级汇报了吗?"

"我有没有回头调查?我和德国警察找了你五分钟,一小时之后我让城里所有的美国特工都出去找你们。第二天我就到伦敦向军情六处的局长汇报了情况。我当然找过你,虽然当时我并不知道你是英国特工,不过尽管如此我还是派出了所有人去找你和玛塔。"

瑞安接着说:"根据我提供的信息,军情五处和六处都在寻找你们。不久后,我就被调回美国了,但直到那时我都听说他们还在找你们。这件事其实很敏感,如果俄罗斯人得知他们抓住的其实是一名英国特工,事情会变得更糟糕。"

奥克斯利说:"确实如此,瑞安。现在我有理由相信你了,谢谢你那帮伙计。不过这三十年来,我一直都以为事后你对整件事只字未提,说实话,我心里一直记恨你。当时,除了知道你是个男的,我根本就不认识你。不过多年后,当我坐在酒馆,从电视上看到你后,我才知道你成为了美国总统。"

小杰克说:"爸爸,关于塔拉诺夫就是'天顶'的情报就是奥克斯利告诉军情六处的。他被关在古拉格集中营时,塔拉诺夫也在那儿,虽然没见过塔拉诺夫本人,可他听人说起过他的故事。"

"消息可靠吗？"

奥克斯利说："应该是这样的，不过那是很久之前的事了，我的记性没以前那么好了。"

"我明白，奥克斯利先生。"

小杰克说："我们得走了。虽然现在还不能确定，但我会帮你找出'天顶'的真面目。"

"告诉我，你还好吗？"小杰克从父亲的话语里感受到了一股关切之情。老杰克刚才情绪有点失控，因为他不知道自己的儿子现在卷入了什么样的麻烦。

"我和丁、多姆还有山姆在一起，我们在亨德利的飞机上。"

"在亨德利的飞机上？你没在伦敦吗？"

"我们要到欧洲大陆那边调查一两件案子。如果我得到什么消息，会打电话给你。至少现在你知道的信息足够你应付乌克兰那边的事了。"

"局势没那么简单，不过知道你没被牵扯进来，我还是稍微放心了一些。"瑞安说。

小杰克说："我离乌克兰还远着呢，老爸。"

傍晚时分，瑞安、查韦斯、卡鲁索、奥克斯利和德里斯科尔抵达了苏黎世，他们租了两辆奔驰 SUV，向着南边的楚格驶去。一路上下着大雨，浓雾弥漫，瑞安觉得这样的天气反而对他们有利，因为不知道还有谁在寻找他们。

现在他们四个美国人都带上了武器。在下飞机的时候，艾黛拉从驾驶舱的检修盖板里掏出几把手枪递给他们。杰克和丁每人拿了一把格洛克 19 式手枪，德里斯科尔和卡鲁索则选择了西格绍尔 229 式手枪。他们知道如果卡斯托身边有大量安保力量保护的话，他们的手枪根本起不到任何攻击作用，不过随身携带着武器至少可以尽可能地保护他们免受伤害。

除了加尔布雷斯告诉杰克的关于卡斯托小屋周围布局的一些信息，他们对小屋的其他情况一无所知。根据这些信息，并通过仔细查找网上地图，他们觉得要想不被发现的话，从小屋后面的湖进去是最好的选择。

他们从船坞里租了一艘小船和几件轻便的潜水服，只等到天黑就开始行动。到了晚上 7 点钟，他们在距卡斯托的湖边小屋 0.25 英里（400 米）的地方靠了岸，用望远镜观察这片 2 英亩大的地盘。他们透过巨大的落地窗看到小屋里有人在走动，还有一些穿着便衣、拿着冲锋枪的保镖沿着房子外面和屋背后山下的码头、船坞巡逻。

那些人看起来都是职业保镖，瑞安因此更加断定卡斯托就在这栋小屋里。

丁说："我看这里至少有八到十人。我们很难不被发觉，而且我们还不能和这些瑞士的私人保镖枪战。"

瑞安赞同丁的意见："我们得另想办法进去。"

四个美国人坐在船上开始商量如何才能偷偷接近卡斯托而又不被他的保镖发现。

奥克斯利则坐在船头静静听着，不过最后他还是说话了："伙计们，我不想打断你们商量对策，不过我只是想提个建议。"

丁说："尽管提。"

"为什么我们不直接走进去跟他谈呢？"

"直接跟他谈？"

"当然啦，卡斯托注重保全自己，也善于两边牟利。他不是疯子，如果别人知道你和他在一起，他是不会杀死美国总统的儿子的。事情的发展可能会和我们的预期不一样，所以，或许你的朋友们可以借机尽可能地接近他，不过我还是提议你和我两个人去见见那个家伙，看看他怎么说。"

瑞安看了看查韦斯。查韦斯说："你决定吧，孩子。"

杰克耸了耸肩说："我也没有更好的办法。"

山姆说："我们把你们放到岸边，再把船停靠在半英里外，然后我们利用轻便的潜水服偷偷从后面潜进去。我们可就把希望全寄托在你身上了，你尽量分散他们的注意力。除此之外我们也没其他办法可以接近这座房子。"

查韦斯说："我觉得这是个好主意。不过记住，杰克。在你见到卡斯托之前，他们肯定会搜你的身。你不能携带任何武器或通讯工具，以防他们发现你还有同伙。"

"我明白。"

杰克知道这位 59 岁的前间谍有非常充分的理由想与休·卡斯托见面。他感觉到他们两个之间的关系远比奥克斯利所透露出来的情况复杂，不过他也没明说。杰克想让奥克斯利留在船上，他觉得现在让奥克斯利和卡斯托见面没什么好处。瑞安试着向奥克斯利解释，他觉得奥克斯利进入卡斯托的地盘会很容易受到袭击，与其冒险还不如用奥克斯利可以揭露卡斯托是俄国间谍这件事威胁卡斯托。

但维克托·奥克斯利根本不听。他说得很清楚，他一定要一起进去见卡斯托。杰克和他的朋友们真想用绳子把他绑起来，免得他跟着去。

俄罗斯人乘坐一架俄产 Mi-8 运输直升机抵达楚格。这其实也没有什么大不了的，因为在瑞士还有很多离岸金融业务。

然而，从直升机上下来的人大都穿着崭新的廉价西装，他们的平均年龄也就 20 岁。作为俄罗斯投资银行家或白领罪犯的平均年龄来说，他们太年轻了。

他们不是"七巨人"有组织犯罪集团的爪牙。他们是斯皮特纳斯特种部队，俄罗斯联邦安全局的特种联队，不过他们的领队倒是具有这两个组织的双重身份。他的名字叫帕维尔·莱奇科夫,既是"七巨人"的成员,也是俄罗斯联邦安全局的人。与队里的其他人一样,他的西装里也穿着肩带枪套,枪套里放着一把小型可折叠的布鲁加-托梅 MP9 微声冲锋枪,背上背着一把带刀鞘的鹰钩弯刀。

俄罗斯人有一张休·卡斯托湖边小屋的简略地图,而且在直升飞机上时他们已经经过了那里。他们到达楚格后,立即上了一辆面包车,往楚格湖西边的小屋驶去。队里的每个人都知道在接下来的任务中自己应该做什么。

他们在森林边缘的一栋湖边小木屋里脱下了为掩盖身份而穿的廉价西装,换上了深色的夹克和棉裤,以便在黑夜中隐藏行踪。

尽管他们知道他们只有八个人,而对方的人要多一些,但帕维尔·莱奇科夫也知道他们的优势在于突袭和有素的训练。

他们登上了一艘八人座的黄道公司的刚性充气艇。

晚上十一点,小杰克·瑞安和维克托·奥克斯利一起走在一条蜿蜒的泥路上,路上静得出奇,只听见两旁的树上露珠滴下来的声音,每隔几分钟就有一辆车子路过,不是雷克萨斯,就是宝马或奥迪。

从丁停船的地方到卡斯托的湖边小屋有将近 1 英里(1 600 米)的路程,所以他们有足够的时间商量如何让卡斯托讲实话的对策。杰克觉得最好的办法就是尽快让卡斯托知道已有很多人掌握了他的行踪。杰克希望卡斯托因为急切地想自救而向他们和盘托出事情的原委,而不是孤注一掷地直接杀了他们俩,然后逃到一些不适用英美引渡条约的国家。

这个计划看起来非常冒险,不过一想到屋子外面还有三名精明强干的同伴潜伏在暗处,杰克倒也不那么担心了。

路上,瑞安向奥克斯利询问他被带出东德后的遭遇。奥克斯利说他被押上了一列火车,路经东德、波兰和白俄罗斯,花了好几天的时间才到俄罗斯。到了俄罗斯后,火车一直开到莫斯科的列宁格勒茨卡亚站,在那里他又被塞上一辆卡车。他们带着他在莫斯科城里转,他从车厢壁上的缝隙里往外看。突然他看到了一个标志,这个标志让他的心头一沉。他知道他们要送他去勒夫托沃监狱。

奥克斯利被关在勒夫托沃监狱的一个小隔间里,隔间的地面是用沥青铺的,天花板上挂着一盏 25 瓦的灯泡,灯泡从早到晚一直亮着。

他们天天提审奥克斯利。奥克斯利声称自己只是一名逃到西方的逃兵,偶然遇到一群穿便装的人在打架,就被卷了进来。他说他以为那个人在被西德的警察欺负,而他只是因为看不惯西方国家的政府才会被卷进来。

克格勃并不相信他的供词,可他们又不能证明他的供词是捏造的。经过几周的精神折

Chapter 80

磨、严刑拷打和死亡威胁，他的口供一直没变过。

他们拿他没招了。

通常，在这种情况下克格勃会采取威胁家人的办法使俘虏招供，不过这个办法对奥克斯利也行不通，因为克格勃根本就找不到他的家人。

直接将这名 29 岁的俄罗斯逃兵拉出去毙了可能是最简单的办法，不过那时候是八十年代中期，执行枪决需要写书面申请、签字，枪决之后还要写执行报告。克格勃一直到 1991 年苏联解体前最后那些日子才处决了他们最后一批犯人。

相较之下，还是把他关起来，让他自然死亡简单些。

奥克斯利被火车运到科米共和国的乌拉尔山脉，关进了古拉格集中营。

瑞安还想多了解些奥克斯利离开古拉格集中营后如何逃回英国的经历，不过他们已经到了湖边小屋。他们沿着长长的车道向休·卡斯托的湖边小屋走去，但他们朝前门走了还不到三分之一的距离，就被一名藏在暗处的保安给拦住了。保安拿手电筒照着他们说："站住。"

杰克用手挡住眼前的亮光说："我们是来这里见卡斯托的。"

"名字？"

"瑞安和奥克斯利。"

"哦，我们正等着你们呢。"

瑞安有些意外，他原本希望卡斯托对自己的突然到访毫无防备，现在看来这明显不可能了。

那名保安冲对讲机讲了几句，一辆 SUV 开了过来。车里下来的人让他们俩趴在车子的引擎盖上，搜了他们的身后一起朝前门走去。

山姆·德里斯科尔从阴暗冰冷的楚格湖里慢慢地一点点浮出水面，以免潜水服上的水滴到湖里发出声响惊动小屋的保镖。他已经把脚蹼和氧气罐脱了下来，一手拿着它们一手拿着手枪，摸黑朝码头北侧走过去。

很快丁·查韦斯出现在码头南侧的水面上，也随身携带着自己的装备。他把装备藏在小屋边缘的一段低矮的护堤下面，确保从小屋那边发现不了他的装备，因为他不想手电筒的光打到氧气管或面罩上。

多米尼克·卡鲁索从码头正下方的水面浮了出来，他把衣服打包好，爬到木式船屋后面的岩石上。

卡鲁索到位后不到一分钟，就有两名保镖巡逻到他藏身的地点。他滚进船屋下面的空隙中，平躺着藏在岩石和船屋的缝隙里，直到巡逻的人离开。

又过了一分钟，巡逻队检查完小屋的后面，就沿着小屋旁边的小山离开了。丁、多姆和山姆从防水箱里取出蓝牙耳机戴上。他们打开耳机,以便彼此间相互通讯,然后每个人都从背包里拿出双筒望远镜,透过房子的窗户关注着瑞安的动向。

休·卡斯托正站在湖边小屋的客厅里,注视着燃烧的炉火,当瑞安和奥克斯利被保镖送进来后,他冲他们打招呼致意。这位 66 岁的老人身穿一件黑色毛衣和一条灯芯绒裤子,他那银色的短发和眼镜在火光的照耀下熠熠闪光。

奥克斯利和卡斯托对视了几眼,瑞安对他们见面后一句话都不说感到有些意外。在来的途中他原以为奥克斯利会冲过去掐住卡斯托的脖子,不过他的想象没有变成现实。

相反,卡斯托让奥克斯利和瑞安坐在沙发上,然后他自己坐在对面的扶手椅上。

客厅里本来有两名瑞士保镖,不过瑞安和奥克斯利一坐下,他们就去了旁边的厨房。瑞安能听到他们就在厨房的拐角,他猜想他们是故意弄出声响以告诫瑞安和奥克斯利。

他们面前的桌子上已倒好了三杯红酒。卡斯托拿起杯子,抿了一口。奥克斯利和瑞安没有动酒杯。

卡斯托没有把他俩绑起来让瑞安感到非常意外。目前看来他也不打算这么做。卡斯托似乎很高兴他们来拜访自己。

卡斯托说:"杰克,你可能不相信,直到今天早上桑迪告诉我的时候,我才知道科比镇发生的事。我看了新闻,我能得出的唯一结论就是明显有人出卖了我和你。"

"桑迪告诉你,我昨天去找他了吗?"

"他说了,"卡斯托耸了耸肩,"不,不。我知道你现在在想什么。桑迪对此一无所知。他只是一名好员工,听话的哈巴狗而已。多少年来,他一直都是值得信赖的职员。他所知道的也就是一些明面上的东西,除了公司的业务,他对我和那些俄罗斯权贵的私人联系并不感兴趣。"

卡斯托用酒杯指着瑞安,接着说:"而你,则恰恰相反,年轻人,你好奇心很重。不得不说,我对你的挖掘能力印象深刻。很明显我低估了你的能力。"

"我可是高估了你的人品。"

卡斯托的眉毛一挑,看着奥克斯利说:"我猜,你都告诉他了。"

奥克斯利说:"我都告诉他了,该死的东西。我什么都不欠你的。"

"我应该让你烂在那里,你这个该死的蠢货!或者我该让他们毙了你。"

"你是该那么做,你这个老混蛋。"

"现在也不晚,'基石'。他们还会逮到你的。"

杰克被他们的对话彻底搞糊涂了。

卡斯托看了看瑞安,又冲奥克斯利说:"他都知道些什么?"

"他知道我救出他父亲的时候被斯塔西的人绑走了,也知道后来我被移交给了俄罗斯人,还知道我被关进古拉格集中营,多年后才出来。"

"很明显,他觉得这也是我的过错。"

奥克斯利没有说话。

卡斯托翘起了二郎腿。杰克看来,他这是故意在伪装。实际上他内心并没有放松。刚才和奥克斯利短暂地争执就是最好的证明。

卡斯托说:"杰克,我对我们的朋友维克托先生在柏林被东德人绑架这件事可一点都没参与。他只是运气不好而已,情况就是这样。我花了好几年,真是好几年,试着查出他发生了什么事。"

瑞安看着奥克斯利,奥克斯利点点头,承认卡斯托说的是事实。

奥克斯利说:"那时卡斯托还没那么龌龊。直到铁幕落下帷幕,大笔资金流落出来之后他才开始变坏,成为了他们中的一员。"

卡斯托使劲摇了摇头说:"我并不是他们中的一员,杰克老弟,我只是个投机者。我花了几年的时间调查奥克斯利的失踪事件,借此机会我在匈牙利、捷克斯洛伐克、俄罗斯建立起了关系网,当然也包括楚格。当苏联解体时,我和一些有权势的人之间建立了互惠互利的关系。我只是利用了这种关系而已。就这么简单。"

杰克说:"亚瑟·加尔布雷斯告诉了你那笔克格勃被偷的钱,而这笔钱和'天顶'有关。"

"事实上,他只给我透露了一丁点儿消息,有其他人告诉了我一些别的消息。不过到加尔布雷斯告诉我那些俄罗斯会计师的消息时,那笔钱早就从楚格储蓄银行转走了。'天顶'把钱换成钻石取了出来。"

"钻石?"

"嗯。'天顶'的上司把 2.04 亿美金全部转到了这家银行的另一个人的账户里,账户主人是安特卫普的一名钻石商人,菲利普·阿尔让斯。他和'天顶'在楚格会面,交给他价值 2 亿美金的钻石原石,然后'天顶'回了俄罗斯。"

"这批钻石后来怎么样了?"

"钻石一直在管理黑色基金的俄罗斯人手里,直到 1991 年他们又把钻石卖给了阿根斯。他们开始慢慢地洗钱,这里几百万,那里几百万。这对双方都有好处,阿根斯能够掩藏他们的非法交易,所以实际上他为他们洗了好几年的钱。当时俄罗斯正在将所有的资产私有化,俄罗斯人在拍卖会上用很少的价钱非法拍卖国有资产,他们就是用钻石换来的钱买下了其中一些国营企业。"

"2 亿美金,那最开始是谁偷了那笔钱?"瑞安问。

卡斯托笑了,"这我得跟你讨讨价了,老弟。"

"讨什么价？"

"等一会儿我会告诉你我想要什么，不过不是现在。我得吊吊你们的胃口。"他抿了一口酒，然后看着酒杯说："法国酒，不是瑞士酒，怪不得尝起来味道不错。"

瑞安和奥克斯利都对酒不感兴趣。

卡斯托耸了耸肩，接着说："早在戈尔巴乔夫上台开始推行自由化改革之前，克格勃就意识到他们遇到了难题。第一届主席团的最高领导层成员开始秘密会面，讨论克格勃的模式不能长久运作的必然性。他们想策划一个后备方案。早在 80 年代中期，他们就已经预见到这个体制最终会走向瓦解，所以他们开始把用于支持拉美地区社会主义革命和扶植那些已经大权在握的社会主义国家的资金转了出来。后来我在这个圈子里的一个联络人告诉我，苏联政府有一笔专门拨给古巴和安哥拉使用的两年期款项被一个为领导工作的年轻克格勃军官偷藏了 10%。他创建了黑色基金，以防跑路时的不时之需。他们学习二战快结束时纳粹的明智之举，不过他们的计划需要比纳粹更为长远，因为他们能窃取的资源可比纳粹多得多。第三帝国（即 1933—1945 年间的德国纳粹政权）仅存在了 13 年，而直到 80 年代末苏维埃政权已统治了 70 年。"

杰克身子前倾，完全听得入迷。看起来卡斯托讲的都是真的，不过杰克来此是另有目的。

瑞安问道："'天顶'是谁？"

卡斯托说："克格勃的高层们为了保护这些暗箱操作，调了一些克格勃的人出来单独成立了一个私人组织。有一名年轻的官员负责管理和保护那些藏在西方的财产，这名官员从苏联红军总参谋部情报局调来一名刺客，那个刺客在阿富汗那些年可谓杀人无数。"

瑞安说："罗曼·塔拉诺夫。"

卡斯托严肃地点点头："是的，就是罗曼·塔拉诺夫。当然，之前我从未听说过他，直到奥克斯利从古拉格出来后告诉了我关于他的一切。"

"你又是怎么知道其他事的？"

"那名负责保管财产的年轻克格勃官员意识到只要自己控制住'天顶'，就能比克格勃的那帮老头儿更有话语权，所以，到了要把钱分给当初想出这个主意的那帮人时，他就派塔拉诺夫去干掉了他们。这也是为什么在 90 年代初期，有两年的时间里经常发现前克格勃和格勒乌（苏军总参谋部情报局）的高官们坠楼、被公交车撞死、尸体出现在莫斯科河，或用枪自杀后连枪也找不到。这都是塔拉诺夫和他的上司在进行收尾工作。"

卡斯托接着说："这些高官中有一个人绝望地找到了我，因为知道我是英国特工，可以保护他。那个人就是前格勒乌高官米哈伊尔·佐洛托夫上将。他把后备计划和黑色基金的事情告诉了我，还有那个负责保管这笔财产的年轻官员犯下的欺骗罪行。除了名字，他把一切都告诉了我。当我们正在调查这件事的时候，他在芬兰湾一次划船事故中死了。"

Chapter 80

"划船事故？"

"是的。显然他出海时忘了带上自己的船。他被人发现时，尸首正漂在距圣彼得堡约 1 英里（1 600 米）的海面上。"

"他告诉你这些情报的时候，为什么你不向军情五处报告呢？"

卡斯托耸了耸肩说："我想从中分一杯羹，所以我去找了俄罗斯人。"

"该死的龟孙子。"奥克斯利咕哝了一句。"他从我这儿知道了塔拉诺夫，并去圣彼得堡找到了塔拉诺夫。他把自己知道的告诉了塔拉诺夫，还说如果他们分给他一些好处的话，他会替他们保守秘密。"

"塔拉诺夫为什么不杀了你呢？"

"因为他知道我手里有杀手锏。我告诉他我知道他曾被关在古拉格集中营，并且得了伤寒，病情严重。你应该看看当我告诉他我有一段他在昏迷时提到'天顶'和克格勃的视频时，他脸上的表情。"

瑞安站了起来。"有段视频？"

奥克斯利替卡斯托回答道："根本没有什么该死的视频，他只是为了唬住塔拉诺夫。"

瑞安又坐了回去。"你告诉他你拷贝了几份，然后藏在了不同的地方。如果你发生了不幸，就有人会将视频曝光。"

"没错。他付给我了一笔钱，不过好处还远不止于此。我们成了生意上的伙伴。这 20 年他一直为我提供情报，而我也一直在帮他追逐他的商业目标。"

"什么商业目标？"

卡斯托没直接回答这个问题，而是说："伙计，你只需要明白我并没有背叛自己的国家。"

杰克简直不相信自己的耳朵。"你竟然好意思这么说？"

"别这么紧张。维克托·奥克斯利已经不再是军情五处的特工，他已经被除名了。他现在只是个平民百姓，当他从古拉格集中营出来，向军情五处报到后，我只是飞去莫斯科和他聊了一下，然后如实地向军情五处的领导层汇报这个人不是我们的特工，没必要采取进一步的行动。他根本就没有官方的援助。"

瑞安简直想杀了眼前这个老头。他说："即便那是真的，你也是个跟克格勃勾结的军情五处的败类。"

"你又错了，瑞安老弟。我在调查中发现的这俩人一直在和克格勃对着干。他们或许是克格勃的前特工，不过后来他们可是平头百姓。他们偷了克格勃的钱，而且从思想上也和他们划清了界线。"卡斯托摆了摆手，以强调下面说的这点。他说："当我还在军情五处的时候，我从没有和外国的情报机构做过交易。我从奥克斯利那里了解到相关的细节后，就从军情五处辞职了，然后找到了塔拉诺夫，也就是'天顶'。我只不过跟他们做了笔交易而已，我帮他们保守秘密，他们付钱给我。我当然不会告诉俄罗斯人有一名刚从古拉格被释放的犯人是军情五处的人。我知道他们会杀了维克托的，所以我绝口不提此事。"

瑞安转向奥克斯利问道："你是怎么逃出来的？"

"1992年3月，我从古拉格集中营获释，当时他们释放了一批政治犯。出来后我坐火车去了莫斯科，几乎饿死在半路上。我兜里一点吃的东西都没有，跟跟跄跄地到了英国领事馆。在街上排队，几乎排了一天的队才见到领事馆的人。

"我告诉柜台的女士我是英国公民，结果却引来了一阵骚乱。我被他们带到一间屋子里，由一名军情六处的人审讯我。我告诉他我被军情五处除名了，不过我给了他一个名字。"

瑞安看着卡斯托，卡斯托举起了双手说："然后我就乘下一班航班飞到了莫斯科。"

奥克斯利说："我也将'天顶'事件告诉了那名女士，她接到了一封从伦敦发来的传真。传真提到了发生在楚格罗特克莱兹梅瑟尔餐厅的爆炸案。我告诉她我就是那个被当地警察抓起来的人，她在记录那次事件的报告边上匆匆记下了我的代号，打算以后再核实。"

杰克说："所以当我给你看那份文件的时候……"

"我知道那上面写的什么。她记笔记的时候我就坐在她面前。"

奥克斯利说："当卡斯托出现时，他告诉我我活着纯属运气。美国人把我拉下了水，克格勃的人也在找我，不过他们都不知道我在古拉格。他告诉我我必须永远隐藏自己的身份，以免被发现。因为，如果80年代被军情五处除名的特工突然出现，会有很多人因此遭罪。"奥克斯利耸了耸肩说："当然首当其冲的就是我。"

卡斯托接着讲述这个故事："奥克斯利只想安度余生。我答应了他。我没告诉俄罗斯人他还活着，也没跟军情五处说他又出现了。我们两个达成了协定。每年我都给他寄一笔钱，足够他过自己想过的生活，他则保持沉默。他知道有一些俄罗斯权贵可以随时了结他。不过，我阻止了这样的事情发生。"

奥克斯利说："现在我才知道根本就没有俄罗斯权贵知道我。这是一个骗局。"

卡斯托摇了摇头说："至少我没告发你，你个狗杂种。"他又转向瑞安说："这20年来，我和维克托一直处在一种打算同归于尽的状态，不是吗？"

奥克斯利咕哝道："我只是想回家独自生活。"

杰克有件事情没搞明白。他问奥克斯利："如果你是为了回家独自生活，那为什么要同意帮助我调查这些事呢？"

"因为一旦'七巨人'开始袭击我，我就知道俄罗斯人开始追杀我了。而且我也知道卡斯托违背了当初的约定。全都结束了，我必须反击。"

卡斯托盯着火堆说："这让我想起了你了，瑞安。你在调查俄罗斯天然气工业股份公司的时候，'七巨人'一直在跟踪你。我本打算采用温和的方式，通过拉蒙特阻止你插手这件案子，但后来在我的办公室，我又用了强硬的措施阻止你。可是'七巨人'发现你已经知道得太多了，并且不会停止调查。后来，有一天晚上，他们的一名国际特工来告诉我，你到科比镇去见了某人。他们把那个人的地址给我了，我才意识到你已经找到奥克斯利了。于是我就把奥克斯利的事告诉了他们。"

"那时候他们就决定杀了奥克斯利。"杰克说。

"他们当然会那么做。"卡斯托的身体向前倾，眼镜反射着火光，瑞安恰好看不到他的眼神。"即使过了这么久之后，对'基石'来说，毁掉一切也不算晚。"

Chapter 81
调查结束

30 年前

　　中情局分析师杰克·瑞安搭乘汉莎航空公司的 727 航班抵达伦敦已傍晚时分，结果在希思罗机场上空遇到了一场雷阵雨。杰克用双手紧紧地撑住座位两边的扶手，就像是要用自己的力量来控制住颠簸的飞机一样。不过这么做其实使他极为痛苦，因为右前臂的绷带下，伤口仍旧火辣辣地疼。

　　飞机摇摇晃晃地降落到跑道上，最后才终于平稳下来。降落过程还算顺利，这才让杰克落下心头的大石。

　　杰克本想直接回位于查塔姆的家里陪伴自己的家人，不过这是不可能的。他知道自己必须先赶去世纪大厦，虽然要到晚上很晚才能到那里。

　　他刚到办公室把东西放下，西蒙·哈丁就走了进来。"欢迎回来，杰克。事情办得怎么样？等一下，你的胳膊怎么了？"

　　杰克把自己的西服外套扔在了柏林的中情局分部，西服袖子上被刀子划破的地方很难再缝补了，而且他也不想回家让凯茜看到衣服上的血渍，尤其是离开前自己还信誓旦旦地向她保证，此行不会有什么危险。

　　他把划破的衬衣袖子卷到肘部，露出缠在手臂上的白色纱布。他没办法向凯茜隐藏自己的伤口，连西蒙都没瞒住。

　　杰克说："出了点意外。"杰克并不奇怪哈丁不知道自己发生了什么事，不过对军情六处总部的人保守秘密仍然让杰克感到尴尬。

　　"让我猜猜。烙铁烫伤的吧？每次外勤执行任务时，没有太太在身边我真是拿熨衣服这件事没有办法。我只是用蒸汽熨一下……"

　　杰克桌上的电话响了。杰克冲西蒙报以歉意的一笑，拿起电话说："我是瑞安。"

"噢，太好了，你终于回来了，"打电话的是巴兹尔爵士，"你那边安排妥当之后尽快来找我。"

杰克坐在巴兹尔·查尔斯顿爵士的办公室，尼克·伊斯汀和巴兹尔爵士坐在他对面。巴兹尔爵士询问他要喝茶还是咖啡，他什么都没要。在伦敦上空盘旋时，他的胃里翻江倒海，十分难受，并且由于前几天经历的一系列事情，他的身体状况更加糟糕了。

他用了几分钟讲述伊斯汀离开后自己在柏林的遭遇。一开始，他讲述得还很平稳流畅，他想让他们知道自己还得进一步核查楚格储蓄银行那笔 2.04 亿美元的内部转账账目，虽然他还不知道应该如何下手。

但当讲到自己决定回赤军团位于斯普恩格街的公寓时，他的解释开始变得含糊不清。到现在他也搞不清到底是什么原因驱使他回到那里，可能是为了证明自己的直觉而作出的最后尝试吧。也正是因为自己的这个性格特点，他才会答应这场糟糕的国外之旅。伊斯汀和查尔斯顿并没有要求他这么做，这更像是杰克进行自我证明的行为。

然后他讲到自己遇见了玛塔·施洛宁。伊斯汀针对他如何确定对方就是真的玛塔·施洛宁而不是个冒牌货提出了几个比较尖锐的问题。和往常一样，伊斯汀的思维逻辑让瑞安觉得气恼，不过他还是尽可能地去解释。伊斯汀把英格丽德·伯奇的名字记了下来，并声称会亲自调查此人。

杰克说："我已经动用我的资源调查过了。兰利那边找不到她的信息。德国联邦情报局也找不到。如果她是东德人，那倒是值得期待。"

尼克说："你所谓的那个真的玛塔，她没说关于戴维·彭赖特的事，对吗？"

杰克明白尼克在想什么。他的任务就是调查彭赖特之死，所以才问了刚才的问题。杰克认为后来所有的阴谋已与彭赖特的死毫不相关了。"尼克，玛塔怎么会知道彭赖特呢？她又不在瑞士。是英格丽德拿着玛塔的身份证去了瑞士。"

"我只是想弄清楚，瑞安。没必要那么介意。"

巴兹尔爵士转向伊斯汀说："尼克，注意点分寸。杰克已经遇上不少事儿了。"

杰克略去了一些细节，很快讲到自己在街上跟丢了玛塔的那段事情经过，然后就是那些在附近街区出没的汽车，还有拦住自己去路的那两个人。

最后他讲到有位好心人冲出来，救了自己一命。

他讲完了，查尔斯顿由衷地感叹道："真是不可思议。"

伊斯汀说："今天下午德国联邦情报局发现了那条密道。他们根据你提供的消息在周围废弃的楼里搜查，最后在博延街一位耳科医生办公室的地板下发现了密道。那里离那个女孩摆脱你的地方只有 100 米。先不说这条密道是什么时候用了多久建的，根据女孩告诉你的情报来看，这是斯塔西建的密道，在西德这边由那名耳科医生做内应。"

瑞安点了点头说："玛塔非常肯定赤军团与瑞士的袭击案无关。她说她是受一个代号'天顶'的俄罗斯人指使。我没把这个信息告诉德国联邦情报局，不过回到柏林的中情局分部后，我给詹姆斯·格里尔打了电话。他从没听说过这个代号，所以去查实了一下，但以前的记录里也没有这个人。你们听说过这个名字吗？"

尼克·伊斯汀摇了摇头，巴兹尔对伊斯汀说："尼克，让我俩单独待一会儿，可以吗？"

伊斯汀似乎有点儿不解。巴兹尔冲他点点头，这位反情报部门的特工不情愿地慢慢站起来，走了出去。

等尼克把门带上以后，巴兹尔说："今天下午晚些时候，事情有了一些进展。我们不想让尼克参与进来。坦白地说，我也不想让你知道。不过我认为你有权知道。"

"知道什么？"

"先说重点。今天早上在哥廷根附近驻守边境的西德士兵听到东西德之间的无人区传来了地雷爆炸的声音。那个无人区布满了地雷。他们赶到事发地查看，结果发现东德那边的人正在回收一具年轻德国女性的尸体。"

杰克用手抱住头说："肯定是玛塔，见鬼，他们杀了她。"

"我也这么认为，但你知道新闻上会怎么报道这件事，对吗？"

"他们会说东德公民英格丽德·伯奇想要逃到西德去，结果被地雷炸死了。"

"是的，除此之外也没有其他可能了。"巴兹尔爵士说。

杰克抬起头问："为什么伊斯汀不能知道这些呢？"

"不是我想瞒他，而是这一切都与'天顶'有关。我第一次听到'天顶'这个名字是今天在唐宁街 10 号（首相官邸）开会的时候。"

查尔斯顿说："首相没有出席，不过她的幕僚长，还有军情五处的局长唐纳德·霍利斯爵士出席了此次会议。"

"英国国家安全局？军情五处？"

"是的。会上我得知军情五处也同时在欧洲展开了行动。我也是第一次听说，这个行动与一名叫'天顶'的俄罗斯间谍有关，不过到现在他都还是个谜。"

"国家安全局怎么会对'天顶'感兴趣？"

"他们有一名特工正在追捕'天顶'。但他们的特工失踪了，不知道躲到了哪里，不过听说他最后一次出现是在匈牙利。"

"我不太明白，匈牙利应该是军情六处的职责范围吧。"

"是的，当我听说他们在我们的地盘上采取行动时，我狠狠地骂了他们一顿。我也不知道为什么要让军情五处执行此次行动。或许如果我们事先知道这名特工的话，就可以在行动上进行把控，这样他就能继续执行任务而不至于失踪了。"巴兹尔说。

"现在他们想让你帮忙找他？"

"是的，军情五处直接找到了唐宁街，然后他们就把我们找过去了。玛吉·撒切尔也要求我们跟进此案。"

"你认为'天顶'会是在瑞士进行暗杀活动的人吗？"

查尔斯顿说："杰克，你也知道，克格勃在其他国家干坏事通常会找枪手，比如保加利亚人。"

"也许这是他们之前采用的模式，"杰克承认道，"不过上周发生的很多事都跟苏联一贯的剧本不太一样。"

巴兹尔说："诚然如此。不过不管玛塔·施洛宁是怎么跟你说的，我们认为有可能是克格勃指使赤军团进行了此次暗杀。或许不是玛塔自己做的，或许也不是她所在的那支游击队的人做的，不过我们仍然确信英格丽德·伯奇和赤军团勾结。这两个组织已经密谋勾结过好几次了，克格勃明显从中受益不少。"

"那么你不相信有'天顶'这个人存在？"

"我只能说我们还没发现任何有关克格勃的杀手在西欧到处杀人放火的证据。我们甚至都不知道是不是克格勃干的。想想吧，他们为什么要杀加布雷尔？据'晨星'说，他在帮他们管理账户，他可是他们的人。"

"可能因为加布雷尔想泄露他们的秘密。"

"泄露给谁？不是兰利，也不是我们。不知道他会告诉西方的哪家情报机构。"

"如果是因为加布雷尔想告诉克格勃呢？"

听到这儿巴兹尔爵士眼睛一亮。"如果他想告诉克格勃，那为什么克格勃要杀了他呢？"

杰克说："我有个推测，巴兹尔。不过没办法证实。"

巴兹尔说："杰克，我想听一下。我想知道你对此是怎么想的。"

瑞安说："这一天我一直都在想这件事。先看看已有的证据。彭赖特断言，在楚格储蓄银行有两拨俄罗斯人。所有的矛头都指向那些掌握了2.04亿美金编号账户信息的人。他们采取非常手段嫁祸赤军团的一支游击队，然后肃清这支游击队，如此一来他们就不能声称自己的清白了。"

杰克长吁了一口气。他几乎不敢再往下讲，因为作为一名分析师，他意识到自己将要触及推论中最危险的部分了。

"我相信是克格勃自己起了内讧。"

"为什么？"

"因为钱。很明显，是为了那2.04亿美金。"

"依我所见，如果克格勃想要杀掉瑞士银行家和英国特工，他们可以指使赤军团或者其他左翼组织去做。根本不需要嫁祸给这些组织。可事实是他们嫁祸给这些组织，然后又把他们全部灭掉以便隐藏他们的诡计，依我所见这不像克格勃一贯的作风。尽管如此，但卷入这些事件的一定是克格勃的人，否则他们怎么可能联系得上斯塔西那边的人呢？""你为什么认为克格勃的某些官员想把钱隐藏起来不让克格勃的其他人知道，而且为什么要把账户开设在西欧呢？"

瑞安说："有没有可能是他们当中的一些人勾结起来，想未雨绸缪建立一个其他成员不知道的基金呢？将一笔钱分成几个账户贮存起来，比如瑞士，以防跑路时需要资金？看看二战快结束时纳粹的做法吧。那些能搞到现金的人都有办法逃掉。"

查尔斯顿说："这都只是推断而已，杰克。我不想扼杀你丰富的想象力，想是很容易的，可从我的角度来说，你能拿得出什么实在的证据吗？"

瑞安轻轻地长叹一声。"没有。一点也没有。"

查尔斯顿双手一摊，"伊斯汀想要结束对戴维·彭赖特之死的调查。我想把他的请求压下去，不过还是没有任何新消息，我想，这件案子估计就要到此为止了。我会把有关'天顶'的案子留给军情五处的人去查，而且看起来即便没有我们帮忙，他们也已经开始着手调查了。我们会尽量在中欧给予他们一些帮助，四处找找他们失踪的特工。不过我担心他们这样彬彬有礼地登门造访，很可能是他们的特工已经遇上了大麻烦。对他们来说一切都已经晚了。"

杰克突然想到了什么。"这个人失踪多久了？他会不会是昨晚救我的那个人？"

查尔斯顿摇了摇头。"他们告诉我说他已经好几个星期没报到了，此外，他是一名打入敌人内部的间谍，西柏林不在他的活动范围之内。"

"我对执行任务的事也没有多少经验，不过他们不是经常很长一段时间都不去报到吗？我的意思是，如果他在外面执行任务，不可能随便找个电话亭就向伦敦报到啊。他们不是偶尔也会做自己的事吗？谁能说他不是去西德找'天顶'去了？"

查尔斯顿想了一会儿。"我可以向霍利转达你的看法，不过就像我说的，失踪的不是我的人，所以我也不能对他的行动方式发表评论。"

杰克叹了口气说："那么，现在该怎么办呢？"

查尔斯顿有些同情瑞安，不过他能说的也就只有这么多了。"你回家看看你的老婆孩子吧，给他们一个紧紧的拥抱。在瑞士时，你在伊斯汀需要帮助的时候帮助了他，而在柏林，你又救了德国边防军第9反恐怖大队特种部队的人，几乎把自己的命都搭进去了。为你自己所做的一切感到自豪吧。既然'基石'失踪了，不管怎么样我们必须考虑他躲起来了的可能性。这可能对他来说是最好的了，万幸的是没有谣言说失踪了一名英国间谍。"

"你的意思是让我不要向兰利提及此事。"

"如果军情五处想要向兰利寻求官方的帮助，会让兰利知道的。不过作为军情六处的联络员，我请你慎重处理此事。我们不想因为四处谈论而导致他遇害。"

杰克摇了摇头。"这次的任务没有任何收获，除了一堆不了了之的案子。"

"有时候情报工作就是这样的，小伙子。我们没有输，杰克，只是也没赢。"

卡斯托的湖边小屋

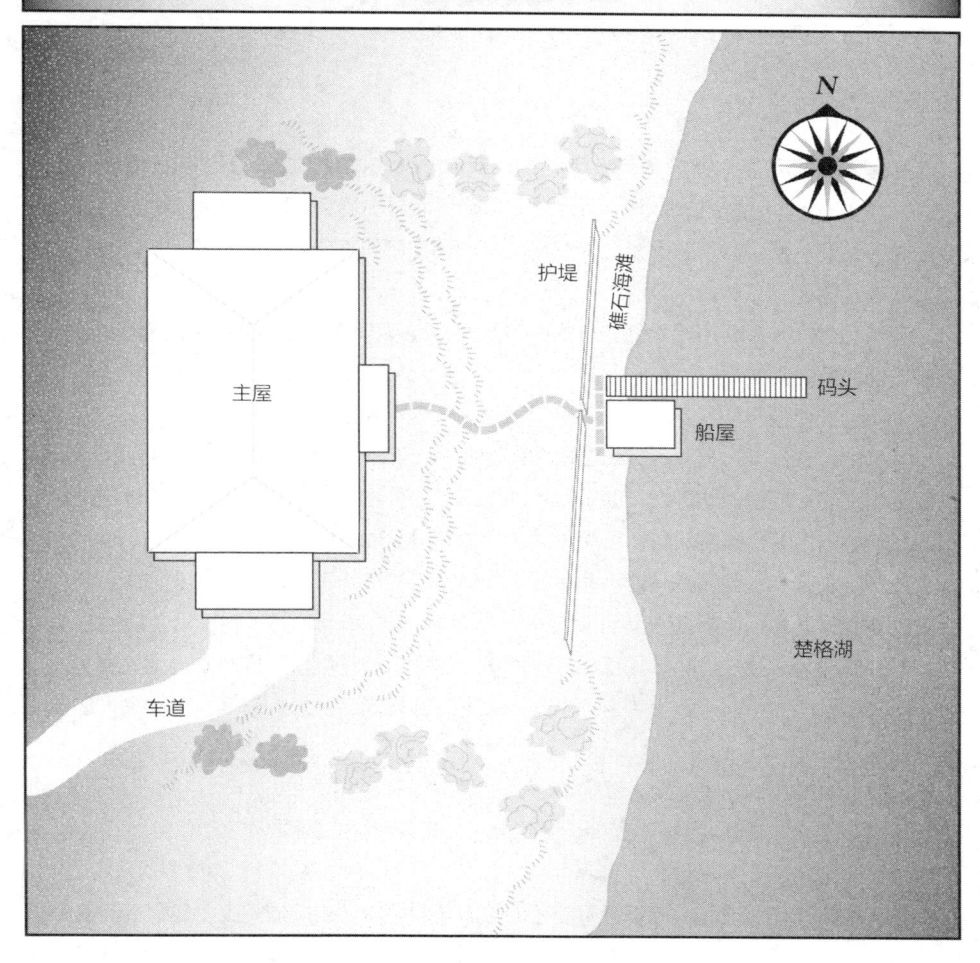

（地图：主屋、船屋、码头、护堤、礁石海滩、车道、楚格湖，指北针 N）

Chapter 82
杀 手

现在

德里斯科尔和查韦斯分别沿着小屋南北两侧的树丛向前移动,到了离小屋后阳台约25码(22.5米)远的地方时停下来找地方隐藏。通过小屋后面阳台的大玻璃窗,查韦斯刚好能够看到瑞安。借着望远镜他能清楚地看到瑞安和奥克斯利坐在沙发上,在他前面有位上了年纪的老人靠着壁炉坐着。

有两名保安一直在小屋后面来来回回地巡逻,所以丁和其他人都没办法接近,否则会有被发现的风险。

他知道即便自己能看到瑞安,可关键时候瑞安还得靠自己。

多姆的位置离湖水最近,他躲在码头旁边的两个油桶和船屋之间。当他正用望远镜观察前面山上的小屋里的动静时,他听到水面上传来一阵微弱的隆隆声。听起来像是某种小艇的发动机的声音。他回头看了看黑漆漆的水面,没发现有灯光靠过来。

过了一会儿,那微弱的马达声消失了,就像突然被关掉了一样。

他通过蓝牙耳机小声地跟其他人联络。

"我是多姆。我发现有船只正在靠近码头。船只没有开灯,而且发动机也关掉了。"

查韦斯说:"听起来似乎是麻烦来了,大家隐蔽起来。多姆,你尽快查出来人是谁,然后告诉我。"

"收到。如果这真是麻烦,我们该怎么提醒瑞安?"

查韦斯说:"嗯,我会开枪。除了这么办,我也想不出其他办法了。"

休·卡斯托在讲述时,杰克禁不住把他想象成一位年轻的情报特工。他相当自信和聪明,他让杰克觉得跟他聊天就像和很久没见面的叔叔叙旧一样舒服惬意,尽管谈话的内容是关于卡斯托导致瑞安遭受袭击的骗局。

杰克意识到卡斯托几乎把自己从任何不正当的犯罪行为中开脱了出来。他不知道卡斯托是否真的这么认为，又或者他只是一个天生的撒谎高手。杰克觉得这通常就是间谍生活的写照，没什么是透明且不掺水分的。

"你在卡斯托＆博伊尔公司所做的一切都是设计来保护俄罗斯政府的。"瑞安说，他想让卡斯托承认自己即便不是个叛徒，至少也是个帮凶。

卡斯托摇摇头。"不，根本不是这样。每次我向主要业务伙伴提供信息时收取酬劳了吗？当然有，但恐怕这只是商业间谍活动。"

瑞安说："你业务上的伙伴恰好都是俄罗斯联邦安全局和政府部门的人。"

"他们是吗？"卡斯托狡诈地一笑说道："我只是和俄罗斯天然气工业股份公司及其下属公司的人走得近罢了。"

瑞安问了一个一直萦绕在心头的问题："你把这些告诉我到底是想我做什么？"

卡斯托说："俄罗斯的一些关键人物总会意识到你去科比镇见的那个人也曾经在古拉格呆过，而罗曼·塔拉诺夫恰好在那里得了伤寒，并且在医疗监护室说了不该说的话。到了那时他们就会推断出我利用了他们。他们知道奥克斯利和我肯定有会给他们带来毁灭的情报。他们也就没有理由再留我们在这世上了。"

瑞安将他话里的意思挑明了。"现在塔拉诺夫已经了解你和奥克斯利了，他会明白你在视频录像带的事情上糊弄了他。这时候他就会派人来杀你。"

"不幸的是，这正是我现在的处境。我可以把周围安排满保镖来保护我，可塔拉诺夫迟早会像对待格洛夫科、祖耶夫、比留科夫以及二十年前克格勃和格勒乌的高官那样对待我的。"

"你想要什么？"

"我想跟你做个交换，我用这些年搜集的情报来换取你们政府的诉讼和人身豁免权。"

"美国政府吗？"

"是的。就像我说的，我从事了商业间谍活动。但我不是间谍，也不是叛国者。我可以用我所掌握的情报来为自己赎罪。很明显你父亲不会违背英国方面的意愿，但我肯定他可以促进英国方面放弃对我的调查，以免我的罪名加重。"

"那就具体点儿，你要告诉我父亲什么情报？"

"我可以证明德米特里·纳萨诺夫就是通过俄罗斯政府搞到 12 亿美金的那个家伙，他是'七巨人'有组织犯罪集团的人，别名'伤疤'格列布。"

杰克看了看奥克斯利，又转回来看着卡斯托。就在他刚要说话的时候，有个保镖从厨房跑了进来。

他用英语说："卡斯托先生。我们接到报告，有人正从湖上接近小屋。我们带您上楼去。"

查韦斯看着这群黑衣人快速爬上小屋后面的山头上，他们一边前进一边展开队形，两个一组地低身前行。

丁断定这些是俄罗斯人，除此之外他也想不出其他可能了。他不确定他们到这里来是为了瑞安、奥克斯利还是卡斯托，又或者是为了他们三个。不过他发现这些人都端着冲锋枪，而且从他们的动作可以看出，这是一支训练有素的战斗武装。

蓝牙耳机里传来了多姆的声音。"他们刚经过我的位置。如果需要，我可以从这里向他们开火。"

"不行，"查韦斯说，"我们在外面和这群混蛋交火的话，那些瑞士保镖会从屋子里冲我们一起开火。他们会全部瞄准暗处开枪，把我们都给干掉。"

查韦斯正躲在屋子外面的松树丛里。他说："我想对着天空放一枪，以此提醒瑞安。不要干预我，再说一遍，不要干预我。"

查韦斯举起武器准备开枪，并且要确保开枪发出的火花不被小屋的人发现。就在他刚把手指放在扳机上的时候，自动步枪射击的声音就响彻了夜空。

屋子旁边的车道上有一名保镖在朝着这些已经在山头上展开了队形的入侵者开火。

丁放下武器说："好吧。等俄罗斯人冲到里面，我们正好从他们后面攻击他们。在那之前，我们待在自己的位置上不要动。"

山姆和多姆通过无线电表示赞成查韦斯的计划，不过查韦斯现在很难听清他们说了些什么，因为有二十几架自动机枪已开始猛烈射击了。

卡斯托、瑞安和奥克斯利跟着保镖上了楼，到了后面一间卧室里。刚进卧室，保镖塞给卡斯托一把手枪，然后转身下楼去了。

卡斯托把枪举在身边，然后看着瑞安。"你带朋友来了？"

杰克回答道："这些不是跟我一起的人。我觉得他们可能是俄罗斯人。"

英国人的脸色唰地变了，他知道瑞安说的没错。

"我的人会阻止他们。"

"他们当然会，"瑞安说，"但你的人要比俄罗斯联邦安全局的特种部队还厉害。"

"救我。"卡斯托说，语气中明显透着一股恐惧。

"把枪给我。"

"不。"

"你看起来连手枪怎么用都不知道,我看你只能靠耍嘴皮子才能离开这该死的地方了。"杰克说。

卡斯托现在看着奥克斯利。奥克斯利说:"照他说的做,你个混蛋。"

就在这时,屋子的一扇后窗被打碎了。他们三个正好暴露在下边枪战的火线上,但卡斯托仍然朝着声音传来的方向转身。瑞安开始过去拿他的枪,不过这个老人很快就发觉了,并调转枪口对准瑞安。

他说:"听着,杰克。我可以告诉你任何你想知道的事。所有的事情都行。打电话给你父亲,让他派人过来。"

"派人过来?"杰克摇了摇头。"当杀手们就在门外等着时,你以为你还有讨价还价的余地?"

激烈的枪战声从他们下面的厨房传来。卡斯托吓得跳了起来,用枪指着地面。杰克又走向他,但这次卡斯托又哆哆嗦嗦地把枪对准了他。

奥克斯利说:"休,你他妈的把枪放下,别伤到人。你把枪给我们俩谁都可以,我们会从这儿出去的,我们都会从这儿出去。"

卡斯托摇了摇头。现在他的自信和夸夸其谈都消失殆尽了。他说:"我会拿着枪。如果他们冲进来,我还用得着。"

此时查韦斯、德里斯科尔和卡鲁索已从藏身处出来,开始移动了。他们每个人都朝着小屋不同的入口冲过去。德里斯科尔跑到了车道附近的入口,门是开着的,有个死去的瑞士保镖躺在潮湿的路面上,他的枪掉在了一边。山姆把枪捡起来,从死者胸前拿起一个新的弹药夹装上,然后进了楼里。

查韦斯在小屋的另一面,他沿着树丛跟着两名俄罗斯人,看着他们从一扇玻璃推拉门进了一间卧室。卧室里一片漆黑,他们接近那里的时候没有保镖阻拦他们,不过等他们一进去,整个房子的一楼就充满了枪声。丁开始朝着玻璃推拉门过去,但房子前面的冲锋枪的声音响彻黑夜,子弹擦着丁的脑袋呼啸而过。他快速冲过门口,勉强躲过了瑞士保镖们的子弹。

卡鲁索离屋子最远,不过最终他还是成功移动到了后门。此时后门和周围窗户的玻璃都已经被打碎,他穿过碎玻璃走进去,立刻遇到了两个俄罗斯人正举着枪从厨房穿过来。

多姆先看到了他们,他们转动身子以保卫彼此。不过他开了两枪,两枪都爆了头。就在这时他听到旁边的房间里传来枪声,还有德语的喊叫声。又传来用手枪回击的声音,多姆站的位置旁边的墙上被打得粉尘四溅。他赶紧爬到沙发后面的地上躲了起来。

二楼，卡斯托站在床边。他在瑞安和奥克斯利之间来回走动，他们站在他右侧 8 英尺（2.4 米）远的地方，而下楼的门口则在他前方 10 英尺（3 米）远的地方。

杰克盯着他充满恐惧的眼睛，生怕他颤抖的手会不小心扣动扳机。

卡斯托说："你父亲需要我活着，我手里有情报。"

奥克斯利说："你一直在强调用你那该死的情报来换你的命。但在这种时候它不能带给你任何好处。你给我闭嘴，等着俄罗斯人上楼来吧。"

杰克想让他冷静下来，他说："听着，卡斯托。外面有三个我的人可以救我们，我们只需坚持到他们把外面的事解决掉。不过我提醒你一件事。如果他们进来的时候看到除我之外的人拿着枪的话，他们会毫不犹豫地开枪。"

"沃洛金，我能证明都是沃洛金干的。"

杰克不太明白。"沃洛金怎么了？"

"我能证明瓦列里·沃洛金是罗曼·塔拉诺夫的上司。八十年代，正是他一手策划了'天顶'的杀人计划，也正是他从克格勃高官那里偷走了那笔钱。"

杰克摇了摇头。"胡说八道。"

"这不是胡说。带我离开这里，我会给你证据的。"

瑞安看着奥克斯利，奥克斯利只是摇了摇头。他也不知道这些情报是真是假。

卡斯托又说："沃洛金知道，当苏联解体之后，黑社会将会成为国家的实际掌权者。而且他还知道，生活在古拉格地区的有组织犯罪团伙严格按照他们的等级划分管理着那边的监狱，他们将会成为这些地下世界的领导者。于是，他和塔拉诺夫想出了一个计划。他把塔拉诺夫丢进古拉格集中营，这样，他就能从俄罗斯的罪犯中培养出一批忠实的党羽。塔拉诺夫被投进科米共和国位于瑟克特夫卡尔附近的监狱，在那里他得了伤寒。计划被搁置了几个月，直到他康复。不过他又尝试了一次。这次他被安插到了古拉格的另外一个监狱，在那里他花了四年时间，在'七巨人'组织里培植自己的势力。当他从监狱里获释后，他就成了组织里的头儿。他被称为'律贼'，还有一小股誓死效忠于他的武装力量，他利用这股力量帮助西罗维基派重新掌管政府。他一边保护西罗维基派一边扩充自己的组织。他们暗杀沃洛金的敌人，打击当权的政治家来为他铺平前进的道路。他在背地里担任'七巨人'有组织犯罪集团的头儿，所以他自己也能明目张胆地进入政府部门任职。他成了新西伯利亚的警察局局长，后来当沃洛金进入克里姆林宫当上总理后，他把塔拉诺夫提拔为俄罗斯联邦安全局的地方长官。而现在，瓦列里·沃洛金让罗曼·塔拉诺夫掌管着整个俄罗斯的情报工作。"

奥克斯利摇着头。他看着瑞安说："不可能。这混蛋为了保命在撒谎。他说的都是一派胡言。"

"你怎么知道他在说谎？"

"你得明白。塔拉诺夫根本不可能成为'律贼'。如果你曾为苏维埃政府效力过，那你根本不可能在俄罗斯黑社会里被选为头领。相信我。这个组织有着一套铁一般的纪律，不过这只针对他们最顶层的人。即使你只为苏联政府送过信，你都不能被选为'律贼'，更不要提做过该死的安保工作了。"

杰克说："但可能塔拉诺夫是以平民的身份进入古拉格，或许他对他们隐瞒了之前的经历。"

卡斯托说："事实就是这样。"

杰克说："奥克斯利，如果'七巨人'发现塔拉诺夫曾经是克格勃的人，并且对他们撒了谎而成为组织头领的话，他们会怎么处置他？"

奥克斯利看了他好一会儿，脸上慢慢浮现出笑容。他说："他们会杀了那个该死的混蛋。"

突然，他们面前的门爆裂开了，门的碎片和门框四处横飞。卡斯托急忙转向爆炸的地方。他举起手里的枪，不过杰克突然跳到卡斯托面前，抓住他手里的枪，猛地用力一扭把枪夺了下来。在夺枪的同时，他向门廊望去，有个黑衣人正举着冲锋枪瞄准他。杰克知道来人就要朝他开枪了，他猛转身，抓住手柄举起枪来，不过他知道自己已没足够的时间率先开枪了。

可就在这时，维克托·奥克斯利出现在瑞安右侧，从空中跳了过来，用自己的身体挡在瑞安和破门而入的俄罗斯人之间。一梭子机枪子弹射了过来，子弹造成的冲击使英国人高大的身躯被打得一阵摇晃，然后往地上倒了下去。

休·卡斯托现在手里没有武器，奥克斯利倒下的时候他把双手举起来想保护自己，但俄罗斯人冲着他的前胸和腹部一阵射击，把他打翻在一旁。

最后，俄罗斯人把枪口转向站着的瑞安，就在这时一颗子弹砰的一声洞穿了他的头颅，他的手一松，枪也掉了下来。

杰克在 12 英尺（3.6 米）开外一枪爆了他的头。

他向前冲去，一脚把那个死了的俄罗斯人的枪踢开，探身往楼梯间望去。又有一名俄罗斯人端着枪上来了。

瑞安朝着对方开了一枪又一枪，直到把他打下楼梯。

然后杰克冲回奥克斯利身边。这位 59 岁的老人前胸中了三颗 9 毫米的子弹。他喘息着，眼神变得飘忽不定。

"见鬼！"瑞安喊道，"坚持住，奥克斯利！"

奥克斯利抓住瑞安的胳膊，鲜血沾染在瑞安的衬衣上。他咳嗽了一阵，血从嘴角流出来，浸湿了嘴唇和胡须。

杰克使劲按住他的胸口，但伤情太严重了，血也止不住地流。杰克往四下里看看，想找些东西来堵住伤口。一条毛巾，一件衣服，或者床单都可以。

在那儿！床尾的位子有条羊毛围巾。他想过去拿，但奥克斯利把他的胳膊抓得更紧了。

他开口说话了，但他声音太小，杰克不得不俯身到他的嘴边。"没关系，伙计。这样挺好的，现在你要照顾好自己，照顾好自己。"

他抓住瑞安的手松开了，眼睛飘忽了一下就闭上了。

杰克沉浸在悲痛中，他不想放开奥克斯利，但楼梯间传来的脚步声使得他用沾满鲜血的手又握紧了手枪，对准楼梯口的位置。

一个身影出现在楼梯口。

来人是卡鲁索。

多姆马上放下枪，瑞安也是。多姆冲着耳机说："我找到杰克了，在二楼，这里没发现敌人。"

多姆迅速冲到奥克斯利身边，跪在瑞安旁边，任很快他发现自己也无能为力。

Chapter 83

帕维尔·莱奇科夫

小屋的里里外外，遍地躺满了尸体。山姆、多姆和丁一起检查现场，确保再没有活着的敌人。他们顺便数了一下死亡人数，一共 18 人。

小屋隐蔽在一片茂密的森林里，与世隔绝，但他们知道枪声可以沿着湖面传出去很远。所以丁告诉大家必须在警察赶到之前溜走。德里斯科尔正在死人堆里忙活着，他把俄罗斯人的脸用相机拍下来，将照片传给比瑞进行脸部识别，而多姆则把他们的手机和口袋里的东西收集起来。

很快，查韦斯带着瑞安上了俄罗斯人的汽艇，多姆和山姆跳上甲板后他们朝着浓雾中驶去。几分钟后，第一批闻讯赶来的警察就到了。

他们开了一个小时的车，到了苏黎世。尽管他们还没有真的想好到底去哪儿，但他们还是计划先飞到巴黎，这样可以避免海关离境检查。

瑞安还在为奥克斯利的事情沮丧不已。他无法接受奥克斯利为自己挡下子弹的事实。他知道自己应该打电话给父亲，把自己从休·卡斯托那里得到的消息告诉他，尽管这些消息他还没办法证实。但他没办法拿起电话，拨下号码。他只是坐在那里，将额头靠在桌子上。这时其他人有的在工作，有的在讨论他们刚经历的战斗，偶尔有人过来拍拍他的背，安慰他一下。

与克拉克通过电话后，克拉克让他们飞去基辅，不过他坚决不让瑞安下飞机。在基辅，其他人下了飞机后直接去安全屋，这样他们还可以继续追查"伤疤"格列布，而瑞安则直接搭乘湾流公务机飞回英国。

他们飞了还不到一个小时，克拉克又打电话过来了。山姆打开了客舱里的扩音器。

"什么事？"

"我有条大新闻,伙计们。你们中大奖了。"

查韦斯说:"怎么回事?"

"你们在现场拍的那些死去的家伙中,加文已经搞定了其中 7 个人的信息了,不过第 8 个人可大有来头。"

"他是谁?"

"上周他在基辅的费尔蒙大酒店与'伤疤'格列布见面时,我们拍下了他。当时加文把他的脸与我们资料库里的数据进行比对,没有任何匹配数据。但我们试了今晚拍的照片,想确认一下,可有一个数据匹配成功了。美国联邦调查局有一份关于他的通缉令跳了出来。他们上传了他的一张照片,与我们的照片是匹配的。"

丁说:"在软件里死人的照片反倒比活人的照片好用?真是怪事。"

"不。上次没匹配成功是因为当时他的照片还没被上传。通缉令是刚刚发出来的,他被通缉是因为他跟谢尔盖·格洛夫科钋中毒案有关。"

飞机客舱里的人都震惊地相互看了一眼。沉静了一会儿后,查韦斯说:"唔,我真该死。"

加文说:"是啊。另外还有,他拿的电话就是我们在休·卡斯托的伊斯灵顿公寓追踪到的那个电话号码。那部电话的主人是帕维尔·莱奇科夫。我们推测那就是他的名字。"

卡鲁索说:"那么莱奇科夫既是'七巨人'的成员,也是'伤疤'格列布的手下,还跟格洛夫科被下毒一案有关。"

"没错,多姆。"加文说。

这时瑞安坐直了身体。他说:"根据卡斯托的供述,俄罗斯联邦安全局的局长塔拉诺夫,也是'七巨人'有组织犯罪集团的首领。这样的话,刺杀格洛夫科的应该是克里姆林宫的安排。我打算给我父亲打电话,至少他应该派人到基辅来把纳萨诺夫,也就是格列布抓起来。"

克拉克说:"派人到费尔蒙大酒店来可没那么简单,格列布的身边有一大堆保镖,而且整座酒店都布满了忠于俄罗斯人的武装分子,即便是海豹 6 队也不能轻易得手。更重要的是,俄罗斯人的军队就在基辅东边 40 英里(64 公里)外,并且他们还在不断向西推进。"

瑞安说:"如果我们现在不把纳萨诺夫抓起来,就再也没有机会了。一旦俄罗斯军队来了,或者他逃回俄罗斯,就再也抓不到他了。"

德里斯科尔补充道:"而且现在莱奇科夫已经死了,他一定会急得如坐针毡,猜测着自己的人是不是被抓获并且都招供了。"

克拉克说:"你们赶快回来。我会尽快弄清楚酒店的情况,这样一旦美方决定拿下这里,我们也可以提供些有用的情报。我会去机场接你们回安全屋。"

Chapter 84

再次合作

今天下午早些时候，第 75 游骑兵团的人搭乘四架支奴干运输直升机抵达了机场。他们一下飞机，就在附近的楼里分散开，检查现场的安保情况，确保围墙、大门及其他设施完好无损。

不到一个小时，场地清理完成，直升机开始着陆。

直升机的驾驶员把飞机降落在一片草坪上。这里并不是理想的降落点，毕竟他们是降落在一个主要的国际机场上，所以每个人都认为这里应该有一块停机坪用来安置游骑兵团的支奴干运输直升机、空军救援部队的黑鹰直升机、美国特种联合作战司令部的"小鸟"直升机以及陆军的基奥瓦勇士直升机。但机场的乌克兰军方向美国军方解释说机场北端是最安全的地方，所以新的联合作战指挥中心就设在这儿了。

四架"死神"无人机已从机场起飞，飞往整个战场。现在整个联合作战指挥中心和所有的飞机都已经抵达，四架"死神"无人机的机库被用来安置军队和装备。

晚上八点，迁过来的联合作战指挥中心已经建好并开始运行，到了八点半，他们命令军队开始到东部敌区执行激光瞄准的任务。

巴里·杰科夫斯基上校，代号弥达斯，在联合作战指挥中心里来回走动，他让情报官联系还在为乌克兰军执行激光瞄准任务的小组。英美联军正在有序地撤退，但随着俄军穿过乌克兰东部，继续朝着基辅和第聂伯河推进，弥达斯知道自己采取的软牵制战略已转变成了一系列打了就跑的突袭，而且在之后的全面撤退过程中就很快会变成小范围的袭扰。

他的人仍然在战场继续消灭俄军的装甲部队，如果不是有这些特别行动小组，俄军两天前就已经到达基辅了。

弥达斯刚打算从冰箱里拿出一罐可乐，就听到耳机里有人叫他："弥达斯，五角大楼的电话，国防部长打来的。"

弥达斯早将可乐抛诸脑后，朝自己的桌子走去。不一会儿，他接完国防部长罗伯特·伯吉斯的电话，十分钟之后他又拿起座位上的电话，拨了一个号码。

铃声响了几声后，他听到那边说："我是克拉克。"

弥达斯长舒了一口气。"我是弥达斯。你还在基辅吗？"

"是啊。你呢？"

"我在鲍里斯波尔机场。我们将联合作战指挥中心搬到了这儿。"

"哦，在基辅东面20英里（32公里）左右。你们在那儿安全吗？"

"如果我们在爱达荷州会更安全，不过在那儿我就不能指挥行动了。"

克拉克笑了。"真没想到在现在这种情况下你还能如此幽默。"

"我也就剩这点儿幽默了。"

"我能为你做些什么？"

"我想知道你们是不是还在监视费尔蒙大酒店。"

"是的，虽然位置不太好，但能从安全屋看到酒店的情况，也能看到楼顶的阳台，格列布的人监视着那里。为什么这么问？"

"你们能看到酒店大楼的楼顶？"

"当然能。"

"那里怎么了？上次我查看的时候，那里有几名暴徒和两架直升机。那是民用机型，不过看起来相当结实。"

弥达斯说："那正是我所担心的。"

"你能告诉我发生什么事了吗？"

"你能不能想办法来鲍里斯波尔，我们当面谈谈？"

克拉克又笑了："我十分钟后要出门，去给我的几个手下接机。他们还有一个小时就到了。我们在机场南边的公务机候机楼见面吧。你在哪儿等着？我过去。"

"克拉克，你真有点儿像我楼上住的那个疯大婶儿。我宁愿少点儿人知道你。我们在公务机候机楼见面，然后聊个二十分钟？"

"收到。"克拉克笑着说。

寒夜里，克拉克独自坐在长椅上，周围一个人都没有。尽管0.25英里（400米）外的飞机跑道上每半分钟就会有飞机起飞或降落，但其中一半的航班都是带着人们从这里撤离的民用飞机，而另一半则不是军用运输机就是战斗机。

克拉克正在回忆自己以前到过的世界各地战区的民用机场，这时弥达斯的身影出现在公务机候机楼远处的拐角处。他穿着一件尼龙大衣和一条牛仔裤，克拉克猜他衣服下面一定穿着防弹衣，带着枪。他是一个人来的，这让克拉克觉得很有趣，因为他可是美国在乌克兰所有作战行动的最高指挥官。

"多谢你抽空来见我。"两人握手时,弥达斯说。

"很高兴见到你还是完好无损,"克拉克说,"我能帮你做些什么?"

弥达斯没有浪费时间,见到克拉克即说:"我接到命令,要派一些人到费尔蒙大酒店去抓德米特里·纳萨诺夫,也就是'伤疤'格列布。显然他与格洛夫科钋中毒一案有关。"

克拉克知道这件事,不过他也没提及此事。他说:"为什么不派美国特种联合作战司令部或者海豹 6 队的人去呢?"

黑暗中,弥达斯看了克拉克一眼。克拉克知道海豹突击队和三角洲特种部队之间有点儿过节。

"你是海豹突击队队员,不是吗?"

"然而海豹 6 队的队员还没回来。"

"是的,海豹 6 队的队员没办法及时赶到这里。现在的问题是有证据表明纳萨诺夫打算跑路,也许就在今晚。如果我们现在不实行抓捕,他可以向北逃窜到白俄罗斯边境,或者向东躲到还在继续向基辅推进的俄军那里。如果他这么做了,海豹 6 队再想抓住他的唯一办法就是深入敌人的领土。"

"那么现在你就得去抓他。"

弥达斯看着跑道上正在起飞的两架米格战斗机。"我这边没有足够的人手。"

"你现在有多少人可以参加此次行动?"

"A 队现在正在与俄军纠缠,试图利用交通堵塞来挡在俄军的装甲前面。A 队的人数剩下还不到一半,如果我再从他们那里调人,他们就更没办法阻止俄军了。作战部队也被分成多个小组派出去了,不过我倒是有 12 名突击队员和侦察兵因为所在位置被占领而撤回联合作战指挥中心了,但这就是全部的人员。"

"你可以派游骑兵来执行这个任务吗?"

"不行。虽然游骑兵快速反应部队肯定可以完成这个任务,但我需要他们随时待命,以应对东部的突发情况,而其他人要负责这里的安全保卫。"

"12 个人也拿不下那里。"克拉克直截了当地说。

"他们不需要拿下那里,只要抓住纳萨诺夫就行。"

克拉克叹了一口气。"该死的,弥达斯。我不知道你是否打算只派 12 个人去袭击酒店,不过我希望你能听我的劝不要这么做。不管是三角洲特种部队还是其他部队,只派 12 个人去的话,会有一半弟兄回不来的。"

弥达斯说:"我和乌克兰军队的一名上校关系还不错。他的营队负责保卫城里的政府机构,他是个民族主义者,他手下的人都是经过挑选的,不会跟他对着干。他和中情局合作了好些年了，去年我来这边的时候就认识他了。

"我不指望他去袭击那座酒店，帮我们抓纳萨诺夫，不过我至少相信他不会把这件事告诉俄罗斯人。我想我可以让他派一支军队到费尔蒙大酒店去，就驻扎在酒店外面，佯装成要从下面进攻的架势，或者派几辆装甲车停在大厅的楼梯上。只要分散'七巨人'的武装力量的注意力就行了。"

克拉克说："那么格列布就会搭乘直升机逃走。"

"只要我们不袭击屋面、破坏直升机和切断他的逃跑路线。咱们私下里说，我原本想直接派一架'小鸟'直升机发射火箭弹摧毁他们停在酒店大楼楼顶的直升机，不过这样一来他可能也会被干掉，而我们接到的命令是活捉他。他就住在酒店的顶楼，所以我们不能直接摧毁直升机。我们得冒险下去，在俄罗斯人赶来之前把他带走。"

克拉克点了点头，他明白弥达斯为什么来找自己了。他说："我有三名顶级的射手。那天你见过两个，另外还有一个游骑兵。你可以让你的人进去抓纳萨诺夫，我的人会照管那些直升机，如果需要的话，也可以到酒店帮你的作战部队抓人。"

弥达斯说："非常感激。还有一个问题，怎么解决你的人的武器问题？"

克拉克说："嘿，伙计。你们可是美国军队，我提供人，你们提供枪支弹药。"

"嗯，很公平，我看看我能张罗点什么能帮得上忙的东西。"

二十分钟后，湾流公务机降落了。约翰·克拉克登上飞机向自己的人解释了一下刚才的情况。当然，山姆、多姆和丁立即就可以出发，但克拉克知道自己要先处理点其他事。

杰克·瑞安说："约翰，采取行动的话，多个人多份力量会好些吧。"

"对不起，杰克。我不能让你去那里。"

"为什么？"

"你知道为什么。这样做会曝光你的身份，也会连累你的父亲。即使粘上胡子，三角洲特种部队的人也能认出你。虽然这是校园情报处的事，但你不能和军方掺在一起，即便是三角洲这样的秘密部队。"

瑞安转身看着查韦斯，想让他帮忙替自己说说情。

不过查韦斯说："约翰说得没错，最重要的是，过去的几个月我们一直在训练，而你离队很长时间了。这次的任务非常紧迫，不管发生什么，我们都要紧而有序地完成。"

多姆走过来，抓住杰克的肩膀，"这件事完了之后，跟我们一起回美国吧。我们很快就能把你训练回以前的状态。"

瑞安点点头。尽管他对自己被留在机场而其他人可以去费尔蒙大酒店执行任务感到不满，但也只好接受现实。

当克拉克与自己的人见面时，弥达斯走到停在停机线后的基奥瓦勇士直升机旁。他发现康威和佩奇正躺在自助餐厅旁边的干货储藏室一角的睡袋里，这两个人都全副武装，甚至连鞋子都没脱，打算在执行下个任务之前睡上一小时。

当弥达斯过来的时候，他们俩都醒了并站了起来。

弥达斯说："问个愚蠢的问题。你们能输送部队吗？"

康威揉了揉眼睛说："能。我们的飞机有多用途轻型直升机装备。我们可以把武器挂架拆了，换上长凳，这样我们就能在机身外侧搭载六个人了。"

"你们以前这么干过吗？"

康威和佩奇相互看了彼此一眼。康威摇了摇头说："从来没有。"

"那么，我想这次对大家来说都是个新体验。我想要你们送 6 个人到一家酒店大楼的楼顶。除了突击步枪，可能还有火箭弹，我们认为对方应该没有其他的对空武器了。不过，对于那块区域我们也没有过多的影像资料。"

他坐下来详细地向他们描述了自己的需要。描述完后他说："我不会强迫你们参加此次行动，因为此次行动确实非常危险。"

佩奇和康威交换了一下眼神，然后，康威作为代表自信地说："我们准备参加此次行动，弥达斯。我们会在执行任务前把直升机改装好。"

弥达斯和他俩握了握手，然后匆匆回到联合指挥控制中心，还有一大堆事情等着他去做呢。

Chapter 85

基奥瓦勇士的特殊任务

　　基辅鲍里斯波尔机场北端联合作战指挥中心的直升机停机坪在凌晨一点钟的时候开始活跃了起来。
　　两架 MH-6"小鸟"直升机的螺旋桨已经开始转动，而由康威和佩奇驾驶的黑狼 26 基奥瓦勇士直升机也已经完成了起飞前的检查，只等最后的起飞指示了。
　　丁·查韦斯和山姆·德里斯科尔曾经都坐过飞行中的直升机外侧，而多姆·卡鲁索则没有，且他自己也不太想这么做。
　　他看了看基奥瓦勇士直升机的外侧安装的那一排小长凳，意识到等会儿自己要坐在这儿了。然后又看了看那条细长的用来钩住防弹衣防止自己坠落摔死的限位绳，他的第一反应就是"他妈的没门"。
　　他看着丁说："我有个好主意。不如我开辆巴士在后面跟着你们吧。"
　　丁拍了拍他的包裹说："很早之前我就学会了一个办法。我把自己绑起来，然后告诉自己我正在看一部非常精彩好看的电影，有着超级大的屏幕和非常棒的音响效果。"
　　卡鲁索满脸狐疑地看着他问："那样有用吗？"
　　查韦斯不置可否地耸了耸肩。"当我年少无知的时候还挺管用的。"他冲着卡鲁索眨了一下眼睛后，又补充道："你应该试试。"
　　当他们绑扎就位后，三个身穿黑色制服和防弹衣的身影从联合作战指挥中心的楼里走了出来。从他们肩上扛的自动步枪来看，显然是三角洲特种部队的人。
　　其中一个人看着基奥瓦勇士直升机说："我们中奖了，看来我们得坐到这架老废物的另一侧了。"他用自己戴着手套的手依次和丁、多姆以及山姆握手，后面两个三角洲特种部队的人也跟着这么做。
　　"你们是谁？"其中一个三角洲特种部队的队员问查韦斯。
　　丁笑着说："你们应该更习惯于别人这么问你们吧？"

"你没有回答我的问题。"

"你回答过这个问题吗？"

那个家伙摇了摇头。"没有。"

"好吧，"丁说，"做得很好。"

三角洲特种部队的人显然以为，克拉克的团队属于中情局特别行动部，不过克拉克和查韦斯以前倒也真是那儿的人。他们没打算消除这个误会，克拉克甚至注意到站在甲板上的弥达斯也并不打算戳破他们。

当三角洲特种部队的队员走到直升机另一侧之前，康威和佩奇从飞机上下来，向这些将要一起执行任务的队员进行了自我介绍。

康威说："我们将离开这里，向西南方向进发。我们会跟在两架 MH-6 直升机后面。到达第聂伯河之后转向北行驶，保持低空飞行直达基辅。根据我们走的路线，我们离目的地有 31 英里（50 公里）远。我会尽可能飞得隐蔽点儿，不让俄罗斯人和乌克兰军队里的亲俄分子知道我们的行踪。这意味着我们要尽量低飞快飞。我只是想先告诉你们，此行会很刺激。路上你们会看到桥梁和电线等，你们最好祈求我也能看到它们，所以别吓坏了。就像我说的，我们会跟在'小鸟'直升机的后面，我没有夜视系统，开的也不是'小鸟'直升机，所以如果你们坐在飞机外面吓得尿了裤子或者把晚饭都吐了出来，我可不负责任。"

听完之后，卡鲁索立即想到后面将要发生的事，脸都吓绿了。

丁说："不用担心我们，我们都捆得很结实。只要你不撞到墙上或地上，我们都没事儿。"

"我们到了之后，其他直升机会迅速用绳子把人放到楼顶的安全出口。我会降落到楼顶，当我降落后你们要立即下飞机。然后我会起飞回到河边，在那儿等你们回到楼顶后，再接你们走。"

丁说："听起来不错。"

他们又花了一两分钟时间讨论突袭之后如何带着俘虏离开，以及如何带伤兵撤离。丁觉得如果一旦有人受伤，那么没什么好办法可以帮他离开酒店楼顶。他从大家那里得到的印象是如果一个美国人受了伤，在那儿等着乌克兰救护车的话，生还概率会更大一些。

他尽力把这些忧虑从心头赶走，告诉自己最好不要让自己或弟兄们受伤，随后他把自己绑在了狭窄的板凳上。

五分钟后，基奥瓦勇士直升机起飞了，慢慢地低空飞过机场。直升机在夜里寒冷的空气中向上爬升，前面几百码的地方就是两架 MH-6 直升机。

对多姆来说，前面的几分钟并没有和自己想的一样糟糕。他的耳塞很好地阻隔了螺旋桨的噪声，而且他夹在山姆和丁中间，不会担心被吹走。当他们飞跃平川时，他遇到的主要问题还是刺骨的寒风。他倒是穿了很多衣服和装备，也戴着凯夫拉尔头盔和防风镜，不过他的脸颊还是感觉像要冻住了一样。

就在多姆觉得这次飞行其实也没那么可怕的时候，基奥瓦勇士直升机突然在空中一阵猛烈地颠簸。多姆的头盔撞到山姆头上，而丁的头盔也撞到多姆头上。

他们刚刚掠过一排位于一片开阔地带的高压线上空，多姆觉得自己的靴子都快碰到电线了。

机头拉高了足有 20 英尺（6 米），他们则直接掉向直升机机尾。多姆觉得自己的脊椎都快被压断了，胃里翻江倒海。

他身体前倾，往前方看了看，感觉心都凉了。到第聂伯河那边之前还有很多电线和山头。

该死。

现在卡鲁索觉得自己就好像在反复地重温一场可怕的空难一样。基奥瓦勇士一会儿向上爬升几百英尺来翻越电线、建筑物和山头，一会儿又骤然沉下去，就这样忽上忽下地加速前进。尽管多姆还绑在窄凳上，但他的身体已感觉失去了重力，腿似乎都飘到了身体前面，他不得不抓住胸前的 HK416 自动步枪，不让枪乱动。

之后失重感消失了，他感觉背带上的拉力和后背上的压力又回来了。这时直升机已降至最低点，贴着地面进行超低空飞行，多姆睁眼一看，一些小房子的屋顶就在眼前掠过，树尖都比直升机的位置高。

他确信飞行员已经疯了，而且他严重怀疑他们是想把他的心脏病吓出来。

直升机从低空掠过森林中间一块貌似露天矿场的地方，借着灯光看得很清楚，矿场周围堆有很多砾石堆。

没有任何事前警告，直升机就猛地转了个弯，机尾甩向一边，多姆这边的三个人都被甩到了右侧。基奥瓦勇士直升机侧飞了大概 100 码（90 米）左右，在多姆看来自己是在飞机行进方向的正前方飞了一段后，又恢复正常继续向前飞行。

这个转向太突然，长凳上的人被搞得歪七扭八，晕头转向。多姆向右侧看去，正好看到山姆·德里斯科尔身体稍稍前倾，然后开始在空中狂吐不止。

卡鲁索往旁边靠了靠，虽然他很确定被山姆吐一靴子的呕吐物不会是今晚遇到的最糟糕的事，但他还是一脚把他踢开了。

停止呕吐后山姆腾出一只手握着胸前的步枪，用前臂擦了擦嘴和胡子。他转向多姆，发现多姆看到了整个过程后，他轻轻地耸了耸肩，像是在说这没什么大不了的。

直升机又开始在山的另一边颠簸了，这下轮到多姆吐了。

二级准尉康威驾驶着直升机，在距第聂伯河冰冷的水面 30 英尺（10 米）的上空飞行。

他的眼睛盯着领路的两架"小鸟"直升机中间的水面和来往的船只。他面前复杂的仪表盘指示着他离下一个航路点还有多远以及直升机系统的运行状态。

前面遇到过一艘船的桅杆，他把直升机拉起来避开它。他知道自己正把机身外面挂着的那几个人当作提线木偶一样甩来甩去，不过他现在也没精力去顾及诸如身体舒适度之类无关紧要的问题了。

左前方就是费尔蒙大酒店，它是第聂伯河西岸沿岸最高的建筑物。"小鸟"直升机的夜视驾驶员通过无线电提示道："还有一分钟。"佩奇也报告说，雷达没检测到可疑的敌机。

康威从后面看着这两架黑色的小型直升机慢慢地从水面上升起来，然后快速地在酒店屋顶上绕了一圈。他看到屋顶上掠过几下枪炮的闪光，"小鸟"直升机立即射出了更多的枪弹进行反击。

他们开始从河面上慢慢向上爬升，机头朝上慢慢减速。

他听到无线电里传来"压制南侧的屋顶和阳台上的火力"。

快靠近屋顶面的时候，康威进一步减速。现在他都可以听到自己这一侧的三角洲特种部队的队员在冲着直升机附近的敌人射击。几秒钟之内目标全部被消灭了，然后按照其中一架直升机驾驶员的命令，两架"小鸟"直升机下降到屋顶上方。康威的眼睛来回盯着仪表盘和外部环境，不过还是瞥见有人正沿着直升机上垂下的绳子滑下去。

不一会儿，9名战士已全部下到楼顶，并朝着楼梯间移动。两架直升机又回到空中，康威立即移动就位，放下自己的乘客们。

屋顶上的空间足以停下三架直升机。两架大型欧式直升机停在停机坪上。

他尽可能快地就位，在下降过程中他一直盯着螺旋桨。这时佩奇将身子探出舱门外，倒数着飞机离屋顶的距离米数。

"5、4、3、2、1"降落到地了，佩奇转身冲着自己这一侧机舱外的那几个人大喊："快！快！快！"

康威也转身准备冲另一侧的人喊，不过他这一侧的三角洲特种部队的人已朝楼梯跑过去了，紧跟着从"小鸟"直升机上下来的那批人。

佩奇这一侧的几个神秘的男人也很快下了直升机，佩奇向康威报告已经没人了。基奥瓦勇士直升机升到夜空中，掉头向南驶去，小心地避开已在北侧就位的两架MH-6"小鸟"直升机。

Chapter 86
抓捕纳萨诺夫

丁·查韦斯带着自己的两个人到了第一架欧式直升机旁，爬上停机坪的时候，他看到最后一名三角洲特种部队队员消失在通往纳萨诺夫藏身处的楼梯间，不过他没过多关注楼梯间的状况。他在认真地听着此次袭击的实时通讯，这样就可以在他们撤退时做好准备。一名三角洲的爆破队员交给多姆一个小型聚能炸药包，现在多姆从包里拿出炸药包。山姆和丁让多姆踩在自己的肩膀上，把他举起来。多姆在直升机的机身上平衡好身体，然后把脚放在他们的肩膀上站了起来，这样他就可以够到螺旋桨。他把爆破装置安放在螺旋桨轴上，然后自己滑了下来。

他们又花了几分钟在另一架直升机上安放好炸弹。等多姆回到停机坪后，他们三人一起跑下停机坪朝着其中一个楼梯间跑过去。

他们三人被要求尽可能少利用三角洲特种部队的通讯网络通话，以免产生不必要的干扰。不过等他们三个都到楼梯间的安全处躲好后，多姆手里拿着引爆装置对着通讯设备说："突击队，这里是楼顶。楼顶上的炸弹已经安放就位。"

"收到，楼顶。确认楼顶已没有我们的人后引爆炸弹。"

"收到。"丁说。多姆按下了无线引爆器上的按钮。

上面接连传来两声爆炸声，两架直升机的螺旋桨被摧毁了。

查韦斯知道他们负责的那部分任务已经完成，只等撤退了。但他听到楼下两层仍在传来猛烈的枪战声。无线电里有人报告"飞鹰受伤"，这意味着有一名三角洲特种部队的队员受伤了。

丁冲着声音嘈杂的无线电说："这里是楼顶。B队，我们现在在楼梯间。如果你们需要，我们可以下来照管伤员，完毕。"

"楼顶，下来吧。从楼梯间下到九楼，不要离开楼梯间，我们在楼梯间碰面。八楼的楼梯间里有一支我们的阻击队把敌人挡在下面几层,所有在九楼走廊里出现的人都会被当成敌人干掉。"

"明白。"丁说着,就和山姆、多姆一起向楼梯冲去。

根据枪战的声音,丁判断三角洲特种部队的阻击队遭到了敌人的强烈反抗。还没等他们到达和第一名伤员碰面的地方,就传来了第二名队员受伤的消息,这名队员就在他们下面一层的楼梯上。丁让山姆下去试着把那人弄到楼顶上来,他和多姆则等着第一名伤员从走廊里转移到楼梯间来。

无线电里持续传来激烈的枪声,多姆凑到丁跟前说:"该死的俄罗斯人,他们的人手也太多了。"

"是啊。"丁说。

走廊的门开了,两名三角洲特种部队队员拖着一名伤员的防弹衣出现了,这名伤员的腿部受了伤,正在流血。多姆和丁扶起他,一人架着他的一条胳膊帮他站了起来。

那两名三角洲特种部队的队员转身准备重新回到套房区去,不过丁说:"楼梯听起来好像要分崩离析了一样。我确定他们下面传来了很大的爆炸声。"

其中一名三角洲特种部队的队员说:"那整件事情就糟糕了。把他带到屋顶,然后回来帮下面的队员撤离。"

"收到。"丁说。然后他和多姆一起架着伤员向屋顶转移。

楼上几层经过五分钟的持续枪战后,三角洲特种部队的队员在无线电里说他们已经抓住了德米特里·纳萨诺夫,不过他们也被困在了下面。山姆和楼梯间里两名幸存的三角洲特种部队队员在被几十号"七巨人"的歹徒包围前,刚撤回九楼。现在他们正在往下面丢手榴弹和闪光弹,试图阻止这拨匪徒。

多姆和丁被三角洲特种部队的队长拉回了楼梯间,他让他们去走廊里掩护电梯方向。他们到了电梯间发现一名突击队员的尸体躺在敞开的电梯里,旁边还有四具"七巨人"的尸体。第二部电梯上来了,多姆和丁一看到里面六名持枪的家伙立马把枪举了起来。

他们两个扑到地上,朝里面开火,将一整夹子弹都射了出去。等敌人全部倒下,多姆冲上前去把一个人的尸体拖到电梯门口,确保电梯门无法关上。这样,下面的敌人就不能再利用电梯上来了。

就在这时,走廊尽头的一扇门突然打开了,查韦斯猛地转向那边,顺手掏出手枪,因为他的步枪已没有子弹了。他看到两名三角洲特种部队的队员正拉着一名头戴面罩、双手反绑在背后的人出现了。

走廊里的四人都拿着枪,枪口相互指着对方。丁率先放下手枪,冲着无线电说道:"我们是自己人！"

三角洲特种部队的队员马上收到了，他们将步枪放下，推着那名俘虏向前走。丁发现其中一名三角洲特种部队的队员中枪了。他的右肩上满是血渍，绑着一条被血染红了的绷带。

多姆已把那名死去的队员的装备取了下来，然后把他扛到肩上，挣扎着朝楼梯间走去。

他们四个刚朝着楼梯间走了没几步，山姆和另两名三角洲特种部队的队员就从门那边过来了。他们又把对方当成敌人，举起枪指着对方，不过很快大家都发现这只是一场误会。

山姆说："楼梯间已经被敌人封锁，我们得另寻出路。"

他们转身朝着套房区的入口走去。丁和山姆用枪口对着楼梯间的门口，他们俩把"七巨人"的人阻断在那里，一名三角洲特种部队的队员扔了一颗烟雾弹来掩护他们朝走廊里撤退。

到了套房区，突击队队长通过无线电呼叫他们。其他人已经把后楼梯清理干净了，所以大家都到套房区后面去，回到员工通道区，在那里与三角洲特种部队的其他队员们会合。

又花了将近二十分钟，大家才回到屋顶上。三角洲特种部队的队员两死六伤。山姆·德里斯科尔的脸和胳膊在楼梯间里被炸弹的碎片划伤了，而德米特里·纳萨诺夫则伤到了手。

第一架"小鸟"直升机到了，他们把两名重伤员绑在四名轻伤员中间。直升机摇晃着起飞到空中，朝着相对安全的第聂伯河河域驶去。

接下来他们呼叫基奥瓦直升机降落。校园情报处的人和三角洲特种部队的队员们一边掩护着楼顶的两个楼梯间，一边等着直升机降落。

当康威朝着楼顶降落的时候，佩奇冲着无线电喊道："往右点！往右点！"

埃里克不知道发生了什么，不过他按照佩奇的指示做了。当他这么做的时候，他发现德雷正匆忙地抓起步枪，朝着机舱门外瞄准。

德雷喊他："偏转一百八十度，然后稳住！"

康威按照指示做了，现在距离楼顶只有25英尺（7.6米）高。透过德雷的位置向外看，他发现有一队敌人正利用绳子从九楼的阳台往屋顶上爬。很明显这样做他们就不必经过被掩护起来的楼梯间了。

德雷用M4步枪朝正在向上爬的四名敌人开火。两个掉了下去，另外两个躲在停机坪的底座后面。三角洲特种部队的队员看到了刚才发生的那一幕，他们把剩下的人干掉了。

片刻之后，康威的直升机降落了，一个头戴面罩的俘虏被绑在他左侧的长凳上。队员们快速地系好绳索，有两名队员看起来受伤了，不过康威正集中精力关注着飞机的雷达和机身右前方的楼梯间出口。他知道全副武装的敌人随时都可能会从那扇门冲出来。

有人在无线电里说："再等我们半分钟！"

Chapter 86

康威回道："去你的半分钟！我们得马上起飞！"

他朝肩后望去，看到队员们正朝着另一侧的楼梯间入口射击。他知道子弹随时可能会打中直升机，于是，在等待的同时，他抓起自己的步枪，探身出去，朝后面瞄准。

然而，还没看到任何目标，他就听到无线电里传来佩奇的声音："我这边弄好了，三名队员已经就位。"

康威看了看自己这边的两个人，其中一个是俘虏。他呼叫三角洲特种部队的队长："黑狼 26，已经做好撤退准备，一共五个人，包括俘虏。请确认人数。"

"没错，黑狼 26。离开楼顶。"

"收到。"

直升机升起到夜空中。飞机上的人朝着阳台上越来越多的敌人开火。康威知道，最好朝着敌人火力的反方向飞去，于是他从西面那堵墙上飞越过去，然后像下落的石头一样朝着街道猛地俯冲，以摆脱阳台上敌人的火力袭击。

多姆·卡鲁索抓住绑在身上的带子，把眼睛闭了起来。他觉得他们这是要钻到街上去了，但像之前一样，基奥瓦直升机恢复了平稳，而他的脊柱也再次付出代价。他足有半分钟没敢睁开眼睛，等睁开之后，他高兴地发现他们已飞行到水面上了。

返回鲍里斯波尔的航程依旧像来时一样充满惊险与不适。好几次多姆都以为他们正被其他直升机追捕，因为基奥瓦勇士一直在采取各种疯狂的躲避方式。

坐在多姆右边的纳萨诺夫吐了。呕吐物沿着他的面罩流了出来，卡鲁索用戴着手套的手伸到他的面罩下，帮他清理脸上和鼻子上的脏东西，以免他窒息而死。

这个举动让多姆也有些想吐了，不过他的胃里已经没有什么东西可以奉献给下面这片森林了。

Chapter 87

审　讯

　　直升机抵达鲍里斯波尔机场的时候，约翰·克拉克正站在飞行线上。他看到受了重伤的三角洲特种部队的队员先下了飞机，被抬进救护车，然后他们用担架把两名队员的尸体抬下了飞机。

　　受了轻伤的队员在别人的帮助下，被安置在跑道线上，那里有空军救护医疗队的人帮他们处理伤口。

　　最后下来的是伤疤累累、疲惫不堪的队员们，他们带着自己的战利品——戴着沾满呕吐物面罩的俄罗斯人——走了过来。

　　与此同时，弥达斯发现克拉克站到了自己身旁。他握着克拉克的手说："你的人在这件事上可是帮了我一个大忙啊。我真不知道该怎么感谢你。"

　　克拉克没有错过这次良机，他说："我知道你该怎么感谢我。我们想和纳萨诺夫谈谈，给我们五分钟时间。"

　　弥达斯抬起头，"你们可以把他带回去好好揍一顿，为什么只是想和他谈谈呢？"

　　克拉克简单地解释了一下，他和他的团队得到情报，可以利用纳萨诺夫和俄罗斯政府的某些人讨价还价。克拉克没有提到任何细节，不过解释完后他说："我们觉得这是个可以让俄罗斯从乌克兰撤军的办法。"

　　"如果是这样，我完全同意。"弥达斯说："到底怎么回事啊？这次行动我们一直在和敌人们周旋，早都玩儿够了。没想到还不如全力以赴把我们的俘虏交给几个平民闲聊一会儿。既然如此，最多给你们五分钟，我已经准备好了一小时内把他送出去。"

　　纳萨诺夫被带到联合作战指挥中心库房后面的一间小办公室里，他被铐到一把椅子上。除了医护人员检查他的生命体征，还有给他喝威士忌的时候，他那块脏面罩一直套在他头上。

两名突击队队员守在门外，纳萨诺夫知道自己被留在了一个空房间里。直到他听到电灯开关的声音，克拉克和瑞安走了进来，拉开两把椅子坐到纳萨诺夫面前。

沉寂了几秒钟。纳萨诺夫左看看右看看，不过他戴着面罩，什么也看不到。

克拉克用俄语说："德米特里·纳萨诺夫，我们终于见面了。"

纳萨诺夫没有回应。

克拉克说："我知道你是谁，德米特里·纳萨诺夫，你是'伤疤'格列布、'律贼'、'七巨人'有组织犯罪集团的成员，你还是安提瓜和巴布达浅滩银行的董事会主席，瑞士楚格国际金融有限责任公司的总裁。"

纳萨诺夫用微弱和不自信的声音说："不对，不过你可以继续说下去。"

"帕维尔·莱奇科夫现在正被监禁在美国。"

"他是谁？"

"他是上个月把钚带去美国的人，他是密谋袭击美国总统儿子的人，他是被拍到在基辅与你会面的人。他还想在瑞士暗杀英国商人休·卡斯托。但他失败了，现在他和卡斯托已经把你的事情都供了出来。"

克拉克希望这些根据事实而撒的谎能给这个俄国人带来沉重的打击。

纳萨诺夫说："我不知道你在说什么。"

克拉克说："你在基辅为俄罗斯联邦安全局工作，不过在俄罗斯占领基辅之前事态已发生了变化，所以他们也帮不了你。总之我们会把你运送到一个隐秘的地方，所以这里发生什么对你来说都无所谓了。"克拉克凑到他被蒙起来的脸旁说："你现在得听任我们摆布了，德米特里，你完蛋了。"

纳萨诺夫没有说话。

克拉克退了回来，换了一个不那么严肃、就事论事的口吻说："我想知道你是怎么会为罗曼·塔拉诺夫卖命的。"

"塔拉诺夫？我不明白。刚才你还说我是有组织犯罪集团的成员，现在又说我为俄罗斯情报部门工作？能不能直接告诉我你到底想怎么样？"

克拉克抓住时机说："塔拉诺夫就是'七巨人'有组织犯罪集团的头号人物，这已经得到了证实。"

"证实？"纳萨诺夫笑了。"你从脸书上看到的吗？"

克拉克跟着他一起笑着说："通过其他方式证实的，德米特里。1987—1991年，罗曼·塔拉诺夫一直待在古拉格集中营。他就是在那儿成为'七巨人'有组织犯罪集团的成员的，还是名特别成员。"

纳萨诺夫完全呆住了。

"不过罗曼·塔拉诺夫并不是一直都在古拉格，德米特里。他先是为克格勃工作，之后因为某些目的才去了古拉格。"

纳萨诺夫又笑了。"不管你是谁，你做这么多错误的假设，很明显就是想旁敲侧击，试图从我这儿套出点消息。"

"告诉我，我哪里说错了，德米特里？"

"你所有的指控完全是莫须有。"

"怎么会是莫须有？"

纳萨诺夫在面罩后面轻蔑地笑了一下。

克拉克说："你觉得不可能是因为你知道塔拉诺夫是'律贼'，而且在进入俄罗斯联邦安全局之前一直是'律贼'。你们的领导层之所以允许他这么做，是因为时代变了，也因为这么做能够让'七巨人'组织在俄罗斯得到了实权，进入克里姆林宫。"

纳萨诺夫没有说话。

克拉克说："不过这就是你错的地方了。塔拉诺夫是克格勃的人，他利用了你，就像利用所有人一样。"

沉默了一会儿，纳萨诺夫说："他没利用我们，他是我们中的一员。"

克拉克说："如果在八十年代，他是格勒乌的军官和克格勃的杀手的话，怎么能当上'律贼'？你们又没有改过入会条件。"他冷冷地补充道："他现在就在利用你。你的组织就是他登上权力之巅的垫脚石。对他们来说，成为'律贼'就是克格勃的一步棋而已，并且是非常成功的一步棋。"

纳萨诺夫说："这全都是谎言。即使是真的，那也是很久以前的事了。"

"不，不是这样的。我知道你们这种组织的规矩。你们不会因为过去了几年就原谅他。他被奉为'律贼'的每一年都是对你们圣洁法则的进一步践踏，他戏弄了你们所有人。"

克拉克凑得更近些说："而你不能容忍他这样对待你们，对吧。"

"你想怎么样？"

克拉克说："我刚才告诉你的一切都即将公之于众。塔拉诺夫可能会否认，不过你知道后面会发生什么，认识他的人将会自动出现。大家都会知道俄罗斯联邦安全局的局长同时也是'七巨人'有组织犯罪集团的老大。这会在你们内部引起麻烦，给所有人带来麻烦，可能除了组织中直接归他领导的那些人。"

"你在说什么？"

"当'七巨人'组织只是克里姆林宫的傀儡和打手的消息传出去的时候，你们的组织除了做出改变就没其他路可走了。德米特里，你可以撑过去。"克拉克又往前凑了凑，几乎挨到纳萨诺夫的耳朵了。"不过塔拉诺夫不能。"他停顿了一下说："他能吗？"

Chapter 88

博　弈

美国总统杰克·瑞安坐在椭圆形办公室里,他面前的桌子上放着一本记事本,记事本上记着几条他亲手写的重要笔记。他瞥了一眼时钟,然后看着自己的电话,尽量克制着自己如潮的思绪。

这是他政治生涯的关键时刻之一,尤其是想到自己接下来几分钟做出的决定将关系到几千、几万、甚至几十万人的生死。

昨天晚上他开了好几个小时的会,参会的人还有斯科特·阿德勒、玛丽·帕特、杰伊·坎菲尔德、鲍勃·伯吉斯、马克·乔根森。

会议中他们都向自己作了报告,不过与这些专业人士比起来,更重要的是他与儿子通了九十分钟的电话,从而使事情有了转机。

小杰克首先把"基石"被俄罗斯人杀死的消息告诉了父亲。作为父亲,杰克最关心的是自己儿子的安危。小杰克为了使父亲相信自己完好无损,只好把多明戈·查韦斯拉过来给自己当证人了。

关心了小杰克之后,瑞安总统仍在对那位曾经救过自己,也救过自己儿子的人被杀而感到震惊。小杰克开始把自己所知道的证据、人物和细节等连珠炮一般地讲述给他的父亲。他的故事主要是关于罗曼·塔拉诺夫和瓦列里·沃洛金,以及毒杀格洛夫科的那名黑手党之间的关系。

杰克匆匆地记录笔记,询问一些解释,然后他将笔记誊抄到自己的笔记本上,以便将来可以查阅。

当初楚格储蓄银行那个编号账户与另一个账户交易钻石的消息尤其引起了他的注意。尽管现在瑞安已经想不起具体细节了,但他依稀记得当时关于钻石有一个疑问。

当他结束与小杰克的通话后,他把大家都叫到了战情室,并把自己了解到的全部情况告诉了他们。玛丽·帕特和杰伊赶紧出去核实他们可以引用的条款,阿德勒向总统提出了关于此事的下一步建议。

他决定立即派人逮捕德米特里·纳萨诺夫。伯吉斯建议派基辅的突击队员执行这次任务，瑞安签署了这个计划。

现在纳萨诺夫已被抓住了，尽管他还没开口，但大家一致认为瑞安总统应致电沃洛金，把事情讲明白。尽管还没办法证实，但我们可以威胁沃洛金，告诉他我们会将所有已掌握的信息公之于众，使他被政治边缘化。

电话上的信号灯在闪烁，杰克知道打到莫斯科的电话已经接通。他深吸了一口气，把笔记本摆到面前，拿起了话筒。

电话里传来沃洛金的声音。当然他说的是俄语，不过瑞安还是能听出他语速很快，并且很自信。通讯室里翻译的声音要比沃洛金的声音大，所以杰克很容易听清翻译的话语。

他说："总统先生，我们终于可以谈谈了。"

杰克说的是英语，克里姆林宫的翻译很快将他的话翻译给了沃洛金。他说："沃洛金总统，在开始谈话之前，我有个建议希望你能慎重考虑一下。"

"建议？或许你的建议是让我辞职吧。是这样吗？"他为自己开的玩笑大笑起来。

瑞安没有笑。他说："我的建议是不要让你的翻译参与此次谈话。我要说的事情只能对你一个人说，我的翻译可以替我传达我的意思。等我讲完了，如果你愿意，你可以再让你的翻译回来参与我们的对话。"

"你这是什么意思？"沃洛金问道。"你不能为我们的谈话设定条件。这只是你为控制谈话而耍的小伎俩。我不会被你唬住的，瑞安总统。那是俄罗斯的最后一任总统，不是我。"

杰克又等了几秒钟，直到沃洛金的翻译将他愤怒的咆哮翻译完。然后他说："我要谈的内容是关于'天顶'。"

沃洛金的翻译将这句话翻译给了沃洛金，然后话筒那边沉静了一小会儿。

"我不知道这是什么。"瓦列里·沃洛金说。

"那好吧，"杰克·瑞安回答道，"我会告诉你。我会把所有细节都告诉你。银行账号、姓名、日期、受害者，所有的前因后果。你是想让你的翻译走开呢，还是我直接开始讲呢？"

杰克没期望话筒那边能有任何回应，不过沃洛金说："我就暂时迁就你一下。"他的声音听起来已经充满了戒备。

等克里姆林宫那边只剩下沃洛金之后，瑞安没有直接谈"天顶"，而是开始讲其他的事情。"总统先生，我有直接的证据证明你与谢尔盖·格洛夫科钋中毒一案有关。"

"我早就等着你这么说了。我已经向全世界证明，为了将罪名嫁祸给俄罗斯，你撒了各种各样的谎。"

"'七巨人'有组织犯罪集团的杀手帕维尔·莱奇科夫将钋交给了委内瑞拉人,然后他们毒杀了格洛夫科。我们有莱奇科夫的照片。"

沃洛金说:"没人会相信照片的。另外,你自己的国家也有犯罪集团,不是吗?我也可以说是你们国家的团伙犯的案啊?"

"我们还拍到了莱奇科夫与'七巨人'有组织犯罪集团德米特里·纳萨诺夫会面的照片。"

"我要把我的翻译叫回来。你说的话每个俄罗斯人都可以听,尽管这只能让他们见识到一个冷战老间谍的愚蠢。"

瑞安说:"罗曼·塔拉诺夫与'七巨人'有组织犯罪集团之间的关系是你一手策划的间谍行动,他晋升为该组织的领袖,正如你爬上了克里姆林宫的宝座一样。不过罗曼·塔拉诺夫现在完蛋了。我们已经把塔拉诺夫在掌权之前曾是克格勃特工这件事告知了'七巨人'有组织犯罪集团的一些关键人物,这对他们的组织来说是非常严重的亵渎。我可以想象得出,这会让他的日子变得很难过。"

沃洛金开口说话了,杰克注意到他并没有把翻译叫回来。他说:"这都是一派胡言。"

"总统先生,休·卡斯托给我们提供了证据。你知道证据是存在的。昨晚我们活捉了德米特里·纳萨诺夫,并让他看了证据,从他的言谈中我们可以看出他已经相当生气了。一旦我们把他弄上电视,让他讲述俄罗斯联邦安全局是如何交给他 12 亿美金,并让他扰乱乌克兰局势,毒杀谢尔盖·格洛夫科,促进非法交易以便西罗维基派继续侵占俄罗斯人民的公共财产,到时候你的地位就岌岌可危了。"

"沃洛金总统,尽管塔拉诺夫会因此被毁弃,但对你来说前方还是有出路的。如果你愿意,我们会披露钋中毒案的调查结果,将矛头指向'七巨人'有组织犯罪集团。这样,在你们之间的关系毁掉你之前,塔拉诺夫像格洛夫科一样被毒杀的事实会给你从中脱身的机会。"

沃洛金说:"你这么做的目的又是什么?"

杰克明白他的意思。沃洛金是想问美国方面想要什么样的条件才不会把俄罗斯政府与"七巨人"有组织犯罪集团之间的金钱交易曝光出来。

瑞安说:"很简单。你的军队就此停止进攻,回到克里米亚。你会取得一场小小的胜利,尽管你本不应该取得任何胜利。如果你这么做,我们就不会把你和'天顶'联系起来。"

"我是不会任人摆布的。"

"但是你可以被摧毁。当然不是被我,我不想发动战争,不过你可能会从内部被摧毁。俄罗斯人需要知道他们到底是谁在掌权。俄罗斯人不会相信我,也不会相信纳萨诺夫、卡斯托以及过去三十年来的其他人,但那些死去的人有证据,一旦事实公之于众,证据自然会自己出现。"

"如果你认为我会害怕你的宣传鼓动,你就错了。"

"沃洛金总统,克格勃那些还活着的老狱警会查看时间,银行家们会查看银行账户,监狱部门也会调查塔拉诺夫的信息,有些欧洲国家会重新调查那些陈年旧案。如果受我的鼓动,雪球从山顶滚了下来,那可要不了多长时间。我说的每件事都会得到证明的,而且大家也知道该去哪儿看。"

瓦列里·沃洛金挂断了电话。

过了一会儿,一名助手说:"总统先生,要我再打给他吗?"

"不了,谢谢。"瑞安说:"我已经把要说的话都告诉他了。现在我们就等着看他的回应吧。"

在俄罗斯停止入侵乌克兰,把军队撤回克里米亚两天之后,罗曼·塔拉诺夫从俄罗斯联邦安全局辞职了。与他在政府任职期间一贯的作风一样,塔拉诺夫没有发表任何辞职声明。反而是瓦列里·沃洛金走到了自己最喜欢的新闻媒体面前,在接受了大家对他严厉打击乌克兰东部恐怖主义的高度赞扬与成功的祝贺之后,他说自己有个非常不幸的消息要宣布。

"我已经对罗曼·罗曼诺维奇·塔拉诺夫失去了信心。有关他与一些有组织犯罪集团勾结的事实已真相大白。本着对俄罗斯民众诚信、公正、负责的态度,我认为塔拉诺夫已不再适合担任目前的职务了。"

沃洛金任命了一个大家都没听说过的人来顶替塔拉诺夫的位置,他从自己信赖的智囊团里挑的人选,尽管这个人几乎没有情报工作的经验。另外,他命令将塔拉诺夫从所有的官方文件中除名。

罗曼·塔拉诺夫明白,成为一名不光彩的"律贼"意味着什么。现在对他来说,整个俄罗斯再没有安全的地方了,因为之前在他身边保卫他的人转眼间都变成了最危险的人。他带着 20 名信得过的保镖躲到了自己位于黑海海岸克拉斯诺达尔市的乡间别墅里,这 20 名保镖使用的全部都是从克格勃斯皮特纳斯特种部队军械库偷来的武器。

瓦列里·沃洛金派了名密使过来,他自己是不会再和塔拉诺夫直接联系了。沃洛金向他保证,会让他享有俄罗斯政府的保护以及他在俄罗斯天然气工业股份公司持有的股票出售后的全部收益,以此为条件让他发表公开声明。

塔拉诺夫同意了。这三十几年他一直听从瓦列里·沃洛金的命令,他真的不知道自己该怎么做其他事了。

最后,塔拉诺夫被自己的手下杀死了。他被驱逐后第六天,一个跟了他很久的保镖,为了在"七巨人"有组织犯罪集团里获得一席之地,在塔拉诺夫洗完澡出来的时候,用匕首刺穿了他的心脏，然后用手机拍了照片，上传到社交媒体上到处吹嘘此事。

绝大多数曾见到过这位前任情报局长的人，想到他后的第一反应就是他那血淋淋的裸体仰面躺在瓷砖地上的画面，死时仍然怒目圆睁。

搭乘亨德利集团的飞机回美国的途中，小杰克·瑞安在大西洋上空给自己的父亲打了电话。他父亲在过去的一周里一直担心他。杰克想从伦敦的公寓里搬出来，即使有多姆和山姆帮忙，他也花了不少时间。

小杰克不想在英国给父亲打电话，不过他会给妈妈打电话或发电子邮件，确保他们两个知道自己很快就要回家了。

多姆和山姆很喜欢英国，杰克不得不承认他也会非常怀念这里。刚到英国时，是他那郁郁寡欢的情绪使得他在这儿的时光变得很艰难，而后来则是因为俄罗斯犯罪团伙给他留下了一段不愉快的经历。

不过现在他已经在回家的途中了，马上就能和父亲直接对话，而不用再忍受父亲那充满担心的语气，这种语气他已经听了很多年了。这次小杰克意识到了父亲的生活是多么不易，而自己所选的职业更是让父亲的生活雪上加霜。

确定了儿子的下一站就是美国后，老杰克说："儿子，我一直没有机会为你上个星期提供给我的那些情报而谢谢你。你扭转了整个局势，救了不少人。"

虽然父亲这样说，但小杰克并不觉得自己值得赞许。他说："我不知道，爸爸。沃洛金还活着而且也没下台。现在乌克兰有些地方都归他管了，他们或许正高兴地在那些地方的街上跳舞呢。我真没觉得我们胜利了。"

瑞安说："这虽然不是我们想要的结果，但我们毕竟阻止了一场战争。"

"你确定不是仅仅把它延期了？"

老杰克叹了口气说："不，我一点也不确定，事实上，虚弱的沃洛金更加危险。他就像一只受伤的野兽，随时准备攻击任何东西。不过我对这种事情已经习惯了，我们只需要将利益最大化，而将伤害降至最低就可以了。许多善良的人在这次事件中牺牲了。谢尔盖、奥克斯利和在东欧出生入死的战士们。让更多的人远离战争的愿望是美好的，但现实是残酷的。"

"是啊，确实是这样。"小杰克说。

老杰克说："我们没有输，杰克。只是也没有赢。"

"好吧。"

老瑞安说："你现在是怎么打算的，儿子？"

"我想回家。我已经跟格里·亨德利谈过了，他在费尔法克斯新找到了一栋建筑可以用做我们的基地。"

瑞安总统说："那就好。我知道你怀念与亨德利团队一起工作的日子，但我还是想让你过更加安全的生活。"

小杰克说："之前我也从事了一份没什么危险的无聊工作，不过你也看到了最后发生了什么。"

"是啊。"

"不过我很高兴你信任我，爸爸，谢谢。"

"那当然了，'运动'。你到家后尽快过来看我，我想你了。"

"我会的，爸爸，我也想你。"

Postscript
后　记

30 年前

　　中情局分析师杰克·瑞安走下出租车，站在位于查塔姆的家门口。查塔姆的夜晚十分寒冷，他很庆幸自己向世纪大厦的同事借了一件外套。整条街上空荡荡的，他推算现在应该是午夜过后了，不过他没有手表，在柏林看医生时他将手表取了下来，顺便放进了手提箱里。

　　当杰克从维多利亚站乘火车出发的时候，才意识到自己应该从办公室给家里打个电话。他的事情太多了，以至于忘了给凯茜打电话，等想起来的时候他已经在火车上了。到世纪大厦与巴兹尔爵士谈完话之后，巴兹尔爵士坚持让杰克去他们的医生那里检查一下前臂，而之后他又花了几小时的时间回顾当天早上在柏林车站写的情况报告。他第一次写的草稿长达十一页，后来在世纪大厦阅读手稿时，又增加了五页柏林地图和其他一些参考资料，以便能更准确地描述每个细节。

　　杰克尽可能轻地穿过前门，不想吵醒孩子。为了可以更安静点，他把行李放在门厅，开始脱掉鞋子，不过这时他听到黑暗中凯茜在大厅里走动的声音。

　　凯茜扑到他的怀里说："我想你了。"

　　"我也想念你。"

　　那是一个温馨的时刻，可却被凯茜的一句"你买了一件新外套？"打断了。

　　"哦，只是借的。说来话长。"

　　他们相互拥抱亲吻着对方。到了客厅，凯茜坐在沙发上。即使穿着家居服，她看起来还是那么美。杰克脱掉夹克，却忘记了他的右前臂缠着绷带，看上去活像个木乃伊。

　　"哦，天哪！你这是怎么了？"

　　杰克耸了耸肩。他不能骗凯茜，因为她是他的妻子，不过他也骗不了她，因为她是一个外科医生。她只需要看一眼他的胳膊，便知道是被刀划伤的。

她熟练地解开绷带，把他的胳膊举到沙发旁边的小台灯前。她用专业的眼光检查了一下。"你真走运，杰克。伤口很长，但不深。看来有人对它进行过专业的包扎。"

"是的。"

她把绷带重新包扎好。"明天早上我会给你重新清洗和包扎伤口。现在你告诉我到底发生了什么事？"

"我不能说。"

她满怀关心和心疼地看了看伤口，然后看着他的眼睛说："我知道你会说的。"

"我不能。"他自己重复着，并恳求她不要再追问了。

杰克的表现几乎告诉了她她想知道的一切。"你不能告诉我的唯一原因，是因为这又与美国中央情报局有关系。你遭到袭击了吗？"

"你可以说出来，"杰克心想，"不只是被德国恐怖分子用刀袭击，还有狙击手和穿着风衣的无名暴徒。"当然，他什么都没说。他只是说："宝贝儿，我很好，我保证。"

她不相信。"我一直在看新闻。瑞士的餐厅、柏林的美术馆。天哪，杰克，到底是哪一个？"

瑞安可以说，"两个都是"，或者他可以委婉地指出，那实际上不是美术馆。然而他只是说："你必须相信我，凯茜。我没找任何麻烦。"

"你是不会找麻烦，可你也摆脱不了麻烦。"

杰克看了看房间。他太累了，不想吵架。况且他也没什么好说的了，她是对的，她并没有嫁给一名士兵或间谍。她嫁给了一个股票交易员和历史学家，是他让自己陷入柏林那种麻烦的。他无法证明是柏林的麻烦找上了他。

他说了他唯一能想到的事情，也是目前对他来说唯一重要的事情。"我爱你，我很高兴回家了。"

"我也爱你，杰克。我喜欢有你在身边。这就是为什么当你走了好几天，然后带着刀伤回家，会让我如此难受的原因。请告诉我你明白了。"

"我当然明白。"

他们相互拥抱。这件事并没有得到解决，但她告诉他，她可以当这件事情已经过去了。

凯茜说："非常抱歉，我九点还有一台手术。"

杰克看了看时间，已是凌晨一点了。昨天晚上的这个时候，他正与玛塔·施洛宁在一起。前天晚上的这个时候，他正身处危险的枪战中。而大前天晚上的这个时候，他正在瑞士楚格目睹一次爆炸引起的火灾。

杰克亲吻了自己的妻子。之后，凯茜走进了卧室，他在后面说："等我去看一下孩子就过来。"

杰克看了看小萨莉,小萨莉正紧紧地抱着毛绒兔子睡着了。他悄悄地走进去,亲了一下她的额头。

然后他又到小杰克的房间,看见孩子正站在床上,他很高兴。小杰克乌黑浓密的头发下面那双大眼睛正凝视着他。

杰克轻声笑了。"嘿,'运动'。"他把他抱起来,走到客厅,坐在沙发上,把小杰克放在腿上。

房间里十分安静,只听见时钟的滴答声。杰克抱着他的小儿子,感受着胸前儿子的心跳。

当杰克坐在这里时,过去几天所经历的危险在他心头一闪而过。很多次他都命悬一线,而此时此刻他才感受到内心恐惧,感到自己差点儿失去所拥有的一切。

而他的家庭也差点失去他。

想到这里,他把小杰克搂得更紧了,这个小家伙在他怀里蠕动着。

瑞安告诫自己,他必须在小杰克和小萨莉失去他们的父亲之前摆脱这种生活。

当瑞安坐在那里沉思着自己曾多次与死神擦肩而过时,他突然意识到自己这样玩弄自己的生命是极度不负责任的。他不禁想到了自己所面临的巨大危险,想到了其他人悲惨的结局。他想起了戴维·彭赖特和那两个分别在瑞士和德国被杀害的素未谋面的瑞士银行家,想起了英格丽德·伯奇、玛塔·施洛宁,还有那个从树林里冲出来帮助自己的好心人。

杰克陷入了这个让世界变得更加美好的情报游戏中,这太天真了,他对此有自知之明。可在今天结束的时候,他知道他还是做了一些好事。可能不够多,但他只是孤身一人,并且已经尽力了。

他低头看了看小杰克,儿子已经在他的臂弯里睡着了。

瑞安无法不尽力做到最好。为了自己的家庭,他必须保证自己的安全,为此他愿意付出任何代价。但同时他还意识到,为了让这个世界变得更美好,他自己付出得越多,工作得越努力,那么将来小杰克生活的世界将变得更好、更安全的概率就更大。

这时,杰克想到了自己已故的父亲,一名巴尔的摩的警察埃米特·瑞安。父亲大概也曾经把他抱在怀里,说过同样的话吧。那是每一位父亲的心愿,尽管他不知道那是多么的幼稚。他知道小杰克将来会面临许多自己也想象不到的危险,但当他站起来把睡着的儿子带回房间时,他知道每一位父亲至少都应该为自己的孩子去努力尝试。